BERNHARD
HENNEN
ELFEN
MACHT

AF168654

BERNHARD HENNEN
ELFENMACHT

ROMAN

HEYNE

Sollte diese Publikation Links auf Webseiten Dritter enthalten,
so übernehmen wir für deren Inhalte keine Haftung,
da wir uns diese nicht zu eigen machen, sondern lediglich auf deren Stand
zum Zeitpunkt der Erstveröffentlichung verweisen.

Verlagsgruppe Random House FSC® N001967

2. Auflage
Copyright © 2017 by Bernhard Hennen
Copyright © 2017 dieser Ausgabe
by Wilhelm Heyne Verlag, München,
in der Verlagsgruppe Random House GmbH,
Neumarkter Str. 28, 81673 München
Redaktion: Uta Dahnke
Umschlaggestaltung: Nele Schütz Design, München,
unter Verwendung einer Illustration von Federico Musetti
Karte im Innenumschlag: Andreas Hancock
Satz: Leingärtner, Nabburg
Druck und Bindung: CPI books GmbH, Leck
Printed in Germany

ISBN: 978-3-453-26891-3

www.heyne-fantastisch.de

*Für die geheimnisvolle
Schöne*

Der Mensch hat drei Wege, klug zu handeln.
Erstens durch Nachdenken: Das ist der edelste.
Zweitens durch Nachahmen: Das ist der leichteste.
Drittens durch Erfahrung: Das ist der bitterste.

Konfuzius
(vermutlich 551 v. Chr. bis 479 v. Chr.)

Der letzte Schritt

Emerelle wich ein Stück zurück, und die Klinge verfehlte ihre Kehle nur um einige Fingerbreit. Grüne Augen funkelten sie aus dem Schatten des Helms an. Die Elfe gab vor zu straucheln, während sie vor der tanzenden Klinge weiter zurückwich. Es war nicht leicht, ihn zu reizen, aber wenn man es schaffte, ließ er alle Vorsicht fahren und wurde regelrecht zum Berserker. Nur dann war er ein respekteinflößender Gegner, und Emerelle liebte die Gefahr.

Aus dem Augenwinkel sah sie Satas angespanntes Gesicht. Die Koboldin war sich durchaus bewusst, dass dies hier keine Übungsstunde mehr war. Kreischend glitt Melianders Schwert über Emerelles Helm. Sie hatte sich nur um eine Winzigkeit zu spät geduckt. Der Stahl hatte ihren Helm kaum berührt und doch war ihr Kopf mit einem schmerzhaften Ruck nach hinten gerissen worden.

Emerelle packte die Klinge ihres Schwertes mit der behandschuhten Linken, riss die Waffe hoch, hakte die Parierstange hinter Melianders Klinge und drückte sie zur Seite. Dann versetzte sie ihm mit dem Knauf ihrer Waffe einen Stoß vor die Brust, der ihren Bruder von den Beinen riss. Sein Schwert fiel aufs Deck.

»Das reicht!« Sata schaffte es, sie erstaunlich laut anzuzischen, ohne auch nur ihre Meerschaumpfeife zwischen den schmalen

Lippen hervorzuziehen. Mit ihren schwarzen Augen funkelte sie die beiden wütend an. Sata reichte ihnen kaum bis zum Knie, und dennoch hatte Emerelle einen gehörigen Respekt vor der Koboldin. Sie hatte das Sagen auf dem verwunschenen Himmelssegler, auf dem Emerelle und Meliander einen Großteil ihres bisherigen Lebens verbracht hatten. Einem Schiff, das mit dem Wind über den weiten Himmel trieb, ohne jemals irgendwo vor Anker zu gehen.

Manchmal des Nachts hörte Emerelle eine getragene, traurige Stimme durch die leichten Holzwände, die Blicke aussperrten, aber keine Geräusche. Sie sang ein Lied, dessen Worte Emerelle nicht verstand und das sie dennoch zutiefst berührte. Es war voller Melancholie, und so war auch die Stimmung an Bord. Ganz gleich, ob Andur, der Kentaur, oder Abrax, der Troll, Gylla, die Dryade, oder Fillipos, der Faun – sie alle trugen an einer Last, die sie hinter einer aufgesetzten Fröhlichkeit verbargen. Was sie bedrückte, hatte Emerelle in all den Jahren an Bord nicht herausfinden können. Es musste irgendeine nicht greifbare Bedrohung geben ... Aber wer konnte dem Blauen Stern gefährlich werden? Dem Schiff eines Gottes?

Meliander nahm seinen Helm ab. Er wirkte zerknirscht. Ihrem Bruder setzte es viel mehr zu, wenn die kleine Tyrannin Sata wütend oder, schlimmer noch, enttäuscht war. »Tut mir leid«, murmelte er, wobei er kaum die Zähne auseinanderbekam. »Du hättest mich aber wirklich nicht ...«

»... einen Bücherwurm mit Knoten im Hirn nennen dürfen?«, fiel ihm Emerelle ins Wort. »Ich sage immer, was ich denke. Und du gewöhnst dich besser daran, mit der Wahrheit umzugehen.«

Sein reumütiger Blick ließ ihren Ärger vergehen wie Nebel im Sonnenschein. Sie klopfte ihm auf die Schulter. »Ich wollte dich ärgern. Ich finde, wenn du aus dir herausgehst und nicht über jeden Hieb endlos nachdenkst, bist du ein wahrer Schwertmeister.«

Meliander lächelte verlegen, und seine schönen grünen Augen leuchteten auf. Natürlich war er kein Schwertmeister, jedenfalls nicht nach den überaus strengen Maßstäben, die Sata anlegte, aber das Lob tat ihm gut. Vielleicht, dachte Emerelle, konnte sie ihn so dazu bewegen, ein wenig mehr Zeit mit ihr auf dem Flugdeck zu verbringen, statt immer nur über seinen Büchern, Schriftrollen und Tontafeln zu hocken oder mit Fillipos halbe Nächte hindurch Flöte zu spielen.

»Wie schön, dass ihr beiden euch versteht, obwohl dein Bruder gerade eben erst versucht hat, dich zu enthaupten.« Sata deutete mit ihrem dürren Zeigefinger auf Meliander. »Du, junger Elf, wirst hier auf dem Flugdeck bleiben und schattenfechten, bis du kein Glied mehr zu regen vermagst.«

Meliander nickte zerknirscht.

»Und du, Emerelle ...« Sata rammte ihr den Zeigefinger gegen das Knie. »Du musst endlich lernen, den Drachen in dir zu bändigen!«

Die Elfe seufzte. Sata sprach gern in solch übertriebenen Metaphern. Vielleicht fühlte sie sich ja größer, wenn sie große Worte machte.

»Zieh nicht so ein Gesicht, junge Dame!«, herrschte die Koboldin sie an, und in ihren schwarzen Augen lag eine Glut, die vermutlich selbst einen Troll erschreckt hätte. »Wenn du einen Gegner durch deine Reden zu unbedachten Taten verleitest, so ist das Unglück, das daraus erwachsen mag, aus deinem Geiste geboren, auch wenn ein anderer das Schwert führt. Hätte dich Meliander eben enthauptet, ich hätte nicht um dich geweint, sondern um ihn.«

»Du kannst weinen, Sata?« Seit vielen Monden schon war Emerelle der selbstgerechten Reden der Koboldin überdrüssig.

Fast täglich gerieten sie beide in Streit. Ganz gleich, was Emerelle tat, Sata fand immer etwas daran auszusetzen. Also bemühte sie sich erst gar nicht mehr darum, der Alten zu gefallen. Wenn sie Streit wollte, den konnte sie bekommen!

»Ich werde dir helfen, deine innere Harmonie wiederzufinden, Emerelle. Nur wenn du mit dir selbst im Frieden lebst, kannst du das auch mit der Welt. Du musst lediglich ...«

»Ja, ja ...«

Zwei steile Falten bildeten sich über Satas Nasenwurzel. »Das genügt! Du gehst jetzt in die Bibliothek und wirst dort über folgenden Gedanken des Lehrmeisters Kong meditieren:

Jedem Albenkind stehen drei Wege offen, klug zu handeln.

Erstens durch Nachdenken: Das ist der edelste.

Zweitens durch Nachahmen: Das ist der leichteste.

Drittens durch Erfahrung: Das ist der bitterste.

Morgen werde ich mit dir erörtern, welchen Weg du für dich erwählen möchtest und warum.«

Emerelle bebte vor Zorn. »Ich lasse mir nichts mehr von dir sagen, du verdorrter kleiner Giftknochen.«

»Mir scheint, du benötigst mehr als nur den Rat weiser Schriften.« Die Koboldin hob Melianders Schwert auf. Die Waffe war ein ganzes Stück größer als sie und passte so gar nicht zu der zierlichen Gestalt der kleinen Koboldin. Sata trug ein hellgrünes, mit schreiend bunten Vögeln besticktes Kleid. Dazu eine rote Weste, auf die Hunderte von kleinen Muscheln genäht waren, die verschlungene Rankenmuster bildeten. Aus einer breiten scharlachroten Bauchbinde, die jedem Räuberhauptmann Ehre gemacht hätte, ragten drei der langstieligen Meerschaumpfeifen, in denen sie gern ihren nach Vanille duftenden Tabak rauchte. Ein weißer Schal, auf den goldene Schneeflocken gestickt waren, rundete ihre groteske Erscheinung ab. Obwohl ihre Kleidung weit geschnitten war, verbarg sie nicht, dass die

Koboldin aus kaum mehr als Haut und Knochen bestand. Tiefe Falten rahmten ihren Mund und ihre Augen. Ihr dunkles, drahtiges Haar war zu einem Dutt gedreht, aus dem Knöchelchen von Vögeln ragten, die dummerweise geglaubt hatten, der Blaue Stern sei ein Ort, auf den man scheißen könnte.

Die dürren kleinen Finger der Koboldin vermochten den Schwertgriff kaum zu umspannen. Dennoch hob sie die Waffe zum Fechtergruß. »Bereit zu einer Lektion, Tochter der Nandalee?«

Emerelle presste trotzig die Lippen zusammen und nickte. Sie wusste, was kommen würde. Sie hatte einfach kein Talent zum Schwertkampf. Auch wenn sie nun schon Jahrzehnte übte und gelernt hatte, ihre Kampfeskunst mit Zaubern zu durchweben, vermochte sie nicht einmal diese knochige Koboldin zu besiegen. Sie wusste, wie das hier enden würde. Aber sie war zu stolz, um klein beizugeben.

»Sie hat es nicht so gemeint«, mischte sich Meliander ein. »Du weißt doch, wie sie ist. Manchmal geht ihr Temperament mit ihr durch. Du musst das nicht tun …«

Sata schüttelte wissend den Kopf. »Emerelle trägt ihr Herz auf der Zunge. Man kann sich immer darauf verlassen, dass sie meint, was sie sagt.« Die Koboldin sah sie mit ihren unheimlichen schwarzen Augen eindringlich an. »Tut es dir leid, mich einen verdorrten kleinen Giftknochen genannt zu haben? Möchtest du dich vielleicht entschuldigen?«

Emerelle berührte mit ihrer Klinge leicht das Schwert der Koboldin. »Man sollte sich niemals dafür entschuldigen, die Wahrheit gesagt zu haben.«

Satas schmale Lippen zuckten amüsiert. »Stimmt, man muss nur bereit sein, die Konsequenzen zu tragen.« Ohne Umschweife ging sie zum Angriff über.

Emerelle machte einen Satz zurück und parierte den ersten

Hieb. Es war schwer, gegen eine so viel kleinere Kämpferin zu bestehen, wenn sie so schnell war wie Sata. Ihre Hiebe kamen in ungewohnter Höhe, und der Winkel, in dem die Elfe parierte, gab Sata die Möglichkeit, ihre erstaunliche Kraft noch effektiver einzusetzen. Mit Leichtigkeit stieß sie Emerelles Klinge beiseite, und es folgte ein wahrer Hagel von Hieben, die auf Emerelles Knie und ihre Fußknöchel zielten.

Die Elfe öffnete sich der Magie der Welt und sprach ein Wort der Macht, um einen Zauber zu weben, der bewirkte, dass sie sich widernatürlich bewegte. Wie stets, wenn sich ein Zauberweber gegen die Gesetze der Welt verging, reagierte das Goldene Netz. Es wandte sich gegen Emerelle, aber die junge Kriegerin ignorierte es. Schneller und schneller bewegte sie sich. Nun ging sie zum Angriff über. Doch Sata parierte die wütenden Streiche, die auf ihren Kopf und ihre Schultern zielten, mühelos.

Funken stoben von den Klingen, die zu fließenden silbernen Linien im Halbdunkel des Flugdecks verschwammen. Emerelle wurde sich dessen bewusst, dass sie zu schnell war. Sollte Sata einen Schlag nicht abwehren, würde Emerelle ihn nicht mehr abbremsen können.

Der Gedanke ließ sie langsamer werden. Da wich Sata ihrem Angriff aus und rammte ihren Schwertknauf seitlich gegen Emerelles Knie. Die Elfe knickte ein. Ihr Bein gehorchte ihr nicht mehr. Sie sank auf die Knie. Ein Hieb mit der Breitseite von Satas Klinge traf sie vor die Brust. Pfeifend entwich die Luft aus ihrer Lunge. Kühl berührte Satas Schwertspitze sie unter dem Kinn.

»Hochmut ist keine Tugend, die dir in deinem Leben weiterhelfen wird, junge Elfe. Nun geh in die Bibliothek und tu, was ich dir aufgetragen habe.«

Es lag eine Macht in diesen Worten, die keinen Widerstand duldete. Aller Zorn in Emerelle war erloschen. Sie würde sich dem Befehl fügen. So hatte bisher jede Rebellion ihrerseits geendet. Letztlich hatte sie der kleinen, herrischen Sata nichts entgegenzusetzen.

Die Koboldin verließ das Flugdeck, ohne sie noch eines Blickes zu würdigen.

Hätte sie wenigstens gegen Abrax, den stinkenden hünenhaften Troll, verloren oder gegen Andur, den Kentauren, der sie schon mehrfach damit überrascht hatte, dass er sich nicht zu schade war, in einem Kampf zu beißen, wenn sich die Gelegenheit ergab. Auch Fillipos hätte sie eher einen Triumph zugebilligt; immerhin kannte der geckenhafte Faun wohl so ziemlich jeden schmutzigen Trick im Zweikampf und hatte ihr jahrelang immer wieder aufs Neue bewiesen, dass man auf dem Gebiet des unritterlichen Gefechts niemals auslernte. Aber es war stets Sata, die sie demütigte. Die Kleinste unter den wenigen Dienern, die das Schiff des Sängers hüteten. Es war sein Schiff, auf dem sie nun schon seit Jahrzehnten gefangen waren. Und nur ein einziges Mal hatte er sich ihnen gezeigt: Ein gleißendes Licht, das eine Schattengestalt umtoste, war alles, was Emerelle und Meliander gesehen hatten. Am Ende des Flugdecks hatte er gestanden und war dann in die Tiefe gesprungen.

Ihre Mutter Nandalee hatte sie einst in die Obhut des Gottes gegeben. Die Alben hatten jene Welt erschaffen, über welcher der Blaue Stern am Himmel schwebte, ohne jemals zu landen, als wäre undenkbar, dass sich das Göttliche und die Schöpfung noch einmal berührten.

»Komm!« Meliander streckte ihr die Hand entgegen.

Emerelle kam ohne Hilfe hoch. Ein dumpfer, pochender Schmerz nistete in ihrem Knie. Jeder Schritt war eine Qual, aber sie würde es allein schaffen. »Ist schon gut«, presste sie zwischen zusammengebissenen Zähnen hervor.

»Du warst nicht schlecht ...«, versuchte er sie aufzumuntern.

»Ich bin von einer alten Koboldin besiegt worden«, zischte sie. »Da gibt es nichts schönzureden.«

Meliander zuckte mit den Schultern. »Immerhin hat sie diesmal ein bisschen länger gebraucht als sonst.«

Das war Emerelle keine Antwort wert. »Sei brav, kämpf gegen Schatten«, grollte sie und hinkte davon.

Sie nahm die Treppe hinab zur Brauerei. Sie mochte den Hefegestank nicht, der dieses Deck niemals verließ, aber es war der kürzeste Weg zur Bibliothek. In großen Bottichen stand Bier angesetzt, das Abrax täglich in erschütternden Mengen durch seine Kehle fließen ließ. Heute war er nicht allein. Fillipos und Andur leisteten ihm Gesellschaft, obwohl Abrax Letzteren nur ungern in der Brauerei sah, hatte der Kentaur doch die Angewohnheit, hin und wieder ein paar Äpfel fallen zu lassen.

»He, Kleine!« Der tiefe Bass des Trolls hallte zwischen den langen Reihen der Bottiche. »Willst 'nen Schluck? Hilft!«

»Ganz sicher nicht«, brummte sie, doch der Troll schöpfte einen hölzernen Krug voll Bier und kam zu ihr herüber. Abrax war mehr als drei Schritt groß, und obwohl er geduckt ging, schrammten seine Schultern an den Stützbalken des über ihnen liegenden Flugdecks entlang. Die Bodenplanken vibrierten unter den schweren Schritten der massigen Gestalt. Als sie ihn zum ersten Mal sah, hatte Emerelle den wortkargen Troll für einen lebendig gewordenen Felsen gehalten. Seine Haut war unregelmäßig grau gefärbt wie ein Granitbrocken. Kein einziges Haar wuchs ihm auf dem Kopf oder anderswo.

»Das gut! Spült dunkle Gedanken fort!« Für seine Verhältnisse war das geradezu eine Rede. Abrax hielt ihr den Krug hin.

Emerelle nippte daran. Nie wieder würde sie den Fehler machen, von diesem goldenen Gebräu, aus dem kleine Blasen aufstiegen, einen ganzen Krug zu leeren. Oder gar zwei. Vor Jahren hatte sie sich einmal dazu überreden lassen und die halbe Nacht speiend über die Reling gebeugt verbracht.

»Gut«, log sie ihn mit einem Lächeln an.

Abrax tätschelte ihr übers Haar. Wenn seine schwere Hand auf ihrem Kopf lag, musste sie immer unwillkürlich an Kinder denken, die mit rohen Eiern spielten. »Morgen wieder gut. Sie meint's nich so.«

Das wusste Emerelle besser. Sata meinte jedes Wort so, wie sie es gesagt hatte. Emerelle drückte dem Troll den Krug in die Hand. Das Bier hatte einen unangenehm pelzigen Belag auf ihrer Zunge zurückgelassen. »Werden sehen«, murmelte sie und hinkte weiter.

Sie verließ die Brauerei durch die Tür hinter den Regalen, in denen Abrax in großen Säcken Hopfen und Gerste lagerte, und folgte dem dahinterliegenden Gang, vorbei an der Segelkammer und diversen Vorratsräumen, unter deren Türen der Duft von Schinken, Salbei, Thymian und gesalzenem Fisch hindurchsickerte. Dann stieg sie die enge Wendeltreppe, die sich um den Hauptmast wand, hinab in die Bibliothek. Dieser Ort war eines der Mysterien des Blauen Sterns. Er war viel größer, als die Abmessungen des Schiffes es eigentlich erlaubt hätten, und er wuchs noch weiter; da war sich Emerelle ganz sicher. Die krummen und schiefen Regalbretter bestanden aus lebendigem Holz, das Ästen gleich aus dem Hauptmast wuchs. Manchmal trieben sie sogar Blätter aus, die sich als Lesezeichen zwischen die Seiten der Bücher drängten. Nicht der staubige Mief alter Folianten hing in der Luft, sondern ein Frühlingshauch frisch erblühten Grüns, ein kaum wahrnehmbarer Apfelblütenduft.

Ihr Bruder Meliander liebte diesen Ort. Emerelle nicht. Er hatte ihr endlose Stunden der Langeweile beschert. Je länger sie auf dem Blauen Stern weilte, desto unerträglicher wurde es ihr, von dem Leben auf der Welt zu lesen, über die das magiedurchwobene Schiff in endlosem Flug dahindriftete, ohne selbst an diesem Leben teilhaben zu können.

Gylla schlüpfte aus dem Mastbaum und trat unmittelbar hinter ihr auf die Wendeltreppe, sodass Emerelle zusammenzuckte. Die Dryade liebte diese dramatischen Auftritte und bedachte sie mit einem breiten Lächeln. Gylla war schlank, fast schon hager. Ihre Brüste hoben sich kaum von den Rippen ab. Das wogende lindgrüne Haar reichte ihr bis zu den Hüften. Gnadenlose Härte und zugleich eine Zartheit, die an Zerbrechlichkeit grenzte, spiegelten sich in ihren Zügen. Sie hatte Emerelle und Meliander die Kunst des Zauberwebens gelehrt, und Emerelle hatte die unberechenbaren Launen der Dryade fürchten gelernt. Sie wusste nie, was sie von ihr zu erwarten hatte, und so war sie auch jetzt auf der Hut, obwohl Gylla sie mit einem geheimnisvoll melancholischen Lächeln bedachte.

»Es ist schön, dich noch einmal zu sehen, Kleine.«

Emerelle erwiderte das Lächeln verwundert. Es war nur ein paar Stunden her, dass sie einander zuletzt begegnet waren.

»Ich weiß, wie sehr dir das Bücherwissen zuwider ist ...«

Emerelle wartete darauf, dass die Dryade weitersprach. Was folgerte sie aus dieser Erkenntnis?

Das Schweigen zog sich in die Länge. Gyllas graugrüne Augen hielten sie gefangen. Es war lange her, dass ihre Lehrmeisterin sie so eindringlich angesehen hatte. Damals hatten sie sich dem Studium der Transformation gewidmet. Als Emerelle versucht hatte, ihren Elfenleib in den gedrungenen, haarigen Körper eines Zwergs zu verwandeln, war irgendetwas an diesem Zauber ganz und gar außer Kontrolle geraten. Teile der Bibliothek waren zerstört worden, und Emerelle hatte das Bewusstsein verloren.

Weder Gylla noch die anderen Bewohner des Blauen Sterns hatten ihr je erzählt, was genau vorgefallen war. Nicht einmal Meliander. Aber Gylla hatte sie, als sie in ihrer Koje aus ihrer

Ohnmacht erwachte, genauso angesehen wie jetzt. Die Dryade war drei Tage lang nicht von ihrem Lager gewichen. Hatte sie über sie gewacht? Oder sie bewacht?

»Kongs Buch liegt dort vorn auf dem Tisch für dich.« Gylla machte eine vage Geste in Richtung einer der Lesenischen, die sich in die hohen Regalwände schmiegten.

Emerelles Bein schmerzte immer noch. Sie versuchte stolz, es zu verbergen. Hoch erhobenen Hauptes und ein wenig steif stieg sie die letzten Stufen hinab und ließ sich in der Lesenische auf einem hölzernen Stuhl mit hoher Rückenlehne nieder, dessen Armlehnen in Löwenköpfen endeten. Der Duft von Harz und Herbstlaub erfüllte die Nische. Hunderte von Büchern mit bunten Rücken umgaben sie. Alle zum Greifen nah. *Letzte Tage, Ein unvollendetes Leben, Herbstreise, Aufzugehen in der Welt, Tod im Eis – Erinnerungen an Nangog* … Emerelles Blick wanderte unstet über die wenigen Titel. Die meisten der Bücher trugen nur Schmuckornamente in ihre ledernen Rücken geprägt. Die Elfe hatte das Gefühl, dass Gylla die Auswahl der Titel in den Regalen um sie herum ihrer wehmütigen Stimmung angepasst hatte. Hier gab es ganz gewiss keine erfreuliche Ablenkung von dem dicken Band mit den Weisheiten Kongs. Sie schlug mürrisch das Buch auf.

Das Licht war trüb. Der nächste honigfarbene Barinstein war ein ganzes Stück entfernt in ein Regal eingelassen.

Emerelle spürte Gyllas Blick auf sich, obwohl sie die Dryade nicht mehr sehen konnte. Vielleicht hatte sie sich ja wieder in den Mastbaum zurückgezogen. Wie sie innerhalb desselben wohnen konnte, hatte nicht einmal der neunmalkluge Meliander erklären können.

Ein Lichtpunkt erweckte die Aufmerksamkeit der Elfe. Er schwebte, der Wendeltreppe folgend, in die Bibliothek hinab, schlug ausgelassene Kapriolen und vermehrte sich: Plötzlich war da ein zweites Licht, ein drittes ... und schließlich ein ganzer Schwarm grünlich glühender Funken. Tanzend kamen sie näher. Glühwürmchen. Sie umschwärmten Emerelle und ließen die verschnörkelten Schriftzüge auf dem Pergament deutlich hervortreten.

Die Elfe ließ sich vom Ballett der leuchtenden Käfer verzaubern. Kongs Worten zollte sie kaum noch Beachtung. Lustlos blätterte sie weiter, lehnte sich zurück und betrachtete mit halb geschlossenen Lidern die tanzenden Lichter. Das hier war das wirkliche Leben. Es war viel besser als trockene Buchweisheiten. Und doch war sie von diesem Leben ausgeschlossen. So viele Jahre nun schon.

Mehr als sechs Jahrzehnte waren vergangen, seit ihre Mutter Nandalee sie Sata ausgeliefert hatte. Emerelle konnte sich kaum noch an ihr Gesicht erinnern. Aber das schöne weiße Kleid, das sie manchmal angelegt hatte, stand ihr noch ganz deutlich vor Augen. Sie hatte sich ein ähnliches genäht. In aller Heimlichkeit. Den Stoff dafür hatte sie von den Zwergen mitgebracht, bei denen sie drei Jahre lang gelebt hatten. Drei Jahre in der Gestalt von Zwergen! Damals war es ihr unerträglich vorgekommen. Der kratzende Bart, der unförmige Leib, in den Gylla sie gezwungen hatte, bevor sie nach Ishaven gekommen waren. Die stickigen Tunnel, in denen es stets nach Rauch, fettigem Essen und durchgeschwitzter Kleidung stank. Die ganze Zeit ihres Exils über hatte sie den Mief der Zwerge verflucht. Jetzt, drei Jahrzehnte später, sehnte Emerelle sich danach zurück. Das war das richtige Leben gewesen. Sie hatte es verlieren müssen, um zu begreifen, wie viel besser es war als ihre Gefangenschaft auf dem Blauen Stern.

Ihre Mutter hatte wohl geglaubt, die Alben würden sie und Meliander beschützen. In Wahrheit aber interessierten sich die Alben einen Dreck für sie. Sie zeigten sich nicht. Erklärten sich nicht. Dass sie manchmal nachts den Sänger hörte, jenen Alben, der dieses Himmelsschiff erschaffen hatte, machte alles nur noch schlimmer. Obwohl sie die Sprache seiner Lieder nicht verstand, berührte sein Gesang Emerelle in tiefstem Herzen. Sehnsucht, gepaart mit tiefer Melancholie, war das stärkste Gefühl, das in ihr erwuchs, wenn sie ihm lauschte, doch stets war da auch eine Bitterkeit, da sie dem Alben so nahe war und er dennoch unerreichbar für sie blieb.

Sie war sich sicher, dass er ihre Gefühle kannte. Warum ignorierte er sie? Warum bedeutete sie ihm nichts? Sie hatte versucht, die fremde Sprache der Weltenschöpfer zu ergründen, hatte ungezählte Monde damit zugebracht, die Bibliothek nach Hinweisen zu durchforsten. Aber es gab nichts über die Sprache der Götter. Sie hätte das Gezische der Echsenmänner aus dem Waldmeer erlernen können oder das kehlige Knurren, das Trolle eine Sprache nannten, doch was sie eigentlich suchte, blieb ein Rätsel wie alles, was mit den Alben zu tun hatte.

Sie versuchte, sich den Weisheiten Kongs zu öffnen, doch ihre Augen glitten über die Zeilen, ohne dass sich die Buchstaben zu Worten formen wollten. Sie dachte an die Lektion, die Sata ihr heute im Kampf erteilt hatte. Emerelles Knie schmerzte immer noch, doch mehr Pein bereitete ihr die Wunde, die ihre Seele davongetragen hatte. Sie war nutzlos! In aller Deutlichkeit erkannte sie das nun. Ihre Mutter hatte sie den Alben überlassen und war in all den Jahrzehnten, die seither verstrichen waren, nie zurückgekehrt, um nach ihr und Meliander zu sehen. Und die Alben, die sie beide hüten sollten, ließen sich auch nicht blicken.

Die vielen Jahrzehnte auf dem Blauen Stern hatten ihr nichts gebracht. Sie wurde verwahrt wie ein nutzloses Geschenk, das man nicht wirklich brauchte, aber auch nicht wegwerfen wollte.

Trotz aller Übung vermochte sie nicht einmal eine Koboldin im Schwertkampf zu besiegen, blieb sie als Zauberweberin eine

Stümperin, verglichen mit der Leichtigkeit, mit der Gylla Magie wirkte, und auch das Wissen aus den Büchern wollte einfach nicht in ihrem Kopf verweilen. Einmal hatte sie den Troll Abrax auf einen Text über die Riesin Nangog angesprochen, und der Hüne, der sonst kaum seine Zähne auseinanderbekam, hatte seitenlang auswendig aus dem Aufsatz zitiert.

Sie war ein Nichts! Emerelle seufzte gequält und beobachtete erneut den Flug der Glühwürmchen. Selbst diese winzigen Kreaturen waren nützlicher. Sie brachten Licht ins Dunkel.

Leiser Gesang erhob sich aus der Tiefe des Schiffes. Ergriffen lauschte ihm die Elfe. Doch heute war ihre Verzweiflung darüber, dass sie die Worte des Liedes nicht verstand, noch größer als sonst, denn sie war sich sicher, dass das, was sie da hörte, mit ihr zu tun hatte. Es klang, als hätte eine verwandte Seele all ihren Schmerz zu dieser Melodie in Verse gefasst.

Tränen rannen Emerelle über die Wangen, und ein tiefer, süßer Schmerz tobte in ihrer Brust, als sie sich aus dem Lehnstuhl erhob und die steile Wendeltreppe erklomm. Sie schlüpfte in den schmalen Gang, an dessen Ende ihre winzige Kammer lag. In diesem Teil des Schiffes war alles besonders beengt. Ihre Anwesenheit an Bord war nicht vorgesehen gewesen. Man hatte zwei kleine Lagerräume aufgegeben, um sie und Meliander unterzubringen.

In ihrer Kammer angekommen, zog Emerelle die flache Kiste unter ihrer Koje hervor. Aus deren doppeltem Boden holte sie das Kleid, das sie hier im Verborgenen mühevoll genäht hatte. Nur Meliander hatte sie es gezeigt. Und er hatte es nicht gemocht. Er lehnte alles ab, was ihn an ihre Mutter erinnerte.

Traurig strich Emerelle über die schneeweiße Seide mit den kostbaren Goldstickereien am Saum. Es war ein langes, gerade geschnittenes Kleid mit Schlitzen, die fast bis zu den Hüften reichten. Ärmel hatte es keine. Dafür einen steifen Stehkragen.

Ihre Mutter hatte wunderschön in diesem Ornat der Drachenelfen ausgesehen und zugleich furchteinflößend, wenn sie dazu ihr riesiges Schwert auf den Rücken geschnallt trug. Todbringer lautete dessen Name, und es hatte diesem Namen alle Ehre gemacht. Drei Mal hatte Emerelle sie mit dem Bidenhänder kämpfen sehen, als die Drachen sie verfolgten. Jedes Mal war es ein blutiges Gemetzel gewesen.

Emerelle streifte ihre schlichten Kleider ab. Nackt betrachtete sie ihre blasse Haut. Die ihrer Mutter war tätowiert. Sie erinnerte sich an die beiden Drachen, die fast den gesamten Rücken bedeckten. Ein Silberner und ein Schwarzer. Sie rangen miteinander. Hinter ihnen stand als Scheibe eine flache Silberschale, auf die man von oben blickte. Für Emerelle hatte sie immer wie der Mond ausgesehen. Und vor der Schale, mit der Spitze nach unten, schwebte das Schwert Todbringer.

Eines Tages würde auch sie sich einen Bilderstecher suchen, der ihre Haut schmückte, schwor sich Emerelle.

Sie schlüpfte in das enge Kleid. Die Seide schmiegte sich angenehm kühl an ihre Haut. Sie schlang die Arme um ihren Oberkörper und wiegte sich sanft zu dem traurigen Gesang, der immer noch aus den Tiefen des Schiffes aufstieg. Was wertlos war, musste nicht länger andauern, dachte sie. Sie würde all dem hier ein Ende setzen. Heute Nacht würde sie ausbrechen, und dabei würde sie aussehen wie die Kriegerin, die zu sein sie sich immer erträumt hatte.

Emerelle nahm den roten Umhang aus feiner Wolle aus ihrer Kleiderkiste und warf ihn sich um die Schultern. Sie schloss ihn mit der Brosche, die einen goldenen Drachen zeigte, und legte den Schlangenarmreif an, den sie in Ishaven gestohlen hatte. Sie schob ihn hoch, bis er ihren Oberarm fest umschloss. Dann gürtete sie sich mit dem Schwert, das nie einen anderen Gegner als ihren Bruder bezwungen hatte.

Immer heftiger wurde der süße Schmerz in ihrer Brust. Sie sah sich ein letztes Mal um, erwog, ein paar Zeilen zu schreiben, verwarf den Gedanken. Das wäre die gerechte Strafe für die Alben: keine Erklärungen, keine letzten Worte. Die Schöpfer hatten sich nie um Emerelle geschert. Nun sollten sie mit der Leere weiterleben, die sie geschaffen hatten.

Die Elfe hörte, wie Regen gegen die Bordwand klatschte. Plötzlich fröstelte es sie. Wie würde es Meliander ohne sie ergehen? Sie beide waren immer beisammen gewesen und hatten einander Halt gegeben, wenn die Einsamkeit sie auf dem Blauen Stern zu erdrücken drohte. Sie lächelte melancholisch. Meist war er es gewesen, der sie getröstet hatte. Er ertrug das alles hier viel besser. Er war kein Rebell. Lange schon hatte er sich in seine inneren Welten zurückgezogen und ließ nichts mehr an sich heran. Er würde auch ohne sie auskommen.

Entschlossen trat sie aus ihrer Kammer und machte sich auf den Weg hinauf zum Flugdeck. Sie war froh, keinem der Besatzungsmitglieder zu begegnen. Ganz sicher hätten diese sie auf ihren ungewöhnlichen Aufzug angesprochen. Vielleicht hätten sie auch erkannt, was sie tun wollte, und versucht, sie aufzuhalten.

Meliander übte sich weiterhin im Schwertkampf. Focht mit Schatten, die es nur in seiner Vorstellung gab. Immer und immer wieder führte er dieselben ritualisierten Angriffe, Finten und Paraden aus. Er war allein im hinteren Drittel des Flugdecks, das wie ein weiter Tunnel ins Innere des Blauen Sterns reichte. Einige Herzschläge verweilte Emerelle bei der kleinen Tür in der Mitte des Flugdecks und sah ihrem Bruder zu. Er bewegte sich geschmeidig, doch glaubte sie zu sehen, dass er nicht mit dem Herzen bei der Sache war. Er erledigte eine Pflicht, und das tat er – wie stets – gewissenhaft, doch ohne die Begeisterung eines wahren Kriegers. Seine Liebe galt der Bibliothek und den unzähligen Geheimnissen, die sie barg. Er würde Emerelle nicht verstehen. Sie beschloss, auch von ihm nicht Abschied zu nehmen.

Das Lied des Sängers schwoll an, als wäre sich der Albe bewusst, welches Drama an Bord seines Himmelsseglers seinen Lauf nahm.

Regen prasselte auf das äußerste Ende des Flugdecks, jenes klaffende Loch im Heck, durch das einst die stolzen Pegasi der Drachenelfen einflogen, die nun schon seit Jahrzehnten vom Himmel Albenmarks verschwunden waren. Emerelle atmete tief durch. Dann folgte sie entschlossen dem Landetunnel, ohne dass Meliander sie zu bemerken schien.

Als sie das Ende des Decks erreichte, prasselte ihr der Regen ins Gesicht, und sie zögerte kurz. Hier gab es keine Reling.

Der Wind zerrte an ihrem Umhang. Sie schwankte leicht. Ein letzter Schritt trennte sie vom Abgrund. Wolken verdeckten den Mond und die Sterne. Unter ihr lag nichts als Dunkelheit. Es war unmöglich zu schätzen, wie hoch der Blaue Stern flog.

Magisches Licht umspielte das fliegende Schiff und tauchte es in ein Blau, das Emerelle in dieser Nacht noch kälter erschien als sonst. Voll klang die Stimme des Sängers und übertönte die Böen, die den Regen über das Deck peitschten.

Jetzt schrie Meliander etwas, doch was er sagte, ging im Getöse des heraufziehenden Sturms unter.

Emerelle wusste, dass ihr Bruder kommen würde, um sie aufzuhalten. Sie rang um passende letzte Worte, in denen all ihre Wut und ihre Enttäuschung liegen sollten, doch es fiel ihr nichts ein.

Sie atmete aus, wappnete sich, und dann tat sie den letzten Schritt: hinein in die Dunkelheit, in der ihre Gefangenschaft enden sollte.

In die Nacht

Meliander lief zum Ende des Flugdecks. Mit dem Schwert in der Hand stand er im strömenden Regen, starrte hinab ins Dunkel und versuchte zu begreifen, was er gesehen hatte. Sie war gesprungen! So oft hatte sie davon gesprochen, es eines Tages zu tun ... Zu oft! Er hatte nicht mehr daran geglaubt.

Er schob die Klinge in die Scheide, atmete tief durch und tat, ohne über die möglichen Folgen nachzudenken, den Schritt in den Abgrund.

Zu fallen war ein schreckliches Gefühl. Er riss sich zusammen, kämpfte gegen die wachsende Panik an. Mit weit ausgestreckten Armen stürzte er, ohne den Boden sehen zu können. Wie weit mochte es noch sein? Hundert Schritt? Weniger? Etwas mehr?

Der Wind zerrte an seinen Kleidern, die durchnässt an seiner Haut klebten, und Meliander suchte nach dem Wort der Macht, das ihn davor bewahren würde, am Boden zerschmettert zu werden. Angsterfüllt schrie er es in den Sturm und öffnete sein verborgenes Auge. Nur wenige Kraftlinien verliefen durch den Himmel, doch über dem Boden spannten sich verschlungene Netze, in die alles, was lebte, verstrickt war. Und diese Netze waren tödlich nah.

Der Wind fuhr unter seine Brust. Meliander wurde herumgewirbelt wie ein fallendes Blatt im Herbst – das war es, woran er gedacht hatte, als er das Wort der Macht sprach. Er hatte seinem Leib die Schwere genommen, hatte sich vorgestellt, wie etwas zu sein, was in den Himmel gehörte, womit der Wind zu spielen liebte.

In trudelndem Flug kam er dem Boden langsam näher. Ein Stück vor ihm lag ein Wald. Goldene Auren kündeten von Harmonie. Die mächtigen Bäume wogten im Wind, gaben sich dem Toben der Elemente hin. Das kalte Blau der Angst erstrahlte, wo kleine Vögel im Geäst kauerten. Und dann sah er das Rot, das er so gut kannte. Den unverwechselbaren Farbton von Emerelles Zorn. Sie stand unter den Bäumen, ein Schemen, umgeben vom grellen Licht ihrer Aura.

Ein weiterer Windstoß ließ Meliander sich hilflos überschlagen. Die Lichtsträne über dem Boden wechselten sich in schwindelerregendem Tempo mit dem Dunkel des Himmels ab. Er verlor Emerelle aus dem Blick, ruderte mit den Armen und sah den Wald immer schneller näher kommen. Der Sturm würde ihn in das dichte Astwerk treiben. Meliander sah im Geiste schon, wie sein Leib von den langen Ästen durchbohrt wurde. Seine Fantasie quälte ihn mit grausamen Bildern. Er schrie auf und löste den Zauberbann.

Jetzt stürzte er senkrecht zu Boden. Er schlug im Fallen einen Salto, atmete dabei tief ein, versuchte, eins zu werden mit der Welt, und landete, weich in den Knien federnd, im Schlamm. Eiskaltes Wasser spritzte ihm ins Gesicht. Er ließ ab vom magischen Blick auf die Schöpfung, blinzelte und versuchte, sich zu orientieren.

Er stand knöcheltief in einer großen Pfütze. Regen prasselte auf ihn nieder, und der Wind fuhr eisig durch seine durchnässte Kleidung. Weit über ihm am Himmel leuchtete das Wolkenschiff in ätherischem blauem Licht. Die Segel der beiden schrägstehenden Masten rechts und links des Hauptmasts und dazu der große, wie die Bauchflosse eines Fisches geformte Kiel ließen es aus dieser Entfernung tatsächlich wie einen stilisierten Stern aussehen.

Meliander strich sich fröstelnd über die Arme. Er wünschte, er wäre noch dort oben.

»Was machst du hier?« Seine Schwester klang alles andere als erfreut, ihn zu sehen.

Er drehte sich zu ihr um. Sie war aus dem Wald getreten. Der Regen berührte sie nicht, ganz als stünde sie unter einem unsichtbaren Dach. Nur der Saum ihres Kleides war mit Schlamm bespritzt. Ansonsten wirkte sie makellos.

»Ich …«, begann Meliander und kam sich albern vor. Er hatte sich Sorgen gemacht. Hatte sie retten wollen. Aber sie war ganz offensichtlich gut vorbereitet gesprungen. »Was machst du hier unten? Warum hast du das getan?«

Sie trat so nah zu ihm, dass ihr Zauber nun auch ihn vor dem Regen bewahrte, und sah ihn fest mit ihren rehbraunen Augen an. Ihre Pupillen waren ein wenig in die Länge gezogen – ein klares Anzeichen dafür, dass sie sehr aufgewühlt war. »Ich werde unsere Mutter suchen.«

Er schloss die Augen und rang um Fassung. »Warum?«

»Weil ich erfahren will, was mit ihr geschehen ist.« Eine Andeutung von Trotz schwang in ihrer Stimme mit. Es war nicht das erste Mal, dass sie über Nandalee sprachen, und Emerelle wusste genau, was er von ihrer Mutter hielt.

Nämlich nichts!

»Es muss einen Grund dafür geben, dass sie niemals zu uns zurückgekehrt ist.«

»Wir waren ihr lästig«, stellte Meliander nüchtern fest.

Emerelles Pupillen wurden noch länger. »Das weißt du nicht. Sie wurde von den Himmelsschlangen gejagt.«

»Weil sie den Dunklen getötet hat, den ältesten der Götterdrachen.« Er war es leid, diese Diskussion zu führen. Sie brachte nichts. Emerelle verschloss sich dem Offensichtlichen.

»Das kann nicht stimmen!«, entgegnete sie scharf. »So war sie nicht!«

Meliander erinnerte sich noch genau, wie sie gewesen war. Sie hatte den Dunklen nicht gemocht, obwohl er ihr Zuflucht gewährt hatte. »Hast du dich niemals gefragt, warum die Alben sich uns nie gezeigt haben?«

Er genoss es zu sehen, wie sie den Blick senkte. Er wusste genau, wie sehr seine Schwester darunter gelitten hatte, von den Weltenschöpfern ignoriert zu werden. Er hatte es irgendwann als gegeben hingenommen. Sie nicht. »Unsere Mutter hat das erste Wesen getötet, das die Alben erschaffen haben. Den Dunklen, den Erstgeschlüpften, den Prinzen, dem sie ihre Welt anvertrauen wollten. Für die Alben sind wir die Brut einer Mörderin. Was für Beweise brauchst du noch, dass stimmt, was man sich über Nandalee erzählt?«

»Das sind keine Beweise.« Sie sprach leise und gepresst. Dann hob sie den Kopf. »Ich will wissen, was unsere Mutter dazu zu sagen hat.«

»Und du glaubst, dass eine Mörderin keine Lügnerin sein wird?«

Emerelle trat einen Schritt von ihm zurück. Nun prasselte der Regen wieder auf ihn nieder. »Empfindest du denn gar nichts für unsere Mutter?«

Er zuckte mit den Schultern. »Ich bin ihr offenkundig gleichgültig. Was sollte ich noch für sie empfinden? Anfangs habe ich sie vermisst. Dann war ich verzweifelt. So viele Jahre habe ich auf ihre Rückkehr gewartet.«

Er dachte daran, wie oft er und seine Schwester beieinander Trost gesucht hatten. Obwohl ihnen Sata zwei kleine Kammern an Bord zur Verfügung gestellt hatte, war Meliander in den ersten Jahren jede Nacht zu Emerelle gegangen, weil seine Schwester sich allein im Dunkeln gefürchtet hatte. Sie hatten in ihrer Koje gesessen, einander in den Armen gehalten und sich ausgemalt, wie ihre Mutter gewiss am nächsten Tag schon zurückkehren würde. Oft hatten sie auch am Ende des Flugdecks gestanden, in den weiten Himmel geschaut und darauf gewartet, ihre Mutter auf dem Rücken eines Pegasus zu sehen oder auf einem der großen Adler.

Nach einigen Jahren hatte er es aufgegeben. Er war in die Bibliothek geflüchtet, hatte von der Welt gelesen und den Geschichten der seltsamen Besatzungsmitglieder des Blauen Sterns gelauscht. Emerelle dagegen war anders. Sie hatte nie aufgehört, mit ihren Blicken den Himmel nach Nandalee abzusuchen. Und als sie für drei Jahre in die Zwergenhöhlen von Ishaven hatten fliehen müssen, hatte seine Schwester unendlich gelitten. Emerelle war überzeugt gewesen, dass sie ihre Mutter verpassen würden. Sie hatte es den Alben nie verziehen, dass diese sie unter den Zwergen versteckt hatten.

»Irgendetwas muss Mutter aufgehalten haben!«

Damit fing sie immer wieder an, dachte Meliander verärgert. Aber diesen Zahn würde er ihr ziehen. Ein für alle Mal! »Das glaube ich auch ...«

Emerelle schenkte ihm ein erleichtertes Lächeln. »Endlich siehst du es ein. Wir müssen nach ihr suchen. Vielleicht wird sie gefangen gehalten?«

»Ich glaube, es ist ihr Mangel an Liebe, der sie aufgehalten hat. Wir bedeuten ihr nichts. Sie ist eine Kriegerin. Sie lebt nur für ihre blutige Fehde mit den Himmelsschlangen. Wir waren ihr im Weg, und deshalb hat sie uns fortgeschafft. Inzwischen hat sie uns wahrscheinlich ganz und gar vergessen. Und wenn nicht, dann redet sie sich, um ihr mütterliches Gewissen zu beruhigen, ein, es sei besser für uns, nicht in ihrer Nähe zu sein.

Wobei ich starke Zweifel hege, dass sie so etwas überhaupt besitzt – das Gewissen einer Mutter ...«

Eine schallende Ohrfeige beendete seinen Redefluss. »So ist sie nicht!«, zischte Emerelle. »Sie hat sich für uns aufgeopfert.«

Meliander lag eine zynische Frage auf der Zunge. Aber er verzichtete darauf, sie zu stellen. Dieser Streit führte zu nichts. Emerelle hatte sich immer schon ein Bild von ihrer Mutter gemacht, das mit der Wirklichkeit nicht viel zu tun hatte. Er würde ihr so nicht die Augen öffnen können, ganz gleich, was er sagte.

Er legte den Kopf in den Nacken und blinzelte gegen den Regen an. Der Wind hatte den Blauen Stern nach Westen getrieben. Bald würde das Himmelsschiff in den dichten Wolken verschwinden.

»Gehen wir dort entlang.« Emerelle deutete auf die schwarze Phalanx von Bäumen, die sich vor ihnen erhob. »Es gibt einen Weg, und jenseits des Waldes habe ich vorhin im freien Fall Lichter gesehen. Vielleicht ein kleines Dorf, in dem wir ein trockenes Nachtlager finden.«

Meliander zögerte. Kurz dachte er an seine warme Kammer auf dem Blauen Stern. Noch könnte er dorthin zurück. Er könnte sich in einen Vogel verwandeln und zu ihm hinauffliegen.

Andererseits hatte er schon lange einen heimlichen Traum. Nicht die Erinnerungen an seine Mutter trieben ihn um. Er wollte die dunkle Gestalt, die ihn so oft in seinen Träumen heimsuchte, finden. Ihn, dem er sich in seinen einsamsten Stunden so ähnlich fühlte. Er verhieß, etwas in ihm zu erwecken. Eine Stärke, von der Meliander nur zu gut wusste, dass sie ihm noch fehlte.

Abschiedsschmerz

»Werd se vermissen«, murmelte ihr Bruder leise.

Sata sah überrascht zu dem Troll auf. »Du musst nicht länger wie ein hirnloser Fleischberg vor dich hinstammeln. Sie sind weg. Wir können wieder unsere wahre Gestalt annehmen.«

Keiner antwortete ihr. Sie alle standen am Rand des Flugdecks und starrten in die Tiefe. Trotz des Regens und der Dunkelheit konnten sie Emerelle und Meliander noch deutlich sehen. Sie konnten alles auf der Welt deutlich sehen, wenn sie nur wollten. Doch die Jahrhunderte voller Enttäuschungen hatten sie müde werden lassen.

Andur, Gylla, Fillipos und Abrax – sie alle waren nicht, was sie zu sein schienen. Sie waren weder Kentaur noch Dryade, weder Faun noch Troll, sondern die Letzten ihrer Art am Himmel über Albenmark. Sie hatten einst diese Welt erschaffen. Sie waren Alben.

»Vielleicht sollte einer von uns ihnen folgen«, sagte Gylla vorsichtig.

»Wir mischen uns nicht ein«, fuhr Sata die falsche Dryade an. »Wir wollten eine Welt in Freiheit. Eine Welt, in der unsere Kinder selbst für ihre Taten einstehen und nicht zu Göttern flennen, die ihnen ein besseres Leben schenken sollen.«

»Du weißt, dass der Goldene ihnen nachstellen wird, sobald er erfährt, dass sie nicht mehr auf dem Blauen Stern sind.« Andur scharrte unruhig mit den Hufen. »Sie sind auf eine Begegnung mit ihm nicht angemessen vorbereitet. Wir hätten mehr ...«

»Wir sind am Ende unserer Möglichkeiten angelangt. Ob wir sie noch einige Jahre hierbehalten hätten oder nicht, es hätte keinen Unterschied gemacht«, unterbrach ihn Fillipos. »Wir haben die Zukünfte erforscht. Wir wissen um all die möglichen Wege der beiden. Sie können Lichtgestalten werden oder ein Zeitalter der Dunkelheit heraufbeschwören. Es liegt nicht mehr in unserer Hand. Wir haben sie über Jahrzehnte geschmiedet ... und doch habe ich immer noch das Gefühl, dass wir ihnen nicht die Form aufzwingen konnten, die uns vorschwebte.«

Sata musste über dieses Bild lächeln. Immerhin hatte Emerelle wenigstens an diesem Abend genau das getan, was sie von ihr erwartet hatte. Sie hatte die Elfe voller Absicht gereizt. Schon vor einer ganzen Weile war sie auf Emerelles inneren Aufruhr aufmerksam geworden. Sie hatte gespürt, wie die Sehnsucht nach einem Leben in ihr gewachsen war, das vielfältiger war als das auf dem Blauen Stern. Mit dem Schwertkampf und der anschließenden Lektüreverordnung hatte sie die junge Elfe bewusst provoziert. Ihr war klar gewesen, dass Emerelle nur noch einen kleinen Anstoß gebraucht hatte, um all das hier hinter sich zu lassen.

»Wird ruhig ohne sie«, murmelte Abrax schwermütig.

»Kannst du endlich wieder normal reden?«, fuhr Sata den grauen Koloss an. Der Troll war etwa sieben Mal so groß wie sie.

Abrax sah aus traurigen schwarzen Augen auf sie hinab. »Wenig Worte, viel Seele, das Troll.«

»Du bist also inzwischen gern ein stammelnder Idiot.« Sie sah die übrigen Alben an. »Und ihr? Wollt ihr auch bleiben, was ihr seid?«

Nur Fillipos wich ihrem Blick nicht aus. Die Jahre mit den beiden Elfen hatten sie verändert. Sie hatten eine Welt erschaffen, sich dann aber nicht mehr mit ihrer Schöpfung abgegeben. Sie hatten sich geschworen, nur zu beobachten. Absolute Freiheit bedeutete nun einmal auch die Freiheit, Fehler zu machen. Sogar, wenn diese Tod und Verderben über Unschuldige brachten. Nur so konnte Albenmark stark und unabhängig werden.

Mit Ausnahme der Himmelsschlangen, die sie als Garanten der Ordnung erschaffen hatten, hatten sie ihre Kinder gemieden, und selbst mit diesen fast göttergleichen Drachen hatten sie nur sehr selten Umgang gepflegt.

Indem sie Emerelle und Meliander an Bord duldeten, hatten sie ihren eigenen Schwur gebrochen. Sie hatten die Kinder umhegt. Hatten versucht, ihnen ihre Vorstellung von Moral zu vermitteln. Und dabei hatten sie die beiden jeden Tag belogen. Sata wusste, wie sehr es die zwei geschmerzt hatte, dass sich ihnen die Alben nie zeigten. Irgendwann hatten beide begonnen zu glauben, mit irgendeinem Makel behaftet zu sein.

Es war schwer gewesen, Zeuge ihrer Verzweiflung zu sein und sich ihnen dennoch nicht zu offenbaren. Und so hatten die beiden unwissentlich auch sie geprägt; hatten aus dem arroganten Abrax einen Troll werden lassen, der sich hinter kargen Worten versteckte, und aus Gylla eine Dryade, die ihre Traurigkeit stets mit markigen Sprüchen überspielte.

Es hatte eine Zeit gegeben, da hatten sie befürchtet, die Himmelsschlangen würden sich gegen sie wenden. Damals hatten sie die jungen Elfen in der Zwergenstadt Ishaven versteckt. Doch der Angriff der alten Drachen war nie erfolgt.

Sata war sich sicher, dass mindestens eine, wenn nicht gar mehrere der Himmelsschlangen für das überraschende Verschwinden so mancher ihrer Brüder und Schwestern verantwortlich waren. Sie war versucht gewesen, gegen den Kodex der Alben zu verstoßen und in den Erinnerungen ihrer Geschöpfe zu lesen, aber letztlich hatte sie widerstanden, sich auf diese niedere Stufe der Machtausübung hinabzubegeben. Manchmal bereute sie das.

Etliche ihrer Brüder und Schwestern waren ins Mondlicht gegangen. Sie hatten diese Welt aus freien Stücken aufgegeben, um anderswo eine neue, große Schöpfung zu beginnen und all die Fehler zu vermeiden, die Albenmark befleckten. Aber der Fleischschmied wäre niemals einfach gegangen. Er hatte es zu sehr geliebt, Albenmark mit seinen Chimären zu bevölkern. Mit Kentauren und Minotauren, mit Faunen und all den anderen Geschöpfen, die ihre Körper mit einem Tier teilten. Ihm musste etwas zugestoßen sein.

Je nach Tagesform aber fand sie ihre Erkenntnis im Hinblick auf die Himmelsschlangen auch eher atemberaubend als erschreckend. Ihre Kreaturen hatten sich gegen ihre Schöpfer gewandt. War das nicht die höchste Stufe der Freiheit, die ihre Kinder erreichen konnten?

»Die beiden wissen so gut wie nichts über das wirkliche Leben dort unten«, murmelte Andur betroffen. »Wenn sie an die Falschen geraten …«

»Dann werden sie merken, wie nett es hier oben war«, schnarrte Gylla. »Ich wette mit dir, es wird kein Tag vergehen, und schon wird es ihnen leidtun, sich von hier, ohne sich auch nur zu verabschieden, verdrückt zu haben. Aber bei mir brauchen sie nicht mehr anzukommen.« Die Dryade verschränkte die Arme vor der Brust und starrte finster in den Regen.

»Mir sind se immer willkommen«, knurrte Abrax.

»Dann pass auf, dass sie mir nicht unter die Augen kommen. Ich würde sie in zwei Rosenbüsche verwandeln …«

Sata zog ihre Lieblingsmeerschaumpfeife aus dem Gürtel, die mit dem Pfeifenkopf, der wie ein Löwenhaupt geschnitten war, und begann, sie mit Tabak zu stopfen.

Sie alle würden die beiden vermissen. Nie waren sie ihrer

Schöpfung so nahe gewesen wie in den Jahren mit Meliander und Emerelle.

Ein Wort der Macht ließ den Tabak aufglühen. Sie nahm einen tiefen Zug und blies Rauchkringel in die Nacht.

Keiner von ihnen machte Anstalten zu gehen, obwohl ihre beiden Schützlinge inzwischen außer Sicht waren. Alle hingen sie ihren Gedanken nach. Den Erinnerungen an jene Jahre, die diese zwei Elfenkinder zu goldenen Jahren hatten werden lassen.

Die Kinder der Alben

»Ein Dorf ist das nicht ...«

Meliander betrachtete die hufeisenförmige, zu ihrer Seite hin offene Anlage ineinander verschachtelter Häuser. Über der torgroßen Tür des in der Mitte gelegenen zweistöckigen Gebäudes hing eine Laterne, unter der ein hölzernes Schild mit einem Drachenkopf darauf im Wind schaukelte. Rechts davon lag ein offener Stall, in dem sich etliche Maultiere drängten. Einige weitere Anbauten, darunter eine geschlossene Stallung, die aussah, als wäre sie für Pferde bestimmt, befanden sich auf der anderen Seite des Haupthauses. »Das Schild ... Das dürfte ein Gasthaus sein«, sagte er schließlich zögerlich.

»Dann seien wir mal Gäste.« Emerelle trat forsch aus dem Schutz des Waldes und strebte mit weit ausgreifenden Schritten der Laterne entgegen.

Meliander folgte ihr. Der Weg war zu zähem Schlamm zertrampelt, der bei jedem Schritt an den Stiefeln zerrte. Immer noch regnete es. Er war patschnass und bedauerte es heftig, seiner Schwester gefolgt zu sein.

Sie erreichte als Erste den seltsamen Eingang des Gasthauses. In den rechten Türflügel, den auch ein Troll, ohne sich zu ducken, hätte passieren können, war eine kleinere Tür eingelassen, die ganz gut zu ihren Abmessungen passte. Und darin wiederum gab es eine dritte, noch kleinere Tür, die wohl für Kobolde gedacht war.

Emerelle zog am Eisenring der elfenhohen Tür, und diese schwang auf. Warme Luft schlug ihnen entgegen. Es stank nach altem Bier, fettigem Essen, Kohlsuppe und nasser Wolle.

Seine Schwester zuckte leicht zurück.

»Kommt rein und macht die verdammte Tür zu«, keifte eine schrille Stimme. »Das zieht ja wie Hechtsuppe!«

»Los!« Meliander schob seine Schwester vor sich her. Für diese Nacht hatte er genug im Regen gestanden.

Neugierig sah er sich um. Er hatte hinreichend lange in rauchgeschwängerten Zwergenhöhlen gehaust, um sich von den fremden Gerüchen der Gaststube nicht abschrecken zu lassen. Inmitten des Schankraums erhob sich ein mächtiger Kamin, in dem glühende Scheite ein rötliches Licht verströmten. Nur wenige Öllampen erhellten den Raum zusätzlich. Stützpfosten trugen eine schwere Balkendecke, die von Ruß und Alter schwarz geworden war.

Die Sitzmöbel in der Schänke ließen auf Gäste der unterschiedlichsten Körpermaße schließen. Schwere Baumstümpfe waren wohl für Trolle, Minotauren und ähnlich hünenhafte Gäste gedacht. Auf einem Podest standen Tische und Stühle, die zu Kobolden passten, und nah bei der Theke war der ansonsten mit Binsen bestreute Boden stattdessen mit Stroh bedeckt. Pferdeäpfel zwischen den goldenen Halmen verrieten, dass dort wohl noch vor Kurzem Kentauren gezecht hatten.

Eine Gruppe von Zwergen saß nahe beim Feuer und würdigte sie, ganz und gar in ein Würfelspiel vertieft, keines Blickes. Einige der weniger ausdauernden Zecher lagen schon unter den Bänken. Aus einem dunklen Winkel erklang das Kichern von Kobolden.

»Womit kann ich euch dienen?« Hinter der Theke an der Rückwand trat ein Faun hervor. Mit einem schmutzigen Lappen polierte er ein Trinkhorn.

Der bocksbeinige Wirt hatte ein vernarbtes Gesicht. Sein linkes Auge war unter einer Filzklappe verborgen, auf die mit Silberfäden ein stilisiertes Auge gestickt war. In sich gedrehte Hörner ragten knapp unterhalb des Haaransatzes aus seiner Stirn. Er war ein wenig größer als Emerelle und einschüchternd breitschultrig, ganz anders als Fillipos. Ihr Gefährte auf dem Blauen Stern hatte sich gern in lange weiße Tuniken gewandet, und ihm hatte stets etwas angenehm Vergeistigtes angehaftet. Dieser Faun hier indes war mürrisch, und Meliander glaubte, auch eine gewisse Verschlagenheit in dem aufgesetzten Lächeln zu erkennen. Der Herr der Taverne trug eine speckige Lederschürze, die dank der Schmutzflecken vieler Jahre ein wenig an eine alte Landkarte erinnerte.

»Wir suchen die Drachenelfe Nandalee«, erklärte Emerelle.

Die Wirkung ihrer Worte war überraschend. Der Wirt schnitt eine ärgerliche Grimasse und tat einen Schritt zurück. Er wirkte wütend und zugleich eingeschüchtert. »Ihr seid ...« Er starrte Emerelle an, musterte den Schwertgriff, der unter ihrem roten Umhang hervorlugte, und die goldene Borte ihres Kleides. »Du bist ...«

Mit einem Ruck öffnete sich der Türflügel hinter ihnen, und ein riesenhafter Minotaur stapfte in die Stube. Sein Fell war mit silbernen Wasserperlen überzogen. Ein triefnasser Lendenschurz war sein einziges Kleidungsstück. In der Linken hielt er eine wuchtige, zweiköpfige Streitaxt. Er schob Meliander zur Seite und steuerte geradewegs die Theke an.

»Dein größtes Horn, Solon! Ein reißender Strom ist von mir gegangen, und meine Kehle ist trocken wie die Schurabad.«

Der Wirt beeilte sich, hinter seine Theke zurückzukommen.

»Solon?«, herrschte Emerelle ihn an. »Ist das eine Art, mit Gästen umzugehen?«

Der Minotaur drehte sich um. »Große Bedürfnisse sind nun mal wichtiger als die Anliegen kleiner Elflein.« Er legte den Kopf schräg. »Ich an deiner Stelle würde den Umhang in die Nähe des Feuers hängen, so nass, wie er ist. Du holst dir sonst noch den Tod. Es heißt, die Gesundheit der Elfen sei ebenso zart wie ihre dürren Glieder.«

»Dein Wein, Borros.« Der Wirt warf Emerelle einen flehenden Blick zu, den sie natürlich ignorierte.

Meliander griff nach ihrem Arm. »Komm, suchen wir uns einen guten Platz nah beim Feuer.«

»Dein Umhang, Elfe«, beharrte der Minotaur. »Offenbar ist mir an deiner Gesundheit mehr gelegen als dir.«

Die Gespräche in der Schenke waren inzwischen verstummt. Die würfelnden Zwerge sahen zu ihnen herüber, und im Schatten unter einem der Tische bemerkte Meliander einige Kobolde.

»Es ehrt Euch, werter Borros, dass Ihr so sehr um die Gesundheit meiner Schwester besorgt seid.« Meliander versuchte es mit seinem gewinnendsten Lächeln. »Vielleicht darf ich Euch auf einen weiteren Wein ...«

»Das ist meine Sache«, unterbrach ihn Emerelle und warf ihren Umhang zurück.

Unter dem Tisch bei den Kobolden erklang ein spitzer Schrei. Solon starrte Emerelle an, als stünde ein Geist vor ihm.

»Eine Drachenelfe.« Der Minotaur ließ seine Rechte auf den Griff der Axt sinken, die er neben sich auf der Theke abgelegt hatte.

Meliander sah das Kleid, an dem seine Schwester so lange heimlich gearbeitet hatte. Obwohl Emerelle sich gegen den Regen geschützt hatte, musste ihr Umhang beim Sturz vom Blauen

Stern nass geworden sein, denn die rot gefärbte Wolle hatte Spuren auf dem weißen Stoff hinterlassen.

»Das soll das Gewand einer Drachenelfe sein?« Meliander hob spöttisch die Brauen. »Glaubst du das wirklich, Stierkopf?« Wenn es freundlich nicht ging, dann musste er eben einen anderen Ton anschlagen. »Die Gewänder der alten Schwertmeister waren von Magie durchwoben. Kein Staubkorn vermochte an ihnen zu haften, kein Pfeil sie zu durchdringen. Wasser perlte einfach an ihnen ab. Dieses nasse Huhn hier hältst du für eine Drachenelfe? Du solltest ...«

»Ich regele das ohne dich!«, fuhr Emerelle ihn an.

Borros nahm die Hand von der Axt und verzog das Maul. Meliander war sich nicht ganz sicher, ob das ein Lächeln sein sollte.

»Ich bin eine Drachenelfe!«, rief Emerelle herausfordernd.

»Und ich bin der Geisterkönig von Haiwanan.« Der Minotaur hob sein Trinkhorn, prostete ihnen zu und nahm einen tiefen Schluck.

»Lass es auf sich beruhen.« Meliander zog Emerelle mit sich zu einem Tisch bei der Feuerstelle. Grollend fügte sich seine Schwester. Sie breitete ihren Umhang über eine Stuhllehne und schob ihn nah an den Kamin. Unglücklich betrachtete sie ihr Kleid, das die gefärbte Wolle mit Dutzenden rosa Flecken verunstaltet hatte.

Solon brachte ihnen zwei Krüge mit einem Bier, das noch übler roch als Abrax' Gebräu auf dem Blauen Stern. »Ich möchte euch bitten, hier nicht mehr von Drachenelfen zu reden, und, bei den Alben«, sagte er und senkte die Stimme, »fragt auch nicht mehr nach Nandalee. Ich weiß nicht, welcher Schalk euch zwei Heißsporne reitet, aber ihr redet euch um Kopf und Kragen. Mit Borros ist nicht zu spaßen. Er gehört zu einer Bande von Kopfjägern, die seit Wochen das Herzland durchstreift, um geflohene Drachlinge zu stellen.«

»Wir sind also im Herzland«, entfuhr es Meliander.

Solon sah ihn verwundert an. »Ihr seid wohl mehr als nur ein wenig vom Weg abgekommen.«

»Man könnte sagen, wir sind vom Himmel gefallen.« Meliander seufzte leise. Emerelle konnte es einfach nicht lassen, Ärger anzuzetteln. »So fühlen wir uns in der Tat. Wir sind auf dem Weg nach Yaldemee. Dort gibt es doch Mauslinge … Wir wollten ein oder zwei überreden, uns an den Hof unseres Vaters in Tanthalia zu begleiten.« Meliander improvisierte mithilfe seines Buchwissens und hoffte, dass er nicht allzu großen Unsinn redete.

Solon gab ein Schnauben von sich und stellte die beiden Krüge vor ihnen auf den Tisch. »Das macht zwei Kupferstücke.«

»Was?« Emerelle war noch immer in streitlustiger Stimmung. »Das hier ist ein Gasthaus! Wir sind Gäste. Was für eine Gastfreundschaft ist das denn, wenn man für stinkendes Bier Kupferstücke verlangt?«

»Ihr müsst hier nicht bleiben.« Solon hob die Krüge vom Tisch. »Sucht euch einen gemütlichen Platz draußen im Regen, um zu übernachten.«

»Die Elfe hat doch recht!«, grölte einer der Zwerge. »Du solltest uns dafür bezahlen, dass wir diese Bullenpisse trinken.«

»Was hast du gegen Bullenpisse?«, ertönte der Bass des Minotauren.

»Ist doch nicht gerade bekömmlich …« Der Zwerg, schon sichtlich in fortgeschrittenem Alter, mit Stirnglatze und breiten weißen Strähnen in seinem roten Bart, versuchte offenbar einen Weg zwischen Herausforderung und Entgegenkommen zu finden, der ihn am Ende nicht als Duckmäuser dastehen lassen würde.

Borros griff erneut nach seiner Axt. »Ich zeig dir gleich, was nicht bekömmlich ist: in meiner Gegenwart Witze über Bullen zu machen.«

Solon stellte die Bierkrüge ab, drehte sich zu dem Stiermann um und erhob besänftigend die Hände. »Es war nur eine dumme Redewendung. Nur eine Redewendung ...«

Der riesige Krieger brummte etwas Unverständliches. Er machte keine Anstalten, auf die Zwerge loszugehen, aber er nahm auch nicht die Hand von der Axt.

Solon wandte sich wieder ihnen beiden zu. »Ihr geht. Sofort!«, zischte er leise, und sein zornig funkelndes Auge ließ keine Zweifel aufkommen, wie ernst er es meinte.

»Aber ...«, begann Emerelle.

»Still!«, fuhr er sie an. »Ich entziehe euch das Gastrecht. Macht euch davon! Und versucht erst gar nicht, in den Ställen zu schlafen. Raus hier!«

Meliander erhob sich halb, aber seine Schwester blieb sitzen. »Barmherzigkeit gegenüber den Bedürftigen gehört zu den Grundpfeilern einer gesunden Moral ...«

Meliander kannte den Ausspruch nicht, aber er war sich sicher, dass er nicht von Emerelle stammte. Ein wenig von dem, was sie gelesen hatte, schien hängen geblieben zu sein. Nur schade, dass sie den falschen Augenblick gewählt hatte, um ihr Wissen zu nutzen.

»Ich scheiß auf deine Moral, Elfe!« Solon gab sich keine Mühe mehr, zu flüstern. »Und jetzt raus, sonst bitte ich Borros, euch vor die Tür zu setzen.«

Emerelle maß den Stiermann mit einem abschätzenden Blick.

Ein kalter Schauder lief Meliander über den Rücken. Das war das Letzte, was sie brauchten. Gerade vor ein paar Stunden war Emerelle noch mühelos von einer Koboldin im Schwertkampf geschlagen worden. Was würde da erst solch ein Ungeheuer mit ihr anrichten? Vermutlich würde der Minotaur seine Schwester binnen Augenblicken in handliche Stücke zerlegen.

»Du kommst mit.« Meliander zog sie von ihrem Stuhl hoch.

Sie deutete auf ihren Armreif. »Reicht das für zwei gute Betten in einem beheizten Zimmer, ordentliches Essen und eine Schüssel mit heißem Wasser?«

Solon biss sich auf die Lippe. Er starrte den schweren goldenen Armreif an. »Ihr wollt mich auf die Probe stellen ... Die Drachen haben euch geschickt, nicht wahr? Ich betreibe keinen Wucher! Ihr bekommt euer Zimmer. Aber nicht für den Armreif.«

Meliander begriff gar nichts mehr. Eben noch hatte der Wirt sie hinauswerfen wollen, und nun das ...

»Los, los. Ihr seid Gift für die Gaststube. Kommt mit!« Solon führte sie zu einer Stiege neben der Theke.

»Schön, dass du doch noch zu Moral und Barmherzigkeit gefunden hast«, sagte Emerelle, kaum dass sie ein paar Stufen erklommen hatte, gut gelaunt. »Dann kannst du uns ja auch verraten, was du über Nandalee weißt.«

Solon warf einen ängstlichen Blick zurück in die Stube. Sowohl die Zwerge als auch der Minotaur blickten ihnen nach. Die Ohren des Stiermanns zuckten, als lauschte er angestrengt.

»Hoch mit euch!« Solon schob sie beide das letzte Stück der Treppe vor sich her. Die Stiege mündete in einen schmalen Flur, von dem zahlreiche Türen abgingen. Die vorletzte öffnete er. Dahinter lag ein kleines Zimmer mit zwei Betten. Ein Fenster ging auf den Hof. Im Kamin lag Feuerholz aufgeschichtet. Auf einem schmalen Tisch standen ein Wasserkrug und eine angeschlagene Waschschüssel; beide in schlichtem Grau mit ungelenk aufgemalten blauen Blumen.

»Ich schicke eine Magd mit Essen«, sagte der Faun kühl. »Sie wird auch das Feuer bereiten.« Er schüttelte den Kopf. »Ich weiß nicht, ob ihr Drachlinge oder Fahrende Ritter seid. Ich habe gegen keines der Gesetze der geflügelten Herrscher verstoßen, bin ihnen aber auch nicht in den Arsch gekrochen. Es gibt keinen Grund, mir nachzustellen oder mich zu bedrängen.« Mit diesen Worten eilte er aus der Kammer und schlug die Tür hinter sich zu.

»Sie sind ein wenig seltsam, die anderen Albenkinder.« Emerelle ließ sich der Länge nach auf das Bett am Fenster fallen. »Was meint er mit Drachlingen und Fahrenden Rittern?«

Meliander zuckte mit den Schultern. »Keine Ahnung. Darüber stand nichts in den Büchern der Bibliothek.« Und das beunruhigte ihn mehr, als er seiner Schwester sagen wollte.

Sie hatten nicht einmal eine halbe Nacht gebraucht, um sich in Schwierigkeiten zu bringen. Besser, er wartete nicht ab, wie weit das alles in ein paar Tagen führen würde. Er musste Emerelle davon überzeugen, wie sinnlos die Suche nach ihrer Mutter war. Und er hatte auch schon eine Idee, wie das gelingen könnte: Sie mussten dorthin gehen, wo die Geschichte der Rebellin Nandalee begonnen hatte.

Die Warnung

»Was hast du dir unten im Gastraum gedacht?«

Emerelle lag auf ihrem Bett und starrte an die Decke. Sie antwortete nicht. Meliander kannte diese Launen von seiner Schwester.

»Wir sind hier nicht mehr auf dem Blauen Stern. Deine Bockigkeit wird uns in Schwierigkeiten bringen. Also: Was hast du dir dabei gedacht? Hättest du dich wirklich mit dem Minotauren angelegt?«

Sie zuckte mit den Schultern.

»Du wirst uns noch umbringen! Fremde nach Nandalee zu fragen ist keine gute Idee. Die ganze Welt hält sie für die Mörderin des Dunklen …«

»Was sie mit Sicherheit nicht ist!«, fuhr ihm Emerelle dazwischen.

»Und woher weißt du das? Hast du vergessen, mit welcher Kälte sie ihm begegnet ist, wann immer er uns in der Alten Veste besucht hat?«

Emerelle setzte sich auf. »Sie hat uns zu ihm in die Grotte unter der Pyramide gebracht, als es keine Zuflucht mehr gab. Sie hat ihm vertraut. Warum hätte sie ihm etwas antun sollen?«

Darauf wusste Meliander keine Antwort. Wie auf so viele Fragen nicht, die mit ihrer Mutter in Verbindung standen.

Nach dem Tod des Dunklen war sie mit ihnen beiden gereist.

Zumindest hatte sie das so dargestellt. Jetzt, im Rückblick nach all den Jahren, wusste er, dass es keine Reise, sondern eine Flucht gewesen war. Die Drachen Albenmarks hatten sie gehetzt. Unbarmherzig, mit niemals erlöschendem Zorn. Ihre Mutter hatte absichtlich Fehler gemacht, wenn sie Albensterne öffnete, und war auf die Weise durch die Zeit gegangen. Jeweils um wenige Monde nur, aber die Sprünge in die Zukunft hatten es ihnen ermöglicht, ihre Spur zu verwischen. Und dennoch hatten die Drachen sie stets wiedergefunden.

Nandalee war mit ihnen sogar in die Welt der Menschenkinder geflohen, aber auch dort hatten die Drachen sie aufgespürt, und so hatte ihre Mutter sie zuletzt Sata anvertraut, die sie in die Obhut der Alben brachte. So viele Jahrzehnte hatten sie auf dem Blauen Stern gelebt … Sie waren auf dem Luftschiff um die ganze Welt gereist, und doch kannten sie Albenmark nur aus der Sicht der Götter. Aus weiter Ferne.

Auch Meliander war das Gasthaus entsprechend fremd, obschon er ein wenig über derlei Orte in Büchern gelesen hatte. Es gab so vieles, was man falsch machen konnte …

»Was Drachlinge und Fahrende Ritter wohl sind?«, dachte Emerelle laut. »Solon schien vor beiden Angst zu haben. Vielleicht sollten wir hinuntergehen und ihn fragen.«

»Das werden wir nicht!«, fuhr Meliander sie an. »Er wollte darüber nicht reden. Wir haben ihm schon genug Ärger gemacht.« Er trat an das kleine Fenster des Zimmers. Der Regen hatte aufgehört. Silbernes Mondlicht erhellte die Nacht. Pfützen lagen wie Spiegel auf dem von Hufen zerstampften Platz vor der Gaststätte.

Melianders Blick wanderte über die Ställe und Anbauten des großen Hauses. Zwei Fledermäuse flogen in weiten Kreisen um die Laterne über der Eingangstür. Etwa hundert Schritt entfernt erhob sich der Wald wie ein schwarzer Wall.

»Wie sollen wir Mutter finden, wenn wir nicht nach ihr fragen können?«, fragte seine Schwester bedrückt.

Er drehte sich zu ihr um. Mit hängenden Schultern saß sie auf der Bettkante. Das Kleid, an dem sie so endlos lange gearbeitet hatte, war von rosa Farbschlieren ruiniert. Sie sah verloren aus. So wie damals, wenn sie ihn angefleht hatte, mit ihr in ihrer Kammer auf dem Himmelsschiff zu übernachten. Sosehr er sich eben noch über sie geärgert hatte – jetzt tat sie ihm leid. Wenn sie die Gedanken an ihre Mutter hinter sich lassen könnte, so wie er es schon vor langer Zeit getan hatte, würde ihr das Herz leichter werden. Dann wäre sie frei.

Ein Geräusch schreckte ihn aus seinen Gedanken auf. Die schwere Tür der Schenke hatte sich geöffnet. Borros verließ das Gasthaus. Mit großen Schritten eilte er über den Hof und dem Wald entgegen.

»Der Minotaur zieht ab.«

»Besser für ihn, wenn er mich nicht zum Frühstück trifft«, murrte Emerelle.

Meliander seufzte. »Natürlich, du hättest ihn sonst gelehrt, was es heißt, eine Drachenelfe auch nur schief anzuschauen.«

»Genau!«, erwiderte Emerelle trotzig. Plötzlich lachte sie leise. »Danke.«

Verdutzt sah Meliander seine Schwester an.

»Es ist gut, dass du mir gefolgt bist. Ohne dich wäre ich hier verloren. Ich weiß, dass ich nicht sonderlich geschickt war.« Sie verzog zerknirscht das Gesicht. »Das alles ist so fremd. Und als Gast zu zahlen …« Sie schüttelte den Kopf. »Das ist doch widersinnig. Als wir bei den Zwergen untergekommen sind, war auch nie die Rede davon, dass wir etwas zahlen.«

Wahrscheinlich hatte das Sata für sie erledigt, dachte Meliander, sagte aber nichts, um nicht sofort den nächsten Streit mit

Emerelle zu beginnen. »Wir werden uns morgen …« Er verstummte. Die Holzdielen vor ihrem Zimmer knarrten.

Emerelle war mit einem Satz bei der Tür und zog ihr Schwert. Meliander konnte ihr gerade noch in den Arm fallen, als sich die Tür öffnete und Solon auf die blanke Klinge sah.

Erschrocken hob der Wirt die Hände. »Mich in meinem Haus mit einem Schwert bedrohen?«, knurrte er. »Ich sollte einfach gehen und euch eurem Schicksal überlassen.«

»Wie meinst du das?«

»Borros hat sich davongemacht, und ich bin mir ziemlich sicher, dass er seine Spießgesellen suchen wird. So, wie ihr euch in der Schankstube aufgeführt habt …« Er seufzte. »Ich will euch nicht vormachen, dass ich hier stehe, weil ihr mir leidtut. Ich möchte nur kein Blutvergießen in meinem Haus erleben. Borros wird vermutlich noch vor dem Morgengrauen mit seinen Kameraden zurückkehren. Dann seid ihr besser weit fort.«

Emerelle steckte ihre Waffe wieder zurück. »Aber was will er denn von uns?«

Der Faun verdrehte die Augen. »Seid ihr wirklich so weltfremd? Woher kommt ihr denn? Aus einem Fürstenhaus inmitten der großen Wälder, irgendwo am Arsch der Welt?«

Bevor Emerelle etwas Dummes sagen konnte, nickte Meliander bekräftigend. »Das trifft es ziemlich gut.«

Solon deutete auf Emerelles Kleid. »Das ist ein dummer Scherz. Es gibt keine Drachenelfen mehr. Die Himmelsschlangen trauen den Elfen, ihren Meuchlern, die sie in der Weißen Halle ausgebildet haben, nicht länger. Nur eine zieht für sie noch in den Kampf, und die hat ihr Ehrengewand längst abgelegt.«

»Aber die Drachenelfen waren unbesiegbar!«, begehrte Emerelle verzweifelt auf. »Was ist aus ihnen geworden?«

»Sie sind tot. Viele sind aus der letzten Schlacht um Nangog nicht zurückgekehrt.« Solon sah sie an, als hätte er es mit einfältigen Kindern zu tun. »Manche haben sich in die Einsamkeit abgelegener Orte zurückgezogen. Andere hingegen haben sich den Fahrenden Rittern angeschlossen. Sie rebellieren gegen die Gesetze der Drachen und werden gnadenlos von den Drachlingen gejagt.«

»Und was sind Drachlinge?«, fragte Emerelle.

»Jene, die den Himmelsschlangen und all den anderen Drachen dienen. Sie erheben die Steuern und sorgen dafür, dass die Gesetze der Drachen beachtet werden.«

»Und so einer ist Borros?« Meliander blickte noch einmal zum Fenster, aber der Minotaur war längst im Wald verschwunden.

Solon scharrte nervös mit seinen Bockshufen. »Nein, Borros und der Rest des streitlustigen Packs, zu dem er gehört, sind einfach nur Söldner und Kopfjäger. Sie werden euch nachstellen und euch den Drachlingen ausliefern. Und damit das nicht geschieht, kommt ihr jetzt mit mir.« Solon trat durch die offene Tür auf den Flur.

Emerelle folgte ihm, ohne zu zögern. Meliander war skeptisch. Ihm kam der Faun nicht unbedingt wie einer vor, dessen Handlungen von einem guten Herzen diktiert wurden.

»Ihr werdet schnell sein müssen«, erklärte der Wirt auf der Treppe nach unten. Er führte sie an der Theke vorbei zu einem Hinterausgang. »Ich kann euch ein paar Pferde verkaufen.«

»Warum werden wir so schnell sein müssen?« Meliander gefiel diese neue Entwicklung nicht.

»Zu den Kopfjägern gehört eine Gruppe Kentauren. Mit meinen Pferden werdet ihr ihnen entkommen, wenn ihr über offenes Land reitet. Aber flüchtet nicht durch die Wälder; durch die bewegen sich die Kentauren mit unvergleichlichem Geschick.« Solon wandte sich zu Emerelle um. »Ich tausche die Pferde gegen deinen Armreif.«

»Ich dachte, du tauschst nicht …« Nun schien auch Emerelle misstrauisch geworden zu sein.

Solon bedachte sie mit einem breiten Lächeln. »Nicht gegen zwei Übernachtungen. Das wäre Wucher. Aber die Pferde haben einen angemessenen Gegenwert. Und es würde mich freuen, wenn ihr beide Borros entkommt.«

»Warum?«, hakte Meliander nach.

»Ich weiß, was ihr seid.« Er blinzelte ihnen mit seinem verbliebenen Auge verschwörerisch zu.

Meliander schluckte. Was hatte sie verraten? Woran hatte der Faun erkannt, dass sie vom Blauen Stern kamen?

»Ihr seid von zu Hause durchgebrannt und habt den Kopf voller Flausen. Die Welt ist nicht so wie in den Liedern der fahrenden Sänger und den Geschichten der blinden Märchenerzähler aus Tanthalia. Sucht das falsche Abenteuer, und ihr seid tot.« Er deutete auf Emerelle. »Und du solltest wirklich nicht versuchen, wie eine Drachenelfe auszusehen. Deren Zeit ist vorüber, ihr Ruhm verblasst. Sie sind zusammen mit Nangog untergegangen.« Er klang melancholisch, und Meliander hatte diesmal das Gefühl, dass er es tatsächlich bedauerte.

»Los jetzt!« Solon hielt sich dicht an der Mauer des Gasthauses im tiefen Schatten und stakste eilig nach links zu den Anbauten. Dort öffnete er eine gut geschmierte Tür, die lautlos aufschwang. »Ihr schleicht wie Kätzchen«, murmelte er, als er sie in den Stall zog, der deutlich nach Pferden roch, und die Tür sofort hinter ihnen schloss.

Meliander war sich nicht sicher, ob das ein Kompliment sein sollte. Die Pferde schnaubten unruhig, als sie sich zwischen ihnen hindurchbewegten.

Der Faun hielt unter einer wuchtigen Laterne mit dicken Glaswänden, in der ein kleiner, goldgelber Lichtpunkt glomm.

Geschickt stellte er den Docht höher, und die auflodernde Flamme erhellte die nähere Umgebung.

»Die beiden dort ...« Er wies auf zwei Rotfüchse, die mit ihren struppigen Mähnen auf Meliander wirkten, als hätten sie schon bessere Tage gesehen. Ein wenig ratlos sah er zu Emerelle.

Seine Schwester trat unbefangen zu den Pferden, tätschelte ihnen den Hals und schob ihre Lippen zurück, um sich die Zähne anzusehen. Er hatte zwar davon gelesen, dass man am Gebiss das Alter und sogar die Gesundheit von Pferden ablesen konnte, aber er hatte keine Ahnung, worauf er dabei zu achten hätte. Und er war sich ziemlich sicher, dass Emerelle es auch nicht besser wusste.

»Sind nicht mehr die Jüngsten«, wandte sich Emerelle forsch an den Faun.

»Ich auch nicht, und trotzdem weiß ich besser als in meiner Jugend, wie man ein Gasthaus führt.«

»Wir sind nicht an schlauen Pferden interessiert, sondern an welchen, die uns auf unserer Flucht vor den Kentauren von Sonnenaufgang bis Sonnenuntergang tragen können.«

Der Faun verschränkte die Arme vor der Brust. »Und wenn ihr zeitig aufbrecht, statt lange mit mir zu feilschen, dann werdet ihr die Flucht mit einem ordentlichen Vorsprung beginnen.«

»Was ist mit den anderen Pferden hier im Stall?«, wollte Emerelle wissen.

»Die gehören mir nicht.«

Emerelle tat weiterhin so, als verstünde sie sich auf Pferde, und sah sich die Hufe und Fesseln der Füchse an.

»Warum hilfst du uns noch gleich?«, fragte Meliander den Faun.

Solon bedachte ihn mit einem Blick, der ebenso verärgert wie beleidigt wirkte. »Meine Familie ist den Elfen seit alter Zeit verbunden. Mein Großvater flog einst mit dem großen, steinernen

Schiff über den Himmel von Nangog. Als die Welt zerbrach und alles, was lebte, in einen Mahlstrom von Felsen gezogen wurde, hat eine Elfe ihm ihren Platz in einem Rettungsboot überlassen, das ihn auf wundersame Weise aus der anderen Welt hierher ins Herzland trug. Ich wäre nie geboren worden, hätte diese Elfe nicht meinen Großvater gerettet. Er hat mir die Geschichte von der Schlacht am Himmel oft erzählt, als ich als kleiner Faun abends an seinem Feuer saß. Und jetzt helfe ich ein paar jungen Elfen, die noch ziemlich grün hinter ihren spitzen Ohren sind, ihren Arsch zu retten.«

Meliander traute dem Faun nicht. Irgendwie erschien ihm das alles zu glatt. Auch die Geschichte vom Steinschiff. Wahrscheinlich hatte der Wirt Borros den Auftrag gegeben, einigermaßen geräuschvoll die Schenke zu verlassen und sich irgendwo im Wald ein Nachtlager zu suchen, um sie beide dann selbst mit der Geschichte vom Kopfjäger, der sich Verstärkung holt, so weit einzuschüchtern, dass sich ihm die erstklassige Gelegenheit bot, seine alten, unverkäuflichen Gäule zu einem horrenden Preis loszuwerden.

Doch noch ehe Meliander etwas dahingehend erwidern konnte, verkündete Emerelle enthusiastisch: »Die Pferde werden uns tragen.«

»Sind wir also handelseinig?« Solon blickte gierig auf ihren Armreif.

»Nein.« Sie lächelte den Faun an. »Wir bekommen noch zwei Sättel, Pferdedecken und Zaumzeug. Dazu zwei wahrhaft wärmende Decken für uns, Satteltaschen, einen Topf und Vorräte für eine Woche.«

Der Wirt pfiff leise durch die Zähne. »Mir scheint, zumindest du bist doch nicht ganz so grün hinter den Ohren, wie ich dachte.« Er spuckte sich in die flache Hand und hielt sie Emerelle hin. »Der Handel gilt.«

Die Elfe zögerte einen Augenblick. Dann spuckte auch sie sich in die Hand und schlug ein.

Meliander fühlte sich ein wenig überrumpelt. Er war sich unsicher, ob ihr Schicksal gerade eine günstige Wendung genommen oder ob der Faun sie gnadenlos übers Ohr gehauen hatte. »Kannst du mir den Weg nach Yaldemee beschreiben?«, fragte er zögerlich.

»Ihr wollt tatsächlich Mauslinge holen?« Solon schüttelte den Kopf, als wäre die Vorstellung absurd. »Ihr solltet besser keine entführen. Sie haben mächtige Freunde.«

»Sehen wir etwa aus wie Sklavenhändler?«, entgegnete Meliander entrüstet.

Solon antwortete darauf nicht. Stattdessen beschrieb er ihm ausführlich den Weg.

Eine halbe Stunde später waren Emerelle und Meliander bereits ein gutes Stück nach Süden vorgedrungen. Sie ritten zwischen hohen Hecken durch sanftes Hügelland. Felder gliederten die Landschaft, die sich im blassen Mondlicht zeigte. Ab und an sahen sie ein dunkles Bauernhaus am Wegesrand. Die Straße war eine endlose Kette länglicher Pfützen – mit Wasser vollgelaufene Spuren von Karrenrädern im Lehm. Sie ritten jetzt nur mehr im Schritttempo, ließen den Pferden die Zügel locker.

»Bei der nächsten Wegkreuzung biegen wir ab.«

»Aber wollten wir denn nicht nach Süden?«, fragte Emerelle überrascht.

»Das sollten bloß Solon und seinen Freund Borros denken.«

»Du meinst, sie könnten einen Hinterhalt gelegt haben? Wohin wollen wir denn jetzt?«

»Ich hoffe nicht. Aber vielleicht folgen sie uns. Dann ist es gut, wenn sie glauben, dass unser Ziel im Süden liegt. Wir wollen eigentlich in den Norden und werden jetzt einen weiten Bogen um Solons Gasthaus schlagen. Unsere Reise soll uns an den Ort führen, an dem wir hoffentlich eine Antwort auf die Frage nach dem Verbleib unserer Mutter finden werden.«

Eine Legende stirbt

»Wir haben es fast geschafft.« Meliander drehte sich im Sattel um und sah sie an.

Emerelle biss sich auf die Lippe. Sieben Tage reisten sie nun. Sie hatten die Pässe der Ioliden hinter sich gelassen und waren manchen Umweg geritten, um etwaige Verfolger abzuschütteln. Nun standen sie auf dem Kamm eines sanft abfallenden Hügels und blickten hinab in ein weites Tal, das von Kiefernwäldern eingefasst wurde. Die Luft trug den würzigen Duft der Nadelbäume mit sich. Der Herbst war nicht mehr fern.

Weiter unten im Tal wuchsen Eichen und Buchen. Erste Blätter färbten sich schon golden. Eine frische Brise wehte ihnen entgegen. Sie mochte diesen Ort. Er hatte etwas Verheißungsvolles an sich.

»Komm!« Meliander lenkte seine Stute den Hang hinab.

Emerelle würde ihm nicht den Gefallen tun, noch einmal zu fragen, obwohl die Neugier ihr schier die Seele verbrannte. Ein Dutzend Mal und öfter hatte sie ihren Bruder schon gelöchert, wohin ihre Reise gehen sollte, doch stets hatte er sich in Schweigen gehüllt. So war er. Er hatte es schon immer geliebt, sich geheimnisvoll zu geben.

Nach einer Weile saßen sie ab und führten die Pferde am Zügel. Emerelle hatte das Gefühl, dass sie beobachtet wurden. Aus dem Brombeerdickicht am Waldesrand oder den dichten Haselnussträuchern.

Sie folgten einem kleinen Bach. Zu ihrer Rechten erhob sich ein Felsabbruch. Dicke Moospolster wucherten auf dem Stein. Plötzlich hielt sie inne. Da waren Augen im Fels!

»Meliander?«

Ihr Bruder drehte sich abrupt um, die Hand am Schwert.

»Sieh nur! Da ist ein Gesicht im Fels.«

Er atmete erleichtert aus. »Und das ist alles?«

Emerelle trat dicht an den Felsen, entfernte rings um die Augen das Moos. Dieses Gesicht … Wer immer es dem Stein abgerungen hatte, hatte seine Arbeit nicht vollendet. Es wirkte grob, unvollkommen. Ihre Hände fuhren über die Wangen, den Haaransatz. Es war ihr so vertraut …

»Es erinnert an Nandalee«, bemerkte Meliander. Er klang distanziert, wie immer, wenn er von ihrer Mutter sprach.

Emerelle erinnerte sich, dass Nandalee einmal erzählt hatte, Gonvalon habe in seinen Mußestunden nach Formen gesucht, die im Stein verborgen waren. Lachend hatte sie erklärt, dass ihr Vater kein sonderlich guter Bildhauer gewesen war.

Sie senkte den Kopf und legte ihre Stirn gegen die steinerne Stirn. Es war das erste Mal, dass sie etwas berührte, was vermutlich ihr Vater erschaffen hatte. Gonvalon war nie mehr gewesen als ein Name, den die Erzählungen ihrer Mutter zum Sinnbild verlorener Liebe hatten werden lassen.

»Komm!«, drängte Meliander. »Es kann nicht mehr weit sein.«

Sie hauchte einen Kuss auf das steinerne Antlitz. Ich werde dich finden, schwor sie sich stumm. Jetzt wusste sie endlich, wohin ihr Bruder sie führte. Die Weiße Halle konnte nicht weit von hier sein. Die Schule, in der ihre Mutter, eine wilde Jägerin aus dem eisigen Carandamon, zur Drachenelfe gemacht worden war.

Sie saßen wieder auf und durchquerten einen Buchenhain, in dem Speere aus goldenem Licht durch das dichte Blätterdach stießen. Emerelle bemerkte eine Schlammkuhle, in der sich Wildschweine gesuhlt haben mussten. In der Ferne hämmerte ein Specht. Der Wald wirkte unberührt. Und doch wollte das Gefühl nicht weichen, dass sie beobachtet wurden.

Meliander drehte sich immer wieder im Sattel um und spähte in den Wald. »Wahrscheinlich Kobolde«, murmelte er. »Von denen droht keine Gefahr.« Er klang nicht sehr überzeugend.

Sie folgten einem Wildwechsel und erreichten schließlich den Waldrand. Von dort aus reichte eine blumenbestandene Wildwiese bis zum Talgrund. Einzelne Birken erhoben sich aus dem hohen, spätsommerlich goldenen Gras.

»Dort!«, rief Meliander begeistert und wies zum gegenüberliegenden Hang.

Emerelle brauchte einen Augenblick, bis sie die weißen Mauern zwischen jungen Bäumen entdeckte, und war enttäuscht. Das sollte die Weiße Halle sein? Der Ort, an dem die größten Helden Albenmarks gelebt hatten? Ihre Mutter hatte nicht allzu oft von ihrer Zeit dort erzählt, aber Emerelle hatte sich die Schule immer wie einen Palast vorgestellt.

»Komm! Wer als Erster dort ist!« Meliander hieb seiner müden Stute die Hacken in die Flanken und trieb sie den Hang hinab.

Emerelle stand der Sinn nicht nach einem Rennen. Die Weiße Halle war nur noch eine Ruine. Was wollte Meliander ihr dort zeigen? Ein ungutes Gefühl beschlich sie. Sie tätschelte ihrem Pferd den Hals. »Los!« Die Stute fiel in einen leichten Galopp.

Als Emerelle die efeuumrankten Säulen am Eingang zur Weißen Halle erreichte, trat Meliander aus dem leeren Torbogen. Die beiden Torflügel, die einst diesen Ort des Wissens und der

Gelehrsamkeit geschützt hatten, lagen am Boden. Das Holz war grau geworden. Moos hatte sich im Schnitzwerk festgesetzt. Alles war voller Vogelkot. Emerelle sah auf. Im Torbogen klebten Schwalbennester.

Meliander presste die Lippen zusammen, wie er es oft tat, wenn er seine Gefühle nicht zeigen wollte. Er wirkte aufgewühlt, auch wenn er sich alle Mühe gab, es sich nicht anmerken zu lassen. Er bedeutete ihr mit einer flüchtigen Geste, ihm zu folgen, und trat wieder ins Zwielicht jenseits des hohen Tors.

Emerelle saß ab, erklomm die wenigen Treppenstufen vor dem Portal und folgte ihrem Bruder in die weite Eingangshalle. Ähnlich wie im Buchenwald stachen hier einzelne Säulen aus Licht durch das Dunkel. Löcher klafften im Dach über ihnen. Der Boden der Eingangshalle war mit welkem Laub bedeckt. Dazwischen war ein Mosaikbild zu sehen: eine Elfe, die zwischen Schlangen tanzte.

Rechts und links von ihnen führte jeweils eine geschwungene Treppe zu einer Galerie hinauf. Dem Eingang gegenüber aber erhob sich ein Standbild aus weißem Stein: ein Elfenkrieger, der einen grün angelaufenen Metallschild hielt und in der Rechten ein stählernes Schwert, auf dessen Klinge kein Rost lag. Seine linke Schulter hatten Vögel als Nistplatz erkoren, und Kotschlieren zeichneten sein Gesicht und die Brust.

Gänzlich vom allgegenwärtigen Verfall verschont geblieben waren nur die Schwerter von unterschiedlichster Form und Größe, die rings an den Wänden hingen – die Waffen der Drachenelfen. Sie alle waren mit den verschiedensten Zaubern belegt. Nur eines hatten sie gemeinsam: Starb ihr Besitzer, dann kehrte seine Klinge hierher zurück.

Emerelle sah zu Meliander. Er wirkte immer noch, als tobte in ihm ein Sturm der Gefühle, den er kaum zu beherrschen vermochte. Er wich ihrem Blick aus. Dann wies er zu der Treppe zu ihrer Linken. »Dort ...«

Das Laub raschelte unter Emerelles Schritten. Sie blickte zu den Waffen. Unter den Schwerthaltern waren grün angelaufene kleine Messingschilder angebracht. Manchmal sechs oder sieben. Sie trugen die Namen all jener, die mit dem jeweiligen Schwert in den Kampf gezogen waren.

Gleich das erste Schwert war Emerelle bereits vertraut. Eine schmale, schnelle Klinge. Sie musste nicht nach den Namen sehen. Es hatte einst Nodon gehört, dem Schwertmeister des Dunklen und Rivalen ihres Vaters. Oft hatte er sie in der Alten Veste besucht. Emerelle erinnerte sich an vollkommen schwarze Augen ohne Iris, ohne Weiß. Als Kind fand sie diese Augen immer unheimlich. Zugleich hatte Nodon unbesiegbar gewirkt. So oft war er vom Erstgeschlüpften auf Missionen geschickt worden, hatte die dunklen Pfade der Drachenelfen beschritten. Er war der Eine, der stets wiedergekehrt war, selbst aus der letzten Schlacht um Nangog. Er hatte auch ihre Mutter Nandalee vor der Elfe Bidayn und deren Schar von Meuchelmördern geschützt. Und nun sollte er tot sein ...

Sie stieg die Stufen empor. Sah das Schwert Eleborns. Auch er hatte mit ihnen in der Alten Veste gelebt. Die Suche nach dem Traumeis hatte ihn ein Bein gekostet. Er und Meliander hatten sich stets gut verstanden. Ihr Bruder war von Geburt an verstümmelt gewesen, bis Nandalee für ihn das Traumeis gewonnen hatte, ein seltenes Kristall aus dem eisigen Norden Nangogs, das die Eigenart besaß, einem den Körper zu geben, den man sich wünschte.

Doch Eleborns Tod berührte Emerelle weniger. Er hatte gern Zauber aus Wasser und Licht gewoben und sie als Kinder mit schwebenden Wasserkugeln, in denen sich regenbogenfarben das Licht brach, unterhalten. Er war ihr nie wie ein Mann des

Schwertes erschienen, obwohl auch er ein Drachenelf gewesen war. Dass er in Zeiten des Schwertes nicht überlebt hatte, war nicht verwunderlich.

Emerelle stieg weiter hinauf, und da sah sie es, jenes unverwechselbare Schwert, das einst ihrer Mutter gehört hatte: Todbringer. Die verfluchte Klinge. Den riesigen Bidenhänder.

»Sie hat uns nicht im Stich gelassen«, sagte Meliander tonlos. »Sie konnte nicht mehr kommen.«

Emerelle musste sich an der Wand abstützen. Ihre Beine wollten sie nicht mehr tragen. Das große Schwert verschwamm ihr vor den tränennassen Augen. »Das kann nicht sein ...«, keuchte sie. »Ich hätte es gespürt.«

Ihr Bruder kam zu ihr, legte ihr die Hand auf die Schulter. »Es kann nur einen Grund geben, warum das Schwert hier ist.«

Sie schüttelte den Kopf. »Sie ist nicht tot!«

»Selbst Nodon ist tot. Erinnerst du dich nicht an ihn? Wir haben ihn immer für unbesiegbar gehalten, doch nicht einmal ...« Ihm versagte die Stimme.

Emerelle blinzelte die Tränen fort. »Das ist nicht wahr. Es ist eine Täuschung.« Sie lief die letzten Stufen empor und griff ungestüm nach der Klinge. Der scharfe Stahl schnitt ihr in die Hand.

»Es ist keine Illusion«, sagte Meliander eindringlich, »kein Blendwerk. Die Schwerter sind wirklich hier.«

Emerelle schüttelte den Kopf. »Das kann nicht sein. Nandalee ist nicht tot. Sie haben die Schwerter hier aufgehängt, wenn sie zurückgekehrt sind.«

Sie hörte, wie Meliander hinter ihr scharf einatmete. »Sieht es so aus, als würde hier noch jemand leben? Stell dich dem Offensichtlichen!«

Das konnte nicht sein. Das durfte nicht sein! »Sie ist den Drachen doch immer wieder entkommen ...«

»Du weißt, warum sie uns zum Blauen Stern gebracht und Sata herabgerufen hat. Die Drachen und ihre Häscher waren uns immer dicht auf den Fersen. Sie glaubte, ohne uns besser dran zu sein und schneller fliehen zu können.«

»So war es nicht!«, begehrte Emerelle wütend auf. Ihr reichte es schon seit Langem, wie Meliander die Wahrheit verdrehte. »Nandalee hatte Angst, dass sie eines Tages nicht mehr entkommen würde und wir alles mit ansehen müssten. Aber sie hat es immer geschafft. Sie war besser ...«

Meliander nahm ihre blutende Rechte und sprach ein Wort der Macht. Ein Prickeln überlief ihre Hand. Eine angenehme Wärme durchströmte sie. Dann hatte sich der Schnitt geschlossen. Er sah ihr in die Augen. »Du weißt, wie es ausgeht, wenn ein Wolfsrudel ein von der Herde getrenntes Rentier jagt. Am Ende siegen immer die Wölfe. Es ist unvermeidlich, dass ...«

Sie riss sich von ihm los und wollte ihm eine Ohrfeige versetzen, doch Meliander packte sie beim Handgelenk.

»Wie kannst du Mutter mit einem Rentier vergleichen?«

»Sie war allein«, entgegnete er ruhig. »Sie hatte keine Freunde. Niemand hätte sie versteckt. Alle fürchteten den Zorn der Himmelsschlangen. Sie haben das Bainne Tyr verbrannt und alle Pegasi getötet, nur weil sie Mutter geholfen hatten.«

»Sie war und ist klüger. Sie ist immer entkommen.«

»Und doch war sie nur eine Elfe. Zu viele haben sie gejagt. Irgendwann musste sie erschöpft sein, in die Enge getrieben.« Er deutete auf Todbringer. »Dieses Schwert trägt seinen Namen, weil es jedem, der es erwählt hat, Unglück brachte. Sieh dir an, wie viele Namensschilder unter ihm an der Wand prangen. Mutter hat länger überlebt als irgendjemand sonst. Aber wie lange kann man vor dem Unausweichlichen davonlaufen?«

Emerelle wich von der Wand zurück, bis sie mit dem Rücken

gegen das Geländer der Treppe stieß. Auf der Suche nach einem Beweis, der Melianders Worte Lügen strafte, ließ sie ihren Blick schweifen. Da war ein Waffenhalter frei. Es waren also nicht alle Drachenelfen tot! Hier hatte sich ihr Bruder geirrt. So, wie er sich auch mit Nandalee irren musste.

Sie nahm die letzten Stufen zur Galerie und las den Namen auf dem Bronzeschild.

Bidayn.

Ein Schauder überlief Emerelle.

»Sie lebt also noch.« Meliander war ihr gefolgt.

»Das heißt gar nichts«, erwiderte sie leise und presste die Lippen zusammen.

»Bidayn ist damals in die Alte Veste gekommen, um unsere Mutter zu töten. Sie hätte es geschafft, wenn Nodon nicht gewesen wäre.«

»Das heißt nichts!«, wiederholte sie.

»Wie viele Beweise brauchst du noch?«

Meliander blieb ganz ruhig, und das machte ihr am meisten zu schaffen. Hätte er sie doch angeschrien oder irgendein Gefühl gezeigt! Aber er hatte sich völlig im Griff. Fast schien es, als hätte er nur darauf gewartet, endlich den Beweis dafür, dass ihre Mutter tot war, vor Augen zu haben.

»Die Schwerter der Toten kehren hierher zurück«, sagte er. »Nodons Schwert ist hier. Die Klinge des Elfen, der unsere Mutter gerettet hat, als Bidayn sie töten wollte. Und Bidayns Schwert fehlt. Nandalees Erzfeindin lebt also offenbar noch. Was ist daran nicht zu verstehen?«

»Lass mich bitte allein.«

Er sah sie ungläubig an.

»Ich kann deine Reden nicht ertragen. Für mich ist es, als wolltest du ihren Tod herbeireden.«

»Was für ein Unsinn! Ich benenne lediglich die Fakten.«

»Die zählen für mich nicht. Ich vertraue meinem Gefühl. Sie lebt.«

»Deinem Gefühl?« Er schnaubte verächtlich. »Du meinst, dem Gefühl, das dich immer wieder zum Rand des Flugdecks geführt hat, um in den Himmel zu starren, weil du überzeugt warst, Mutter würde kommen, um uns zu holen? Mehr als fünfzig Jahre hast du dich dem Offensichtlichen verschlossen. Sie konnte oder wollte nicht wiederkommen.« Er stockte. »Jetzt wissen wir, dass sie es nicht konnte. Sie hat uns also nicht im Stich gelassen.« Seine Stimme klang nun rau. »Ich gestehe ein, dass ich mich in diesem Punkt geirrt habe.«

»Nicht nur in diesem! Und jetzt geh!«, fuhr sie ihn zornig an. Merkte er denn nicht, dass er denselben Fehler wieder machte? Er glaubte immer nur das Schlechteste. »Geh!«

»Wenn ich jetzt gehe, werde ich nicht wiederkommen.« Er sah sie herausfordernd an.

»Das wird mir mein Leben leichter machen«, entgegnete sie hitzig.

Einen Augenblick schien er fassungslos. Dann drehte er sich um, ging die Treppe hinab und durchquerte die Halle, ohne sich noch einmal umzudrehen.

Kurz darauf hörte Emerelle den sich entfernenden Hufschlag.

Heldenherz

Ein Anflug von Panik überkam Emerelle. Ihr Herz raste, und sie musste sich zwingen, ruhig zu atmen. Sie war noch nie allein gewesen. Nie hatte sich ihr Bruder weiter als ein paar hundert Schritt von ihr entfernt. Alles in ihr strebte danach, hinter ihm herzulaufen ... Nur ihr Stolz hielt sie zurück. Sie wollte Meliander nicht die Genugtuung gönnen, dass sie in weniger als einer halben Stunde eingeknickt war, und sie konnte diesen Verrat an ihrer Mutter nicht begehen. All die vermeintlichen Beweise, die ihr Bruder aufgeführt hatte, genügten ihr nicht. Viel zu schnell hatte er sich damit abgefunden, dass Nandalee tot war. Das konnte sie nicht akzeptieren. Sie würde weitersuchen. Es musste Albenkinder geben, die ihrer Mutter begegnet waren. Wenn immer noch Kopfjäger nach ihr suchten, konnte sie ja wohl kaum tot sein.

Warum nur war ihr dieses Argument nicht schon eingefallen, als sie mit Meliander gestritten hatte?

Sicher würde ihr Bruder irgendwo draußen in Sichtweite warten. Auch er war nie zuvor allein gewesen. Bestimmt ging es dem verdammten Bücherwurm gerade nicht besser als ihr.

Dieser Gedanke gab ihr Kraft. Ja, sie lächelte. Sollte er ein wenig zappeln. Sie würde die Nacht hier in der Weißen Halle verbringen und ihn dann morgen suchen. Vielleicht käme er ja auch wieder zurück. Vielleicht könnte sie ein Licht anzünden, um ihn anzulocken, wenn er dort draußen im Wald hockte und sich grämte.

Laute Vogelrufe lenkten sie von ihren Gedanken ab. Einige taubengroße Vögel mit braunweiß gefleckter Brust und graubraunen Flügeln segelten durch die große Halle, ließen sich auf der Statue und einem der Treppengeländer nieder. Sie waren wohl die neuen Herren der Weißen Halle, dachte Emerelle verbittert. Dann erst erinnerte sie sich an die Geschichten über einen solchen Vogel, die ihre Mutter ihnen erzählt hatte. Eine Misteldrossel. Nandalee hatte ein Nest zerstört, als sie das Holz für ihren Bogen geschnitten hatte, und das einzige Ei, das dabei nicht zerbrochen war, in ihrem Zimmer ausgebrütet, was ihr viel Spott von den Mitschülern eingebracht hatte. Geschlüpft war ein zartes Küken, das sie Piep genannt hatte. Und als sie zum ersten Mal im Jadegarten war, hatte sie durch ihre magische Verbindung zu Piep ihrem geliebten Gonvalon eine Nachricht schicken können, dass sie noch lebte.

Die Lichtstreifen, die durch das Dach der Halle fielen, verblassten langsam. Bald würde es ganz dunkel sein.

Emerelle straffte sich. Sie musste einen Platz zum Schlafen finden und Licht. Von der Galerie im ersten Geschoss zweigte ein Flur zu einem Seitenflügel des Gebäudes ab. Dort reihte sich Tür an Tür – wohl die einstigen Zimmer der Schüler.

Sie betrat eines nach dem anderen, durchsuchte die ersten Zimmer. Alle waren sie nur spärlich möbliert: ein Tisch, ein Bett, ein oder zwei Stühle, dazu eine Kleidertruhe. Auch hier war der Verfall überdeutlich. Die Fenster waren eingeschlagen, die Matratzen in den Betten vermodert, und die Bettdecken sahen aus, als hätten Heerscharen von Nagern darin genistet, bevor Fäulnis und Schimmel ihnen den Rest gegeben hatten. Feuchtigkeit hing in der Luft. Emerelle fand einen metallenen Untersetzer und dazu ein paar Kerzenstummel sowie eine dicke Stumpenkerze, die sie mitnahm. Sonst gab es nichts von Nutzen.

Ein Stück den Flur hinunter entdeckte sie eine Tür, in die ein stilisierter Hirsch geschnitten war, und ihr stockte der Atem. Der Hirsch war das Totemtier von Nandalees Sippe, den Windgängern! Ihre Mutter gehörte zum Volk der Normirga, die im äußersten Norden Albenmarks am Rand der großen Eiswüsten leben. Die Sippe war fast erloschen ... nur sie und Meliander und ihre Mutter natürlich hatten überlebt. Wobei sich Emerelle nie wie eine Normirga gefühlt hatte. Die verschneiten Wälder und schroffen Berge Carandamons hatte sie lediglich vom Himmel aus gesehen.

Ob dies früher das Zimmer ihrer Mutter war? Emerelle versuchte, die Tür zu öffnen, doch das Holz hatte sich so sehr verzogen, dass sie mit der Schulter gegen das Türblatt drücken musste, um es wenigstens eine Handbreit zu bewegen. Das Kreischen des Holzes hallte unheimlich in der verlassenen Schule wider, und aus dem Zimmer erklang ein empörtes Zwitschern.

Emerelle tat einen Schritt zurück und trat gegen die Tür. Knirschend erweiterte sich der Spalt. Er war nun breit genug, um hindurchzuschlüpfen. Neugierig schob sich die Elfe in den Raum. Die Holzdielen knarrten bedenklich unter ihren Füßen. Ein kleiner Vogel flog auf sie zu, als wäre er entschlossen, ihr die Augen auszupicken.

Plötzlich veränderte sich sein aufgeregtes Gezwitscher. Er ließ von ihr ab und landete auf der Rückenlehne eines Stuhls, um sie mit schräg gelegtem Kopf eindringlich zu mustern.

Sie musste lächeln. Dann verbeugte sie sich übertrieben. »Gestatten, Emerelle.«

Eine Folge schriller Piepser kam als Antwort. Immer noch sah der Vogel sie an, als studierte er sie. Die Tauben und Möwen, die sich ab und an auf den Blauen Stern verirrt hatten, hatten sich nie so verhalten. Ob der Kleine ein Nachfahre jener Misteldrossel war, die ihre Mutter einst begleitet hatte? »Hast du ein Heldenherz, Kleiner?«

Der Vogel hob den Kopf und gab ein langgezogenes Piepen von sich.

»Ich nehme das mal als ein Ja.« Sie sah sich neugierig um. Der Raum unterschied sich in nichts von den anderen, die sie vorher erkundet hatte. Sie dachte an die Geschichten, die Nandalee über die Schule erzählt hatte. Sie schien mit jedem, der hier gelebt hatte, irgendwann einmal Ärger gehabt zu haben. Außer mit ihrem Vater Gonvalon.

Emerelle erinnerte sich, dass die Kobolde, die hier für Ordnung gesorgt hatten, darüber empört gewesen waren, dass sich ihre Mutter einen Vogel gehalten hatte. Um Piep zu beschützen, hatte Nandalee Bannzeichen gegen Kobolde in die Türschwelle geschnitten.

Emerelle kniete nieder und strich Schmutz und Blätter zur Seite, aber es war schon zu dunkel, um noch etwas erkennen zu können. Umständlich entzündete sie mit Feuerstein und Stahl ein wenig Zunder, um daran den Docht der dicken Stumpenkerze zu entflammen. Im warmen, gelben Licht sah sie zwischen den frischen Schrammen, die durch das gewaltsame Öffnen der Tür entstanden waren, machtvolle Symbole, die in das altersdunkle Holz geschnitten waren. Ein Blick durch ihr Verborgenes Auge zeigte ihr die Zauber, die noch immer an diese Bannzeichen gebunden waren.

Fragend sah sie zu dem kleinen Vogel auf, der sie unverändert von der Stuhllehne herab beobachtete. »Das ist wirklich Nandalees Zimmer, nicht wahr?«

Die Misteldrossel ruckte mit dem Kopf.

»Das war wohl ein Nicken.« Ein Gefühl von Wärme und

Geborgenheit überkam sie, wie sie es in ihrer Kammer auf dem Blauen Stern nie empfunden hatte. Hier hatte ihre Mutter gelebt!

Alles in diesem Zimmer war plötzlich mit den Erzählungen aus Kindertagen verbunden. Hier war Bidayn nachts zu ihrer Mutter ins Bett geschlüpft, wenn sie sich in ihrem eigenen Zimmer fürchtete. Dieselbe Bidayn, die Jahre später Nandalees Todfeindin geworden war. Ob auch Gonvalon in diesen vier Wänden mit ihrer Mutter das Lager geteilt hatte? Hier hatte Nandalee an ihrem Bogen geschnitzt und ihre Wunden auskuriert …

Emerelle beschloss, dass sie hier übernachten würde. Sie hatte ihre Mutter nicht gefunden, aber am selben Ort wie einst Nandalee zu sein war ein Anfang.

Die junge Elfe nahm die Kerze und stellte sie vor eine der zerbrochenen Glasscheiben. Die Sonne war hinter den Bergen versunken, der nahe Wald nur noch ein Schattenmeer. Sie hielt nach einem Anzeichen dafür Ausschau, dass sich ihr Bruder nach wie vor in der Nähe befand. Nach einem Feuer oder einer Silhouette auf dem Kamm der nächsten Hügel. Doch da war nichts. Nur das Gefühl, beobachtet zu werden. Sicher stand er am Waldrand und spähte zur Weißen Halle hinüber. Er musste das Kerzenlicht sehen. Hoffentlich verstand er die Einladung. Sie würde ihm gern dieses Zimmer zeigen. Ganz gleich, wie er sich aufführte. Gewiss wäre auch er neugierig zu sehen, wo ihre Mutter in friedlicheren Tagen gelebt hatte.

Sie wandte sich vom Fenster ab und säuberte notdürftig den Boden in der Ecke neben dem Bett. Hier würde sie ihre Decke ausbreiten. Mit der Dunkelheit wurde es rasch kühler. Vorsichtig tastete sie sich aus dem Zimmer über den Flur hinab in die Halle und holte ihr Pferd herein. Nachdem sie es versorgt hatte, band sie es lose an einem der Treppenpfeiler an, sodass es sich mit einem scharfen Ruck befreien könnte, sollten Wölfe oder ein Berglöwe kommen. Dann nahm sie ihre Satteltaschen, kehrte nach oben zurück und bereitete ihr Nachtlager.

Die Misteldrossel hockte jetzt auf dem Fenstersims und betrachtete misstrauisch die im Luftzug züngelnde Kerzenflamme.

Es tat gut, den Vogel hier zu haben. Emerelle schnallte ihren Schwertgurt ab und lehnte die Waffe an die Wand. Müde ließ sie sich auf ihrer Decke nieder und holte den letzten Kanten trockenen Brots aus ihrer Satteltasche. Sie brach ein paar Krümel ab und behielt sie auf der offenen Handfläche.

»Teilen wir uns das Abendmahl?«

Die Misteldrossel drehte den Kopf in ihre Richtung. Sie brachte ein Piepsen hervor, das irgendwie fragend klang. Dann flog sie herbei und landete auf Emerelles Hand, um nach den Brotkrümeln zu picken.

»Angst kennst du wohl nicht, kleiner Vogel«, murmelte die Elfe anerkennend. »Du solltest einen Namen haben ...« Sie sah der Drossel nachdenklich zu. »Was hältst du von Heldenherz? Ich finde, das passt ganz gut zu dir.«

Der Kleine hielt in seinem Mahl inne und sah zu ihr auf. Dann stieß er eine Reihe aufgeregter Piepser aus.

»Hast du mir gerade auch einen Namen gegeben? Wie heiße ich denn? Hand-voll-Futter? Vogel-ohne-Flügel?« Sie lachte. Dann lehnte sie sich an die Wand zurück und nahm sich mit der freien Hand ein Stück zähen Käse, um darauf zu kauen.

Als sie ihr Mahl beendet hatten, flog Heldenherz auf und ließ sich auf ihrer Schulter nieder. Er zupfte an ihren Haaren, als wollte er sich ein Nest bauen.

Es war wirklich schön, nicht allein zu sein, dachte Emerelle, ehe ihr die Augen zufielen und sie einschlummerte.

$\mathcal{D}$AS ENDE DES WEGES

Meliander war verblüfft, als er das Licht am Fenster aufleuchten sah. Seine Bedeutung war klar. Emerelle wollte ihm zeigen, dass sie ihn nicht brauchte und auch ohne ihn zurechtkam. Er schnaubte ärgerlich. Das war eine Überraschung!

»Wie du meinst«, murmelte er leise. Er hatte ohnehin ganz andere Pläne. Er wollte seinen verlorenen Bruder wiederfinden. Jenen geheimnisvollen schwarzhaarigen Elfenjungen, der ihn einst über einen Drachenpfad zu sich gerufen hatte, als Nandalee sie in der Pyramide des Dunklen vor dem Zorn der Himmelsschlangen versteckt hatte. Schon damals wäre er der Verlockung erlegen, hätten ihn nicht die sich überschlagenden Ereignisse davon abgehalten. Lange hatte er nachgeforscht, wo der Wald sein mochte, zu dem ihn das magische Portal geführt hatte. Sein Bruder hatte sich damals in Schweigen über den Ort gehüllt, doch der schneebedeckte Berggipfel, der sich über dem Wald erhob, war Meliander zum Schlüssel geworden. Er hatte ihn auf der langen Reise mit dem Blauen Stern mehrfach gesehen und zweifelsfrei wiedererkannt: Es handelte sich um das Albenhaupt, die höchste Erhebung der Slanga-Berge, zu deren Füßen der Wald der Maurawan lag, des wildesten aller Elfenvölker.

Das passte zu seinem Bruder.

Nie hatte Nandalee von ihrem dritten Kind gesprochen – und auch sonst niemand in der Alten Veste. Es war Meliander nach wie vor ein Rätsel. Warum war er von allen geächtet worden? Was hatte er getan? Als er ihm begegnet war, war er ein Kind gewesen, nicht älter als Meliander, ausgesetzt in der Einsamkeit der düsteren Eichenwälder, und doch hatte er nicht verloren gewirkt.

Diesem geheimnisvollen Bruder fühlte sich Meliander viel enger verbunden als seiner Mutter. Auch wenn er es damals noch nicht geahnt hatte, war ihr Schicksal ähnlich: Auch er war von Nandalee im Stich gelassen worden.

Obwohl Meliander sich jetzt nach dem Besuch der Weißen Halle eingestehen musste, dass es nicht an ihr gelegen hatte, dass sie nie mehr zurückgekehrt war. Er sollte wohl versuchen, die Verbitterung der letzten Jahrzehnte abzulegen. Ihre Mutter hatte nicht mehr zu ihnen kommen können. Und vermutlich war ihre Entscheidung, sie zum Blauen Stern zu bringen, durchaus der richtige Entschluss gewesen.

Der Gedanke, nachsichtig mit ihr zu sein, war Meliander noch fremd. Zu lange hatte er sie vermisst und schließlich nur noch verachtet. Dabei war sie unschuldig gewesen. Ein Kloß stieg ihm in den Hals. Er hatte sich in ihr geirrt. Und er würde es nie wiedergutmachen können ...

Wieder sah er zu dem Fenster, in dem das Licht leuchtete. Auch in Emerelle hatte er sich geirrt. Sie kam bestens ohne ihn aus. Er war versucht, in die Weiße Halle zurückzukehren und Frieden mit ihr zu schließen. Aber vielleicht war es klüger, erst einmal Frieden mit sich selbst zu suchen, so wie Sata es seiner Schwester geraten hatte. Er musste sich darüber klar werden, wer er war und wohin ihn sein Lebensweg führen sollte.

Der unnützen Suche nach seiner in Wahrheit längst verstorbenen Mutter wollte er sein Leben jedenfalls nicht widmen. Aber genau das würde Emerelle wollen. Sie konnte so verdammt dickköpfig sein. Er musste von ihr ablassen, dachte Meliander.

Irgendwann würde Emerelle einsehen, dass sie sich in ihre Wunschträume verrannt hatte, und dann würde sie ihn schon finden. Oder er würde sich eines Tages zusammen mit seinem ihm jetzt noch fremden Bruder auf die Suche nach ihr machen. Doch hier und jetzt musste der gemeinsame Weg mit seiner Schwester enden.

Meliander schnalzte mit den Zügeln, sodass sich sein Pferd in Bewegung setzte, und ritt langsam am dunklen Waldrand entlang. Er würde den nächsten großen Albenstern suchen und in den hohen Norden reisen. Sein geheimnisvoller Bruder war ihm viel ähnlicher als Emerelle; auch ihn umgab eine dunkle Schwermut. Zugleich aber schien er schon damals viel härter zu sein. Meliander wusste, er musste werden wie er, wenn er in dieser Welt bestehen wollte.

Wir müssen es doch nicht hässlich werden lassen

Lautes Gezwitscher weckte Emerelle. Benommen blinzelte sie den Schlaf aus den Augen und brauchte einen Moment, bevor sie sich in der fremden Umgebung zurechtfand. Sie war in dem ehemaligen Zimmer ihrer Mutter, in der Weißen Halle ...

Heldenherz zog ihr mit dem Schnabel an den Haaren. Aufgeregt flatterte er durch das Zimmer, segelte durch ein Loch im Fenster hinaus und kam durch ein anderes wieder herein. Verwundert sah sie der kleinen Misteldrossel zu.

»Hast du Hunger?« Sie kramte in den Satteltaschen. Ein paar Krümel Brot hatten sich ganz unten an der Naht gesammelt. Sie pulte sie hervor und ließ sie auf den Boden rieseln, doch Heldenherz zeigte kein Interesse an dem Futter.

Langsam beunruhigte Emerelle die Aufregung des zarten Vogels. Sie öffnete ihr Verborgenes Auge, um die Magische Welt zu studieren. Silbernes Licht ging von den Schutzzeichen auf der Türschwelle aus. Die Elfe war überrascht, wie mächtig der Schutzzauber war, den ihre Mutter gewoben hatte. Dieses Zimmer hatte ganz sicher nie wieder ein Kobold betreten.

Ansonsten war nur wenig zu sehen. Blasse Auren umgaben die Möbel. Das war nur die natürliche Magie, die allen Dingen innewohnte. Heldenherz indes war von einem roten Lichtkranz umgeben. Emerelle begriff nicht, was ihn in solche Aufregung versetzte. Dann sah sie die rote Linie, die von der Misteldrossel zu ihrer eigenen Aura führte und sie beide wie eine Nabelschnur verband.

Nandalee hatte davon erzählt, dass ein solches Band zwischen ihr und Piep bestanden hatte. Emerelle traten Tränen in die Augen. Sie ging den Weg, den ihre Mutter gegangen war! Wie gern hätte sie jetzt mit ihr über die damalige Zeit gesprochen, über jene Jahre, da diese Schule von Leben erfüllt war und die bedeutendsten Zauberweber und Schwertkämpfer aller Elfenvölker hier unterrichtet hatten. Die legendäre Ailyn, die Nandalee gleich an ihrem ersten Tag mit einem hölzernen Übungsschwert grün und blau geschlagen, andererseits aber nicht gezögert hatte, ihr Leben für ihre ungeliebte Schülerin zu wagen. Oder die düstere Lyvianne, die Nandalee gelehrt hatte, wie wichtig es war, sich zugleich auch einer der schönen Künste zu verschreiben, wenn man eine Vollstreckerin des Willens der Himmelsschlangen wurde. Davon hatten ihre Lehrer an Bord des Blauen Sterns nie gesprochen.

Heldenherz riss sie aus ihren Gedanken, indem er wieder mit dem Schnabel an ihren Haaren zerrte. Er schien sie zur Tür bewegen zu wollen. Emerelle blinzelte die Tränen fort und gab ihm nach. Er stieß einen kurzen Triller aus, der geradezu erleichtert klang.

Die Misteldrossel flog vor ihr den Flur entlang in Richtung Galerie. Die Elfe folgte ihm bis hinunter in die Eingangshalle, wo Heldenherz den Eingang mied und stattdessen hinter der Stute in einem dunklen Flur verschwand. Auch das Pferd war unruhig. Es stampfte mit den Hufen und peitschte mit dem Schweif. Seine Augen waren geweitet und auf das hohe Portal gerichtet.

»Hallo, Drachenelfe«, erklang eine Stimme, die Emerelle schon einmal gehört hatte, und Borros kam die Stufen zum Portal herauf. Sein massiger Leib füllte fast den gesamten Eingang aus. »Schön, dich endlich gefunden zu haben. Es war ein langer Weg.«

Emerelle tastete nach ihrem Schwert, doch da war nichts. Sie hatte vergessen, den Waffengurt wieder anzulegen, als sie Heldenherz aus dem Zimmer ihrer Mutter gefolgt war.

Borros schnaubte. »Besser, dass du deine Waffe nicht dabeihast. Ich hätte dir ungern den Arm abgehackt.« Er winkte sie mit der Linken zu sich, während er die riesige Streitaxt in seiner Rechten leicht anhob.

»He, Großer, wie lange dauert das denn noch? Soll ich reinkommen und sie an den Haaren herauszerren?«, ertönte es von draußen.

»Du kommst besser.« Der Minotaur senkte die Stimme. »Vertrau mir, er macht keine leeren Worte. Wir müssen es doch nicht hässlich werden lassen.«

Emerelle war unschlüssig, wie sie sich verhalten sollte. »Was wollt ihr von mir?«

»Das besprechen wir draußen«, grollte Borros ungehalten und machte einen Schritt in ihre Richtung.

Sie hob beschwichtigend die Hände. »Ich komme mit dir.«

»Wo steckt der andere?«

»Mein Bruder hat mich verlassen. Er ist nicht hier.« Als Emerelle durch das Tor trat, blendete sie die grelle Morgensonne derart, dass sie nur Schattenrisse sah.

»Sie sagt die Wahrheit«, meldete sich eine weitere Stimme. Der Sprecher dehnte die Worte eigenartig, als bereitete es ihm Vergnügen, das Elfische zu verschandeln. »Einer ist von hier wieder fortgeritten. Die Spur führt zum Wald dort hinten.«

Emerelle beschirmte ihre Augen mit der Linken und musterte die seltsame Truppe, die sich vor dem Eingang zur Weißen Halle versammelt hatte. Ein Elf in abgewetzter Lederrüstung schien ihr Anführer zu sein. Er saß leicht vorgebeugt auf einem prächtigen Rappen und musterte sie. Missfallen zeigte sich auf seinen Zügen. »Das ist keine Drachenelfe, Borros. Die ganze Aufregung war umsonst.« Er stieß einen schrillen Pfiff aus.

Über ihr raschelte etwas. Drei Kobolde seilten sich aus den Fensterhöhlen über ihr ab. Jeder von ihnen hatte eine Armbrust über die Schulter geschlungen. Sie mussten mit angelegten Waffen dort oben gekauert haben, als Borros sie aus der Eingangshalle herausgeholt hatte. Hielten diese Söldner sie etwa für so gefährlich?

Der Elf ließ sich aus dem Sattel gleiten und kam kopfschüttelnd auf sie zu. »Bist du irre?«, schalt er sie. »Wie kommst du dazu, dich als Drachenelfe zu verkleiden? Oder willst du eine Parodie auf die Schwertmeister darstellen?« Er blieb unmittelbar vor ihr stehen. Plötzlich schnellte seine Hand vor, und sein Zeigefinger bohrte sich in ihre Brust. »Dieses Kleid aus billiger Seide mit rosa Farbschlieren. Wärst du vor hundert Jahren so hierhergekommen, hätten sie dir die Seele aus dem Leib geprügelt. Diese arrogante Bande verstand keinen Spaß.«

Emerelle spürte, wie ihr das Blut in die Wangen schoss, als die Spießgesellen des Elfen anfingen zu lachen. Drei weitere Kobolde saßen auf Eseln, die mit Kisten und Säcken beladen waren. Sie hatten Speere vor sich über die Packsättel gelegt. Zwei Kentauren, die nichts außer über der Brust gekreuzten Ledergurten trugen, hielten sich rechts von Emerelle. Über ihren Schultern ragten ein Schwertgriff und weiß befiederte Pfeilschäfte auf. Aufgerollte Seile hingen seitlich an den Gurten.

»Ich bin unter Drachenelfen aufgewachsen, und du wirst ihren Zorn zu spüren bekommen, wenn du nicht deine Finger von mir nimmst!« Emerelle versuchte, so würdevoll wie nur eben möglich zu klingen. Nichts von all dem, was sie auf dem Blauen Stern gelernt hatte, hatte sie auf eine solch demütigende Situation vorbereitet.

»Jetzt fürchte ich mich aber«, spottete der Elf.

»Weißt du, wer vor dir steht?«, fragte Borros hinter ihr. »Das ist Marlyn. Du wirst keinen besseren Kopfjäger zwischen hier und Carandamon finden. Selbst Bidayn Drachenklinge nimmt ihn manchmal in ihre Dienste, weil es keinen Besseren gibt als ihn.«

»Und weißt du, was dieser Marlyn kann?« Der Elf sah sie herausfordernd aus seinen himmelgrauen Augen an. »Dich berühren, wo immer er will.« Er griff nach ihrem Kinn und drückte ihre Unterlippe herab. »Ich kann dich vorführen wie einen Gaul auf dem Pferdemarkt.« Seine Hand glitt von ihrem Gesicht, und sein Zeigefinger bohrte sich in ihren Bauch. »Du gehörst nun ganz und gar mir. Ich kann dich an ein Bordell in Reilimee verhökern, dich zu meinem Stiefelknecht machen oder den Himmelsschlangen bringen, die sich sicherlich auch dafür interessieren werden, was dich dazu gebracht hat, dich als Drachenelfe zu verkleiden. Man muss schon mehr als ein weißes Kleid tragen, um es ihnen gleichzutun.« Er schnippte ihr gegen die Nase. »Und jetzt wirst du mir verraten, wie du heißt und aus welcher Sippe du stammst.«

Emerelle reckte das Kinn vor und schwieg.

Marlyn seufzte. »Dir ist wohl immer noch nicht klar, in welcher Lage du dich befindest, Kleine. Ich bekomme, was ich will. Immer! Du kannst jetzt reden oder nachdem ich dir ein paar Finger gebrochen habe, aber reden wirst du. Das ist ganz sicher.«

»Mach doch keine Dummheiten, Mädchen«, grollte Borros' Bass hinter ihr. »Das ist jetzt ...«

Marlyn griff nach ihrer Hand. Emerelles Rechte schnellte vor. Sie packte sein Handgelenk, wie sie es mit Fillipos im waffenlosen Kampf geübt hatte. Eine Drehung, und der Elf keuchte vor Schmerz auf.

»Pack sie, Borros!«, stieß er hervor.

Emerelle zog mit der Linken das Schwert des Kopfjägers, ließ Marlyn los und wirbelte unter den Händen des Minotauren hindurch, sodass die drei Kobolde sich beeilten, ihr aus dem Weg zu huschen, und dabei ihre Armbrüste von den Schultern gleiten ließen.

Der Elf blickte verblüfft auf sein Schwert in ihren Händen. »Nicht schlecht, Mädchen. Wir sollten noch einmal von vorn anfangen.«

Sie sah, wie er den beiden Kentauren ein verstohlenes Zeichen gab, und drehte sich um. Die beiden lösten ihre Seile und knüpften Schlingen hinein. Die drei Kobolde auf den Packeseln sprangen aus den Sätteln und richteten drohend die Speere auf sie.

»Mädchen, wir sind zu zehnt. Was glaubst du, wie das hier ausgehen wird?«

»Wir beide werden ein Duell austragen. Wenn du gewinnst, leiste ich keinen Widerstand mehr.«

Marlyn lachte laut auf. »Ein Duell? Warum sollte ich das tun? Ich habe doch schon gewonnen.«

»Du wirst es tun, weil es ehrenhaft ist«, wiederholte sie, was Fillipos sie gelehrt hatte. Kam es unter Elfen zu einem Streit, der sich nicht mit Worten lösen ließ, wurde ein rituelles Duell ausgefochten. War es ein sehr ernster Streit, dann endete der Zweikampf mit dem ersten Blut. Selbstverständlich nur aus einem oberflächlichen Schnitt, keiner ernsthaften Verletzung.

»Wähnst du dich hier an einem Elfenhof? Lass die Waffe fallen!«

»Wir stehen vor der Weißen Halle, Marlyn. Hier wurden jene erzogen, die das Gesetz der Himmelsschlangen vollstreckten. Kein Elfenhof kann auf eine solch ehrenhafte Vergangenheit blicken wie diese Mauern.«

»Mauern, in denen eine Bande von Mördern aufgezogen wurde«, entgegnete der Kopfjäger ernst. »Im Vergleich zu denen bin ich ehrenhaft wie eine Jungfer am Morgen ihres Hochzeitstages.«

Emerelle war sich bewusst, dass er nicht ganz unrecht hatte. Ihre eigene Mutter hatte gegen die Himmelsschlangen rebelliert, weil sie niemanden mehr hinrichten wollte, ohne zu wissen, wessen er angeklagt war. »Hast du Angst vor mir?«, wechselte sie daher ihre Strategie. »Fürchtest du, dass ich dich, nachdem ich dich nun schon vor deinen Männern entwaffnet habe, auch noch ein zweites Mal demütigen werde?«

Das überhebliche Lächeln verschwand von Marlyns Antlitz. »Ich bin keiner dieser Höflinge. Ich werde dir wehtun. Aber wenn es das ist, was du willst …« Er deutete auf die Klinge in ihrer Hand. »Mein Schwert!«

Emerelle zögerte. Ihr war inzwischen klar, dass sie diesem Gesindel nicht trauen durfte. Aber wie verhielt man sich da am besten? »Womit kämpfe ich?«, fragte sie unentschlossen und behielt die Waffe des Elfen in der Hand.

»Drinnen sind jede Menge Schwerter«, ertönte der Bass des Minotauren hinter ihr.

»Bist du verrückt?« Der Kentaur an Emerelles Seite zerstampfte mit den Hufen das dürre Gras. Er war derjenige, der die Worte so schmerzlich in die Länge zog. Ein Krieger mit zerzausten blonden Locken und einem kurz geschorenen Bart. Über seine Brust verlief eine hässliche, wulstige Narbe. Es sah ganz so aus, als hätte jemand versucht, ihm das Herz herauszuschneiden. »Hast du vergessen, wo wir sind? Das sind die Schwerter der Drachenelfen! Jedes einzelne wurde von einer Himmelsschlange gefertigt. Diese Waffen sind allesamt verflucht. Wenn du eines dieser Schwerter stiehlst, wird es dich umbringen. Was glaubst du, warum sie nach all den Jahren immer noch an den Wänden der Halle hängen? Wir sind ganz gewiss nicht die Ersten, die hierhergekommen sind, aber niemand hat sie gestohlen.«

Borros blickte zu Marlyn, doch auch der Elf schüttelte den Kopf. »Nicht diese Schwerter. Sie sind wirklich gefährlich. Wo ist deine Waffe, Mädchen?«

»Auf dem Zimmer, in dem ich übernachtet habe.«

Marlyn schickte zwei seiner Kobolde los, um die Waffe zu holen. Dann deutete er auf die Wiese vor der Schule. »Wenn wir diesen Unsinn machen, dann richtig. Ich schätze, das dort war einst der Fechtplatz der Drachenelfen. Duellieren wir uns dort.« Er winkte seinem Gefolge. »Meine Herren, folgen Sie uns, um dem Spektakel beizuwohnen. Huldigen wir einer Vergangenheit, die mit der Welt Nangog zerbrochen ist. Einer Zeit der Mörder, aus denen die Dichter und Märchenerzähler Tanthalias inzwischen weiße Ritter gemacht haben.«

Emerelle kämpfte ihren Ärger nieder. Ihre Mutter war keine Mörderin! Gonvalon und Eleborn ganz sicher auch nicht.

Die Wiese lag im ersten Sonnenlicht. Das braune Gras war feucht von Tau. Vorsichtig prüfte sie den Boden. Sata und Fillipos hatten manchmal allerlei Unrat auf dem Flugdeck ausgeschüttet, um die Übungskämpfe zu erschweren. Auch feuchtes Laub, Sand oder Kiesel. Sogar Öl und Schmierseife. Auf einer feuchten Wiese aber hatte Emerelle noch nie gekämpft. Sie ging in den tiefen Stand einer Schwertkämpferin und schob den rechten Fuß langsam vorwärts. Der Untergrund war rutschig, aber beherrschbar; kein Vergleich zu einem Holzdeck, über dem literweise Olivenöl ausgeschüttet worden war.

Ihr entging nicht, dass Marlyn jede ihrer Bewegungen aufmerksam beobachtete. Er gab sich allerdings nicht damit ab, die Bodenverhältnisse des Kampfplatzes zu erkunden.

Endlich kamen die beiden Kobolde zurück. Sie brachten das

Schwert zu ihrem Anführer. Marlyn zog die Klinge und wog sie prüfend in der Hand. »Gut ausgewogen«, sagte er anerkennend. Dann warf er ihr die Waffe plötzlich zu. Das Schwert wirbelte funkelnd durch die Luft.

Emerelle trat einen Schritt schräg nach hinten und fing lässig die Waffe mit der Linken am Griff auf, während sie in der Rechten immer noch Marlyns Schwert hielt.

»Nicht schlecht.« Der Elf kam mit großen Schritten auf sie zu. »Wärest du nun so frei, mir meine Waffe zurückzugeben? Bitte einfach herüberreichen. An fliegenden Klingen kann man sich zu leicht verletzen.«

Die Kopfjäger lachten, doch Emerelle hatte das Gefühl, dass Marlyn etwas überspielen wollte. War er etwa unsicher? Dazu gab es keinen Grund. Der Kampf würde vermutlich nicht länger als ein paar Augenblicke dauern. Beschämt dachte sie an ihren letzten Kampf mit Sata. Sie war von einer Koboldin besiegt worden. Immer und immer wieder. Gegen einen Elfen war sie noch nie angetreten, ihren Bruder einmal ausgenommen. Und Meliander zählte nicht. Er war ja ein noch schlimmerer Stümper als sie.

Marlyn hob das Schwert zum Fechtergruß. »Fangen wir an?«

Emerelle erwiderte den Gruß und ging erneut in den tiefen Stand. Sie würde ihn kommen lassen. Wer einen Angriff wagte, der öffnete stets auch seine Deckung. Abzuwarten war sicherer.

Der Elf umkreiste sie. Er beobachtete, wie sie sich bewegte. Warum ließ er sich so viel Zeit mit ihr? Als er angriff, kam es Emerelle unbeholfen vor. Sie parierte den Stich, der auf ihren Bauch zielte, und wich zurück. Ihre Stiefelsohlen rutschten leicht auf dem Gras.

Marlyn setzte nach, hieb nach ihrem Hals. Emerelle blockte den Schlag.

Der Bandit zog den Dolch aus seinem Gürtel. Während seine

Klinge Emerelles Schwert band, versuchte er, ihr das lange Messer in den Oberschenkel zu stoßen.

Sie drehte sich, versetzte ihm mit der freien Hand einen harten Schlag auf das Handgelenk und drehte sich aus dem Kampf. Fillipos hatte ihr mit großer Begeisterung schmutzige Kampftricks beigebracht. Das hier war banal, keine Herausforderung. Sie vermochte sich nicht zu erklären, warum Marlyn sich so ungelenk benahm. Sie musste nicht einmal einen Zauber wirken, um mit ihm mithalten zu können. Wahrscheinlich lotete er ihre Fähigkeiten immer noch aus.

Als sie beide sich erneut umkreisten, hatte sich der Blick des Kopfjägers verändert. Er war auf der Hut. Vor ihr?

Diesmal griff er mit einem wilden Schrei an. Schlag folgte auf Schlag, schlecht koordiniert und unrhythmisch. Sie parierte die Hiebe, ohne ins Schwitzen zu geraten. Auch die Dolchstöße stellten keine große Anforderung an ihr Können dar. Emerelle verstand nicht, was Marlyn damit erreichen wollte.

Als sie sich erneut trennten, ging der Atem des Elfen keuchend. Seine Männer hatten sich in einem weiten Kreis um die Wiese verteilt. Schweigend sahen sie dem Duell zu. Keiner von ihnen lachte oder lächelte auch nur. Sie starrten, als wollten sie nicht glauben, was sie sahen.

»Nicht schlecht, Kleine. Ich denke, nun hören wir auf mit dem Tanzen und machen Ernst.«

Sie hatte es gewusst. Er hatte sie bislang nur auf die Probe gestellt.

Marlyn umkreiste sie. Sein Blick erinnerte Emerelle an Abrax' Blick, als Meliander ihm gebeichtet hatte, dass er in eine der Brauwannen gepinkelt hatte. Er war wütend. Aber warum, wenn der ernsthafte Kampf noch nicht einmal begonnen hatte?

Plötzlich schnellte der Elf vor. Sie riss ihre Klinge hoch, als er den Dolch nach ihr schleuderte. Die Waffe würde sie in die

Brust treffen. Sie senkte ihr Schwert. Stahl schrammte über Stahl. Sie hatte den Dolch mitten im Flug abgelenkt. Er fiel ein Stück von ihr entfernt ins Gras.

Erbost drosch Marlyn erneut auf sie ein. Ungestüme Hiebe nach ihrem Kopf wurden gefolgt von tiefen Angriffen. Doch er war immer noch erstaunlich langsam. Selbst Abrax der Troll hatte sich behänder bewegt. Ohne Mühe wehrte sie jeden Angriff ab. Dann durchbrach sie seine Deckung mit einem geraden Stoß mit ihrer Linken. Die flache Hand traf den Elfen vor die Brust. Er geriet aus der Balance. Sie führte einen Schwertstoß nach seinem Herzen.

Hastig stolperte Marlyn weiter zurück. Der schimmernde Stahl verharrte drei Zoll vor seiner Lederrüstung.

»Ich habe gewonnen«, sagte sie ruhig.

Marlyn starrte auf die Waffe. »Ich bin ausgewichen«, entgegnete er schwer atmend. »Du hast nicht einmal die Rüstung berührt.«

»Weil ich rechtzeitig innegehalten habe.« Emerelle verstand nicht, warum er das Offensichtliche leugnete. Er musste doch gesehen haben, wie sie im Stoß innegehalten hatte, um ihn nicht zu verletzen.

»Wir kämpfen bis zum ersten Blut. Und glaube mir, du wirst die Erste sein, die hier blutet.«

Emerelle ging ein Stück zurück und wartete. Aus dem Augenwinkel sah sie, dass Marlyns Krieger unruhig waren. Sie hatte noch nie einen Schwertkampfpartner absichtlich verletzt. Einige kleinere Unfälle hatte es in den Jahren auf dem Blauen Stern schon gegeben. Einmal hatte Meliander ihr eine schlanke Klinge durch den Oberschenkel gestoßen. Es war ihr Fehler gewesen. Sie hatte einen recht simplen Angriff nicht gut pariert. Es hatte ihm jahrelang leidgetan.

Jetzt überkamen sie Zweifel, ob sie überhaupt in der Lage war, jemanden willentlich zu verletzen. Selbst wenn sie mit hölzernen Schwertern geübt hatten, hatten sie die Schläge vor den Treffern stets abgebremst.

Marlyn ging diesmal ohne wilde Schreie zum Angriff über. Er war noch langsamer geworden. Den meisten Attacken wich sie einfach aus, sodass er immer wieder an ihr vorbeitaumelte und eine schlechte Figur machte.

Bald ging sein Atem erneut keuchend. Er täuschte einen Hieb auf ihren Hals an, änderte die Schlagrichtung und versuchte, ihr das Knie zu zerschmettern. Sie drehte sich an ihm vorbei. Sein Schwert verfehlte sie nur um einen Zoll, als sie ihm die Schulter gegen die Brust rammte. Er strauchelte. Sie vollführte eine weitere Drehung und traf ihn mit einem Tritt in Bauchhöhe, der ihn von den Füßen riss und ihn rücklings ins Gras stürzen ließ.

Bevor er sich wieder aufrappeln konnte, trat sie über ihn und setzte ihm einen Fuß auf die Brust. Vorsichtig berührte sie mit der Schwertspitze seine Linke. Ein leichter Druck genügte, und Blut quoll über die zitternde Hand des Kopfjägers.

»Bis zum ersten Blut«, sagte sie laut. »Ich habe gewonnen und werde nun gehen.«

Borros wich vor ihr zurück, als sie an ihm vorbei zum Eingang der Weißen Halle schritt. »Du ... du bist doch eine Drachenelfe«, stammelte er.

Emerelle verstand nicht, wie er das glauben konnte. Marlyn hatte sich ungeschickt angestellt. Das war alles.

»Schießt sie nieder!«, rief der Anführer der Kopfjäger hinter ihr.

Emerelle hörte das Klacken der Armbrüste. Sie fuhr herum, sah die Geschosse auf sich zukommen und ließ sich nach hinten fallen, doch diesmal war sie zu langsam. Ein harter Schlag traf sie eine Handbreit oberhalb des Herzens unter dem Schlüsselbein.

Sie war überrascht, keinen Schmerz zu spüren. Nur Wut.

»Tötet sie! Kämpft nicht mit ihr. Borros, worauf wartest du? Lass sie nicht wieder aufstehen!«

Der Minotaur blickte zweifelnd auf sie hinab. Dann hob er seine Axt.

Emerelle zischte ein Wort der Macht. Sie griff nach der Magie der Welt und verging sich gegen die Gesetze der Alben, ganz wie sie es auf dem Blauen Stern gelernt hatte. Borros' Bewegung verlangsamte sich, sodass sie sich unter der Doppelaxt zur Seite wegrollen konnte. Mit einem Satz war sie wieder auf den Beinen, schlug mit dem Schwert nach dem Schaft der Axt und durchtrennte ihn. Das mächtige Blatt der Waffe trudelte wie dürres Herbstlaub zu Boden.

Weitere Pfeile flogen in ihre Richtung. Sie waren nicht schneller als Schmetterlinge, die in torkelndem Flug von Blüte zu Blüte eilten. Marlyns Söldner schrien, doch ihre Stimmen waren für Emerelle nur noch unverständliche, grotesk gedehnte Laute. Wie eine Tänzerin bewegte sie sich zwischen den Pfeilen hindurch. Ihre Klinge zuckte nach den Geschossen, ließ die Schäfte zersplittern.

Sie hatte das Duell gewonnen! Wie konnten diese verdammten Bastarde das einfach ignorieren und ihr Wort brechen? Sie erreichte den vordersten der Kobolde, die ihre Armbrüste auf sie angelegt hatten. Mit einem Hieb zerschmetterte sie die Waffe in seiner Hand. Ein Tritt ließ den Krieger neben ihm ins Gras stürzen.

Etwas traf sie am Rücken. Es fühlte sich an wie der Finger, den Marlyn ihr in die Brust gebohrt hatte. Sie wich dem Druck aus. Der Pfeil segelte langsam zu Boden; er hatte ihr Fleisch nur geritzt. Emerelle sah sich nach dem Schützen um und entdeckte die beiden Kentauren, die ihre Bögen aus ihren Köchern gezogen hatten und sich am Beschuss beteiligten. Sie spürte, wie warmes Blut an ihrem Rücken hinabrann.

Was indes viel bedrohlicher war, war das Brennen auf ihrer Haut. Magie durchdrang die Welt wie ein riesiges Netz aus miteinander verknüpften Fäden, und dieses Netz begann sich um sie herum zusammenzuziehen. Es wandte sich gegen sie, weil sie ihre Bewegungen so sehr beschleunigt hatte, dass es die Ordnung der Welt verspottete. Zauberweber, die sich gegen diese Ordnung vergingen, richtete die Matrix. Die Dryade Gylla hatte ihr und Meliander mit eindringlichen Worten beschrieben, was mit jenen geschah, deren Magie alles Maß verlor: Das magische Netz umfing sie und zerschnitt sie, sodass von ihnen nichts blieb als Würfel aus schwelendem Fleisch.

Emerelle zerriss den Zauber, den sie gewoben hatte, mit einem zweiten Wort der Macht. Sofort endete das Brennen. Doch die Wut tief in ihrem Herzen war nicht erloschen. Sie lief auf Marlyn zu, der wieder auf den Beinen war. Dabei schlug sie Haken, um den Pfeilen der Kentauren kein leichtes Ziel zu bieten.

»So tötet sie doch endlich!«, schrie der Elf, als er begriff, dass sie ihn zu ihrem Ziel auserkoren hatte.

Sie hörte das Singen der Sehnen hinter sich, warf sich nach vorn, rollte sich ab und kam wieder auf die Beine.

Marlyn stand keine drei Schritt vor ihr. Er schrie nicht mehr. Einer der Pfeile, die ihr gegolten hatten, hatte seine Rüstung durchschlagen und steckte tief in seinem Bauch.

Hufschlag ließ Emerelle über ihre Schulter blicken. Ihr Pferd kam auf sie zugeprescht. Offenbar hatte es die Gefahr erkannt und sich losgerissen. Kurz musste sie daran denken, was Solon über kluge Pferde gesagt hatte.

Zwischen den steil aufgerichteten Ohren der Stute hockte ein kleiner, braunweißer Federball.

Der blonde Kentaur legte seinen Bogen auf sie an.

»Wage es, und du bist der Nächste, der hier stirbt!«, sagte sie so entschieden, wie es ihre Schmerzen zuließen. Die Wunde unter dem Schlüsselbein pochte. Sie wusste, dass sie zu viel Blut verlor. Bald würde ihr schwindelig werden, wenn sie nichts unternahm. Aber um die Blutung stillen zu können, müsste sie den Bolzen herausziehen. »Du weißt jetzt, was ich bin. Stell dir ein Leben auf drei Hufen vor, und überlege dir, ob es dir das Risiko wert ist, auf mich zu schießen.«

Der Krieger fuhr sich nervös mit der Zunge über die Lippen. Zögernd senkte er die Waffe.

Der Rotfuchs erreichte Emerelle. Sie griff in die Mähne, zog sich auf den Rücken des Pferds und hielt dann auf den Wald zu.

»Du kannst sie doch nicht einfach laufen lassen!«, rief einer der Kobolde hinter ihr.

Emerelle beugte sich vor, bis sie auf der Mähne der Stute lag. Ein Armbrustbolzen sauste knapp an ihr vorbei. Das Pferd stieß ein schrilles Wiehern aus. Es bockte und stürmte dann geradewegs in den Wald hinein, während ihnen aus dem dunklen Dickicht weitere Geschosse entgegenflogen.

Fremde Freunde

Keiner der kleinen Pfeile traf sie, doch die Kopfjäger schienen, ihren Schreien nach zu urteilen, in der Hinsicht weniger Glück zu haben als sie. Äste peitschten auf Emerelle ein, Dornen zerrten an ihren Beinen, und ihr war übel, aber immerhin hatte sie ihre Häscher abgehängt. Der Rotfuchs wurde langsamer. Sie spürte, wie er hinkte, brachte allerdings nicht die Kraft auf abzusteigen, um nach ihm zu sehen. Sie verstand nicht, wie sie hatte entkommen können, wo sie doch eine so jämmerliche Schwertkämpferin war. Die Welt war verrückt. Aber sie war dankbar dafür.

Einen Moment lang schloss sie die Augen. Sie hörte die Kopfjäger nicht mehr rufen. Wer hatte sie aus dem Wald heraus beschossen? Gab es hier Freunde? Oder irrte sie sich schon wieder, und die Pfeile hatten durchaus ihr gegolten und sie lediglich verfehlt?

Das Pferd blieb stehen. Es zitterte. Heldenherz zwitscherte aufgeregt.

Emerelle ließ sich aus dem Sattel gleiten.

Die Stute wieherte leise und sah sie aus vor Angst geweiteten Augen an; dann stürzte sie. Das Fell des linken Hinterbeins war von Blut durchtränkt. Ein Armbrustbolzen hatte sie dicht über dem Sprunggelenk getroffen und musste eine große Ader verletzt haben. In schwächer werdenden Stößen pulsierte das Blut aus der Wunde.

Emerelle strich dem Fuchs, der sie so weit getragen hatte, über die Nüstern. »Alles wird gut«, log sie mit sanfter Stimme. »Du musst nur ein klein wenig schlafen.«

Heldenherz saß auf einem niedrigen Ast und beobachtete sie mit schräg gelegtem Kopf.

Geifer troff aus dem Maul der Stute. Ihre Hinterbeine zuckten. Dann lag sie still. Die großen schwarzen Augen verloren ihren Glanz.

So schnell konnte ein Lebewesen verbluten. Emerelle schluckte. Meliander hatte irgendwann ein Buch über alle erdenklichen Arten zu sterben in der Bibliothek auf dem Blauen Stern ausgegraben. Heimlich hatten sie die verbotenen Seiten studiert und versucht, sich vorzustellen, was dort beschrieben wurde. Doch ihre Vorstellungen kamen der Wirklichkeit nicht nahe.

Emerelle schloss die Lider der Stute. »Liuvar«, sagte sie leise. »Frieden.« Sie fühlte sich schuldig. Allein wäre sie den Pfeilen der Kopfjäger nicht entkommen. Eine Woche lang hatte die Stute sie brav getragen, und sie hatte ihr nicht einmal einen Namen gegeben.

Heldenherz ließ sich auf dem Hals des Pferdes nieder und zupfte an der Mähne.

»Das hilft nicht mehr«, sagte Emerelle matt. Dann erinnerte sie sich an den Armbrustbolzen, der sie getroffen hatte. Sie tastete nach dem Geschoss. Es war so lang wie ihr kleiner Finger, aber noch dünner. Es schien nicht tief eingedrungen zu sein.

Mit spitzen Fingern ruckte sie an dem Schaft. Der Schmerz ließ sich aushalten. Sie zog fester, und der Bolzen glitt aus der Wunde. Er hatte eine vierkantige, hässliche Spitze. Blut rann aus dem dunklen Loch in ihrem Fleisch. Sie legte ihre flache Hand darauf und bemühte sich, eins zu werden mit der Magie des Waldes. Sie nahm von der Kraft der Bäume ringsum und ließ sie in das zerschundene Fleisch fließen. Dann konzentrierte sie sich auf die Verletzung am Rücken, bis sie spürte, dass die zertrennten Muskelfasern wieder eins waren und ihre Haut sich glatt über dem Fleisch spannte.

Erschöpft verharrte sie. Das verlorene Blut vermochte sie nicht zu ersetzen. Sie fühlte sich unendlich müde und besudelt. Ihr Kleid war nur noch ein blutdurchtränkter Fetzen. So viele Stunden hatte sie geopfert, um wie ihre Mutter zu sein. Wenigstens äußerlich. Und was hatte sie nun davon? Das Kleid hatte ihr nichts als Unglück gebracht, von der ersten Stunde an. Nur weil Borros sie in der Schenke gesehen hatte, waren ihr die Kopfjäger bis hierher gefolgt. Zum Glück war Meliander ihnen entkommen. Nicht auszudenken, was Marlyn und seine Bande mit ihrem Bruder angestellt hätten!

Ein leises Plätschern zog ihre Aufmerksamkeit auf sich. Ein Bach? Mit ein wenig Wasser könnte sie das Blut und den Schmutz dieser Welt von sich abwaschen, die so anders war als in den Büchern. Mit einem Seufzer richtete sie sich auf. Einen Moment lang wurde ihr schwarz vor Augen. Sie lehnte sich gegen den Stamm einer Eiche. Dann ging es wieder, und sie setzte sich in Bewegung.

Heldenherz blieb immer in ihrer Nähe und zwitscherte unablässig, als versuchte er, sie aufzumuntern. Sie kämpfte sich durch ein Haselnussdickicht und erreichte schließlich einen lichteren Waldstreifen aus jungen Birken. Zwischen den weißen Stämmen sah sie einen Bachlauf, der sich tief ins dunkle Erdreich gegraben hatte. Sie rutschte das steile Ufer hinab und kniete am Wasser nieder, um sich das kühle Nass ins Gesicht zu spritzen. Die Kälte schenkte ihr neue Kraft.

Sie zog die Stiefel aus und kämpfte sich aus dem Seidenkleid, das durch das getrocknete Blut an der Haut klebte. Anschließend watete sie vorsichtig über Kiesel und graues Geröll in die Mitte des Bachs. Das Wasser reichte ihr nicht einmal bis zur halben Wade. Sie ging in die Hocke, streckte die Arme zur Seite, um die Balance zu wahren. Dann ließ sie sich nach hinten sinken, und reinigende Kälte umfing sie. Die Strömung erfasste sie, schob sie über Kiesel. Sie blickte, auf dem klaren Wasser treibend, zu den Baumkronen empor. Erstes Braun hatte das Laub befallen und kündete vom nahen Herbst.

Plötzlich wurde ihr bewusst, wie töricht es war, erneut ihr Schwert nicht in Reichweite zu haben. Sie drehte sich auf den Bauch. Die Strömung zerrte an ihr, und sie klammerte sich an einen moosbewachsenen Felsen, bis sie einen sicheren Stand hatte. Ihre Waffe und die Kleider waren etwa zehn Schritt entfernt. Sie watete dorthin. Dann strich sie sich mit flachen Händen so lange über den Leib, bis der letzte Schmutz und alles Blut verschwunden waren. Als ihre Füße bereits ganz taub vom eisigen Wasser waren, suchte sie sich einen großen Stein am Ufer, der sich in einer Insel aus Sonnenlicht erhob, und ließ sich darauf nieder. Bedächtig wrang sie ihr Haar aus. Langsam drang die Wärme durch ihre Haut tiefer in ihre Glieder.

»Bist du Ailyn?«

Emerelle fuhr herum. Zwischen den Birken stand ein Kobold, der einen Bogen locker in der Hand hielt. Kein Pfeil lag auf der Sehne. Er sprach exzellentes Elfisch. Ganz ohne Akzent. Neugierig musterte er sie aus großen braunen Augen. Er trug nur eine Weste, aus der seine dünnen Arme hervorstachen, und dazu einen Lendenschurz.

»Ich bin nicht Ailyn«, antwortete sie ruhig.

Er nickte. »Ailyn soll schwarze Haare gehabt haben. Für Bidayn riechst du zu wenig nach Tod. Außerdem ist die wohl ebenfalls schwarzhaarig. Sheryll vielleicht …« Er schüttelte den Kopf. »Die verfluchte Nandalee kannst du auch nicht sein. Die hat helleres Haar.«

Es versetzte Emerelle einen Stich, ihn so von ihrer Mutter reden zu hören. »Du kennst viele Drachenelfen ...«

Er schüttelte den Kopf. »Nicht wirklich. Aber mein Großonkel hat oft von ihnen erzählt. Er steckte voller Geschichten. Als er jung war, waren sie noch hier. So siebzig Jahre ist das her. Er gehörte zu denen, die diesen Helden den Arsch nachgetragen haben.«

Emerelle hob eine Braue. »Die Drachenelfen hatten es nötig, dass dein Großonkel ...«

Er grinste sie frech an. »Natürlich! Damals wie heute. Wer, glaubst du denn, hat diese verdammten Rattenfürze davon abgehalten, dir zu folgen, als du verwundet auf dem sterbenden Pferd in den Wald geprescht bist?« Er hob seinen Bogen. »Unsere Pfeile. Was meinst du, wie weit du gekommen wärest, wenn wir sie nicht davon überzeugt hätten, dass du Verbündete hast?«

Emerelle räusperte sich. »Und so ... habt ihr den Drachenelfen auch schon geholfen?« Sie konnte sich nicht vorstellen, dass irgendjemand versucht hätte, die Schule anzugreifen, es sei denn die Himmelsschlangen selbst oder ihre Todfeinde, die Devanthar von Daia. Und in beiden Fällen wären ein paar Koboldpfeile ganz sicher keine Hilfe gewesen.

»Na ja, ein bisschen anders war es schon. Was glaubst du, wer deren Kammern gefegt hat. Oder ihr Brot gebacken oder ...« Er deutete auf ihr am Boden liegendes Kleid. »Glaubst du, die haben ihre Sachen selber genäht oder auch nur gewaschen? Die haben sich bloß für zwei Dinge interessiert. Für Waffen und die schönen Künste. Völlig verrückt waren die. Aber ich frage dich: Wie weit kommt man, wenn man das wirkliche Leben aus dem Blick verliert?«

Emerelle wusste nicht, was sie darauf antworten sollte. Was das wirkliche Leben anging, fing sie gerade erst an, die ersten Erfahrungen zu machen.

Der Kobold nickte selbstgefällig. »Genau. Sprachlos, nicht wahr? Daran hat sich in all den Jahrzehnten nichts geändert. Drachenelfen backen immer noch kein Brot oder pflanzen Erbsen an. Du solltest ...«

»Wie lange willst du noch Volksreden halten, Aspix? Glaubst du, ich durchschaue nicht, worum es dir geht?«, erscholl eine schneidende Stimme aus dem Haselgebüsch am Rande des Birkenhains. »Macht es dir Spaß, auf Elfenbrüste zu starren?«

Aspix blickte auf Emerelles Zehen. »Es ist nicht so, wie es aussieht, Silvy«, rief er zurück und murmelte dann: »Würdest du dir bitte dein Kleid wieder anziehen?«

»Warum?«

»Weil meine Verlobte es unschicklich findet, wenn ich mich mit einer nackten Elfe unterhalte.« Er starrte immer noch auf ihre Füße.

Emerelle verstand nicht, was an Nacktheit unschicklich sein sollte. Sie hatte außer Meliander zwar nie jemanden ganz nackt auf dem Blauen Stern gesehen, aber es hatte auch niemand Anstoß daran genommen, wenn sie beide nackt im Sommerregen getanzt hatten oder am Bug standen und den Wind auf ihrer Haut spüren wollten. Vielleicht sollte sie es mit einem anderen Thema versuchen. »Eine Verlobte ... Ihr habt euch ein Heiratsversprechen gegeben?«

Jetzt sah Aspix zu ihr auf. »Äh ... Ja ...«

Sie hatte das Gefühl, schon wieder etwas Dummes gefragt zu haben.

»Rede ich trollisch?«, erklang es ungehalten aus dem Haseldickicht.

»Dein Kleid ...«, sagte der Kobold bittend.

Emerelle zuckte mit den Schultern. Dann ging sie zu ihren Sachen und las ihr Kleid auf. Es sah wirklich nicht mehr gut aus.

Voller Schlamm und Blut. Von Dornen zerrissen. Auch wenn Aspix eher harmlos wirkte, vergaß sie diesmal nicht, wieder ihr Schwert anzulegen.

»Viel besser!« Der Kobold war sichtlich erleichtert. »Aber jetzt noch mal zu deinem Namen. Welche der Drachenelfen bist du denn nun?«

»Ich bin nur eine Elfe. Meine Schwertkunst ist nichts im Vergleich zu den Fertigkeiten der Meister der Weißen Halle. So gering ist mein Können, dass ich von meiner Lehrerin, einer Koboldin, stets in die Schranken verwiesen wurde.«

»Einer Koboldin?« Aspix sah ungläubig zu ihr auf. »Deren Bekanntschaft würde ich ja gerne mal machen.« Er wiegte nachdenklich den Kopf. »Du hast Pfeile in der Luft zersplittern lassen. Das kenne ich nur aus den Erzählungen meines Großonkels. Aber sei's drum ... Nun wirst du meine Sippe kennenlernen. Auch wenn du keine Drachenelfe bist, scheinst du, wenn ich mir dein Kleid so ansehe, genauso hilflos zu sein wie sie. Du musst gerettet werden.«

Da wollte sie ihm nicht widersprechen. Sie durchquerten den Birkenhain und hielten auf das Haseldickicht zu, doch dort war niemand mehr. Allerdings waren nicht weit entfernt Stimmen zu hören. Aufgeregtes Geplapper.

Heldenherz landete auf Emerelles Schulter und pickte ihr ins Ohrläppchen. Wollte er sie warnen? Wann würde sie die Zeichen des kleinen Vogels verstehen?

»Hier entlang.«

Aspix führte sie um einen wild wuchernden Brombeerbusch herum, und dann sah sie die Sippe des Kobolds: etwa ein Dutzend Männer und Frauen, die über ihrem toten Pferd kauerten und mit ihren kurzen Messern Fleischstreifen aus dem Leib der Stute schnitten.

»Bei den Alben ...« Ihre Hand fuhr zum Schwert.

Das Geplapper verstummte. Alle Kobolde hielten in ihrem blutigen Gemetzel inne und sahen sich nach ihr um.

Eine Koboldin mit blutbesudelter Lederschürze sprang von der Hinterhand der Stute herab, stemmte die Hände in die Hüften und sah zu ihr auf. »Was ist los, Elfenmädchen? Dein Pferd gibt es nicht mehr. Das hier ist nur noch Fleisch. Wir können es den Wölfen und Krähen überlassen oder dafür sorgen, dass wir selbst mit vollem Bauch ins Bett gehen.« Harte schwarze Augen über einer für Koboldverhältnisse recht kurzen Nase sahen sie an.

Emerelle sagte nichts.

Als das Schweigen bedrückend zu werden drohte, klatschte Aspix in die Hände. »Darf ich vorstellen? Das ist Silvy, meine Verlobte. Manchmal ist sie etwas direkt, aber ich kann dir versichern, ihr Herz sitzt am rechten Fleck, denn sie ...«

»Ich spreche für mich selbst!«, unterbrach die Koboldin Aspix. »Du kannst dich nützlich machen, Elfendame. Wenn du uns hilfst, das Fleisch in unser Dorf zu tragen, bist du auf ein saftiges Stück Braten eingeladen. Wenn du uns aber lieber davonjagen möchtest, damit du in Ruhe neben diesem Haufen toten Fleischs flennen kannst, der deinen knochigen Arsch einmal durch die Lande getragen hat, dann kannst du gern allein bleiben.«

»Silvy ...«, begann Aspix.

»Was?«

»Ähm ... deine Ausdrucksweise. Also, wie du ihr Hinterteil ...«

»Den knochigen Arsch? Gefällt der dir etwa?« Sie funkelte den Kobold böse an. »Für meinen Geschmack hast du vorhin etwas zu lange auf ihre schmächtigen Elfentittchen gestarrt. Darüber reden wir heute Nacht noch. Glaub ja nicht, dass ich dich wieder heimlich in mein Bett kriechen lasse. Du wirst ...«

»Ich trage das Fleisch«, unterbrach Emerelle die beiden. »Und danke dafür, dass ihr meine Verfolger aufgehalten habt.«
Silvy machte eine wegwerfende Geste. »Keine Ursache. Wenn sich nach Jahrzehnten endlich mal wieder eine Drachenelfe hierher verirrt, werden wir doch nicht einfach tatenlos zusehen, wie eine Bande von Kopfjägern sie mit Pfeilen spickt.« Sie streckte Emerelle die Hand entgegen. »Ich bin Silvy, wie dieser Tunichtgut, der vielleicht das Glück haben wird, mich zu heiraten, schon verkündet hat. Und wer bist du?«

Die Elfe beugte sich tief hinab und griff nach der zierlichen Hand. »Emerelle.«

»Emerelle«, wiederholte die Koboldin langsam. »Immer ein bisschen zu lang, diese Elfennamen ... Aber gut. Besiegeln wir unsere neue Freundschaft. Aspix! Besorg mal einen Löffel, damit wir die Augen aus dem toten Gaul pulen können.« Sie lächelte Emerelle an. »Teilen wir uns die besten Stücke von deinem Pferd.«

Die Elfe sah Silvy entsetzt an. »Die Augen ...«

Die Koboldin brach in schallendes Gelächter aus, und ihre Gefährten fielen mit ein. »Sie hat es geglaubt«, prustete Silvy. »Elfen haben immer noch keinen Sinn für Humor.«

»Manche Dinge ändern sich nie«, pflichtete Aspix ihr bei.

»Hast du wirklich geglaubt, ich würde jetzt mit dir die Augen verspeisen?« Silvy bekam kaum Luft vor Lachen. »Wir sind doch keine Trolle!«

Emerelle war diese Art von Späßen fremd. Sie zwang sich zu einem Lächeln. »Wie Trolle seht ihr ganz gewiss nicht aus.«

Schlagartig verstummte das Gelächter. »Was willst du damit sagen?«, fragte ein korpulenter Kobold mit einer abgewetzten Fellkappe. »Findest du uns winzig? Denkst du, man müsste keinen Respekt vor uns haben, nur weil wir dir kaum bis zum Knie reichen? Findest du es lustig, uns zu verspotten?«

Emerelle war völlig überrumpelt. Natürlich hatte sie nichts von alldem gemeint. »Ich entschuldige mich ...«

Wieder brach allgemeines Gelächter los.

Aspix klatschte ihr mit der flachen Hand auf den Stiefelschaft. »Gratuliere, großes Mädchen. Dich kann man wirklich wunderbar verscheißern. Das wird ein lustiger Abend mit dir werden. Du nimmst alles für bare Münze, was man dir sagt, nicht wahr?«

»Was sonst? Wozu redet man miteinander, wenn man nicht meint, was man sagt?«

Die Kobolde sahen einander verdutzt an. Es war der ältere, ein wenig fülligere, der als Erster die Sprache wiederfand. »Ich weiß nicht, woher du kommst, Kindchen, aber über das Leben musst du noch viel lernen. Wer hat dich denn großgezogen, dass du nie herumalberst und einfach nur Spaß hast?«

»Sie ist eben doch eine Drachenelfe«, bemerkte Aspix. »Die haben halt nichts als den Schwertkampf im Kopf. Ihr habt es ja gesehen, wie sie sich geschlagen hat. Eine gegen zehn, und die Kopfjäger sahen dabei nicht gut aus.«

»Drachenelfen gibt es nicht mehr«, stellte der Alte trocken fest. »Und sollte sie doch eine sein, dann werden wir ihr das ganz schnell austreiben. Als Erstes bringen wir ihr bei, wie man scherzt und ein gutes Leben führt.«

Die Entschiedenheit, mit der dieser Alte behauptete, dass es keine Drachenelfen mehr gab, hätte Meliander mit Sicherheit gefallen, dachte Emerelle bedrückt. Konnte es wirklich stimmen, dass alle Helden ihrer Kindheit, deren Schwerter an den Wänden der Weißen Halle hingen, inzwischen tot waren?

Schmutzige Hände

Emerelle ließ die Sichel fallen und stützte sich erschöpft mit den Händen auf den Knien ab. Der Schweiß lief ihr in Strömen den Rücken hinab. Die kratzige braune Tunika, die ihr die Kobolde geschneidert hatten, klebte an ihrer Haut. Ihre Kehle war staubtrocken. Sie blickte über das Weizenfeld, das sich golden an den Hang schmiegte. Sie hatte nicht einmal die Hälfte geschnitten, dabei war die Mittagsstunde schon deutlich vorüber.

»Na, Elfendame, schon müde?«, spottete Bullbox hinter ihr. Der korpulente Kobold war, wie sich herausgestellt hatte, Aspix' Vater, und er führte in der im Wald versteckten Siedlung des kleinen Volkes das Wort. Nichts geschah hier, wenn er es nicht billigte.

Er folgte Emerelle und band den geschnittenen Weizen zu Garben, die er am Hang aufstellte. Emerelle hatte den Verdacht, dass er ihr auch ab und zu unter die Tunika lugte, wenn sie sich bückte. Bullbox liebte deftige Scherze, und glaubte sie Aspix, so hatte wohl er allein die Hälfte der Kinder im Dorf gezeugt, auch wenn deren Mütter dies natürlich leugneten.

»Komm, wir machen eine Rast«, schlug Bullbox vor. Dabei winkte er ihr mit dem Wasserschlauch zu. »Kannst sicher 'nen Schluck vertragen.«

Sie hob die Sichel auf, ging zu ihm hinüber und setzte sich neben die Garbe. Sie mochte den Geruch des Weizens. Heldenherz landete zwitschernd neben ihnen und pickte nach einigen Körnern zwischen den Stoppeln.

»Du solltest dich nicht hier auf dem abgeernteten Feld tummeln«, brummte Bullbox den Vogel an. »Sonst holt dich noch der Falke. Wir Kleinen müssen immer auf der Hut sein.« Als fürchtete auch er, von einem Raubvogel gepackt zu werden, blickte er zum weiten, wolkenlosen Himmel empor. Dann nahm er den Brotbeutel und holte eines der kleinen Weizenbrote heraus, die Silvy am Morgen gebacken hatte. Er brach ein Stückchen für sich ab und warf Emerelle den Rest zu. »Lass es dir schmecken, Nimmersatt.«

Sie wusste inzwischen, dass mindestens die Hälfte von dem, was die Kobolde sagten, nicht so gemeint war, wie es klang. Seit zehn Tagen lebte sie nun in Bullbox' Dorf und hatte das Gefühl, mehr Nützliches gelernt zu haben als in den letzten zehn Jahren auf dem Blauen Stern.

Genüsslich biss sie in das helle Brot mit der goldbraunen Kruste. Es war aus dem Mehl gebacken, das aus der Ernte der letzten Tage gemahlen worden war.

Bullbox reichte ihr einen Wurstzipfel. Ein Stück ihres Roten. Inzwischen fand sie nichts mehr dabei, von seinem Fleisch zu essen. Die Kobolde hatten recht. Warum nicht nutzen, was die Natur schenkte? Ihrer Stute war es ganz gewiss egal.

Sie kaute auf dem groben, faserigen Fleisch. Silvy hatte Salz und ein paar fremde Gewürze unter das Hack gemischt, bevor sie gesäuberte Darmschlingen damit gefüllt und die Würste zum Räuchern in den Kamin gehängt hatte.

Alles schmeckte intensiver als auf dem Blauen Stern. Das Essen auf dem Himmelsschiff mochte besser gewesen sein, aber ihr einfaches Mahl hier auf dem Feld machte Emerelle unendlich zufriedener.

»Willste den Winter über bleiben?«, fragte Bullbox unvermittelt.

»Willste mich loswerden?« Emerelle versuchte sich hin und wieder an dem derben Ton der Kobolde, aber irgendwie fand sie meist nicht ganz die richtigen Worte, und ihre Scherze sorgten für mehr Missverständnisse als Gelächter.

Der Kobold schob sich seinen breitkrempigen Strohhut in den Nacken und sah sie aus efeugrünen Augen schalkhaft an. »Für unsere Vorratskammern ist es besser, wenn du weiterziehst. Du frisst wie fünf Kobolde.«

»Dafür arbeite ich wie zehn.«

»Aber nur, wenn du meinen faulen Sohn Aspix als Maß nimmst. Bei Männern wie mir ...«

»Die genauso viel verschlingen wie drei deiner Söhne«, unterbrach sie ihn grinsend.

»Also bitte, man unterbricht den Dorfvorsteher nicht, wenn er spricht. Jetzt hab ich doch glatt den Faden verloren ...« Er strich sich über seinen Wanst und blinzelte wieder zum Himmel hinauf.

Heldenherz flatterte zu ihr herüber und legte ihr einen dicken, sich windenden Regenwurm aufs Bein. Er hatte noch immer nicht begriffen, was sie appetitlich fand und was nicht. Emerelle schob ihm einen Krümel der Brotkruste zu, den er nach einem Blick zu Bullbox eilig verschlang, als befürchtete er, der Kobold könnte ihm seine Belohnung streitig machen. Als sie keine Anstalten machte, den Wurm zu essen, holte er ihn sich zurück.

»Die Sache ist die«, nahm der Kobold das Gespräch wieder auf. »Wir müssen uns Gedanken machen, wo du im Winter schlafen kannst. So elend lang, wie du bist, passt du in keines unserer Häuser und erst recht in keine Erdhöhle. Du kannst aber auch nicht für immer auf dem Dorfplatz nächtigen.«

»Hast du Sorgen, dass ich sehen könnte, wohin du so schleichst, wenn deine Frau eingeschlafen ist?«

»Bleib doch mal ernst, junge Elfe.« So hatte er noch nie gesprochen. »Wir müssen dich irgendwo unterbringen. Nach der Ernte kommen sie. Manchmal sehr früh. Sie sollten dich nicht sehen. Du bist zu ...« Es war ihm anzusehen, dass er nach Worten suchte, die sie nicht verletzen würden. »... zu ungewöhnlich. Alle im Dorf glauben, du seist eine Drachenelfe. Und es gibt ja auch noch die Kopfjäger. Die halten dich nach deinem Kampf vor der Weißen Halle gewiss auch für die letzte Drachenelfe, deren Gewicht ihnen die Himmelsschlangen vermutlich in Gold aufwiegen werden, wenn es ihnen gelingt, dich zu schnappen.«

»Aber sie werden vor anderen nicht über mich sprechen«, entgegnete Emerelle ruhig. Sie hatte noch nicht viel von der Welt hier unten verstanden, aber ihr war klar, dass die Kopfjäger das Gold, das sie wert war, nicht in Gefahr bringen würden, indem sie Dritten von ihr berichteten. Allerdings war auch ihr klar, dass ihre Tage im Dorf gezählt waren. Sie brachte alle Kobolde in Gefahr. Solange sie hier war, würde es keinen Frieden geben.

»Wir brauchen einen guten Plan für dich, Elfenmädchen ... Was wolltest du überhaupt in der Weißen Halle?«

»Ich musste wissen, ob jemand noch lebt. Du kennst die Besonderheit der Schwerter?«

Bullbox verzog das Gesicht. »Unsere Ahnen haben diese Halle jahrhundertelang sauber gehalten und den Helden da drinnen alle Arbeit abgenommen. Wir kennen jedes Geheimnis dieser Halle – sei es das verfluchte Fenster in der Bibliothek, sei es der Grund, warum in eine Türschwelle im Schülertrakt Bannzeichen eingeritzt sind. Wessen Schwert hast du gesucht?«

Emerelle mochte Bullbox und seine Leute, aber sie waren Kobolde. Man konnte ihnen nicht trauen. »Er hieß Nodon ... Er war der Schwertmeister des Erstgeschlüpften.« Sie stockte, denn sie wusste genau, dass eine zu flüssig vorgetragene Lüge nicht überzeugte. Sie musste Bullbox glauben machen, dass sie sich die Worte abrang.

Es war Sata gewesen, die Meliander und ihr das Lügen beigebracht hatte. Damals war es für sie nur ein verrücktes Spiel gewesen. Jetzt begriff sie, dass Lügen ihr Leben vielleicht besser zu schützen vermochten als ein Schwert. Und auch das Leben derjenigen, denen sie zugetan war. »Er war mein Vater«, sagte sie leise.

»Nodon?« Bullbox fiel die Kinnlade herunter, sodass sie seine braunen, nadelspitzen Zähne sehen konnte. »Der rote Elf? Er war nicht oft in der Weißen Halle ... und er hat eine Menge Ärger gemacht. Es heißt, dass er es war, der die Gemeinschaft der Fahrenden Ritter gründete.«

»Wer sind diese Fahrenden Ritter?«, fragte Emerelle.

Bullbox sah sie misstrauisch an. »Du bist seine Tochter? Dann musst du das doch wissen.«

Sie begriff, auf wie dünnem Eis sie stand. Dies war nicht der richtige Zeitpunkt für gewundene Ausreden. Sie musste die Sache persönlich werden lassen. »Ich denke, du bist auch ein Vater«, fuhr sie ihn an. »Verstehst du nicht? Würdest du Aspix in ein Geheimnis einweihen, das ihn töten könnte, oder würdest du alles tun, um es von ihm fernzuhalten? Er hat mir gar nichts gesagt, und glaube mir, ich habe ihn noch seltener gesehen als die Weiße Halle.«

Bullbox schob den Rest der Wurst in den Brotbeutel. Der Kobold sah aus, als wäre ihm gründlich der Appetit vergangen. Er blickte sich um, musterte das halb abgeerntete Feld, blickte zum nahen Wald, ja selbst zum Himmel sah er auf. »Über die Fahrenden Ritter redet man besser nicht. Die Himmelsschlangen wollen sie tot sehen.« Er schwitzte. »Du warst in der Eingangshalle. Du hast gesehen, wie viele Schwerter dort hängen. Auch das deines Vaters. Die alten Drachen haben sie gejagt. Genauso unbarmherzig, wie sie die Mörderin Nandalee gejagt haben. Und niemand vermag ihnen lange zu entkommen.« Wieder sah er sich nervös um. »Ihre Spitzel sind überall. Sie selbst können überall sein. Es heißt, die Himmelsschlangen könnten jede Gestalt annehmen. Sie sind Meister der Verstellung.« Er deutete auf Heldenherz. »Er könnte der Goldene sein.«

Die Misteldrossel blickte auf, und es schien Emerelle, als sähe sie Bullbox empört an.

»Diese Welt beugt sich den Drachlingen. Bald werden sie in unser Dorf kommen. Sie werden eine Liste bei sich haben, und wir werden ihnen alles überlassen, was auf dieser Liste steht.«

»Warum?«

»Warum?« Der alte Kobold schnaubte. »Weil dies nicht mehr die Zeiten der Drachenelfen sind. Weil sich selbst die Fahrenden Ritter zurückgezogen haben, die einst gegen die Willkür der Drachen aufbegehrten. Weil sich die Drachlinge mit Gewalt nehmen werden, was auf dieser Liste steht, wenn wir es ihnen nicht freiwillig überlassen. Jeder hat den Himmelsschlangen Tribut zu entrichten. Die Elfensippen ebenso wie wir.«

»Aber warum ist das so?«

»Weil die Starken von den Schwachen nehmen und sie zu ihren Dienern machen. Das war schon immer so. So ist diese Welt.« Er hob hilflos die Hände. »Glaubst du, es hat unseren Ahnen Spaß gemacht, die Diener der Drachenelfen zu sein? Meinst du, die hätten die Namen derjenigen gekannt, die ihr Brot gebacken und ihre Böden gewischt haben? Wir waren gesichtslose Diener. Nicht bedeutender als ein Stuhl oder irgendein anderes Möbelstück. Etwas, was eben in ein Haus wie die Weiße Halle gehörte. So ist es an allen Elfenhöfen.«

»Ich werde immer wissen, wer mein Brot gebacken hat«,

sagte sie feierlich. »Das kann nicht die Welt sein, wie sie die Alben erschaffen wollten.«

Bullbox schnaubte verächtlich. »Ach ja? Sie sind die Götter. Warum verändern sie die Welt dann nicht?«

Sie hätte ihm gern vom Blauen Stern erzählt. Davon, wie ein Troll, eine Dryade, ein Kentaur, ein Faun, eine Koboldin und zwei Elfenkinder zusammengelebt hatten, ohne dass es einen Herrscher gab. Sie lächelte. Na ja, vielleicht war Sata ihre Anführerin. Aber sie war die Kleinste von allen. Es konnte also nicht die unabänderliche Ordnung sein, dass Kobolde die Diener der größeren Albenkinder waren.

Da kam ihr ein Gedanke, den sie nie zuvor gehabt hatte. Woher war das Mehl an Bord gekommen? Woher das Fleisch auf ihren Tellern, der Honig für den Met, den Abrax angesetzt hatte? Sie hatte immer hingenommen, dass es selbstverständlich war, etwas zu essen zu haben. Alles war einfach da.

Sie blickte über das kleine Kornfeld, dessen Ähren sich in einer sanften Brise neigten. Hatten die Himmelsschlangen sie mit Essen versorgt? Hatte auch sie von der Arbeit der Kobolde gelebt?

Emerelle sah auf ihre schmutzigen Hände, auf die schwarzen Ränder unter ihren Fingernägeln. Sie wusste nicht genau, wie alt sie war. Fast achtzig Jahre? Die Zeit ging gnädig mit ihr um – seit sie ausgewachsen war, hatte sie keine Spuren mehr an ihrem Körper hinterlassen. Ganz anders als bei Bullbox, dessen Hände nach einem Leben voller harter Arbeit von Schwielen und tiefen Furchen gezeichnet waren. Sie hatte schon gelebt, lange bevor Bullbox geboren worden war. Aber erst seit einer Woche hatte sie sich das Brot, das sie aß, wirklich verdient. Sie schämte sich.

»So still, Elfenmädchen?« Der Alte lächelte milde. »Jetzt weißt du, warum wir Kobolde über alles unsere unflätigen Witze machen. Die Welt ist ungerecht. Wenn wir ihr nicht ins

Gesicht lachen könnten, dann müssten wir uns einen Strick nehmen.«

Das verstand sie nicht. »Einen Strick nehmen? Um die Tyrannen zu fesseln?«

Bullbox lachte auf. »Ab und zu verstehst du dich ja durchaus aufs Scherzen. Wir schaffen es schon noch, deinen Sinn für Humor dauerhaft zu wecken. Wir ...« Er verstummte, wurde plötzlich ernst, als er ihren Gesichtsausdruck sah. »Das war kein Scherz? Du hast es wieder wörtlich gemeint?«

Sie senkte den Blick, und der Kobold stieß einen tiefen Seufzer aus. »Sich einen Strick nehmen heißt, man erhängt sich. Man setzt seinem Leben ein Ende.«

»Wäre es denn nicht besser zu rebellieren, statt sich das Leben zu nehmen? Mehr als sein Leben könnte man in einem Aufstand doch auch nicht verlieren.«

»Man könnte das Leben seiner Liebsten in Gefahr bringen«, entgegnete Bullbox sehr ernst.

Sie dachte eine Weile nach, brachte es aber nicht fertig, sich mit dem Gedanken abzufinden, Ungerechtigkeiten widerstandslos hinzunehmen. »Schuldet man es seinen Liebsten denn nicht, dafür zu kämpfen, dass sie in einer gerechteren Welt leben können?«

»Eine Gegenfrage, du neunmalkluge Elfe: Entziehe ich mich nicht meiner Verantwortung gegenüber den Meinen, wenn ich mein Leben in einem aussichtslosen Kampf fortwerfe und sie einfach ihrem Schicksal überlasse?«

Darauf wusste sie nichts mehr zu entgegnen. Sie empfand tiefen Respekt vor dem alten Kobold. Vor jedem im Dorf. Sie alle konnten trotz allem der Welt ins Antlitz lachen. Sie wusste nicht, ob sie das an deren Stelle könnte. Und dann kam ihr noch ein anderer Gedanke. »Wenn die Drachlinge herausfinden, dass ich im Dorf bin, wird es doch Ärger geben ...«

Bullbox nickte. »Ganz gewaltigen Ärger sogar.«

»Aber warum lasst ihr mich dann bei euch sein? Ihr kämpft nicht für eure Freiheit, weil ihr euer Leben nicht fortwerfen wollt, und dann riskiert ihr den Zorn der Drachen, indem ihr mir Unterschlupf gewährt?«

»Ach, Mädchen, wie langweilig wäre diese Welt, wenn sich alles erklären ließe.« Er richtete sich auf und klatschte in die Hände. »Auf an die Arbeit. Dort wartet noch ein halbes Feld darauf, abgeerntet zu werden. Manchmal ist es klüger, einfach nur sein Tagwerk zu verrichten, statt sich über Dinge den Kopf zu zerbrechen, für die es keine Lösung gibt.«

»Aber ...«, begann sie.

»Kein Aber.« Er zog einen Wetzstein aus dem Gürtel und schliff die Schneide ihrer Sichel nach. »Vielleicht sind wir Kobolde ja doch Rebellen. Ganz kleine, so wie es zu unserer Größe passt. Wir achten das Gastrecht und scheißen darauf, was die Drachlinge davon halten könnten. Allerdings hoffen wir auch, dass sie nicht merken, was wir tun.« Er drückte ihr die Sichel in die Hand. »Und nun an die Arbeit. Sich sein Brot selbst zu verdienen ist wesentlich edler, als nur zu schwören, immer zu wissen, wer es gebacken hat.«

DRACHLINGE

Emerelle wurde von übermütigem Kichern geweckt. Sie streckte sich, eingehüllt in ihre Decke. Ihr Nachtlager hatte sie an der Rückwand von Bullbox' Schweinestall gewählt, einem der wenigen gemauerten Gebäude im Dorf.

Knapp einen Schritt entfernt standen drei Koboldjungs, kaum größer als ihre Füße, und pinkelten in goldenen Bögen gegen die Stallwand, wobei sie verschlungene Runen auf den Rauputz zauberten. Gleich würde Bullbox laut fluchend aus seinem Haus gerannt kommen. Es war jeden Morgen dasselbe Ritual.

»Lümmel!«, donnerte der Dorfvorsteher, und seine rot gestrichene Tür flog auf.

Die drei Jungs suchten fröhlich kichernd das Weite, während Bullbox drohend seinen Knotenstock erhob. »Ich hab euch genau erkannt! Ich geh zu euren Eltern. Die werden euch den Hosenboden stramm ziehen, ihr nichtsnutzige Bande.«

Emerelle setzte sich auf und rekelte sich. Es duftete bereits nach frischem Brot. Sie mochte das Dorf und die Kobolde, aber sie würde gehen.

»Gut geschlafen?«, knurrte Bullbox und betrachtete die feuchten Spuren an der Wand seines Stalls.

»Hervorragend.« Das stimmte nicht ganz. Emerelle hatte lange wach gelegen und mit einem Entschluss gerungen. Sosehr es ihr hier auch gefiel, sie würde das Dorf verlassen. Nur Aspix' Hochzeit mit Silvy wollte sie noch erleben. In drei Tagen würde sie zusammen mit dem Erntefest gefeiert werden. Das ganze Dorf steckte schon mitten in den Vorbereitungen. In zwei Tagen sollte geschlachtet werden. Bullbox hatte sie damit überrascht, dass es ihm schwerfiel zu entscheiden, welches seiner Schweine für das Festmahl sein Leben lassen sollte.

»Ich könnte ein Wildschwein jagen«, schlug sie nun vor.

Der Alte stützte sich auf seinen Knotenstock und sah zu ihr empor. »Wäre nicht schlecht für unsere Felder, wenn es eine oder zwei Bachen weniger gäbe. Aber schlachten müssen wir trotzdem. Wir würden nicht all unsere Schweine über den Winter bringen. Es hängen zu wenige Eicheln an den Bäumen, viel zu viele der Bucheckern sind hohl, und auch anderes Futter gibt es in diesem Jahr nicht so reichlich.« Er verzog das Gesicht. »Außerdem ist mir natürlich klar, dass du lieber im Wald herumlaufen und nach Wildschweinen suchen würdest, als deinen Pflichten nachzukommen.«

»Meinen Pflichten?«

»Wir können das Getreide ja nicht am Halm verschimmeln lassen«, grummelte Bullbox. »Du erntest das Feld am Bärnkopf ab.«

»Aber ich habe in drei Tagen drei Felder gemäht.« Gestern hatte der Dorfvorsteher ihr noch versprochen, dass sie heute etwas leichtere Arbeit bekommen sollte. »Bin ich denn hier die einzige Schnitterin?«

»Seh ich aus wie ein Kobold, der duldet, dass über seine Entscheidungen noch endlos herumdiskutiert wird? Du tust, was ich dir sage.« Eine tiefe Falte zeigte sich zwischen seinen buschigen Brauen. »Das ist nur zu deinem Besten.«

Ihr Rücken schmerzte noch von der ungewohnten Tätigkeit der letzten Tage.

»Ich schick dir Aspix hoch, wenn er die Tische und Bänke für das Fest neu gestrichen hat«, lenkte der Alte ein. »Ich denke, so um die Mittagszeit sollte er fertig sein. Dann wird er die Garben für dich binden.«

Das glaubte Emerelle eher nicht. Sie mochte Aspix, aber sie wusste genau, dass er sich bei der Arbeit kein Bein ausriss.

»Wenn ich so hart schufte, brauche ich auch mehr zu essen.« Sie sah zum Himmel hinauf. Keine Wolke zeigte sich. Es versprach, ein schöner Tag zu werden. »Und ich brauche drei Wasserschläuche.«

Bullbox nickte. »Ich werde mit Silvy reden. Sie wird dich gut versorgen. Aber du musst dich bald auf den Weg machen. Es ist weit bis zum Feld am Bärnkopf.«

Irgendwie klang der Alte bedrückt. Emerelle überlegte, ob sie ihn darauf ansprechen sollte, doch dann beschloss sie, es nicht zu tun. Er würde nur Ausflüchte suchen. Wenn er mit etwas nicht herausrücken wollte, war es sinnlos, ihn mit Fragen zu löchern.

Eine halbe Stunde später war sie tief im Wald. Sie folgte einem Wildwechsel, wie die Kobolde es sie gelehrt hatten. Nur sehr wenige Wege führten durch das Tal, in dem die Weiße Halle lag, und die Kobolde hatten alle ihre Felder so angelegt, dass sie von diesen Wegen aus nicht zu sehen waren. Wer nicht wusste, wo die Angehörigen des kleinen Volkes zu finden waren, würde auch nicht auf ihr Dorf stoßen. Sie zogen es vor, für sich allein zu sein.

Emerelle gönnte sich eine kurze Rast und nahm einen Schluck aus der Kürbisflasche voll frischem Apfelsaft, die Silvy ihr heimlich mitgegeben hatte. Sie blickte über das Tal und erinnerte sich daran, wie ihre Mutter ihr erzählt hatte, dass sie jeden Tag mit einem langen Lauf begonnen hatte, um ihre Ausdauer zu verbessern. Vielleicht sollte sie das auch tun, dachte

Emerelle und überlegte sich gerade, welche Route sie nehmen könnte, als in einer langen Reihe nebeneinander Bewaffnete aus dem Wald auf der gegenüberliegenden Seite des Tals traten. Ein Stück weiter nördlich erschienen hoch beladene Wagen auf dem Weg, der dem Talgrund folgte. Einige Reiter sicherten die Flanken der Wagenkolonne.

Die Elfe hauchte ein Wort der Macht. Sie kniff die Augen zusammen, während sie von der Kraft des magischen Netzes nahm. Eine schmerzende Wärme ließ sie kurz aufstöhnen, während ihre Augen sich verwandelten. Sie schloss die Lider und konzentrierte sich auf das, was sie wollte.

Heldenherz stieß ein besorgtes Tschirpen aus. Die Misteldrossel spürte, wie sich die magische Matrix um sie herum veränderte.

Als Emerelle die Augen wieder öffnete, flog der kleine Vogel erschrocken in das Geäst einer Eiche empor. Die Elfe hatte nun die Augen eines Adlers. Überdeutlich sah sie die Fremden, die ins Tal der Kobolde gekommen waren, und sie hegte keinen Zweifel daran, dass die Eindringlinge genau wussten, wo die Siedlung ihrer kleinen Freunde lag.

Der größere Teil des Trosses wählte die Wiese am Talgrund, um ein Lager aufzuschlagen. Aber etwa dreißig Bewaffnete begaben sich auf den Weg zum Dorf. Ein schwarzhaariger Elf führte sie an. Er ritt einen prächtigen Schimmel. Um seine Schultern lag ein roter Umhang, seine Rüstung war weiß. Er wirkte gelangweilt. Sein Gefolge bestand aus einer bunten Schar von Albenkindern. Zwei Trolle waren darunter, Kentauren, Kobolde, ein Faun und sogar ein Trupp Zwerge in Kettenhemden und mit Hellebarden, die so grimmige Gesichter machten, als hätte jemand sie gezwungen, ihre Nachttöpfe auszutrinken.

Emerelle musste lächeln. Obwohl sie erst wenige Tage hier war, hatte sie Gefallen an den drastischen Vergleichen und der schnoddrigen Art der Kobolde gefunden. Sie sollte ihnen helfen! Sie legte den Brotbeutel samt Kürbisflasche und die Wasserschläuche ab und folgte dem Wildwechsel zurück in Richtung des Dorfes.

Sie hatte ihr Ziel fast erreicht, als sie ein merkwürdiges Rascheln vernahm und stehen blieb, nur um zu ihrer Überraschung zu sehen, wie Aspix sich unter einem Brombeerdickicht hervorschob und ihr in den Weg trat. »Du darfst nicht weitergehen.« Er hob beschwörend die Hände, da zeigte sich plötzlich Angst in seinem Blick. »Deine Augen ...«

Emerelle flüsterte ein Wort der Macht und blinzelte. Einen Moment lang sah sie alles verschwommen, und ihr wurde schwindelig. Das war eine häufige Nebenwirkung dieses Zaubers, und sie behielt sich im Griff. »Was ist mit meinen Augen?«

»Sie sehen aus wie die eines Falken. Sie ...«

»Das Licht muss dir einen Streich gespielt haben, Aspix.« Sie ging in die Knie. »Schau mich an. Vergewissere dich. Mit meinen Augen ist nichts anders als sonst.«

Misstrauisch sah er sie an. »Tatsächlich. Ich muss mich wohl geirrt haben ... Das muss die Aufregung sein. Warum konnten sie nicht ein paar Tage später eintreffen?« Die letzten Worte schien er mehr zu sich selbst zu sprechen als zu ihr. »Du darfst jetzt nicht zu uns kommen, Emerelle! Halte dich hier versteckt. Wenn du im Dorf erscheinst, dann bricht ein Ärger los, der Bullbox und noch einige mehr Kopf und Kragen kosten wird.«

»Warum?«

»Weil du seltsam bist. Du trugst das Gewand einer Drachenelfe oder zumindest das, was du dafür hieltest. Du hast gekämpft wie eine Drachenelfe, und eine ganze Schar Söldner hat dir nachgestellt. Statt dich zu verstecken, hätten wir den Drachlingen melden müssen, dass du im Dorf bist.«

»Ich werde so tun, als wäre ich eine Fremde.«

»Nein, nein, nein.« Der Kobold schüttelte verzweifelt den Kopf. »Sie werden merken, dass du lügst. Sie werden sehen, dass die Kinder keine Angst haben, werden an tausend kleinen Dingen ablesen, dass du nicht zum ersten Mal im Dorf bist. Und dann werden wir dafür büßen.«

Mehr noch als diese Worte überzeugte sie die Art, wie Aspix sie ansah. Da lag blanke Angst in seinem Blick.

»Mein Vater Bullbox hat geahnt, dass du zurückkommst. Deshalb hat er mich geschickt. Bitte versprich mir, dass du dich hier versteckst und nicht ins Dorf kommst, ganz gleich, was geschieht. Denn deine Anwesenheit würde es nur noch schlimmer machen.« Er sah sie flehentlich an. »Versprich mir, dass du hierbleibst.«

Sie nickte. »Ich verspreche es.«

»Es wird schon nicht so schlimm werden …« Er versuchte sich an einem Lächeln, das gründlich missglückte. »Sie nehmen ihren Tribut. Etwas von allem …« Seine Stimme klang seltsam, als er das sagte. »Es ist nie so viel, dass wir es nicht verkraften könnten«, fügte er resignierend hinzu, ehe er sich noch einmal mit sorgenvollem Blick vergewisserte: »Du bleibst?«

»Was immer auch geschieht, ich werde mich nicht vom Fleck rühren, bis jemand kommt, um mich zu holen.«

Ohne ein weiteres Wort wandte er sich ab und lief zurück zum Dorf.

Emerelle verließ den Weg und kauerte sich so hinter das Brombeerdickicht, dass sie den Dorfplatz gut einsehen konnte, ohne selbst gesehen zu werden.

Die Kobolde versammelten sich vor ihren Häusern. Selbst auf die Entfernung glaubte die Elfe, die bedrückte Stimmung zu spüren. Kinder krallten sich an die Beine ihrer Mütter, und die Männer starrten resignierend vor sich hin, während die Frauen denen entgegensahen, die da kamen.

Der Elf im roten Umhang, den Emerelle schon zuvor bemerkt hatte, ritt an der Spitze der Truppe, die ins Dorf einmarschierte. Ohne abzusitzen, sprach er mit Bullbox, der sich ungewöhnlich demütig gab.

Einige Waffenknechte trieben zwei fette Schweine aus dem Stall, andere setzten Hühnern nach oder schleppten stapelweise Säcke voller Korn herbei. Auch Schinken und Würste wurden eingesammelt, während der Faun, der sich nah bei dem Elfenfürsten hielt, Notizen auf einer Wachstafel machte.

Über den Häuptern der Drachlinge wehte ein schwarzes Banner, auf dem eine goldene Himmelsschlange prangte. Sie dienten also dem Zweitgeschlüpften, dem mächtigen Bruder Nachtatems, der nun über alle Drachen herrschte.

Auf einen Wink des Elfen stellten sich alle Dorfbewohner in einer Reihe auf. Selbst aus der Ferne war noch zu sehen, wie ungern die Kobolde diesem Befehl nachkamen. Die gesenkten Köpfe, die fahrigen Bewegungen – alles verriet ihre Angst. Keiner versuchte, Aufmerksamkeit zu erwecken. Sie rückten so dicht zusammen, dass sie Schulter an Schulter standen.

Jetzt saß der Anführer der Drachlinge ab. Er deutete auf einen jungen Kobold. Es war einer von den dreien, die Emerelle mit ihrem morgendlichen Ritual geweckt hatten. Er wurde von den Zwergen aus der Reihe gezerrt. Die Mutter des Jungen schrie auf und wurde, als sie versuchte, sich ihren Sohn zurückzuholen, von einem der Zwerge mit quer gehaltener Hellebarde wieder in die Reihe zurückgedrängt.

Bullbox sprach mit demütig gesenktem Haupt zu dem Elfen, doch dieser ignorierte ihn, sah an der Reihe entlang und deutete auf den letzten Kobold. Aspix!

Ohne Widerstand zu leisten, trat der Jüngling vor. Silvy schrie und versuchte, mit ihm zu gehen, wurde aber von den Waffenknechten in die Reihe zurückgeprügelt.

Bullbox' Demut war vergessen. Händeringend und lautstark redete er auf den Elfen ein, doch dieser ignorierte den Dorfvorsteher weiterhin und stieg wieder in den Sattel. Er gab seinen Männern ein Zeichen zum Aufbruch und befahl, noch einige der Männer des Dorfes als Lastenträger mitzunehmen. Schwer beladen mit Plündergut, zogen sie ab, während die Zwerge mit gesenkten Hellebarden den Rückzug der Truppe sicherten, ohne dass dies nötig gewesen wäre. – Keiner der Kobolde versuchte, ihnen zu folgen.

Bullbox schloss Silvy in seine Arme und drückte ihr Gesicht gegen seine breite Brust. Einige Frauen umringten die Mutter des Jungen, den die Drachlinge mitgenommen hatten; sie war mitten auf dem Dorfplatz zusammengebrochen.

Tränen der Wut rannen Emerelle über die Wangen. Sie hatte Aspix versprochen, nichts zu unternehmen. Nicht hier. Nicht jetzt. Doch sie würde dieser Bande von Kindesräubern folgen, und dann würde sie Gerechtigkeit üben!

Ein Happen zu viel

Emerelle lag am Waldrand und beobachtete, wie das letzte Tageslicht hinter den Hügeln verblasste. Sie wollte wissen, wie sich die Plünderer im Lager bewegten, wo die Gefangenen untergebracht waren, wie scharf sie in der Nacht bewacht wurden. Sie würde nicht in dieser Nacht zuschlagen, auch nicht in der nächsten. Sie wollte den Drachlingen folgen, bis sie mehrere Tagesreisen vom Kobolddorf entfernt waren.

Ein plötzliches Rauschen in den Wipfeln ließ sie aufblicken. Ein Schatten glitt über den Himmel und flog eine weite Kehre über dem Tal. Alarmrufe erklangen, und der Elf, der die Schar der Plünderer anführte, trat vor sein Zelt. Hinter dem Lager landete ein großer roter Drache auf dem Feld.

Emerelle hielt den Atem an. Dies musste einer der Sonnendrachen von Ischemon sein. Mehr als fünfzig Schritt maß die Bestie. Ihr Kopf am Ende des langen, schlangenartigen Halses war so groß wie die doppelachsigen Ochsenkarren, auf welche die Drachlinge ihre Beute verluden.

Wie konnte man im Kampf gegen eine solche Bestie bestehen? Angst überkam Emerelle. Sie fühlte sich winzig und wehrlos. Die Drachen waren die Herrscher dieser Welt. Sie waren unbesiegbar.

Die Bestie hob das Haupt und sah in ihre Richtung. Emerelle wusste, dass viele der Drachen Zauberweber waren. Hatte die

Kreatur gespürt, dass sie beobachtet wurde? Wusste sie, dass Emerelle am Waldrand lauerte?

Die Elfe wollte aufspringen und fortlaufen, aber ihre Glieder waren wie gelähmt. Sie vermochte sich keinen Zoll mehr zu bewegen.

Der riesige rote Drache richtete sich auf. Seine goldenen Augen waren groß wie Schilde. Deutlich konnte Emerelle sehen, wie sich die geschlitzten Pupillen zusammenzogen.

»Nachtwind!« Der Anführer der Drachlinge eilte von seinem Zelt herüber. Zwei Kobolde, die mit Gerten die Schweine aus Bullbox' Dorf vor sich hertrieben, folgten ihm. Einer der beiden war Aspix.

Der Drache wandte den Kopf zur Seite und blickte auf den Elfen herab. »Fürst Alvelyn, die Ernte wird früh eingefahren in diesem Jahr. Wird sie unseren Ansprüchen genügen?« Der Drache sprach mit einer warmen, angenehmen Stimme. Nicht laut, aber doch deutlich zu verstehen. Er musste Magie nutzen, um die Worte hervorzubringen. Dieses riesige Maul mit den schwertlangen Reißzähnen und der Zunge, die so schwer sein musste wie ein ausgewachsener Stier, war nicht dazu erschaffen, solch freundliche, gewinnende Laute hervorzubringen.

»Es war ein gutes Jahr, mein Gebieter.« Da war nichts mehr von der Überheblichkeit, mit der Alvelyn Bullbox behandelt hatte. Der Elfenfürst verbeugte sich demütig vor dem Drachen, der sich hoch wie ein Turm über ihm erhob. »Kostet von den Früchten des Jahres.« Er machte eine Geste in Richtung der Schweine.

Schnell wie eine Schlange stieß der Kopf des Drachen herab. Die Bestie verschlang das vordere der beiden Schweine, wie Emerelle eine Weintraube gegessen hätte. Mit einem Happs verschwand es in seinem riesigen Maul. Ein unheimliches, schmatzendes Geräusch erklang; dann sah Emerelle, wie sich ein Klumpen die Kehle des Drachen hinabbewegte.

Das andere Schwein stieß ein schrilles Quieken aus und stürmte davon.

»Halt das verdammte Biest fest!«, fuhr Alvelyn Aspix an.

Der Kobold lief dem Schwein hinterher, so schnell ihn seine Beine trugen.

Als das Tier einem Troll ausweichen wollte, der sich ihm breitbeinig in den Weg stellte, erreichte der Kobold es und packte es beim Ringelschwanz. Das Schwein wandte sich um und schnappte nach ihm, doch Aspix wich behände aus.

Da stieß der Drachenkopf ein zweites Mal herab.

Das Schwein und Aspix verschwanden in dem riesigen Maul. Überdeutlich war das Geräusch von reißendem Fleisch zu hören. Der Drache schluckte.

Emerelle starrte fassungslos auf die Wiese, wo Aspix eben noch gestanden hatte. Sie wollte nicht glauben, was gerade geschehen war. Sie blickte zu dem Troll, hoffte, den kleinen Bräutigam zwischen dessen Beinen zu sehen oder irgendwo ein Stück weiter im Gras.

Ein leises Schluchzen ließ Emerelle zusammenzucken. Da befand sich jemand ganz in ihrer Nähe! Sie zog sich vom Waldrand zurück und sah sich um. Die Lähmung war von ihr abgefallen, obwohl ihr der Schreck noch in den Gliedern saß.

Im Schatten einer Buche entdeckte sie Bullbox. Er hatte alles mit angesehen.

Sie lief geduckt zu ihm hinüber. Als sie bei ihm ankam, wusste sie nicht, was sie sagen sollte. Wie tröstete man einen Vater, der seinen Sohn hatte sterben sehen?

Im Zwielicht des Waldes glänzten silberne Tränenbahnen auf seinen Wangen. Er gab keinen Laut mehr von sich. Zitternd bedeutete er ihr, ihm zu folgen.

Steif, als müsste er sich jeden Schritt abringen, ging er vor ihr her. Bald folgten sie einem Wildwechsel, der tief in den Wald hineinführte.

Es war so dunkel geworden, dass Emerelle kaum die Hand vor Augen sah. Die Geräusche vom Lager wurden von den Bäumen verschluckt. Ihr Weg führte sie bergan.

Schließlich erreichten sie eine Lichtung, auf der mooswachsene Steine lagen. Hier endlich hielt Bullbox an.

»Ich …« Emerelles Kehle war rau. Sie vermochte kaum Worte hervorzubringen. »Es tut mir leid. Ich …«

»Du musst nichts sagen.« Die Stimme des Kobolds klang gebrochen. »Erzähl niemandem davon. Silvy soll denken, dass er im Palast des Fürsten zur Dienerschaft oder zu den Wachen gehört. Sie darf nicht erfahren, dass er so … dass …« Bullbox ließ sich auf einen der Steine sinken.

»Ich werde schweigen«, versprach sie.

»Du musst noch mehr tun.« Er hob so langsam den Kopf, als lastete das Gewicht der ganzen Welt auf seinen Schultern. »Du darfst nicht mehr zurück ins Dorf.«

»Aber ich habe dir doch versprochen, dass ich nichts verraten werde.«

Er schüttelte den Kopf. »Elfen und Kobolde, das passt nicht gut zusammen. Wir werden immer wie Herren und Diener sein. Du musst hier weg.«

»Aber Aspix …«

»Kannst du ihn etwa wieder lebendig machen?« Er sprang auf, ging ein Stück und blieb abrupt stehen. »Ich weiß nicht, woher du kommst, und ich erwarte nicht, dass du es mir sagst, aber du begreifst gar nichts. Dieser Welt ist eine Ordnung aufgezwungen. Sie ist hart, sie ist manchmal ungerecht, aber sie ist besser als das, was war.« Während er sprach, rannen ihm wieder Tränen über die Wangen. »Wir brauchen hier keine Elfe, die mit dem Schwert in der Hand einen Rachefeldzug beginnt.«

»Aber du kannst doch nicht einfach …«

»Es war ein Unfall. Der Drache hat Aspix nicht absichtlich getötet. Es war …« Er schloss die Augen und ballte die Hände zu Fäusten. »Es war so, wie wenn ich Ameisen tottrampele, wenn ich durch den Wald gehe. Ich hasse Ameisen nicht. Ich tue es nicht mit Absicht. Es passiert einfach …«

Emerelle traute ihren Ohren nicht. »Dein Sohn war keine Ameise.«

»Nachtwind hat nicht einmal gemerkt, dass er ihn gefressen hat. Ich trage die Verantwortung für mein Dorf. Wenn ich allein in meiner Kammer sitze, kann ich um Aspix weinen, aber zuerst muss ich diejenigen beschützen, die mir vertrauen. Weißt du, wie es war, bevor die Drachlinge kamen? Ich war damals noch nicht geboren. Ich hatte das Glück, mein ganzes Leben unter der neuen Ordnung zu führen. Aber ich kenne die Geschichten. In den Jahren nach dem Untergang Nangogs hatte eine nie gekannte Raserei die Drachen ergriffen. Sie fielen über Dörfer her, haben ganze Siedlungen ausgelöscht. Wie im Blutrausch. Dann haben die Himmelsschlangen und die besonnenen Drachen alles verändert. Sie haben Tribut von jedem Albenkind gefordert, und sie haben die Zeit der Raserei beendet.«

»Durch eine Zeit der Sklaverei.«

»Du klingst wie die Fahrenden Ritter. Sie haben gegen die neue Ordnung angekämpft.« Er seufzte. »Du hast gesehen, wer auf den Feldern lagert. Die Drachlinge sind nicht verschwunden. Von den Fahrenden Rittern aber haben wir hier schon lange nichts mehr gehört. Sie sind Geschichte, ebenso wie die Drachenelfen.«

»Wohin sind sie gegangen?« Sie würde sie finden. Wenn sie den Mumm hatten, gegen die geflügelten Bestien zu kämpfen, dann war sie bei ihnen richtig. Sie wollte lernen, wie man die riesigen Drachen tötete. Sie war nicht bereit, ihre Herrschaft des Schreckens einfach hinzunehmen.

»Ich kann in deinen Augen lesen, was du denkst, Elfendame.« Bullbox' Stimme klang müde. Er ließ sich wieder auf einem der Steine nieder. »Wenn du deinen Krieg haben willst, werde ich dich nicht aufhalten können. Aber bitte bedenke: Was du auch tust, es wird uns Aspix nicht zurückbringen. Wenn du jetzt Rache nimmst, bringst du das ganze Dorf in Gefahr. Du weißt nicht, wie die Drachen sind. Sie haben eine ganze Zwergenstadt vernichtet, weil dort Leichenteile eines toten Drachen verkauft wurden. Die ganze Stadt, mit Frauen und Kindern … Sie haben sie verbrannt. Ebenso, wie sie das Bainne Tyr verbrannt haben, das Milchland, das einst der Weidegrund der Pegasi war. Und die fliegenden Pferde haben sie gleich mit verbrannt, nur weil einige der Pegasi der Drachenelfe Nandalee zur Flucht verholfen hatten, nachdem sie den Erstgeschlüpften ermordet hatte.«

Es brannte Emerelle auf den Lippen, ihm zu sagen, dass Letzteres eine Lüge war. Ihre Mutter hatte Nachtatem nicht getötet. Immer und immer wieder hatte sie das gesagt, und Emerelle glaubte ihr. Aber sie hielt sich zurück. »Wohin könnten die Fahrenden Ritter gezogen sein?«

»In den Tod! Verdammt noch mal, willst du denn nicht begreifen? Wer sich gegen die Drachen auflehnt, der wird untergehen.«

»Wer in Demut und Angst lebt, der ist schon untergegangen.« Sie sah, wie sehr diese Worte Bullbox verletzten. Aber sie würde sie nicht zurücknehmen.

Der Alte schüttelte den Kopf. »Wenn du deine Verblendung überlebst, wirst du eines Tages Kinder haben. Sobald es so weit ist, wirst du wissen, warum ich mich entschieden habe, vor den Drachen zu buckeln. Mütter und Väter sind Helden von einer

Art, die du noch nicht kennst. Sie opfern sich auf, um ihre Kinder durchzubringen.«

So, wie du Aspix durchgebracht hast, dachte sie bitter, ohne es laut auszusprechen. »Ich werde deinen Sohn rächen«, sagte sie stattdessen, »aber sei unbesorgt. Ich werde weit von hier fortgehen. Es wird keine Verbindung zwischen meinen Taten und deinem Dorf geben, Bullbox. Sag mir nur eins: Wohin können die Fahrenden Ritter gegangen sein?«

Der Kobold sah resignierend zu ihr auf. »Ich war in meinem ganzen Leben noch nicht weiter als zwanzig Meilen vom Dorf entfernt. Ich kenne die Welt nicht. Ich bin nicht wie mein Onkel, der an dem großen Krieg um Nangog teilgenommen hat. Was soll ich dir antworten?«

»Dann sag mir, wer mir helfen kann.«

Er ließ den Kopf sinken. Lange starrte er vor sich hin. »Du musst Lutin finden. Sie bereisen für die großen Kaufherren die ganze Welt. Sie kennen Hunderte Geschichten und die entferntesten Winkel Albenmarks.«

Emerelle kannte das Koboldvolk der Lutin aus den Büchern der Bibliothek. Sie waren fuchsköpfig und galten als verschlagen. Keiner kannte das Goldene Netz so gut wie sie. Sie bauten ihre Unterkünfte auf den Rücken riesiger Hornschildechsen und blieben nie lange an einem Ort.

»In Mylal, nordwestlich von hier, kreuzen sich viele Handelswege. Dorthin werden früher oder später Lutin kommen.«

Das war ein Anfang, dachte Emerelle zufrieden. »Du wirst mich nicht mehr wiedersehen, Bullbox.«

»Eine Bitte habe ich noch: Geh nicht über die Albenpfade, Elfenmädchen. Der Drache ist ein mächtiger Zauberweber. Er wird es spüren, wenn du einen Albenstern in der Nähe öffnest. Er würde deiner Spur folgen …«

»Ich werde zu Fuß reisen. Zumindest die nächsten Tage«,

versprach sie. Sie wusste, dass Mylal im Inselreich Tanthalia lag. Sie würde folglich irgendwann ein Schiff nehmen oder eben doch die Albenpfade beschreiten müssen.

Emerelle verließ die Lichtung, nachdem sie Bullbox ein letztes Mal umarmt hatte. Worte fand sie keine mehr für ihn. Es war alles gesagt. Sie würde den Drachen nicht verzeihen, dass Aspix tot war.

Allerdings musste sie sich eingestehen, dass es nicht nur der Wunsch war, den Kobold zu rächen, der sie dazu antrieb, nach den Fahrenden Rittern zu suchen. Sie war sich ganz sicher, dass, sollte es die Rebellen noch geben, ihre Mutter bei ihnen war. Nandalee hatte in ihrem einsamen Kampf gegen die Himmelsschlangen ganz sicher nach Gleichgesinnten gesucht. Wohin sonst hätte sie gehen sollen als zu den Fahrenden Rittern?

Schädelplatz

Dieser Wald war anders als alle, die Meliander in den letzten Tagen durchquert hatte. Er war verbittert, dass Emerelle ihm nicht gefolgt war. Drei Tage hatte er auf sie gewartet, aber sie wollte ihm wohl zeigen, dass sie auch ohne ihn zurechtkam. Nun, das traf umgekehrt auch auf ihn zu!

Er war auf seiner Reise nach Norden durch viele Albensterne gegangen. Er beherrschte es meisterlich, die magischen Tore zu öffnen. Viel besser als seine Schwester. Das Goldene Netz, das durch die Tore zu erreichen war, erlaubte es, mit wenigen Schritten Hunderte von Meilen zurückzulegen. Ja, er könnte über die Albenpfade sogar in die Welt der Menschenkinder reisen, wenn er es wollte. Er hatte sich an seinem Können ergötzt, hatte Umwege gewählt und seine Spur im Goldenen Netz verwischt. Nur eine Meisterin, wie etwa die Dryade Gylla, würde ihm noch folgen können.

Sobald er seinen Bruder gefunden hätte, würde er mit ihm gemeinsam zu Emerelle zurückkehren. Wahrscheinlich würde sie dann immer noch in der Weißen Halle hocken und sich einreden, dass Nandalee lebte. Seine Schwester war unerträglich dickköpfig. Aber dieses Mal würde sie ihren Willen nicht durchsetzen.

Meliander blickte auf die düsteren, moosbewachsenen Eichen. Zum ersten Mal, seit er sich von Emerelle getrennt hatte, kamen ihm Zweifel. Er spürte die dunkle Macht dieses Waldes. Er wirkte bedrohlich. Obwohl er sich auch auf dem Weg zur Weißen Halle beobachtet gefühlt hatte, war dieses Gefühl hier intensiver. Da war etwas, was ihm mit üblem Willen nachstarrte. Etwas, was ihn nicht hier haben wollte. Und es bemühte sich nur halbherzig, verborgen zu bleiben. Immer wieder sah er aus den Augenwinkeln Bewegungen im tiefen Schatten des Waldes.

»Zeigt euch!«, rief er herausfordernd. Natürlich antwortete niemand. Aber etwas oder jemand war da. Er war sich ganz sicher.

Er folgte einem Albenpfad. Hin und wieder musste er um Bäume herumgehen, die mitten auf der magischen Kraftlinie wuchsen. Meist waren es Eichen mit Astlöchern voller dunklem Leben, die wie Augen auf ihn herabstarrten.

Er wagte es nicht mehr, sein Verborgenes Auge zu öffnen. Er wollte nicht sehen, was es ihm offenbarte. Die Auren mancher Bäume hier waren anders. Sie vibrierten vor Kraft.

Das Blätterdach über ihm war so dicht, dass kein Lichtstrahl zum Waldboden fand. Es war, als würde er sich durch eine riesige Höhle bewegen. Nirgends gab es Anzeichen, die darauf hindeuteten, dass hier Albenkinder lebten.

Meliander wusste, dass die alten Wälder am Fuß des Albenhauptes von den Maurawan gehütet wurden. In den Büchern hatte er gelesen, dass sie das wildeste aller Elfenvölker waren, und er meinte sich zu erinnern, dass ihre Mutter erzählt hatte, dass sich nicht einmal die Trolle in die Wälder der Maurawan wagten.

Sie würden ihm nichts tun, dachte er. Schließlich war er auch ein Elf, und er sollte nicht wie ein verdammter Feigling durch diesen Wald schleichen. Er wusste, dass nichts die Maurawan mehr beeindruckte als Mut.

Er hielt inne, schloss die Augen, öffnete sich ganz seinen

Gefühlen und drehte sich langsam auf der Stelle. Den größten Widerwillen empfand er dagegen, nach Westen zu gehen. Dort war etwas Dunkles, das die Seele des Waldes vergiftete.

Meliander lächelte, als er die Augen wieder öffnete, und machte sich in diese Richtung auf den Weg. Vernünftig war das nicht, aber ohne Zweifel mutig. Kurz glaubte er, hinter sich ein leises Raunen zu hören, dann war der Wald wieder unnatürlich still. Kein Vogel sang hier, nicht einmal Wind im Geäst war zu hören. Alles schien den Atem anzuhalten.

Es gab hier kein Unterholz. Der Waldboden war mit einer dicken Schicht vermodernder Blätter bedeckt, zwischen denen sich gewaltige Wurzeln wanden. Jeden Schritt setzte er vorsichtig, um nicht zu straucheln.

Er mochte eine Viertelmeile gegangen sein, als sich das Geäst über ihm lichtete und das Grau des Tages bis zu ihm drang. Das beklemmende Gefühl wurde mit jedem Schritt stärker. Bald öffnete sich vor ihm eine Lichtung, wie er noch keine gesehen hatte. Weiße Felsbrocken lagen in ihrer Mitte, in weiten Kreisen umstanden von Hunderten von Pfählen, auf denen bleiche Schädel steckten. Und jeder dieser Schädel war anders!

Melianders Neugier ließ ihn alle Vorsicht vergessen. Er verließ den Schutz der Bäume und betrat staunend die Lichtung, schritt durch die Reihen der Pfähle und betrachtete einen der Schädel nach dem anderen.

Was er für Felsen in der Mitte gehalten hatte, waren ebenfalls Schädel, die durch ihr Gewicht halb im Waldboden versunken waren. Zwei Drachenköpfe und das Haupt eines Riesen ruhten neben Schädeln, die wohl einmal irgendwelchen Meeresbewohnern gehört hatten. Fasziniert strich der junge Elf über die Barten im Maul eines kleinen Wals und betrachtete die Menagerie des Todes, die auf der Lichtung inszeniert war. Er war sich der düsteren Harmonie bewusst, die diesem Ort innewohnte, und er spürte die Magie, die hier gewoben worden war.

Dies hier war der Ort, an den ihn sein geheimnisvoller Bruder gebracht hatte, als sie sich als Kinder begegnet waren. Allerdings war er damals nichts als eine einfache Lichtung gewesen. Meliander blickte über die Baumwipfel nach Nordwesten. Dort erhob sich das Albenhaupt, der höchste in der Kette der Slanga-Berge. Er sah ihn im selben Winkel wie an jenem Nachmittag, als er zum ersten Mal auf dieser Lichtung gestanden hatte.

Das Albenhaupt und alle diese Schädel … Gab es da eine Verbindung? Wollte sein Bruder den Göttern, die sich niemals einmischten, zeigen, dass er damit begonnen hatte, ihre Schöpfung zu verschlingen? Wollte er eine Reaktion ihrerseits provozieren? Oder war dies hier eine Botschaft an ihn, Meliander?

Dieser Ort berührte den jungen Elfen, und das nicht nur, weil er einst der Schauplatz seiner einzigen Begegnung mit seinem Bruder war. Die Dunkelheit hier schien ihm vertraut. Er musste sie nicht fürchten. Sein Bruder hatte hier ein Zeichen für ihn gesetzt, und wenn er es richtig zu deuten verstand, dann würden sie beide sich wiedersehen.

Er wandte den Blick von den gewaltigen Schädeln in der Mitte der Lichtung ab und betrachtete die Pfahlreihen erneut, ohne ein System darin zu erkennen, wie die Trophäen angeordnet waren. Auf Ruten, so dünn wie sein kleiner Finger, steckten Vogelhäupter aus hauchzarten Knochen, daneben der Schädel eines Bären und zwei Koboldköpfe, einer so winzig, dass er von einem Kind sein musste. Tod reihte sich an Tod. Was hatte sein Bruder damit ausdrücken wollen?

Der Elf öffnete sein Verborgenes Auge und studierte das verschlungene Muster der Kraftlinien. Der Schädelplatz stahl von der Magie des Waldes. Er bündelte diese Kraft und lenkte sie nach Osten. War das der Hinweis?

Allzu offensichtlich, dachte Meliander enttäuscht und öffnete die Lider. Es begann dunkel zu werden. Er würde an diesem Ort des Todes übernachten. Ihm konnte hier nichts geschehen, da war er sich ganz sicher. Sein Bruder erwartete ihn. Und vielleicht würde er ja am nächsten Tag das Rätsel lösen, wo er sich versteckt hielt.

Meliander schlug sein Nachtlager im Windschatten des Schädels des Riesen auf. Er trug ein wenig dürres Holz für ein Feuer zusammen und rollte sich dann in seinen Umhang ein. Sein Pferd hatte vor dem ersten Albenstern, den er geöffnet hatte, gescheut. Mit ihm hatte er den größten Teil seiner bescheidenen Ausrüstung zurückgelassen. Seine letzten Vorräte hatte er am Tag zuvor aufgebraucht.

Wo Emerelle jetzt wohl war? Es fiel ihm schwer, ganz ohne sie zu sein, auch wenn er es hasste, sich diese Schwäche einzugestehen.

Die weissen Blumen

Da war ein Wispern ... Meliander schlug die Augen auf. Er fühlte sich so müde, als wäre er gerade erst eingeschlafen, doch über den Baumwipfeln dämmerte bereits ein neuer Morgen. Ob der Schädelplatz auch von seiner Magie stahl? War er deshalb so müde? Er streckte die Glieder. Sein Magen knurrte. Er würde etwas zu essen finden müssen. Vielleicht würden sich ja heute ein paar der Maurawan zeigen, und er könnte ihre Gastfreundschaft einfordern.

»Komm!«

Erschrocken fuhr er herum. Die Stimme kam vom Rand des Schädelplatzes. Oder war sie in seinem Kopf? In den tiefen Schatten unter den alten Eichen konnte er niemanden entdecken. Er stand auf und überquerte die Lichtung. Etwas Weißes war dort, dicht neben einem Pfahl, auf dem der Schädel eines Hundes steckte, und es war kein Knochen.

Meliander trat näher und blickte verwundert auf eine zarte weiße Blüte, die einen dünnen Stängel krönte. Auch der war weiß, ebenso wie die Blätter, die aus ihm sprossen. Solch ein Gewächs hatte er noch nie gesehen. Ja, er hatte noch nicht einmal davon gelesen. Eine Pflanze, die durch und durch weiß war ... War das die Botschaft seines Bruders? Meliander beugte sich vor und strich über die Blüte der seltsamen Blume. Augenblicklich sank sie in sich zusammen und verwelkte.

Erschrocken fuhr er zurück. Was hatte er getan?

»Komm!«

Keine zehn Schritt entfernt, zwischen den Wurzeln einer Esche, stand eine weitere weiße Blume, die nach ihm gerufen zu haben schien. Mit weicher, lockender Stimme. Er ging zu ihr hinüber. Diesmal sah er sich aufmerksam um. Es gab keine weitere Blüte, so weit das Auge reichte.

»Was willst du von mir?«

»Komm!«, war die einzige Antwort, die er erhielt.

»Wohin?«

»Komm!«

Er fluchte. Mehr als dieses *Komm* war aus den Blumen wohl nicht herauszuholen. Er beugte sich hinab, fuhr vorsichtig mit den Fingerspitzen über die Blüte, und wie die erste, so welkte auch diese augenblicklich dahin. Etwa zehn Schritt südlich war eine neue Blume zu sehen. Meliander war sich ganz sicher, dass sie eben noch nicht dort gestanden hatte.

Er wusste nicht viel über seinen Bruder, nicht einmal dessen Namen, aber das fühlte sich nicht nach einem Zauber an, den er gewirkt hatte. Irgendjemand wollte ihn von der Schädelstätte weglocken. Die Maurawan? Er würde es herausfinden. Entschlossen ging er zu der dritten Blume. Diesmal redete er nicht mit ihr. Er beugte sich hinab, berührte die Blüte, blickte dabei nach Süden und sah, wie sich eine weitere weiße Blume aus dem Erdreich schob.

»Ein Pfad aus Blumen«, sprach er zu sich. Das passte auch nicht recht zu den Maurawan. Wer lockte ihn?

Blume um Blume führte ihn weiter nach Süden, und langsam begann der Wald sich zu verändern. Immer noch gab es kein Unterholz, aber nun brachen immer mehr helle Lichtsäulen durch das Geäst. Er hörte Vögel, auch wenn er sie nicht zu sehen bekam, und der Wald wirkte lebendiger.

Einige Zeit folgte er einem breiten, zu dieser Jahreszeit fast ausgetrockneten Bachbett, das genau nach Süden verlief. Es kam ihm vor, als wäre es hier wärmer. Eine auffällige schneeweiße Quarzader verlief entlang des Felsabbruchs am Steilufer. Die Blüten erhoben sich nun zwischen den Kieseln entlang des Rinnsals, zu dem der Bach geschrumpft war, und schließlich führte ihn die Spur der Blüten vom Bach fort und in eine Senke, durch die dichte Nebelschwaden zogen, obwohl es schon fast Mittag sein musste.

Meliander sah etwas Weißes vor sich auf dem Waldboden, der hier von der rötlich braunen Farbe alten Herbstlaubs war. Der Elf bückte sich. Er hielt das Skelett eines Eichenblattes in der Hand. Die verbliebenen Adern waren weiß wie frischer Schnee.

Ein leises Knurren ließ Meliander aufblicken. Etwas bewegte sich durch den Nebel und kam auf ihn zu. Plötzlich stand ein Wolf vor ihm.

Reflexartig fuhr die Hand des Elfen zu seinem Schwert.

Das Knurren des Tiers wurde tiefer, sodass Meliander innehielt. Der Wolf sah ihn aus himmelblauen Augen an, ohne Anstalten zu machen, ihn anzugreifen. Doch scheute er auch nicht vor ihm zurück. Er sah ihn einfach nur an. Dann drehte er sich um und trottete zurück in den dahintreibenden Nebel.

Ob der weiße Wolf gekommen war, um ihn zu leiten? Weiße Blumen gab es jedenfalls keine mehr. Meliander beeilte sich, dem prächtigen Tier zu folgen.

Sie stiegen weiter in die bewaldete Senke hinab. Es war unangenehm schwül. Ein unstetes Licht wanderte durch den Nebel. Manchmal verschwand es kurz, nur um ein paar Schritt weiter entfernt wieder aufzuleuchten.

Die feinen Härchen in Melianders Nacken richteten sich auf. Jemand wob machtvolle Magie. Die Bäume wirkten unnatürlich fahl. Er sah weitere weiße Blätter am Boden liegen, und zwischen ihnen schimmerte eine dicke weiße Wurzel. Etwas entzog dem Wald die Farbe. Bald waren auch die Stämme und Äste weiß, ohne dass es Birken gewesen wären, die in der Senke aufragten – jahrhundertealte Eichen und andere Bäume, wie sie Meliander noch nie gesehen hatte, wuchsen hier, und links von ihm auf einem Geröllhang erhoben sich Fichtenschösslinge, die aussahen, als wären sie aus Schneekristallen geformt.

Der Boden unter Melianders Füßen wurde fester. Die Schicht aus faulendem Laub immer dünner. Er schob das Laub zur Seite. Darunter lag schmutzig weißes Felsgestein. Das Gefühl, beobachtet zu werden, war plötzlich wieder da; intensiver als je zuvor, seit er aus dem Albenstern in den Wald der Maurawan getreten war. Etwas war hier, um ihn herum, nicht greifbar, aber deswegen nicht weniger real. Immer wieder hatte Meliander ein Gefühl, als berührte ihn eine eisige Hand im Nacken. Doch wenn er herumfuhr, um seinen Verfolger zu entdecken, war da nur das geisterhafte Licht im Nebel.

Dichter und dichter standen die Bäume. Und immer mehr erinnerten ihre blassen Stämme an Knochen. Den Himmel vermochte Meliander nicht länger zu sehen und auch die Baumkronen nicht. Eine Nebelglocke hing über der Senke, in die er hinabgestiegen war. Schlangengleich wand sich weißes Wurzelwerk über den Boden. Nur hier und dort war noch Humus zu erkennen. Meliander musste bei jedem Schritt balancieren, um auf dem unebenen Grund nicht zu straucheln.

Ein leises Knurren des weißen Wolfes ließ ihn innehalten und aufblicken. Ein Stück vor ihnen öffnete sich eine Höhle, gerahmt von weißen Felsen. Dem Elfen schien es, als würden alle Wurzeln des Tals auf diese Höhle zustreben. Sie rankten über Boden, Seitenwände und Decke des Eingangs. So dicht, wie Leibwachen einen Feldherrn auf dem Schlachtfeld umringten, standen die Bäume beim Eingang.

Der Wolf ließ sich ein Stück vor der Höhle nieder und beobachtete Meliander aufmerksam. Was erwartete er von ihm? Gab er den Weg für ihn frei? Oder fürchtete er sich vor dem, was dort drinnen war? Der Elf fasste sich ein Herz und betrat die Höhle allein. Der Wolf folgte ihm nicht.

Milchig weißes Licht drang zwischen den Wurzeln an Wänden und Decke des Tunnels hervor. Es zitterte wie im Rhythmus eines Pulsschlags und ließ beunruhigende Schatten über die lebendig wirkenden Wände huschen. Feuchtwarme Luft umfing Meliander. Er hatte das Gefühl, als würde er in einen Schlund hinabsteigen. Gehörte dies hier zur Schöpfung der Alben? In der Bibliothek des Blauen Sterns hatte er nichts von einem solchen Ort gelesen.

Der Tunnel im Fels mündete in eine weite Höhle, in der auf einem Knoten dicht ineinander verschlungenen Wurzelwerks eine weiße Gestalt thronte: Eine Frau, deren asketisches Gesicht so bleich war wie das Wurzelwerk, das sie umgab. Sie hatte die Augen geschlossen. Langes blütenweißes Haar fiel ihr über die Schultern bis zu den Hüften hinab. Sie hätte aus Marmor geschaffen sein können, so reglos, wie sie dort saß. Ihre Hände ruhten auf ihren Knien, die Handflächen nach oben gewandt.

Es hätte ein Bild der Harmonie sein können, wäre da nicht das flackernde weiße Licht gewesen, das die Höhle unruhig durchpulste.

Die unheimliche Fremde trug ein Kleid, das wie aus feinen Haarwurzeln gesponnen wirkte. Es lag eng an ihrem Oberkörper an, war von den Hüften abwärts aber ausgestellt. Es verdeckte einen Teil des Wurzelknotens und erweckte in Meliander den beklemmenden Gedanken, ob die weiße Frau vielleicht aus dem Wurzelwerk hervorgewachsen sein mochte.

»Nun besucht mich also Nandalees Sohn Meliander«, durchbrach die Stimme der Fremden die Stille. »Die Bäume des Waldes wispern deinen Namen.« Ihre Worte waren nur ein Raunen. In dem unsteten Licht war er sich nicht einmal sicher, ob sich ihre Lippen bewegt hatten. Es war dieselbe Stimme, mit der die weißen Blumen gesprochen hatten.

»Wer bist du?«, fragte er.

»Hier im Wald nennt mich jeder die Weiße Frau. Mehr musst du nicht wissen, Meliander. Ich habe dich gerufen, um dich vor dem zu schützen, den du suchst. Dein Bruder hat bereits im Leib deiner Mutter versucht, dich zu verschlingen, während deine Schwester unberührbar für ihn ist. Er wird es wieder tun, wenn du ihn findest. Und verschlingt er nicht deinen Leib, so wird er doch deine Seele fressen. Meide ihn, wenn du Glück in deinem Leben finden möchtest. Er verdirbt alles, was er berührt, und diese Verderbnis breitet sich aus. Sieh dir meinen Wald an. Es wird Jahrhunderte dauern, bis der Schatten getilgt ist, den er hier hinterlassen hat. Lass nicht zu, dass dieser Schatten auch auf dich fällt.«

»Woher weißt du all das?«

Sie öffnete die Augen. Sie waren ganz und gar schwarz wie die Augen Nodons. »Die Alben haben mich verflucht, als sie mich erschufen. Ich vermag Teile der Zukunft zu sehen. Zu wenig, um zuverlässig zu sein, und zu viel, um jemals Frieden finden zu können.«

»Du sagst also, du gibst mir unzuverlässigen Rat? Warum sollte ich ihm dann folgen?«

Sie lächelte. »Du bist wahrlich nach deinem Vater geraten, Meliander. Ich habe nur sehr selten Besucher, die keine Furcht vor mir zeigen. Du kannst ein glückliches Leben führen, wenn du deinen Neigungen folgst. Suche Almansur, den König der Lamassu, auf und werde zum Hüter seiner Bibliothek, dann wirst du ganz du selbst sein.«

»Was macht meinen Bruder so gefährlich für mich?«

»Er lebt die Dunkelheit, die du tief in dir begraben trägst. Du hast den Schädelplatz gesehen, und du hast die richtigen Schlüsse gezogen. Er will die Schöpfung der Alben verschlingen. Du bist der Erste, der dort stand und dies dachte. Weißt du, warum?«

Er schüttelte den Kopf.

»Horche in dich hinein. Du kennst die Antwort.«

Auf dieses Spiel würde er sich nicht einlassen. Schweigend sah er sie an.

»Erwarte nicht, dass ich ausspreche, was du längst weißt. Ich spüre, dass allein die Suche nach ihm dich schon besudelt hat. Du bist gewarnt, Meliander. Wem das Herz gebrochen wird, der kann nie wieder zum Licht finden. Selbst an den Orten, die dein Bruder längst verlassen hat, lauert eine verborgene Dunkelheit. Er erwartet dich seit Jahrzehnten, Meliander, und er hat viele Fallen für dich aufgestellt. Er ist besessen davon, dein Herz zu verschlingen. Mach es ihm nicht zu leicht! Wenn du jetzt gehst, wirst du das Schicksal dieser Welt wenden, und Albenmark wird nicht auf Jahrhunderte von Drachenblut regiert werden. Bleibst du aber in meinem Wald, wirst du einen Schmerz erfahren, der dich nie wieder loslassen wird.«

»Drohst du mir?«

Ihre schwarzen Augen weiteten sich, und ihr Antlitz verzog sich zu einer Grimasse des Schreckens. »Törichter Elf! Dir ist bestimmt, dein Wohl nicht zu erkennen, wenn es zum Greifen nahe ist. Erst wenn es in unerreichbare Ferne gerückt ist, wird dir bewusst werden, was gut für dich war. Mach dich davon! Ich werde dir kein zweites Mal raten. Von nun an werde ich zusehen, wie du an dem Schicksal leidest, das du dir erwählt hast.«

Die Wurzeln, die den Höhlenboden füllten, begannen sich zu bewegen. Sie schlangen sich um Melianders Fesseln und zerrten ihn zurück in den Tunnel. Immer greller wurde das pulsierende Licht.

»Du bist verloren!«, hallte die Stimme der Weißen Frau wie aus weiter Ferne. »Verloren!«

DER VERBOTENE ORT

Es war früher Abend, als Meliander zum Schädelplatz zurückkehrte. Den Nachmittag hatte er mit erfolglosen Versuchen, irgendein Tier zu erlegen oder überhaupt Nahrung aufzutreiben, verbracht. Nicht einmal Pilze, Nüsse oder Beeren hatte er gefunden. Er konnte sich nicht erinnern, in seinem Leben jemals so hungrig gewesen zu sein; selbst während der langen Flucht mit ihrer Mutter nicht.

Er hatte das Gefühl, dass der Wald sich ihm verweigerte, ihm nichts von seinen Schätzen gewähren wollte, und dass dies mit der Weißen Frau zusammenhing. Aber so leicht würde er sich nicht vertreiben lassen!

Er ließ sich neben dem Schädel des Riesen an seinem alten Lagerplatz nieder und sah zu, wie der Himmel hinter den Bäumen in tausend Rottönen zerfloss. Wohin war sein Bruder gegangen? Hatte der Wald ihn letztlich besiegt?

Sein Blick wanderte über die Schädel. Wollte sein unheimlicher Bruder wirklich vom Fleisch jeder Kreatur kosten? Hatte er hier gesessen und das Herz eines Drachen verschlungen? Bei dem Gedanken an gebratenes Fleisch lief Meliander das Wasser im Mund zusammen.

Er musste sich auf etwas anderes konzentrieren. Er würde nicht so einfach zu vertreiben sein! Er lehnte sich gegen den Schädel zurück und dachte an die Bibliothek auf dem Blauen

Stern. An den Geruch der Bücher und an Gylla. Die Dryade wüsste ganz sicher, wo man hier nach Nahrung suchen könnte.

Er fluchte. Schon wieder kreisten seine Gedanken um Essen. Meliander öffnete sein Verborgenes Auge und keuchte auf, so mächtig war die Magie, die diesen Ort umgab. Sein Bruder musste viele Jahre damit verbracht haben, hier seine Zauber zu weben. Die Kraftlinien erschienen Meliander blasser als gewöhnlich. Sie vibrierten, als kämpften sie noch immer gegen den Willen seines Bruders an.

Er sah, wie ein Teil von der Kraft, die allem Lebenden innewohnte, gestohlen und in einer neu erschaffenen, silbernen Linie nach Osten gelenkt wurde. Was war dort? Er stand auf und ging, die sinkende Sonne im Rücken, der Dunkelheit entgegen. Dabei spürte er den Zauber seines Bruders um sich herum fast so deutlich, wie er die Albenpfade spürte, wenn er sie kreuzte. Er behielt die magische Sicht bei. Viel deutlicher als im Dämmerlicht sah er so den Wald. Die Auren der Bäume, selbst jene der Würmer und Insekten, die im toten Laub am Waldboden lebten.

Wohl eine Meile folgte er schon der gebündelten Kraft auf leicht abschüssigem Grund, als die Bäume zurückwichen und er auf eine Glocke eng miteinander verwobener Kraftlinien blickte. Etwas Derartiges kannte er nur aus der Theorie: Dort war ein magischer Raum erschaffen worden, der nicht ohne weiteres betreten oder verlassen werden konnte und in dem sich etwas oder jemand befand. Undeutlich erkannte er hinter all dem Licht eine goldene Aura.

Er öffnete seine wahren Augen und sah vor sich einen See, in dem sich rot das Licht des Himmels spiegelte. Ein weiter Kreis aus weißen Seerosen umgab eine Hütte, die etwa hundert Schritt vom Ufer entfernt auf Pfählen stand. Ein Dach aus Schilfrohr ragte weit über eine Veranda, die rings um die Hütte verlief.

Klangspiele an den Dachbalken flüsterten in der sanften Brise, die von Westen wehte.

Aus den kleinen Fenstern der Hütte drang warmes, gelbes Licht. Meliander glaubte, den Duft von bratendem Gemüse zu riechen, war sich aber nicht sicher. Es gab kein Boot am Ufer. Kein Steg führte zu der Hütte.

»Hallo?«

Niemand antwortete auf sein Rufen.

Meliander überlegte, ob er hinüberschwimmen sollte, entschied dann aber, lieber abzuwarten, ob sich jemand zeigte. Schließlich hatte sein Bruder den Bewohner der Hütte in einem Bannzirkel eingesperrt. Was für ein Geschöpf mochte das sein, das so mächtig war, dass der, der Drachen und einen Riesen erschlagen hatte, es in einem magischen Kerker gefangen hielt, statt es zu bekämpfen?

Das Geräusch eines brechenden Astes ließ den Elfen herumfahren. Hinter ihm standen zwei Gestalten im Schatten der Bäume. Jäger? Krieger? Der eine hielt die zwei Hälften des Astes noch in den Händen.

»Dürfen wir uns zu dir gesellen, Meliander?«, fragte der andere.

Offenbar waren sie Elfen. Er winkte ihnen, näher zu kommen, verblüfft, dass wohl jeder in diesem Wald seinen Namen kannte.

»Die Weiße Frau schickt uns … und wir sprechen auch für unser Volk, die Maurawan. Du solltest diesen Wald verlassen.« Beide Elfen trugen lange Kapuzenmäntel. Ihre Gesichter lagen im Schatten und wirkten unnatürlich dunkel. Lediglich die Augen seines Gegenübers waren durch den Kontrast überdeutlich zu sehen. Die blaugraue Iris war von einem schwarzen Rand eingefasst. Wolfsaugen, dachte Meliander.

»Entschuldige, wenn wir dich erschreckt haben. Wir sind

Jäger. Uns lautlos durch den Wald zu bewegen ist uns zur Natur geworden. Wir haben ein paar Äste für ein kleines Feuer mitgebracht ...«

Sein Jagdgefährte kauerte sich ans Ufer, grub mit den Händen eine flache Mulde in den Sand und entfachte mit Stein, Stahl und ein wenig Zunder ein kleines Feuer.

Meliander beneidete ihn um sein Geschick. Er hatte gestern Abend wesentlich länger gebraucht, um sein Lagerfeuer anzuzünden. »Darf ich wissen, mit wem ich mein Lager teile?«

Blendend weiße Zähne erstrahlten, als sein Gegenüber kurz auflachte. »Ich bin Tylwyth. Mein Freund ist Cullayn. Wir waren einige Male mit deiner Mutter Nandalee unterwegs. Deshalb hat man uns entsandt, um mit dir zu reden.« Er ließ den Blick schweifen. »Deine Mutter hat einen großen Namen in unserem Volk. Oft erzählt man sich von ihrem Kampf gegen den Immerwinterwurm und davon, wie alle Jäger der Trolle sie durch die Snaiwamark hetzten und sie ihnen doch entkommen konnte. Trotz all dem, was dein Bruder diesem Wald angetan hat, bewundern wir sie. Nur deshalb sind wir jetzt hier. Du musst gehen!« Tylwyth sah ihn eindringlich mit seinen Wolfsaugen an. »Nach allem, was geschehen ist, werden wir keines von Nandalees Kindern in diesem Wald dulden.«

Mit diesen Worten wandte sich Tylwyth von Meliander ab, trat an das kleine Feuer am Ufer, streckte seine Hände aus und schwieg.

Cullayn indes hatte sich an den Waldrand zurückgezogen, und Meliander musterte ihn aufmerksam. Im Gegensatz zu Tylwyth wirkte er abgerissen. Seine kniehohen Stiefel waren mehrfach geflickt. Ein Lederriemen hielt die vordere Hälfte der linken Sohle an ihrem Platz. Statt einer Hose trug Cullayn nur einen dunklen Lendenschurz, seine speckige Lederweste hatte ihre besten Zeiten hinter sich, und sein Kapuzenumhang war von einem schmutzigen Grüngrau. Breite Rußstreifen liefen über seine Arme. Wahrscheinlich sollten sie helfen, ihn besser mit den Schatten verschmelzen zu lassen.

»Dein Freund spricht nicht viel«, bemerkte Meliander zu Tylwyth.

»Er hasst es, hier zu sein.« Tylwyth bückte sich nach einem Stück Treibholz am Ufer und schob es ins Feuer. »Er denkt, dass du keiner Warnung mehr zugänglich bist. Andererseits hat sich deine Mutter nie mit den Maurawan angelegt. Und das aus gutem Grund!«

»Wann hast du meine Mutter zum letzten Mal gesehen?«, fragte Meliander. Womöglich würde er sie noch vor Emerelle finden, obwohl er nicht nach ihr suchte.

»Das ist viele Jahre her. Sie meidet Orte, an denen jene leben, die sie zu ihren Freunden zählt, denn sie weiß, dass die Himmelsschlangen jeden töten, der ihr Unterschlupf gewährt.«

»Und wie hat mein Bruder das Volk der Maurawan gegen sich aufgebracht?«

»Spürst du die Dunkelheit nicht? Er hat sie in diesen Wald getragen. Das werden wir ihm nie verzeihen.« Tylwyths Selbstbeherrschung war nun blankem Hass gewichen. »Er ist der Verderber aller Dinge. Ich habe ihn essen sehen, am Schädelplatz. Ich bin Jäger. Ich habe schon vieles erlebt. Die Natur ist manchmal grausam. Aber nichts ist so wie er ...« Der Jäger blickte kurz zu seinem Freund, ehe er fortfuhr: »Dein Bruder wusste, dass wir beide ihn beobachteten. Es war ihm egal. Er hat das Fleisch seiner Opfer roh verschlungen, und das mit einer Gier, wie ich sie bei keinem Raubtier je gesehen habe. Er ist der Inbegriff der Dunkelheit, Meliander. Meide ihn! Ja, meide selbst die Orte, an denen er sich aufgehalten hat.«

»Ist er dort drüben?« Meliander deutete auf die unerreichbare Hütte im See.

»Nicht mehr. Dort ist …«

»Genug!«, unterbrach ihn Cullayn. »Gehen wir!«

Der Jäger erhob sich. Bedauernd zuckte er mit den Schultern. »Mein Freund hat recht. Es ist alles gesagt. Sei klug, Meliander! Verlasse diesen Wald.«

»Und wenn ich bleibe?«

Cullayn trat vom Waldrand ans Feuer. »Dann werde ich derjenige von uns beiden sein, der besser aussieht«, antwortete er und zog die Kapuze seines Umhangs zurück.

Meliander hatte Mühe, bei seinem Anblick nicht zurückzuzucken. Cullayns Antlitz war auf eine Art entstellt, dass es wirkte wie verrutscht. Nichts war mehr an dem Ort, an dem es sein sollte; als hätte man ihm Haut und Fleisch abgezogen und dann nicht wieder richtig über den Schädel gestülpt. Meliander vermochte sich nicht vorzustellen, wie man zu einer solchen Verletzung kam.

»Und?« Cullayn beugte sich so über das Feuer, dass sein Gesicht in aller Deutlichkeit zu erkennen war. »Hilft das mehr als alle Worte?« Abrupt wandte er sich um, und noch bevor Meliander etwas hätte erwidern können, waren die beiden Maurawan ebenso lautlos, wie sie gekommen waren, wieder im Wald verschwunden.

Ratlos blickte Meliander auf den See. Die Lichter in der Hütte waren erloschen. Das leise Klimpern der Klangspiele und das Rauschen der Blätter waren die einzigen Geräusche, die seine Einsamkeit störten.

$\mathcal{D}$ER FISCH

Meliander stand bis zu den Knien im Wasser des Sees. Dieses Mal würde er es anders machen. Er hatte darüber gelesen, dass man Fische mit der bloßen Hand fangen konnte, wenn man sich nur geschickt genug anstellte. Doch offenbar waren selbst Bären geschickter als er. Ihm wollte es einfach nicht gelingen! Vielleicht war es auch der Hunger, der ihn so unbeholfen machte. Sein Magen knurrte. Er hatte beschlossen, dass er, ohne gegessen zu haben, gar nichts entscheiden würde. Dies war seine einzige Aufgabe heute.

Wer immer in der Hütte auf dem See wohnte, zeigte sich nicht. Rauch stieg aus dem Kamin. Es war also jemand dort. Manchmal hatte Meliander auch das Gefühl, beobachtet zu werden. Sicher lauerten Maurawan im Wald. Er sollte ihre Drohungen nicht auf die leichte Schulter nehmen …

Eine Bewegung im Wasser ließ alle seine Gedanken verblassen. Er sah den schwarz getupften Rücken einer Forelle. Dieses Mal würde er es anders angehen. Leise sprach er ein Wort der Macht. Er nahm von der Kraft des Goldenen Netzes und lenkte sie in seine Bewegungen.

Sein Arm schnellte ins Wasser. Seine Finger schlossen sich um den Leib der Forelle, die sich nur langsam wand. Entschlossen schleuderte er sie ans Ufer und löste den Zauberbann. Wild zuckend lag seine Beute im Sand.

Meliander beeilte sich, ans Ufer zu kommen. Er holte einen der dicken Zweige, die er im Wald gesammelt hatte, um sein Feuer in Gang zu halten, und drosch damit auf den Fisch ein, bis der sich nicht mehr regte.

Ein Auge war aus dem schillernden Kopf des Fisches gequollen. »Tut mir leid«, sagte er. Er hatte noch nie ein Tier getötet, um es zu essen. Plötzlich fühlte er sich beklommen. Doch dann meldete sich knurrend sein Magen. Er war es nicht gewohnt zu hungern. Er musste einfach etwas essen!

Er wählte aus seinem Vorrat an Brennholz eine fingerdicke Rute und spießte den Fisch darauf auf. Dann kauerte er sich neben das Feuer und hielt seine Beute in die Flammen. Flüssigkeit troff aus den Wunden der Forelle und verdampfte zischend auf den Holzscheiten.

Eine Bewegung bei der Hütte ließ ihn herumfahren. Auf der Veranda stand eine zierliche Elfe mit langem schwarzem Haar. Ein zartes weißes Kleid schmiegte sich eng an ihre Glieder. Unbewegt sah sie zu ihm herüber.

Er winkte ihr zu. »Wollen wir gemeinsam essen?«

Sie lachte. »Einen Fisch, der nicht einmal ausgenommen ist? Das ist nicht nach meinem Geschmack.«

Er schaute auf die Forelle. Die Innereien! Verdammt. Hastig zog er den Ast zurück und lief ein Stück am Ufer entlang bis zu einem großen, flachen Stein. Er blickte zu seinem Schwertgurt bei der Kleidung neben dem Feuer. Dort lag auch sein Messer. Er fluchte. Jetzt würde sie ihn endgültig für einen tollpatschigen Idioten halten.

Vorsichtig tastete er mit den Fingern über den Fisch. Zu heiß. Zu zäh. Wie würde das aussehen, wenn er ihn einfach aufriss?

Er durfte sich nichts anmerken lassen! Er wollte seine Würde bewahren. Langsam, so als wäre das von Anfang an sein Plan gewesen, ging er zum Lagerplatz, holte sein Messer und kehrte dann zu dem Fisch zurück.

Die ganze Zeit über beobachtete die Elfe ihn. »Ich heiße Meliander!«, rief er ihr zu.

»Ich weiß!«, kam es zurück.

Hier wusste wohl jeder einzelne Baum, wie er hieß, dachte er ärgerlich. Ihren Namen nannte sie nicht. Meliander überlegte, wie er ein Gespräch in Gang bringen könnte.

Er kniete vor dem Fisch nieder und rammte ihm sein Messer in den Bauch. Unappetitliche Säfte quollen hervor. Mit spitzen Fingern griff er in den Fischleib und zerrte an den Eingeweiden. Darm und Leber erkannte er. Etwas Dunkles lief aus. Die Galle? War das alles? Er hielt mit gespreizten Fingern die Bauchhöhle auf und pulte darin herum. Im Innern war die Forelle noch roh.

Wer in einer Hütte mitten in einem See wohnte, der wusste ganz bestimmt, wie man Fisch zubereitete. Sein Gesicht hatte er längst verloren. Schlimmer würde es nicht mehr werden. Er könnte sie auch um Hilfe bitten …

»Wie macht man das hier?«

»Das wirst du allein herausfinden. Dein Bruder hat mich eindringlich vor dir gewarnt, Meliander. Er sagte, du seist charmant und ein wenig unbeholfen. Es sei schwer, dich nicht auf den ersten Blick zu mögen. Aber ich solle mich nicht täuschen lassen. Er hat den Zauberbann gewoben, damit du nicht zu mir vordringen kannst. Ich müsste dir die Hand reichen und dich einladen, damit du hierherkommen kannst. Doch das wird ganz gewiss nicht geschehen.«

Er war so perplex, dass er für einen Augenblick die Forelle vergaß. »Ich bin keine Gefahr. Ich …« Warum hatte sein Bruder das getan?

»Du wirst mich töten, wenn ich zulasse, dass du mir nahe

kommst«, sagte sie mit einer Bestimmtheit, die Meliander verstummen ließ.

Er sah ihr zu, wie sie einige Fischreusen aus dem Wasser holte. Sie hatte nichts gefangen. Ohne ihn weiter zu beachten, zog sie sich nach einer Weile wieder in ihre Hütte zurück.

Sie musste da etwas falsch verstanden haben. Warum sollte er sie töten? Warum sollte sein Bruder solche Lügen über ihn verbreiten? Das alles war ein Irrtum! Aber wie konnte er sie davon überzeugen? Indem er blieb? Sie hatte gewiss beobachtet, wie Cullayn und Tylwyth ihn besucht hatten. Ahnte sie, dass die beiden Maurawani verlangt hatten, dass er ging?

Von ihr für einen Mörder gehalten zu werden verletzte ihn. Es war unvernünftig, ja, er sollte einfach weiterziehen, doch er konnte nur noch daran denken, wie er sie vom Gegenteil überzeugen könnte. Danach würde er sich auf den Weg machen.

Er brachte den Fisch zu seinem Feuer und hielt ihn über die Glut, bis er gar war. Nie hatte er etwas Köstlicheres gegessen! Der Fisch war so zart, dass er ihm auf der Zunge zerfiel. Gegen jede Vernunft überkam ihn eine tiefe Zufriedenheit. Er sah zum wolkenlosen Nachthimmel, beobachtete den abnehmenden Mond und die tausend Sterne, die über das Firmament zogen. Die Arme hinter dem Kopf verschränkt, überließ er sich der Schönheit der Nacht.

Er erwachte davon, dass ihm die Sonne ins Gesicht schien. Ein klammes Gefühl überkam ihn. Was war geschehen? Hastig setzte er sich auf, sah zur Hütte im See. Nein, dort war alles wie am Tag zuvor. Er hörte die Elfe leise singen, auch wenn sie sich nicht zeigte.

Und dann sah er es. Im nassen Sand, dicht am Wasser, stand etwas in großen Buchstaben geschrieben. Fußspuren gab es keine. Sie wollten ihm offenbar zeigen, dass sie ihn töten könnten, ohne dass er sie kommen hörte oder sah. Eine eisige Kälte breitete sich in seiner Magengrube aus. Er griff nach seinem Schwert, doch es in Händen zu halten gab ihm kein Gefühl von Sicherheit. Ihre Botschaft war an Klarheit nicht zu überbieten:

DU WIRST STERBEN, WENN DU BLEIBST

Der Tod

Regen troff ohne Unterlass durch den Unterstand aus Ästen, den er sich am Ufer gebaut hatte. Längst war das Feuer vor ihm erloschen, und der Wind zerrte an seinem lächerlichen Schutzdach. Meliander ließ es geschehen. Er war zu müde, um noch länger zu kämpfen.

Drei Tage hatte er jetzt nicht geschlafen. Er hatte für die Maurawan in den Sand geschrieben, dass er nicht gehen würde, bis er mit der Elfe vom See gesprochen hätte. Er war laut rufend durch den Wald gewandert, um ihnen zu erklären, dass er nur dies eine wollte und dann gehen würde.

Sie hatte seinen Bruder gekannt. Und sie schien seinem Bruder viel bedeutet zu haben, wenn er einen so machtvollen Schutzzauber um sie gewoben hatte. Sie würde ihm gewiss vieles sagen können.

Oder wünschte er sich nur, dass sie etwas wusste? Sie hatte kein einziges Wort mehr gewechselt mit ihm, dem Mann, den sie für ihren zukünftigen Mörder hielt.

Auch von den Maurawan war keine weitere Botschaft mehr gekommen. Vielleicht würden sie bald handeln. Die Zeit zu reden war vorüber. Sie schienen ihn zu fürchten, ebenso wie die Elfe vom See. Aber warum? Was sahen sie in ihm? Genügte es schon, dass er der Bruder desjenigen war, dessen Namen er nicht einmal kannte?

Er hatte sich gegen den Schlaf gewehrt. Drei Tage und drei Nächte nun schon. Anfangs war es so gegangen, doch nun war es ein Zauber, der ihn wach hielt. Ein Zauber, der nicht mehr lange währen konnte. Er war am Ende, das wusste er. Der kalte Regen hatte ihm den Rest gegeben.

Skeptisch blickte er zum Wald hinüber. Es war erst Nachmittag, doch die schweren, grauen Wolken ließen den Himmel so dunkel erscheinen, als wäre die Stunde der Dämmerung bereits angebrochen. Lauerten dort Gestalten am Waldrand? Oder waren es seine Ängste, die bloße Schatten in Krieger verwandelten? Bei all dem, was er auf dem Blauen Stern gelernt hatte, war er nie auf eine solche Situation vorbereitet worden.

Andererseits war ihm bewusst, wie sehr seine Lage seiner eigenen Dickköpfigkeit geschuldet war. Er hätte einfach gehen können ...

Meliander blinzelte. Regen rann ihm über das Gesicht. Er hatte keinen trockenen Faden mehr am Leib. Er sah zu der Hütte im See, aber natürlich kam die schöne Elfe bei diesem Wetter nicht heraus.

Zwei Mal hatte er sie in den letzten drei Tagen gesehen. Sie war auf die Veranda getreten und hatte Übungen gemacht, deren Sinn ihm nicht klar war. Einige dienten wohl zum Aufwärmen des Körpers und zum Dehnen der Sehnen, aber dann ... Hatte sie das für ihn getan? Wollte sie sich ihm zeigen? Sie war nackt gewesen, hatte ihren schönen, athletischen Körper der Sonne dargeboten. Dabei schien sie völlig in sich versunken.

Er hatte es am zweiten Tag aufgegeben, zu ihrem Haus hinüberzurufen. Vielleicht war sie deshalb herausgekommen?

Meliander lächelte. Wenn sie jetzt wieder herauskäme, um zu üben, wäre ihm der Regen völlig egal. Am meisten beeindruckt hatte ihn, wie sie, auf einem Bein stehend, das zweite Bein hinter ihrem Rücken nach oben bog, bis ihr Fuß wie ein Skorpionstachel über ihrem Kopf aufragte. Unglaublich, wie man so gelenkig sein konnte! Dabei hatte sie überhaupt nicht angestrengt gewirkt, sondern, ganz im Gegenteil, völlig entspannt.

Einmal hatte Meliander sie durch sein Verborgenes Auge beobachtet, während sie sitzend meditierte. Dabei legte sie anmutig ihre Hände auf die Knie, die Handflächen nach oben und einige der Finger leicht gekrümmt. Wenn sie so dasaß, war sie erfüllt von Harmonie und stiller Kraft. Feine Strahlen aus silbernem Licht waren vom Bannkreis zu ihr geflossen, während sie selbst in eine Aura aus allen Regenbogenfarben gehüllt war. So etwas hatte er nie zuvor gesehen. Sie war auf ganz andere Art Teil dieser Welt, als er es war. Die Welt gab ihr etwas zurück ...

Wieder blinzelte er gegen den Regen.

Plötzlich fuhr er mit einem Ruck hoch. Er musste kurz eingenickt sein. Und in seinem Traum hatte er sie gesehen. Ganz nah ...

Meliander blickte zu der Hütte hinüber. Sie hatte Lichter im Innern entzündet, die Reetmatten vor den Fenstern jedoch herabgerollt. Beobachtete sie ihn durch die Spalten? War er ihr egal? Er wünschte, er wäre es nicht. Wenn er sie ansah, breitete sich ein wohliges, warmes Gefühl von seiner Mitte her in ihm aus. Das war neu. So etwas hatte er nie empfunden, wenn er mit seiner Schwester zusammen gewesen war.

Er hatte mit Emerelle gestritten und gelacht. Ersteres war häufiger vorgekommen, da sie so verdammt stur war. Oft war er auch eifersüchtig auf sie gewesen. Wenn sie etwas wirklich wollte, dann fiel es ihr leicht, ihre Ziele zu erreichen. Er hingegen musste um alles kämpfen ...

Er hatte ihr das nicht übel genommen, aber es war ein Misston zwischen ihnen gewesen. Er erinnerte sich noch genau an den Tag, an dem seine Eifersucht begonnen hatte. Sie hatten allein in der Bibliothek herumgestöbert und ein Buch gefunden, das hinter einer Reihe von Bänden mit philosophischen Gedanken der anerkanntesten Weisen aus dem Volk der Damien verborgen stand. Sie waren nur in diesen Teil der Bibliothek gelangt, weil sie einen Wettbewerb austrugen, wer das langweiligste aller Bücher aufstöbern würde. Als sie die Philosophiebände aus dem Regal holten, um Witze darüber zu machen, war ihnen der schmale, rote Band dahinter in die Hände gefallen. Nie würde er den Titel vergessen: *Die Linien des Lebens*.

Eine Koboldin behauptete in der Schrift, das Schicksal eines jeden sei in den Linien seiner Hand festgeschrieben. Dazu gab es viele Bilder von Handlinien und ihrer Bedeutung. Stundenlang hatten sie die Bilder mit ihren Händen verglichen. Emerelles Lebenslinie war viel länger als seine. Schließlich fand Gylla sie, nahm ihnen das Buch ab und schalt sie, weil sie ihre Zeit mit solchem Unsinn vergeudeten. Sie beide hatten es danach noch oft in der Bibliothek gesucht, aber nie mehr wiedergefunden. Geblieben war bei Meliander das Gefühl, vom Leben betrogen worden zu sein. Er hatte nicht schätzen können, wie viele Jahre ihm vergönnt sein würden ... Und so wurde er eifersüchtig auf seine Schwester, deren Leben so unendlich viel länger dauern sollte, wenn die Koboldin recht hatte.

Wieder dachte er an die schöne Fremde. Wartete sie auf seinen Bruder? Der Gedanke vergällte ihm alles. Er verließ den Unterstand, der ihn ohnehin kaum vor dem Regen schützte, und ging am Ufer entlang, in der Hoffnung, vielleicht doch noch einen Blick auf die Elfe zu erhaschen. Doch die Reetmatten waren überall herabgelassen.

Ein leises Geräusch schreckte ihn aus seinen Gedanken. Er sah zum Wald. Ein junger Elf mit zu Dutzenden von Zöpfen geflochtenem Haar war aus dem Schatten der Bäume getreten. Er hielt einen Bogen in der Hand und legte gerade einen Pfeil auf die Sehne.

Meliander wusste, dass der Schütze das Geräusch absichtlich gemacht hatte. Das verkniffene, harte Gesicht, die Art, wie ihn die grünen Augen fixierten … Die Maurawan hatten einen Jäger geschickt, der ihn töten sollte, und der hatte gewollt, dass er sich umdrehte, damit er dem Tod in die Augen sah.

Meliander hob beide Hände. »Wir sollten reden.«

Der Elf zog die Sehne zurück und hob den Bogen.

»Das ist nicht …«

Der Pfeil schnellte Meliander entgegen. Der wollte ein Wort der Macht sprechen, wollte sich schützen, doch er hatte zu spät daran gedacht. Der Pfeil traf ihn zwei Handbreit unter dem Kinn in die Brust, ließ ihn zurücktaumeln. Er rang um Luft, vermochte kaum zu atmen.

Benommen sah er, wie der Bogenschütze ihn anstarrte.

Meliander wankte noch einen Schritt zurück, trat ins flache Wasser. Er versuchte zu sprechen, sich durch ein Wort der Macht vor dem nächsten Pfeil zu schützen, doch ihm versagte die Stimme.

Der Schütze legte erneut an. Meliander erhob abwehrend die Rechte, als der zweite Pfeil von der Sehne schnellte.

Der Pfeil traf ihn mitten in die Handfläche. Die Spitze drang zwischen den Knochen hindurch und trat durch den Handrücken aus. Ein nie gekannter Schmerz ließ Meliander aufschreien.

Weitere Elfen traten aus dem Wald. Sie alle waren mit Bögen bewaffnet.

Meliander flüchtete ins Wasser und war sich doch bewusst, dass er viel zu langsam war. Ein Pfeil traf ihn in die linke Schulter, ließ ihn aufkeuchen. Ein weiteres Geschoss traf ihn auf Höhe der Nieren. Er ließ sich vornüber ins Wasser fallen. Mit den Armen paddelnd, versuchte er zu entkommen.

Ein Geschoss streifte seinen Kopf. Er sank. Der Grund des Sees fiel hier steil ab. Die dunklen Tiefen hatten etwas Lockendes. Sie versprachen, dass dort aller Schmerz enden würde.

Meliander drehte sich auf den Rücken. Dabei verfingen sich seine Füße in den Wurzeln der Seerosen. Schnüre silberner Perlen stiegen von seinen Lippen auf, umtanzt von Schlieren dunklen Blutes.

Er gab allen Widerstand auf und ließ sich sinken.

Die Dunkelheit erwartete ihn.

Hunger

Es waren die tausend Gerüche, die Emerelle mehr als alles andere überwältigten. Thymianduft mischte sich unter den Geruch von Gebratenem. Tische voller Gewürzsäckchen wechselten sich mit kleinen Bratstuben ab. Ein zahnloser Kobold stand auf einem hohen Stuhl an einer Hausecke und pries lautstark Schlangenöl an, das welke Haut wieder so zart wie Seide werden ließ. Sein runzeliges Gesicht verriet Emerelle, dass er wohl zu geizig war, um das Öl für sich selbst zu verwenden.

Immer wieder wurde sie von Lastenträgern berührt, die mit Säcken quer über dem Rücken zu den Märkten im Herzen der Stadt eilten. Sie war es nicht gewohnt, sich durch derart bevölkerte Straßen zu drängen. Landstraßen und offene Felder waren ihr lieber. Und doch faszinierten sie die sinnenverwirrende Vielfalt der Stadt und die unzähligen Eindrücke, die gleichzeitig auf sie einstürmten.

Auf einer Treppe saß eine Faunin mit gekreuzten Ziegenbeinen und sang, sich selbst auf ihrer Leier begleitend, ein Lied. Als sie endete, beugte sich ein Elf vor und warf eine Kupfermünze in die flache Holzschale, die vor der Sängerin auf dem Boden stand. So konnte man sich also auch ein Auskommen verdienen, dachte Emerelle verwundert.

»Wollen wir gemeinsam singen?«, fragte sie die Faunin.

Diese sah sie überrascht aus lindgrünen Augen an. Dann

schüttelte sie den Kopf. »Was ich verdiene, reicht kaum aus, um mich zu ernähren. Das kann ich nicht auch noch teilen. Wenn du vielleicht tanzen könntest ...«

»Tanzen?« Emerelle hatte davon gelesen, aber keine rechte Vorstellung, wie es ging. Man bewegte sich irgendwie besonders ... Sie machte ein paar Schritte, hob dabei die Arme, fühlte sich allerdings recht ungelenk.

Die Sängerin lachte. »Nein, da habe ich ja Tanzbären gesehen, die mit mehr Anmut auftreten. So kommen wir nicht zusammen. Ich wünsch dir Glück, Elfe.« Sie hob ihre Leier auf und begann ein wildes Lied über einen reichen Zecher, der sich eine Dame auf den Schoß zog.

Emerelle hörte eine Weile zu und überlegte, ob das nicht auch eine Art sein könnte, sich etwas zu essen zu verdienen. Irgendjemandem auf dem Schoß zu sitzen war ja nicht sonderlich schwer. Doch dann ging es darum, wie der Zecher seiner Dame eine Hand unter das Mieder schob, und Emerelle beschloss, lieber hungrig zu bleiben.

Sie war nicht einmal eine Stunde in der Hafenstadt und fühlte sich schon völlig verloren. Für die Überfahrt nach Tanthalia hatte sie ihr letztes Geld gegeben. Nun irrte sie ziellos durch die Gassen des Hafenviertels. Sie war sich bewusst, dass sie angestarrt wurde, konnte sich aber nicht erklären, warum. Schließlich trug sie nicht mehr ihr weißes Kleid, sondern die grobe braune Tunika, die sie von den Kobolden bekommen hatte. Dazu ihren Schwertgurt, von dem nun der leere Brotbeutel hing.

Hungrig sah sie einem Echsenmann zu, der über glühenden Kohlen in einer flachen Kupferschale Spieße mit kleinen gebratenen Tieren drehte. Waren das Ratten oder Eichhörnchen? Ihre Haut war jedenfalls wunderbar knusprig, und sie dufteten verlockend.

»Gibst du mir so ein Tier, wenn ich für dich singe?«

Die gelben Augen mit den geschlitzten Pupillen drehten sich nach oben, ohne dass der Echsenmann den Kopf bewegte.
»Sehe ich aus, als hätte ich was zu verschenken?«
»Nun, das kann ich nicht beurteilen. Du bist der Erste deiner Art, dem ich begegne.« Sie überlegte, ob seine Körperhaltung vielleicht etwas über seinen Willen, Geschenke zu machen, ausdrückte, als er drohend einen seiner dünnen Spieße hob.
»Pass mal auf, Elfenfräulein. Wenn du meinst, du könntest dir auf meine Kosten Scherze erlauben …« Die Hautlappen an seinem Hals blähten sich auf, sodass die feinen grünen Schuppen abstanden.
Emerelle hob beschwichtigend die Hände. »Ich gehe ja schon!«
»Das will ich dir auch geraten haben. Sonst brat ich deinen Arsch und verkauf ihn an Trolle!«
Der Echsenmann war deutlich kleiner als sie. Fast zwei Köpfe. Er hatte lange, drahtige Glieder und hielt sich geduckt. Wie ein furchterregender Kämpfer sah er nicht gerade aus. War das nur wieder eine von diesen Redewendungen? Wenn jetzt doch nur Bullbox hier wäre, um ihr das alles zu erklären! Sie vermisste die Kobolde, die Art, wie sie miteinander umgegangen waren, ihr ausgelassenes Lachen und die derben Scherze. Doch auch Aspix' Tod hatte sie nicht vergessen. Eines Tages würde sie sich Nachtwind vornehmen und dafür sorgen, dass es einen geflügelten Tyrannen weniger auf der Welt gab. Aber dazu musste sie zuerst die Fahrenden Ritter finden.
Sie entfernte sich, rückwärts gehend, von dem Echsenmann an seinem Grill, der sie seinerseits nicht aus den Augen ließ. Sie brauchte Geld, dachte sie, als ihr Magen rumpelte. Wohin sie in den Gassen auch sah, überall wurde etwas zu essen feilgeboten. Vielleicht konnte sie ja am Stadtrand ein paar Kobolde auftun, die eine Schnitterin brauchten. Darin hatte sie immerhin schon Erfahrung.

Der Abstand zu dem Echsenmann war nun groß genug, dass sie es riskierte, ihm den Rücken zuzudrehen, und doch hatte sie augenblicklich das Gefühl, dass er ihren Hintern anstarrte. Sie versteifte sich. Ihre Hand sank auf das Schwert an ihrer Seite. Süßer Honigduft stieg ihr in die Nase. Keine drei Schritt entfernt war bei einem Haus, dem der Putz von den Wänden fiel, ein großes Fenster in der Wand zur Gasse. Die Fensterbank war breit wie der Tresen einer Schenke, und auf einer hohen Bank dahinter standen zwei Koboldmädchen, die vor sich Berge von goldenen, honigtriefenden Küchlein aufgetürmt hatten.

Emerelle lief das Wasser im Munde zusammen. Nie zuvor hatte sie so etwas Köstliches gesehen. Oder zumindest kam ihr das jetzt so vor. Als stünde sie unter einem Zauberbann, vermochte sie den Blick nicht von den Küchlein und den in sich gedrehten Kringeln abzuwenden. Die Koboldmädchen vertrieben mit bemalten Holzfächern Fliegen und Wespen, die sich auf dem Gebäck niederlassen wollten. Frech grinsend blickten sie zu ihr auf, sagten aber nichts. Gaffende Hungerleider waren für sie offensichtlich alltäglich.

»Mich dünkt, Euch gefällt das Angebot der beiden kleinen Grazien. Bitte gestattet mir, Euch einzuladen.«

Neben Emerelle stand ein elegant gekleideter Elf, dessen goldblondes Haar von einem Stirnreif aus Silberstahl zurückgehalten wurde.

»Ihr zwei!« Er schnippte mit den Fingern und deutete auf die Koboldmädchen. »Serviert der Dame eure besten Kuchen. Nicht die alten. Nur welche, die frisch aus dem Ofen kommen und im Inneren noch warm sind.« Er warf ein Silberstück auf den Tresen. »Sie bekommt so viele Küchlein, wie sie essen mag.«

»Gerne, mein Prinz!« Das linke der beiden Koboldmädchen verbeugte sich und ließ mit einer geschickten Bewegung die

Münze in ihrer Schürze verschwinden, während ihre Freundin Emerelle einen Teller hinstellte und mit einer Holzzange mehrere Stücke Honiggebäck darauf platzierte.

Die Elfe überlegte, ob sie das Angebot ablehnen sollte. Da war etwas im Blick dieses Elfen, was ihr nicht gefiel. Er wirkte zu selbstgerecht. Er hatte nicht abgewartet, ob sie seine Einladung annehmen würde, sondern einfach für sie entschieden. Aber wenn sie jetzt Streit anfing, würde sie hungrig bleiben ... Außerdem hatte das Koboldmädchen ihn Prinz genannt. War ihr eleganter Gönner tatsächlich der Sohn eines Königs? Seine Kleider kündeten von Reichtum ...

Heldenherz landete neben ihr auf der Theke und legte ein längliches Weizenkorn auf das polierte Holz. Emerelle nahm es und schob es sich in den Mund. Es schmeckte nicht sonderlich, als sie es zwischen den Backenzähnen zermalmte. Der Kleine hatte in den letzten Tagen immer wieder versucht, sie zu füttern, als wäre sie sein Küken. Woran er erkannt hatte, dass sie immer hungrig war, war ihr nicht klar. Aber dass er sehr gelehrig war, stand außer Zweifel. Er hatte nur drei Tage gebraucht, um zu begreifen, dass sie sich für Würmer und Insekten einfach nicht begeistern konnte, ganz gleich, wie hungrig sie war, dafür aber alle Sorten Körner annahm.

Sie strich Heldenherz mit dem kleinen Finger über den Kopf, und er genoss es sichtlich, von ihr liebkost zu werden. »Danke, mein Held.«

»Man wird also Euer Held, wenn man Euch Weizenkörner kredenzt, meine Dame.«

Sie sah ihren Gönner argwöhnisch an. Er war in dunkles Grün gekleidet. Das ärmellose Wams prunkte mit goldenen Stickereien. Hose und Hemd waren von schlichter Eleganz. Die mittelbraunen Stiefel makellos, als wären sie eben erst geputzt worden. Sie reichten ihm bis über die Knie. Solche Stiefel brauchte man vielleicht im Wald, aber gewiss nicht in einer Stadt, dachte Emerelle verwundert.

»Gefällt Euch das Werk meines Schneiders, meine Dame? Soll ich Euch beide miteinander bekannt machen?«

Lag da ein Hauch von Spott in der Stimme des Elfen?

Emerelle beschloss, sich nicht länger mit Grübeleien aufzuhalten, nahm sich einen der klebrigen Kringel und biss herzhaft hinein. Ganz gleich, was dieser herausgeputzte Geck auch sagte, sie würde sich erst einmal den Bauch vollschlagen. Alles andere konnte warten.

Das Gebäck war köstlich, und tatsächlich war es noch warm. Es war so locker, dass es zerfiel, kaum dass es ihre Zunge berührte. Drei Bissen, und der erste Kringel war verschlungen. Genüsslich leckte sie sich den Honig von den Fingern.

Der Elf stand schmunzelnd neben ihr, sagte jedoch nichts mehr, und sie war dankbar dafür. Nach dem siebten Kringel hörte sie auf zu essen, packte aber noch fünf Küchlein in ihren Brotbeutel. Wenn sie eines in den letzten Tagen gelernt hatte, dann, dass die nächste Mahlzeit keine Selbstverständlichkeit war.

Die Koboldmädchen forderten keine weitere Münze. Wie viel war so ein Silberstück wert? Und was erwartete dieser *Prinz* nun von ihr?

»Noch Hunger?« Sein Lächeln war nicht nur höflich. Es lag stets etwas Forderndes, etwas Ironisches darin. In der Bibliothek hatte es zwei Bücher mit Liebesgeschichten gegeben. Sie hatte beide gelesen. Mit diesem Thema kannte sie sich aus. Und er verhielt sich nicht wie ein Elfenfürst, der das Minnespiel einleitete. Warum hatte er ihr das Essen geschenkt?

»Wollen wir ein Stück miteinander gehen?« Er bot ihr den Arm an, als wäre sie eine Hofdame. Das erschien ihr nun doch ein wenig gefährlich.

»Ich bin kein altes Weib. Ich muss nicht gestützt werden, wenn ich gehe.«

Er lachte. »Wie konnte ich nur auf eine so abwegige Idee kommen! Ohne euch zu nahe treten zu wollen, meine Schöne... Könnte es sein, dass Ihr im Wald aufgewachsen seid?«

»Warum fragt Ihr?« Sie gingen nebeneinander die Gasse entlang, und Emerelle fiel auf, dass niemand sie mehr anrempelte. Dem gut gekleideten Elfen wichen alle aus, die ihnen entgegenkamen. Sogar ein mürrischer Troll, der damit beschäftigt war, Weizensäcke von einem großen Karren zu laden, trat zur Seite, als er den *Prinzen* sah.

»Wegen Eures Vogels«, erklärte er leichthin. »Einen solchen Vogel habe ich noch nie gesehen. Die Hofdamen, die ich kenne, besitzen Lerchen und Nachtigallen, manchmal auch bunte Vögel aus den Mangroven des Waldmeers, die sogar sprechen lernen können. Aber einen solchen Vogel habe ich noch nie gesehen. Einen Vogel, der seine Dame füttert...«

Dieses verwegene Lächeln stand ihm gut, dachte Emerelle. Sie war sich nicht sicher, ob sie ihm glauben sollte, aber sie wollte es...

»Die Leute starren mich so an«, sagte sie leise.

»Das Schicksal schöner Frauen...«

»Ich habe den Eindruck, da kennt Ihr Euch aus.«

»Mir war es vergönnt, der einen oder anderen Dame zu Diensten zu sein«, entgegnete er unverbindlich.

Sie hätte ihn gern gefragt, was für Dienste das gewesen waren, war sich aber bewusst, dass sie mit einem Elfenfürsten nicht so frei reden durfte wie mit irgendwelchen Kobolden, die das Herz auf der Zunge trugen. Da war etwas an der Art, wie er sprach, was ihr seltsam vertraut und zugleich auch unheimlich war.

Die Gasse mündete in eine breite, von Zedern gesäumte Straße. Ehrfürchtig blickte sie zu den Häusern auf. Sie waren viel größer als unten am Hafen. Auch fiel hier nirgends der Putz von den Mauern. Viele waren weiß gestrichen und hatten schöne rote Dächer. Verspielte Erker mit Fenstern aus buntem Glas reckten sich ihr aus dem Mauerwerk entgegen. Manche der Villen besaßen kleine Türmchen, die einzig deshalb zu existieren schienen, weil sie hübsch aussahen.

»Ich sollte Euch reinen Wein einschenken, meine Dame.«

Überrascht sah sie ihn an. Was sollte das denn schon wieder heißen? Hier gab es doch noch gar keinen Wein, und sie würde sich auch hüten, welchen mit ihm zu trinken.

»Eure Schönheit steht gewiss an erster Stelle, wenn man Euch anschaut, doch ...« Er hüstelte. »Die meisten Elfendamen tragen ... längere Kleider oder Röcke, die zumindest bis über das Knie hinabreichen. Oder Hosen ... Nur mit einer Tunika angetan zu sein, die auch noch etwas knapp ausfällt, mag so manchen Schelm dazu verleiten, darüber nachzudenken, welche Kleidungsstücke euch noch fehlen mögen.«

»Ihr findet, ich sei nicht ausreichend bekleidet?« Erschrocken sah sie an sich hinab. Die Tunika reichte ihr bis fast zur Mitte der Oberschenkel.

Wieder lachte der Prinz. »Ich finde das ganz gewiss nicht. In diesen Dingen bin ich sehr aufgeschlossen. Doch es gibt da den einen oder anderen, der mit Freiheit nicht umgehen kann. Und sei es nur die Freiheit, die Garderobe zu wählen, die einem gefällt.«

Sie zupfte verlegen an der Tunika und versuchte, sie hinabzuziehen. Nun waren ihr die Blicke noch unangenehmer als zuvor.

»Kann es sein, dass Ihr eine lange Reise hattet und Ihr so manche Bequemlichkeiten entbehren musstet, die einer Dame wie Euch angemessen wären?«

Sie nickte. »Ja ... Es gab recht wenig zu essen.«

Sein Lächeln änderte sich. Er hatte die Augen halb zusammengekniffen. Zum ersten Mal wirkte es warmherzig. »Ich muss gestehen, einer Dame wie Euch bin ich noch nicht begegnet. Ihr seid erfrischend anders und von überwältigendem Charme. Darf ich es wagen, Euch nach Eurem Namen zu fragen? Ich heiße übrigens Falrach.«

»Emerelle«, entgegnete sie knapp.

»E-me-relle«, wiederholte er langsam, als wollte er jede Silbe auf der Zunge kosten. »Ein ungewöhnlicher Name für eine ungewöhnliche Frau.«

Auch wenn sie den Verdacht hatte, dass ihm Komplimente allzu leicht über die Lippen kamen, freute sie sich. *Eine ungewöhnliche Frau* war sie noch nie genannt worden.

Er deutete auf ein riesiges, von hohen Mauern umgebenes Gebäude, das am Ende der Straße lag. »Würdet Ihr mir die Freude machen, mich in meine bescheidenen Gemächer zu begleiten, Dame Emerelle?«

Das war es, was ihr unheimlich vorgekommen war. Dame Emerelle. Die gestelzte Art zu sprechen. Jetzt erinnerte sie sich, obwohl es viele Jahrzehnte zurücklag. So hatte der Dunkle mit ihrer Mutter gesprochen. Der Erstgeschlüpfte, die mächtigste der Himmelsschlangen, hatte sie immer respektvoll Dame Nandalee genannt. War dies vielleicht gar kein Elf … Wenn der Dunkle sie in der Alten Veste besucht hatte, war er stets in Elfengestalt erschienen. Und nun kam – wie aus dem Nichts – ein unbekannter Elf zu ihr, den alle mit Respekt behandelten …

»Was erschreckt Euch, meine Dame?«

»Es ist wohl etwas größer als einfach nur ein Haus …«

»Findet Ihr? Es ist stattlich, aber ich kenne eindrucksvollere Paläste. Fürst Brynell mag es eher ein wenig …« Er rang zum ersten Mal um ein Wort. »Schlicht«, sagte er schließlich nachdenklich. »Ich fürchte, anders kann man es nicht nennen. Werdet Ihr mich dennoch begleiten, meine Dame?«

Sie sah ihn an und dann wieder den Palast. »Ihr seid gar kein Prinz? Nicht einmal der Fürst?«

»Ihr schmeichelt mir, meine Liebe. Nein, ich bin zwar zumindest zur Hälfte von adligem Geblüt, doch in solchen Kreisen verkehre ich nur als Gast. Ich bleibe, solange ich einen Fürsten und seinen Hofstaat unterhalte, und dann ziehe ich weiter. Manchmal ein wenig plötzlich …« Er lächelte hintersinnig. »Doch das muss Euch nicht beunruhigen. An Brynells Hof bin ich wohlgelitten.«

Konnte sie ihm trauen? Sie würde auf der Hut bleiben. Aber die Verlockung, gut zu essen und wahrscheinlich endlich wieder in einem richtigen Bett zu schlafen, war zu groß.

Am Tor stand ein Elf in einem langen Kettenhemd Wache, und einige Kobolde saßen im Wachhaus daneben würfelnd beisammen.

Der Elf musterte sie mit abfälligem Blick. »Dieser Besuch wird der Herrin Glykera gewiss missfallen, Spielmeister«, bemerkte er mürrisch.

»Dann gehe ich davon aus, dass sie diese Nachricht auf Flügeln erreicht«, entgegnete Falrach spöttisch.

»Ich werde meinen Pflichten nachkommen.«

Die beiden maßen einander mit Blicken, dann nahm Falrach sie bei der Hand und ging mit Emerelle geradewegs auf die breite Treppe zu, die zu dem Portal des Palasts führte. Dieses Mal ließ sie ihn gewähren. Seine Hand war warm. Sie spürte die Schwielen. Er war mehr als nur ein Höfling, dachte sie. Es hatte gutgetan zu erleben, wie er sich, ohne zu zögern, für sie einsetzte, obwohl er sie kaum kannte.

»Was hat der gegen mich?«

»Wie ich schon sagte, meine Dame, Ihr seid ein wenig ungewöhnlich bekleidet, und man merkt, dass Ihr eine lange Reise ohne die Euch zustehenden Annehmlichkeiten hinter Euch habt.«

Jetzt begriff sie, was er meinte! »Wollt Ihr damit sagen, dass ich stinke?«

»Niemals hätte ich dieses Wort in Verbindung mit Euch benutzt. Wahr ist jedoch, dass die Geruchsnoten Eures Körpers ein wenig eindringlicher sind als bei Elfendamen üblich.«

Emerelle spürte, wie ihr das Blut in die Wangen schoss. »Das ist also die höfliche Variante von: Du stinkst.«

»Verwechselt Höflichkeit bitte nicht mit Lügen, meine Dame. Ich finde, der Duft, den Ihr verströmt, hat durchaus auch etwas Sinnliches.«

Sie wollte dieses Thema nicht weiter vertiefen und hatte das Gefühl, dass ihre Wangen gerade noch röter wurden.

Schweigend erklommen sie die Stufen zum Palasttor, das vor ihnen, wie von Geisterhand bewegt, aufschwang. Mit einem ängstlichen Laut landete Heldenherz in ihrem zerzausten Haar.

Sie gelangten in eine weite Eingangshalle, die Emerelle an die Weiße Halle erinnerte, nur dass hier alles peinlich sauber war und an den Wänden keine Schwerter hingen, und Falrach winkte sie zu der Treppe, die zu ihrer Linken zu einer Galerie hinaufführte. Ihre Schritte hallten von der hohen Deckenkuppel wider. Es war kühl im Palast. Kein Albenkind zeigte sich. Sie betraten einen langen Flur, der wie ausgestorben vor ihnen lag. Grelles Mittagslicht fiel durch große Fenster. Das Weiß der gegenüberliegenden Wand leuchtete so hell, dass es schmerzte, es anzusehen. Die Konturen weißer Türen verschmolzen mit dem flirrenden Licht.

»Fürst Brynell mag es, wie gesagt, schlicht«, erklärte Falrach beiläufig, als sie etwa die Hälfte des Flurs durchmessen hatten. »Hier.« Er öffnete eine der Türen. Schwülwarme Luft schlug ihnen entgegen. Sie betraten einen Raum, der Emerelle an das Bild einer Grotte erinnerte, das sie einmal gesehen hatte. Auch hier war alles in Weiß gehalten. Die Wände, die Naturstein nachahmten. Das weite Becken, das in den Boden eingelassen war. Nur einige bunte Glastiegel, die am Rand des Wasserbeckens standen, sowie die roten Rosen, die im dampfenden Wasser trieben, störten das makellose Weiß.

Falrach klatschte in die Hände. »Clodine!«

Eine junge Frau trat hinter einem Wandvorsprung hervor. Sie war etwas größer als Emerelle und weniger schlank, ohne füllig zu wirken. Das Haar trug sie hochgesteckt, sodass ihre seltsamen Ohren gut zu erkennen waren. Sie waren nicht schmal und spitz wie die Ohren von Elfen oder Kobolden, sondern erinnerten an Muscheln. Große, goldene Ringe zogen an den langen Ohrläppchen.

Das musste eine Damien sein, dachte Emerelle. Sie behaupteten von sich, das letzte Volk zu sein, das die Alben erschaffen hatten, was natürlich blanker Unsinn war, denn in den Elfen hatte sich die Schöpfung vervollkommnet. Die Damien waren ein Volk von Bauern und Handwerkern, die weit im Osten in Haiwanan und den anderen Königreichen entlang des Gelben Flusses lebten. Nur sehr selten verließen sie den Ort, an dem sie geboren worden waren. Was Clodine wohl hierher verschlagen hatte?

»Würdest du unserem Gast Emerelle behilflich sein, wenn sie ein Bad nimmt?«

Die Blicke, die Clodine mit Falrach tauschte, zeugten von einer Vertrautheit, die nicht zu dem Verhältnis von Herr und Dienerin passte. Und als die Damien sie ansah, gab sie sich keine Mühe, ihren Unwillen zu verbergen.

»Weiß die Herrin Glykera schon von dem neuen Gast?«

»Ich werde eilen und sie davon unterrichten«, entgegnete der Elf unverbindlich.

Clodine rümpfte die Nase. »So sei es. Braucht Ihr Hilfe, um Euer ... *Kleid* abzulegen?«

Emerelle versuchte, den herablassenden Tonfall der Dienerin zu ignorieren, öffnete den Schwertgurt und ließ ihn zu Boden sinken. Dann zog sie die Tunika und auch ihre Stiefel aus.

»Verbrennen sollte man diesen stinkenden Unrat«, murmelte die Damien gerade so laut, dass Emerelle es noch hören konnte. Die Dienerin trug ein makellos weißes Kleid, ärmellos und weit fallend. Ein Gürtel aus geprägtem Leder betonte ihre Hüften.

Die Elfe stieg ins Wasser. Es war wunderbar warm. Sie würde das Bad genießen.

»Ich werde das Wasser austauschen und überall nach Flöhen suchen müssen«, grummelte die Damien.

Das war selbst für Emerelle zu viel. Sie packte die Damien beim Handgelenk und zog sie an den Rand des Beckens. »Dort, wo ich herkomme, haben unfreundliche Dienerinnen gelegentlich einen Badeunfall. Das ist ein ganz und gar sauberer Tod. Das sollte dir gefallen, nicht wahr?«

»Verschätze dich nicht, du ...« Clodine brach ab. Ihre Augen weiteten sich vor Entsetzen. »Bitte verzeiht. Ich wusste nicht ...«

»Wie ich sehe, vertragt Ihr beide Euch hervorragend.« Falrach verneigte sich und bedachte Emerelle anschließend mit einem langen Blick. »Ich werde mich nun in meine Gemächer zurückziehen und das nächste Spiel mit dem Fürsten Brynell vorbereiten. Er möchte gern die Schlacht an der Brücke bei Wanu zu Beginn des Krieges um Nangog nachempfinden.«

Emerelle erinnerte sich, wie unangenehm es Aspix bei ihrer ersten Begegnung gewesen war, sie nackt zu sehen. Falrach schien das nicht im Mindesten zu stören. Unter Elfen schien es also durchaus weniger verkrampft zuzugehen als bei den scheinbar so lebensfrohen Kobolden.

Kaum dass der Spielmeister gegangen war, wurde Clodine noch ängstlicher, als fürchtete sie sich, mit Emerelle allein im Bad zu sein.

»Das mit den Badeunfällen war ein Scherz«, sagte Emerelle versöhnlich, lehnte sich im Wasser zurück und streckte die Arme auf dem Rand des Beckens aus.

»Ihr seid die Tochter des Geisterkönigs«, flüsterte Clodine. »Ich habe es an Euren Augen gesehen. Bitte verzeiht mir, Herrin.«

»Des Geisterkönigs? Ich bin eine Elfe. Wie kommst du darauf?«

»Eure Augen verraten alles, Herrin.« Die Dienerin flüsterte so leise, dass sie kaum noch zu verstehen war, und ihr zitterten die Hände, als sie begann, Emerelles Haare zu entwirren, zu waschen und mit Duftöl zu pflegen.

Emerelle verzichtete darauf, die Damien weiter zu bedrängen. Es war offensichtlich, dass sie vor Angst vor dem, was sie gesehen zu haben glaubte, völlig verwirrt war.

Nach dem Bad wickelte sich Emerelle in ein großes weißes Tuch, und Clodine führte sie über den verlassenen Flur zwei Türen weiter. Flüchtig klopfte die Damien an und suchte dann so schnell das Weite, als würde sie von einem Rudel Wölfe gehetzt.

Ohne auf eine Antwort zu warten, trat Emerelle ein. Falrach stand über einen Spieltisch gebeugt, der in rote und ockerfarbene Felder unterteilt war, auf denen schön geschnitzte Spielfiguren standen. Der Tisch erinnerte an einen Pfeiler. Er war nicht ganz einen Schritt hoch. Etwa ein Dutzend flacher Schubladen untergliederten seine Front. Sie reichten vom Boden bis unter das Spielfeld, das durch zwei seitlich ausklappbare Bretter auf mehr als das Doppelte der eigentlichen Tischplatte vergrößert war.

Falrach blickte flüchtig zu ihr auf und deutete auf das riesige Bett, das den Raum beherrschte. »Mach es dir bequem. Ich komme gleich …«

Das ließ sie sich nicht zweimal sagen. Dieses Bett war größer als ihre Kammer auf dem Blauen Stern. Vermutlich sogar größer als ihre und Melianders Kammer zusammen. Selbst mehrere Trolle hätten in ihm bequem nebeneinanderliegen können. Nie hätte sie gedacht, dass Betten so groß sein könnten.

Sie wickelte sich aus dem feuchten Handtuch, warf es über die Lehne eines Ledersessels, schlug die Decke zurück und ließ sich auf das schneeweiße Laken fallen. Kühl und seidig schmiegte es sich an ihre Haut, während sie ein wenig in der Matratze versank. Nie zuvor hatte sie so weich gelegen.

Falrach blickte von seinem Spieltisch auf. »Erstaunlich, wie viel Schönheit unter dem Staub der Reise und Eurem ... ungewöhnlichen Kleid verborgen lag.« Er nahm den Stirnreif ab und schüttelte sein langes Haar.

Emerelle hatte den Eindruck, dass dies eine wohl einstudierte Geste war. Er war ein attraktiver Mann. Er knöpfte seine Weste auf und setzte sich neben sie auf das Bett. Als er seine Hand auf ihr Bein legte, zuckte sie zurück.

»Seid Ihr auch in diesen Dingen unerfahren, meine Dame?«, fragte er freundlich.

»Welchen Dingen?« In ihr keimte ein Verdacht auf, was er meinte.

»Das Liebesspiel ist das Schönste, was man einander schenken kann. Nichts gleicht der Erfüllung, die es verheißt. Auch wenn das Glück meist nur Augenblicke währt.« Er sah sie aus melancholischen grauen Augen an.

In den beiden Büchern, die sie kannte, war die Liebe stets auf die Probe gestellt worden. Das hier ging entschieden zu schnell. Falrach musste doch wissen, dass sich eine Jungfrau nicht einfach so hingab. »Ich ... bin müde.«

Er hob die Brauen. »Mir scheint, ich habe Euch missverstanden, meine Dame.« Er stand wieder auf. »Ihr geht freizügig mit Eurer Nacktheit um. Bitte entschuldigt, wenn ich das irrtümlich als eine Einladung verstanden habe.«

»Nur weil ich nackt in Eurem Bett liege, glaubt Ihr, dass ich Euch zum Beischlaf einlade?« Sie zog die Decke über sich.

Falrach lachte, doch es klang nicht spöttisch. »Ich wüsste wirklich gern, wo Ihr aufgewachsen seid, Dame Emerelle. Ich gestehe, das Schicksal meinte es gnädig mit mir und ich habe schon viele erfreuliche Bekanntschaften gemacht. Ihr seid nicht die erste Frau, die nackt in meinem Bett liegt, doch seid Ihr die erste, die erstaunt ist, dass solch ein Anblick gewisse Erwartungen weckt.«

»Ich weiß ja nicht, wo Ihr aufgewachsen seid, aber dort, wo ich herkomme, ist Nacktheit ein natürlicher Zustand, den niemand als Einladung missverstehen würde, und deshalb ...«

»Ich hoffe, Ihr werdet mich eines Tages an diesen Ort einladen, meine Dame.« Er nahm den Stirnreif und schob ihn in sein Haar. »Doch nun entschuldigt mich bitte. Meine Pflichten bei Hof verlangen nach mir.«

Bei der Tür blieb er kurz stehen. »Ich werde Clodine mit einem Kleid für Euch schicken, meine Dame. Ihr solltet ihr dann auch sagen, was Ihr zu Abend zu essen wünscht. Ich überlasse Euch das Zimmer für die Nacht. Bitte entschuldigt, wenn der Eindruck entstanden ist, dass ich Euch bedrängen wollte.«

Emerelle öffnete den Mund, ohne ein Wort herauszubringen. Sie hatte keinesfalls von ihm betatscht werden, ihn aber auch nicht vertreiben wollen.

Die Tür schloss sich hinter Falrach, und Emerelle fühlte sich entsetzlich verloren in dem riesigen Bett.

Der Morgen danach

Emerelle hatte schlecht geschlafen. Das verdammte Bett war zu weich. Schließlich hatte sie sich ein Lager auf dem Fußboden bereitet. Viel besser war das aber auch nicht. Womöglich hatte sie auch zu viel gegessen. Sie betrachtete all die Teller, die auf dem Boden standen. Immer wieder hatte sie Clodine in die Küche geschickt, um neue Speisen herbeizuholen. Es war unglaublich, was es alles zu essen gab. Sie hatte ihr jeden Wunsch erfüllt, selbst als klar war, dass Emerelle diese Mengen niemals würde verspeisen können.

Heldenherz hockte in einer flachen Schale voll Wasser und putzte sich ausgelassen. Wie sie hatte ihn der Gesang der Vögel geweckt. Draußen zeigte sich gerade ein erster Silberstreif am Horizont. Im Palast war alles still. Aber was bedeutete das schon? Gestern hatte sie ja auch nichts gehört. Wie konnten in solch gewaltigen Räumlichkeiten nur derart wenige Albenkinder leben? Warum baute man so?

Missmutig sah sie sich das Kleid an, das Clodine ihr gebracht hatte. Es war weiß wie das Gewand der Dienerin, obschon aus einem kostbareren Stoff gefertigt. Emerelle strich mit der Hand darüber. Es war hauchzart. Wenn sie es anlegte, würde es ihr bis zu den Knöcheln reichen. Aber es war zu eng. Es würde sie zwingen, wie eine Maus zu tippeln. Sie sollte einen Schlitz hineinschneiden.

Ihre Tunika hatte Clodine wohl verschwinden lassen. Ihr Schwertgurt hing über einer Stuhllehne. Aber auch ihre Stiefel fehlten. Stattdessen stand ein Paar Sandaletten vor dem Bett, das ganz gewiss nicht für einen Marsch durch Wälder taugte.

Neugierig blickte sie zu den großen, abgestoßenen Truhen, die neben der Tür aufgereiht standen. Falrach schien genug Garderobe zu besitzen, um die Einwohner eines mittelgroßen Dorfes einzukleiden. Vielleicht war ja etwas für sie dabei?

»Was meinst du, soll ich mich an seinen Sachen bedienen?«, fragte sie Heldenherz.

Die Misteldrossel legte den Kopf schräg und tschirpte leise.

»Ich nehme das mal als Zustimmung.«

Gut gelaunt schlug sie den Deckel der ersten Truhe auf. Nach Falrachs überstürztem Aufbruch hatte sie den Spielmeister nicht mehr zu sehen bekommen. Und so, wie sie ihn einschätzte, würde er ganz gewiss nicht mit dem ersten Morgenlicht aufstehen. Er würde sie bestimmt nicht überraschen.

Eifrig wühlte sie in den ordentlich gefalteten Kleidern und verteilte alles, was sie sich genauer ansehen wollte, in einem weiten Halbkreis um die Truhe herum. Schließlich fand sie eine nachtblaue Hose, deren Bund mit einer silbernen, mit schweren Troddeln behangenen Bauchbinde zusammengezogen werden konnte. Sie war ihr zwar zu weit, aber die Bauchbinde sorgte dafür, dass ihr die Hose nicht von den Hüften fiel. Sie krempelte die Hosenbeine hoch und war mit dem Ergebnis zufrieden. Zu der Hose wählte sie ein leuchtend gelbes Hemd, das ihr bis zur Mitte der Oberschenkel reichte. Ihr gefiel die Farbe.

Probeweise ging sie in ihren neuen Kleidern im Zimmer auf und ab. Sie konnte sich ganz gut darin bewegen. Auf jeden Fall besser als in dem Kleid, das sie zu einer tippelnden Maus gemacht hätte.

In einer anderen Truhe fand sie eine erstaunliche Auswahl an

Stiefeln, Schuhen und Sandalen. Sie wählte ein Paar Stiefel mit brauner Jagdstulpe, die ihr so gut passten, dass sie Falrach eigentlich zu klein sein mussten, und behielt sie an.

Nachdem sie nach ihrem Geschmack gekleidet war, suchte sie sich unter den Resten des Abendessens ein Frühstück zusammen: kalten Braten, dazu eine sämige dunkle Soße und Brot, das leider nicht mehr knusprig war.

Sie fütterte Heldenherz mit kleinen Bratenstücken, die er gierig verschlang, als auf dem Flur eilige Schritte zu hören waren. Im nächsten Augenblick flog die Tür auf.

Falrach wirkte zerzaust. Sein Haarreif fehlte, sein Hemd war nicht zugeknöpft, aber er schenkte ihr ein strahlendes Lächeln. »Gut, dass Ihr schon angekleidet seid, meine Dame. Ungewöhnliche Wahl ... Aber besser als nackt. Ihr solltet Euer Schwert umgürten.«

Er klappte den flachen Deckel der ersten Truhe zu, schob sie vor die Tür und ging zur nächsten Truhe. »Könntet Ihr mir hier zur Hand gehen?«

»Was ...«

»Ich erkläre das später.« Er griff nach der zweiten Truhe und zerrte sie in Richtung Tür.

Emerelle packte sie am anderen Griff und half, sie hochzuwuchten.

Falrach nickte. »Das sollte sie ein wenig aufhalten.« Er eilte zum Spieltisch, zog eine der Schubladen auf und verstaute darin hastig die Spielfiguren, die auf dem Brett standen. Dann klappte er die seitlichen Bretter ein und schob sie unter die Tischplatte.

»Wen denn aufhalten?«

»Die Leibwachen des Fürsten Brynell. Mich wundert, dass sie noch nicht hier sind. Aber lange wird es nicht mehr dauern. Sicher hat man Glykera schon gefesselt in ihrem Bett gefunden. Ihr tyrannischer Mann sorgt dafür, dass sie stets beim ersten

Morgenlicht von einer unleidlichen, fetten Koboldin geweckt wird. Meistens liegt er nicht an ihrer Seite. Ihn reißt also gewöhnlich niemand aus dem tiefsten Schlaf.«

Emerelle traute ihren Ohren nicht. »Die Fürstin liegt gefesselt in ihrem Bett?«

Falrach hastete zu der Truhe mit den Stiefeln und holte zwei breite Lederriemen hervor. »Das ist das Beste für sie …«

»Bei den Alben, was habt Ihr getan?«

Er sah sie überrascht an. »Nichts, was sie nicht gewollt hätte. Glykera war sehr erleichtert, als ich ihr erklärt habe, dass Ihr meine Schwester seid. Und als der Abend voranschritt und der Fürst sich wieder einmal mit anderen Damen vergnügte, kam eins zum anderen …« Er kniete sich neben den Spieltisch und zog die Lederriemen durch Ösen, die Emerelle zuvor gar nicht aufgefallen waren.

»Und zuletzt lag die Fürstin gefesselt in ihrem eigenen Bett?«

Falrach blickte verärgert zu ihr auf. »Was denkt Ihr eigentlich von mir? Dass ich nicht weiß, wie man sich einer Dame gegenüber zu verhalten hat? Das geschah natürlich zu ihrem Schutz. So wird jeder bei Hof glauben können, dass ich ihr Gewalt angetan habe, und selbst Brynell, der es besser weiß, wird sich hüten, eine andere Geschichte zu erzählen, wenn er sich nicht zum Gespött der ganzen Stadt machen will.«

Emerelle verstand gar nichts mehr. »Wieso sollte der Fürst es denn besser wissen?«

Falrach hob den Spieltisch an. Dabei schlang er die Arme durch die Lederriemen, sodass er den Tisch nun wie einen Rucksack auf dem Rücken trug. »Der Fürst kam mitten in der Nacht sturzbetrunken in Glykeras Schlafgemach und hat uns beide in einem wunderschönen, sehr intimen Augenblick gestört. Normalerweise kommt er nie in den Nächten, in denen er sich mit anderen Hofdamen vergnügt. Als er begann, mich und

Glykera mit sehr unpassenden Worten zu bedenken, kam es zu Handgreiflichkeiten. Ich habe ihn niedergeschlagen, geknebelt und unter das Bett geschoben.«

»Und dann seid Ihr geflohen?« Emerelle war begeistert. Das hörte sich an wie eine Geschichte aus eben jenen Büchern, die Gylla immer als üblen Schund gegeißelt hatte. Sie hätte sich niemals träumen lassen, selbst je in ein solches Abenteuer verstrickt zu werden.

»Natürlich bin ich nicht geflohen! Was wäre ich für ein Liebhaber, wenn ich die Dame meines Herzens nicht nur dem Zorn ihres Gatten überließe, sondern auch noch flüchtete, bevor ich ihr Erfüllung schenken konnte. Das wäre doch …«

Emerelle hob abwehrend die Hände. Das war mehr, als sie hören wollte. »Mir ist egal, was Ihr getan habt. Macht Euch davon. Ich bleibe hier.«

Falrach holte ein Schwert aus den Tiefen einer seiner Kleidertruhen hervor. »Das wäre nicht sehr klug. Wie Ihr Euch gewiss vorstellen könnt, wird in allernächster Zukunft eine etwas angespannte Stimmung im Palast herrschen, und es wäre gut möglich, dass Brynell sich damit tröstet, meine Schwester köpfen zu lassen, wenn er meiner nicht habhaft wird.«

»Aber ich bin doch gar nicht Eure …«

»Ihr denkt doch nicht wirklich, dass Euch das jemand in dieser Lage glauben würde, meine Dame.«

»Aber es ist doch die Wahrheit«, entgegnete sie leise.

Auf dem Flur erschollen laute Rufe.

»Ich glaube, die Zeit zu gehen ist gekommen. Unsere kleine Barrikade wird sie nicht sonderlich lange aufhalten.« Falrach trat ans Fenster und blickte auf den Hof hinab. Er lächelte breit. »Eigentlich ist Fürst Brynell ein bewundernswert kühler Kopf, aber wenn es um Bettgeschichten geht, scheint er nicht besser als die anderen zu sein. Keine Wachen auf dem Hof.

Seid Ihr bereit zu springen, meine Dame?« Er öffnete das große Fenster.

Jemand drückte die Türklinke herunter. Als die Tür nicht aufschwang, knallte etwas gegen das Türblatt. »Ich werde dein Gemächt an die Möwen verfüttern, und du wirst ihnen zusehen, wie sie es verschlingen, du ruchloser Bastard!«

Falrach stieg auf die Fensterbank und streckte Emerelle die Hand hin. »Man hätte Brynell nicht den Knebel aus dem Mund ziehen sollen. Ich bitte um Entschuldigung, dass Ihr das zu hören bekommen müsst, meine Dame.«

Emerelle ergriff ihr Schwert und beeilte sich, auf die Fensterbank zu kommen.

Wieder prallte etwas Schweres gegen die Tür, und die Kleidertruhen wurden um einige Zoll ins Zimmer geschoben. Noch ein oder zwei weitere Stöße, und die Barrikade wäre überwunden.

Emerelle war fasziniert und fassungslos zugleich. War dies ein wilder Traum, oder geschah es wirklich?

»Los jetzt!« Falrach nahm ihre Hand. »Bereit?«

Ohne ihre Antwort abzuwarten, sprang er in den Hof hinab und zog sie mit sich.

»Heldenherz?«, rief sie, als sie hart auf dem Pflaster landete. Hoffentlich versuchte der Kleine nicht, die Verfolger aufzuhalten.

»Der wird schon kommen.« Falrach hielt sie immer noch bei der Hand. »Nutzen wir unseren Vorsprung.«

Die Elfe sah zum Fenster hinauf, das vier Schritt über ihnen lag. Mehrere Kobolde mit Armbrüsten erschienen in der Öffnung. Über ihre Köpfe hinweg flog die Misteldrossel aus dem Schlafgemach.

»Euer Kleiner weiß, wann es besser ist, sich auf seine Flügel zu verlassen. Und Ihr solltet nicht geradeaus laufen.« Falrach ließ sie los, machte ein paar Schritte, schlug einen Haken, lief weiter und schlug wieder einen Haken. »Kommt!«

Ein Armbrustbolzen schlug in den Tisch auf seinem Rücken ein. Ein zweiter verfehlte sie so knapp, dass sie den Luftzug am linken Ohr spürte.

Emerelle begann zu laufen. »Ich hoffe, diese Liebesnacht war all das hier wert!«

»War sie«, entgegnete Falrach knapp und bog um die Ecke. »Seht nur, die Wachen vom Haupttor sind in den Palast geeilt, als Alarm geschlagen wurde. Wir werden mit Leichtigkeit in die Stadt entkommen.«

»Wenn Heldenherz etwas wegen Eurer dummdreisten Liebesabenteuer geschieht, werde ich Euch das niemals verzeihen.«

»Aber Ihr habt uns beide doch in diese Lage gebracht!«, rief Falrach entrüstet, als sie dem Tor in der Mauer entgegeneilten.

»Ich habe Euch in das Bett der Fürstin getrieben?«

»Natürlich! Ihr wart die erste Dame, die mich abgewiesen hat. Ihr könnt Euch gar nicht vorstellen, wie niedergeschlagen ich war. Ich dachte, ich hätte meinen Zauber verloren, dem bisher noch jede Frau erlegen ist, die ich ...«

»Ich bin schuld?«

»In gewisser Weise. Ihr könnt Euch nicht vorstellen, wie erleichtert ich war, als Glykera sich für meinen Charme empfänglich zeigte und ...« Er blieb abrupt stehen. »Das ist nicht gut.«

Aus dem Wachhaus beim Tor stürmten sechs Kobolde, die Armbrüste im Anschlag.

Das Schöne an Orten, an denen es stinkt

Überrumpelt von dieser fremden Welt, rief Emerelle ein Wort der Macht. Sie wusste nur zu gut, dass es einen Preis hatte, immer wieder die Gesetze der Welt außer Kraft zu setzen. Gyllas Warnungen waren eindringlich gewesen. Aber wenn ihr kein anderer Ausweg einfiel ...

Sie setzte sich in Bewegung und zog ihren Dolch. Schon flogen ihr die ersten Armbrustbolzen entgegen. Deutlich sah sie die dunklen Striche in der Luft. Sie konzentrierte sich, riss mehr Magie an sich und wurde schneller.

Unendlich langsam drehte sich unterdessen Falrach, damit der Tisch auf seinem Rücken die Geschosse abhielt. Schleppte er ihn deshalb mit sich herum? Wie verrückt musste man sein, um sein Entkommen zu riskieren, indem man sich eine solche Last aufbürdete?

Emerelle erreichte den ersten Kobold. Der kleine Krieger hatte die Armbrust gen Boden gerichtet. Die Sehne war im Spannhaken an seinem Gürtel eingerastet. Gleich würde er einen Fuß in den Spannschuh stellen, die Waffe hinabdrücken und so erneut spannen.

Ihr Dolch sauste nieder. Mit einem präzisen Schnitt durchtrennte die Elfe die Sehne und verpasste dem Kobold einen heftigen Stoß, der ihn zurücktaumeln ließ. Wie eine Tänzerin wirbelte sie zwischen den Schützen hindurch, zerschnitt alle Sehnen, riss ihnen die Bolzen aus den Säcken an ihren Gürteln und warf sie auf das Dach des Wachhauses.

Ihre Entsetzensschreie waren nur ein lang gedehntes Kreischen in ihren Ohren.

Die Elfe eilte zurück zu Falrach. Bevor sie ihn erreichte, ließ sie von dem Zauber ab, den sie gewoben hatte. Hätte sie den Spielmeister so gepackt, um ihn mit sich zu ziehen, sie hätte ihm den Arm ausgerenkt.

»Was …« Er starrte auf die Kobolde, die gerade begannen, sich aufzurappeln. »Wie machst du das?«

War es der Gefahr geschuldet, oder zeugte es von plötzlichem Respekt, dass er auf die bisherige übertrieben förmliche Anrede verzichtete?

Vielleicht lag es auch einfach daran, dass er seine Maske hatte fallen lassen und nicht mehr den schmeichlerischen Höfling spielte. Er war ein Scharlatan, womöglich auch ein Dieb und Betrüger, doch es kam Emerelle durchaus gelegen, dass sie sich nicht länger bemühen musste, sich genauso gestelzt auszudrücken wie er.

»Darüber reden wir später.« Sie ergriff seine Hand, zog ihn mit sich, und ohne auf weiteren Widerstand zu stoßen, eilten sie durch das Tor und dann die Prachtstraße hinab, die zum Palast führte.

Dank der frühen Stunde waren nicht viele Albenkinder unterwegs. Einige sahen ihnen verwundert nach, doch machte niemand Anstalten, sie aufzuhalten.

Hörner erklangen vom Fürstenhof her, gefolgt von einem leisen metallischen Geräusch.

»Seine Elfenreiter preschen los«, bemerkte Falrach. »Sie kommen aus dem Seitentor bei den Stallungen, aber sie werden nicht lange brauchen, bis sie hier sind. Die Kobolde wird er gewiss neuerlich auf uns hetzen, und binnen einer Stunde wird sich auch jeder verdammte Söldner in der Stadt nach uns umsehen, weil er sich das Kopfgeld verdienen will.«

Emerelle war schockiert. Schon wieder Kopfjäger! Und alles nur, weil dieser verdammte Hurenbock ausgerechnet der Fürstin nachsteigen musste.

»Wir sollten untertauchen!« Falrach bedeutete ihr, ihm zu folgen, und bog unauffällig in eine Seitengasse ab. »Keine Sorge, ich erlebe das nicht zum ersten Mal. Ich weiß, wie man seinen Kopf aus der Schlinge zieht.«

Daran hatte sie nicht den geringsten Zweifel. Und genauso zweifelsfrei stand für sie fest, dass sie Falrach bei der ersten Gelegenheit verlassen würde. Mit ihm würde sie nichts als Ärger erleben.

»Diese Reiter sind üble Hunde. Sie werden sich einen Spaß daraus machen, uns wie Jagdwild durch die Straßen zu hetzen, wenn sie uns erst einmal entdeckt haben.«

Die Gasse, in die sie eingebogen waren, führte steil bergab. Wäsche hing an Leinen, die kreuz und quer zwischen den Häusern gespannt waren, deren obere Stockwerke sich einander zuneigten, als wollten sie über die Geheimnisse ihrer Bewohner tuscheln. Der Himmel über ihnen war nur noch eine schmale Linie. Die Welt ein Ort aus unverputzten hellbraunen Sandsteinquadern. Mitten in der Gasse floss durch eine offene Rinne Wasser von einem der Brunnen auf der Prachtstraße.

»Los!«, drängte Falrach sie, als sie das zügig dahinströmende künstliche Bächlein betrachtete. »Wir haben es gleich geschafft!«

Sie fragte sich, ob er in einem der Wohnhäuser Zuflucht suchen wollte, und beeilte sich, um mit ihm Schritt zu halten. Trotz des schweren Spieltischs, den er trug, schien er nicht zu ermüden. Er war zäher, als sie erwartet hatte.

»Hierher!« Die Gasse mündete auf einen kleinen, von einem

Brunnen beherrschten Platz. Falrach schob ein großes, dreckverkrustetes Gitter am Fuß der Brunnenmauer zu Seite, durch welches das überfließende Brunnenwasser verschwand. Allerdings mündete auch die Abwasserrinne, in welche die Nachttöpfe der anliegenden Häuser entleert wurden, in diesen weiten Schacht, aus dem ein übler Gestank aufstieg.

»Komm. Hier werden wir vorerst sicher sein.«

Emerelle schüttelte den Kopf. Sie blickte die enge Gasse hinauf. Hinter manchen der Fenster sah sie neugierige Gesichter. »Wir werden beobachtet. Die werden unseren Verfolgern sagen, wo wir sind.«

»Natürlich werden sie das«, bekräftigte Falrach. »Schließlich wollen sie nicht den Zorn ihres Fürsten auf sich ziehen. Aber das Schöne an Orten, an denen es stinkt, ist, dass uns dorthin keine anderen Elfen folgen werden. Die werden nach Kobolden oder größer gewachsenen Handlangern schicken, um uns dort unten zu suchen. Dadurch gewinnen wir Zeit!« Ohne zu zögern, sprang er in den Schacht hinab.

Sie hörte, wie es platschte und er vor Schmerz aufstöhnte. Als sie in den Schacht hinabblickte, schnallte er den Tisch von seinem Rücken, stieg darauf und streckte ihr die Arme entgegen. »Komm, spring!«

Irgendwo hinter den Häusern erscholl der Ruf der Jagdhörner. Sie setzte sich hin, schwang die Beine über den Schachtrand und ließ sich fallen.

Falrach fing sie mit den Armen auf. Sie versuchte, die bräunlichen Spritzer in seinem Gesicht zu ignorieren und auch die Tatsache, dass er bereits genauso übel stank wie die Kloake, in die sie sich begeben hatten.

»Steig auf meine Schultern und zieh das Gitter über uns zu. Dann werden unsere Häscher noch ein wenig länger brauchen, um unsere Spur wiederaufzunehmen.«

»Warum? Ich dachte, die Anwohner würden uns verraten ...«

Der Spielmeister nickte. »Das werden sie. Aber erst, wenn sie gefragt werden. Es sei denn, die Bewohner dieser Gasse wären ganz anders als all die anderen armen Schlucker, die ich bisher kennengelernt habe. Die lieben ihren Elfenfürsten nicht. Sie werden sich nicht offen gegen Brynell stellen, aber sie werden ihm und seinen Häschern nur gerade so viel sagen wie eben nötig.« Der Spielmeister half ihr auf seine Schultern. Emerelle konnte so gut an das Gitter gelangen. Vorsichtig zog sie es wieder zu. Dann glitt sie an ihm hinab auf die Platte des Spieltischs, die gerade groß genug war, dass sie nebeneinander stehen konnten. Sie zögerte, weiter auf den schlammigen Grund der Kloake hinabzusteigen.

Falrach lachte leise. »Da musst du wohl durch.« Er ließ sich geschmeidig auf der Tischplatte nieder und glitt dann hinab. »Na los.« Er nickte zu dem niedrigen Tunnel, der aus dem Schacht mit leichtem Gefälle in Richtung Küste führte.

Emerelle hielt den Atem an, dann stieg auch sie von dem Tisch herab, spürte unter ihren Füßen eine weiche, schlammige Schicht über festem Grund. Der Boden war schlüpfrig. Sie betrachtete den Abwasserkanal, dem sie folgen würden. Er war aus dem gewachsenen Fels herausgeschlagen, die Wände kaum geglättet. Bis über ihre Knie hinauf hafteten eingetrockneter Schlamm und Fäkalien an dem Gestein. Durch den Schacht lief unablässig das überschüssige Brunnenwasser herab. An der gegenüberliegenden Wand, wo die offene Abwasserrinne einmündete, floss eine zähere Brühe.

Falrach ging in die Hocke und schob die Arme durch die Tragriemen seines Tischs. »Dort entlang. Das ist der kürzeste Weg«, erklärte er mit einer Sicherheit, als kennte er diesen Teil der Stadt genauso gut wie die Prachtstraßen und Gassen über ihnen.

Emerelle folgte ihm ins stinkende Zwielicht. Etwa alle fünfzig Schritt endete ein neuer Schacht in dem Kanal, und das Abwasser, das zunächst nur knöchelhoch durch die Kloake geflossen war, reichte ihnen schon bald bis zur Wadenmitte.

Schließlich erreichten sie eine große, runde Felskaverne, in die sich der Schmutz aus neun großen Abwassertunneln ergoss, um dann links von ihnen in einem breiten Strom abzufließen. Die Luft war erfüllt vom Summen Hunderter metallisch schillernder Schmeißfliegen. Emerelle, die sich bisher bemüht hatte, flach durch den Mund zu atmen, musste würgen. Der Gestank hier übertraf alles, was sie sich hatte vorstellen können.

In dem Sammelbecken trieben Tierkadaver und große Äste, halb verrottete Blätter und alles Erdenkliche an Fäkalien. Aber immerhin führte ein gemauerter Weg rings um das Abwasserbecken.

»Wir müssen dorthin.« Falrach deutete auf einen Tunnel rechts von ihnen. Dann stieg er in das Becken und versank bis zur Brust im schleimigen Wasser.

Emerelle keuchte auf vor Entsetzen, als sie sah, wie der Spielmeister, mit den Armen rudernd, um sein Gleichgewicht rang. »Bist du verrückt? Warum nimmst du nicht den Weg?«

Er drehte sich um, und zum ersten Mal wirkte er enttäuscht. »Damit man unseren Spuren folgen kann?«, fragte er vorwurfsvoll. »Irgendwann kommen sie mit Bluthunden und Fährtenlesern hier hinunter. Wir müssen durch das Wasser waten. Am Ende unseres Weges erwarten uns Albenkinder, die uns helfen werden. Wir sind es ihnen schuldig, sie Fürst Brynell nicht ans Messer zu liefern. Jetzt hab dich nicht so. Steig ins Wasser.« Er lächelte verschmitzt. »Es stinkt, aber ich habe auch eine gute Nachricht für dich: Es ist annähernd körperwarm.«

Emerelle konnte sich nicht überwinden. Diese widerliche Brühe… Sie starrte auf den aufgedunsenen Kadaver eines toten

Hundes, der sich in dem Gitter vor dem Abfluss des Beckens verfangen hatte. Seine Beine standen steif wie Stöcke vom Leib ab.

Falrach sah zu ihr hoch. Erst fordernd, dann zunehmend verwundert. Schließlich sagte er: »Wenn du nicht mitkommst, ist das deine Sache. Aber wenn du schon den Weg benutzen musst, nimm nicht den Tunnel, durch den ich gehe! Untersteh dich, meine Freunde in Gefahr zu bringen!« Er wandte sich ab, stemmte sich gegen die Strömung und stapfte durch die unterirdische Kloake.

Emerelle kaute auf ihrer Unterlippe. Diese Brühe ... Immer wieder sah sie vor ihrem geistigen Auge, wie sie auf dem schlammigen Untergrund ausglitt und mit dem Kopf untertauchte. Sie konnte unmöglich ... Aber hier allein zurückzubleiben ...

Sie sah sich die anderen Zuflüsse an. Welchen Weg sollte sie nehmen? Würden die Bluthunde sie aufspüren? Falrach klang so überzeugt ...

Der Spielmeister hatte seinen Ausstieg erreicht. Zwei Mal rutschte er ab, als er inmitten des Zuflusses versuchte, sich auf den gemauerten Weg vor dem Zufluss hinaufzuziehen. Das Abwasser strömte über den Weg hinweg und spritzte ihm mitten in Gesicht.

Er fluchte nicht, stürzte ein drittes Mal zurück, gleich darauf ein viertes Mal. Doch er ignorierte seinen Misserfolg und machte einfach weiter, als müsste er es nur oft genug versuchen, um es ganz sicher zu schaffen. Er sah nicht zu ihr zurück, weigerte sich aufzugeben, und zum ersten Mal empfand Emerelle Respekt vor ihm.

Dann fasste sie sich ein Herz und stieg in die Kloake hinab. Sie würden nur entkommen, wenn sie es gemeinsam versuchten.

Die Arme seitlich ausgestreckt, watete sie durch den Gestank. Sie war kleiner als Falrach, und das Abwasser reichte ihr bis zum Hals. Die Brühe drang in ihre Stiefel, füllte sie und bewegte sich ölig darin, während sie bei jedem Schritt knöcheltief in den

Morast unter ihren Sohlen einsank. Wenn sie weiterging, zerrte der Schlamm an ihren Stiefeln.

Sie hatte etwa die Mitte des Tümpels erreicht, da verlor sie ihren linken Stiefel. Als sie mit dem nackten Fuß nach ihm tastete, knickte er zur Seite. Es war aussichtslos, wieder hineinschlüpfen zu wollen.

Über ihr flog Heldenherz, der ihnen in die Kanäle gefolgt war, und sah verwundert auf sie herab. Emerelle wünschte sich, sie hätte auch Flügel. Der Misteldrossel schien der Gestank hier nichts auszumachen. Sie ließ sich auf dem Hundekadaver beim Abflussgitter nieder und pickte nach etwas, was die Elfe gar nicht genauer sehen wollte.

Falrach kämpfte noch immer darum, aus der Kloake zu steigen. Erschrocken fuhr er herum, als Emerelle ihn vorsichtig an der Schulter berührte. Sein Haar war von Unrat verklebt, sein Gesicht voller Schmutz. Aber seine Zähne blitzten makellos weiß, als er sie angrinste. »Ich wusste, dass du doch noch kommen würdest.«

Da wusstest du mehr als ich, dachte sie, sagte aber nichts. Wortlos verschränkte sie die Hände ineinander, stellte sich dicht an die Mauer und bot ihm einen Tritt. Er stützte eine Hand auf ihre Schulter, schob den rechten Fuß in ihre ineinander verschränkten Hände und stemmte sich hoch.

Einen Herzschlag lang glaubte sie, die Finger würden ihr ausgerenkt werden, so schwer war er. Dann fand er einen Halt, zog sich hoch und stand inmitten des Abwassers, das über den steinernen Weg am Beckenrand floss.

Galant bot er ihr die Hand und zog sie ohne Mühe zu sich hoch. »Es ist nicht mehr weit.«

Ohne in dem fließenden Dreck eine Spur zu hinterlassen, traten sie von der Mauer in den Tunnel, der dahinter in den Fels führte.

Emerelle blickte zurück in die Kloake. Außer an den Zuflüssen lag überall eingetrockneter Schlamm auf dem Weg, der das Sammelbecken umrundete. Um ihre Spuren zu finden, hätte es hier, wenn sie den Weg benutzt hätten, keines Fährtensuchers bedurft.

Sie bückte sich und zog den verbliebenen Stiefel aus. Schon wollte sie ihn in einen der anderen Zuflüsse werfen, um eine falsche Fährte zu legen, als Falrach ihr in den Arm fiel. »Tu das nicht. Ohne den Stiefel können sie sich nicht einmal sicher sein, ob wir je hier waren.«

»Und was mache ich mit dem jetzt? Ein so von innen verdreckter Stiefel ... hat doch keinen Nutzen mehr.«

»Vielleicht wird ein Tag kommen, an dem wir das Leder so lange kochen, bis es weich genug ist, dass wir es kauen können«, sagte er in einem Tonfall, als wäre es ihm ernst damit.

Emerelle folgte ihm durch den Tunnel. Hier waren die Abstände zwischen den vergitterten Schächten viel weiter als in dem Kanal, durch den sie zur Kloake gekommen waren. »Wohin gehen wir?«

»Stadtrand«, erwiderte er knapp.

Bald war es nur noch ein zäher, stinkender Schlamm, durch den sie staksten. Wie etwas Lebendiges drückte er sich zwischen Emerelles Zehen hindurch, versuchte, sie festzuhalten, und gab lüstern schmatzende Laute von sich, wenn sich ein Fuß aus ihm löste.

Endlich blieb Falrach bei einem der Schächte stehen. »Da wären wir«, verkündete er und schnallte den Tisch von seinem Rücken.

Emerelle sah sich verwundert um. Nichts war hier auffällig anders als bei den anderen Schächten, an denen sie vorbeigekommen waren. Die Wand zu ihrer Linken war mit dicken Algenschichten bedeckt, durch die Wasser herabperlte. Am

Rand, wo weniger Wasser hingelangte, war der Algenbelag aufgeplatzt wie eine alte Lackschicht.

»Wo sind wir hier?«

»Beim Brunnen an der Echsenweide«, antwortete Falrach mit einer Sicherheit, als stünde der Name in tiefen Lettern in den Fels gegraben.

»Du warst schon mal hier?« Eigentlich konnte sie sich nicht vorstellen, dass der Spielmeister, den sie in Stadt und Palast nur prächtig gewandet gesehen hatte, heimlich durch Kanäle kroch.

Er grinste sie an, als hätte er ihre Gedanken gelesen. »Wird Zeit, dass wir dieses Drecksloch wieder verlassen.« Er stieg auf seinen Spieltisch und zog sie zu sich herauf. »Klettere mir wieder auf die Schultern, aber sieh dich erst um, bevor du das Eisengitter aufklappst.«

»Bin nicht blöd«, zischte sie und tat wie geheißen.

Sie musste das Gitter ein klein wenig anheben, um sich umzusehen. Der Schacht lag am Rand einer großen Wiese. Nicht weit entfernt lagerte eine ganze Herde riesiger Echsen. Die Tiere standen in einem lockeren Kreis um den Brunnen. Die meisten hatten der Wasserstelle ihr faltiges Hinterteil zugewandt und grasten. Einige beobachteten aber auch aufmerksam die Umgebung. Ihr Kopf endete in einem dicken Hornkragen, der wie ein Schild ihre Schultern schützte. Ihnen wuchsen ein kurzes Horn über der Nase und zwei armlange Stoßhörner über den Augen. Jungtiere tappten zwischen den aufmerksamen Alten umher. Daneben Esel und Maultiere. Fuchsköpfige Kobolde plauderten miteinander. Andere machten sich an den Lasten der ausgewachsenen Hornschildechsen zu schaffen. Die Echsen waren mit großen Binsenkörben behängt, die ihre Flanken bedeckten. Darüber erhob sich auf dem Rücken jedes der großen Tiere eine Plattform aus Bambusrohr, auf der kleine Zelte standen. Wohl die Unterkünfte der Kobolde. Strickleitern hingen von den

Plattformen. Keine zehn Schritt vom Brunnenschacht hatten die Kobolde eine Kette gebildet und reichten einander kleine Säcke weiter, bis sie ein etwas bulliger Kerl zu einer Koboldfrau hinaufwarf, die breitbeinig über einem der Lastkörbe balancierte.

Das waren Lutin! Das wandernde Koboldvolk, das alle Landstriche Albenmarks kannte. Jene, von denen Bullbox behauptet hatte, sie müssten wissen, wo die Fahrenden Ritter zu finden seien.

»Was siehst du?«, raunte Falrach. »Du wirst langsam ein bisschen schwer ...«

Emerelle drehte sich, um zu sehen, was es zum Brunnen hin zu entdecken gab, als sich ein kleiner roter Stiefel auf das Gitter senkte und es mit überraschender Kraft niedertrat, sodass sie es gerade noch schaffte, ihre Finger zurückzuziehen, bevor sie zwischen Gitter und Steineinfassung eingeklemmt wurden.

»Wer bist du denn?«, fragte eine schnarrende Stimme.

Hornschildechsen

»Wir sind entdeckt!« Emerelle sprang auf den Tisch hinab und griff nach ihrem Schwert.

Falrach blieb ganz ruhig. »Franja? Bist du das?«

»Wir haben uns vor langer Zeit darauf geeinigt, dass du uns mit deinen Weibergeschichten verschonst, Falrach. Du hast gegen unsere Verabredung verstoßen. Dieses Gitter wird sich nicht für dich öffnen. Soll Fürst Brynell dich bei den Eiern packen, um sie auf kleiner Flamme zu rösten.«

»Es ist nicht so, wie es aussieht ...«

»Ich bin keins von seinen Weibern!«, mischte sich Emerelle empört ein. »Er hat mir dieses Ungemach bereitet ...«

Ein Lachen ertönte über ihnen. »*Ungemach bereitet*«, ahmte die schnarrende Stimme sie nach. »Ich würde eher sagen, Falrach hat dich in die Scheiße geritten.«

»Franja, würdest du uns herauslassen, damit wir in Ruhe miteinander reden können? Du solltest dich hüten, die Dame Emerelle zu beleidigen. Nicht einmal ich wage es, mich ihr gegenüber zu ... galant zu verhalten. Sie ist eine Drachenelfe.«

Emerelle hörte, wie Franja die Nase hochzog. Darauf folgte ein kehliger Laut, und im nächsten Augenblick landete ein Flatschen Rotz neben ihnen auf dem Spieltisch. »Welch eine Dreistigkeit! Denkst du, ich wäre ein verschrecktes Kind, Meister der Lügen? Es gibt keine Drachenelfen mehr!«

»Tu es«, raunte Falrach ihr zu. »Wirk solch einen Zauber wie vorhin beim Tor. Wir müssen ihn beeindrucken, sonst wird der Dickkopf da oben eine Kette um das Gitter legen und uns hier unten den Bluthunden überlassen.«

»Es ist nicht gut, derlei Magie zu oft zu wirken, denn sie …«

»Ist es vielleicht gut, hier unten zu bleiben und auf eine Meute ausgehungerter Bestien zu warten?«, zischte der Elf sie an.

»Was palavert ihr da unten?«, rief Franja zu ihnen herab. »Verzieht euch! Ihr beide werdet uns keinen Ärger machen.«

»Zeig ihm, dass er sich irrt«, drängte Falrach sie leise. »Mach ihm Ärger. Aber verletze ihn nicht dabei.«

Emerelle gab ihr Zögern auf. Sie brannte darauf, sich zu bewähren. Auch wider alle Vernunft. Das magische Netz unterschied sich von allem anderen Zauberwerk, das existierte. Es hatte ein Bewusstsein. Zumindest war ihre Lehrerin Gylla davon überzeugt gewesen. Es behielt in Erinnerung, wer sich gegen es wandte.

Dennoch sprach sie das Wort der Macht aus, das es ihr erlaubte, ihren Zauber zu weben. Wieder dehnte sie den Lauf der Zeit für sich. Rasch stieg sie Falrach auf die Schultern, packte mit beiden Händen die rostigen Eisenstangen. Sie änderte den Zauber ein wenig, stärkte die Kraft ihrer Arme, stieß das Gitter hoch und schnellte heraus.

Der Lutin wurde durch die Luft gewirbelt. Sie bekam ihn zu fassen, bevor er auf dem Boden aufschlug, stellte ihn vorsichtig auf die Beine und blickte ebenso erschrocken wie fasziniert in sein Fuchsgesicht. Er musste einen schrecklichen Kampf überlebt haben. Sein linkes Ohr war zu einem Drittel abgerissen, die ganze Gesichtshälfte von Narben zerfurcht, auf denen kein Fell mehr wachsen wollte, und von seinen Lefzen war auf der Seite nur ein zerfetzter dunkler Saum geblieben, sodass Zähne und Zahnfleisch offen lagen. Es sah wahrhaft zum Fürchten aus.

Emerelle löste ihren Zauber, und sofort griff der Lutin nach dem Dolch an seinem Gürtel und sah sie mit geweiteten Augen an. »Bist du wirklich eine Drachenelfe?«

Emerelle entschloss sich, genauso frech und tollkühn wie Falrach zu sein. »Brauchst du weitere Beweise, Franja? Du weißt, was wir Drachenelfen zu tun vermögen.«

Der Lutin hob abwehrend die Hände. »Ich bin überzeugt. Ich ...«

»Und noch etwas, bevor sich Gerüchte verbreiten, die mich wirklich erzürnen würden.« Sie blickte so finster, wie sie Meliander angeschaut hatte, wenn er ihr zum hundertsten Mal die Schönheit von Bibliotheksnachmittagen hatte nahebringen wollen. »Ich bin nicht Falrachs neueste Affäre. Ich dulde ihn lediglich – aus Gründen, die dich nichts angehen – in meiner Nähe. Er reist mit mir.«

Franja nickte, aber sie glaubte einen Hauch von Zweifel in der Geste zu erkennen.

»Holt ihr mich irgendwann auch hoch?«, erklang es aus dem Schacht.

»Wir sollten uns in der Tat beeilen«, sagte der fuchsköpfige Kobold und rief einige der anderen Lutin mit Eseln und langen Seilen zu ihnen herüber.

Es dauerte nicht lange, und Falrach war samt seinem Spieltisch aus dem Schacht gezogen. Obwohl er ihn eben noch hatte davonjagen wollen, begrüßte Franja den Spielmeister nun per Handschlag. »Als ich die Jagdhörner im Morgengrauen hörte, dachte ich mir schon, dass du uns besuchen wirst. Ich hoffe, du kannst es dir leisten.« Er rieb die Kuppen von Daumen und Zeigefinger aneinander. »Wird ja dieses Mal ein wenig mehr Umstände machen«, sagte er mit einem Blick zu Emerelle. »Aber gehen wir erst einmal zum Brennstofflager hinter dem Brunnen.« Er bedachte Falrach mit einem verschwörerischen Lächeln. »Besser, man sieht uns nicht schon von Weitem.«

So also war das mit Freunden, dachte Emerelle verblüfft. Das Leben schien jeden Tag aufs Neue einen Preis zu haben, auch wenn in ganz unterschiedlicher Münze gezahlt wurde. Die Kobolde bei der Weißen Halle hatten sie arbeiten lassen, Fürst Brynell hatte erwartet, von Falrach mit Spielen unterhalten zu werden, und die Lutin verlangten wohl Gold. Das hatte sie aus all den Büchern, die sie gelesen hatte, nicht gelernt. Schweigend folgte sie Falrach und den Lutin.

Die Echsen oder ihr Lagerplatz verströmten einen leicht säuerlichen Geruch. Darunter mischte sich der Gestank kalter Kohlsuppe, frischer Wäsche und der unaussprechliche Duft, der Falrach und ihr nach ihrer Flucht durch die Kanäle anhaftete. Sie würde einen Beutel voll Gold für ein Bad, wie sie es im Palast des Fürsten genossen hatte, geben, dachte sie bedrückt. Sie blickte sich um. Solchen Luxus würde sie hier bei den Lutin ganz gewiss nicht finden. Ob sie ihn jemals wieder erleben würde? Was Essen anging, war sie nicht anspruchsvoll, aber ein Bad in warmem Wasser ... Sie seufzte bei der Erinnerung.

Franja brachte sie in ein schmutziges, großes Zelt am Rand des Lagers, in dem sich große Säcke aus grobem Leinen stapelten, die einen Duft verströmten, als wären sie mit Pferdeäpfeln gefüllt. Ob er das wohl tat, fragte sich Emerelle, weil sie so übel nach den Fäkalien des Abwasserkanals stanken?

Der Lutin forderte sie mit einer Geste auf, auf einem abgewetzten Teppich Platz zu nehmen. Die Elfe musterte ihren Gastgeber misstrauisch. Die Lutin hatten keinen guten Leumund, aber möglicherweise sollte sie ihrem Buchwissen in der Hinsicht nicht zu sehr vertrauen. Die Welt, auf die sie hinabgesprungen war, war ganz anders als jene, über die in der Bibliothek berichtet wurde.

Der Kobold trug zu seinen roten Stiefeln eine weite schwarze Pumphose. Seine weiße Tunika reichte ihm bis über die Oberschenkel. Statt eines Gürtels hatte er sich eine Schärpe um die Hüften geschlungen, so wie auch Sata, die heimliche Herrin des Blauen Sterns, es gern getan hatte. Nur steckten bei ihm keine Pfeifen in der Schärpe, sondern eine Auswahl an Messern und Dolchen. Eine ärmellose kurze Weste rundete Franjas Erscheinung ab.

»Ich habe euch einander noch gar nicht richtig vorgestellt«, hub Falrach an. »Emerelle, vor dir sitzt Franja Knochenfratze, von Witzbolden auch der schöne Franja genannt. Er ist der wohl berühmteste Sippenälteste unter allen Lutin.«

»Du brauchst mir keinen Honig ums Maul zu schmieren«, knurrte ihn der Kobold an. »Ich hoffe, der Umgang mit den Hofelfen hat dich nicht um den Verstand gebracht. Meine Gunst hat einen Preis, und über den reden wir jetzt.«

Falrach zuckte mit den Schultern. Dann löste er die Geldkatze von seinem Gürtel und warf sie dem Kobold vor die Füße. »Das sollte mehr als genug sein.«

Franja schnitt eine ärgerliche Grimasse, wobei die Narben sein Fuchsgesicht zum Fürchten aussehen ließen. Er löste die Schnur des Lederbeutels, schüttete den Inhalt vor sich auf dem Teppich aus und fuhr mit seinen dürren, kleinen Fingern durch das Häuflein Münzen und Schmuckstücke. Einen Ohrring, der mit hübschen grünen Steinen besetzt war, hielt er gegen das Licht. »Glas oder Smaragde?«, murmelte er leise.

»Natürlich Smaragde!«, erwiderte Falrach empört. »Das ist das Geschenk der Frau eines reichen Händlers …«

»Nenn mir doch mal den Namen des Händlers.« Franja blickte mit schmalen Augen zu ihnen auf. »Wir beide wissen nur zu gut, dass nicht alles Gold ist, was glänzt. Und Händlern traue ich am allerwenigsten. Schließlich gehöre ich selbst zu dieser Brut.«

»Reicht es oder nicht?«

Franja nahm ein Goldstück und biss darauf. »Du weißt, dass Brynell womöglich meine ganze Sippe dahinmetzeln lässt, wenn er erfährt, dass ich euch beide aus seiner Stadt schmuggele. Wenn ich ein solches Risiko eingehe, dann will ich auch sicher sein, dass dein Schatz ein Jahr lang alle Mäuler füllt, die ich zu stopfen habe, Spielmeister.«

Wieder ertönten in der Stadt die Jagdhörner.

Franja schob den Schmuck und die Münzen zusammen und verstaute alles wieder in dem Beutel. »Das ist nicht genug!«, blaffte er Falrach an. »Aber ich nehme dich trotzdem mit, weil ich diesen aufgeblasenen Brynell nicht leiden kann. Der ist ein Elf der übelsten Sorte …« Er hob den Zeigefinger der Linken, als wollte er den Spielmeister damit aufspießen. »Du hast jetzt Schulden bei mir. Eine weitere Reise gibt es nicht, bevor du sie bezahlt hast. Und wir machen es genau wie beim letzten Mal«, erklärte er und deutete auf die großen Säcke, wobei die verbliebene Hälfte seiner Lefzen sich zu einem Lächeln kräuselte.

»Wie beim letzten Mal?« Emerelle betrachtete die stinkenden Säcke. Was sollte das schon wieder heißen?

»Dein Gefährte ist berüchtigt dafür, dass er überstürzt aufbricht, Drachenelfe. Hat er dir das nicht erzählt? Ihm eilt ein gewisser Ruf voraus …«

»Hör nicht auf ihn«, fiel Falrach dem Lutin ins Wort. »Das ist alles nur üble Nachrede. Eine Verkettung unglücklicher Zufälle …«

»In die stets hochgestellte Damen des Hofes verwickelt sind«, unterbrach ihn nun seinerseits Franja mit sichtlicher Genugtuung. »Ich erzähl dir von ihm, wenn wir hier weg sind. Jetzt steigt in die Säcke dort drüben. Die sind erst halb gefüllt. Da ist noch reichlich Platz. Los, schnürt die Säcke auf. Es wird nicht mehr ewig dauern, bis Brynells Häscher hier auftauchen. Wer seinen Verstand nutzt, wird schnell darauf kommen, dass meine Karawane genauso für eine Flucht geeignet ist wie jedes Schiff im Hafen.«

Emerelle löste den Knoten in dem groben Hanfseil und schreckte vor dem zurück, was sie sah. »Das ist nicht dein Ernst, Lutin.«

»Oh, doch. Kein Elf wird seine Nase dort hineinstecken. In diesen Säcken seid ihr sicher.«

Emerelle sah hilfesuchend zum Spielmeister.

»Es ist nicht so schlimm, wie es scheint. Das meiste von dem Dung ist schon gut durchgetrocknet.«

»Das ist Scheiße! Pferdescheiße!« Emerelle trat einen Schritt von dem Sack zurück. »Ich kann unmöglich …«

»Das ist Hornechsendung«, berichtigte Franja sie. »Wir sammeln und trocknen ihn, denn unsere Reisen führen uns immer wieder an Orte, an denen es kein Holz für unsere Kochfeuer gibt.«

»Ich steige in keinen dieser Säcke«, wiederholte Emerelle. »Erst der Kanal und dann das hier …«

Falrach hob beschwörend die Hände. »Schau mal, meine Liebe. Alles fängt mit Worten an. Du steigst in keinen Sack voller Scheiße. Das ist Dung. Das hört sich doch viel besser an. Das macht es leichter. Und sieh ihn dir an. Alles in allem ist er wunderbar trocken. Man kann das wirklich nicht mit der Kloake vergleichen. Das ist viel besser. Diese Säcke sind der einzige Ort in der ganzen Stadt, an dem man uns nicht suchen wird. Keiner wird glauben, dass zwei Elfen in solche Säcke steigen.«

Emerelles Gedanken rasten. Sie wollte in keinen dieser Säcke, wusste aber, dass sie es musste. »Wohin sind die Fahrenden Ritter geflohen?«, fragte sie Franja.

Der Blick des Lutin verhärtete sich. »Wie kommst du darauf, dass ich das wüsste?«

»Ihr reist durch die ganze Welt. Ihr wisst mehr als alle anderen.«

Er schnaubte. »Noch so eine dumme Geschichte, die man sich über uns erzählt. Wir sind Geschäftsleute, das ist alles.«

Emerelle deutete auf Falrachs Geldkatze, die der Lutin noch in Händen hielt. »Wie kannst du mich so frech anlügen? Gerade habe ich danebengesessen und zugesehen, was für Geschäfte du tätigst.« Sie beschloss, etwas zu riskieren. So, wie er sie ansah, würde er bestenfalls reden, wenn sie ihm Angst einjagte. Allerdings sah er nicht aus wie jemand, der sich leicht fürchtete. Schließlich war er ja auch nicht vor dem Wolf fortgerannt, der ihn offensichtlich beinahe umgebracht hatte. »Hast du vergessen, dass ich eine Drachenelfe bin? Glaubst du, ich könnte die Wahrheit nicht in deinen Gedanken lesen, wenn ich es wollte?«

»Warum tust du es dann nicht?«, entgegnete er selbstsicher.

»Weil es dir Schmerzen bereiten würde und ich noch höflich bin.«

»Emerelle, bitte …« Falrach trat an ihre Seite und legte ihr eine Hand auf den Arm. »Franja ist unser Freund, und wir brauchen seine Hilfe. Du solltest nicht …«

»Freunde lassen sich nicht bezahlen!«

»Ich kann dir nichts sagen«, beharrte der Lutin.

»Dann richte den Fahrenden Rittern aus, dass ich sie suche. Ich bin nicht ihre Feindin. Nenn ihnen meinen Namen: Emerelle. Dann sollen sie eben zu mir kommen.«

Franja legte den Kopf leicht schräg und sah ihr in die Augen. »Wie soll ich Elfen, die ich nicht einmal kenne, etwas ausrichten?«, fragte er verschlagen.

»Ich wette, noch heute wirst du behaupten, auch uns noch nie gesehen zu haben.«

Der Kobold grinste sie frech an. »Womöglich hat sich das gerade geändert. Ihr erscheint mir wie Gäste, die man besser loswird, statt mit ihnen zu reisen.«

»Du hast mein Gold genommen, Franja«, erinnerte ihn Falrach. »Wir haben unseren Handel abgeschlossen.«

»Der gilt nur, wenn ihr beide in die Dungsäcke steigt, und zwar sofort.«

»Emerelle ...« Der Spielmeister blickte sie beschwörend an.

Sie sah ein, dass sie gescheitert war. Dieser Lutin, der ihr nicht einmal bis zum Knie reichte, war von ihren Drohungen offenbar nicht im Mindesten beeindruckt. Sie konnte jetzt auf eigene Faust fliehen oder sich mit Falrach aus der Stadt schmuggeln lassen. Und der hatte ganz sicher mehr Erfahrung darin, seine Haut zu retten, als sie.

»Mein Vogel kommt ebenfalls mit!« Sie deutete zum Zelteingang, wo Heldenherz im zerstampften Gras saß und zufrieden eine Grille im Schnabel hielt.

»Weiß der Fürst, dass deine Drachenelfe einen Vogel hat?«, fragte Franja schnippisch.

»Er hat weder sie noch diese Misteldrossel jemals gesehen. Sollte er den Vogel in deinem Lager bemerken, wird uns das nicht verraten.«

Franja ging in die Hocke, streckte die Hand aus und gab einen trillernden Laut von sich.

Mit Schrecken sah Emerelle, wie Heldenherz zu dem Lutin flog und auf dessen offener Hand landete. Die Finger des Kobolds schlossen sich, und Franja sah sie triumphierend an. »Mit dem könnte es jetzt ein ganz schnelles Ende nehmen.« Er hob die Hand zur Schnauze.

Emerelle verspannte sich. »Wenn er ...«

Der Lutin trat dicht vor sie. »Dein Piepmatz kommt zu dir in den Sack, und ich möchte von euch beiden weder etwas hören noch etwas sehen, bis wir unser Ziel erreicht haben.« Mit diesen Worten drückte er ihr die Misteldrossel in die Hand.

Der zarte Vogel zitterte vor Angst und gab klägliche Laute von sich.

Ohne weiteren Widerstand stieg Emerelle in den Sack. Der

Dung war tatsächlich trocken. Allerdings wimmelte er von Käfern. Was Heldenherz augenblicklich seine Angst vergessen ließ.

Die Elfe kauerte sich nieder, tauchte in den Dung ein, häufte die lockeren pferdeapfelgroßen Kugeln um sich und ihren Vogel.

»Du wirst dich nicht bewegen«, murmelte Falrach, der darüber wachte, wie sie sich in die Exkremente eingrub. Als er schließlich auch ihr Gesicht mit dem getrockneten Kot bedeckte, begann sie zu würgen.

Verzweifelt dachte sie daran, wie die Dryade Gylla sie und Meliander gelehrt hatte, ihren Geist gegen alles, was ihre Zauber stören konnte, zu verschließen. Sie war gar nicht hier, redete sie sich ein und dachte an das Bad, das sie vor nicht einmal einem Tag genossen hatte. Daran, wie sie im warmen Wasser versunken war. An den Rosenduft.

»Das war der dilettantischste Erpressungsversuch, den ich je erlebt habe«, flüsterte Falrach. »Die Grundidee war ja ganz ordentlich, aber was du daraus gemacht hast … Eine Schande! Darüber werden wir uns mal ernsthaft unterhalten müssen, sobald wir uns von den Lutin wieder verabschiedet haben.«

Emerelle erwiderte nichts, dachte nur, wie seltsam die Welt außerhalb des Blauen Sterns doch war. Sie hatte es wahrlich weit gebracht! Hockte mitten in einem gewaltigen Haufen Hornschildechsensendung und hatte einen Weiberhelden an ihrer Seite, der sie demnächst in der hohen Kunst der Erpressung unterrichten würde. So, wie sie ihn kannte, würde das kein theoretischer Unterricht werden. Ob sie wohl jemals ihre Mutter finden würde? Ja, würde sie ihr überhaupt unter die Augen treten wollen, wenn es so mit ihr weiterging?

Sie hätte Meliander nicht gehen lassen dürfen. Wenn sie sich nur beharrlich genug angestrengt hätte, hätte sie ihn sicherlich dazu überreden können, weiter nach ihrer Mutter Nandalee zu suchen, und ganz gewiss hätte sie mit ihm an ihrer Seite einen weit weniger schmachvollen Weg beschritten.

Verwundete Seelen

Kapitel VII: Die Wege der Alben

… Nach ihrer ersten Reise durch Albenmark fand ich meine Schwester unerwartet verändert. Auch blieb sie mir danach stets fremd. Ich weiß nicht, was ihr in jenen Tagen, nachdem wir uns bei der Weißen Halle getrennt hatten, widerfahren ist. Sie sprach nur ungern darüber, wie sie Falrach zum ersten Mal begegnet war und welche Reisen sie unternommen haben. Ich vermag mir nicht vorzustellen, was daran so unaussprechlich für sie gewesen sein mag. Ihr schwieriges Verhältnis zu Falrach konnte ich später noch oft studieren. Sie verabscheute ihn, war zugleich aber auch fasziniert. Dem Spielmeister schien es umgekehrt ähnlich zu gehen. Ist das die Art, wie meine Schwester liebt? Sie wird mit jedem Tag ein größeres Rätsel.
Das Wenige, was ich über Emerelles erste große Reise in Erfahrung bringen konnte, weiß ich von Dlarah Herdenhüter, dem Sohn von Franja Knochenfratze, einem Lutin, dem ich während meiner Suche nach dem Tempel der Schlangenkönigin im Waldmeer begegnete. Er war ein charmanter Gauner. Einer vom alten Schlag, der weder die Drachen noch die Elfen fürchtete. Hatte man mit ihm einen Handel geschlossen, dann stand er zu einem, was auch geschah. Doch selbst er erging sich nur in Andeutungen und wollte nicht wirklich erzählen,

was während der Reise mit meiner Schwester passiert ist. Neun Tage war er mit ihr unterwegs. Heute würden die Lutin diesen Weg wohl in neun Stunden hinter sich bringen. Damals jedoch wagten sie sich nur von Albenstern zu Albenstern durch das Goldene Netz zu tasten. Es war die Zeit, da die Geister im Nichts jenseits der goldenen Pfade erstarkten und den Reisenden auflauerten. Deshalb hielten die Lutin ihre Aufenthalte im Goldenen Netz so kurz wie möglich. Sie traten durch einen Albenstern, nahmen den geraden Weg zum nächsten Albenstern und verließen das Netz sofort wieder. An den großen Wegsternen die Richtung zu wechseln oder gar ganze Tage auf den Pfaden zu verbringen, wagten sie nicht. Obwohl Nangog zerbrochen war, sollten wir Albenkinder in diesen Tagen die Grausamkeit zu spüren bekommen, mit der wir die Geschöpfe der Riesin behandelt hatten, und die Lutin waren die Ersten, die den Sturm sahen, der sich in den endlosen Weiten des Nichts zusammenbraute.

Die ganze Reise über verhielt sich Emerelle, laut Dlarah, kühl und abweisend. Nicht ein Mal saß sie bei den Lutin am Feuer, um gemeinsam mit ihnen zu essen. Falrach blieb, so der fuchsköpfige Kobold, stets an ihrer Seite. Dlarah vermutete, dass zwischen den beiden mehr als nur eine Freundschaft bestand. Er kannte den Ruf des Spielmeisters nur zu gut ... Aber ich kenne meine Schwester. Ich kann mir nicht vorstellen, dass sie mit Falrach das Lager teilte. Sie war besessen von ihrer Idee, unsere Mutter zu finden, und wie ich später noch mehrfach erleben sollte, duldet eine solche Besessenheit kein zweites Gefühl.

Dlarahs Vater glaubte schließlich, dass sie eine Drachenelfe sei. Eine der legendären Mörderinnen der Himmelsschlangen. Vielleicht eine zweite Bidayn? Natürlich kannte er die Fahrenden Ritter, und er war in Sorge, dass Emerelle gekommen war, um die Rebellen zu töten. So verwundert es nicht, dass Franja trotz des Goldes, das er genommen hatte, Emerelle und Falrach schließlich vorzeitig aussetzte.

Der Lutin ließ die beiden weitab von allen großen Städten in Haiwanan zurück, um dann die Fahrenden Ritter vor der vermeintlichen Mörderin zu warnen. So hatte Emerelle, kaum dass sie die ferne Provinz betreten hatte, bereits machtvolle Feinde, und dickköpfig, wie sie war, gab sie ihr Bestes, um die Zahl ihrer Feinde noch zu mehren ...

Zitiert nach dem Originalmanuskript
von Meliander, Fürst von Arkadien

Vom Geld anderer Leute

Fasziniert betrachtete Emerelle die steinernen Drachenköpfe, die unter dem Giebel des halb verfallenen Tempels hervorragten. Das graue Gemäuer war mit Hunderten von Flecken grellgelber Flechten gesprenkelt, und inmitten des Allerheiligsten erhob sich ein riesiger Baum, dessen Krone das längst verschwundene Dach ersetzte. Affen tummelten sich auf den schmalen Stufen, die zum Tempel hinaufführten, und stahlen die Opfergaben, die in flachen Holzschalen lagen: Äpfel und andere Früchte, wie Emerelle sie noch nie zuvor gesehen hatte.

Sie kannte Haiwanan, vom Himmel betrachtet. Jetzt war sie überrascht, welch eine Schwüle hier unten herrschte. Wer mit den Wolken am Himmel reiste, hatte keine Vorstellung davon, wie es am Boden war, dachte sie wieder einmal.

Sie wandte sich um und blickte zu den Hügeln auf der anderen Seite des Tals. Sie sahen sonderbar aus. Als hätte ein Riese sie waagerecht in flache Scheiben geschnitten und dann jede zweite Scheibe vergessen, als er sie wieder zusammengefügt hatte, sodass Terrassen an den Hängen entstanden waren, auf denen nun schmutzig braunes Wasser stand, aus dem sich schnurgerade Reihen zarter grüner Pflanzen erhoben.

»Du hättest dich wirklich ein bisschen netter aufführen können«, murrte Falrach, der auf seinem Tisch hockte und ihre letzten Schätze betrachtete, die vor ihm auf einem Leinentuch lagen.

Die Elfe trat an seine Seite. Sie trug immer noch die Kleidung, die sie aus der Truhe im Palast genommen hatte, nur dass sie jetzt barfuß war. Sie beide sahen fast so abgerissen aus wie Bettler. Zwei Mal hatten sie gebadet, als die Lutin an kleinen Seen gelagert hatten, doch Emerelle fand, dass sie immer noch nach Kloake und Hornschildechsendung stanken.

»Wir haben Franja fürstlich bezahlt«, bemerkte sie kühl. »*Er* hätte nett zu uns sein sollen.«

Falrach seufzte. »Er hat das Leben seiner Leute riskiert, indem er uns aufgenommen hat. Wir ...«

»Wir haben ihn nicht dazu gezwungen. Er hätte sich ein bisschen großzügiger zeigen können. Diese Lutin haben bestimmt Seife gehabt. Was hätte es sie gekostet, uns ein wenig davon abzugeben?«

»Was hätte es dich gekostet, ab und zu mal zu lächeln, Emerelle? Ein Lächeln kann Türen und Herzen öffnen.«

»Musste er uns ausgerechnet in Säcken voll Scheiße verstecken? Du hast all die großen Körbe an den Flanken der Hornschildechsen gesehen. Warum konnten wir nicht dort unterschlüpfen?«

Falrach schüttelte den Kopf. »Ich sage es dir jetzt zum letzten Mal: Die Körbe wären nicht sicher genug gewesen. Dort hätten die Wachen des Fürsten zuerst gesucht.«

»Es sind nicht einmal Wachen gekommen ...«

»Was wir nicht wissen konnten!« Er hob die Hände. »Und hier endet das Gespräch jetzt. Wir drehen uns immer nur im Kreise. Widmen wir uns lieber unserer näheren Zukunft.« Er wies auf die vier Kupfermünzen und das halbe Brot vor ihm auf dem Tisch. »Das ist alles, was uns zur Verfügung steht«, erklärte er. »Irgendwelche Vorschläge, wie wir es vermehren?«

Emerelle zuckte mit den Schultern. »Vielleicht sollten wir in das Dorf am Talgrund gehen und uns als Feldarbeiter verdingen ...«

Er hob die Brauen. »Als Feldarbeiter? Wir als Elfen ...«
»Ich hab das schon getan.«
Er sah sie lange an. Endlich nickte er. »Ich glaube dir. Aber wir Elfen sind nicht dazu geschaffen, mit nackten Füßen in schlammigen Feldern zu stehen und uns nach Reispflanzen zu bücken oder fettärschige Wasserbüffel vor uns herzutreiben. Wir sind zu Großem berufen.«

»Was ist daran groß, der Sklave eines Spieltischs zu sein, unter dem du deinen Rücken krümmst?«

»Du weißt nicht, was es mit ihm auf sich hat.« Zärtlich strich er über die roten und ockerfarbenen Felder der Tischplatte.

Falrach hatte die Rastzeiten bei den Lutin dazu genutzt, vorsichtig die Armbrustbolzen aus dem Holz zu entfernen. Zwei gegenüberliegende Seiten waren mit Schubladen bestückt, die einrasteten, wenn man sie zuschob. In einigen hatte der Elf Werkzeuge verstaut, einen Tiegel mit Leim, rote und ockerfarbene Steinplättchen, mit denen er zerbrochene Spielfelder ersetzen konnte, ein paar Klötze aus dem dunklen Holz, aus dem der Tisch gefertigt war, und schmale Brettchen, um zersplitterte Schubladenfronten zu erneuern. In den weitaus meisten Laden jedoch lagerten Spielfiguren aller Art.

»Dieser Tisch fasziniert die Elfenfürsten«, erklärte er voller Stolz. »Seit beinahe fünfzig Jahren arbeite ich an der Legende um meinen Tisch. Er erlaubt es, nicht nur historische Gefechte in all ihren Varianten nachzuspielen – mit ihm kann man auch wahrscheinliche Verläufe von Schlachten, die noch gar nicht geschlagen wurden, vorausbestimmen.«

»Ein Orakel?« Schon als Kind hatte Emerelle die Gazala gekannt. Halb Gazelle, halb Elfenfrauen, waren sie Geschöpfe des Fleischschmieds, die dem Erstgeschlüpften die Zukunft geweissagt hatten. Doch was hatte es dem ältesten Drachen genutzt? Seinem Schicksal hatte auch er nicht entgehen können.

Er war, wie vorhergesagt, in seiner Grotte im Jadegarten ermordet worden.

»Nein, kein Orakel. Dies ist viel besser. Hier geht es nicht um irgendwelche obskuren Wahrsagungen, sondern du kennst deinen Feind und bereitest dich auf die Auseinandersetzung mit ihm vor.«

»Indem du ein paar Holzfiguren über Felder schiebst?«

Er nahm ihren Spott gelassen. »Wenn es so einfach wäre, würde es nicht die klügsten Köpfe Albenmarks begeistern. Die Fürsten sind ganz versessen darauf, es mit mir zu spielen.« Er seufzte. »Aber so, wie wir aussehen, können wir uns an keinem Hof blicken lassen. Wir müssen dringend zu Geld kommen, uns neu einkleiden und wieder respektabel aussehen.«

»Wir könnten doch auch einen Fürstenhof aufsuchen und erklären, wir seien überfallen worden.«

»Als Opfer erscheinen? Und das, wenn ich den Fürsten ein Spiel verkaufe, mit dem der Ausgang von Schlachten simuliert wird? Das sähe so aus, als hätte ich mein eigenes Leben nicht im Griff.«

Sie verkniff sich jede Bemerkung dazu, weil sie wusste, dass sie noch auf ihn angewiesen sein würde. Zumindest vorläufig.

»Merke dir eines, Emerelle: Das erste Urteil, das man über dich fällt, wird aufgrund deiner äußeren Erscheinung getroffen. Und das erste Urteil ist es, das stets am schwersten wiegt. Wenn wir einen völlig abgerissenen Eindruck machen, wird man uns ganz anders behandeln, als wenn wir mit der Pracht und dem Stolz von Fürsten reisen. Ich will keine Schale mit aufgewärmter Suppe in der Küche hingestellt bekommen – ich will an den Festtafeln der Fürsten sitzen! Und ich weiß, wie wir dorthin gelangen. Es ist nicht das erste Mal, dass ich mich von ganz unten wieder emporarbeite. Wir brauchen ein wenig Geduld, aber wir werden es schaffen.«

Falrach wirkte derart überzeugt, dass seine Zuversicht etwas Ansteckendes hatte, und so war sie gespannt, wie er es bewerkstelligen wollte, nun wieder zum Ehrengast der Fürsten Albenmarks aufzusteigen.

Falrach erhob sich von seinem Tisch und schlang die Arme durch die Tragriemen. »Franja hat einen etwas abgelegenen Ort für uns gewählt ... Aber hier wird Brynell nicht nach uns suchen.« Den Blick fest auf das Dorf gerichtet, begann er, den Hang hinabzusteigen.

Emerelle war davon überzeugt, dass Franja diesen Albenstern mit Bedacht gewählt hatte. Der verfluchte Lutin hatte Spaß daran gehabt, sie am Ende der Welt auszusetzen. Letzte Nacht war die Karawane durch den Albenstern beim Tempel angelangt, und entgegen ihren Gewohnheiten hatten die Lutin und ihre Hornschildechsen nur wenige Stunden an diesem Ort verweilt, bevor sie das magische Tor im Albenstern erneut geöffnet hatten und wieder ins Goldene Netz getreten waren.

Emerelle folgte Falrach schweigend durch ein Stück Bambuswald. Die fremde Vegetation schien Heldenherz zu ängstigen. Die Misteldrossel kauerte in ihrem Haar, und Emerelle konnte spüren, wie sich der Vogel ganz dicht an sie presste. Er gab keinen Laut von sich. Durch ihr unsichtbares Band hatte sie Teil an seinen Gefühlen. Das Schwingen der Bambusstangen erschreckte ihn, die fremden Tierlaute. Die Abwesenheit von Vertrautem. Sie hoffte sehr darauf, dass ihm bald eine dicke Fliege vor den Schnabel flog, die nicht auch noch völlig anders aussah als die Fliegen rund um die Weiße Halle.

Emerelle betrachtete die hohen Bambusstangen, die sich leicht wiegten, und lauschte dem Geräusch des Windes in den langen Blättern. Alles hier war anders als in Arkadien. Die Erde, auf der sie gingen, hatte einen rotbraunen Ton. Der Himmel erschien ihr ein wenig düsterer. Die Gerüche in der Luft waren fremd. Doch unmittelbare Gefahren konnte sie keine wahrnehmen. Sie genoss die Fremde. Nur die schwüle Hitze war ihr unangenehm.

Als sie den Bambuswald hinter sich ließen, erstreckten sich vor ihnen Feldterrassen, auf denen Dutzende Damien arbeiteten. Sie hatten ihre Röcke hochgeschlagen, trugen dazu schwarze Tuniken und bunte Kopftücher. Einige folgten ihnen mit neugierigen Blicken, doch niemand sprach sie an.

»Die sind so«, erklärte Falrach, als das Dorf nur noch etwa zweihundert Schritt entfernt war. »Zurückhaltung betrachten sie als Tugend. Siehst du die weißen Fahnen, die dort am Dorfeingang und auf etlichen der Häuser wehen? Sie verkünden, welche Einstellung man hier zum Leben hat.«

Natürlich waren ihr die Fahnen nicht unbekannt, obschon sich ihr ihre Bedeutung von oben aus der Luft nie erschlossen hatte. Manche von ihnen waren mehr als fünf Schritt lange, schmale Tücher, die an Bambusstangen geheftet waren. Bis hierher konnte man sie im Wind knattern hören. »Was hat die Farbe zu besagen?«

»Man isst hier im Dorf kein Fleisch. Wäre es anders, würde rot geflaggt. Diese Damien sind seltsam. Viele von ihnen weigern sich, Blut zu vergießen, und sind überzeugt, dass sie mit jeder Gewalttat auch ihre eigene Aura schädigen.«

»Und was tun sie, wenn sie angegriffen oder überfallen werden?«

»Na ja, dass sie kein Blut vergießen, heißt nicht, dass sie wehrlos sind. Sie pflegen einen Kampfstil ohne Waffen, bei dem sie nur ihre Füße und Fäuste einsetzen. Sieht interessant aus…«

»Du warst schon einmal hier?«

»Nein, aber ich habe mal eine große Prügelei zwischen Damien im Hafen von Reilimee gesehen und mit Wetten an dem Nachmittag einiges an Geld verdient.«

Emerelle schnaubte. »Ist denn die ganze Welt nichts als ein Spiel für dich?«

»Stark vereinfacht gesagt? Ja!« Es lag keinerlei Ironie in seiner Stimme, und er war so überzeugt von dem, was er da sagte, dass es Emerelle verunsicherte. Er kannte diese Welt, die sie erst seit wenigen Wochen durchwanderte. War es möglich, dass er recht hatte?

Sie passierten eine erste Hütte, die sich an den Hang kauerte. Sie war aus Bambusstangen gefertigt, die Wände nichts als geflochtene Matten, und das Dach sah aus, als bestünde es lediglich aus Lagen von Schilfgras.

Drei kleine Jungen standen im Eingang und beäugten sie neugierig. Abgesehen von ihren Lendenschurzen, waren sie nackt. Ihre Köpfe waren frisch geschoren, sodass ihnen nur kurze schwarze Stoppeln wuchsen. Die muschelartigen Ohren, die das Volk der Damien auszeichneten, wirkten bei den Kindern besonders groß. Eines hatte eine dunkelblaue Sonne auf den Bauch tätowiert.

»Seid ihr mit den wandernden Drachen vom Tempel gekommen?«, fragte der Älteste.

»Genau«, bestätigte Falrach in jovialem Ton. »Die Drachen sind wieder fort, aber wir wollen zur nächsten großen Stadt wandern.«

»Warum trägst du diesen seltsamen Tisch mit dir herum?«, wagte der Junge mit der Sonne auf dem Bauch zu fragen. Er war der kleinste der drei.

»Ich bin ein Spielmeister. Kommt doch mit mir hinunter zum Marktplatz im Dorf, dann werde ich euch meine Spiele zeigen.«

Die drei folgten ihnen, während sie weiter den Hang hinabstiegen, bis sie eine Straße aus rötlichem Lehm erreichten. Nun schlossen sich auch andere Neugierige dem kleinen Zug an, und Falrach wurde nicht müde, seine Spiele für flinke Augen und kluge Köpfe zu preisen.

Emerelle wusste, was er tun würde, und sie fühlte sich schlecht dabei. Während der Reise mit den Lutin hatte Falrach ihr seine ganz eigene Variante des Hütchenspiels gezeigt. Er zog dazu besondere Handschuhe an, in die auf Höhe der Handteller starke Magneteisen eingearbeitet waren. Hielt er den Handteller flach auf den Boden eines der kleinen Lederbecher gepresst, wurde die Eisenkugel, mit der er spielte, hinaufgezogen. Fasste er den Becher hingegen nur mit den Fingerspitzen an, blieb die Kugel an ihrem Platz.

Er hatte ihr beigebracht, stets mit zwei Eisenkugeln zu spielen, für den Fall, dass ein Neunmalkluger verlangte, den Becher zu sehen, unter dem die gesuchte Kugel liegen geblieben war. Seine Betrügerei benötigte ein wenig Konzentration, dann aber war sie narrensicher.

Als sie den Marktplatz erreichten, scharten sich die Damien nur so um sie. Frauen mit Säuglingen auf den Armen, Männer, die von den Feldern gekommen waren und sich nun mit verschränkten Armen auf ihre Hacken stützten, Kinder und Alte. Das halbe Dorf war auf den Beinen. Wahrscheinlich kam es sehr selten vor, dass sich Fremde hierher verirrten. Sie wurden nach Neuigkeiten vom Hof des Geisterkönigs gefragt, der etwa fünfhundert Meilen weiter östlich in den Bergen nahe der Hauptstadt Haiwanan lag, nach der auch das Königreich benannt war.

Natürlich konnten sie nichts über den fremden König berichten, aber Falrach war talentiert darin, ihre Bewunderer mit Geschichten über die Lutin, die Trolle der Snaiwamark, die Paläste der Elfen von Arkadien und die unheimlichen Begräbnisriten der Kentauren in den weiten Steppen zu unterhalten. Sie hingen ihm förmlich an den Lippen, bis er seinen Spieltisch aufgebaut hatte. Dann holte er aus einer der Schubladen die Handschuhe und die kleinen ledernen Becher hervor, die er für das Hütchenspiel benutzen würde.

Selbst Emerelle sah nicht, wie er die zweite Eisenkugel heimlich unter einen der Becher schmuggelte. Und das, obwohl er versucht hatte, sie seine Tricks zu lehren. Die Finger des Spielmeisters waren tatsächlich noch flinker als seine Zunge.

Zunächst lud Falrach einige der Kinder ein, sich im Hütchenspiel zu versuchen. Dabei ging es nur darum, die Atmosphäre zu lockern. Es wurde nichts gesetzt. Er spielte den arglosen Tropf und ließ die Kinder oft gewinnen. Es wurde viel gelacht.

Inzwischen hatten sich etwa zweihundert Damien um sie versammelt. Das mussten so ziemlich alle aus dem Dorf sein. Es begann zu dämmern. Einzelne Öllichter wurden herbeigetragen. Manche Familien hatten sich auf Schilfmatten niedergelassen und aßen Reis und gebratenes Gemüse aus flachen Schalen. Es roch nach Papaya, Chili und Kokos. Alle sahen sie gebannt dem Spielmeister zu und lauschten seinen Worten. Sie lachten mit ihm und erschauerten, als er erzählte, wie die Lamassu, die mächtigsten Zauberweber Albenmarks, von ihren Untertanen lebendig eingemauert wurden, wenn ihnen der Wahnsinn den brillanten Verstand trübte.

Der kleine Junge mit der Sonne auf dem Bauch brachte Emerelle eine Schale mit dampfendem Reis, in den bunte Gemüsestückchen hineingeschnitten waren, und sie nahm hungrig die Mahlzeit an. Allerdings war der Reis so scharf gewürzt, dass sie Mühe hatte, alles herunterzubekommen. Dennoch aß sie alles, um kein Missfallen zu erregen. Falrach hatte ihr das während der Reise mit den Lutin eingeschärft, weil sie sich strikt geweigert hatte, mit den halsabschneiderischen Kobolden das Essen zu teilen.

Während sie Falrach am Spieltisch beobachtete, fühlte sie sich schäbig. Wie konnte er die Damien, die ihnen so arglos begegneten, nur betrügen?

»Seht ihr diese Kupfermünze? Sie zeigt einen Faun auf der

Vorderseite und die Hafentürme von Reilimee auf der Rückseite. Dort, wo wir herkommen, kann man ein Brot, so lang wie ein Unterarm, für diese Münze kaufen.«

Noch eine Lüge, dachte Emerelle bitter.

»Ich wette diese Münze, dass es euch dieses Mal nicht gelingen wird zu erraten, unter welchem der drei Lederbecher die Eisenkugel liegt. Wer steigt auf die Wette mit mir ein?«

Ein junger Feldarbeiter nahm einen kleinen Jadestein, den er an einer Lederschnur um den Hals trug, und legte ihn vor Falrach auf den Spieltisch. »Mein Einsatz, Fremder. Doch sei gewarnt, ich habe flinke Augen.«

Freunde von ihm spornten ihn an und behaupteten, dass er auf zehn Schritt eine Maus im dichten Gras entdecken könne.

»Wie heißt du denn? Oder soll ich dich gleich Falkenauge nennen?« Falrach lächelte herzlich. Er wirkte ganz und gar nicht wie ein Betrüger.

»Ung.«

»Also gut, Ung. Sieh genau her.« Falrach legte die eiserne Kugel unter den mittleren der drei Lederbecher. Dann begann er, die Becher hin und her zu schieben. Immer schneller.

Ung runzelte die Stirn. Es war totenstill auf dem Marktplatz. Jetzt, da es zum ersten Mal wirklich um etwas ging, sahen alle gebannt zu.

Dann hielt Falrach inne. Seine Hände lagen auf den beiden äußeren Bechern. »Nun, wo ist die Kugel, Ung?«

Der junge Mann zögerte, sah zu seinen Freunden und Verwandten. Schweiß stand ihm auf der Stirn. Dann deutete er auf den mittleren Becher.

Mit spitzen Fingern hob Falrach ihn an. Deutlich war die Eisenkugel auf dem Spieltisch zu sehen.

Ung stieß einen Ruf aus, der nach Erleichterung wie auch Begeisterung klang.

»Du hast wirklich Augen wie ein Falke.« Falrach überreichte ihm anerkennend die Kupfermünze, während Emerelle sich fragte, wie dem Spielmeister ein solches Missgeschick hatte passieren können. Damit war ein Viertel ihres kläglichen Vermögens dahin!

Falrach indes schien der Verlust nicht im Mindesten zu beeindrucken. Er spielte weiter, lachte, machte Witze. Mal gewann er, mal verlor er. Manchmal öffnete er eine Schublade des Spieltischs, um etwas darin verschwinden zu lassen.

Einmal sah Emerelle, wie ein junger Mann von einer älteren Frau bei den Haaren gepackt und in eine der Hütten gezogen wurde. Längst beobachtete sie nicht mehr jedes Spiel. Sie wusste nicht, was der Jüngling verloren hatte, aber ihr war klar, dass Falrach einen Teil der Gewinne verschwinden ließ, damit den Dörflern nicht vor Augen stand, wie viel er ihnen abgenommen hatte. Meist lagen nur ein paar Kupfermünzen und das eine oder andere Schmuckstück auf dem Spieltisch.

Langsam zogen sich ihre Gastgeber zurück. Junge Männer brachten maulende Kinder in die Hütten. Die Alten ermahnten die Spielbegeisterten, es nicht zu weit zu treiben.

Emerelle war erstaunt, dass es die Frauen waren, die blieben, ältere wie auch jüngere. Lag es an Falrach? Oder lag es daran, dass in dem Dorf die Frauen das Sagen hatten und über das Vermögen der Familien bestimmten?

Es war tief in der Nacht, als endlich die Letzten gingen. Emerelle fühlte sich elend. Sie waren freundlich empfangen worden und hatten ihre Gastgeber ausgeplündert! Vielleicht hatte sie deshalb niemand eingeladen? Sie waren gezwungen, wieder einmal unter dem Sternenhimmel zu übernachten.

Falrach legte die kleinen Becher in ihre Fächer zurück und die Handschuhe dazu. Dann streckte er sich, dass ihm die Gelenke knackten. »Das war ein guter Abend«, sagte er leise, ehe er in der Sprache der Kentauren fortfuhr: »Wir haben unser Vermögen mehr als verzehnfacht. Das war ein guter Anfang.«

»Ich werde nicht zusehen, wie du noch weitere Dörfer ausnimmst«, erwiderte sie in derselben Sprache und in bemüht neutralem Ton. »Hast du denn keine Moral?«

Falrach wirkte ehrlich verblüfft. »Was heißt hier ausnehmen? Ich habe sie einen ganzen Abend lang blendend unterhalten. Das hat seinen Preis, und ich glaube, den haben sie auch gern gezahlt. Im Übrigen habe ich niemanden gezwungen, mit mir zu spielen.«

»Du weißt, wie ich das meine. Die Handschuhe, die Eisenkugeln … Du hast sie hemmungslos betrogen. Das tut man einfach nicht.«

»Du hast da etwas enge Moralvorstellungen, Emerelle. Ich habe hier niemanden ruiniert. Keiner wird im Winter Hunger leiden, weil er an meinem Spieltisch sein Glück gewagt hat. Und wir müssen auch an uns denken. Schließlich wollen wir wieder in den Palästen landen.« Er lächelte sie auf seine gewinnende Art an. »Und ich habe so das Gefühl, dass es dir nicht das Geringste ausmachen wird, wenn wir ein paar Elfenfürsten ausnehmen.«

»Ich werde nicht noch einmal zusehen, wie du die Gastfreundschaft in einem Dorf voller armer Reisbauern ausnutzt. Spiele ohne die Handschuhe.«

Er schnaubte verächtlich. »Auch so könnte ich sie noch hinters Licht führen.«

»Versuche es gar nicht erst! Ich würde dir das Handwerk legen. Du weißt, wie schnell ich sein kann, wenn es sein muss.«

Falrach verdrehte die Augen. »Du bist wirklich weltfremd. Wie sollen wir denn wieder auf die Beine kommen? Mit ehrlichem Glücksspiel werden wir etliche Monde, wenn nicht gar Jahre brauchen. Hast du keine Sehnsucht nach den Palästen?

Glaubst du, mir ist entgangen, wie sehr du dich für Bäder und gutes Essen begeistern kannst?«

Sie fühlte sich ertappt und senkte den Blick.

»Das ist nichts, um dessentwillen man sich schämen müsste. Doch Reichtum hat stets den Preis, dass du es ertragen kannst, Ärmeren das Geld aus der Tasche zu ziehen. Sei es, indem du die Drachlinge schickst und mit den Himmelsschlangen paktierst, sei es auf die Art, wie wir es machen.«

»Es muss noch andere Wege geben. Diesen werde ich jedenfalls nicht mit dir gehen.«

Zu Emerelles Überraschung schien Falrach nicht verärgert. »In drei Tagen erreichen wir eine kleine Stadt. Bis dahin haben wir genug, um uns etwas zu essen zu kaufen. Ich kann es gern einmal mit ehrlichem Glücksspiel versuchen ... Bist du auch bereit, dazu beizutragen, uns unseren Lebensunterhalt zu verdienen? Ich möchte dir nicht zu nahe treten, aber wann immer es galt, für dich aufzukommen, war das meine Pflicht.«

Sie schluckte. Das war die Wahrheit. »Ich bin nicht sehr erfahren darin ...«

»Du hast ein paar besondere Talente. Wenn du erlaubst, werde ich einen Weg finden, wie du sie einsetzen kannst.«

»Ich werde niemanden betrügen. Ich kann ...«

»Du wirst niemanden betrügen. Ich würde niemals etwas Unmoralisches von dir verlangen.«

Er wirkte so zufrieden mit sich, dass Emerelle sich fragte, ob es sein heimliches Ziel dieses Abends gewesen war, an diesen Punkt zu gelangen.

»Glaube mir, wir werden in ein paar Augenblicken das Zehnfache des Gewinns dieser Nacht einnehmen. Du musst mir nur vertrauen und an dein Talent glauben.«

Faust auf Faust

Ob sie es schaffen würde? Sie hatte keinen Widerstand geleistet, als Jubal verlangt hatte, dass sie das alberne Kostüm anzog. Das knielange Seidenkleid war vom Rocksaum bis fast auf Höhe ihres Schritts in etwa handbreiten Abständen geschlitzt und viel zu tief ausgeschnitten. Jubal hatte extra eine Näherin gerufen, um das mit zarten Seidenstreifen besetzte Oberteil derart ändern zu lassen, dass es so eng anlag wie eine Wurstpelle.

Emerelle indes war völlig arglos. Aus einem Grund, der Falrach ein Rätsel blieb, empfand sie keine natürliche Scham, sich zu zeigen. Er würde eine Menge darum geben zu erfahren, an welch seltsamem Ort sie aufgewachsen war.

»Nervös?«, fragte er beklommen. Er war es. Und er bereute es, sie hierhergebracht zu haben, an diesen Ort, an dem Dinge geschahen, die kein Tageslicht duldeten. Sie saßen in einer winzigen Kammer tief unter der Erde, an deren steinernen Wänden Wasser hinabrann. Der Gelbe Fluss war nicht fern.

Emerelle betrachtete ihre Fäuste. Ein Lederriemen, etwas schmaler als ein Gürtel, war darum gewickelt. Er war mit dicken Messingnieten besetzt. »Wozu brauche ich die, Falrach?«

»Sie werden deinen Schlägen ...« Er stockte. »Sie werden die Haut des anderen aufplatzen lassen, wenn du ihn triffst. Ich ...« Er blickte zu der schweren Holztür. »Wir können hier noch irgendwie herauskommen.«

Sie schüttelte bedächtig den Kopf. »Dann würden wir es wieder so machen wie in dem Dorf unterhalb des Drachentempels. Ich kann das hier, glaube ich. Es hört sich ehrlicher an als dein Hütchenspiel.«

Er atmete schwer aus. Sie hätte ihn nicht treffen dürfen! Er hätte ihr keine Honigkuchen ausgeben sollen. Sie war immer wieder so entwaffnend naiv, so … rein? Auf jeden Fall das genaue Gegenteil von ihm! Das konnte nicht gutgehen mit ihnen. Er würde sie beide in den Abgrund führen.

Er strich über die Platte seines Spieltischs. Die Steine fühlten sich kühl an. Der Tisch war das Einzige in seinem Leben, das Bestand hatte. Ihn zu spüren beruhigte ihn.

»Du solltest besser nicht davon ausgehen, dass der andere einen …« Er suchte verzweifelt nach einem Begriff, der in ihre eigenartige Welt passte. »Also … es könnte sein, dass dein Gegner nicht sonderlich ritterlich kämpft.«

Sie wirkte überrascht. »Du hast gesagt, das hier sei so etwas wie ein Duell.«

»Duell ist nicht ganz das richtige Wort.« Er räusperte sich. »Ich weiß nicht, wen Jubal dir als Gegner aussuchen wird, aber ganz gleich, wer dir entgegentritt, rechne damit, dass derjenige alles tun wird, um zu siegen. Schnell und blutig.«

Sie blickte auf ihre umwickelten Hände. »Es geht aber nicht darum, den anderen umzubringen. Das habe ich doch richtig verstanden, oder?«

»Eigentlich ist das so, aber es mag Kämpfer geben, die den Tod ihres Gegners billigend in Kauf nehmen.«

Emerelle wirkte erschrocken. Jetzt erst schien ihr zu dämmern, wohin er sie hier gebracht hatte.

»Wenn du nicht willst, können wir noch irgendwie …«

»Mach dir keine Sorgen«, sagte sie rasch. »Ich werde nicht in Kauf nehmen, dass mein Duellgegner stirbt.«

Er öffnete den Mund, brachte aber kein Wort hervor. Da war sie wieder, diese entwaffnende Unschuld, die ihn erschreckte und zugleich anzog.

Die Tür der Kammer flog auf. Vor ihnen in dem gemauerten Tunnel stand der feisteste Damien, den Falrach je gesehen hatte: Jubal, der Herr der Arena und Fürst der Unterwelt von Saisom. Er war so bleich, als hätte er seine unterirdische Arena seit Jahren nicht verlassen. Schwere Jaderinge hatten seine Ohrläppchen fingerlang herabgezogen. Stilisierte Schlangen waren ihm mit rotbraunem Bandag ins Gesicht und auf den nackten Oberkörper gemalt. Sein Hals war so dick, dass sein Kinn darin verschwand. Sein Wanst hing prall über den mit Lederstreifen geschmückten Gürtel.

»Wir sind so weit«, verkündete er mit einer hohen Stimme, deren Zartheit so gar nicht zu seinem aufgedunsenen Leib passen wollte.

Emerelle erhob sich, ohne zu zögern. Falrach aber fühlte sich, als hinge ihm ein Mühlstein um den Hals. Jetzt war es wirklich zu spät. Er konnte nur noch hoffen, dass sie es irgendwie überstehen würde.

Sie folgten Jubal in den Tunnel. Schwüle Hitze schlug ihnen entgegen. Der Rauch der Fackeln brannte Falrach in den Augen. Das Murmeln eines großen Publikums war zu hören. »Ich könnte auch kämpfen«, raunte er Jubal zu.

»Du bist nicht so hübsch wie sie, Spielmeister. Das da draußen sind Barbaren. Sie sehen gern zu, wie etwas Schönes zerstört wird. Dafür haben sie gezahlt. Deshalb sind sie hier. Ihr beschissenes kleines Leben kommt ihnen besser vor, wenn sie zusehen, wie einer zarten Elfe alle Knochen im Leib gebrochen werden.« Seine Augen wurden bedrohlich schmal. »Du kannst nicht mehr von unserem Kontrakt zurücktreten. Du weißt, was passiert, wenn du es versuchst …«

Saisom mochte ein Provinznest sein, aber von Jubal hatte Falrach schon gehört. Seine Arenaspiele waren berüchtigt.

Emerelle legte dem Spielmeister die Hand auf den Arm. »Mach dir keine Sorgen. Ich schaffe das schon.«

Ihre Worte bewirkten nur, dass er sich noch elender fühlte. Sie hatte keine Ahnung, was da auf sie zukam.

Der Tunnel gabelte sich vor ihnen. Jubal wies nach links. »Euer Weg führt dort entlang. Ihr wartet vor dem Gitter, bis Asterion es für euch öffnet.« Der Damien grinste Falrach mit fleischigen Lippen an. »Es wird ein wunderbares Spektakel werden.«

»Warum kommen so viele Albenkinder, um sich eine Schlägerei anzusehen?«, fragte Emerelle, nachdem Jubal gegangen war.

»Ich fürchte, sie hoffen darauf, zu sehen, wie eine Elfe verprügelt wird. Aber diese Genugtuung wirst du ihnen nicht gönnen. Im Zweifelsfall hole ich dich da heraus ...«

»Ich hoffe, das wird nicht nötig sein. Es ist ja nur einer, gegen den ich antreten soll.«

Ihre aufgesetzte Selbstsicherheit konnte ihn nicht täuschen. Er ging hinter ihr durch den Tunnel, der zur Arena führte. Er sah, wie angespannt sie war.

»Warum hassen die anderen Albenkinder uns Elfen?«

»Ganz genau kann ich es mir nicht erklären. Schließlich ist es nicht unsere Schuld, dass wir die Letzten in der Schöpfung der Alben waren und schlichtweg am vollkommensten sind. Vielleicht liegt es daran, dass einige von uns mit den Himmelsschlangen paktiert haben und deren Meuchler wurden. Vielleicht gefällt es ihnen aber auch nur, zerstört zu sehen, was von für sie unerreichbarer Schönheit ist.«

»Worin liegt da der Nutzen? Wer gewinnt, wenn man der Welt etwas Schönes raubt?«

Falrach seufzte. Diese Frage vermochte er auch nicht zu beantworten.

Sie erreichten eine rostverkrustete Gittertür. Dahinter lag die Arena, ein kleines ummauertes Rund von vielleicht fünf Schritt im Durchmesser. Der Boden war ganz und gar mit zähem, rotem Schlamm bedeckt.

»Es wird nicht leicht, dort die Balance zu halten«, murmelte Falrach beklommen.

»Ich habe schon auf schwierigerem Untergrund geübt«, entgegnete Emerelle zuversichtlich.

Wusste sie, was für ein himmelweiter Unterschied zwischen einer Übung und einem richtigen Kampf lag? »Das ist gut«, sagte er mit fester Stimme. »Dann bist du im Vorteil.«

Er blickte zu den Rängen hinauf. Die unterirdische Arena war schlecht beleuchtet. Ein Wagenrad, auf dem zwei Dutzend Öllämpchen befestigt waren, hing hoch über dem Kampfplatz. Mehr Licht gab es nicht. Dafür aber noch einige bronzene Weihrauchfässer, die ebenfalls an Ketten von der Decke hingen. Aus ihnen sank blaugrauer Rauch herab, der den Gestank des schwitzenden Publikums zwar überlagerte, nicht aber verdrängen konnte. Die Zuschauer auf den Rängen waren kaum mehr als eine dunkle Masse. Es mussten weit über hundert sein, schätzte Falrach. Er entdeckte Damien und Kobolde, aber auch vereinzelt Elfen. Sogar eine Gruppe von Kentauren war gekommen und drängte sich dicht an die Brüstung.

Die Tribünen lagen etwa zwei Schritt höher als der Kampfplatz. Ihnen schräg gegenüber stand auf einem Podest ein Lehnstuhl, geschmückt mit üppigem Schnitzwerk. Jubal hatte darauf bereits Platz genommen. Zwei Damienmädchen fächerten ihm Luft zu, während ihm ein kleiner Junge einen Silberpokal reichte. Als der Gebieter der Arena Emerelle und Falrach sah, hob er seinen Becher zum Gruß.

Über anderen Podesten waren kleine Baldachine aufgezogen, von denen zu den Seiten und nach hinten hin Wände aus bunt bemalten Seidentüchern gespannt waren. Sie schirmten die erlauchten Gäste auf diesen Plätzen vor den Blicken des restlichen Publikums ab. Vor eines dieser zum Kampfplatz hin offenen Zelte, dessen Baldachin aus orange gefärbter, mit schwerer Goldstickerei veredelter Seide gefertigt war, hatte man einen Schleier aus feiner Gaze gehängt, sodass nicht deutlich zu erkennen war, wer dort saß. Es schien ein einzelner Mann zu sein, etwa elfengroß.

Das hohe Eisengatter unter Jubals Podest schwang auf, und ein Minotaur trat in die Arena. Selbst unter den Seinen, die mit mehr als dreieinhalb Schritt zu den größten Zweibeinern Albenmarks gehörten, musste er ein Hüne sein. Seine prachtvollen Hörner waren mit Goldblech beschlagen, und er trug einen Lendenschurz, der von einem breiten, ebenfalls mit Gold beschlagenen Gürtel gehalten wurde. Als er seine doppelköpfige Axt über den Kopf erhob, verstummte das Publikum.

Die breite Brust des Hünen war mit blauschwarzen Tätowierungen bedeckt, in deren Mitte eine stilisierte Sonne prangte, wie sie Falrach in den letzten Tagen immer wieder schon an den Kindern der Damien aufgefallen war.

»Benenne unsere Kämpfer, Asterion«, befahl Jubal mit seiner seltsamen Fistelstimme, ohne sich dabei von seinem Sitz zu erheben.

»Höret!«, rief der Minotaur, und es klang wie Donner. »Jubal der Prächtige erlaubt sich heute, euch erneut mit einem Zweikampf zu unterhalten. Und glaubt mir, es wird keine Gossenschlägerei sein, wie sie in anderen Arenen geboten wird. Jubal ist ein Künstler des Blutes, ein Genie der Gewalt, ein Titan des Gemetzels.«

Falrach sah, wie sich der Arenenbesitzer mit einem selbstgefälligen Lächeln auf seinem Thron zurücklehnte und die Schmeicheleien genoss.

»Wir verkaufen euch mehr als nur einen Kampf. Wir verkaufen eine Geschichte. Seht, wie eine Tragödie aus dem fernen Carandamon heute in dieser Arena erneut Gestalt annimmt. Jubal hat weder Kosten noch Mühen gescheut und eigens eine Elfe aus dem grausamen Volk der Normirga hierherbringen lassen.«

Falrach blickte zu Emerelle. Sie drückte die riemenumwickelten Fäuste gegen das rostige Gitter. Ihre Lippen waren so fest zusammengepresst, dass ihr Mund nur noch ein blasser Strich war. War sie vielleicht wirklich eine Normirga? Die Worte des Minotauren schienen sie aufzuwühlen.

»Last euch nicht von dem Namen täuschen, den sie unter Elfen trägt. Ihr wisst, dass das Volk der Letzterschaffenen Grausamkeit gern hinter schönen Worten versteckt.« Er deutete mit einer weit ausholenden Geste auf ihre Gittertür. »Tritt in die Arena, Tanzende Schneeflocke.«

Das Eisengitter schwang auf.

Emerelle wandte sich ihm zu. »Tanzende Schneeflocke? Das ist nicht sein Ernst!«

»Vielleicht«, sagte Falrach, »soll der Name deine Anmut und Zerbrechlichkeit ausdrücken. Niemand tritt unter seinem richtigen Namen in einer Arena auf.«

Sie machte ein nachdenkliches Gesicht. Dann trat sie in die Arena und ging bis in die Mitte des Runds. Ihr haftete etwas Linkisches an. Sie war es offensichtlich nicht gewohnt, sich vor Publikum zu bewegen. In der Mitte der Arena angelangt, machte sie die einstudierte Pirouette. Die schmalen Seidenstreifen ihres Kostüms wirbelten hoch und fächerten auf, als sie sich um die eigene Achse drehte.

»Tanzende Schneeflocke!«, rief der Minotaur noch einmal

und deutete auf Emerelle. Dann wandte er sich zu dem großen Tor um, durch das er in die Arena gekommen war. »Und hier, verehrte, grausame Gäste: Zornbal Blutsäufer! Einige von euch kennen ihn schon, doch nie zuvor trat er in einem gerechteren Kampf auf. Auch unser Troll stammt aus dem fernen Carandamon. Sein halbes Rudel wurde durch die Elfen aus dem Volk der Normirga ausgelöscht. Fast ein Leben lang sinnt er schon auf Rache an den Mördern. Und hier, in dieser Stunde, werdet ihr alle in Jubals Arena Zeugen sein, wie sich sein Schicksal erfüllt. Wir mussten ihn in Ketten legen, um seinen lodernden Zorn zu bändigen. Nun schließt eure Wetten ab! Setzt euer Silber! Wer wird in dieser schicksalsträchtigen Nacht obsiegen? Tanzende Schneeflocke, aus deren Volk so grausame Mörderinnen hervorgingen wie Nandalee, die schärfste Klinge des Erstgeschlüpften? Oder Zornbal Blutsäufer, der heute Nacht Gerechtigkeit sucht?«

Emerelle sah zu ihm hinüber. Sie wirkte irritiert. Wenn nicht gar ängstlich. Falrach ertappte sich bei dem Gedanken, dass er um keinen Preis an ihrer Stelle sein wollte. Und ihm war nur allzu bewusst, dass Emerelle ohne ihn dort niemals gelandet wäre. Alles, was ihr widerfahren würde, wäre seine Schuld.

Ein wilder, animalischer Schrei erklang. Das beständige Murmeln auf den Rängen der Arena verstummte. Jetzt war ein Klirren zu hören wie von Ketten, die zum Zerreißen gespannt wurden.

Falrach schluckte. Was hatte er getan? Emerelle sah so verletzlich in diesem albernen weißen Kleid aus.

»Erhöht eure Einsätze!«, rief Asterion. »Lange werden die Ketten Zornbal nicht mehr halten.«

Falrach hatte sein Silber schon gesetzt. Er dachte an Jubals mitleidiges Lächeln, als er ihm persönlich die wenigen Münzen überreicht hatte.

Jetzt schoben sich paarweise Kobolde durch die Reihen des Publikums, wo sie von allen Seiten bedrängt wurden. Jeweils einer von ihnen sammelte das Geld ein und ließ es umgehend in einer kleinen eisenbeschlagenen Kiste verschwinden, die er vor dem Bauch trug, während der zweite in fliegender Eile etwas in einem Büchlein notierte. Namen und Zahlen – Falrach kannte das gut. Er hatte schon viel Silber in solchen Büchlein versenkt.

Ein leiser Trommelwirbel begann. Dann fiel eine Sackpfeife ein. Er hatte das Gefühl, dass es bei den Wetten nun hektischer zuging. Wieder ertönte ein wildes Brüllen aus dem Tunnel, den Asterion augenscheinlich angespannt beobachtete.

Plötzlich verstummten alle Instrumente, und der Minotaur hob seine Axt. »Möge der Kampf beginnen.«

Emerelle tänzelte nervös von einem Fuß auf den anderen.

Der Tunnel auf der gegenüberliegenden Seite der Arena schien einen gewaltigen Felsbrocken auszuspeien. Zornbal war nackt. Seine Haut hatte die Farbe von dunkelgrauem Granit. Er war fast drei Schritt groß, seine Fäuste, die er wütend über den kahlen Schädel hochriss, so groß wie Falrachs Kopf.

Für einen Moment verharrte er zwei Schritt vor dem Tunnelausgang, blickte wutschnaubend über die Ränge des Publikums und ließ seine Muskeln spielen, bis die Leute vor Begeisterung tobten. Sein Leib war mit wulstigen Narben bedeckt, die sich zu Mustern und primitiven Vogelfiguren fügten, als hätte er sie sich absichtlich beigebracht.

Langsam drehte er sich zu Emerelle. »Du tot!«, sagte er in der Zunge der Elfen, was Falrach einigermaßen überraschte. Fremdsprachenkenntnisse hätte er diesem Fleischberg nicht zugetraut.

Emerelle erwiderte nichts darauf. Sie hielt dem Blick des Trolls stand und blieb so ungerührt, als wäre sie an der Seite solcher Ungeheuer aufgewachsen.

Zornbal verschränkte seine Finger ineinander und ließ die Gelenke knacken. In dem Moment sprang Emerelle vor und verpasste dem Troll aus einer halben Körperdrehung heraus einen wuchtigen Tritt gegen das Knie. Ein Knall – wie von einer reißenden Sehne – hallte durch das Gewölbe. Das Publikum schrie auf.

Falrach atmete erleichtert auf. Das fing besser an, als er zu träumen gewagt hätte.

Der Troll knickte ein und riss den Mund auf, brachte aber keinen Laut mehr hervor, denn Emerelle machte einen Satz in die Höhe, und ein zweiter Tritt traf den Troll am Kehlkopf.

Die Wucht des Treffers warf ihn nach hinten. Er stürzte in den roten Schlamm. Röchelnd packte er sich mit seinen riesigen Händen an die Kehle, während die Zuschauer ungläubig die Hälse reckten.

Falrach glaubte nicht, was er da sah. Das durfte nicht sein! Begriff Emerelle nicht, was sie da tat? Das war ihr Ende!

Die Elfe wandte sich an Asterion. »Du solltest ihm mit einem Dolch die Luftröhre öffnen und ein Silberröhrchen einführen, sonst wird er ersticken.«

Der Minotaur sah sie perplex an. »Ich hab kein Silberröhrchen ...«

Nun herrschte Totenstille in der Arena.

Emerelle zuckte mit den Schultern und sah auf den Troll, der sich immer verzweifelter wand.

»Ich fürchte, du wirst kein Elfenblut mehr saufen, Zornbal«, sagte sie kühl, wandte sich von ihm ab und kam dann ruhigen Schrittes auf Falrach zu. »Holen wir unser Geld, Spielmeister.«

Erwachen

Der Duft von Minze und Zitronenschalen war das Erste, was in Melianders Bewusstsein drang. Er lag still. Atmete. Die Augen geschlossen. Jedes Mal, wenn er Luft holte, spürte er einen leichten Schmerz im Rücken.

Er hörte sich atmen. Doch waren da noch andere Geräusche. Als würden Hände aneinandergerieben. Untermalt von einem leisen Klingen.

Klangspiele ... Die Hütte im See!

Er schlug die Augen auf. Sah schlanke weiße Hände dicht über seinem Gesicht. Sie verströmten den Duft.

»Möge das Regenbogenlicht dich umfangen und dein Dunkel vertreiben«, sagte eine sanfte Stimme.

Die Hände glitten anmutig zur Seite, und er blickte in ein blasses Gesicht, beherrscht von grünen Augen, die an Schönheit selbst die der Dryade Gylla übertrafen. Dunkel wie Moos, schienen sie von einem bernsteinfarbenen Leuchten durchdrungen.

Er blinzelte. War das ein Traum? Mit geschlossenen Augen zählte er stumm bis drei. Dann schlug er die Lider erneut auf.

Das Gesicht senkte sich ihm entgegen. Zarte Lippen berührten seine Stirn. »Bleib liegen«, hauchte sie.

»Warum?« Er war erstaunt, wie viel Kraft es ihn kostete, auch nur ein einzelnes Wort zu sagen.

»Du hast viel Blut verloren.« Sie rückte ein wenig von ihm ab. Jetzt erst sah er, dass sie nackt war. Meliander blickte an sich hinab. Auch er war unbekleidet.

»Vier Pfeile haben dich getroffen. Du kannst von Glück sagen, dass du wie dein Bruder bist. Jeder andere wäre tot gewesen.« Sie stand auf und rollte eine der Matten hoch, welche die Tür- und Fensteröffnungen der Hütte verschlossen.

Als Meliander auf den See blickte, sah er, dass sich etliche der schneeweißen Seerosen rot verfärbt hatten.

»Ich konnte nach dir greifen. Du warst bis an die unsichtbare Mauer gelangt. Dennoch wäre ich fast zu spät gekommen ...«

»Ich ...« Er nahm all seine Kraft zusammen und wusste doch, sie würde nicht ausreichen. Silbe um Silbe rang er sich ab: »... dein Mörder.« Hatte sie ihn verstanden?

»Ja, ich fürchte dich, Meliander. Du wirst mein Mörder sein, das waren die Worte deines Bruders. Aber hätte ich zugesehen, wie du im See versinkst, obwohl ich dir hätte helfen können, wäre dann nicht ich eine Mörderin? Es war dieser Gedanke, der mich ins Wasser springen ließ.«

Sie wirkte ernst, aber nicht ängstlich, dachte er. Warum auch. So hilflos, wie er war, war er keine Gefahr. Und bis er wieder zu Kräften gelangte, würde er sie davon überzeugen, dass er ihr niemals etwas zu Leide tun würde.

»Ich habe dir eine Fischsuppe gekocht. Sie wird dich beleben und deine Aura wieder leuchten lassen. Dein Licht ist fast verblasst.«

Unfähig, mehr als nur den Kopf zur Seite zu drehen, sah er zu, wie sie zu einer gemauerten Feuerstelle in der Mitte der Hütte ging. Dort beugte sie sich über einen kleinen Kupferkessel, kostete mit einem Holzlöffel von ihrem Sud, streute ein paar dunkle Kräuter hinein und probierte erneut.

Er hätte ihr stundenlang einfach nur zusehen können. Jede

ihrer Bewegungen war voller Anmut. »Wie heißt du?«, fragte er sie.

»Die Maurawan nennen mich Mailyn.« Sie kehrte an sein Lager zurück, kniete sich hinter ihn, bettete sein Haupt auf ihre Schenkel und begann, ihn zu füttern.

Die Suppe schmeckte bitter wie Galle.

Er aß langsam, auch um den Augenblick der Nähe so lange wie möglich zu genießen. Als sie seinen Kopf schließlich wieder auf die einfache Matte bettete, breitete sich eine wohlige Wärme in ihm aus, und er fühlte sich tatsächlich gekräftigt. Sein Blick schweifte durch die karg eingerichtete Hütte. Es gab nur das Notwendigste. Zugleich war auffällig, dass Mailyn sich bemühte, allem, was sie besaß, Schönheit zu verleihen. Die Matten vor den Fensteröffnungen waren auf der Innenseite mit Fischen bemalt oder mit nebelverhangenen Berglandschaften. Die Enden der Balken, die das Dach trugen, waren mit geschnitzten Blumenranken verziert. Nirgends wirkte der Schmuck überbordend. Er war schlicht, manchmal fast skizzenhaft.

Mailyn hatte sich ein Stück von ihm entfernt mit gekreuzten Beinen auf einer Matte niedergelassen. Die Augen geschlossen, den Oberkörper gerade, wirkte sie völlig in sich selbst versunken. Sie war eins mit sich und der Welt.

Meliander sah Mailyn an, bis ihm die Lider schwer wurden. Er war von Pfeilen durchbohrt worden und nur knapp dem Tod entronnen. Jeder Atemzug schmerzte ihn, und doch hatte er sich noch nie so glücklich gefühlt. Sie einfach nur anzusehen erfüllte ihn mit stillem Frieden.

Von der Harmonie der Welt

»Du bist von schönem Wuchs.«

Meliander blickte scheu zur Seite, während Mailyn eine Hand in seinen Schoß legte und sanft streichelte, was dort erwachsen war.

»Mache ich dich verlegen?«

Was sollte er darauf antworten? Würde er kindlich wirken, wenn er das Offensichtliche eingestand? Er wollte nicht hinter seinen dunklen Bruder zurückfallen. Aber lügen mochte er auch nicht.

Ohne es zu wollen, seufzte er.

»Lass deinen Kummer los, Meliander. Du musst mir nicht antworten.«

Sie sah ihn an, und er konnte an nichts anderes als ihre wunderschönen grünen Augen denken.

»Weißt du, wann wir eins mit der Welt sind? In den Momenten, in denen wir uns lieben. In denen wir uns einander schenken, voller Reinheit, ohne Absichten, ohne Gier und dunkle Gedanken. Wenn wir ganz Augenblick sind und ganz Ewigkeit.«

Er verstand nicht wirklich, wie sie das meinte. Ganz Augenblick und ganz Ewigkeit. Aber die Art, wie sie ihn streichelte, weckte ein neues, ein unvertrautes Gefühl in ihm. Er fühlte sich tatsächlich fortgetragen. Ein Wohlgefühl durchflutete seinen ganzen Körper, das noch besser war als jene Vorfreude, wenn der Troll Abrax für ihn und Emerelle in der Kombüse in frostigen Nächten heimlich warmen Vanillepudding gekocht hatte. Bei dem Gedanken daran konnte er förmlich spüren, wie die köstliche Süßigkeit in seinem Mund zerschmolz. Es war eine Wonne ...

Er keuchte auf, sah an sich hinab. Auf die zähen, weißen Tropfen auf seinen Schenkeln. Wie peinlich! Ihm war unklar, wie das hatte geschehen können. Er hatte sich nie zuvor ...

Mailyn tupfte mit einem kleinen Tuch seine Schenkel sauber, als wäre es das Selbstverständlichste der Welt. Dabei lächelte sie versonnen. »Du hast dich lange nicht mehr entspannt.«

»Das habe ich noch nie. Ich ...« Er wusste nicht, wie er sich entschuldigen sollte.

Plötzlich wirkte sie betroffen. »Noch nie? Das war dein erstes Mal?« Sie senkte den Blick. »Bitte entschuldige. Das hätte anders sein sollen. Ich wusste nicht ...«

Er nahm ihre Hände und drückte sie fest gegen seine nackte Brust, wo, von unbekannter Erregung aufgewühlt, wild sein Herz schlug. »Entschuldige dich nicht für den schönsten Augenblick, den ich in meinem Leben genießen durfte.«

Ihre grünen Augen sahen ihn forschend an. Sie wirkte erleichtert, obwohl eine gewisse Anspannung blieb. »Woran hast du gedacht? Ich konnte spüren, dass du nicht ganz bei mir warst. Gibt es eine, der du dein Herz geschenkt hast?«

Es wunderte Meliander, dass sie glaubte, er hätte an eine Frau gedacht. »Ich ...« Die Wahrheit, ermahnte er sich stumm. Sie würde es merken, wenn er log, und die falschen Schlüsse ziehen, auch wenn eben kein Vorwurf in ihrer Stimme gelegen hatte. »An heißen Vanillepudding. Als ich Kind war, hat ihn Abrax, ein Troll, manchmal für mich und meine Schwester gekocht. In stürmischen Winternächten spätabends bei einem kleinen Öllicht in der Kombüse zu sitzen und mit meiner Schwester den noch dampfenden Pudding zu essen ...« Er seufzte. »Das war gut.«

Mailyn schüttelte den Kopf und zog ihre Hände zurück. Sie sah ihn durchdringend an. Suchte etwas in seinen Augen, seinem Mienenspiel. »Du bist anders als dein Bruder«, sagte sie ernst. »Ein Troll, der dir Vanillepudding kocht. Ich spüre, dass du die Wahrheit sagst. Und doch erkenne ich nicht meine Welt in deinen Worten. Auch die deines Bruders nicht ...« Sie rückte von ihm ab. »Das Blut deines Vaters ist stark in dir. Meine Brüder und Schwestern werden versuchen, dich zu töten.«

»Warum? Was habe ich ihnen getan?«

»Du könntest werden wie dein Bruder. Ihm haben sie geholfen, bis er zu machtvoll wurde. Diesen Fehler werden sie nicht wiederholen.«

»Aber du sagtest doch, ich sei anders«, beharrte Meliander.

»Vielleicht wird das alles noch schlimmer machen.« Ihr Blick wanderte über den See zum dunklen Wald. »Sie sind noch da. Sie warten auf dich.«

Er erhob sich stöhnend. Noch immer schmerzte sein Rücken bei jedem Atemzug, aber er fühlte sich nicht mehr so schwach. »Dann werde ich gehen. Ich werde nicht abwarten, bis sie hierherkommen, um mich zu holen, und dir vielleicht ein Leid geschieht.«

Mailyn trat ihm in den Weg. »Sie können nicht hierher. Der Bannzauber hält sie fern, solange ich sie nicht bitte, hierherzukommen. Sie fürchten die Hütte. Etwas von der Macht deines Bruders ist hier zurückgeblieben.«

»Aber sie werden dich hassen, wenn du mich beschützt!«, begehrte Meliander auf. »Ich werde das nicht dulden ...«

»Wir haben schon lange miteinander gebrochen. Sie ... sie haben mich geopfert, als sie keinen anderen Weg mehr sahen.«

Sie blickte zum Wald. »Bevor sie mich hierherbrachten, haben sie mich aus ihrer Gemeinschaft ausgeschlossen. Ich bin keine Maurawani mehr.«

Er verstand wieder einmal nicht, was sie sagte, aber er spürte, dass es nicht die rechte Zeit war, sie zu bedrängen. Sie würde nicht antworten. Er folgte ihrem Blick. Er war schon drei Tage hier in ihrer Hütte. Einige der Seerosen draußen auf dem Wasser waren blutrot. Die meisten jedoch nur blassrosa. Bei allen begann die Farbe bereits wieder zu verblassen. War es wirklich sein Blut, das die Blüten gefärbt hatte?

»Du hast meine kleine Welt verändert, Meliander.« Sie nahm erneut seine Hände.

Er schwieg, dankbar, dass ihr Gespräch in weniger tückisches Fahrwasser driftete.

»Nun, da ich dich ein wenig kenne, bin ich froh, dass du hierhergekommen bist. Auch wenn die Blumen auf dem Wasser wie ein Orakel sind.«

»Wie meinst du das?«

»Du hast meine Welt bunter gemacht. Der Preis dafür ist Blut. Aber ich werde ihn gern zahlen.«

Das genügte ihm jetzt an düsteren Reden. »Der Preis ist gezahlt.« Er hielt ihre Hände fester und sah sie fordernd an. »Ich werde dir kein Leid zufügen. Und ich würde mein Leben geben, um Leid von dir abzuwenden.«

»So schnell, schöner Jüngling?« Sie lächelte ihn an. »Du kennst mich doch kaum.«

»Mein Herz kennt dich.« Er war sich bewusst, dass er einen Satz benutzte, den er sich angelesen hatte, doch war er froh, ihn zu kennen. Mailyn, seine Gefühle … All dies war ihm so fremd und zugleich so überwältigend, dass es ihm kaum gelang, angemessene eigene Worte zu finden.

»Du sollst wissen, mit wem du es zu tun hast.« Sie bedeutete ihm, auf einer der Matten am Boden Platz zu nehmen. Dann setzte sie sich unmittelbar vor ihn.

Meliander empfand die Lage als grotesk. Sie beide waren nackt, doch Mailyn legte einen Ernst an den Tag, als stünde sie vor einem Tribunal.

»Dein Bruder kam noch sehr jung hierher in den Wald. Mein Volk wusste, dass der Erstgeschlüpfte ihn gebracht hatte und er unter dem Schutz des Ältesten der Drachen stand. Er schien ein Kind zu sein. Anfangs liebten die Jäger ihn, denn er war wild und furchtlos. Er ging mit ihnen auf die Pirsch, doch benutzte er weder Pfeil und Bogen noch einen Speer oder eine andere Waffe. Er tötete mit seinen Händen und Zähnen. Er fraß vom noch warmen Fleisch seiner Beute ... Als sie das sahen, hielten sie ihn zunächst nur für seltsam. Dann jedoch erkannten sie die Dunkelheit in ihm. Sie zogen sich von ihm zurück. Aber er brauchte sie nicht, hatte sie nie gebraucht. Er mochte aussehen wie ein Kind, doch war er es nie gewesen. Er überlebte allein im Wald.

Nie hat er uns seinen Namen genannt. Doch mein Volk fand viele Namen für ihn: Blutkind, der Grausame, Fleischreißer ... Am Ende aber nannten sie ihn alle Dorchadas, was so viel wie Dunkelheit bedeutet. Denn das war das Schrecklichste an ihm. Er trug eine Dunkelheit in sich, die auch auf den Wald übergriff, und er veränderte sich, wenngleich sehr langsam. All dies geschah, bevor ich geboren wurde.

Anfangs mieden die Maurawan ihn. Doch dann erfuhren sie vom Tod des Erstgeschlüpften, und sie begannen zu hoffen. Als über Jahre kein anderer der alten Drachen kam, um sich des Jungen anzunehmen, beschlossen sie, ihn zu töten und unserem Wald den Frieden zurückzugeben.

Doch Dorchadas war zu stark geworden. Die Pfeile, die sie auf ihn abschossen, drangen nicht tief genug in sein Fleisch ein.

Er überlebte und nahm Rache. Für jedes Geschoss, das ihn getroffen hatte, löschte er eine Sippe aus.« Mailyn versank in Schweigen. Sie wirkte, als durchlebte sie die Schrecken der Vergangenheit erneut.

»Warum habt ihr nicht die Himmelsschlangen um Hilfe gebeten? Oder die Weiße Frau?«

Zorn blitzte in ihren grünen Augen auf. »Weil wir die Maurawan sind. Wir bitten niemanden um Hilfe.« Sie ballte die Hände zu Fäusten. Dann atmete sie schwer aus. Zum ersten Mal sah er diese wilde, zornige Seite an ihr. »Meine Sippe gehörte zu denen, die von Dorchadas heimgesucht wurden. Er hat sie alle getötet, und er hat …« Ihre Stimme stockte. »Er hat … von ihnen gegessen. Nur mich hat er verschont. Er ließ mich inmitten der Toten liegen, für die Wölfe und Raben oder die Jäger anderer Sippen. Wer immer zuerst kommen würde. Ich kann mich an all das nicht erinnern. Ich weiß davon nur aus Erzählungen. Ich konnte kaum laufen …

Nach diesen Bluttaten versuchten die Maurawan nie wieder, Dorchadas zu töten.

Seine Dunkelheit wurde immer stärker im Wald spürbar. Sie griff auf einige der beseelten Bäume über. Zwei verdorrten. Denen, die überlebten, kommt man besser nicht mehr nahe. Manche aus meinem Volk behaupteten, die Dunkelheit greife sogar nach uns.

Dein Bruder aber unternahm immer weitere Streifzüge. Er errichtete den Schädelplatz. Hast du diesen Ort des Grauens gesehen? Er liegt nicht weit entfernt von hier.

Manchmal war er für viele Monde verschwunden, doch stets wenn wir schon glaubten, er würde nicht mehr zurückkehren, brachte er eine neue Trophäe.

Ich wuchs heran. Wurde von Sippe zu Sippe gereicht. Ich gehörte zu niemandem. Irgendwann brachten sie mich zu der

Weißen Frau, und sie entschied, ich könne das Heilmittel für den Wald sein, denn ich sei besonders rein, unberührt von dem Übel, das sich im Wald ausbreitete. Sieben Jahre blieb ich bei ihr. Sie unterwies mich in allem. Ich sollte Dorchadas gefallen, und das auf vielfältige Weise. Sie lehrte mich, die Harmonie der Welt zu erkennen. Brachte mir bei, dass es das Gute nur geben konnte, wo auch das Böse war. Tod und Geburt, Tag und Nacht, sie brauchen einander. Ich sollte das Licht sein, das seine Dunkelheit trank.«

Meliander hörte mit wachsendem Unbehagen zu. Die Maurawan waren die Feinde seines Bruders, und Mailyn war eine von ihnen. Ihren Worten war nicht zu trauen!

»Die Weiße Frau erklärte mir, dass ich geboren wurde, um den Wald zu retten. Dass ich das Opfer sein müsse und es meine Aufgabe sei, seine Dunkelheit in mich aufzunehmen, damit der Wald und mit ihm auch mein Volk genesen könne. Doch dies könne nur gelingen, wenn ich freiwillig zu ihm ginge und bereit wäre, der Dunkelheit seiner Seele das Licht wahrer Liebe entgegenzusetzen.

Du kannst dir nicht vorstellen, welches Grauen mich ergriff, als sie mir dies zum ersten Mal sagte. Ich sollte mich dem Mörder meiner Sippe hingeben, und ich sollte es aus Liebe tun … Ich habe lange gebraucht, um mich damit abzufinden. Aber vielleicht hatte ja auch Dorchadas etwas in mir gesehen. Vielleicht war uns beiden von Anbeginn der Schöpfung dieses Schicksal von den Alben bestimmt, und deshalb hatte mich dein dunkler Bruder verschont.« Sie zuckte mit den Schultern. »Wer weiß?«

»Hast du nie daran gedacht, einfach fortzulaufen?«

Mailyn schaute ihn überrascht an. »Und mein Volk zu verraten? Nein, das kam mir nie in den Sinn. Ich hatte Angst, ich könnte ihm nicht genügen. Fürchtete, ich würde seine Liebe nicht gewinnen. Oder schlimmer noch: Er würde mich lieben, aber deshalb vor seiner Dunkelheit beschützen, und am Ende wäre nichts für den Wald und mein Volk gewonnen.«

Sie sah ihn an, als wartete sie auf eine Frage von ihm.

Meliander wollte es nicht wissen. Dass Mailyn und sein Bruder zueinander gefunden hatten, war offensichtlich. Jedes weitere Wort wäre ihm eine Last auf der Seele. Er wollte nicht erfahren, wie sie Dorchadas umgarnt hatte.

»Im Frühling vor elf Jahren ging ich zu ihm«, sagte sie schließlich.

Meliander hob abwehrend die Hände. »Du musst mir das nicht erzählen. Ich will ... Es ist für mich ohne Belang, was war. Nur was ist, zählt.«

»Dann müsste es dir doch egal sein zu erfahren, wie ich mit deinem Bruder gelebt habe.«

Der Logik dieser Worte vermochte er sich nicht zu entziehen. Er fühlte sich ertappt. Wieder einmal machte sie ihn sprachlos.

»Er war anders, als ich erwartet hatte. Ich habe etwas an ihm gefunden, was ich aufrichtig lieben konnte. Seine Dunkelheit fiel nicht mehr auf den Wald, wenngleich es noch lange dauern wird, bis er sich von Dorchadas erholt haben wird. Dein Bruder hat mir diese Hütte gebaut. Er mochte es, dem Nebel über dem Wasser zuzusehen. Vielleicht wollte er mich auch dem Zugriff der Maurawan entziehen, ohne mich aus den Wäldern fortzubringen. Sie hatten mich verstoßen, bevor ich zu ihm ging, jedes Band zwischen mir und ihnen durchtrennt. Ich sollte ganz die Seine sein. Aber dann kam jene Nacht ...« Der Klang ihrer Stimme hatte sich verändert. Sie war rauer geworden. »Dorchadas war aufgewühlt. Ein Gewitter zog über den Wald. Es regnete in Strömen. Er wob große Magie, nahm von der Kraft des Waldes und von jenem Ort der Dunkelheit, an dem er die Schädel seiner Opfer aufgespießt hatte. Er wollte mir nicht sagen, was er tat. Er weinte und fluchte … All diese Gefühle band er in sein Werk. Dann ließ mich ein Wort der Macht einschlafen.

Als ich erwachte, war Dorchadas verschwunden, der Kreis aus Seerosen umgab das Haus, und ich war gefangen. Er hatte den Bannkreis gezogen. Ich kann meine Arme hinausstrecken, um jemanden oder etwas hineinzuziehen, aber ich kann ihn nicht durchschreiten. Und nichts und niemand kann zu mir gelangen, ohne von mir dazu eingeladen zu sein.

Neun Jahre und acht Monde ist es nun her, und alles, was er zurückließ, waren ein paar Zeilen auf einem Stück Birkenrinde. Sie erklärten nicht, warum er ging, sondern kündigten dein Kommen an und warnten mich eindringlich vor dir.« Ihr Blick schweifte in die Ferne, zu dem Wald am Ufer. »*Hüte dich vor Meliander. Er ist anders als ich. Er wird dich mit seinen guten Absichten töten.*«

Bei den letzten Worten klang ihre Stimme, als erinnerte sie sich an jenen Wortlaut, in dem ihr Schicksal beschlossen lag, so klar, als hätte sie ihn eben erst gelesen.

»Das ist eine Lüge. Wie konnte er überhaupt wissen, dass ich kommen würde?« Glaubte sie seinem dunklen Bruder? Sie wirkte traurig.

»Er wusste vieles«, sagte sie leise. »Und alles wurde wahr.«

»Mich kannte er nicht«, entgegnete Meliander entschieden.

»Wir sollten die Welt nicht mit unserer Bitternis besudeln.« Sie schenkte ihm ein Lächeln, das ein wenig gezwungen wirkte. »Veredeln wir unser Schicksal, indem wir es mit Freude annehmen.«

Etwas an ihren Worten ließ ihm einen Kloß in den Hals steigen. »Wie meinst du das?«

»Mit Leidenschaft, Liebe und Freude … Damit schenken wir der Welt Kraft. Alle unsere Gefühle verändern unsere Aura. Und von unserer Aura zehrt das magische Netz, das alles miteinander verbindet. Ich habe von ihm genommen, als ich deine Wunde geheilt und dich von der Schwelle des Todes zurückgeholt habe. Und ich bereue es nicht, ganz gleich, welche Nachricht mir Dorchadas hinterlassen hat. Mir ist es bestimmt, Harmonie in die Welt zu tragen.« Sie lächelte, und jetzt hatte dieses Lächeln wieder dieselbe Strahlkraft wie an jenem ersten Morgen, als er in ihrer Hütte erwacht war. »Und dies ist mein Platz. Dem Wald, in dem ich geboren wurde, werde ich helfen.«

»Ich werde dich dabei unterstützen.« Er war froh, dass sie nicht länger von der Vergangenheit sprach.

»Ja«, antwortete sie schlicht und nickte wissend. »Meine Lehrmeisterin sagte immer, für jede Frau gebe es *einen* ganz bestimmten Mann in ihrem Leben, und dabei lächelte sie, in Erinnerungen versunken.«

Mailyns Blick ging wieder in die Ferne, und Meliander hatte das Gefühl, als würde aus dem Kloß in seinem Hals ein Stein, der ihn zu ersticken drohte. Weilten ihre Gedanken wieder bei seinem Bruder? Hatte sie nicht gesagt, dass sie Dorchadas liebte? Es stand ihm nicht zu, sie zu bedrängen, aber er musste es wissen. »Diesen bestimmten Mann … hast du ihn gefunden?«

»Nein«, sagte sie knapp.

Einen Herzschlag lang war er erleichtert, dass Dorchadas es nicht gewesen war. Dann keimten neue Zweifel in ihm auf. Bedeutete Nein, dass auch er nicht der Eine war, der zu sein er alles gegeben hätte?

Der Flötenspieler

Er griff nach der Schöpfkelle in dem kleinen Kupferkessel, um seine Schale erneut mit Suppe zu füllen, als Mailyn sanft ihre Hand auf seine legte.
»Du solltest nicht zu viel davon essen.«
»Warum nicht? Es ist köstlich.«
»Warte!« Sie ließ ihn los, eilte zu einem Wandbord und brachte ihm ein mit Muschelintarsien geschmücktes Kästchen, das ein wenig länger als sein Unterarm war. »Mach es auf!«
Zögernd klappte er die Schließe aus grün angelaufener Bronze hoch und schlug den Deckel auf. Im Innern lag, auf dunkelrote Seide gebettet, eine Flöte aus schwarzem Holz. Eine Flöte, genau wie jene, die ihm Fillipos geschenkt hatte, als er noch ein Kind war. In klaren Nächten, wenn tausend winzige Lichter am Himmel standen, hatte der Faun viele Stunden mit ihm auf dem Oberdeck des Blauen Sterns verbracht und ihn gelehrt, seine Seele in Melodien sprechen zu lassen. Es war ein langer Weg gewesen. Zwei Mal hatte Meliander seine Flöte vor Wut und Verzweiflung über Bord geworfen, aber beide Male lag sie am nächsten Morgen wieder auf dem kleinen Tischchen neben seiner Koje. Am Ende war er froh gewesen, dass er nicht aufgegeben hatte. So viele Nächte hatten sie gemeinsam auf ihren Flöten gespielt. Die Musik hatte ihm Frieden geschenkt. Hatte ihn die Mutter vergessen lassen, die ihn verlassen hatte, ohne je wieder zurückzukehren.

»Woher weißt du …?«

»Er hat es gewusst, nicht ich.«

Meliander zögerte, nach dem Instrument zu greifen. Wie war es möglich, dass sein dunkler Bruder ihn so gut kannte?

»Spielst du für mich?«

Sie sah ihn auf eine Art an, dass er ihr die Welt zu Füßen gelegt hätte. Meliander nahm das Instrument aus dem Kästchen. Es lag ihm so vertraut in den Händen, als wäre es immer schon seines gewesen. Er setzte es an die Lippen und versuchte sich zaghaft an ersten Tönen. Es folgte eine Melodie. Alles war wieder da. Er hatte das Flötespielen vermisst, ohne dass er sich dessen bewusst gewesen war.

Seine Finger tanzten über das polierte Holz. Er ließ die Musik aus sich hinausfließen. Legte seine Gefühle hinein. Seine Unsicherheit, allein in diese so wundersame Welt gestoßen zu sein, seine Gefühle für Mailyn. Das Begehren und den Wunsch, sie einfach nur in den Armen zu halten und vor allem zu beschützen – vor den Maurawan, die sie verstoßen hatten, und seinem dunklen Bruder, der ein undurchsichtiges Spiel mit ihr trieb.

Irgendwann öffnete er die Augen wieder. Er wusste nicht, wie viel Zeit verstrichen war. Mailyn hatte Öllichter entzündet und die Suppenschalen fortgeräumt. Sie hatte ein durchscheinendes Tuch um ihre Hüften geschlungen, die beiden Enden hochgenommen und im Nacken verknotet, sodass der Stoff ihre Brüste bedeckte. Ihr Haar war hochgesteckt, doch eine widerspenstige Strähne hatte sich gelöst und hing ihr in die Stirn. Die Art, wie sie ihn ansah, machte ihn so glücklich wie nichts zuvor in seinem Leben. Sie wirkte wie verzaubert.

»Du bist anders als dein Bruder«, sagte sie leise.

Es tat gut, das aus ihrem Munde zu hören. Seit er hier war, hatte er sich nur wie ein Schatten gefühlt. Bei allem, was er tat, wurde er mit Dorchadas verglichen.

»Du hast der Welt etwas von der Magie zurückgegeben, die du von ihr genommen hast. Lass sie uns nun gemeinsam beschenken.« Sie erhob sich mit fließenden Bewegungen.

Der Hauch von Nichts, mit dem sie bekleidet war, erregte ihn mehr als ihre Nacktheit, an die er sich in den letzten Tagen gewöhnt hatte. Sein Blick wurde von ihren Brustwarzen angezogen, die sich dunkel unter dem Stoff erhoben.

»Lass uns das regenbogenfarbene Licht weben.« Ihre Hand strich sanft über seine Wange. Sie nahm ihm die Flöte ab und legte sie an ihren Platz zurück ins Seidenfutter.

Er wusste nicht, was dieses Licht war, erwog, sie zu fragen, und spürte, wie schon dieser Gedanke von der Magie des Augenblicks stahl, und so blieben seine Lippen versiegelt.

Mailyn bewegte sich anmutig um ihn herum. Ihre Hände fuhren über seine Brust. Sie hauchte einen Kuss auf seinen Nacken, der ihm warm werden ließ. Da war eine unvertraute Hitze tief in ihm. Ein fremdes Gefühl. Begehren und zugleich die Gewissheit, alles gefunden zu haben.

Wieder liebkosten ihre schlanken Finger seine Brustwarzen. Dann nahm sie seine Hände und führte sie an ihren Hals.

Er zitterte, als er den Knoten löste, der das zum Kleid gewordene Tuch hielt. Der Stoff sank zu Boden. Er beugte sich vor. Seine Lippen fanden die ihren. Sie verschmolzen in einem Kuss. Ihre Zunge tastete sich vor, fand seine Zunge.

Ein Duft von Minze und Zitrone umfing ihr Haar. Warm lag ihre Haut auf seiner Haut. Als sie sich trennten, stieß sie einen langen Seufzer aus. Ihr Blick glitt an ihm hinab. »Lass uns gemeinsam deine Flöte spielen.« Ihre warmen Finger schlossen sich um sein Fleisch.

Er keuchte. Die Gefühle übermannten ihn. Er verströmte sich und schrie in nie gekannter Lust. Sein Herz stürmte in rasendem Schlag.

Dann war alles vorbei. Seine Knie begannen zu zittern, und er fühlte sich so schwach, dass er sich auf der Stelle hinsetzen musste.

»Das war ...« So überwältigend das Gefühl auch gewesen war, spürte er doch, dass er etwas falsch gemacht hatte. Es war, als hätte er sich im Flötenspiel mit Fillipos allein von seiner Melodie davontragen lassen, ohne darauf zu achten, ob ihre Instrumente noch miteinander harmonierten. »Ich habe ... es falsch gemacht, nicht wahr?« Er konnte ihr nicht in die Augen sehen.

»In der Liebe gibt es kein Richtig und Falsch«, entgegnete sie sanft. Sie ließ sich vor ihm nieder, die Beine weit gespreizt. Seine Milch rann über ihre Schenkel. War nicht mehr weiß, sondern durchscheinend.

Mailyn nahm seine Hände und drückte sie. »Erinnerst du dich noch an die ersten Stunden, in denen du mit dem Flötenspiel begonnen hast?«

Mit Schrecken dachte er an die schrillen Töne und daran, wie stümperhaft seine Finger über das polierte Holz gestolpert waren.

»Ich verspreche dir, dass du viel schneller lernen wirst, dieses Instrument zu spielen.«

Scheu blickte er in ihre Augen. Ihre Lider waren halb geschlossen. Es lag ein sinnliches Verlangen in ihrem Blick, das ihn erschreckte. Er hatte Angst, sie erneut zu enttäuschen.

Mailyn drückte seine Hände gegen ihre kleinen, festen Brüste. Ihre Knospen waren angeschwollen und rieben sich an seinen Handflächen.

»Es gibt viele Wege, einer Geliebten Lust zu schenken. Stell dir eine Melodie vor, die langsam beginnt wie ein träge fließender Bach. Werde eins mit dem Wasser und seinen Bewegungen. Denk dir, wie es alles umfasst, jeden Stein im Bachbett, und sanft über den Sand am Ufer streift.« Während sie sprach, führte sie seine Hände, ließ sie mit langsamen, kreisenden Bewegungen ihre Brüste liebkosen.

Meliander spürte, wie die Glut in ihm erneut erwachte, diese unvertraute Wärme, tief in seinem Inneren.

Mailyn ließ seine Hände los. Einen Herzschlag lang stockte er. Dann nahm er die kreisenden Bewegungen wieder auf. Ihre Haut war zarter als Seide, allein sie zu berühren schon ein sinnliches Erlebnis.

»Erkunde mich. Lass deine Hände ihre eigenen Wege finden«, ermutigte sie ihn.

Zögerlich glitt seine Rechte empor, streichelte Mailyns Hals. Er griff in ihren Nacken und zog sie zu sich, während er sich vorbeugte, bis sich ihre Lippen erneut berührten.

Jetzt war er es, der sie küsste. Erst verhalten, doch bald schon fordernd, voller Leidenschaft.

Der Fluss der Zeit schien sich zu verändern. Irgendwann lagen sie nebeneinander, ohne dass er sich daran erinnern konnte, wie sie niedergesunken waren. Seine Hände waren jetzt überall auf ihrem Körper. Streichelten ihren Rücken und erfreuten sich an ihrem wohligen Erschauern, hielten ihr Antlitz, wenn er sie hingebungsvoll küsste, oder suchten, behutsam tastend, die feuchte Wärme zwischen ihren Schenkeln.

Bald fanden ihre Körper zu einer Harmonie, bewegten sich im Gleichklang ihrer Leidenschaft. Mailyn führte ihn dabei sanft, half ihm, diesen unvertrauten Reigen der Leiber zu erlernen. Darauf bedacht, ihm ungeahnte Wonnen zu schenken, glitt sie über seinen Körper, küsste ihn, um ihn schon im nächsten Augenblick an anderer Stelle zu liebkosen und ihm einen Blick auf die zarte rosa Blüte zu schenken, die sich für ihn geöffnet hatte. Sie kauerte sich über ihn, und die samtenen Blätter der Blüte streichelten über jene Flöte, die er so unvollkommen spielte.

Voller Lust krallten sich seine Hände in ihr Fleisch, so zart und fest zugleich. Er wollte mehr, doch sie genoss es, ihm die letzte Erlösung zu verweigern. Dabei wurde ihr Verlangen immer drängender. Schweiß schimmerte auf ihrer Haut. Plötzlich richtete sie sich auf, stellte sich breitbeinig über ihn, sodass er all ihre Schönheit sah. Er richtete sich auf, doch mitten in der Bewegung setzte sie ihm sanft einen Fuß auf die Brust und drückte ihn zurück auf die Matte. Dann ging sie über ihm in die Hocke.

Ihre Blüte streifte erneut seine Flöte. »Halt mich bei den Fesseln«, hauchte sie.

Seine Hände schlossen sich um ihre Fußgelenke. Mailyn lehnte sich zurück. Ihre Hände senkten sich auf seine Knie. Sie hob ihren Unterleib, kreiste um seine Flöte, um sich dann darauf sinken zu lassen und zu verharren.

Meliander stieß einen erstaunten Schrei aus, so intensiv war das Gefühl, das ihn durchströmte, als sie ihn mit ihrer Hitze umfing.

Langsam begann Mailyn, sich wieder zu bewegen. Ihre Hüften kreisten. Auch sie keuchte jetzt.

Er lag ganz still, überließ sich ihrem Spiel, während sie das Tempo steigerte, um dann erneut plötzlich zu verharren. Aus dem Kreisen wurde ein rhythmisches Auf und Nieder.

Meliander hatte den Kopf gehoben, sah, wie sie miteinander verschmolzen, wie sie eins waren, wie die Wellen der Lust im Einklang über sie hinwegrollten. Er ließ sich von ihrer unerwarteten Wildheit mitreißen, hatte das Gefühl zu fliegen, höher und höher …

Und dann kam das Ende. Überraschend, überwältigend. Er spürte ihr Zucken in dem Augenblick, als er sich verströmte.

Mit einem langen Seufzer ließ sie sich ganz langsam nach hinten sinken, bis sie auf seinen Beinen lag. Auch jetzt zuckte sie noch bei seiner leisesten Bewegung.

»Hast du es gesehen?«, hauchte sie.

Er wusste nicht, wovon sie sprach, zögerte aber, es zuzugeben.

»Das Regenbogenlicht. Öffne dein Verborgenes Auge. Noch umfängt uns ein letzter Abglanz davon.«

Meliander schloss die Augen, öffnete sich für einen Blick auf die magische Welt und war schier überwältigt von dem, was sich ihm offenbarte: Ihrer beider Auren waren miteinander verschmolzen und wogten in allen Farben, die er je gesehen hatte.

Dunkelheit

Er erwachte von dem Blick, der schwer wie ein Fels auf ihm lastete. Mailyn lag neben ihm. Den Kopf auf den Arm gestützt, sah sie ihn an. Erstes Morgenlicht sickerte durch die Spalten der Matten vor den Fenster- und Türöffnungen und tauchte den einzigen Raum der Hütte in Ungewissheit.

»Du bist wie dein Bruder«, sagte sie traurig.

Meliander spürte, wie der Rausch der vergangenen Nacht mit einem Mal erstarb. So wenig er über Dorchadas, wie die Maurawan ihn nannten, auch wusste, war er sich doch ganz sicher, dass er nicht sein wollte wie er.

»Du trägst dieselbe Dunkelheit in dir, nur hattest du mehr Glück als er. Dieser seltsame Ort, von dem du mir erzählt hast, der Blaue Stern ... Die, die sich dort um dich gekümmert haben, haben dir ein Gefäß von Liebe geschenkt, das diese Dunkelheit fast vollständig umfängt.«

Er hörte, wie sie schluckte.

»Ich habe den Deckel von diesem Gefäß angehoben. Ich habe dein Innerstes gesehen, Meliander. Da ist alles, was ich von Dorchadas kannte. Da ist ...«

Er legte ihr die Hand auf die Lippen. Das wollte er nicht hören. Und er würde es nicht als wahr akzeptieren. Er war niemand, der einen Schädelplatz errichtete. Niemand, der vom Fleisch anderer Elfen kosten würde.

Mailyn schob seine Hand beiseite. »Du musst das wissen, Meliander, damit dich nicht eines Tages überrascht, was du in dir trägst. Du hast dieselbe Macht wie er, nur dass du davor zurückschreckst, sie zu nutzen. Du könntest Zauber weben, die das Antlitz dieser Welt verändern.«

»Und aus ihr einen Ort der Dunkelheit machen?«, fragte er empört.

»Im Gegensatz zu ihm hast du die Wahl, Meliander. Du vermagst zu beherrschen, was in dir ist.«

Er schloss die Augen. Ließ ihre Worte wirken. Angenommen, es wäre wahr, was sie sagte ... Etwas, wovon man nicht einmal wusste, dass man es besaß, beherrschte man wohl eher nicht. Andererseits ...

Mailyn sah ihn unverwandt an. Sie wartete darauf, dass er etwas sagte.

»Ich bin nicht wie mein Bruder.« Er biss sich auf die Lippe. Vielleicht hätte er doch besser gar nichts gesagt.

Lange sahen sie einander schweigend an.

Endlich legte Mailyn ihm ihre warme Hand auf die Wange. »Du hast recht. Er hat mich nie eine ganze Nacht im Arm gehalten, so wie du. Und er war fordernder ... nicht darauf bedacht, dass auch ich Erfüllung finde.«

Es fiel Meliander schwer, sich nicht anmerken zu lassen, wie sehr es ihm widerstrebte, das zu hören. Er wollte nicht wissen, was für ein Liebhaber sein Bruder gewesen war. Aber er war der Zweite. Mailyn würde ihn wohl immer in allem, was er tat, an Dorchadas messen. Und er fürchtete, dass er meist nicht bestehen würde.

»Er hat mich sehr oft geliebt ...«

Meliander zuckte innerlich zusammen.

»... und doch war keine Nacht mit ihm wie die vergangene mit dir. Du erweckst in mir ganz neue Gefühle.« Sie beugte sich zu ihm hinüber und küsste ihn.

Er umschlang sie mit beiden Armen, wollte sie und diesen Augenblick für immer festhalten.

Schließlich löste sie sich von ihm, rang nach Atem und lachte leise. »Du bist das Licht meiner letzten Tage. Ich hätte dich nicht am Ufer lassen sollen. Es war ein Fehler, auf die Botschaft deines Bruders zu vertrauen.«

Trotz des Lachens lag eine Melancholie in ihren Worten, die ihn erschreckte. »Das Licht deiner letzten Tage? Wie meinst du das?«

Ihr Lächeln erstarb. »Ich werde den kommenden Winter nicht überleben«, sagte sie ernst, aber nicht bedrückt, und das machte ihre Worte noch schlimmer. Ließ sie wie eine unverrückbare Wahrheit erscheinen, mit der sie sich längst abgefunden hatte.

Er setzte sich auf, ergriff ihre Hände. »Ich werde dich nicht gehen lassen. Du hast gesagt, ich trage die Kraft in mir, die Welt zu verändern. Dann will ich als Allererstes dein Schicksal ändern.«

»Das wirst du nicht können. Ich trage zu viel von seiner Dunkelheit in mir. Wenn wir uns geliebt haben, dann habe ich sie in mich aufgenommen ... Deshalb haben die Weiße Frau und mein Volk mich hierhergeschickt. Was den Wald vergiftete, ist nun in mir. Deshalb bin ich für die Maurawan unberührbar, ganz gleich, was ich tue. Ich brauche Licht, um aufzuleben. Wenn die Tage kürzer werden und die Gestirne die ganze Nacht hinter Wolken verborgen sind, werde ich schwächer.« Sie lächelte bitter. »Seine Dunkelheit in mir entfaltet ihre zerstörerische Macht, wenn sich das Land in Dunkel hüllt.«

»Ich werde dieses Gift von dir nehmen. Ich werde ...«

Sie legte ihm sanft eine Hand auf den Mund. »Es hat längst begonnen zu wirken, und ich habe mein Schicksal angenommen. Wenn der Winter kommt, vergehen alle Blüten. So wird es auch mit mir sein. Aber du wirst mich in den letzten Tagen meines Herbstes noch einmal in allen Farben des Regenbogens erstrahlen lassen.«

Sie wollte die Hand nicht von seinen Lippen nehmen. »Lass keinen Schatten auf das fallen, was wir haben. Es ist sinnlos, gegen das Unabänderliche aufzubegehren. Du hast mir nicht den Tod gebracht. Du bist lediglich Zeuge meines Dahinscheidens. Und dich zu haben wird es mir leichter machen zu gehen.«

Tränen traten ihm in die Augen. Er schwieg noch immer, aber er schwor sich, dass er dieses Schicksal nicht akzeptieren würde. Er würde einen Weg finden, sie zu retten!

Der Verrat

Seit Tagen sah es aus, als hätte sich der Himmel gegen sie verschworen. Bleierne Wolken zogen tief über die Baumwipfel. Kalter Nebel stieg vom Wasser auf, drang selbst durch die Matten, mit denen sie Fenster- und Türöffnungen verhängten.

Meliander hatte sich nie groß um das Wetter geschert. Schon als Kind hatte er gelernt, wie er sich mit einem einfachen Zauber, der Feuchtigkeit und Kälte fernhielt, davor schützen konnte. Doch Mailyn wollte Derartiges nicht dulden. Sie erlaubte ihm nicht, von der Magie des Waldes zu nehmen, und beharrte darauf, dass es ihr Schicksal war zu geben, nachdem Dorchadas dem Wald so viel Kraft entzogen hatte.

Mit solcher Vehemenz hatte sie sich gegen seine Hilfe gewehrt, dass Meliander Angst um sie bekommen hatte. Jetzt schlief sie. Erschöpft.

Es war Mittag, doch der Himmel war so dunkel wie sonst zur Zeit der Abenddämmerung. Das Rauschen des Regens machte auch ihn schläfrig.

Nachdenklich betrachtete er Mailyns Schüssel. Sie hatte nicht einmal die Hälfte ihrer Suppe gegessen. Würde das Schlafmittel überhaupt und lange genug wirken? Es gefiel ihm nicht, sie zu hintergehen. Vor elf Tagen hatten sie einander zum ersten Mal geliebt, und nun hinterging er sie.

Er sah, wie sich ihre Augen unruhig unter den Lidern bewegten.

Sie war so schön, dass ihm immer wieder aufs Neue das Herz aufging, wenn er sie betrachtete. Er würde nicht hinnehmen, dass sie sich nicht helfen ließ. Und wenn sie ihn am nächsten Morgen erzürnt aus der Hütte verbannte, dann war es den Preis wert.

Er legte ihr sanft die Hand auf die Stirn. Sie war kühl. Aufmerksam beobachtete er ihre Augen. Es änderte sich nichts. Mailyn schlief immer noch tief. Er versuchte, sich alles, was er über Heilkunde von Gylla gelernt hatte, in Erinnerung zu rufen. Bislang hatte er sich nur an einigen leichten Verletzungen versucht, die er sich bei Übungskämpfen mit Emerelle zugezogen hatte.

Er schloss die Augen und öffnete seinen Blick auf die magische Welt. Mailyns Aura war von blassem Gold. Sie flackerte und umgab ihren Körper kaum mehr als drei Fingerbreit. Wie anders hatte sie ausgesehen, als sie einander geliebt hatten und das kraftvolle regenbogenfarbene Licht erstrahlt war!

Fast unsichtbar zwischen dem Gold waren silberne Fäden, zarter als Spinnweben. Er folgte ihnen mit Blicken. Von überall her berührten sie Mailyn.

Verwundert stand er auf und folgte einem der Fäden bis hinaus auf die Veranda. Ein Albenpfad führte dicht an der Hütte vorbei. Sein gleißendes Licht überstrahlte das Silber. Man musste wissen, dass es existierte, um es zu entdecken.

Er spähte auf den See hinaus. Die zarten Fäden kamen von den Seerosen, die das Haus umringten. Sie waren Bestandteil des Bannzaubers, der Mailyn in der Hütte gefangen hielt.

Meliander überlegte, ob er das Gespinst durchtrennen sollte. Nur wenige Zauber waren dauerhaft von Bestand. Wer solche Magie wob, musste etwas von sich selbst mit einfließen lassen, ein Opfer bringen. Würde sein Bruder es spüren, wenn er an den Bannzauber rührte? Er wusste zu wenig, um sich sicher zu sein. Besser, er ließ es auf sich beruhen.

Meliander kehrte in die Hütte zurück. Er lauschte auf Mailyns Atem, bevor er erneut seine Hand auf ihre Stirn legte. Sie schlief tief und fest.

Eine Möglichkeit, eine Krankheit magisch zu heilen, bestand in deren Übertragung. Der Zauberweber sog alles, was krank machte, in sich auf und versuchte dann, sich zu heilen. Doch dazu musste er zunächst im Geiste tief in Mailyns Körper greifen. Er musste finden, was ihr die Kräfte raubte.

Er spürte, wie sein Herz im Gleichklang mit Mailyns Puls schlug. Sie atmeten im selben Rhythmus. Er war in ihrem Blut. Kreiste in ihr und fand ... nichts. Lag das daran, dass er so unerfahren war? Daran, wie sehr sie litt, gab es keinen Zweifel. Niedergeschlagen zog er sich zurück.

In der kleinen Hütte war es eiskalt geworden. Er hatte seine Magie zu leichtfertig gesponnen, seine Kraft von allem genommen, was ihn umgab, außer von Mailyn. Doch noch wollte er nicht aufgeben.

Jetzt griff er bewusst nach der Macht des Albenpfads. Ein Prickeln durchlief seinen Körper. Er spürte, wie sich jedes einzelne seiner Haare aufrichtete. An die Schöpfung der Alben zu rühren war gefährlich. Sie würde sich gegen ihn wenden, wenn er nicht vorsichtig war. Gylla hatte ihm und Emerelle viele abschreckende Geschichten erzählt von Zauberwebern, die von innen heraus verbrannt waren, weil sie nach einer Macht gegriffen hatten, die sie nicht zu beherrschen vermochten. Und von anderen, die ein Netz aus glühenden Fäden zerschnitten hatte, weil ihre Magie die Gesetze der Schöpfung verspottet hatte.

Melianders Blick lag auf Mailyns Aura, durchdrang sie, folgte dem Gespinst aus verschiedenfarbigen Lichtfäden, das sie in der körperlosen magischen Welt war. Da bemerkte er, welchen Fehler er die ganze Zeit über gemacht hatte.

Das Dunkel

Die magische Welt war Dunkelheit, durchzogen von Kraftlinien, die in den unterschiedlichsten Farben erstrahlten, und erhellt von den Auren all dessen, was lebte. Deshalb hatte er zunächst nicht erkannt, was sich dort inmitten des Gespinstes aus Lichtfäden eingenistet hatte. Die feinen Silberfäden mündeten in etwas, was selbst in der Finsternis noch wie ein Schatten erschien. Es trank von Mailyns Lebenslicht! War es das, was sie seinem Bruder genommen hatte? Sah so die Finsternis aus, die auch er angeblich in sich trug?

Er würde sie entfernen!

Seine Gedanken formten ein Messer aus gleißendem Licht. Vorsichtig und darauf bedacht, keinen der Lichtfäden zu verletzen, führte er die Klinge ins Dunkel.

Mailyns Leib bäumte sich auf.

Sie schrie.

Das Messer aus Licht wurde in die Dunkelheit hineingezogen. Das Schwarz zerrte an ihm. An der Magie, der er sich geöffnet hatte, um seinen Zauber zu weben. Glühend heiß rann die Macht des Albenpfads durch ihn hindurch und nährte das Dunkel.

Erschrocken rief er ein Wort der Macht, unterbrach seine Verbindung zur magischen Welt und taumelte benommen von Mailyns Lager zurück.

Die Elfe hatte sich aufgesetzt, rang, die Hände auf ihre Brust gepresst, keuchend um Atem. Blutiger Schaum troff von ihren Lippen.

»Das Dunkel«, stieß sie hervor, »wächst. Es will mich ganz und gar ...« Ein Hustenkrampf schüttelte sie.

Meliander schloss sie in die Arme. Hielt sie fest an sich gedrückt. Flüsterte ihr Worte der Liebe zu, bis der Husten abebbte.

Hatte er diesen Anfall verursacht? Hatte er das Dunkel in ihr genährt, statt es zu bekämpfen?

»Sei bei mir ... wenn ich sterbe«, flüsterte sie mit so schwacher Stimme, dass ihm jedes ihrer Worte ins Herz schnitt.

»Du wirst nicht sterben!«, sagte er voll trotziger Entschlossenheit. »Ich erlaube es nicht.«

Ihre großen grünen Augen sahen ihn flehend an. »Ich will ...«, hub sie an, da versagten ihr die Kräfte. Blut rann ihr aus dem Mundwinkel.

»Nein! Du darfst nicht ...« Er hielt sie noch fester. Seine Finger tasteten nach den großen Adern an ihrem Hals.

Ihr Puls war noch spürbar. Flatternd und schwach. Aber er war da! Sie kämpfte darum, bei ihm zu bleiben.

Heiße Tränen rannen Meliander über die Wangen. »Geh nicht«, flehte er. Wiederholte es. Wieder und immer wieder und jedes Mal ein wenig lauter, bis er es in die Nacht hinausschrie, dass es ihm fast die Kehle zerriss: »Geh nicht!«

Schadensbegrenzung

»Pass mal auf, Kleiner. In deinem Büchlein steht genau, wie viele Silbermünzen ich Jubal gegeben habe, und ich weiß, dass unter deinem Tresen die Truhe mit den Einnahmen steht. Du wirst mir jetzt unseren Gewinn herausgeben, oder ich schneide dir deine lange Koboldnase ab und steck sie dir dahin, wo keine Sonne scheint.« Falrach lehnte sich über die verschrammte Tischplatte, hinter der einer von Jubals Wetteintreibern auf einem niedrigen Schemel stand.

»So hohe Summen kann ich nur mit Jubals oder Asterions Zustimmung herausgeben«, quiekte der Kobold erschrocken, sprang von dem Schemel und wich bis an die Rückwand der kleinen Kabine zurück, wo er nach einem auffälligen Hebel tastete.

»Lass das!«, zischte Emerelle ihn an. Sie hatte inzwischen begriffen, dass sie wohl irgendetwas in der Arena falsch gemacht haben musste. Dort tobte die wütende Menge, und Asterions gewaltige Stimme vermochte das Grölen kaum zu übertönen. Sie packte Falrach am Arm. »Komm, weg hier!«

»Soll dein Auftritt im Schlamm für nichts gewesen sein?« Falrach hatte plötzlich einen Dolch in der Hand. »Fass den Hebel an, kleiner Scheißer, und ich nagle dich hiermit an die Wand gleich daneben.«

Der Kobold hob vorsichtig die Hände.

»Wir müssen weg!«

»Moment noch!«, murmelte Falrach, löste sich von ihr, beugte sich über den Tresen und griff nach etwas darunter, nur um im nächsten Moment laut zu fluchen. »Die Kiste ist im Boden verankert. Und sie ist verschlossen.« Er stemmte sich wieder hoch. »Du gibst mir jetzt sofort den Schlüssel, oder …«

Der Kobold, ein selbst für seine Gattung kleiner Kerl, der dicke Augengläser trug, griff nach dem Hebel in der Wand.

Emerelle sah, wie er – wohl in Erwartung des Todes – die hinter den Gläsern riesig wirkenden Augen zusammenkniff und die Stange hinabdrückte.

Noch ehe sie wusste, wie ihr geschah, fasste Falrach sie am Arm, zog sie mit sich vom Tresen fort und ging mit ihr zusammen zu Boden, während dort, wo sie gerade noch gestanden hatten, ein schweres Eisengitter herabsauste.

Zwei weitere Gitter riegelten den Gang rechts und links der Zahlstube ab. Sie waren gefangen.

»Glaubt ihr, ihr seid die Ersten, die auf die Idee kommen, Jubal zu bestehlen?«, geiferte der Kobold. »Glaubt ihr, Jubal wüsste sich nicht zu schützen?«

Falrach kam geschmeidig wieder auf die Füße. Er wog den Dolch in seiner Hand. »Glaubst du, ich würde dich am Leben lassen?«

Emerelle erhob sich und fiel ihm in den Arm. Es brächte nichts, jetzt billige Rache zu nehmen.

»Ich tue ihm schon nichts«, flüsterte Falrach. »Aber es wäre mir eine Genugtuung zu sehen, wie er sich vor Angst in die Hosen scheißt.«

Der Kobold verdrückte sich unter den Tresen und war damit außer Reichweite.

Es dauerte nicht lange, bis zwei Damien mit Armbrüsten in dem Gang erschienen, der zur Arena führte. Sie trugen weite schwarze Hosen und Hemden, um die eine blutrote Bauchbinde geschlungen war. Ihre Waffen im Anschlag, blieben sie in etwa fünf Schritt Abstand zu ihnen stehen.

»Wenn du einen Zauber kennst, der uns hier herausbringt, solltest du nicht zögern«, murmelte Falrach. »Jubal ist berüchtigt für seine Wutausbrüche, und ich wette, der kleine Scheißer unter dem Tresen wird behaupten, dass wir die Kasse plündern wollten.«

»Wundert dich das, nachdem du so mit ihm umgegangen bist?«

Falrach schnaubte. »Das sagt mir die Richtige. Nach dem, was du gerade in der Arena getan hast … Das war kein Zweikampf, das war ein kaltblütiger Mord. Die tödliche Bestie war jedenfalls nicht der Troll.«

»Wie kannst du es wagen …« Sie drückte ihn gegen die nächste Wand und ließ ihn sofort wieder los, erschrocken, wie heftig sie reagiert hatte. »Er hätte mir alle Gliedmaßen einzeln ausgerissen und sie gefressen, während die grölende Meute auf den Rängen begeistert zugeschaut hätte. Wie kannst du mich da tadeln? Zornbal hätte mich langsam und grausam getötet. Ich hingegen habe ihm ein schnelles Ende bereitet.«

»So, so. Ein schnelles Ende«, erklang die seltsame Fistelstimme des Arenabetreibers. Die Gruppe der Wachen im Gang war auf sechs angewachsen, und mitten unter ihnen stand nun Jubal.

»Der Elf wollte dich bestehlen, Herr!«, rief der Kobold, ohne unter dem Tresen hervorzukommen.

»Was habe ich gesagt«, flüsterte Falrach ihr zu, hob die Hände und wandte sich beschwichtigend an den fetten Damien: »Ich war nur hier, um meinen Wettgewinn abzuholen. Du kennst meinen Ruf, Jubal. Ich bin ein Spieler, aber kein Dieb.«

»Wozu ich *dich* in Zukunft noch brauchen soll, weiß ich nicht. Nach dem, was ihr beide hier veranstaltet habt, hat mein

Ruf Schaden genommen. Ich sollte also mindestens einen eurer Schädel über dem Eingang meiner Arena aufspießen lassen.« Er lächelte süffisant. »Die Leute lieben es, dort Elfenköpfe zu sehen.«

»Spieß doch lieber den Kopf des Trottels dort auf, der zu dumm war zum Kämpfen. Oder sind Trolle weniger attraktiv?«

Jubal grinste sie an. »Du gefällst mir, kleine Elfe, auch wenn du heute meine Arena ins Chaos gestürzt hast. Bist du dir überhaupt darüber im Klaren, was du da angerichtet hast? Die Leute kommen hierher, um ein Spektakel zu erleben. Sie wollen Schreie und Dreck! Sie wollen Blut fließen sehen. Und was hast du ihnen geboten? Eine Hinrichtung. Die kamen sich betrogen vor. Sie wollen ihre Wetteinsätze zurück. Der gute Ruf meiner Arena ist ruiniert. Ich werde den Laden hier für Wochen dichtmachen können ... Hast du eine Vorstellung, wie viel Geld du mir schuldest?«

»Mit unseren Köpfen wirst du keine Schulden zahlen, Jubal«, mischte Falrach sich ein.

Der Damien machte eine ärgerliche Handbewegung. »Wenn der da das nächste Mal ungefragt sein Maul aufmacht, dann schießt ihr ihn nieder.«

Seine Armbrustschützen nickten beflissen.

»Du wirst den Schaden wiedergutmachen, den du angerichtet hast, Elfe. Asterion wird dir beibringen, wie ein Arenakampf auszusehen hat. Ein Kampf, der in drei Herzschlägen vorüber ist, ist spektakuläre Scheiße! Du wirst dich jagen lassen, ein paar harmlose Treffer einstecken und das Publikum unterhalten. Sie sollen gegen dich setzen, weil du schwach und kindlich aussiehst ...« Er verstummte, schien einen Moment zu überlegen. »Ihr werdet also künftig dasselbe Spiel für mich treiben, das dieser Bastard mit mir versucht hat«, fuhr er dann fort und wies dabei mit dem Kopf auf Falrach, »nur dass wir einen besseren

Kampf liefern werden. Ich sorge für Kost und Unterkunft, und jedes hundertste Silberstück, das ich einnehme, gehört dir, Elfe.«

Falrach hub an, etwas zu erwidern, aber Emerelle gebot ihm mit einem kurzen Seitenblick zu schweigen. »Wo soll ich kämpfen, Jubal?«

»Nicht mehr hier in Saisom. Hier ist das Geschäft vorläufig verdorben. Wir werden durch die kleineren Städte ziehen, und am Ende unserer Reise wirst du im Blutrund, der großen Arena in Haiwanan, auftreten.«

Sie zögerte. Sie verabscheute die Arena. Andererseits würde sie, wenn sie sich darauf einließ, Gelegenheit bekommen, sich vielerorts nach den Fahrenden Rittern zu erkundigen. »Ich werde mitmachen«, sagte sie schließlich. »Aber ich stelle drei Bedingungen. Erstens: Ich darf mich frei bewegen, wenn ich nicht auftrete. Zweitens: Wir bekommen unseren Wettgewinn von heute ausgezahlt. Und drittens: Falrach begleitet mich als mein persönlicher Berater.«

Tiefe Furchen erschienen auf Jubals Stirn. »Du steckst gefangen zwischen drei Gittern, und ein halbes Dutzend Armbrüste sind auf dich gerichtet. Wie kannst du es wagen, mir Bedingungen zu stellen?«

»Vielleicht, weil ich mich dadurch ebenso wenig bedroht fühle wie durch Zornbal Blutsäufer«, entgegnete sie gelassen. »Du solltest das gründlich bedenken, bevor du deinen nächsten Befehl gibst.«

Sie sah, wie sich Jubal verspannte. Dann plötzlich brach der feiste Damien in lautes Gelächter aus. »Du bist pfundig, Elfe. Dir steckt ein Devanthar im Leib. Wenn wir ein wenig an deinen Auftritten feilen, wirst du die größte Attraktion werden, welche die Arenen dieses Königreichs seit Langem gesehen haben. Ich nehme deine Bedingungen an. Ich verstehe zwar nicht, was alle Weiber an diesem Falrach finden, aber wenn du deinen Bettgefährten zum Spielen behalten willst, dann sei es so. Ich schenke ihn dir, und du schenkst mir ein fantastisches Spektakel in den Arenen.«

Emerelle spürte, wie ihr das Blut in die Wangen schoss. Wie konnte der Fettsack nur glauben, sie hätte eine Affäre mit Falrach? Mühsam unterdrückte sie ihren Ärger und räusperte sich. »So sei es!«

Jubal gab seinen Männern Befehl, die Waffen zu senken. Die Fallgatter hoben sich. »Ich schicke euch Asterion«, rief er, schon im Weggehen, mit seiner hohen Fistelstimme, die wie immer, wenn er laut wurde, einen schrillen Klang annahm. »Er wird alles Weitere mit euch besprechen. Wir bereiten uns auf die Abreise vor.«

»Du hättest ihn nicht reizen dürfen«, flüsterte Falrach Emerelle zu. »Er ist keiner, den man in Anwesenheit seiner Männer bedrohen darf. Nun wird er uns beweisen müssen, dass er hier das Sagen hat.«

»Dann pass auf uns auf. Vielleicht bekommst du das ausnahmsweise ja mal hin, statt uns in immer neue Schwierigkeiten zu bringen.«

Sie war überrascht, als er nichts darauf erwiderte. Zum ersten Mal, seit sie Falrach kannte, wirkte der Spielmeister ernsthaft besorgt.

Der letzte Kampf

Melancholischer Drosselgesang weckte Emerelle. Heldenherz saß neben ihr im Bett und blickte sie an, als hätte er ein Knäuel köstlicher Würmer entdeckt. Sie begrüßte ihn mit einem Grunzen, das er mit einem ärgerlichen Tschirpen quittierte, ehe er durch das Fenster davonflog. Er wusste schon, dass sie in letzter Zeit die Tage oft mit übler Laune begann.

Auch in dieser Nacht hatte sie schlecht geschlafen. Mehr als drei Monde war sie Jubal von Stadt zu Stadt, von Arena zu Arena gefolgt, bis der Ruf der Tanzenden Schneeflocke sich in ganz Haiwanan verbreitet hatte. In diesem Land, das keinen Winter kannte, das niemals Schnee sah, wurde sie zum Sinnbild von Kälte und Tod. Die Elfe, die in ihrem frostweißen Kostüm leichtfüßig durch die Arenen wirbelte und immer siegte, ganz gleich, wer sich ihr in den Weg stellte.

Sie wusste, dass dieser Ruf schlecht für das Geschäft war. Hatten die Wetten anfangs noch zwanzig zu eins gegen sie gestanden, hatte sich die Quote inzwischen drastisch verschlechtert. Heute Abend erwartete sie ihr letzter Kampf. Sie sollte gegen einen Elfen antreten, dessen Name nur geflüstert wurde. Manchmal kam er in die Arenen, um dann wieder über Jahre zu verschwinden. Auch er hatte noch nie einen Kampf verloren. Sie nannten ihn den Schnellen Tod. Anders als der Name vermuten ließ, dauerten seine Kämpfe lange, aber sie endeten immer damit, dass seine Gegner mit durchschnittener Kehle in den Schlamm der Arena sanken. Den verfluchten roten Schlamm dieses Landes, der auch die Ufer der Flüsse bedeckte und den Boden der gefluteten Reisfelder. Er schenkte Haiwanan seine Fruchtbarkeit, doch in der Arena den plötzlichen Tod.

Emerelle war nun für jede einzelne Übungsstunde auf dem Flugdeck des Blauen Sterns dankbar. Für jede Schikane, die sich Sata ausgedacht hatte. Für Kämpfe auf Planken, die mit Öl oder Seife verschmiert waren, auf denen getrocknete Erbsen oder runde Kiesel jeden Schritt zu einem unwägbaren Balanceakt werden ließen. Ein Rutschen im falschen Augenblick konnte in der Arena ein abruptes Ende bedeuten.

Ihre Gedanken wanderten wieder zu dem Gegner, dem sie am Abend gegenüberstehen würde. Diese durchschnittenen Kehlen … Beherrschte er den Zauber, der es erlaubte, sich schneller zu bewegen? Vermochte er deshalb jeden Kampf, der lange Zeit ausgewogen erschien, auf so spektakuläre Art zu beenden?

Die Wetten auf den Kampf zwischen Schneller Tod und Tanzende Schneeflocke hatten am Vortag deutlich zu ihren Gunsten gestanden, was Emerelle mit stiller Genugtuung erfüllte. Nur brachte dieses Geschäft eben immer weniger Gewinne. Es war gut, wenn es heute Abend endete. Falrach verhielt sich bereits seit Wochen seltsam. Er machte keine schlüpfrigen Bemerkungen mehr, keine kaum verhohlenen Annäherungsversuche. Die Wetten auf sie hatten ihn wieder reich gemacht. Er stellte mit großer Leidenschaft den Frauen der Damien nach. In jeder Stadt, die sie verließen, blieben zwei oder drei gebrochene Herzen zurück. Wahrscheinlich würde es nicht mehr lange dauern, bis er wieder auf der Flucht war und seine neu erworbenen Schätze den Lutin überließ, damit sie ihm noch einmal den Hals retteten.

Ihr Blick wanderte über die Stadt zu ihren Füßen. Das Gasthaus der Arena stand an einem Hang hoch über dem Gelben Fluss. Träge wälzten sich die ockerfarbenen Fluten nach Osten, dem Meer entgegen. So weit ihr Auge reichte, bedeckten Häuser die Hänge. Die meisten auf Pfählen erbaut, um das Gefälle auszugleichen. Es waren einfache Hütten aus Bambus und geflochtenem Schilf. Nebel, der vom Fluss aufstieg, verbarg einen Teil der ärmlichen Behausungen, die sich bis in das trübe Wasser erstreckten.

Der Rauch erster Kochfeuer stand über einigen Dächern. Der Himmel über den Bergen im Osten war von einem matten Lila, in dem sich allmählich das Rot des Sonnenaufgangs ankündigte.

Wie schon so oft hatte sie den Eindruck, dass sich in jede Farbe dieses Landes ein Grauton mischte, wie sie es anderswo von Tagen kannte, an denen schwere Regenwolken tief am Himmel hingen. Hier jedoch war der Himmel wolkenlos. Etwas lastete auf dem Land. Waren es die Geister, die dem geheimnisvollen Elfenkönig dienten und die Drachen von hier fernhielten?

Würde der König in die Arena kommen, um ihrem Kampf zuzusehen? Es gab eine Loge für ihn, doch er verließ die Palaststadt, die irgendwo in den östlichen Bergen am Ende einer langen, gewundenen Straße lag, nur selten. Wie er wohl war, dieser Elf, der andere glauben machte, dass er über Geister gebot?

Auf den Reisen der letzten drei Monde hatte sie geflüsterte Geschichten gehört, dass seine Kreaturen das Licht des Lebens aus ihren Opfern zerrten. Emerelle vermochte sich nicht vorzustellen, wie das gehen sollte. War es eine Metapher? Oder einfach nur eine Schreckgeschichte für Kinder?

Ihr Blick schweifte über die dicht beieinanderliegenden Dächer am Hang, die sich in tausend Schattierungen von Gelb und Braun zu einem Muster aus Rechtecken zusammenfügten, das sie an Falrachs Spieltisch denken ließ. Der Spielmeister hatte viel Zeit damit verbracht, die Schäden an seinem Tisch auszubessern, wo er von den Armbrustbolzen getroffen worden war, und die letzten Reste von Fäkalien aus den feinen Fugen zu kratzen. Er hatte das Holz und die Intarsien geölt, hatte kritisch jede seiner geschnitzten Spielfiguren auf Beschädigungen überprüft und Jubal im Laufe der Reisen zu mehreren Partien überredet. Für ihn hatte er mit wenigen Figuren berühmte Arenakämpfe vergangener Jahre nachgestellt.

Ein stürmisches Klopfen an ihrer Zimmertür störte die Stille. Ohne eine Antwort von ihr abzuwarten, trat Falrach ein. Er sah übernächtigt aus, auch wenn er seinen Zustand hinter einem strahlenden Lächeln verbarg. »Komm, wir haben etwas zu erledigen.«

»Was denn?«

Er hob einen Finger an die Lippen. »Das ist ein Geheimnis, aber es wird dir gefallen.«

Sie hatte sich nicht einmal angezogen, was Falrach nicht im Mindesten störte. Im Gegenteil. Er sah sie auf eine Art abschätzend an, die neu war. Dann nickte er beifällig.

»Ich sollte mit Asterion in die Arena gehen, um mich auf den Kampf vorzubereiten.«

»Dafür wird später noch Zeit sein. Komm mit mir.« Er trat zu ihr und legte ihr kameradschaftlich den Arm um die Schultern. »Ich verspreche dir, du wirst es nicht bereuen.«

Er roch nach einer anderen Frau. Ihr hätte das nichts ausmachen sollen, schließlich wollte sie nichts von ihm, und doch versetzte es ihr einen Stich, den Duft einer gerade erst verstrichenen Liebesnacht in seinem langen Haar zu riechen.

Emerelle kannte ihn lange genug, um zu wissen, dass er nicht aufgeben würde. Er würde nicht von ihrer Seite weichen, bis er seinen Willen bekam. »Eine Stunde! Mehr gebe ich dir nicht.«

Er lächelte. »Wenn du siehst, was dich erwartet, wirst du anders reden.«

Das glaubte sie nicht. »Geh hinaus! Ich mag es nicht, wenn du zusiehst, wie ich mich ankleide.«

Jetzt lachte er.

»Was?«

Er hob abwehrend die Hände. »Frauen, die ein leicht gestörtes Verhältnis zu den schönsten Stunden der Nacht haben, sagen mir üblicherweise, dass ich ihnen nicht zusehen soll, wenn sie sich ausziehen. Ein Verbot, einer Dame beim Anziehen zuzusehen, habe ich heute zum ersten Mal bekommen. Aber du bist ja in allen Dingen ein wenig besonders.«

»Hinaus!« Sie wies mit ausgestrecktem Arm zur Tür. Warum gab sie sich noch mit ihm ab? Andererseits war sie neugierig, was er ihr zeigen wollte. Ein wenig später mit den Übungen zu beginnen konnte nicht schaden. Sie streifte eine weite Hose über und ein schlichtes Oberteil, dann drehte sie ihre Haare zu einem Knoten. So zeigten sich Frauen hier nicht in der Öffentlichkeit, aber es war praktisch und bequem. Zuletzt gürtete sie ihr Schwert um.

»Sehr verführerisch«, bemerkte Falrach, als sie durch die Tür trat.

»Eher fällt die Sonne vom Himmel, als dass ich mich verführerisch für dich anziehe.«

»Warten wir es ab.« Er wollte sich bei ihr einhaken, aber ein Blick von ihr genügte, um ihn davon zu überzeugen, dass das keine gute Idee war.

Das Leben in der Stadt begann zu erwachen. Bauern aus den umliegenden Dörfern drängten auf die Märkte, um ihr Obst und Gemüse feilzubieten, das sie, tief unter den großen Kiepen gebeugt, herbeitrugen. Auch erste Bedienstete waren unterwegs, um die beste Auswahl unter den Waren zu haben.

Falrach führte sie durch enge, verschlammte Gassen. Emerelle hatte sich angewöhnt, barfuß zu gehen. So trat sie auch in die Arena. Jeder Weg, der sie über schlammigen Untergrund führte, war eine Übung.

Falrach wurde es gewöhnlich nicht müde, ihr zu erklären, wie unkultiviert er Frauen mit dreckverkrusteten Füßen fand. Heute allerdings sagte er nichts.

Er brachte sie an einem Viertel vorbei, von dem nur noch verkohlte Bambuspfosten geblieben waren und einige kleine Schreine aus Feldsteinen, auf denen frische Blumen lagen. Ein dürrer Hund mit gelbem Fell lag vor einem der Schreine. Den Kopf auf den Pfoten, war er zu müde, ihnen nachzusehen.

»Wir werden schon erwartet«, erklärte Falrach gut gelaunt und deutete auf eine Damien, die auf der schmalen Veranda ihres Hauses stand und in ihre Richtung blickte. Ihre Hütte erhob sich am Rand der abgebrannten Fläche. Ruß an den Wänden und Brandflecken im Schilf auf ihrem Dach verrieten, wie knapp sie dem Schicksal ihrer Nachbarn entronnen war.

Zwischen den Pfählen unter der Hütte spielten drei nackte Jungen mit einer erstaunlich großen Schildkröte, die ihren Kopf in einem schier unglaublichen Winkel verdrehte, um nach einem Salatblatt zu schnappen, das der kleinste der Knaben knapp außerhalb ihrer Reichweite hielt.

Falrach bedeutete Emerelle, vor ihm die Leiter zur Veranda hinaufzusteigen.

Ihre Gastgeberin war eine Damien fortgeschrittenen Alters. Etliche graue Strähnen durchzogen ihr Haar. Sie trug ein eng anliegendes schwarzes Kleid mit einem hohen Stehkragen und betrachtete Emerelles Aufzug mit unverhohlenem Missfallen. Erst als Falrach auf die Veranda trat, zeigte sich ein Lächeln auf ihrem Gesicht.

»Ihr habt die Dame wirklich gut beschrieben«, begrüßte sie

ihn. »Wir werden nicht viel ändern müssen.« Mit diesen Worten zog sie ein mit Blumen bemaltes Seidentuch zur Seite und bedeutete ihnen, ihr Haus zu betreten.

Der große Raum, in den sie gelangten, wurde von langen Tischen beherrscht, auf denen Stoffballen lagen. Näherinnen saßen dort mit untergeschlagenen Beinen bei der Arbeit und beobachteten sie verstohlen aus den Augenwinkeln.

»Hier, mein Herr.« Die Gastgeberin bat sie zu einem Tisch, auf dem mehrere Kleider lagen.

»Ich denke, wir beginnen mit dem weißen«, sagte Falrach.

Ihre Gastgeberin presste missbilligend die Lippen zusammen. »Vielleicht ...«

»Nein, nein, das weiße«, beharrte Falrach.

Emerelle begriff, dass die Hausherrin wohl fürchtete, sie könnte das Kleid beschmutzen, wenn sie es anprobierte, und beschloss, sich ein Vergnügen daraus zu machen, diese Angst weiter zu schüren. »Das ist für mich?«

»Sie alle sind für dich.« Falrach deutete mit einer lässigen Geste zum Tisch. »Neun Kleider. Du sollst von heute an über eine angemessene Garderobe verfügen.«

Emerelle war überwältigt, versuchte aber zugleich, sich nichts anmerken zu lassen. Falrach hatte ganz gewiss Hintergedanken bei diesem Spiel, und sie würde sich nicht einfach mit ein paar hübschen Kleidern kaufen lassen.

»Wenn Ihr vielleicht ablegen würdet ...« Die Damien klang bemüht höflich. »Wir müssen ein paar letzte Änderungen vornehmen, damit der Sitz perfekt ist.« Sie bedachte Falrach mit einem kurzen Lächeln. »Wenngleich Euer Galan erstaunlich genaue Angaben zu Euch machen konnte.«

»Sagen wir, ich habe einen gewissen Blick für Damen«, entgegnete Falrach amüsiert.

Kurz war Emerelle versucht klarzustellen, dass der Spielmeister nicht ihr Galan war, doch dann entschied sie, dass dadurch alles nur noch peinlicher würde. Stattdessen öffnete sie den Schwertgurt, legte die Waffe auf den Tisch und entkleidete sich.

Die Damien winkte eine der Näherinnen herbei, die einen feuchten Lappen brachte, mit dem sie Emerelles schlammbespritzte Waden säuberte, während Falrach sie sinnend betrachtete. »Sie ist etwas breiter in den Schultern«, sagte er bedauernd. »Wird das Probleme machen, Frau Liu?«

Die Damien hob das weiße Kleid vom Tisch und hielt es Emerelle an. »Das ist nur eine Kleinigkeit ...«

Erst als sich das Kleid entfaltete, erkannte Emerelle, wie es geschnitten war, und ein Kloß stieg ihr in die Kehle. Fast bodenlang, war es an beiden Seiten hoch geschlitzt. Es lag eng an, war ärmellos. Es entsprach ziemlich genau dem Kleid, das ihre Mutter Nandalee als Drachenelfe getragen hatte. Nur die goldenen Stickereien fehlten.

»Ich dachte mir schon, dass es dir gefallen würde.«

Falrach lächelte so vielsagend, dass Emerelle sich fragte, wie weit er sie inzwischen durchschaut hatte.

»Bitte entschuldige, wenn ich keine genaue Kopie habe anfertigen lassen ... Das würde zu viel Aufsehen erregen.«

Sie nahm der Damien das Kleid aus der Hand und schlüpfte hinein. Es lag an wie eine zweite Haut. Nur an den Schultern zwackte es.

»Vorsicht bitte, meine Dame«, ermahnte Frau Liu sie. »Die Nähte könnten platzen, oder, schlimmer noch, der Seidenstoff reißt ein.«

»Würdet Ihr und Eure Näherinnen uns vielleicht einen Augenblick allein lassen?«

Frau Liu sah Falrach erschrocken an, als glaubte sie, einen Fehler gemacht zu haben. Sie klatschte laut in die Hände und zog sich augenblicklich mit den anderen Frauen zurück.

»Du darfst nicht in der Arena auftreten«, flüsterte der Spielmeister, als fürchtete er, dass sie belauscht würden.

»Warum nicht? Es ist der letzte Kampf.«

»Genau deshalb. Glaubst du etwa, Jubal hat dir verziehen, wie du ihn in Saisom bloßgestellt hast, indem du Zornbal binnen drei Herzschlägen hingerichtet hast? Sein Ruf als Arenenbetreiber hat damals schweren Schaden genommen.«

»Seitdem hat er sehr viel Silber an mir verdient.«

Falrach seufzte. »Du begreifst es einfach nicht. Ein Mann wie Jubal lebt von seinem Ruf. Und der wird erst wiederhergestellt sein, wenn du stirbst. Du darfst nicht gegen Schneller Tod antreten. Ich bin sicher, sie haben ihn in die Arena zurückgeholt, damit er dich tötet. Er hat noch nie verloren ...«

»Genau wie ich«, entgegnete sie trotzig.

»Bedeuten dir diese Kämpfe so viel? Hast du Gefallen daran gefunden, Blut zu vergießen?«

Wie konnte er es wagen, ihr das zu unterstellen? »Ich habe in dreiundzwanzig Zweikämpfen nur sieben meiner Gegner getötet. Sie alle waren blutgierige Ungeheuer. Albenmark ist besser dran ohne sie.«

»Und wie lange wird es noch dauern, bis du zum blutgierigen Ungeheuer wirst?«

»Das heute ist mein letzter Auftritt in der Arena«, entgegnete sie hitzig, »und sofern der Trottel, den sie schicken, es nicht verdient, werde ich ihn auch nicht töten. Zufrieden? Ich bin keine Bestie«, sagte sie, jede Silbe überdeutlich betonend.

»Aber wir bewegen uns unter Bestien. Jubal wird sich rächen. Und Arun, der Betreiber des Blutgrunds, hat ebenfalls einen üblen Ruf ... Ich bin mir sicher, dass die Wetten für heute Abend abgesprochen sind.«

Sie zuckte mit den Schultern. »Das ist mir egal.«

»Das sollte es nicht sein. Wenn sie beschlossen haben, dass

deine Niederlage besser für sie ist, dann werden sie dafür sorgen, dass du die Arena nicht lebend verlässt. Wenn du erst einmal dort unten stehst, kann ich nichts mehr für dich tun! Aber jetzt ...« Er deutete auf die Kleider. »Du kannst mich als meine Dame zur Villa des Kaufherren Edain begleiten. Schon heute Mittag. Dort wirst du in Sicherheit sein. Weder Jubal noch Arun werden uns dort bedrohen. Wir haben genügend Geld für die passende Garderobe. Wir können uns wieder in gehobenen Kreisen bewegen ...«

»Und du glaubst, es spielt keine Rolle, was du mit Glykera getan hast? Nie wieder wird man dich an einem Elfenhof willkommen heißen, nachdem du Brynells Frau verführt hast.«

Er lachte leise. »Das ist unsere geringste Sorge. Glaubst du, ein Elfenfürst wie Brynell erzählt herum, dass seine Frau ihm Hörner aufgesetzt hat? Nein! Diese Geschichte wird er für sich behalten.«

»Wenn du meinst ... Morgen werde ich mit dir ins Haus dieses Edain gehen. Aber heute werde ich mich nicht vor meinem letzten Arenakampf drücken.«

»Du bist nicht unbesiegbar. Bitte, du darfst ...«

Sie stellte sich auf die Zehenspitzen und brachte ihn mit einem Kuss zum Verstummen. Es war nur eine flüchtige Berührung aus einer plötzlichen Laune heraus. Sie wollte nicht, ohne einen Mann geküsst zu haben, sterben, sollte an seinen Behauptungen etwas dran sein.

»Was ...?«

»Der war für die Kleider«, log sie ihm vor, und noch ehe er etwas antworten konnte, rief sie die Schneiderin zurück.

Schneller Tod

Emerelle wünschte sich, Falrach hätte sie am Morgen nicht mit seinen Sorgen behelligt. Sie war angespannt, als sie durch den gemauerten Tunnel auf die Arena zuging. Den ganzen Tag über hatte sich ihre Wettquote verbessert, und noch wurden weitere Wetten angenommen. Ihre Siege der letzten Wochen schienen schwerer zu wiegen als der vergangene Ruhm von Schneller Tod.

Asterion erwartete sie vor der Gittertür. Er hielt ihr den mit weißem Staub bedeckten Lederbeutel hin, so wie er es vor jedem Kampf tat. Von draußen hörte Emerelle das Murmeln der Zuschauer. Inmitten der Arena stand eine schlanke Gestalt und blickte zu ihr hinüber. Der Krieger war ganz in Schwarz gekleidet, trug eine Lederhose, ein Lederwams mit Ärmeln, schwarze Stulpenhandschuhe und einen schwarzen Lederhelm, auf dem ein Rossschweif wippte. Das blanke Schwert in der Rechten, wartete er auf sie und grüßte mit der Linken gelegentlich Arenabesucher, die ihn mit ihren Zurufen anfeuerten.

Emerelle griff in den Beutel mit dem Talkpuder und rieb ihre feuchten Handflächen aneinander. Das feine Pulver trank den Schweiß.

»Viel Glück«, sagte Asterion, wie er es jedes Mal getan hatte, bevor sie in die Arena trat, doch dabei hielt er den Blick auf den Boden zu seinen Füßen gerichtet. Das war neu!

»Ich schaffe das schon.« Sie klang nicht so zuversichtlich wie sonst. Und fühlte sich auch nicht so. Dieser Elf in Schwarz strahlte eine beängstigende Zuversicht aus. Und warum wollte Asterion ihr nicht in die Augen sehen?

»Und nun ... Tanzende Schneeflocke, die tödlichste Klinge aus dem Norden Albenmarks. Sie, die mit einem einzigen Tritt Zornbal Blutsäufer aus dem Leben befördert hat. Begrüßt die Unvergleichliche!«, forderte der Aufpeitscher in der Arena.

Hunderte Stimmen grölten den verrückten Namen, den Jubal für sie ersonnen hatte. Irgendwo wurden Trommeln geschlagen. Jene großen, deren Dröhnen auf den Magen drückte.

Die Gittertür schwang auf. Emerelle trat in die Arena. Ihr war ein wenig schwindelig, als sie zu den Rängen aufblickte. Nie zuvor hatte sie so viel Publikum gehabt. Weit über tausend Albenkinder waren gekommen, um Zeugen des Zweikampfes zweier Legenden zu werden. Fast drei Schritt hoch war die Mauer, die den Kampfplatz einfasste. Erst darüber begannen die Publikumsränge. In Abständen von einer Handbreite waren rostige Eisenstangen an der Mauer befestigt, die sich noch mehr als einen Schritt weit über die Brüstung vor der vordersten Sitzreihe erhoben, sodass der Eindruck eines Gitters entstand. Welchen Zweck diese Vorrichtung hatte, konnte Emerelle nur vermuten. Vielleicht wurden auch wilde Tiere für Kämpfe in die Arena geholt. Hatte Arun Angst, dass eine Raubkatze zu den Publikumsrängen hinaufspringen würde?

Hunderte Kehlen schrien ihren lächerlichen Arenanamen aus dem unterirdischen Halbdunkel. »Tanzende Schneeflocke! Tanzende Schneeflocke!« Manche über die Maßen Begeisterte zuckten dabei wild mit den Armen und drehten sich langsam auf der Stelle. Der primitive Tanz sollte eine schwebende Schneeflocke darstellen.

»Heute Nacht wird im Blutgrund Geschichte geschrieben!«,

rief der Kentaur, der für Arun die Kampfansagen machte. Der Pferdemann musste selbst einmal Krieger oder Arenakämpfer gewesen sein. Breite, wulstige Narben bedeckten seine Brust und seine Arme. »Wer von beiden wird siegen? Wer wird euch reich machen, wenn ihr die richtigen Wetten abgeschlossen habt? Noch ist nichts entschieden. Nutzt die letzten Herzschläge vor Beginn des Kampfes! Sobald die Klingen der beiden Streiter sich zum ersten Mal berühren, werden keine Wetten mehr angenommen.«

Emerelle stellte sich breitbeinig in die Mitte der Arena, etwa fünf Schritt von ihrem Gegner entfernt. Schneller Tod hob grüßend sein Schwert. Sie erwiderte die Geste und blickte zur prächtigen Loge des Arenabesitzers. Arun war ein gebrechlich wirkender alter Damien, sein Schädel kahl, das Gesicht eingefallen und von tiefen Falten zerfurcht. Er hätte sich kaum mehr von Jubal unterscheiden können, der in feister Fülle neben ihm auf dem Ehrenplatz saß. Die beiden unterhielten sich angeregt und sichtlich gut gelaunt.

Das Dröhnen der Trommeln erreichte einen Höhepunkt und brach dann abrupt ab.

»Möge der Kampf beginnen!«, rief der Kentaur und zog sich zum Rand der Arena zurück.

Kaum hatte er die Worte über die Lippen gebracht, da schnellte der schwarz gekleidete Elf vor. Statt mit dem Schwert anzugreifen, versuchte er, Emerelle mit der flachen Hand einen Stoß vor die Brust zu verpassen. Sie wich aus, geriet auf dem roten Schlamm ins Rutschen und verlor fast das Gleichgewicht.

Ein wenig benommen hob sie ihr Schwert zur Deckung.

Ihr Gegner wich zwei Schritt zurück.

Er will mich im Schlamm liegen sehen, dachte sie wütend. Erst spielt er mit mir, um mir dann die Kehle durchzuschneiden. »Verlass dich darauf, dass du es nicht leicht mit mir haben wirst«, fauchte sie ihn an.

Ihr Gegner erwiderte nichts. Schweigend hob er die Klinge, als wollte er andeuten, dass es nun ernsthaft ans Kämpfen ging.

»Schmeiß die lahme Kuh in den Dreck!«, schrie irgendjemand hinter Emerelle.

Die Elfe musste sich beherrschen, um keinen Blick über die Schulter zu wagen. Sie hasste diese blutgierigen Bastarde dort oben. Diese Damien, die – zumindest zum Teil – einen Kult daraus machten, kein Fleisch zu essen, sich dann aber an blutigen Arenakämpfen nicht sattsehen konnten.

»Sieh mich an!«, zischte ihr Gegner.

Emerelle hatte Schwierigkeiten, sich auf ihn zu konzentrieren. Wieder schwankte sie leicht. Auch war ihr übel.

Plötzlich war er über ihr! Der Kämpfer in Schwarz griff an. Nur die endlosen Fechtstunden auf dem Flugdeck ließen sie überleben. Sie parierte, ohne nachzudenken, wich aus, behielt die Balance, selbst wenn ihre Füße auf dem schlammigen Boden rutschten.

Er zielte mit einem wuchtigen Hieb auf ihren Kopf. Stahl fuhr kreischend über Stahl. Funken stoben von den Klingen, als sie aneinander entlangschrammten. Emerelle versetzte ihrem Gegner einen Tritt gegen das linke Knie, als er einen Augenblick unachtsam war. Doch es war nicht genug Kraft dahinter. Ihr Gegner strauchelte lediglich kurz und wich zurück. Er hinkte nicht. Ihr Treffer hatte keinen Schaden angerichtet.

»Ist das alles, Schneeflöckchen?«, rief er spöttisch und wurde mit skandierenden Jubelrufen belohnt.

»Schneid ihr endlich die Kehle durch!«, ertönte es von den Rängen.

»Spiel noch ein bisschen mit ihr! Hack ihr die Schwerthand ab!«, forderten andere.

Ihr Gegner verschwamm Emerelle vor den Augen. Sie blinzelte. Aber das durfte sie nicht! Jeder Moment der Unachtsamkeit konnte ihren Tod bedeuten! Immer wieder hatte Sata ihr das eingebläut. Sie durfte ihre Feinde nie aus den Augen lassen!

Plötzlich war er da. Mit einem wuchtigen Hieb schlug er Emerelles Waffe zur Seite. Dann drehte er sich auf sie zu, traf sie mit dem Ellenbogen vor die Brust, und sie stürzte in den Schlamm.

Erschrocken kroch sie rücklings von ihm fort. Sie war in keinem Arenakampf je gestürzt!

Noch bevor sie wieder auf die Beine kam, setzte ihr Gegner ihr nach. Sein Fuß landete auf ihrer rechten Hand, die unverändert den Schwertgriff umklammert hielt, und er beugte sich zu ihr hinab. »Sieh mir in die Augen!«, verlangte er.

Etwas an der Stimme kam ihr vertraut vor.

Seine Augen lagen im Schatten des Helms. Etwas stimmte nicht mit ihnen. Es gab keine Pupille, keine Iris, kein Weiß. Sie waren ganz und gar schwarz wie polierter Obsidian.

Als Kind hatte sie zuletzt solche Augen gesehen.

»Ich bin es«, flüsterte ihr Gegner.

Sie traute ihm nicht. Es war unmöglich, dass der rote Drachenelf noch lebte. Sie hatte sein Schwert in der Weißen Halle gesehen. Wie all die anderen Klingen der Toten.

»Reib deine Hände durch den Schlamm!«

»Töte sie!«, erscholl es hundertfach von den Rängen.

»Was?« Er schien vor ihrem Blick zu zerfließen.

»Das Talkum. Sie haben ein starkes Schlafgift hineingemischt, das über die Haut aufgenommen wird. Wisch es dir von den Händen.«

»Schneid ihr die Kehle durch!«, forderte das Publikum unbarmherzig.

Schneid ihr die Kehle durch, hallte es in Emerelles Kopf wider. Das war ein Trick. Der Kerl wollte, dass sie ihr Schwert losließ. Sie sammelte all ihre Kraft und trat ihn ins Gemächt.

Der Kämpfer in Schwarz stieß ein schrilles Quieken aus und wich vor ihr zurück.

»Sie hat ihn entmannt!«, war ein tiefer Bass zu vernehmen. Grausames Gelächter folgte.

Emerelle stemmte sich hoch. Und wenn der Schwarzäugige es doch gut mit ihr meinte? Konnte es stimmen, was er sagte? Etwas war mit ihr nicht in Ordnung, so viel war sicher.

Sie wechselte das Schwert in die Linke und rieb die rechte Hand durch den feuchten Schlamm.

Ihr Gegner hatte sich von dem unritterlichen Treffer erholt. Er ließ sein Schwert so schnell durch die Luft wirbeln, dass es zu silbernen Schemen zerfloss.

Oder war es wieder das Schlafgift, das ihr die Sinne vernebelte?

Seine Klinge schnellte ihr entgegen. Sie drehte sich zur Seite, aber nicht rasch genug. Der geschliffene Stahl streifte ihre linke Wange. Sie spürte, wie das Blut warm an ihrem Hals hinabrann.

»Wir müssen so tun, als würden wir kämpfen«, zischte ihr Gegner und drehte sich von ihr fort.

Das Publikum tobte.

Emerelle war desorientiert. Eine Gestalt ganz in Weiß fiel ihr auf. Falrach! Er klammerte sich an die Gitterstäbe, wirkte verzweifelt. »Kämpf!«, rief er. »Mach es wie in Tanthalia!«

Tanthalia. Das Wort dröhnte in ihrem Kopf. Sie versuchte, es mit Sinn zu füllen. Der Fürstenhof. Ihre Flucht.

Der Kämpfer in Schwarz griff erneut an. Diesmal gelang es ihr besser, seine Schwerthiebe zu parieren. Sie wich nicht mehr nur zurück und parierte reflexartig, sondern schlug Finten, störte den Rhythmus seiner Angriffe, ließ ihn einmal sogar hastig vor ihr ausweichen.

Tanthalia. Der Zauber, durch den sie sich schneller bewegen konnte. Die Kobolde, denen sie die Sehnen der Armbrüste zerschnitten hatte. Sie hatte ihn bei keinem einzigen Arenakampf angewandt. Sata und die anderen hatten sie nicht nur kämpfen gelehrt, sie hatten ihr auch beigebracht, was Ritterlichkeit war. Aber hier hatten Jubal und seine Männer angefangen! Sie hatten ihr ein Schlafgift ins Talkpuder gemischt.

Emerelle tastete mit dem Handrücken über den Schnitt an ihrer Wange, der immer noch stark blutete. Die anderen hatten damit begonnen, auf mehr als nur den Stahl der Schwerter zu setzen. Sie flüsterte ein Wort der Macht.

Der Kämpfer in Schwarz rief ihr etwas zu. Seine Stimme dehnte sich zu einem unverständlichen Laut. Das Grölen des Publikums wurde zu einem tiefen Dröhnen.

Sie sprang auf. Roter Schlamm spritzte von ihrer Klinge. Die Tropfen schienen in der Luft hängen zu bleiben. Alle Geräusche waren zu einem einzigen dumpfen Ton geworden, der ihre Ohren beleidigte.

Sie musste sich beeilen. Das magische Netz wandte sich bereits gegen sie. Sie streckte die Linke aus, um dem Mann, der behauptet hatte, ein Freund ihrer Mutter zu sein, den Helm vom Kopf zu reißen. Ihre Fingerspitzen berührten das Leder, als der Kopf des Elfen nach unten zuckte. Auch er hatte den Fluss der Zeit verändert!

Emerelle erhob das Schwert und schwang es in einem weiten Bogen, sodass der Hieb ihm den Kopf von den Schultern trennen würde. Er aber schaffte es gerade noch, den Kopf einzuziehen, und sie trennte nur den Pferdeschweif vom Helm.

Im Schlamm ausgleitend, stürzte er, wobei er mit beiden Händen den Helm festhielt. Als Emerelle nachsetzte, um ihm mit einem Stich das Herz zu durchbohren, machte er keinerlei Anstalten, auszuweichen.

Emerelle zögerte. Keinen Fingerbreit über seinem Herzen kam ihre Klinge zum Halt.

Mit einem Ruck nahm er den Helm ab.

Ungläubig blickte sie in das schmale Gesicht, gerahmt von langem weißblondem Haar. Sie erinnerte sich, wie sich dieses Gesicht über sie gebeugt hatte, noch bevor sie laufen lernte. Erinnerte sich, wie Nodon an der Seite Nandalees gekämpft hatte in jener Nacht, als der Goldene seine Mörder schickte, um sie alle zu töten.

»Was ...«

»Lös den Zauber, und dann lass uns einen Schaukampf austragen. Ich werde verlieren. Es muss jedoch nach einem richtigen Kampf aussehen, sonst kommen wir hier nicht lebend heraus. Wenn dein Jubal eine falsche Schlange ist, dann kann man Arun, gemessen an ihm, nur als heimtückisches Krokodil bezeichnen. Es muss einen klaren Sieger geben.«

»Aber wo ist Schneller Tod? Wo ...«

»Er liegt gefesselt in einer Kleidertruhe. Rasch jetzt ...«

Nodon setzte den Helm wieder auf.

Plötzlich bewegte sich der schwarz gekleidete Krieger wieder langsam.

Emerelle hatte Mühe, die unerwartete Wendung zu akzeptieren. Sie hätte noch tausend Fragen gehabt. Hitze versengte ihre Haut. Das magische Netz versuchte, die Anomalie zu vernichten, die sich gegen die Gesetze der Welt auflehnte. Mit einem Aufschrei löste sie den Zauberbann.

Der dumpfe Ton wurde wieder zu Geschrei, das in ihre Ohren stach. Die Masse konnte nicht gesehen haben, was sich gerade zwischen ihr und Nodon abgespielt hatte. Es waren höchstens zwei Herzschläge verstrichen. Eine Zeitspanne wie ein Blinzeln.

Dennoch wurde es plötzlich stiller. Die Rosshaare des Helmschweifs flatterten noch durch die Luft, nur dass niemand den Hieb, mit dem sie abgetrennt worden waren, gesehen hatte.

»Unser Flöckchen wirbelt schnell!«, ertönte schneidend eine einzelne Stimme. »Hat sie dich ein wenig gestutzt? Nimm dich in Acht, als Nächstes liegt dein Kopf im Schlamm!«

Beifall und anfeuernde Rufe folgten.

Emerelle entging nicht, wie Jubal und Arun einen bestürzten Blick wechselten. Das hier war eindeutig nicht der Kampf, den sie beide sich vorgestellt hatten.

Und dann ging Nodon neuerlich auf sie los. Seine Bewegungen waren zu ausholend. Es sah eindrucksvoll aus, ließ ihr aber mehr Zeit zur Parade. In wildem Wirbel klirrten ihre Schwerter aufeinander. Schneller und schneller woben sie beide eine Melodie aus Stahl. Hin und her wogte der Kampf. Er trennte Stoffstreifen von ihrem Kleid, und sie revanchierte sich beim Helden ihrer Kindheit mit einer tiefen Kerbe in dessen Lederhelm.

Immer wieder trennten sie sich. Umkreisten einander lauernd wie Raubkatzen, um dann plötzlich wieder zuzustoßen. Der Kampf war ausgeglichen. Es schien unmöglich vorherzusagen, wer der Sieger sein würde.

Das Publikum feuerte sie an, bis die Stimmen immer krächzender wurden.

Emerelle wusste nicht recht, wie sie diesem Spektakel ein Ende setzen sollte. Wieder hieb Stahl auf Stahl. Sie zielte auf seine Brust, er wich aus, führte einen Schlag gegen ihren Kopf, den sie parierte, um mit einem schnellen Konter zu antworten.

Nodon bewegte sich absichtlich in ihre Klinge hinein. Ihr Schwert fuhr durch Fleisch. Erschrocken versuchte sie, dem Schlag an Kraft zu nehmen, doch es war zu spät. Und Nodon hatte es so gewollt, hatte einen tiefen Schnitt am Arm davongetragen, aus dem in pulsierenden Stößen das Blut spritzte.

Er taumelte zurück, hob scheinbar hilflos das Schwert.

Emerelle wusste, dass Nodon auch für seine Heilkunst berühmt war, aber er würde schnell etwas unternehmen müssen.

Er ließ sein Schwert fallen, ging in die Knie und presste die rechte Hand auf die Wunde. »Ich bin besiegt«, rief er mit klarer Stimme. »Ich ergebe mich der Tanzenden Schneeflocke!«

»Steh wieder auf!«, fuhr ihn der Arenameister an. »Stell dich ihr!«

Nodon verweigerte den Befehl. Er blieb auf den Knien.

Unruhe machte sich im Publikum breit, da forderte Arun laut: »Schlag ihm den Kopf ab!«

Emerelle war wie vom Donner gerührt. Was bildete sich dieser Greis ein? Wortlos ließ sie ihr Schwert fallen.

Manche jubelten. Andere fluchten. Und dann begriff sie. Zumindest in einem Teil der Wetten war wohl nicht auf Sieg oder Niederlage gesetzt worden, sondern es musste einen Toten geben, damit sie ausgezahlt wurden.

»Na los! Durchbohr ihn mit deinem Schwert!«, forderte nun auch Jubal. Ihr feister Arenameister hatte sich von seinem Sitz hochgestemmt und trat an die Brüstung der Ehrenloge. »Bring ihn um!«

Sie machte keine Anstalten, sich nach ihrer Waffe zu bücken. Aus dem Augenwinkel sah sie, dass nun weniger Blut zwischen Nodons Fingern hervorquoll. Wahrscheinlich hatte er bereits damit begonnen, das durchtrennte Muskelfleisch wieder zusammenwachsen zu lassen.

»Seinen Kopf!«, riefen mehr und mehr Stimmen von den Rängen und wuchsen zu einem machtvollen Chor an. »Seinen Kopf!«

Arun gab dem Kentauren, der wartend am Rand der Arena stand, ein Zeichen. Der Krieger aus dem Windland wirkte bestürzt. Er zögerte. Dann trabte er zu einem der großen Tore in der Arenawand und zog sein Schwert, während das Publikum immer wütender Nodons Tod forderte.

Ein Fanfarenstoß erklang. Der Lärm legte sich.

Der Kentaur schlug drei Mal mit dem Knauf seines Schwertes gegen das schwere Eisengitter; dann zog er sich im Galopp davon zurück.

Ein Ausrufer erschien neben Jubal, der noch immer an der Brüstung der Loge stand, ein stattlicher Damien mit krausem Haar. »Höret! Arun, der Herr des Blutgrundes, hat entschieden. Es soll ein dritter Kämpfer in die Arena treten. Er wird das Werk vollenden. Wer von den beiden Elfen als Erster stirbt, gilt als Verlierer dieses Kampfes. Alle Wetten werden eingelöst werden, und ihr werdet ein Spektakel erleben, wie es noch keinem Publikum je geboten wurde.«

Kreischend schwang das Gittertor auf, von dem der Kentaur sich fluchtartig entfernt hatte.

Der Spielmeister

Ein gigantischer weiß gefiederter Vogel, größer als jeder Troll, stelzte aus dem Tunnel hinter dem Gittertor in die Arena und hielt dann inne. Auf mächtigen Beinen stehend und unruhig mit seinen Stummelflügeln schlagend, blickte er zu den Rängen der Arena empor, wobei sein Kopf hin und her zuckte. Sein langer roter Schnabel war fast wie ein Axtblatt geformt.

Atemlose Stille herrschte im Publikum. Die Zuschauer schienen über den Anblick nicht weniger erstaunt zu sein als Emerelle.

Der Vogel scharrte mit seinen Klauen im Schlamm. Sein Kopf pendelte hin und her. Da entdeckte er sie und Nodon und stieß ein Zischen aus, das auf eine Art erfreut klang, dass sich Emerelle die feinen Härchen im Nacken aufstellten.

Plötzlich wurde die Kreatur halb durchscheinend wie ein Bild, das auf Glas gemalt war und hinter dem Emerelle schemenhaft die Arenamauer und das Publikum sah.

Schrille Schreie zerrissen die Stille. Die Zuschauer sprangen von ihren Sitzen auf und drängten durcheinander wie Lawinen aus Fleisch über die Sitzreihen zu den Ausgängen.

Der Tumult lenkte den Vogel ab. Sein Kopf zuckte ruckartig von rechts nach links. Er stieß einen durchdringenden Schrei aus. Ein Krächzen wie von Krähen, nur viel lauter.

»Zum Ausgang!«, stieß Nodon hervor, der sich immer noch

die Hand auf den blutverschmierten Arm drückte. Leicht schwankend, kam er auf die Beine.

Emerelle umfasste ihr Schwert fester, entschlossen, den Angriff des seltsamen Vogels abzuwarten.

»Du kannst nicht gegen ihn siegen. Sei vernünftig. Geh jetzt langsam zu dem Tunnel, durch den du hereingekommen bist. Ich werde ihn ablenken.«

Emerelle bedachte den Elfen, der einst der Schwertmeister des Erstgeschlüpften war, mit einem schiefen Blick. »Ich bin nicht mehr das kleine Mädchen, das du einmal kanntest. Ich weiß mich zu wehren.«

»Ich habe alle deine Kämpfe gesehen.« Er war mit ein paar Schritten an ihrer Seite. »Ich weiß, dass du bist, was wir Drachenelfen einst waren. Aber die Drachenelfen sind untergegangen. Wenn du überleben willst, musst du mir vertrauen und auf mich hören. Beweisen musst du mir nichts. Ich kenne dich gut, ich sehe deine Mutter in dir.«

Das klang nicht unbedingt, als ob das in seinen Augen etwas Gutes wäre.

Ein Krächzen lenkte Emerelles Aufmerksamkeit wieder auf ihren Gegner. Der Vogel blickte nicht länger zum Publikum hinauf, sondern fixierte sie mit seinen kalten schwarzen Augen. Mit leicht schräg gelegtem Kopf sah er sie an und kam langsam auf sie zu, als wäre er sich bewusst, dass sie keine wehrlosen Opfer waren.

Ein aufgeregtes Trillern überlagerte die Schreie und den Lärm des flüchtenden Publikums. Heldenherz! Er war irgendwo dort oben gewesen, ebenso wie Falrach, und flog jetzt tollkühne Angriffe auf den Kopf des riesigen Vogels, als wüsste er, dass dies ein Gegner war, dem Emerelle allein nicht gewachsen war.

Dass selbst ihre Misteldrossel sie für hilflos hielt, ärgerte sie. Zumal dieses verdammte Biest inzwischen wieder ganz stofflich geworden war. Und was einen festen Leib hatte, das vermochte ein Schwert auch zu töten!

Wütend setzte sie sich in Bewegung.

»Nicht!«, schrie Nodon auf. Auch er rannte los. Dabei winkte er mit den Armen.

Der Vogel stutzte kurz. Sein Kopf ruckte hin und her. Er starrte auf Nodon.

»Zu mir, Mistvieh!« Emerelle wedelte mit dem Schwert.

»Du bringst dich um!«, fuhr Nodon sie an, da preschte der Vogel auf sie zu.

Nodon ließ sich zu Boden fallen. Der niederstoßende Schnabel verfehlte ihn knapp. Er rollte zwischen den in langen Krallen endenden Füßen der Bestie hindurch.

Emerelle griff von der Seite an und stieß dem Vogel ihr Schwert in die Brust. Die Klinge traf auf keinen Widerstand. Das Biest war erneut durchscheinend geworden. Es wirbelte herum. Sein Schnabel stieß auf sie nieder. Auch er war durchscheinend. Konnte er sie überhaupt verletzen, solange er nicht fest war?

Nodon warf sich gegen ihre Beine und brachte sie zu Fall. Als sie in den Schlamm stürzte, kam er über ihr zu liegen.

Der Schnabel des Vogels streifte den Rücken des Schwertmeisters. Nodon keuchte auf. Ganz kurz war ein flackerndes bernsteinfarbenes Licht zu sehen. Es sah aus, als hätte es der Vogel aus dem Elfen herausgerissen, wie ein Raubvogel Fleischstücke aus seiner Beute riss.

Nodon rollte von ihr fort.

Emerelle war mit einem Satz wieder auf den Beinen. Sie ging leicht in die Knie, um all ihre Kraft in einen tollkühnen Sprung zu legen, so wie Fillipos es sie gelehrt hatte, und schnellte hoch. Ihr Schwert drang durch das linke Auge des Vogels tief in dessen Kopf, ohne jedoch Schaden anzurichten.

Emerelle landete im Matsch. Sie kam unsauber auf, rutschte

weg und schaffte es gerade noch, durch eine Rolle nach hinten einem der krallenbewehrten Füße zu entgehen.

Kaum wieder auf den Beinen, wich sie eilends von dem Vogel zurück und blickte unschlüssig zu Nodon, der ein paar Schritt links von ihr stand.

Wieder sah das Biest sie abwechselnd an. Es schien sich nicht entscheiden zu können, wen von ihnen es zuerst zur Strecke bringen sollte. Emerelle hatte das Gefühl, dass die Bestie nachdachte ...

»Du kannst nicht gegen ihn kämpfen«, rief Nodon ihr zu. »Du ...« Die Augen des Elfen weiteten sich vor Schreck. »Sie schließen die Tore!«

Auch der Kentaur, der sich an der Mauer der Arena entlanggedrückt hatte, reagierte zu spät. Die schweren Eisengitter schwangen alle gleichzeitig zu. Sie saßen in der Falle. Mit einem Gegner, den sie nicht besiegen konnten. Und diejenigen Zuschauer, die abgebrüht genug waren, um noch zu bleiben, bevölkerten jetzt mit blutlüsternen Mienen die untersten Ränge.

Heldenherz ließ sich, durchdringende Warnrufe ausstoßend, auf dem Gitter um die Arena nieder, während die Bestie, nicht länger körperlos, mit den Krallenfüßen im Schlamm scharrte und sich dabei aufplusterte.

»Er weiß, dass wir ihm nicht entkommen können«, rief Nodon ihr zu. »Du musst eine der Stangen von der Wand lösen! Nur minderwertiges Eisen kann ihn verletzen. Ich lenke ihn unterdessen ab!«

Bevor sie etwas erwidern konnte, stürmte der Schwertmeister auf den Vogel zu und reizte ihn mit wedelnden Armen und lauten Rufen.

Die Gefahr anderen zu überlassen widerstrebte Emerelle zutiefst. Aber wenn sie Nodons Befehl auch diesmal nicht befolgte, würde er sein Leben vergebens wagen. Sie stieß ihr nutzloses

Schwert in die Scheide und lief zum nächstgelegenen Mauerabschnitt. Mit beiden Händen umklammerte sie eine der Stangen. Sie war deutlich dicker als ihr Daumen, die Oberfläche rau vom Rost, der sich in das Eisen gefressen hatte.

Ohne das Geschehen in der Arena aus den Augen zu lassen, zerrte Emerelle an der Stange, die sich nicht einmal um Haaresbreite bewegte. Fieberhaft überlegte sie, welchen Zauber sie weben könnte. Ihre Kraft zu steigern war noch nie nötig gewesen.

Nodon lief währenddessen vor dem Vogel davon. Das konnte noch lange so gehen. Immer wieder ließ er die Bestie nah an sich herankommen, wich dann aus und narrte ihn – bis das geisterhafte Ungeheuer plötzlich, mit seinen Stummelflügeln schlagend, einen gewaltigen Satz machte und dicht neben dem Kentauren landete.

Der Pferdemann stieß einen gellenden Schrei aus und bäumte sich auf. Seine unbeschlagenen Vorderhufe fuhren wild trommelnd durch die körperlose Gestalt, während der axtgleiche Schnabel des Monstrums in seine Brust fuhr. Die Stimme des Kentauren überschlug sich.

Entsetzt ließ Emerelle von der Stange ab. Nie hatte sie einen solchen Schrei gehört. Der Vogel zerrte dem Kentauren etwas Leuchtendes aus der Brust, und der Pferdemann sackte in sich zusammen. Es sah aus, als würde er verwelken … Sein Gesicht wurde schmaler. Das Fleisch schwand von seinen Knochen. Er verdorrte regelrecht, während sein Licht ein letztes Mal erstrahlte und dann erstarb.

Die Zuschauer, die sich inzwischen über ihr nur so gegen die Eisenstangen drängten, quittierten seinen Tod mit einem Aufkeuchen. Entsetzen, aber auch Faszination stand ihnen ins Gesicht geschrieben.

Der riesige Vogel wandte sich zu Nodon um. Und jetzt veränderte sich sein Erscheinungsbild. Er wurde blasser und blasser. Dann verschwand er.

Emerelle öffnete ihr Verborgenes Auge. Sie sah Nodons Aura. Den kleinen Lichtpunkt, wo Heldenherz gerade über der Arena flog, und die wogenden Lichter der Zuschauer, die in blendendem Rot erstrahlten. Aber die Kreatur war nirgends zu entdecken! Dabei musste sie doch einen Zauber angewandt haben ...

Und dann sah sie etwas. Blass, kaum wahrnehmbar. Es gab eine Aura, aber der Vogel schien einen Zauber gewirkt zu haben, mit dem er sich vor Blicken in die magische Welt verbarg. Man musste wissen, was man suchte, um ihn entdecken zu können.

»Emerelle!«

Sie riss ihre eigentlichen Augen auf.

Nodon deutete zu Boden.

Und dann sah auch Emerelle etwas: Abdrücke von Krallenfüßen im Schlamm. Der geisterhafte Vogel bewegte sich langsam wie ein Raubtier auf der Pirsch. Statt geradewegs auf Nodon zuzukommen, schlug er einen weiten Bogen, um sich von rechts an den Schwertmeister heranzumachen.

»Komm hoch!« Falrach stand über ihr zwischen den gaffenden Zuschauern. Er presste sich gegen die Eisenstangen und streckte seine Hand, so weit es ging, zu ihr hinab.

Wenn sie gesprungen wäre, hätte sie seine Hand erreichen können, doch stattdessen sagte sie nur: »Hilf mir mit der Stange!«

Falrach sah sie zwar verwundert an, stellte aber keine Fragen. Er stützte sich gegen die erste Sitzreihe und drückte mit einem Fuß gegen die Eisenstange, während Emerelle erneut begann, daran zu rütteln und zu zerren.

Knirschend brach über ihr die erste der Schellen, mit denen die Stange befestigt war, aus dem Mauerwerk, als Nodon sich hinwarf, über die Schulter abrollte, wieder auf die Beine kam und offenbar knapp einem Schnabelhieb entging. Ein ärgerliches Kreischen hallte durch die Arena, in der es totenstill geworden war.

Emerelle konzentrierte sich ganz auf ihren mörderischen Gegner, ohne ihr Tun zu unterbrechen. Wie es schien, verharrte der Vogel im Augenblick an Ort und Stelle. Der knöcheltiefe rote Schlamm floss zusammen. Die Krallenfüße mussten darin versunken sein. Schon war Emerelle sich nicht mehr ganz sicher, wo das Biest stand.

Eine weitere Schelle löste sich von der Mauer. Ein leises Knirschen war zu hören, gefolgt von einem lästerlichen Fluch Falrachs.

Emerelle blickte auf. Die Eisenstange hatte sich verbogen. Wütend rüttelte der Spielmeister daran, doch die verbliebenen Schellen bewegten sich nicht mehr.

»Emerelle!«, schrie Nodon vom anderen Ende des Arenarunds.

Schlamm spritzte auf. Statt zu laufen, hatte der Geistervogel einen Sprung gemacht. Er war noch etwa fünf Schritt von ihr entfernt und nahm gerade wieder feste Gestalt an.

»Hol sie dir!«, feuerte ihn ein Kobold von der Tribüne an.

Die Bestie blickte auf, als hätte sie genau verstanden.

»Zerfetz sie!«, rief nun ein hagerer Damien. »Los! Schmeck Elfenblut!«

Emerelle griff nach ihrem Schwert und wurde sich im selben Augenblick bewusst, wie nutzlos ihre Waffe war.

Da landete Falrach neben ihr im Schlamm. »Versuch es mit Ziehen! Die Stange. Zieh sie nach oben!«, rief er und lief dem Vogel entgegen, der sein neues Opfer mit einem ärgerlichen Krächzen begrüßte.

Emerelle wollte ihm folgen ... aber ohne Waffe wäre sie ihm keine Hilfe. Sie packte die Stange, rüttelte daran. Sie hatte sich tatsächlich ein wenig gelöst, war nicht mehr länger an den Schellen, die sie hielten, festgerostet. Unter Aufbietung all ihrer Kraft schob sie, bis die Stange sich knirschend Zoll um Zoll bewegte.

Falrach umkreiste den mörderischen Vogel. Auch Nodon kam herbeigelaufen.

Emerelle hatte sich nun so weit gestreckt, wie sie konnte. Noch drei Schellen hielten die Eisenstange. Alle waren über ihrem Kopf in die Mauer geschlagen. Zu schieben würde nicht weiterhelfen. Sie zog die Stange nach unten, zu sich hin. Sie glitt durch die Befestigungen ... bis zu der Stelle, an der sie gebogen war. Dann saß sie in der obersten verbliebenen Schelle fest.

»Helft mir!«, rief Emerelle verzweifelt und sah über die Schulter.

Der Vogel starrte sie an. Und plötzlich kam er geradewegs auf sie zu. Er ignorierte Falrachs und Nodons Rufe und Gefuchtel, ignorierte die Misteldrossel, die auf seinem Kopf gelandet war und an seinem Gefieder zerrte. Er war jetzt wieder ganz körperlich. Eine Bestie, dazu geschaffen, ihre Opfer mit dem wuchtigen Schnabel wie mit Axthieben zu fällen. Und Emerelle war wie gelähmt. Sie vermochte nicht, davonzulaufen. Vermochte nicht, sich wegzuducken. Sie starrte nur noch auf den Schnabel und die bösartigen schwarzen Augen, die sie dahinter anfunkelten. Kalte Angst hatte sie ergriffen. All die Jahrzehnte des Übens auf dem Flugdeck waren vergessen.

Falrach hingegen erwies sich als geistesgegenwärtiger denn je. Er rannte los, sprang die Bestie von der Seite an und hielt sich an ihr fest. Die Wucht des Aufpralls ließ den großen Vogel taumeln. Er stieß gegen die Mauer der Arena, stürzte aber nicht. Mit wütendem Krächzen schüttelte er den Kopf, doch Falrach hielt mit der Kraft der Verzweiflung seinen Hals mit beiden Armen umklammert. Ja, es sah aus, als versuchte der Spielmeister, die Bestie zu erwürgen.

Nodon erreichte Emerelle und versetzte ihr eine schallende Ohrfeige. »Zieh an der Eisenstange!«

Immer noch benommen, gehorchte sie. Mit vereinten Kräften gelang es ihnen endlich, die Stange zu lösen. Sie war mehr als vier Schritt lang, schwer und unhandlich, dabei gebogen wie ein Fleischerhaken.

Die Bestie drehte sich und rammte Falrach gegen die Mauer. Beim zweiten Mal löste sich der Griff des Spielmeisters. Er stürzte zu Boden. Mit einem triumphierenden Krächzen setzte der Vogel einen seiner riesigen Füße auf den wehrlosen Elfen.

Emerelle schrie auf, als sie sah, wie sich die Krallen in die Brust ihres Gefährten gruben. Schwankend unter dem Gewicht der Eisenstange, stürmte sie vor. Viel zu spät. Viel zu langsam!

Gnadenlos fuhr der mächtige Schnabel des Vogels hinab, als Heldenherz angriff und nach dem linken Auge der Bestie pickte. Kurz schien das Ungeheuer irritiert. Sein Kopf kam mit einem Ruck wieder hoch. Es verblasste, und der blutende Falrach rollte sich unter dem körperlosen Krallenfuß weg, schaffte es aber nicht, wieder auf die Beine zu kommen.

Emerelle führte einen weit ausholenden Hieb mit der Stange. Die Wucht riss sie von den Beinen, da das rostige Metall, ohne auf Widerstand zu stoßen, durch die durchscheinende Gestalt des Vogels hindurchglitt. Von der Wucht des eigenen Angriffs mitgerissen, landete Emerelle im Schlamm.

Blasse bläuliche Funken wogten durch den Leib der Bestie, wo die Eisenstange ihre Bahn gezogen hatte. Die geisterhafte Gestalt über Emerelle verging. Ein grünlicher Rauch löste sich von ihr und stieg über der Arena auf.

Das Publikum gaffte stumm. Kein Jubel brandete auf. Betroffenheit stand in den Gesichtern, die auf sie hinabglotzten. In manchen auch Scham.

Emerelle raffte sich auf und kroch zu Falrach, der nur zwei Schritt entfernt lag. »Du ...«

Blut quoll ihm über die Lippen. Seine Augenlider flatterten.

Er bot sichtlich all seine Kraft auf, um bei Bewusstsein zu bleiben. »War mir ...«

Emerelle musste sich dicht über seine Lippen beugen, um seine Worte zu verstehen.

»War mir ... eine Ehre ... meine Dame.«

»Du ...«, stammelte sie hilflos. Sie legte die Hände auf die blutenden Wunden in seiner Brust. Die Krallen hatten sein neues Lederwams zerfetzt. Sie sah die schrecklichen, klaffenden Wunden darunter. Eine Rippe stach aus dem zerschundenen Fleisch hervor. »Du darfst jetzt nicht einfach so gehen. Du ...« Sie griff nach der Macht des magischen Netzes.

Er lächelte. Es wirkte wie ein Abschied.

»Nicht!« Sie versuchte, sich auf seine Verletzungen, auf das zerstörte Gewebe zu konzentrieren. Versuchte zusammenzufügen, was die Krallen des Geistervogels zerrissen hatten, doch es wollte ihr nicht gelingen. Zu schrecklich waren die Wunden. Zu aufgewühlt war sie.

Plötzlich erschien Nodon neben ihr. Sein Gesicht war hart. »Das hätte ich ihm nicht zugetraut.«

»Er wird dich noch öfter überraschen, wenn er nur überlebt! Hilf mir!«

Der Krieger schüttelte den Kopf. »Er wird uns aufhalten. Wenn wir ihn mitnehmen, werden wir nicht entkommen.«

»Dann bleibe ich auch hier!«, fuhr sie Nodon an. »Er hat uns beiden das Leben gerettet. Ich werde ihn nicht einfach hier liegen lassen.«

»Er wird den Transport nicht überstehen.« Nodon blickte auf. »Und Aruns und Jubals Wachen werden uns nicht einfach ziehen lassen.«

Jetzt erst bemerkte Emerelle, dass sie nicht mehr allein in der Arena waren. Etwa ein Dutzend Bogenschützen gaben ihnen aus einiger Entfernung Deckung, die Waffen auf die Loge des

Arenabesitzers gerichtet, wo sich die Wachen mit Armbrüsten hinter deren Ummauerung geduckt hielten. Die beiden Arenameister waren aus ihrer Loge verschwunden.

»Es wird garantiert nicht lange dauern, bis der Geisterkönig erfährt, dass wir hier sind.«

»Warum sollte er? Was hat er gegen euch?«

»Ihm ist es einst fast gelungen, uns Fahrende Ritter auszulöschen. Seither halten wir Überlebenden uns deshalb versteckt. Aber seit uns Franja Knochenfratze berichtet hat, dass du uns suchst, haben wir dich beobachtet, und ich habe jeden deiner Kämpfe gesehen.«

Emerelle brauchte einen Augenblick, um zu begreifen. »Du warst immer in der Nähe? Aber warum hast du dich nicht zu erkennen gegeben?«

»Weil du die Tochter deiner Mutter bist. Weil ich mir nicht sicher war, ob du für uns eine Gefahr bist oder von Nutzen. Ich wusste nicht …«

»Du wirst Falrach helfen!«

Nodon fluchte, aber er winkte zwei seiner Krieger herbei. Sie breiteten einen Umhang im Schlamm aus und hoben Falrach darauf.

Ein Armbrustbolzen sirrte über Emerelle hinweg, und Heldenherz ließ sich Schutz suchend auf ihrer Schulter nieder. Sie hielt Falrachs Hand. »Du wirst nicht sterben. Hörst du?«

Der Spielmeister verdrehte die Augen. Sie rollten nach oben, sodass fast nur noch das Weiß der Augäpfel zu sehen war. Es schien, als wollte er in seinen eigenen Kopf hineinblicken.

»Du bleibst bei mir! Du wirst jetzt nicht ohnmächtig. Hörst du? Bleib hier!«

Nodons Krieger hoben den Umhang an allen vier Enden an. Geduckt rannten sie auf eines der Gittertore der Arena zu, begleitet von Emerelle und Nodon. Die Bogenschützen gaben ihnen Deckung, doch nun schwirrten immer mehr Armbrustbolzen durch die Luft und schlugen knallend gegen die Mauer der Arena.

»Du hast mich nie dein Spiel gelehrt«, sagte Emerelle verzweifelt zu Falrach. »Du kannst mich doch nicht einfach mit all den Rätseln deines verdammten Spieltischs zurücklassen!«

Ein Lächeln umspielte Falrachs Lippen. Er sah sie an. War einige Herzschläge lang ganz bei ihr, bevor sich ein tiefer Seufzer seiner Brust entrang. Seine Augen fielen zu.

»Nein!«, schrie sie und packte ihn. »Komm zurück!«

Nodon zog sie von ihm fort. »Er wird es nicht schaffen«, sagte der Drachenelf mit tonloser Stimme. »Ich hatte es dir gesagt. Ich habe schon viele gehen sehen.«

»Er ist nicht viele!«, begehrte Emerelle auf. »Er gibt nicht auf. Niemals! Er ...«

»Wir nehmen ihn ja mit«, beschwichtigte Nodon sie.

»Und seinen Tisch. Er muss seinen Spieltisch sehen. Das wird ihm Kraft geben. Der Tisch ist sein Lebenswerk! Wir können ihn nicht zurücklassen.«

Nodon sah sie an, als hätte sie den Verstand verloren.

»Ich hole den Tisch. Sag mir einfach, auf welchem Weg ihr fliehen wollt. Ich werde euch wieder einholen.«

Der Schwertmeister keuchte. Aber er versuchte nicht mehr, sie zurückzuhalten. »Du findest uns nahe beim Fischmarkt. Gehe den Weg zu den Anlegeplätzen der Krebsfischer. Bevor du das Wasser erreichst, hältst du dich links. Unsere Boote sind unter den Pfahlhäusern dort vertäut.«

Sie nickte. »Ich finde euch.«

Nodon sah sie mit seinen furchteinflößenden, ganz und gar schwarzen Augen eindringlich an. »In einer halben Stunde legen wir ab. Ob mit dir oder ohne dich.«

Auf der falschen Seite

Emerelle stahl sich, die Misteldrossel sanft an ihre Brust gedrückt, aus den Tunneln des Blutgrunds in die dunklen Straßen der Stadt. Nur wenige Bewohner zeigten sich nach der Panik unter den Zuschauern in der Gegend um die Arena, und sie war froh, kaum fremden Blicken ausgesetzt zu sein. Über und über mit trocknendem rotem Schlamm besudelt, fühlte sie sich in ihrem Kleid als Tanzende Schneeflocke auffälliger denn je, und das ausgerechnet jetzt, da sie es am wenigsten brauchen konnte.

Bis zu ihrer Unterkunft war es nicht weit, doch sosehr die Zeit auch drängte, zog Emerelle es vor, einen Umweg zu wählen. Schließlich kannte Jubal sie gut genug, um zu wissen, dass Falrach seinen Tisch niemals einfach so zurücklassen würde. Daher beschloss sie, sich dem Gebäude von der Rückseite her zu nähern, durch das Gerberviertel. Der Ostwind drückte die üblen Gerüche nach frisch gegerbten Tierhäuten, faulenden Fleischresten und Fäkalien unter die Häuser, die sich auf Pfählen über dem Hang erhoben. Ein paar davonhuschende Ratten waren die einzigen Lebewesen, die ihr begegneten. Alles war ruhig. Zu ruhig?

Emerelle lauschte noch einen Moment, ehe sie Heldenherz behutsam absetzte und dann zwischen den Bambusverstrebungen zwischen zwei Pfählen von unten her zum Holzboden des

Erdgeschosses des Gästehauses hinaufkletterte. Sollten Jubals Männer schon hier sein, dann würden sie die Türen und Fenster im Auge behalten, aber sicher nicht die Falltür am Abtritt, durch die morgens die Nachttöpfe entleert wurden. Einen Augenblick lang dachte sie an Falrach und daran, dass ihn zu kennen sie immer wieder an Orte wie diesen brachte. Er lebte in Palästen und Kloaken. Er hatte sie in üble Schwierigkeiten gebracht und ihr zugleich in den wenigen Wochen, die sie miteinander unterwegs waren, ein Leben geschenkt, das jenes in den Jahren auf dem Blauen Stern an Abwechslungsreichtum und Abenteuern um ein Hundertfaches übertraf. Und immer, wenn sie glaubte, ihn wirklich durch und durch zu kennen, überraschte er sie aufs Neue. Wie er sich in der Arena geopfert hatte … *War mir eine Ehre, meine Dame.* Seine Worte klangen ihr im Ohr, als hätte er sie gerade erst gesprochen.

Sie zog ihr Schwert. Es war zu lang und unhandlich, aber schließlich schaffte sie es, die Klinge durch den Spalt der Luke im Boden zu schieben und deren Riegel zu lösen. Mit angehaltenem Atem schob sie die Falltür hoch. Die kleine Kammer war fast leer. Nur ein Stapel alter Lastkörbe stand in einer Ecke.

Emerelle schob das Schwert in die Scheide zurück und stieg durch die Luke. Vorsichtig setzte sie Fuß vor Fuß, darauf bedacht, dass der Boden aus Bambusrohr nicht knarzte. An der Tür verharrte sie mit angehaltenem Atem. Hörte zwei Stimmen! Sie klangen gedämpft. Es war unmöglich zu sagen, wie weit sie entfernt waren.

Die Elfe schob die Tür auf. Der kurze Gang war leer. Gleich rechts lag die Tür des Zimmers, das sie sich mit Falrach geteilt hatte. Ein verschlungenes geometrisches Muster war in das dunkle Holz geschnitten. Sie erinnerte sich daran, wie Falrach an ihrem ersten Tag hier gesagt hatte, dieses Muster sei wie der Weg seines Lebens.

Emerelle kämpfte gegen den Kloß in ihrem Hals an. Falrachs Weg durfte noch nicht zu Ende sein! Sie öffnete die Tür. Kein Licht brannte in ihrem Zimmer. Es war stockdunkel. Nur vier Tage hatte sie hier gelebt. Aber sie würde kein Licht brauchen, um zu finden, was sie suchte. Sie tastete nach der Truhe gleich neben der Tür, hob vorsichtig den Deckel und nahm die beiden breiten Lederriemen heraus.

Dann ging sie rechts am Bett vorbei. Die Büffelgrasmatte vor dem Fenster schluckte das karge Licht des Nachthimmels. Emerelle tastete nach der Rückenlehne des Stuhls, auf dem Falrach am Mittag noch gesessen hatte. Davor stand der Spieltisch.

Sie ging in die Hocke. Der Boden knarrte leicht. Sie ertastete die Ösen dicht unter der Tischkante und zog den ersten Riemen hindurch.

»Ich dachte mir, dass ihr den holen würdet«, sagte eine vertraute Stimme. Es war Asterion, Jubals Minotaur!

Emerelle sprang auf und zog ihr Schwert. Mit dem Rücken zur Wand spähte sie in das Dunkel.

Ein riesiger Schatten setzte sich im Bett auf. »Wir müssen nicht kämpfen«, sagte er leise.

»Ich werde mich nicht ergeben!«

»Damit habe ich auch nicht gerechnet. Ich bin hier, um …« Er brach ab. Das Bett knarzte. Er musste sich bewegt haben.

Emerelle blickte angespannt in die Finsternis.

»Ich wusste nicht, was heute geschehen würde«, sagte er schließlich. »Jubal ist ein Lump, aber Arun ist noch hundert Mal schlimmer als er. Ich glaube nicht, dass Jubal diese Nacht überleben wird. Er hat mich geschickt, um dich zu stellen. Wenn ich ohne dich zurückkehre, wird Arun ihn umbringen lassen. Der Herr des Blutgrunds schäumt vor Wut, weil ihr seinen kostbaren Vogel getötet habt. Er war ein Geschenk des Geisterkönigs. Arun wird Jubal alle Schuld zuschieben, wenn er dem

König erklären muss, warum die Bestie tot ist – und wie es kam, dass die Fahrenden Ritter in seiner Arena aller Welt beweisen konnten, dass sich diese Vögel besiegen lassen.«

Emerelle spähte zur Tür. Alle ihre Sinne waren geschärft. Jetzt, da sie darauf achtete, roch sie das Fell des Minotauren. Es war ein leichter, unaufdringlicher Duft. Asterion wusch sich oft, legte Wert darauf, sein Fell und seine spärliche Bekleidung sauber zu halten.

»Willst du mir sagen, dass ich umstellt bin und es keinen Fluchtweg mehr gibt?«

»Ganz im Gegenteil«, erwiderte der Stiermann. »Benutze die Falltür, und schleich dich unter den Gerberhäusern hindurch, dann wird dich niemand sehen.«

Sie schnaubte verächtlich. »Das soll ich dir glauben? Wenn ich entkomme, wird dein Herr sterben.«

»Und damit werde ich allen meinen Verpflichtungen ihm gegenüber enthoben und endlich frei sein.«

»Du verrätst deinen Herrn?« Das konnte sie nicht glauben. In all den Wochen, in denen sie von Stadt zu Stadt gezogen waren, hatte sie Asterion als loyal empfunden. Sie wünschte, sie hätte ihm in sein Stiergesicht sehen können. In seine großen Augen. Doch vor ihr ragte nur ein Schatten auf.

Er schien ihre Anspannung zu spüren. »Ich war auch einmal ein Kämpfer. Ich weiß, wie es ist, dort unten in der Arena zu stehen. Ich weiß, wie es sich anfühlt, hintergangen zu werden, damit die Wettgewinne stimmen ... Aber so etwas wie heute habe ich noch nie getan. Es war niederträchtig, was Jubal und Arun mit dir geplant hatten. Das Talkum mit dem Kontaktgift, dafür habe ich mich geschämt. Und was danach geschah, dieser Vogel, davon habe ich nichts gewusst! Nie zuvor habe ich so sehr das Gefühl gehabt, auf der falschen Seite zu stehen. Einst war ich ein Mann von Ehre ...«

Emerelle war sich immer noch nicht sicher, ob sie ihm trauen konnte. Sie kniete sich wieder neben Falrachs Tisch. Das Schwert behielt sie in Griffweite, während sie die Schnallen der Lederriemen schloss. Sie durfte ihre Zeit nicht vergeuden. Nodon würde nicht warten. Da war sie sich ganz sicher.

»Und wenn Arun durchschaut, was du getan hast?«

»Dann habe ich wenigstens zuletzt auf der richtigen Seite gestanden. Wer ein Freund des Geisterkönigs wird ... der hat seine Seele verkauft. Ich werde diesen Weg nicht gehen.«

Emerelle spürte, dass es ihm ernst damit war. Sie hob den Tisch an, der schwerer war als erwartet. »Ich wünsche dir Glück!«, sagte sie leise, und es klang ungewohnt harsch in ihren Ohren.

»Wenn ich es in die Mondberge schaffe, wird der Tag kommen, an dem ich als greiser Bulle damit angeben werde, dich einmal gekannt zu haben, Emerelle. Von dir wird man noch hören ...«

Sie musste lächeln. »Ich hoffe nicht.« Dann war sie durch die Tür.

Die Bambusrohre unter ihren Füßen knarrten bedenklich unter dem zusätzlichen Gewicht, das sie nun trug.

»Wer da?«, rief jemand aus dem vorderen Teil des Hauses.

»Ich, du Tropf!«, donnerte Asterion. »Ich vertrete mir ein bisschen die Füße. Mir schlafen hier die Beine ein. Habt ihr vor dem Haus etwas gesehen?«

»Hier ist niemand.«

Der Minotaur stieß ein Schnauben aus. »Ich hab ja gleich gesagt, dass die beiden nicht so dämlich sind, für einen Spieltisch ihre Haut zu riskieren.«

Jetzt hörte Emerelle die schweren Tritte des Stiermanns. Sie übertönten jedes Geräusch, das sie machte. Erleichtert ließ sie den Tisch durch die Luke im Boden hinab und machte sich dann eilends auf den Weg den Hang hinunter.

Nebel wogte vom Fluss herauf, erschwerte ihr zusätzlich jede

Orientierung. Emerelle war sich sicher, den Fischmarkt verfehlt zu haben. Aber sie hörte den Fluss. Hörte das leise Geräusch, mit dem Boote an ihrer Vertäuung zerrten.

Plötzlich schälte sich ein Schemen aus dem Dunst.

»Du kommst spät«, hörte sie Nodons tadelnde Stimme. Er nahm ihre Hand und führte sie über schlüpfrigen Grund ins Wasser zu einem flachen Boot.

Drei weitere Gestalten kauerten hintereinander im Rumpf. Nodon nahm ihr den Tisch ab, verstaute ihn und half dann ihr hinein. Ihre Hände tasteten über das Holz. Sie spürte die Maserung, aber keine aneinandergefügten Planken. War das Boot aus einem einzigen großen Baum geschnitten?

Nodon nahm am Heck Platz und löste die letzte Leine. Seine schweigenden Gefährten tauchten die Paddel ins Wasser, während der Schwertmeister sie zwischen den Pfahlbauten hindurch auf den Fluss hinaussteuerte.

»Wo ist Falrach?«, fragte Emerelle leise.

»In einem anderen Boot draußen auf dem Fluss. Es geht ihm sehr schlecht. Aber als ich ihn zuletzt gesehen habe, lebte er noch.« Nodon klang kühl. Ihm war offenbar egal, was aus dem Spielmeister wurde. – Ihre Suche nach den Fahrenden Rittern hatte sie zum Ziel geführt. Aber sie war ihnen nicht willkommen.

Steuerbords erhoben sich nun große Schatten aus dem Wasser. Das mussten die schweren Frachtschiffe sein, die den Gelben Fluss hinab zum Meer fuhren. Bald waren auch sie verschwunden.

Emerelle spürte, wie der Rumpf gegen die Strömung gedreht wurde. Das Geräusch der Paddel und das Atmen der Männer waren die einzigen Laute in der Nacht. Wirbelnde Nebelschwaden verschlangen sie, so wie dieser Tag alle ihre vermeintlichen Gewissheiten über die Fahrenden Ritter verschlungen hatte.

LEBENDIG BEGRABEN

Sechs Tage dauerte die Reise stromaufwärts nun schon, wobei sie den Gelben Fluss bereits am Mittag des ersten Tages verließen und in einen seiner zahlreichen Seitenarme einbogen, der sich seinerseits so oft verästelte, dass Emerelle bald nur noch zu sagen wusste, dass sie ungefähr nordostwärts fuhren.

Außer Nodon gehörten noch neun andere Elfen ihrer Gruppe an. Doch diese mieden sie, die Kapuzen ihrer Umhänge tief in die Stirn gezogen, sodass sie kaum ihre Gesichter zu sehen bekam. Es waren schmale, abgehärmte Gestalten, die nur miteinander sprachen, wenn sie nicht in Hörweite war. Keiner richtete ein Wort an sie. Misstrauische Blicke waren alles, was sie erntete. Die Kleidung der Fahrenden Ritter war alt und abgetragen. Lederwämser, speckige Hosen und verschrammte Stiefel, durchweg in Erdfarben oder fahlem Grün gehalten. Sie hatte sich die Fahrenden Ritter vollkommen anders vorgestellt. Einzelgänger in schimmernder Rüstung, mit farbenprächtigen Waffenröcken, vielleicht von einem Knappen oder einem Diener begleitet. Aufrechte Recken, die stets bereit waren, den Wehrlosen zur Seite zu stehen. Die Gestalten um sie herum waren in jeder Hinsicht das genaue Gegenteil. Und dennoch waren sie, geführt von Nodon, gekommen, um sie aus der Arena zu holen, in der sie ohne ihre Hilfe ganz gewiss gestorben wäre.

Statt mit Vorfreude wartete sie nun voller Anspannung darauf, mehr über diese rätselhaften Krieger zu erfahren, zumal sie und Falrach von ihnen eher wie Gefangene als wie Freunde behandelt wurden. Auch fürchtete sie sich vor den Antworten auf ihre drängendsten Fragen.

Ihr Blick schweifte zum Dschungel, der wie grüne Mauern den schmalen Wasserlauf umgab. Sie waren nun im Herzen eines Urwalds angelangt, in dem Flüsse und Bäche die einzigen Wege zu sein schienen. Und selbst diese wurden zunehmend vom Wald verschluckt.

Während der ersten beiden Tage hatte sie noch manchmal Pfahldörfer an den Ufern gesehen und terrassierte Hügel, die dem Dschungel abgerungen worden waren. Keiner der Bewohner hatte ihnen zugewinkt, und sie hatten nirgends angelegt. Im Takt der nimmermüden Paddel hatten sie sich, der Strömung entgegen, durch das gelblich braune Wasser bewegt.

An einer Stelle hatte ein Stamm, mächtig wie ein Festungsturm, quer über dem Fluss gelegen. Seine Rinde war längs abgeplatzt, das verrottende Holz von Moos und schleimig aussehenden Pilzen überwuchert. Sie alle hatten sich flach ins Boot drücken müssen, um unter einer Astgabelung des gefallenen Riesen hindurchzukommen. Dabei hatte Emerelle das Gefühl gehabt, dass sie beobachtet wurden. Diese Barriere wäre eine tödliche Falle gewesen, hätte, wer immer im Dschungel verborgen lauerte, sich entschlossen, sie anzugreifen.

Inzwischen hatten sich die Baumkronen über ihnen zu einem dichten Dach vereinigt, sodass es aussah, als strömte der schmale Fluss durch einen lebendigen Tunnel. Dunkle Wolken von Insekten tanzten über der Oberfläche. Stechmücken peinigten sie, aber es gab auch Schwärme von Schmetterlingen, die in torkelndem Flug über dem Wasser tanzten. Für jede Qual, die der Dschungel für sie bereithielt, schenkte er auch Schönheit: Düfte, wie Emerelle sie noch nie gerochen hatte, süßlich und sinnlich, Blüten, groß und farbenfroh. Konzerte brüllender Affen wurden abgelöst von melancholischen Vogelrufen, die insbesondere Heldenherz ungewöhnlich zu interessieren schienen. Den Kopf schräg gelegt, lauschte er ihnen und antwortete mit seinen eigenen wehmütigen Melodiefolgen, die Emerelle teils so verstörten, dass sie sich fragte, ob sie von kommendem Tod kündeten.

Wann immer diese Vogelstimmen erklangen, griff sie deshalb besorgt nach Falrachs Hand. Ob sie nach seiner Seele riefen? Nodon hatte den Spielmeister bei der ersten Rast in sein Boot bringen lassen. Die meiste Zeit war Falrach bewusstlos. Und wenn er erwachte, redete er wirr und sah sie mit angstweiten Augen an, ohne sie zu erkennen. Es peinigte Emerelle, ihn so zu sehen. Alles, was ihn ausgemacht hatte, schien unter dem Tritt des Geistervogels zerbrochen zu sein, und sie konnte nichts für ihn tun, außer seine Hand zu halten.

Nodon kümmerte sich um den Spielmeister, wann immer ihre völlig erschöpften Paddler eine Rast brauchten oder die Äste so über dem Wasser wucherten, dass sie gezwungen waren, sich den Weg mit ihren Klingen frei zu hacken.

Wenn Nodon seine Zauber wob, beobachtete Emerelle ihn durch ihr Verborgenes Auge. Es faszinierte sie, wie geschickt er in das magische Netz griff, wie kundig er feinste Kraftfäden miteinander verband. Und doch vermochte er Falrach nur gerade so am Leben zu erhalten. Heilen konnte er den Spielmeister nicht.

Als Emerelle schon befürchtet hatte, dass diese Reise, die ihr immer mehr wie ein Fiebertraum erschien, niemals enden würde, zogen die Fahrenden Ritter schließlich ihre flachen Boote an einem schlammigen Ufer an Land und versteckten sie unter den ausgreifenden Wurzeln eines der Baumriesen, die sich wie Könige aus dem Wald erhoben und alles ringsherum überragten, ja im Schatten ihres ausladenden Laubdaches erstickten.

Plötzlich verstummte der Lärm im Urwald. Die Schreie und Vogelrufe, das Sirren der Insekten, selbst der Wind im Geäst schien innezuhalten. Sofort kauerten sich alle Fahrenden Ritter nieder, und Heldenherz duckte sich auf Emerelles Schulter, drängte sich mit leisen, piepsenden Lauten dicht an ihren Hals. Nur Nodon blieb stehen. Er sah den Wasserlauf hinab, die Augen zusammengekniffen.

Emerelle folgte seinem Blick, konnte jedoch nichts Ungewöhnliches entdecken.

Lange verharrten sie alle so, selbst als die Laute im dichten Grün zurückkehrten.

»Was war das?«, flüsterte Emerelle.

»Einer von ihnen folgt uns.«

»Von wem?«

Nodon gab den übrigen Elfen ein Zeichen, mit ihren Arbeiten fortzufahren. »Einer der Geistervögel. Wenn sie unsichtbar werden, können sie sogar durch Wände hindurchgehen. Der Dschungel hält sie nicht auf. Eines dieser Biester hat vor zwei Tagen unsere Spur aufgenommen ...«

»Aber wir waren die ganze Zeit auf dem Wasser! Wie kann er da eine Spur aufgenommen haben?«

»Sie sind nicht aus dieser Welt, diese verfluchten Kreaturen. Unsere Grenzen gelten für sie nicht. Aber wir können sie bei ihrer Arroganz packen. Sie halten sich für unsterblich. Das macht sie manchmal leichtfertig.«

Zwei der Elfen hatten eine lange Bambusstange im Dschungel geschlagen. Sie knoteten nun einen Umhang so daran fest, dass er als Tragetuch herhalten konnte. Dann legten sie Falrach hinein. Er wimmerte vor Schmerzen, als sie ihn bewegten.

Emerelle nahm den Spieltisch auf ihren Rücken. Als Nodon

ihre kleine Gruppe in den Wald hineinführte, der bald von Bambus dominiert wurde, ging sie als Erste hinter ihm.

Geschickt bewegte sich der Schwertmeister durch das Bambusdickicht. Die hohen Rohre wiegten sich sanft im Wind. Durch das dichte Blätterdach über ihnen sickerte nur grünliches Licht. Jetzt war es wieder still.

Plötzlich hielt Nodon inne. Ohne ein Wort zu sagen, wies er auf einen dünnen, rostigen Draht, der auf Höhe ihrer Kehlen zwischen zwei Bambusstämmen gespannt war. Einen Geistervogel würde er mitten vor die Brust treffen.

Der Schwertmeister duckte sich darunter hindurch. Die kleine Karawane folgte ihm. So passierten sie noch drei weitere Drähte. Als sie auf eine unscheinbare Lichtung inmitten des Hains gelangten, kniete Nodon nieder. Er wischte ein wenig welkes Laub und Erde zur Seite. Darunter kam eine hölzerne Falltür zum Vorschein. Er klappte sie auf, und ein etwas mehr als schulterbreites Erdloch wurde sichtbar, das senkrecht in die dunkle Tiefe führte. Einer seiner Männer stieg hinab, dann bedeutete er Emerelle, sich dem Dunkel der Erde anzuvertrauen.

Sie stellte keine Fragen, wusste sie doch, dass Nodon nur antworten würde, wenn er in der Stimmung dazu war. Mit einem leisen Pfiff rief sie Heldenherz zu sich, der auf der Suche nach Nahrung neugierig durch das Bambusdickicht geflogen war. Mit einer fetten gelben Raupe im Schnabel landete er auf ihrer Schulter. In den Tagen auf dem Boot hatte sie ihn gelehrt, dort kauern zu bleiben, bis sie ihm ein Zeichen gab, wieder davonzufliegen. Das dürfte sich jetzt auf ihrem Weg in die Tiefe bezahlt machen.

Im Schacht waren Bambusrohre im roten Erdreich verankert, sodass sie daran wie an den Sprossen einer Leiter hinabsteigen konnte. Immer wieder stieß sie dabei mit den Schultern gegen die Seitenwände. Ein Gefühl der Beklemmung beschlich sie.

Noch nie hatte sie sich so beengt gefühlt. Was, wenn die Erde ins Rutschen kam?

Sie verbannte die Vorstellung aus ihren Gedanken und erinnerte sich an die Tage mit Falrach. An ihre erste Begegnung, an die Honigkuchen und an das wunderbare Bad im Palast des Fürsten Brynell.

Als sie endlich festen Boden unter den Füßen hatte, erwartete sie das warme Licht einer Öllampe. Der Elf, der vor ihr hinabgestiegen war, hatte seine Kapuze zurückgeschoben. Über das schmale Gesicht huschte ein scheues Lächeln. Himmelblaue Augen sahen sie neugierig an. »Gleich geht es dort entlang weiter!«

Der Schacht hatte sie in einen Tunnel geführt, der so niedrig war, dass sie nur geduckt stehen konnten. Der Elf deutete nach links.

»Ihr habt also doch nicht alle eure Zungen verschluckt.«

Sein Lächeln wurde breiter. »Nodon glaubt, dass selbst Worte eine unsichtbare Spur hinterlassen, der die Geistervögel folgen können. Also schweigen wir nach Möglichkeit, wenn wir reisen.«

»Woher kommen diese Bestien?«

»Der Herrscher hat sie gerufen. Niemand hat sie je zuvor gesehen. Er schickt sie aus, wenn er jemanden bestrafen will. Es heißt, selbst die Himmelsschlangen fürchten sie.«

Emerelle schnaubte. »Ich habe einen dieser Vögel getötet. Glaubst du, die Götterdrachen seien weniger machtvoll als ich? Das kann ich mir nicht vorstellen.«

Das Lächeln verschwand aus dem Gesicht ihres Gegenübers. »Jedenfalls sieht man keine Drachen in Haiwanan, während sie überall sonst die unangefochtenen Herrscher sind.«

Emerelle antwortete darauf nicht. Sie wusste, dass es stimmte. Und sie fand keine Erklärung dafür.

Im Anschluss an den Spieltisch, den sie erneut schulterte, wurde Falrach an einem Seil in den Schacht herabgelassen und danach wieder in dem Umhang weitertransportiert. Mit der kleinen Öllampe voraus begann ein schier endloser Weg durch ein Tunnelsystem.

Hier unten hatte das Erdreich eine gelblich braune Farbe. Es war überraschend warm und trocken. Nur die Luft machte Emerelle zu schaffen, so abgestanden und muffig, wie sie war. Sie stellte sich vor, dass mit jedem Atemzug, den sie tat, Luft in ihre Lunge gelangte, die schon viele Male von anderen ausgeatmet worden war.

Auch in den Tunneln waren Drähte gespannt. Manchmal mussten sie, auf dem Bauch liegend, unter ihnen hindurchrobben, wenn sie kreuz und quer durch einen Tunnel gespannt waren, und den Tisch mühsam hinterherreichen. Dabei stellte sich Emerelle die Frage, was all das nutzen sollte, wenn die Geistervögel tatsächlich durch Wände gehen konnten, wie Nodon behauptet hatte.

Zeitweise war sie auch gezwungen, den Tisch von ihrem Rücken zu nehmen und halb geduckt vor sich her zu tragen. Falrachs Träger machten es sich da leichter. Sie legten den Verletzten einfach auf dem Boden ab und zogen und schoben ihn, ohne viel darum zu geben, wenn er vor Schmerz aufkeuchte.

Endlich erreichten sie eine kleine Kammer, die in den Lehm gegraben war. Es gab ein Lager aus Matten und einer Wolldecke, eine Wandnische, in der sie eine kleine Öllampe entzündeten, und eine Schüssel mit Wasser. Das war alles.

Wortlos legten die Elfen Falrach nieder und zogen sich zurück.

Emerelle war zu stolz, sie mit weiteren Fragen zu bedrängen. Sie kniete sich neben den Spielmeister auf den Boden und tupfte ihm den Schweiß von der Stirn. Seine Wangen waren eingefallen, sein Atem ging flach.

»Die Qualen der Reise haben jetzt ein Ende«, sagte sie leise, nahm Falrachs kalte Hand und drückte sie.

Er blinzelte. »Sieht aus wie ein verdammtes Grab hier.« Es waren die ersten klaren Worte, die er sprach, seit er verletzt worden war.

Erleichtert drückte sie ihm erneut die Hand, und Heldenherz flog von ihrer Schulter auf und ließ sich auf Falrachs Brust nieder.

Er lächelte matt. Für weitere Worte reichte seine Kraft offenkundig nicht mehr, doch eine Zeit lang sah er sie noch an, und es lag mehr als Dankbarkeit in diesem Blick: Er gab Emerelle das Gefühl, alle unausgesprochenen Erwartungen erfüllt zu haben …

Alte Wunden

»Er ist stärker, als ich gedacht hätte.«

Erschrocken fuhr Emerelle herum. Am Durchgang zu ihrer kleinen Erdkammer stand Nodon. Er trug jetzt wieder rote Gewänder, so wie er es stets getan hatte, als sie noch ein Kind war.

»Wie lange beobachtest du uns schon?«

Er blieb ihr die Antwort schuldig. »Wir beide müssen miteinander reden. Aber nicht hier. Es geht nur uns zwei an, was ich zu sagen habe. Es ist an der Zeit, dass ich dir einige deiner Fragen beantworte.«

Emerelle betrachtete das blasse Gesicht des Spielmeisters. Er würde wahrscheinlich lange schlafen. Es machte fast keinen Unterschied, ob sie neben ihm saß oder nicht.

»Heldenherz?«

Die kleine Misteldrossel, die über den gestampften Lehmboden hüpfte und nach Würmern suchte, blickte zu ihr hinüber.

»Du passt auf ihn auf!«

Der Vogel ruckte mit dem Kopf. Hatte er sie verstanden? Sie war sich bewusst, dass sie ihm womöglich zu viel zutraute. Aber sie fühlte sich besser, wenn sie nicht einfach so ging. Sollte Nodon sie ruhig für verrückt halten, weil sie mit einem Vogel sprach.

Sie folgte ihm ins Labyrinth der Erdstollen. Es war kein weiter Weg. Sie waren vielleicht hundert Schritt gegangen, als er sie in eine zweite Höhle hineinwinkte. Sein Unterschlupf war kaum weniger karg, aber immerhin gab es zwei große Kleiderkisten. Sein Schlafplatz bestand auch nur aus Matten und einer Decke auf dem Lehmboden.

Er ließ sich auf einer der Kisten nieder und bedeutete ihr, auf der anderen Platz zu nehmen. Schweigend sah er sie an.

Was sollte sie ihn zuerst fragen? Es gab tausend Dinge, die sie wissen wollte. »Ist meine Mutter hier?«, platzte sie schließlich heraus.

»Nein.«

War sein Gesicht noch eine Spur härter geworden, als er antwortete? »Warum lebst du noch? Ich habe dein Schwert an der Wand der Weißen Halle gesehen. Ich dachte, die Waffen kehren dorthin zurück, wenn ihr Besitzer stirbt.«

»So ist es. Ich allerdings habe mir die Freiheit genommen, meinem Tod zuvorzukommen, und mein Schwert selbst dorthin gebracht.«

»Meine Mutter auch?«

»Ja.«

Emerelle seufzte erleichtert auf, auch wenn seine einsilbige Art sie reizte. Nandalee lebte. Sie hatte es immer gewusst. Und ihr störrischer Bruder hatte sich geirrt. Könnte Meliander doch jetzt nur hier sein! »Wo ist sie?«

»Ich weiß es nicht.«

Nodon hatte vor seiner Antwort einen Herzschlag lang gezögert. Es gab anscheinend etwas, was er vor ihr verheimlichte. Aber wenn er noch der Mann war, den sie als kleines Mädchen gekannt hatte, würde er sein Geheimnis ganz gewiss nicht preisgeben, wenn sie ihn bedrängte. Sie musste sich in Geduld üben, so schwer es ihr auch fiel. Ihre Mutter war nicht tot! Das war im Augenblick das Wichtigste.

»Warum hast du dein Schwert dorthin gebracht? Sollte es ein

Zeichen sein, dass du den Himmelsschlangen die Treue aufkündigst?«

Der Anflug eines Lächelns umspielte seine Lippen. »So kann man das auch sehen. Es waren die Himmelsschlangen, die diese Klingen geschmiedet und ihre Zauber hineingewoben haben. Jedes der Schwerter ist einmalig. Und in jedem der Schwerter gibt es einen verborgenen Zauber, der es den alten Drachen erlaubt herauszufinden, wo genau sich die Waffe gerade befindet. Nach dem Untergang Nangogs hatte der Goldene begonnen, Jagd auf uns zu machen ... Er hat Bidayn und ihre Mörder geschickt. Oder auch Drachen.«

»Aber warum ...«

»Weil deine Mutter Nachtatem, den Erstgeschlüpften, getötet hat!«

»Das ist eine Lüge!«, begehrte Emerelle auf.

»Es ist das, was fast alle Albenkinder glauben. Diesen Mord haben die Himmelsschlangen zum Vorwand genommen, um die Drachenelfen jagen zu lassen.«

Sie schüttelte den Kopf. All die alten Geschichten kamen wieder hoch. Bilder von Drachen, die wie aus dem Nichts erschienen und sie hetzten ... Sie erinnerte sich, wie sie und Meliander mit ihrer Mutter rastlos von Ort zu Ort geflohen waren. Sie beide waren damals noch Kinder, und Nandalee hatte ihnen die Flucht als eine aufregende, lange Abenteuerreise verkauft. Aber später hatte Emerelle sich alles zusammengereimt. Es war also Nandalees geliebtes Schwert Todbringer gewesen, das ihnen allen fast tatsächlich den Tod gebracht hätte.

»Ich glaube nicht, dass sie den Mord begangen hat.« Nodon sprach leise. Sein Blick war weich geworden. »Mich hat sie von ihrer Unschuld überzeugt. Aber draußen in der Welt ist die Lüge über sie zur Wahrheit geworden. Wir Drachenelfen waren immer schon Außenseiter, gefürchtet, bestenfalls respektiert. Geliebt hat man uns nie. Wir waren anders. Die Auserwählten der Himmelsschlangen. Schwertmeister und Zauberweber. Niemand unter den Albenkindern konnte sich mit uns messen. Die alten Drachen weihten uns in die Geheimnisse der Magie ein. Zumindest in einige von ihnen ... Wir hatten viele Neider, und die haben die Geschichte von den Auserwählten, die zu Verrätern wurden, nur allzu gern geglaubt.«

Endlich begann Emerelle zu begreifen. Es waren diese Lügen, die ihre Mutter dazu gebracht hatten, sie und Meliander im Stich zu lassen. Und diese Lügen trugen auch die Schuld daran, dass sie niemals zurückgekehrt war. Nandalee hatte geglaubt, dass der Blaue Stern, auf dem angeblich der Sänger lebte, der einzig sichere Ort in Albenmark war. Aber warum war sie nicht mit ihnen auf das Himmelsschiff gekommen? Hatten selbst die Alben die Lügen geglaubt? War es möglich, dass Weltenschöpfer die Wahrheit nicht erkennen konnten?

Emerelle merkte, wie ihr Tränen über die Wangen liefen. Sie schluchzte nicht. Gab keinen Laut von sich. Biss sich nur auf die Lippe und vermochte den Quell der Tränen doch nicht versiegen zu lassen.

Warum hatten sie und Meliander auf dem Blauen Stern sein dürfen, ihre Mutter aber nicht? Was hatte Nandalee getan?

»Und deshalb habt ihr euch im Herzen eines unwegsamen Dschungels, tief unter der Erde, lebendig begraben?«, fragte sie bitter. »Eure Schöpfer haben euch verraten, und nun verkriecht ihr euch wie Würmer? Ist das alles, was von den Drachenelfen geblieben ist?«

Nodons tiefschwarze Augen zeigten nicht die geringste Emotion. »Es gibt keine Drachenelfen mehr. Fast alle wurden ermordet. Eleborn hat sich irgendwo auf den Grund des Meeres geflüchtet. Hier bei mir wirst du keine weiteren Drachenelfen finden. Hier gibt es nur Fahrende Ritter. Aufrechte, die so wie ich gegen die Herrschaft der Tyrannen rebellieren.«

Emerelle sah sich abfällig um. »So sieht eine Rebellion aus?«

»Eine Rebellion braucht lebende Kämpfer und kühle Köpfe. Die Himmelsschlangen hatten uns fast vernichtet. Wir sind hierhergekommen, weil sie hier keine Macht haben.«

Sie traute ihren Ohren nicht. »Ihr steht unter dem Schutz des Geisterkönigs?«

»Nein! Du bist wahrlich wie deine Mutter. Für sie war die Welt auch nur Schwarz und Weiß! Der Geisterkönig stellt uns ebenfalls nach. Aber gegen ihn können wir uns besser wehren als gegen die übermächtigen Himmelsschlangen und ihre unzähligen Diener, und ...«

Zum ersten Mal in ihrem Leben sah Emerelle Nodon hilflos.

»... er schafft es, die Himmelsschlangen fernzuhalten. Würden wir ihn bekämpfen, würden wir gegen den Einzigen kämpfen, der einen Weg gefunden hat, den Götterdrachen zu trotzen. Ich habe lange gebraucht, um diese Wahrheit zu begreifen. Es ist die einzige Erklärung ...«

»Erklärung wofür?«

Er schüttelte sacht den Kopf. »Später, Emerelle. Vertraue dem, was du über deine Mutter weißt. Niemals dem, was man über sie erzählt.«

»Was könnte ich denn zu hören bekommen? Was ist der Grund dafür, dass ich behandelt werde wie eine Ausgestoßene? Warum hast du mich so lange beobachtet, ohne dich zu erkennen zu geben?«

»Als der Lutin uns wissen ließ, dass du nach uns suchst, wussten wir nicht, warum du das tust.«

Emerelle brauchte einen Moment, um die tiefere Bedeutung der Worte zu erfassen. »Ihr glaubtet, ich könnte eure Feindin sein?«

»Als Franja von dir erzählte, sah es so aus, als könntest du eine der von Bidayn entsandten Mörderinnen sein. Von den wenigen Drachenelfen, die noch leben, haben sich die meisten ihr angeschlossen. Erst als ich dich in der Arena von Saisom kämpfen sah, da wusste ich, wer du wirklich bist.« Sein Blick änderte sich. Er schien durch sie hindurch und in weite Ferne zu sehen, als wäre hinter ihr keine Wand aus Lehm. »Ich erinnere mich noch, wie deine Mutter dir deine erste Fechtstunde gab. Wie du dich bewegt hast. Du bist für das Schwert geboren, Emerelle. Ich habe dich sofort wiedererkannt.«

»Aber ich erkenne dich nicht mehr, Nodon.« Sie sah ihm an, wie sehr ihm die Worte zusetzten.

»Es ist das Privileg der Jugend zu glauben, dass es eine einfache Wahrheit gibt.«

»Vielleicht ist es aber auch nur der Fluch des Alters, die Welt nicht mehr klar sehen zu können.«

Nodon seufzte. »Dann werde ich dir jetzt helfen, klar zu sehen. Deine Mutter war sehr lange verschwunden. Sie war zu den Zwergen geflohen und von dort an einen Ort inmitten eines unterirdischen Meeres. Als sie sich dann uns anschloss, hat sie uns gelehrt, uns tief unter der Erde vor den Blicken unserer Feinde zu verstecken. Und sie meinte, wenn wir die Himmelsschlangen nicht besiegen könnten, sollten wir es zunächst mit dem unheimlichen König von Haiwanan versuchen. Dem Herrscher, dessen Namen niemand kennt.

Wir haben seine mörderischen Vögel studiert. Wir haben herausgefunden, wie sie zu besiegen sind. Wir haben seinen Palast hoch in den Bergen ausgespäht. Und dann kam die Nacht, in der wir seiner Herrschaft ein Ende bereiten wollten. Wir stürmten den Palast. Aber er war vorbereitet. Nandalee war unsere beste Kriegerin. Ihr gelang es schließlich, zu ihm durchzubrechen. Sie hätte ihn töten können …«

Nodons Stimme war schneidend geworden.

»Er hat etwas zu ihr gesagt. Ich war zu weit entfernt, um es zu hören. Aber deine Mutter … Sie hat ihr Schwert niedergelegt. Sie hat sich dem Geisterkönig einfach kampflos ergeben.

Nicht einmal die Hälfte meiner Fahrenden Ritter hat es danach geschafft, lebend aus dem Palast zu entkommen. Und nun erkläre mir diese Wahrheit, Emerelle! Ich habe deine Mutter nie für eine Verräterin gehalten. Ich habe nicht geglaubt, dass sie den Erstgeschlüpften getötet hat, obwohl ich sie in die Grotte hinabsteigen sah, in der er ermordet wurde. Und dann musste ich erleben, wie sie uns alle geopfert hat.

Seit dieser Nacht frage ich mich: Für wen?«

Falrach

Endlich konnte er wieder aus eigener Kraft sitzen! Zufrieden sah Emerelle Falrach zu, wie er seine Suppe aus Markknochen, Ingwer, Koriander und Bambussprossen löffelte. Nodon machte keinen Hehl daraus, dass er den Spielmeister nicht mochte, aber er gab sein Bestes, um Falrach zu heilen, und hier, in der Ruhe und Abgeschiedenheit der Erdhöhlen, begannen seine Mühen endlich Früchte zu tragen.

Falrach stellte die Schale auf den Boden und ließ sich seufzend mit dem Rücken gegen die Wand sinken. »Du wirst bitte niemandem erzählen, dass ich von einem Vogel platt getrampelt wurde«, murmelte er erschöpft. »In eine gute Heldengeschichte gehört mindestens ein Drache.«

Sie schnalzte abfällig mit der Zunge. »Unsinn! In eine gute Heldengeschichte gehört ein Held, und der warst du. Selbst die Fahrenden Ritter haben Respekt vor dir.«

»Und sie wären froh, wenn sie mich wieder los wären. Sobald ich wieder bei Kräften bin, nehme ich mir meinen Tisch und bin auf und davon.«

Sie lachte. »Das könnte schon noch ein wenig dauern ...«

Sein Blick wurde hart. »Ich will hier weg. Wenn du nicht gewesen wärst, hätte Nodon mich in der Arena zurückgelassen. Ich habe mehr mitbekommen, als ihr beide denkt.«

Emerelle hielt seinem Blick stand. »Wir gehen zusammen,

Falrach, wenn es so weit ist.« Dass er noch wochenlang nicht in der Lage sein würde zu reisen, war unübersehbar. Allerdings keinesfalls zwangsläufig von Nachteil ... Sie legte ihm sanft, aber bestimmt ihre Hand auf den Oberarm und sah ihm fest in die Augen. »Und bis dahin bringst du mir das Spiel bei, mit dem du die Fürsten Albenmarks unterhältst, einverstanden? – Wie heißt es eigentlich?«

»Äh ...« Falrach war sichtlich überrascht. »Simulation faktischer und fiktiver Gefechte unter besonderer Berücksichtigung des Unwägbaren.«

»Was?« Sie traute ihren Ohren kaum. »Das ist doch nicht dein Ernst.«

»Warum nicht?«

Sie stand auf und trug den Tisch zu seinem Lager. »Das ist kein Name für ein Spiel. Das ist ...« Sie schüttelte den Kopf. »Du erlaubst dir einen Scherz mit mir.«

»Nein, das beschreibt exakt, worum es geht. Das ist ein sehr guter Name.« Er wirkte ernstlich irritiert.

»Es ist nur ein Spiel. Es sollte einen Namen haben, den sich jeder leicht merken kann.« Sie betrachtete den Tisch. In all den Monden, die sie von Arena zu Arena durch Haiwanan gezogen waren, hatte er viel Zeit und Sorgfalt darauf verwandt, weitere Figuren für sein Spiel zu schnitzen. »Ich finde, *Falrach* wäre ein passenderer Name.«

Sie hörte, wie er die Luft ausstieß. »Selbst meine Eitelkeit kennt Grenzen.«

»Wirst du es mir beibringen?«

Er sah sie misstrauisch an. »Es ist kompliziert ...«

Emerelle zuckte nur mit den Schultern. »Wir sind hier im tiefsten Dschungel, ganz und gar von der Welt abgeschnitten, und bis du wieder in der Lage bist, deinen üblichen Vergnügungen zu frönen, könntest du es ja wenigstens mal versuchen.«

Falrach seufzte, und es klang fast wehmütig. »Könnte stimmen.« Er beugte sich mühsam vor, strich sinnend mit einer Hand über seinen Spieltisch. »Fast ein halbes Jahrhundert arbeite ich schon daran. Mein Spiel ist nicht vollkommen, aber es wird mit jedem Jahr besser. Es soll helfen, den Verstand zu schärfen und künftigen Feldherren die Unwägbarkeiten einer Schlacht vor Augen zu führen. Wobei ich der Überzeugung bin, dass man den Ausgang einer Schlacht vorhersagen kann, wenn man alle Faktoren berücksichtigt.«

»Du meinst, das Spiel ermöglicht so etwas wie Hellseherei?« Emerelle betrachtete skeptisch das Spielfeld.

»Nein, genau das eben nicht.« Falrach sprach im leicht angestrengten Tonfall eines Lehrers, dem dieselbe dumme Frage bereits zu oft gestellt wurde. »Ich versuche, die Wirklichkeit abzubilden und aus ihr eine zuverlässige Einschätzung wahrscheinlicher Ereignisse herzuleiten. Es ist nicht vollkommen, aber ich arbeite an den Spielmechanismen ... Öffne dort die oberste Schublade.« Er deutete auf die rechte Seite des Tisches.

Emerelle tat wie geheißen. In der Schublade lagen in kleinen, mit Samt ausgeschlagenen Fächern wunderschön geschnitzte Spielfiguren.

»Siehst du die weiße Elfe mit dem streng nach hinten gebundenen Haar?«

Sie entdeckte eine Kriegerin mit kurzem Schwert, auf die diese Beschreibung zutraf.

»Das ist die Drachenelfe Ailyn. Sie gehörte zu den größten Schwertkämpferinnen unseres Volkes.«

Emerelle nahm die Figur in die Hand. Sie war so fein gearbeitet, dass sogar die Stickereien am Saum ihres Kleides zu erkennen waren. Dabei war sie nicht einmal so lang wie ihr Daumen. Von Ailyns Widersprüchlichkeit hatte ihre Mutter ihr eindrucksvoll erzählt. Diese Meisterin der Weißen Halle hatte ihr Leben gewagt, um Nandalee vor einer Horde aufgebrachter Trolle zu retten, und andererseits ihrer Schülerin gegenüber eine ungewöhnliche Härte und Brutalität an den Tag gelegt. Es war ein seltsames Gefühl, jemanden, der eine wichtige Rolle im Leben ihrer Mutter gespielt hatte, als Spielfigur vor sich zu sehen.

»Siehst du die Zeichen im Sockel der Figur?«

»Ja ...« Dort waren Zahlen und Buchstaben eingekerbt.

»Sie besagen, wie viele Felder sich die Figur bewegen darf, wie hoch ihre Kampfwerte im Nah- und Fernkampf sind, wie gut sie sich verteidigt. Die Buchstaben stehen für Sonderregeln, die eine Figur betreffen.«

Das klang in der Tat einigermaßen kompliziert. Emerelle stellte die Figur auf eines der roten Felder.

»Nun nimm einen der Kobolde. Vielleicht den mit der Armbrust. Er ist einem Anführer der Eisbärte nachempfunden. Che hieß er ... Muss ein übler Geselle und Zwergenmörder gewesen sein. Stell ihn auf das Feld vor Ailyn. In einem normalen Kampf würde er die Drachenelfe niemals bezwingen. Aber er könnte aus einiger Entfernung mit seiner Armbrust auf sie schießen oder sie mit einer großen Übermacht angreifen. Wäre Ailyn von Kobolden umstellt, würde sie vielleicht unterliegen.« Falrach lächelte versonnen. »Aber wahrscheinlich nicht. Sie ist eine der stärksten Figuren im Spiel.«

»Du erzählst von ihr, als ob du sie gekannt hättest.«

»Nein ... aber ich kannte Hornbori, den Hochkönig aller Zwerge. Er hat an ihrer Seite an der Brücke über den Kuni Unu nahe der Stadt Wanu auf Nangog gekämpft. Ich hatte die Ehre, mit dem Hochkönig zu spielen. Er hat mir geholfen, eine Simulation der Schlacht zu erarbeiten. Ein kleiner Trupp aus Zwergen, Trollen und Kobolden hat dort ein gewaltiges Heer der Menschen aufgehalten und so dazu beigetragen, unseren Feinden eine tödliche Falle zu stellen, in der ihre Armee fast vollständig vernichtet wurde.« Seine Augen leuchteten vor Begeisterung, und er schien seine Schwäche und die Schmerzen völlig vergessen zu haben. »Es war faszinierend, mit ihm zu sprechen, einem Albenkind, das Geschichte gemacht hat. Einem Mann, der vom einfachen Krieger zum Hochkönig aufstieg.«

»Nodon könnte dir sicher auch eine Menge erzählen. Immerhin war er der Schwertmeister des Erstgeschlüpften.«

Falrachs gute Laune war schlagartig dahin. »Ich habe das Spiel ihm gegenüber erwähnt. Er findet es kindisch … Dabei schuldet er es den Nachgeborenen, von dem zu berichten, was damals während des Feldzugs im Ewigen Eis geschah.« Der Spielmeister sah Emerelle an. »Woher kennst du ihn eigentlich? Dich scheint er ja zu mögen.«

Sie hatte Falrach nie erzählt, wer ihre Mutter war, und so würde sie es auch weiterhin halten, denn wahrscheinlich dachte auch er, dass Nandalee die Mörderin des Erstgeschlüpften war. Aber irgendeine Erklärung musste sie ihm wohl liefern. »Ich glaube, Nodon war in meine Mutter verliebt.«

»Wirklich?« Jetzt hatte sie das volle Interesse des Spielmeisters.

Sie winkte ab. »Keine große Geschichte … Meine Mutter hat ihn nicht geliebt.«

»Was? Sie hat einen der größten Helden Albenmarks abgelehnt?« Er schüttelte ungläubig den Kopf. »Zugegeben, seine schwarzen Augen haben etwas Seelenloses. Dennoch …«

»Die Himmelsschlangen jagen ihn als Verräter.«

»Was ihn zum tragischen Helden macht und damit eigentlich noch interessanter für eine Romanze …«

»Meine Mutter hat das nicht so gesehen …« Sie bedachte Falrach mit einem unschuldigen Lächeln. »Sie war wie ich. Ich bin dem berühmtesten Spielmeister Albenmarks begegnet, einem

Helden in ungezählten Betten, und doch habe ich noch nicht an seiner Seite gelegen.«

»Eure Sippe scheint wahrhaft aus erstaunlichen Hinterwäldlern zu bestehen ... Aber nun wieder zu Ernsterem. Ich bin sehr gespannt, wie du mein Spiel meistern wirst.«

»Was willst du damit andeuten?«

»Gar nichts ...« Er versuchte, abwehrend die Hände zu heben, keuchte jedoch vor Schmerz auf und krümmte sich. »Ich werde doch eine Arenakämpferin nicht beleidigen. Aber das Spiel ist schwer zu erlernen. Es hat viele Finessen.«

Sie hielt ihn nach wie vor für einen Aufschneider. Wenn allerdings auch nur ein kleiner Teil seiner Behauptungen stimmte, könnte es ihr eine unschätzbare Hilfe sein. »Ist das Spiel nicht ein wenig abstrakt? Ich meine ... Hügel, Festungsmauern, Flüsse – all das spielt doch eine Rolle in einer Schlacht. Aber hier gibt es nur rote und ockerfarbene Steinquadrate.«

»Im untersten Fach links findest du eine Auswahl verschiedenfarbiger Holzstäbchen. Ich benutze sie, um Mauern, Waldgrenzen oder Flüsse auf dem Spielbrett zu markieren. So lässt sich jedes erdenkliche Schlachtfeld darstellen. Man braucht allerdings die Fähigkeit, insgesamt ein wenig abstrakt zu denken.«

»Absolut jedes Schlachtfeld?« Eine Idee keimte in ihr auf. Vielleicht könnte sie ihre Mutter ja doch noch finden, gerade so, wie sie es sich erhofft hatte, als sie den Blauen Stern in jener schicksalhaften Nacht so überstürzt verließ ...

»Bei großen Schlachten gibt es Probleme, da der Tisch klein ist. In dem Fall würde ich einen Abschnitt des Schlachtfeldes wählen, in dem eine besonders wichtige Entscheidung gefallen ist oder fallen könnte. Und dann brauche ich für eine aussagekräftige Simulation so viele Informationen wie möglich.« Die Begeisterung ließ Falrach offensichtlich erneut all seine Schmerzen vergessen. Er strich mit einer Hand über seinen Tisch, als wäre dieser etwas Lebendiges. »Deshalb war es so wunderbar, den Hochkönig Hornbori zu treffen und in ihm einen zuverlässigen Zeugen der Kämpfe um Wanu zu haben, der mir die verschiedenen Schlachten in allen Details zu schildern vermochte.«

»Und er hat immer mitgekämpft?«, fragte Emerelle skeptisch.

»Von der ersten Stunde an«, bekräftigte der Spielmeister.

»Und hast du auch noch andere Zeugen befragt?«

Falrach schüttelte geknickt den Kopf. »Für eine saubere Dokumentation wäre das natürlich besser. Aber die Kämpfe rund um Wanu liegen jetzt mehr als achtzig Jahre zurück. Auch Hornbori ist inzwischen verstorben. Es gibt keine Überlebenden mehr.« Er schnaubte. »Außer Nodon, der sich aber zu fein dazu ist, mir etwas über diese Schlachten zu erzählen.«

»Wenn ich dich richtig verstanden habe, kann man auch Kämpfe simulieren, die noch gar nicht stattgefunden haben.«

»Natürlich!« Jetzt war er wieder in seinem Element. »Man braucht so viele Informationen wie möglich über die Kämpfer und das Schlachtfeld. Auch über das Wetter. Eigentlich über alles. Es kann einen großen Unterschied machen, ob eine Schlacht auf schlammigem Boden ausgetragen wird oder auf festem Untergrund. Ob die Verteidiger keine Rückzugsmöglichkeit haben, die Angreifer furchtsam sind ... Man muss an alles denken. Und auch dann ist das Spiel kein Orakel. Aber es ist einem klugen Feldherren ganz sicher eine große Hilfe, da er schon im Voraus um die kritischsten Momente des bevorstehenden Kampfes wüsste und entsprechend klüger reagieren könnte.« Er sah sie aus schmalen Augen an. »Planst du etwa eine Schlacht?«

»Keine Schlacht ... Ideal wäre es sogar, wenn es gar nicht erst zu einem Kampf käme.«

»Ich fürchte, du hast mein Spiel nicht ganz verstanden ...«, setzte Falrach an, da konnte sie sich nicht länger zurückhalten.

»Oh doch, das habe ich. Ich will es in allen Einzelheiten erlernen, und dann will ich es benutzen, um mit dir einen Plan zu entwickeln, wie ich in den Palast des Geisterkönigs eindringen kann.«

»Ich kann dir schon jetzt sagen, welche Antwort dir das Spiel geben wird«, erwiderte er. »Wenn du an einen Ort gehst, an dem diese Geistervögel als Wachen aufgestellt sind, dann wirst du sterben.«

»Es muss einen Weg geben!«

Falrach schürzte die Lippen und nickte grimmig vor sich hin. »Na schön. Ich mache mit«, sagte er dann, »aber wir müssen Albenkinder finden und heimlich befragen, die schon im Palast waren und wissen, wie viele Wachen es gibt, wo welche Türen liegen, wer sich tagsüber oder nachts im Palast aufhält, was für Angewohnheiten der Geisterkönig hat ... und ich werde ein paar neue Figuren schnitzen.« Er ließ sich gegen die Wand zurücksinken und lächelte sie verschmitzt an. »Auch eine von dir.«

Emerelle war überrascht von seinem plötzlichen Sinneswandel. »Nodon war einmal dort. Er hat den Palast angegriffen.«

»Und es ist schiefgegangen, nicht wahr?« Falrach gab sich keine Mühe, seine Häme zu verbergen. »Selbst die Himmelsschlangen lassen den Geisterkönig in Frieden. Was glaubst du wohl, warum? Es gibt etwas, was diesen Palast unangreifbar macht ... Aber wir werden herausfinden, was es ist.«

»Danke.« Sie war gerührt. So viele Monde hatte sie nach den Fahrenden Rittern gesucht und dabei völlig übersehen, dass sie ihren treuesten und wagemutigsten Gefährten längst gefunden hatte.

Dem Licht entgegen

Mailyn war eingeschlafen. Meliander lauschte ihrem Atem. Er ging regelmäßig, doch beim Liebesspiel hatte er gespürt, wie ihre Kräfte nachließen. Dabei hatten sie noch Glück. Es war ein Herbst der goldenen Tage. Oft saßen sie stundenlang, in Decken gehüllt, an einem der Eingänge der kleinen Hütte und blickten auf den Wald am Ufer, auf die tausend leuchtenden Farben der Bäume unter strahlend blauem Himmel.

Sie vergaßen sogar den Hunger darüber. Die Maurawan hatten seinem dunklen Bruder schwören müssen, Mailyn zu versorgen. In regelmäßigen Abständen ließ sie einen kleinen Nachen, der unter der Pfahlhütte angebunden lag, zum Seeufer treiben, damit die Maurawan ihn mit Holz und Lebensmitteln füllten. Brauchte sie etwas Besonderes, schrieb sie es mit Holzkohle auf ein Seerosenblatt und legte es in den flachen Kahn. Doch ihre ehemaligen Brüder und Schwestern legten nur Essen für sie in den Nachen, wohl wissend, dass es nicht für zwei reichen konnte. Sie hatten den Kampf gegen Meliander nicht aufgegeben, nur waren die Waffen jetzt nicht mehr Pfeil und Bogen.

Leise erhob er sich von Mailyns Lager. Sie seufzte im Schlaf. Ihre Hand tastete über die Stelle, an der er eben noch gelegen hatte. Sie erwachte nicht und spürte dennoch sofort, wenn er nicht mehr an ihrer Seite war.

Meliander ging zu der gemauerten Feuerstelle und legte ein weiteres Holzscheit in die Glut. Er mochte sich nicht vorstellen, wie die Winternächte werden würden. Und er fürchtete sich nun, da der Mond schwand, auch vor den nächsten Tagen. Was, wenn Mailyns Kräfte noch einmal so unvermittelt und lebensbedrohlich abebbten wie nach seinem erfolglosen Versuch, das mörderische Dunkel aus ihr zu entfernen?

Er beobachtete, wie sich aus der Glut Flammen erhoben und zögerlich nach dem Holz griffen. Dort, wo die Flammen entlangleckten, blieben dunkle Spuren auf den hellen Spaltflächen. Hinterließ auch er nach jeder ihrer Vereinigungen eine solche Spur der Dunkelheit bei Mailyn?

Er hatte Mailyn nur allzu bereitwillig geglaubt, dass ihr Anfall sich gewiss nicht wiederholen würde. Aber die strahlende Lichtgestalt, in die er sich verliebt hatte, schien jeden Tag mehr zu verblassen. Zwei Monde lebte er nun mit ihr in der Hütte im See. Lange genug, um zu wissen, worauf das alles hinauslaufen würde: Sie starb tatsächlich! Langsam und qualvoll, und kein Heilzauber, den er ersonnen hatte, vermochte etwas dagegen auszurichten. Er musste sich etwas anderes einfallen lassen. Sie an einen Ort bringen, der von Licht durchflutet war, dem kein langer, dunkler Winter drohte. Vielleicht in eines der Wüstenreiche? Dort herrschten die Lamassu. Die geflügelten Stiermänner waren die machtvollsten Zauberweber Albenmarks, und Almansur, der berühmteste unter ihnen, unterhielt eine Bibliothek, in der angeblich das ganze Wissen der Welt verwahrt wurde. Ja, wenn es einen Ort gab, an dem er Mailyn retten könnte, dann war es der Palast des Almansur in Schurabad.

Der Albenpfad, der direkt an Mailyns Hütte vorbeilief, könnte sie dorthin bringen. Aber Gylla hatte ihm immer wieder eingeschärft, dass man nur dort Tore in das Goldene Netz öffnen sollte, wo sich mindestens vier Pfade kreuzten. Besser noch sollten es sieben sein. Solche Albensterne waren von den Göttern dazu erschaffen worden, dass man durch sie ins Goldene Netz eintreten konnte, während die Lichtpfade selbst dagegen abgesichert waren, dass man sie einfach so, fern von jeglichem Albenstern, betrat.

Er öffnete sein Verborgenes Auge. Die Wände der Hütte verschwanden, ebenso das Licht des Feuers. Hier, in der magischen Welt, gab es nur das Licht der Kraftlinien und Auren. Der Albenpfad strahlte und pulsierte golden. Alle anderen Kraftlinien verblassten neben ihm.

»Ein Weg aus Licht für meine Lichtgestalt«, sagte Meliander leise. Es war nicht ganz unmöglich, ihn zu betreten. Ein Kokon aus Schutzzaubern umgab den Pfad. Wenn er den zerreißen könnte ... Nein, das wäre dumm. Die Matrix war darauf ausgelegt, jede zerstörerische Kraft, die gegen sie eingesetzt wurde, mit vielfacher Gewalt zu reflektieren. Würde er versuchen, den Kokon zu zerreißen, würde er bei lebendigem Leib verbrennen.

Vielleicht ... Er sprach ein Wort der Macht und begann, einen Zauber zu weben, der denen ähnelte, die den Kokon formten, der den Albenpfad abschirmte. Er spann ihn um seine Hände. Dann schob er diese in das Gespinst der Schutzzauber. Sie waren wie die Seile eines Netzes. Allerdings waren sie nicht miteinander verknüpft. Die Stränge überlagerten einander nur. Sie ließen sich bewegen.

Behutsam schob er sie auseinander. Sobald die Kraft seines Zaubers nicht mehr auf einen solchen Strang einwirkte, begann dieser wieder, langsam an seinen ursprünglichen Platz zurückzuwandern. Es war also möglich! Er könnte auf den Albenpfad gelangen, könnte Mailyn aus ihrem Gefängnis befreien.

Behutsam zog er die Hände zurück. Erstaunlich, wie einfach es gewesen war ... Konnte es wirklich so leicht sein? Gylla hatte immer gesagt, als Zauberweber habe er mehr Talent als seine

Schwester. Den wesentlichen Unterschied machte sein Vermögen, sich intuitiv in komplexe Muster hineinzudenken und sie nachzuahmen. Genau das hatte er hier getan.

Er sah zu Mailyn. Ihre goldene Aura pulsierte sanft und strahlte vollkommene Reinheit aus. Aber sie war kleiner als gestern und würde weiter schrumpfen mit jedem Tag, den die Neumondnacht näher rückte, und mit jedem Liebesspiel. Und sie würde sich langsamer erholen an den grauen Wintertagen, die ihnen bevorstanden.

Er hatte lange genug zugesehen. Jetzt war es an der Zeit zu handeln. Mit der letzten Lieferung der Maurawan waren einige kleine Kürbisse gekommen. Er könnte einen Zauber weben, um ihr Inneres schneller eintrocknen zu lassen, und sie als Wasserflaschen nutzen. Wasser würde ihr größtes Problem werden, wenn sie sich in die Wüsten Schurabads wagten. Alle Paläste der Lamassu waren weit entfernt von Albensternen und Albenpfaden errichtet. Die geflügelten Stiere waren da eigen. Er kannte sie nur aus Büchern. Mit der Zeit schienen sie alle wahnsinnig zu werden. Zugleich aber waren sie auch genial. Zumindest in einigem, was sie taten ...

Meliander dachte an das, was er vom Blauen Stern aus gesehen hatte, an das gleißende Licht der Wüste und die Oasen rings um die Paläste der Lamassu. Es waren Orte der Schönheit, voller Harmonie. Mailyn war wie dafür geschaffen, durch die prächtigen Palastgärten zu flanieren, dem Gesang der Nachtigallen zu lauschen und den eitlen Pfauen zuzusehen, wenn sie ihr Rad schlugen, in dem sie alle Farben des Regenbogens mit sich trugen.

In Schurabad würde die Wüstensonne das Dunkel aus ihr herausbrennen, das sein Bruder in ihr Innerstes gepflanzt hatte. Und sollte ihre Kraft nicht genügen, würde er so lange in den Bibliotheken suchen, bis er ein Mittel gegen ihre Krankheit fand.

»Meliander?« Mailyns Stimme war noch schwer vom Schlaf. Angst schwang in ihr mit.

Er kniete sich neben ihr gemeinsames Lager. »Ich bin hier.«

Ihre Hände tasteten nach ihm, fanden seine Hände und umklammerten sie fest. »Ich hatte einen Traum. Ich bin in Dunkelheit versunken. Keinen Funken Licht gab es mehr. Ich wartete auf den neuen Tag oder darauf, dass ich wenigstens Sterne sehen würde …«

Meliander spürte, wie sie am ganzen Leib zu zittern begann.

»Aber es gab kein Morgen mehr. Kein Licht. Ich wurde Teil der Dunkelheit.«

»Dort, wo du bist, ist immer Licht, Mailyn«, versuchte er sie zu beruhigen.

»Du warst nicht bei mir.«

»Ich war nur ein paar Schritt entfernt und werde auch nie mehr weiter entfernt sein.«

»In der Dunkelheit war ich allein«, sagte sie traurig.

Er drückte ihre Hände. »Es war nur ein Traum. Nur ein Traum.« Meliander spürte ihre Kraft schwinden. Ihre Hände sanken zurück.

Er legte sich neben sie, nahm sie in den Arm und drückte sie fest an sich. Er versuchte ihr das Gefühl zu geben, dass sie beide eins waren. »Ich werde dich ins Licht bringen. Ich habe einen Weg gefunden«, flüsterte er aufgeregt. »Morgen schon können wir dieses Gefängnis hier hinter uns lassen.«

»Ich habe den Wald nie verlassen«, erwiderte sie leise.

»Es wird höchste Zeit, dass du die Schönheit der Welt siehst. Es gibt so viele Wunder zu entdecken. Lassen wir diesen grauen, nebelverhangenen Wald hinter uns.«

»Lass meine Gedanken reisen. Erzähle mir von den verzauberten Orten, die du vom Himmel herab gesehen hast, als du mit dem Fliegenden Schiff gereist bist.«

»Aber wir könnten dorthin gehen«, begehrte er auf.
»Ich bin eine Blume dieses Waldes«, hauchte sie. »Hier sind meine Wurzeln. Ich kann nicht von hier fort – außer in Gedanken. Halte meine Hand, und verzaubere mich mit deinen Worten. Das ist alles, was ich mir von dir wünsche.«
Er gab ihr nach, wie er ihr immer nachgegeben hatte. Den Mund dicht an ihrem Ohr, sodass sein Atem ihren Nacken streifte, begann er vom Waldmeer zu erzählen, von den riesigen Bäumen, die dort im seichten Ozean wurzelten. Von Vögeln, die Nektar aus Blüten tranken, wie Bienen es taten, und die sich manchmal zu Tausenden versammelten, um in dem goldenen Licht zu tanzen, das in geheimnisvollen Bahnen durch das dichte Blätterdach des Dschungels fiel.

Noch ein Schritt ...

»Sieh mich nicht so an, Liebster. Alles ist, wie es sein soll.«
Meliander zwang sich zu einem Lächeln. Er hätte nicht auf sie hören dürfen! Der neue Mond stand bereits seit drei Nächten am Himmel, aber sie hatte kein bisschen an Kraft gewonnen. Immer noch war sie zu schwach, um sich von ihrem Lager zu erheben.

Regen prasselte auf das Dach der Hütte, als wollte er die Sonne nie wieder am Firmament dulden, und die Wolken hingen schwer und dunkel über dem See.

Husten schüttelte Mailyn. Feine Blutstropfen sprühten über die Decke, in die Meliander sie eingewickelt hatte.

Er war nicht besser als sein Bruder, dachte er verzweifelt. Er hatte sie im Stich gelassen. Er hätte nicht auf sie hören dürfen. – Ja, er war sogar noch schlimmer. Mailyn war Dorchadas geopfert worden, und er hatte sie verlassen, als er ihrer überdrüssig war. Aber ihm, dachte Meliander, ihm hatte sich Mailyn geschenkt. Er hätte sie schützen müssen. Auch vor ihrem eigenen Starrsinn. Hierzubleiben war dumm gewesen!

Sie hatten nur noch Lampenöl für zwei Tage, und auch das Brennholz war fast aufgebraucht. Er hatte die kleine Lampe dicht vor ihr Lager gestellt. Er wusste, dass es Mailyn tröstete, in die Flamme zu sehen.

Sanft strich er ihr das Haar aus dem Gesicht. Jeder Atemzug

war ein Kampf für sie, und sie schlief nicht, auch wenn ihre Augen geschlossen waren.

»Ich werde dir einen Palast erbauen«, begann er, »in einem Land, in dem immer Sommer ist. Unser Schlafzimmer wird nach Osten hin liegen und große Fenster haben, durch die wir an jedem Morgen die Sonne wie einen rot glühenden Ball über den Horizont steigen sehen.«

Jetzt ging Mailyns Atem etwas ruhiger. Sie liebte seine Geschichten. Mehr noch als sein Flötenspiel.

»Tausend Kerzen werden in unserem Schlafgemach stehen. Auch wenn die Sonne des Abends wieder hinter dem Horizont versinkt, wird es in unserem Zimmer niemals dunkel sein. Goldenes Licht wird dich umschmeicheln, wenn du nackt an meiner Seite liegst.«

Er sah, wie sich die Augäpfel unter ihren Lidern ruckartig bewegten. Sie war eingeschlafen. Vorsichtig hob er die Hand von ihrer Stirn.

Er hatte alles vorbereitet. Die Kürbisse waren zu Wasserflaschen gemacht. Ein kleiner Rucksack mit einem Schinken, etwas Haferflocken und Zwiebeln lag bereit. Dazu ein kleiner Kupferkessel und andere Dinge, die man brauchte, um in der Wüste zu überleben. An Bord des Blauen Sterns hatte Sata ihnen befohlen, sich mit einer Salbe einzureiben, wenn sie zu starker Sonne ausgesetzt waren. Salbe hatte er nicht, aber er hoffte, die dicke Fettschwarte des Schinkens könnte einen ähnlichen Nutzen haben.

Behutsam hob er die Wolldecke von Mailyn. In der Wüste wurde es nachts eisig. Er rollte sie zusammen und betrachtete ihre Ausrüstung. Ob sie auf Dauer zu schwer wäre? Er würde Mailyn wahrscheinlich die meiste Zeit tragen müssen. Aber mit weniger würden sie vielleicht nicht überleben.

Er würde das schaffen, sagte er sich stumm. Es waren schließlich nur ein paar Meilen durch die Wüste. Er hängte sich die Ausrüstung über die Schultern; dann kniete er neben Mailyn nieder und nahm sie auf die Arme.

Überrascht schlug sie die Augen auf.

»Wir machen nur einen kurzen Spaziergang«, flüsterte er. »Ich zeige dir das Licht der Wüste. Du wirst es lieben.«

Zweifelnd sah sie ihn an, doch sie war zu erschöpft, um Widerstand zu leisten. Ihr Kopf sank gegen seine Brust.

Mailyn hatte zwar ihre Arme um seinen Hals gelegt, aber sie hielt sich kaum an ihm fest. Schon die wenigen Schritte bis zum Albenpfad an der Rückseite der Hütte verlangten ihm mehr Kraft ab als erwartet.

»Du musst einen Moment stehen. Ich werde dich stützen.«

Sie gehorchte ihm, kam mit den Füßen auf den Boden, stand aber so wackelig auf den Beinen, dass er sie mit dem rechten Arm fest umklammert halten musste. Auch begann sie wieder zu husten. Dabei erbebte ihr Körper jedes Mal wie unter schweren Schlägen.

Meliander versuchte, sich auf den Zauber zu konzentrieren, der ihnen die Flucht ermöglichen sollte. Er verschloss sich vor ihren Qualen. Sein Mitleid würde ihr nicht helfen. Er musste sie von dieser Hütte fortbringen, wo sie außer dem Tod nichts zu erwarten hatte.

Sein Verborgenes Auge öffnete sich. Er flüsterte Worte der Macht und griff in das Gespinst aus Schutzzaubern, die den Weg aus goldenem Licht umgaben. Er würde Mailyn dem Gift der Dunkelheit entziehen, koste es, was es wolle.

Er sponn die Zauber um seine Hand. Nun vermochte er das Gewebe, das von den Alben erschaffen worden war, zu verändern. Behutsam, ganz darauf bedacht, keinen Schaden anzurichten, schob er die Linien auseinander, so wie sich Wollfäden in einem locker gestrickten Schal verschieben ließen.

Seine linke Hand brannte. Hitze schnitt ihm ins Fleisch. Etwas war anders als beim ersten Mal. Gylla hatte ihn gewarnt, dass meisterlich gewobene Magie fast wie ein lebendiges Wesen war. Sie erinnerte sich an Versuche, ihre Matrix zu verändern, und vermochte sich zur Wehr zu setzen.

Meliander ignorierte die Hitze. Beim nächsten Mal würde es noch schlimmer werden. Er musste jetzt mit Mailyn entkommen, oder sie säßen für immer hier gefangen. Er musste einen Durchschlupf schaffen, der so groß war, dass er mit Mailyn unbeschadet hindurchgelangen konnte.

Verzweifelt sah er, wie die Kraftlinien langsam in ihre alten Positionen zurückwanderten. Er musste mehr Willenskraft aufbringen, um den Zauber zu verformen. Sein Kopf schmerzte. Es fühlte sich an, als nistete dort etwas, das an ihm zehrte. Es stank nach verbranntem Fleisch. Er blendete seinen Schmerz aus, um weitermachen zu können. Doch den Geruch und die Geräusche nahm er weiterhin wahr.

»Ich … kann stehen«, stammelte Mailyn. Sie löste sich aus seiner Umklammerung, sodass er nun beide Hände zur Verfügung hatte.

Er hörte ein Zischen, wie er es von dem Fisch kannte, den er am Morgen über dem Feuer geröstet hatte, ein Geräusch wie von einer Flüssigkeit, die in die Glut tropfte. Und es roch fast unerträglich nach verbranntem Fleisch, aber er durfte sich darum nicht kümmern. Er musste sich ganz und gar konzentrieren.

Er zerrte und kämpfte mit dem Zauber. Endlich war die Lücke groß genug. Er drehte sich zur Seite. Mailyn war gestürzt. Er hatte es nicht bemerkt.

Das konnte ihm später leidtun. Er packte sie. Hatte Schwierigkeiten, sie zu halten. Schon begann sich die Lücke, die er in dem magischen Kokon geschaffen hatte, wieder zu schließen. Rasch schob er Mailyn hindurch und schlüpfte hinterher.

Der goldene Albenpfad war unsicherer Grund. Meliander hatte das Gefühl, zu versinken. Es war, wie über eine mit Rosshaar gefüllte Matratze zu gehen. Bei jedem Schritt sank er ein Stück ein.

Er schloss sein Verborgenes Auge. Der goldene Pfad blieb dennoch sichtbar. Er führte durch eine Dunkelheit, so grausam, wie es selbst die finsterste Neumondnacht nicht war.

Entschlossen machte sich Meliander daran, Mailyn aufzuheben, doch seine linke Hand vermochte nicht mehr zuzugreifen. Vermochte nicht ... Voller Grauen starrte er auf die Stümpfe, die von seinen Fingern geblieben waren. Von Ring- und Mittelfinger besaß er nur noch das unterste Glied. Zeigefinger und kleiner Finger waren etwa in der Mitte des zweiten Gliedes abgetrennt.

Immer noch empfand er keinen Schmerz. Der Zauber, den er dagegen gewoben hatte, wirkte noch nach. In seinen linken Daumen waren schwarze Furchen eingebrannt. Die Stümpfe der fehlenden Finger von der Hitze versiegelt, sodass sie nicht bluteten. Auch die rechte Hand war von Striemen verbrannten Fleisches gezeichnet.

»Es wird heilen«, stammelte er unter Schock. »Ich habe Schlimmeres überstanden.«

Er bückte sich nach Mailyn. Sie war ohnmächtig. Mit nur einer Hand fiel es ihm schwer, sie aufzunehmen. Zuletzt legte er sie sich über die Schultern. Das Gewicht ließ ihn verzweifeln. Es war verrückt gewesen, das hier zu tun. Aber jetzt gab es kein Zurück.

Er tat einen Schritt. Dann noch einen. Er starrte vor sich auf das wogende goldene Licht. Nur einen Schritt. Das war das Ziel. Dann noch einen. Nicht zu weit nach vorn denken. Nur dieser Augenblick zählte.

Noch ein Schritt.

Er musste sich orientieren. Im Netz der Albenpfade konnten ihm Zeit und Raum durcheinandergeraten, wenn er nicht achtsam war. Ein Fehler, und sie gingen Jahrzehnte in die Zukunft, ohne jede Hoffnung, jemals in die Epoche, in der sie verlorengegangen waren, zurückkehren zu können. Wobei … Vielleicht wäre das auch gut so.

Noch ein Schritt.

Meliander fühlte sich beobachtet. Er spähte aus dem Augenwinkel ins Dunkel. Da war nichts. Wie hätte es auch anders sein können? Die große Leere jenseits der goldenen Pfade hieß nicht umsonst *das Nichts*.

Ein weiterer Schritt.

Schmerz flutete in seine Hände, so plötzlich und intensiv, dass er laut aufschrie. Tränen rannen ihm über die Wangen. Er stammelte, fluchte. Endlich beherrschte er sich. Sprach ein Wort der Macht. Bannte die Schmerzen … für eine Stunde vielleicht.

Mailyn war nicht erwacht. Sie lag auf seinen Schultern. Völlig reglos. War sie …

Er konnte sie nicht absetzen. Er wusste nicht, ob er sie mit den verstümmelten Händen ein zweites Mal würde heben können.

Ruhe!, befahl er sich.

Der nächste Schritt!

So erschöpft er war, tat ihm die Bewegung gut. Langsam fand er zu sich selbst. Besann sich auf die Sinne, die er nicht betäubt hatte. Er spürte Mailyns warmen Atem an seinem Hals. Er war da, wenn auch flach. Nur ein flüchtiger Hauch, aber sie lebte. Er würde sie retten!

Noch ein Schritt.

Etwas belauerte ihn, ohne selbst auf dem goldenen Pfad zu sein. Da war er sich ganz sicher. Seine Fantasie gaukelte ihm Krallen vor, die sich nach ihm ausstreckten.

Er dachte an seine Finger. So würde es allen Krallen ergehen, die versuchten, durch den Kokon aus Schutzzaubern hindurchzugreifen, die den Albenpfad umgaben. Er war hier sicher.

Noch ein Schritt.

Ein Albenstern! Bis dahin war es nur noch ein kurzes Stück Weg. Fünf Pfade kreuzten sich dort.

Das nahe Ziel verlieh ihm Kraft. Bald stand er inmitten des Albensterns. Er öffnete sein Verborgenes Auge, konzentrierte sich auf die Schwingungen der Albenpfade, auf Farbnuancen, die sich unter dem Gold verbargen. Jeder der Albensterne war einzigartig.

Wenn du einen Fehler machst, wirst du die nächsten drei Tage mit Fechtstunden auf dem Flugdeck verbringen und die Bibliothek für eine Woche nicht mehr betreten! Gyllas Worte klangen ihm so lebendig im Ohr, als hätte die Dryade sie eben erst gesprochen. Sie hatten die Karten vom Netz der Albenpfade auswendig lernen müssen, um sich stets auf den magischen Wegen orientieren zu können. Es hatte Jahre gedauert. Meliander war viele Wochen aus der Bibliothek verbannt worden, und Emerelle hatte unzählige Strafstunden zwischen Büchern und Schriftrollen abgesessen.

Wo seine Schwester jetzt wohl war? Zum ersten Mal seit Wochen dachte er an sie. So stur, wie sie war, setzte sie vermutlich noch die Suche nach ihrer Mutter fort. Oder hatte sie Nandalee bereits gefunden?

Das waren die falschen Gedanken! Er war ganz auf sich gestellt, keine Hilfe in Sicht. Er musste seine Aufgabe allein meistern. Dieser Ort, das ewige Dunkel, war der schlimmste Platz, an den er Mailyn hatte bringen können. Sie würde hier vergehen, wie eine Blume in einer lichtlosen Kammer verblühte.

Die Farben, die Schwingungen ... In Gedanken ging er eilig die lang vergangenen Lektionen durch. Dann hatte er es. Er wusste, wo er im Netz war. Auf der Karte Albenmarks lag dieser Albenstern ein paar Meilen nördlich der Gabelung des Mika. Er würde den Pfad links von ihnen nehmen. Den, in dem ein Purpurton lag. So würde er zu einem Albenstern bei Ishaven gelangen. Und von dort konnte er über Langollion das Meer der Stille überwinden.

Er versuchte zu vergessen, wie weit der Weg war, der noch vor ihm lag.

Ein Schritt und noch ein Schritt ... Das waren gewiss schon fünfzig Meilen oder mehr, würde er den Weg durch die wirkliche Welt nehmen.

Ein Flackern rechts neben dem Pfad ließ ihn aufschrecken. Da war ein grünes Leuchten gewesen. Ganz kurz. Deutlich hatte er gespürt, wovon es begleitet war, und ein Schauer überlief ihn. Etwas betrachtete ihn voller Hass. Und aus nächster Nähe.

Er blickte auf den Pfad zu seinen Füßen. Hier war er sicher! Furcht konnte er sich nicht leisten. Er brauchte all seine Energie, um nach Schurabad zu gelangen. Dort, in den weiten Wüsten jenseits des Meeres der Stille, würde Mailyn wieder ganz gesund werden.

Noch ein Schritt ...

Der letzte Schluck

Als Meliander die Augen aufschlug, kehrte der stechende Kopfschmerz zurück. Er presste die Lippen zusammen und unterdrückte ein Stöhnen. Alles war nur Schmerz. Seine verletzten Hände. Die verbrannte Haut in seinem Gesicht und seinem Nacken.

Er tastete nach der letzten Kürbisflasche, die noch Wasser enthielt. Prüfend schüttelte er sie. Ein Schluck war es noch. Mehr war ihnen nicht geblieben.

Es war drückend heiß unter der Decke, die sie zum Schutz vor der Sonne über sich ausgebreitet hatten. Wüstensand brannte unter seinem Rücken. Schwitzen konnte er nicht mehr. Die Schurabad hatte längst jeden Tropfen Wasser, den ihre Körper abgeben konnten, aus ihnen herausgesogen.

Es war etwas anderes gewesen, vom Wind getragen die Wüste zu überqueren. An Bord des Blauen Sterns hatte es immer genug zu trinken gegeben. Und wenn die Hitze zu drückend wurde, hatte er sich in die Tiefe der Bibliothek zurückgezogen. Hier in den Dünen hingegen gab es keinen Schutz, kein Wasser, kein Leben.

Ein leichter Wind kam auf, wie an jedem Abend, wenn die glühende Sonnenkugel den fernen Horizont küsste.

Seine geschwollene Zunge tastete über seine rissigen Lippen, die sie längst nicht mehr anzufeuchten vermochte. Er reckte sich. Gegen Mittag hatte er zum ersten Mal die Geier gesehen. Sie kreisten hoch über ihnen am Himmel. Drei waren es. Ob sie verschwunden waren?

Er spürte, wie der Sand über die Wolldecke strich. Bald würde er sie oder das, was von ihnen dann noch übrig war, unter sich begraben.

Er zog die Wolldecke zur Seite. Die Sonne verwandelte den Horizont in ein fantastisches Farbenspektakel.

»Mailyn …« Seine Stimme war nur noch ein trockenes Krächzen. Er strich ihr mit der Rechten sanft über den Arm.

Erst als er zum dritten Mal ihren Namen nannte, erwachte sie. Anfangs hatte das Licht der Wüste sie aufblühen lassen. Sie hatte sich gar nicht sattsehen können an dem wolkenlosen, strahlenden Himmel. Nun würde das Licht sie töten. Er war so ein verdammter Narr gewesen, sie hierherzubringen.

Etwa achtzig Meilen waren es von dem Albenstern, aus dem sie getreten waren, bis zum Palast des Almansur. Vielleicht auch neunzig. Er hatte in flach auf dem Tisch ausgebreiteten Karten gedacht, in geraden Linien, durch die Luft gezogen. Er war zu lange auf dem verfluchten Blauen Stern gewesen! Sein Denken aus falscher Perspektive kostete ihn nun das Leben. Was durchaus verzeihlich war. Dummheit kürzte den Weg durch das Leben ab. Aber dass Mailyn durch seine Dummheit sterben würde …

Er hatte nicht bedacht, dass sie durch eine Dünenlandschaft wandern mussten. Dass manche der Dünen mehr als dreißig Schritt hoch aufragten. Hatte ignoriert, dass dieses Auf und Ab den Weg vervielfachte. Und er hatte nicht gewusst, wie es war, durch diesen feinen weißen Sand zu gehen. Bei jedem Schritt den Hang hinauf rutschten sie ein Stück zurück. Auch fraß der weiche Sand gnadenlos an ihren Kräften. Er sog sie in sich hinein, während die Sonne am Himmel ihren Schweiß trank.

Meliander entkorkte die Kürbisflasche und reichte sie Mailyn.

»Du zuerst.« Ihre Worte waren nur mehr ein heiseres Flüstern.

»Ich habe schon getrunken.«

»Du bist ein schlechter Lügner, Meliander.«

Er war erleichtert zu sehen, wie sie den Kürbis an die Lippen hob. Er hatte keine Kraft mehr, um mit ihr zu streiten. Voller Sorge betrachtete er die feinen Sandbahnen, welche die Dünenflanke hinabrannen. Der Wind hatte das Land in Bewegung gesetzt. Wenn sie noch länger sitzen blieben, würde er sie lebendig begraben. Jetzt schon waren seine Hände bis über die Handgelenke im Sand versunken. Je länger sie warteten, desto mehr Mühe würde es kosten, sich zu erheben.

Mailyn tat einen wohligen Seufzer. Plötzlich beugte sie sich zu ihm, presste ihre Lippen auf die seinen und ließ das kostbare Nass in seinen Mund fließen. Er wollte sich widersetzen, doch sein Leib gehorchte ihm nicht. Er schluckte. Überdeutlich spürte er, wie das wenige Wasser seine trockene Kehle hinabrann.

Mailyn zog sich zurück. »Wir teilen alles«, stellte sie entschieden fest. Dann kam sie auf die Füße und streckte ihm die Hand hin, um ihm aufzuhelfen. Als er zögerte, ergriff sie seine Handgelenke und zog ihn hoch. Vorsichtig führte sie seine verletzten Hände an ihre Lippen und küsste sie sanft. Ihre Lippen waren schon wieder trocken.

»Jetzt sind es schon fünf«, sagte sie.

Meliander folgte ihrem Blick. Fünf Schattenrisse zogen mit weit gestreckten Schwingen am glutroten Himmel ihre Kreise. Er straffte sich. »Gehen wir!« In der letzten Nacht hatten sie siebzehn Dünen hinter sich gebracht. Heute würden es weniger werden. Zwei vielleicht ...

Er schob seine Rechte in Mailyns Linke und krümmte die

Finger, soweit es seine Brandwunden erlaubten. Selbst wenn sie nur noch eine einzige Düne schaffen würden, wollte er Hand in Hand mit ihr gehen.

Die Helden des Almansur

Etwas pickte an seiner Wange. Meliander hatte das Gefühl, weit fort zu sein, an einem Ort, wo jegliches Picken egal war. Dunkelheit umfing ihn. Kühle ... Er dachte an den qualvollen Marsch. Der war nun vorüber. Sie lagen weich ...

Die Geier! Deutlich erinnerte er sich an die Schatten über ihnen am Himmel ... und schlug die Augen auf.

Gleißend weiß brannte die Sonne auf ihn herab. Sein Gesicht war ein einziger Schmerz. Einem glühenden Speer gleich fuhr ein Schnabel in seine Wange.

Er keuchte auf.

Ein Huhn stand neben ihm und hielt einen Fetzen Haut im Schnabel.

Ein Huhn? Er blinzelte. Über ihm am Himmel waren keine Geier zu sehen. Aber neben ihm stand unzweifelhaft ein weißes Huhn mit rotem Kamm im Sand. Den Hautfetzen hatte es verschluckt. Gackernd trat es von einem Fuß auf den anderen.

Das musste ein Traum sein. Er wollte den Kopf wenden, wollte nach Mailyn sehen, war aber zu schwach. Es fühlte sich an, als lastete das helle Licht auf ihm. Als presste es ihn in den Sand, sodass es ihm unmöglich war, auch nur einen Muskel zu bewegen. Seine verklebten Augenlider zu öffnen hatte all seine Kräfte aufgezehrt.

Ein panisches Gackern erfüllte den Himmel.

Wild mit den Flügeln schlagend, stürzte ein weiteres Huhn aus dem grellen Blau.

Erneuter Schmerz! Wieder hackte das erste Huhn nach seiner Wange.

»Hast du das gesehen? Es ist über eine Meile geflogen!« Eine volltönende Bassstimme erreichte Meliander. Irgendwo auf der Rückseite der Düne, auf der er lag, waren Albenkinder. Er versuchte, sich bemerkbar zu machen, einen Laut aus seiner Kehle zu pressen, aber erfolglos.

»Eine Meile war es nicht, mein König!«

»Du musst dein Licht nicht unter den Scheffel stellen, Frar. Eine Meile, ich sage es dir. Ich habe unsere Schritte gezählt.«

»Wir sind die Dünen hinauf- und hinabgegangen, mein Gebieter. Tatsächlich ist die Distanz, die wir zurückgelegt haben, eine geringere.«

»Komm mir nicht mit langweiliger Mathematik!« Die Bassstimme klang nun ungehalten. »Das Huhn flog in einem steilen Bogen. Die Strecke, die es am Himmel zurücklegte, war also gewiss mehr als eine Meile, du kleingeistiger Erbsenzähler! Außerdem werde ich … Oh, bei den Alben! Sieh dir dieses Huhn an. Sieh nur! Wie es mit den Flügeln schlägt. Das müssen wir retten! Seine Nachfahren werden wieder wie Falken fliegen!«

Ein Federball segelte über Meliander hinweg durch den Himmel. Ohne Anmut schlug das Huhn wild mit den Flügeln. Es hatte nichts von einem Falken an sich.

»Oh, und sieh dir dieses Huhn da vorn an, Frar. Hast du seinen Blick bemerkt? So schauen Helden drein! Ich glaube, es hat den Flug genossen.«

»Mir scheint es, als würde es nur vor sich hinstarren.«

Ein tiefer Seufzer erklang. »Dir fehlt es einfach an Erfahrung, Frar. Als junger Fürst war ich bei den Feldzügen in Nangog dabei. Ich habe echte Helden gesehen. Sie sind genau wie dieses Huhn. Still, mit starrem Blick. Gefangen in ihren Erinnerungen.«

Meliander versuchte erneut, sich bemerkbar zu machen. Die beiden durften nicht einfach auf der anderen Seite der Düne an ihnen vorbeigehen. Sie waren ihre letzte Hoffnung! Er wollte schreien, aber nur ein leises Krächzen entrang sich seiner Kehle.

»Bei den Alben, was macht denn dieser schwarze Hahn für eine lächerliche Figur in der Luft!«

»Ich glaube, ihn behindern seine Schwanzfedern. Sie sind dafür geschaffen, Hühnern zu imponieren, und nicht für tollkühne Flugmanöver, mein König.«

Meliander konnte den Hahn nicht sehen. Das Federvieh flog nun anderswo. Die zwei Albenkinder hinter der Düne würden ihm folgen. Er musste sich um jeden Preis gleich jetzt bemerkbar machen.

Er versuchte, sich aufzurichten. Ein paar Schritt nur bis zu ihrer Rettung.

Aber es war ihm unmöglich. Er hatte keine Kraft mehr in den Gliedern.

»Glaubst du, du könntest die Reichweite des Katapults verbessern, Frar? Wenn die Hühner länger in der Luft blieben, hätten sie mehr Zeit, sich zu erinnern, dass Vögel an den Himmel gehören.«

»Einige kleinere Verbesserungen wären gewiss noch möglich ... Aber ich bitte Euch zu bedenken, welcher Eindruck bei den benachbarten Fürsten entstehen könnte. Es wäre das achte Katapult in Eurem Palastgarten. Mancher könnte denken, dass Ihr Euch auf einen Feldzug vorbereitet.«

»Was interessieren mich die Ängste irgendwelcher Schrumpfhirne? Sie müssen nur Gesandte schicken, dann werden sie hören, dass mir der Sinn nicht nach Krieg, sondern nach ernsthafter Forschung steht und dass ich mich lieber ... Oh, sieh mal dort unten an der Düne. Meine Hühner fressen Dörrfleisch. Ich sagte dir doch, wenn wir sie nur oft genug in den Himmel schießen, entdecken sie noch das Falkenblut in ihren Adern.«

»Wir sollten diesen Unglücklichen helfen ...«

Meliander spürte, wie sein Oberkörper angehoben und sein Kopf gestützt wurde. Man hatte sie gefunden! Ein bärtiges Gesicht erschien über ihm. Etwas berührte seine Lippen. Wasser! So gut. So wunderbar. Es rann durch seine trockene Kehle. Sein Magen verkrampfte sich. Er brauchte ...

Die Wasserflasche wurde zurückgezogen.

»Mai...« Er konnte ihren Namen nicht aussprechen. Seine Zunge war angeschwollen. Sein Mund augenblicklich wieder wie ausgedorrt.

»Du darfst nicht mehr trinken«, sagte der Bärtige und ließ ihn auf den Sand zurücksinken. »Erst die andere. Nur kleine Schlucke.«

»Mailyn«, stieß Meliander hervor. Es war mehr ein Schluchzer als ein Name. »Mailyn ...« Er hatte sie hierhergebracht. Er hatte sie aus ihrem Wald herausgerissen, ihre Wurzeln durchtrennt.

Voller Angst vor dem, was er sehen würde, schaffte er es, den Kopf zu drehen. Sie lag hingestreckt da, die Lippen rissig, das Gesicht sonnenverbrannt, die Augen tief eingesunken.

Der Bärtige war ein Zwerg. Er hob behutsam Mailyns Kopf, setzte einen Wasserschlauch an ihre Lippen, und Meliander sah, wie sie schluckte. Sie lebte! Alles würde wieder gut werden!

»Entschuldigt, wenn wir euch beim Sterben gestört haben«, ertönte der Bass. »Was macht ihr in meinem Königreich? Ich kann mich nicht erinnern, Elfen hierher eingeladen zu haben.«

Meliander brachte nur ein Röcheln hervor. Vor ihm erschien eine gewaltige Gestalt. Ein Stier mit einem bärtigen Männerkopf. Dunkelbraune Augen blickten unfreundlich auf ihn hinab. Aus den Flanken des Stiers wuchsen große Adlerschwingen.

Das Gesicht des Lamassu war von der Sonne gebräunt und von tiefen Falten durchzogen. Graue Schläfen und der graue Ansatz des offensichtlich schwarz gefärbten Barts verrieten sein hohes Alter. Doch der geflügelte Stier war eitel. Seine Augenbrauen waren zu fein geschwungenen Linien gezupft, und schwere goldene Ohrringe sowie eine hohe, mit stilisierten Stierhörnern verzierte Krone schmückten ihn. Sein langer Bart war geölt und kunstvoll in Locken gelegt. Wohlgeruch umgab den massigen Leib.

»Dieses Gestammel ist keine Art, einem König zu antworten«, sagte er.

Meliander spürte den plötzlichen Zorn, der in dem Lamassu aufwallte. Er sah das gefährliche Blitzen in den dunklen Augen. Der Stiermann hob einen seiner Hufe, als wollte er Meliander zermalmen.

»Mein Gebieter!« Der Zwerg griff nach dem Huf. Er packte ihn mit beiden Händen und stemmte sich dagegen. »Er kann nicht sprechen. Sein Mund ist zu ausgedörrt. Habt ein wenig Geduld, Majestät.«

»Du hast mir keine Befehle zu erteilen, Frar.« Mit einem Schlenker schleuderte er den Zwerg in den Sand. Dann senkte sich der Huf schwer auf Melianders Brust. »Ich bin König Almansur, der Herrscher über diesen gewaltigen Sandhaufen, in den du dich verirrt hast. Du wirst mir jetzt sagen, was du hier willst, Elflein, und ich verspreche dir, wenn mir deine Antwort nicht gefällt, dann lasse ich dich hier liegen. Deine Gefährtin nehme ich vielleicht mit. Mir scheint, sie war von bemerkenswerter Schönheit, bevor sie den Fehler machte, sich der Sonne auszusetzen.«

Meliander spürte, wie warme Wellen durch seinen Körper

brandeten. Kraft erwuchs in ihm, aber es war nicht seine eigene. Sie war ein Geschenk. Der Stiermann wob einen Zauber. Er heilte ihn trotz seiner harschen Worte.

Als Lamassu besaß er keine Arme. Die Flügel und die vier Beine waren alles, was er hatte. Wenn er speisen wollte, musste ihm das Essen in mundgerechten Stücken gereicht werden. Wenn er trinken wollte, musste ihm jemand einen Becher an die Lippen setzen. Und Heilmagie wirkte am stärksten bei Berührung. Almansur hatte gar keine andere Wahl gehabt, als ihm den Huf auf die Brust zu setzen, auch wenn das gemeinhin die Pose eines Triumphators in einem Zweikampf war und keine wohlmeinende Geste.

»Bitte heilt Mailyn, mächtiger Almansur! Nicht ich verdiene es, gerettet zu werden.«

»Dann erzähl mir, warum du es nicht verdienst, gerettet zu werden, du verdorrtes Würmchen. Ich erwarte eine gute Geschichte, und das sofort. Langmut gehört nicht zu meinen herausragenden Charaktereigenschaften.«

»Ich habe sie hierhergebracht, ehrwürdiger Gebieter. Sie stammt aus dem alten Wald am Fuß des Albenhaupts, einem düsteren Land mit einem Himmel voller tief hängender Wolken. Sie leidet an einer seltenen Krankheit. Sie braucht Licht. Die dunklen Tage ihrer Heimat töten sie.«

Almansur lachte auf. »Mir scheint, vom Licht hat sie hier zu viel abbekommen. Wären Frar und ich nicht unseren tollkühn fliegenden Hühnern gefolgt und über euch gestolpert, dann hättet ihr beide den Sonnenuntergang nicht mehr erlebt.« Der Lamassu stieß einen seltsam schrillen Pfiff aus.

»Oh nein, nicht die beiden«, seufzte Frar.

»Wer sonst?« Almansur blickte zum Himmel hinauf. »Willst du unsere Gäste vielleicht zum Palast tragen?« Der König zwinkerte Meliander zu. »Manchmal neigt mein kleiner Freund hier zur Selbstüberschätzung, aber er ist ein begnadeter Schmied und für einen Zwerg ein ganz erstaunlicher Zauberweber.«

Wüstenstaub wirbelte auf. Ein kühler Luftzug kam vom Kamm der gegenüberliegenden Düne. Meliander blinzelte gegen die feinen Sandkörner an, die ihm in die Augen stachen. Da war etwas inmitten des Windes, den der Lamassu gerufen hatte. Große, halb durchscheinende Gestalten.

»Schön, dass ihr ein wenig Zeit für mich erübrigen konntet, Ba...« Der Lamassu lachte schallend. »Verzeiht, wir hatten uns ja geeinigt, dass ich eure Namen nicht in Gegenwart anderer ausspreche und ihr dafür im Gegenzug nicht versucht, den Sinn meiner Wünsche und Befehle zu verdrehen, indem ihr sie allzu wörtlich ausführt.« Almansur nickte in Richtung des wirbelnden Staubs. »Die beiden Gestalten, die du hier fast siehst, sind zwei Dschinnen, deren Namen mir bekannt sind und die deshalb die Freundlichkeit besitzen, mir zu dienen.«

Kurz glaubte Meliander, inmitten des Wirbels, der vor ihm knapp einen Schritt über dem Boden schwebte, zwei muskulöse Männer, größer als Trolle, zu erkennen, deren Gesichter vor Zorn verzerrt waren. Dann wurden er und Mailyn emporgehoben.

»Bringt die beiden ins Gästehaus des Palastes, und behandelt sie wie Fürsten.« Der Lamassu wandte sich an den Zwerg. »Kümmerst du dich um die Hühner, Frar? Auch wenn ich mich für den Rest des Tages mit unseren Besuchern beschäftigen werde, ist mein Interesse an unseren heldenhaften Hühnern keineswegs erloschen.«

Zwei Gesichter

Sie wollte einfach nicht erwachen. Meliander hatte Mailyn Wasser zu trinken gegeben. Sie schluckte, aber sie schlug die Augen nicht auf. Er konnte sich das nicht erklären. Unruhig ging er in dem Gästepavillon auf und ab. Sie müsste längst wach sein! Ihr Bett stand inmitten des Spätnachmittagslichts, das schräg durch das westliche Fenster hereinfiel. Es war ein wunderschönes Zimmer mit einem Mosaikboden. An drei Seiten gab es große Bogenfenster, in die prächtige durchbrochene Marmorplatten eingelassen waren, die ein Mosaik aus Lichtblüten, stilisierten Sternen und Schatten auf das Bett warfen. Mailyn hätte es geliebt, da war sich Meliander ganz sicher. Ebenso wie sie das hohe Gewölbe der Kuppel, das mit einem nachtblauen Sternenhimmel bemalt war, geliebt hätte.

Ihr Bett war so groß, wie Meliander noch keines gesehen hatte. Sieben oder acht Elfen hätten darin schlafen können, ohne einander zu stören. Es war mit einem weißen Seidenlaken bezogen, und auf der seidenen Bettdecke schlug vor kirschrotem Hintergrund ein Pfau sein Rad. Auch dieses Farbenspektakel würde Mailyn gewiss gefallen. Wenn sie nur endlich erwachen würde!

Er trat an ihre Seite, legte seine Hand auf ihre Stirn. Sie fühlte sich leicht fiebrig an. Lag das daran, dass sie einen starken Sonnenbrand hatte?

Seine eigenen Wunden begannen bereits zu heilen, aber das Traumeis würde noch eine Weile brauchen, um seine volle Wirkung zu entfalten. Noch nistete in den Stümpfen der abgetrennten Finger ein ziehender Schmerz, der keinen Herzschlag lang nachließ.

»Bitte, Liebste«, flüsterte er. »Komm zurück zu mir. Wir sind gerettet. Wir haben den Ort gefunden, den wir uns ersehnt haben. Bitte ...« Er nahm ihre Hände in seine Rechte und drückte sie sanft. »Bitte komm zurück zu mir.«

Hufschlag auf der Terrasse vor dem Pavillon ließ ihn aufschrecken. Ein donnernder Tritt traf die nach Norden gelegene Tür. Sie flog auf, und Almansur kam herein. Er wirkte schon wieder erbost. »Ich weiß, was du bist, Elflein! Ich habe es gespürt, als ich dich geheilt habe. Und nun wirst du mir sagen, wer dich zu mir geschickt hat. Ich bin noch nicht verrückt! Meine Zeit ist noch nicht gekommen! Ich brauche noch keinen Wächter.«

Meliander war völlig überrumpelt. »Wächter? Ich verstehe nicht ...«

»Oh ja. Ihr tut immer harmlos. Soll ich es dir zeigen? Alles ist bereit. Nur die Zeit ist noch nicht reif. Mein Verstand ist klar wie ein Bergkristall. Dorthin!« Er nickte zum Südfenster, aus dem man, wenn man nah genug herantrat, auf eine steile Sandsteinwand blickte, in die sich ein seltsames dunkelrotes Bauwerk schmiegte. Mit einem von Säulen getragenen dreieckigen Giebel erinnerte es an einen Tempel, der aus dem Felsen wuchs. Die Fassade war eingerüstet, Dutzende Kobolde damit beschäftigt, die Säulen himmelblau anzustreichen.

»Der rote Stein, kennst du ihn? Es ist Porphyr, geborgen aus den Splittern der zerbrochenen Welt. Hat ein Vermögen gekostet ... Aber es sieht aus wie gerinnendes Blut. In ein Grab aus gerinnendem Blut lebendig eingemauert zu werden ... Ich will einen steinernen Himmel vor Augen haben! Und nur weil mein Grab fast vollendet ist, bin ich noch nicht so weit, es zu betreten. Sag das deinen Herren. Geh!« Das letzte Wort schrie Almansur Meliander entgegen, wobei ein feiner Regen aus Speicheltröpfchen ins Gesicht des Elfen schlug.

»Heilt Mailyn, und ich sage den Himmelsschlangen, dass mit Euch alles gut ist.« Er glaubte nicht, dass er den König lange würde täuschen können, doch ihm war gleich, was dieser rasende Irre mit ihm anstellte, wenn es nur Mailyn besser ginge.

»Was schaust du mich so an?« Die Züge des Stiermanns wirkten plötzlich weicher und unendlich müde. Dann spiegelte sich Erschrecken in ihnen. »Ich war ... Ich war anders, nicht wahr?«

Meliander wusste nicht, wie er damit umgehen sollte. War das Almansur, wie er früher einmal gewesen war? Oder zeigte sich jetzt der Wahnsinnige? Es lag ein Fluch auf den Lamassu, das wusste er aus den Büchern auf dem Blauen Stern. Früher oder später wurden sie alle wahnsinnig. Es lag an ihrem außergewöhnlichen Talent, Zauber zu weben. Nur die alten Drachen übertrafen sie in dieser Kunst. Aber im Gegensatz zu ihnen zahlten die Lamassu einen Preis für ihre Gabe. Sie fraß mit der Zeit ihren Verstand. Am Ende wurden sie lebendig in ihre Gräber eingemauert.

»Ihr habt mir versprochen, meine Gefährtin zu heilen«, behauptete Meliander entschlossen. »Wie viel zählt das Wort eines Königs hier in Schurabad?«

Kurz flackerte Ärger in den dunkelbraunen Augen des Lamassu auf. »Du bist frech, Elf!«

»Ihr wisst, wer mich geschickt hat, Majestät. Welche Macht hinter mir steht. Ihr werdet einem Boten der Himmelsschlangen kein Leid antun. Und nun helft meiner Gefährtin!« In Melianders Innern zog sich alles zusammen. Hatte er zu viel gewagt?

Almansurs Augen wurden schmal. »Du bist Nandalees Sohn. Ich erkenne sie in dir. Dich können die Himmelsschlangen nicht geschickt haben. Im Gegenteil. Wahrscheinlich werden sie mich belohnen, wenn ich dich ausliefere.«

»Ihr irrt. Ihr ...«

»Ja, ich irre inzwischen öfter. Aber dieses Mal ganz gewiss nicht. Ich bin ihr begegnet, vor langer Zeit. Sie konnte genauso herrisch sein wie du.« Er lächelte. »Bessere Zeiten waren das. Bessere Zeiten ...«

Der Lamassu wandte sich von ihm ab und trat an das Bett. Sanft berührte er Mailyns Antlitz mit seiner linken Schwinge. Seine Lippen bewegten sich, ohne dass Worte zu vernehmen waren.

Es entstand eine Spannung im Raum wie vor einem heraufziehenden Gewitter. Schweiß trat dem Lamassu auf die Stirn. Sein Gesicht verzerrte sich. Er wirkte jetzt wie ein Ringer auf Meliander, der sich mit aller Kraft gegen seinen Gegner stemmte und versuchte, ihn auf den Boden zu schleudern.

Mit einem Keuchen trat der Lamassu zurück. »Es ist zu stark ...«

»Was?«, bestürmte ihn Meliander.

»Das Dunkel. Es ist wie eine weit verzweigte Wurzel in ihr. Es ist überall. Ich kann es nicht herauslösen. Es würde sie zerreißen. Dabei ist sie so ...« Seine Augen glänzten feucht. »Sie träumt von dir, Meliander. Du kannst dich glücklich schätzen, ihr begegnet zu sein. In meinem Leben gab es keine Frau wie sie. So makellos ...«

»Aber es muss doch irgendeine Möglichkeit zur Heilung geben!« Er konnte nicht akzeptieren, dass ihre Flucht hierher vergeblich gewesen sein sollte. »Es gibt immer einen Weg! Eine Wurzel könnte man durchtrennen, und dann würde sie verdorren.«

»Ist es die Wurzel, die verdorrt, oder der Baum, den sie nährte?« Noch einmal entfaltete er die Flügel. Berührte sie zögerlich.

Mailyns Antlitz entspannte sich. Die Rötungen in ihrem Gesicht verschwanden. Ihre Lippen waren nicht länger rissig, sondern glänzten feucht und in einem so lebendigen Rot, als hätte sie gerade Waldbeeren gegessen.

Meliander schluckte. So gut hatte sie schon seit Langem nicht mehr ausgesehen. »Danke«, sagte er leise. Er sah zu dem König auf. »Ich schulde Euch etwas.«

»Täusche dich nicht, Meliander. Mir fehlt die poetische Ader, deshalb sage ich es dir geradeheraus: Sie ist wie ein Topf voller Löcher. Ich habe ihn noch einmal mit Wasser gefüllt. Doch schon jetzt leert er sich wieder. Und ich kann nichts dagegen tun.«

»Die Bibliothek. Eure Bibliothek ist in ganz Albenmark berühmt. Bitte … Es muss etwas geben.«

»Vielleicht.« Er wirkte gequält. »Doch die betrete ich nicht mehr. Sie erinnert mich daran, wie viel ich vergessen habe.« Er wirkte plötzlich älter. Die Falten schienen tiefer geworden zu sein. »Du kannst dir nicht vorstellen, wie es ist, wenn einem alles entgleitet. Und man kann nichts dagegen tun. Manchmal sehne ich den Tag herbei, an dem ich so weit bin, es nicht mehr zu bemerken.« Er rang sich ein Lächeln ab. »Führe du deinen Kampf. Frar wird mit dir gehen. Er kennt meine Bibliothek inzwischen besser als ich. Aber überlege dir gut, ob es weise ist, dort zu sein. Vielleicht solltest du einfach an ihrer Seite bleiben.«

»Wie meint Ihr das?«

Der König bedachte ihn mit einem traurigen Lächeln. »Das weißt du, Sohn der Nandalee.« Er bewegte sich zur Tür und wandte sich dann noch einmal zu Meliander um. »Bald kommt der Chamsin, der Wind des Wahnsinns. Ihr beide solltet dann besser nicht mehr hier sein. Es wird ...«

Ein Zucken durchlief die Muskeln unter dem glänzenden schwarzen Fell. Knallend stieß Almansur einen Huf auf den Mosaikboden. »Ich weiß, weshalb du hier bist, Elflein.« Nun lag etwas Lauerndes in der Stimme des Königs, und sie klang so verändert, als würde ein anderer durch seinen Mund sprechen. »Früher haben die Himmelsschlangen einen Drachenelfen geschickt, wenn ein Lamassu nicht freiwillig in sein Grab gehen wollte. Nun bist du ihr Scharfrichter, Sohn der Nandalee. Sage nichts! Mir kannst du nichts vormachen. Ich werde dich im Auge behalten, Meliander.«

Der Lamassu stürmte davon. Meliander hörte die sich rasch entfernenden Hufschläge, und es klang wie eine Flucht.

»Geliebter?« Mailyn hatte sich im Bett aufgesetzt. Mit großen Augen sah sie sich um. »Was für ein wunderschönes Zimmer!«

Unendlich erleichtert ging er zum Bett, setzte sich neben sie, nahm ihre Hände und küsste diese.

»Was ist los mit dir? Was ... Du weinst ja!«

Er konnte seine Tränen nicht zurückhalten. Doch es waren Tränen des Glücks. »Endlich bist du erwacht. Endlich!«

Sie zog seinen Kopf an ihre Brust. »Alles wird gut.« Ihre schlanken Finger zausten sein Haar. »Es ist so, wie du es beschrieben hast, das ferne Wüstenland. Eine Einöde aus Sand und Himmel, in der man, wenn man schon alle Hoffnung fahren lassen will, eine Oase findet, in der alle Farben des Regenbogens versammelt sind.«

Er schluchzte, unfähig, seine Gefühle zu beherrschen.

»Es geht mir viel besser, Meliander. Das muss das Licht sein.«

Er brachte es nicht übers Herz, ihr zu sagen, dass der König ihr diese Kraft geschenkt hatte und dass sie nur allzu bald verfliegen würde.

»Morgen gehe ich in die Bibliothek. König Almansur hat mir freien Zugang gewährt. Ich werde ein Mittel finden, um die Dunkelheit von dir zu nehmen.«

Sie hob seinen Kopf an, sodass er in ihre tiefgrünen Augen blickte. »Das hast du doch schon längst, mein Liebster«, hauchte sie, und noch bevor er etwas erwidern konnte, verschloss sie mit einem Kuss seine Lippen.

Die Nacht der Nachtigall

»Hier.« Frar deutete auf ein massives, mit rotem Flugrost überzogenes Eisentor, das, hinter einem vorspringenden Felsen verborgen, in die Steilwand eingelassen war. »Es kommen nur wenige Besucher hierher. Eigentlich nur ich ...« Der Zwerg löste den schweren Schlüsselbund von seinem Gürtel und öffnete das Tor.

Skeptisch betrachtete Meliander den Eingang zur Bibliothek. Er hatte sich das anders vorgestellt. Weite Lesehallen, in denen Hunderte von Studierenden an Tischen saßen. Einen stattlichen Bau. Ein von Säulen flankiertes, prächtiges Portal. Nicht einfach nur ein rostiges Tor in einer Felswand.

Immerhin gab es keine Probleme, als Frar den Schlüssel drehte, und das große Tor schwang geräuschlos auf, als wären die Angeln frisch geölt. Vor ihnen lag ein Tunnel, der in warmem, bernsteinfarbenem Licht erstrahlte. »Almansur hat schon vor langer Zeit verboten, Öllampen oder gar Fackeln in seine Bibliothek zu tragen«, erläuterte der Zwerg voller Enthusiasmus. »Einst war er ein kluger Herrscher, weitsichtig und humorvoll und milde. Ein König, wie man ihn sich wünscht.«

»Bist du schon lange an seinem Hof?«

»Was heißt lange? Etwas mehr als sieben Jahre sind es nun ...«

Meliander sah den Zwerg überrascht an. Er und Emerelle hatten eine Zeit in Ishaven unter Zwergen gelebt. Er kannte das kleine Volk der Tiefe gut. Er hätte Frar auf vielleicht zwanzig Winter geschätzt. Er wirkte jugendlich. Kein einziges graues Haar zeigte sich in seinem rabenschwarzen Bart. Keine Falte in den Augenwinkeln.

»Komm.« Der Zwerg betrat als Erster den langen Tunnel. Die Felswände hier waren geglättet. Ockerfarbener Sandstein, durchzogen von roten Bändern, umfing sie. Es gab keine Bilder oder Reliefs. Keinen Schmuck. Nur matt leuchtende Barinsteine, die alle zehn Schritt in die Decke eingelassen waren. Frar verschloss das Tor hinter ihnen.

»Er hat ein Vermögen für diese Steine ausgegeben. Als ich an seinen Hof kam, war er noch gern hier. Er hat Dutzende Gelehrte beschäftigt, die auf der ganzen Welt seltene Schriften für ihn suchten. Besonders seine Sammlung zu Medizin und Anatomie ist bemerkenswert. Auch bestimmte Spielarten der Magie haben ihn lange Zeit fasziniert.«

Meliander glaubte zu verstehen. »Hat er versucht, sich vor dem Wahnsinn zu schützen?«

Der Zwerg schenkte ihm ein warmherziges Lächeln. »Ja. Ich weiß nicht, wie lange er schon in panischer Angst vor seinem Schicksal lebt. Er war überzeugt, dass er seinem Los entgehen könnte, wenn er nur hart genug daran arbeitete.«

Ihre Schritte hallten im Tunnel. »Was ist geschehen? Warum hat er aufgegeben?«

»Es war vor etwas mehr als vier Jahren. Ich erinnere mich, als wäre es gestern gewesen. Ich bin mitten in der Nacht erwacht. Ein seltsam schriller Gesang war zu vernehmen … Ich verließ mein Schlafgemach. Der ganze Palast war auf den Beinen. Dienerschaft, Gelehrte, Köche, Wachen … Wir alle liefen hinaus in den Park. Dort lagen die Pfauen, zerfetzt, als wäre ein wildes Tier über sie hergefallen. Ihre Flügel und die Schweiffedern waren abgetrennt. Und hoch auf dem Dach des Palastes stand

Almansur. Er hatte wohl mittels Zaubermacht die Pfauenfedern mit seinen Schwingen verschmolzen und spreizte sie nun stolz. Sein Kopf war dem Mond zugewandt, und er versuchte, wie eine Nachtigall zu singen.«

Die Vorstellung war grotesk. Doch Meliander merkte, wie sehr es Frar aufwühlte, davon zu erzählen, und so unterdrückte er jedes Lachen. »Schlimm ...«

»Nein, schlimm war zu sehen, wie er wieder zu sich fand. Von einem Augenblick auf den anderen war Almansur wieder klar. Er begriff, was er getan hatte. Dass sein ganzer Hofstaat ihn gesehen hatte. Er ist ohne ein Wort in die Wüste davongeflogen. Tagelang war er fort. Niemand hat je in seiner Anwesenheit darüber gesprochen, aber diese Nacht der Nachtigall liegt seither wie ein Schatten über dem Königshof. Damals hat er wohl erkannt, dass er den Kampf um seinen Verstand nicht gewinnen würde, und seitdem ist er nie mehr hierhergekommen.«

»Und all die Gelehrten? Hätten sie nicht für ihn forschen können? Wo sind sie alle hin?«

»Die Ratten haben sozusagen den Stollen verlassen, bevor er ganz einbricht, Meliander. Du hättest den Palast vor einigen Jahren sehen sollen! Die Hälfte der Gärten ist schon an die Wüste verloren, der Mondpavillon oben auf der Klippe ein Opfer der Sandstürme, der Spiegelsee versandet. Mit der Nacht der Nachtigall hat dieser Ort begonnen zu sterben.«

Sie hatten einen Durchgang zu einem weiteren Tunnel erreicht. »Hier geht es zur Abteilung für medizinische Schriften. Es ist der größte Teil der Sammlung.«

Nach wenigen Schritt betraten sie den Saal. Trotz der Barinsteine an der hohen Decke wirkte er düster. Meliander konnte geradezu körperlich spüren, dass sich hierher kaum noch ein Albenkind verirrte. Staunend sah er die rautenförmigen Regale, in denen Schriftrollen lagerten. Die Kästen und Kisten voller gebrannter Tontafeln. Entlang der Wände standen endlose Regale mit Büchern und dazwischen Schubladenschränke.

Angst traf ihn wie ein Schlag in den Magen. Wie sollte er hier finden, was er suchte? Ein Jahrhundert würde nicht genügen, um alle diese Schriften zu sichten. Er hatte das Gefühl, dass seine Beine unter ihm wegzuknicken drohten. Mit einem Seufzer stützte er sich an der rauen Sandsteinwand ab. Die Halle verlor sich in der Ferne in warmem Bernsteinlicht.

»Unglaublich, nicht wahr? Dies hier ist die mit Abstand größte Sammlung, aber es gibt noch siebzehn andere Säle.« Frar, der ihm nur bis zur Hüfte reichte, verpasste ihm mit dem Ellenbogen einen freundschaftlichen Knuff gegen das Knie. »Ich weiß, wie du dich jetzt fühlst. Ich war auch überwältigt, als ich zum ersten Mal hierherkam. Man glaubt, es sei hoffnungslos … aber es gibt einen sehr guten Katalog. Fast alle Schriften sind ordentlich eingetragen. Ich werde dir helfen.«

Meliander fühlte sich nicht wirklich ermutigt. »Ich kenne nicht einmal den Namen der Krankheit, an der Mailyn leidet. Wo sollen wir mit der Suche beginnen?«

»Unter dem Schlagwort ›unbekannte Krankheiten‹. Diese Bibliothek hier spiegelt Almansur wider, wie er früher einmal war. Alles ist sehr geordnet. Lass dich nicht entmutigen. Du bist fast am Ziel, Meliander. Es ist nur noch ein letzter Schritt zu tun. Wir schaffen das!«

Es tat gut, so viel Zuversicht zu begegnen. Meliander war überrascht, wie gut Frar, den er doch kaum kannte, wusste, wie man ihn nehmen musste. Als wären sie schon seit Langem befreundet.

»Wir schaffen das«, wiederholte Meliander leise. Dann folgte er dem Zwerg, der zielstrebig auf ein paar der Schränke mit den Schubkästen zusteuerte. »Was suchst du eigentlich hier?«

Frar seufzte. »Das ist nicht leicht zu sagen.« Er blickte zu

Meliander auf, und der Elf hatte das Gefühl, an etwas gerührt zu haben, was besser im Dunklen bleiben sollte. »Ich bin anders als meinesgleichen. Ich habe das Talent, Zauber zu weben. Das ist bei Zwergen sehr selten, und es stößt auf Misstrauen.«

Meliander erinnerte sich. In Ishaven war ihm und Emerelle in all den Monden kein einziger Zauberweber begegnet. »Haben sie dich verbannt?«

»Ich selbst habe mich verbannt …«

»Und deine Eltern?« Meliander war sich bewusst, dass er zu viele Fragen stellte, hatte aber das Gefühl, einem Seelenverwandten begegnet zu sein. Einem, dessen Schicksal dem seinen überraschend ähnlich war.

»Meine Eltern sind kurz nach meiner Geburt umgekommen.« Er sah zu Meliander auf. Seine Lippen zitterten. »Eine Elfe hat sie umgebracht. Eine … Es …« Er schüttelte den Kopf. »Eine vertrackte Geschichte. Mich hat diese Elfe gerettet und dann zu drei Zwergen gebracht, die meine Stiefväter wurden.« Er schloss einen Moment die Augen, wie um sich zu fassen. »Einer der drei starb. Der zweite wurde zu bedeutend, obwohl er sich lange um mich gekümmert hat, und musste mich eines Tages fortschicken. Ich habe dann bei meinem dritten Stiefvater gelebt. In einem unterirdischen Meer. Dort steht auf einem Felsen der wohl einsamste Turm dieser Welt. Dieser Dritte war auch verrückt.« Frar lächelte melancholisch. »Irgendwie scheint das mein Schicksal zu sein, mich mit Verrückten abzugeben. Bist du auch verrückt, Meliander?«

Der Elf sah ihn verlegen an. Was sollte er darauf antworten?

Eine Weile schwieg auch der Zwerg. Er öffnete mehrere der Kästen. Darin waren gebrannte Tontafeln mit Notizen in einer Schrift, wie sie Meliander noch nie zuvor gesehen hatte. Ohne den Zwerg wäre er hier verloren!

Frar deutete auf drei keilförmige Zeichen. »Das dritte Regal«, erklärte er und zeigte auf ein Symbol, das an eine halb hinter dem Horizont versunkene Sonne erinnerte. »Westwand.« Weitere seltsame Zeichen schlossen sich an. »Wir müssen auf dem fünften Regalbrett anfangen zu suchen. Dort beginnen die Werke über seltene Krankheiten. Komm!«

Gehorsam folgte Meliander dem Zwerg, vorbei an Tischen, auf denen verstaubte Tontafeln lagen, und aufgeklappten Truhen, in denen noch mehr Tontafeln lagerten. Dann standen sie vor dem Regal. Frar wies auf einen mächtigen, in rotes Leder gebundenen Folianten. »Dort fängt es an. Ich würde vorschlagen, wir gehen ein paar Schritt und picken uns Werke heraus, die in Schriften verfasst sind, die wir lesen können ...«

Meliander sah an dem Regal entlang, und ihn überkam dieselbe Verzweiflung wie schon beim Betreten des Saals. Das Regal war mindestens zwölf Schritt lang. Hunderte von Büchern standen darin.

»Fang mit dem hier an.« Frar drückte ihm ein in abgegriffenes Schweinsleder gebundenes Quartformat in die versehrten Hände. *Von den Krankheiten, die dein Innerstes zerfressen* stand in halb verblasster rotbrauner Schrift auf dem Einband.

»Meinst du?« Unsicher klappte Meliander das Buch auf. Auf der dritten Seite fand er eine Liste der verschiedenen Themen, um die es ging. Würmer, Geschwüre, irgendwelche Insekten, die Eier in einem ablegten ... Das klang alles nicht richtig. »Ihre Krankheit muss mit Magie zu tun haben ...«

Frar nickte. »Lies mal die letzten Absätze der Liste.«

Wenn missglückte Zauberei dein Innerstes verkehrt. Das Feuer, das du in dir trägst. Verblassendes Lebenslicht ... »Du kennst dich gut aus.«

Der Zwerg sah ihn seltsam an. Meliander spürte, dass da etwas Unausgesprochenes war. Dass Frar ein Geheimnis mit sich herumtrug, das auch ihn betraf.

»Ich war erst vor ein paar Tagen hier.« Frar wies auf ein Buch, das aufgeschlagen auf dem nächsten Tisch lag. »Ich habe über den Chamsin gelesen, den Südwind, auf dem der Wahnsinn reitet. Ich habe ihn schon ein paar Mal erlebt. Ich weiß, was er mit Almansur anrichtet.«

»Ein Wind? Was kann der schon tun?«

Frar schnaubte. »Das kannst du dir nicht vorstellen. Er bringt Sand. Sand, der überall hinkommt. Du kannst ihm nicht entfliehen. Und er dauert. Tagelang. Das Heulen macht dich wahnsinnig. Die Hitze. Es ist, als würde dir jeder Tropfen Wasser aus dem Leib gerissen …«

»Das kann ich mir vorstellen«, sagte Meliander ruhig.

Frar schwieg kurz. »Natürlich. Entschuldige. Aber der Chamsin … Er macht die Leute verrückt. Auch ganz normale. Es geschehen üble Dinge, es kommt zu Bluttaten. Es ist besser, du und Mailyn, ihr seid nicht mehr hier, wenn der Chamsin beginnt. Bis dahin wird es nicht mehr lange dauern …«

»Aber wir müssen etwas finden, um Mailyn zu helfen«, fiel Meliander ihm ins Wort. »Ich kann nicht gehen, ohne zu wissen, wie ich sie heilen kann!«

Der Kuss

Mailyn spürte, wie er sich aus dem Bett erhob. Er bewegte sich vorsichtig, wollte sie nicht aufwecken. Sie hielt die Augen geschlossen, atmete ruhig, und Meliander merkte nicht, dass sie aufgewacht war. Leise bewegte er sich im Zimmer. Sie hörte das Knirschen, als er in der schweren Messingschale die Kräuter und geheimen Zutaten für seinen Trank zerrieb.

Die Klappe des kleinen Ofens klirrte. Ein unterdrückter Fluch. Manchmal war er ein wenig ungelenk. Sie mochte das. Dorchadas war in allem, was er getan hatte, immer so perfekt gewesen. Meliander war da ganz anders. Er gab ihr das Gefühl, bei allem, was er tat, das Wichtigste in seinem Leben zu sein. So war sie noch nie behandelt worden. Er hatte seine Finger für sie geopfert. Er spielte das herab, aber wenn er sich unbeobachtet fühlte, sah sie ihm an, wie sehr die Verletzungen ihn noch immer schmerzten.

Jetzt blies er in die Glut in dem schmiedeeisernen Ofen.

Sie streckte sich, sammelte sich innerlich für das morgendliche Schauspiel.

Bald hörte sie das Blubbern kochenden Wassers. Das Schaben des goldenen Löffels, mit dem er den Kräutersud umrührte. Und wieder blies er. Diesmal, um den bitteren Trank zu kühlen.

Dann spürte sie ihn auf dem Bett. Er küsste sanft ihre Augenlider. »Wach auf, meine Schöne. Ein neuer Tag im Licht beginnt.«

Sie lächelte, sah zu ihm empor, strich über sein fein geschnittenes Gesicht und zog ihn an sich, um ihn zu küssen.

Als seine Hände über ihren Leib fuhren, zuckte sie innerlich zusammen. Die Berührung der Fingerstummel erfüllte sie mit tiefer Trauer. Er war so vollkommen gewesen. Sie wusste, dass er alles für sie geben würde. Selbst sein Leben, und das, ohne zu zögern. Und sie ... sie konnte es ihm nicht vergelten.

Er setzte sich auf, lächelte. »Es ist gut zu sehen, wie du wieder zu Kräften kommst. Jetzt musst du trinken. Der Sud wird dich stärken. Er zieht das Gift aus deinem Innersten.«

»Aber er schmeckt, als wolltest du mich vergiften.«

Meliander hob tadelnd den Finger. Jeden Morgen führten sie dieses Gespräch. Fünf Tage nun schon. »Du wirst alles austrinken. Ich weiß, es ist noch nicht das, was dich wirklich heilt. Aber es hilft. Genauso wie die Sonne.«

»Ja, es hilft«, log sie und richtete sich im Bett auf. Gehorsam nahm sie die rote Schale mit dem Kräutersud, führte sie an die Lippen und nahm vorsichtig einen Schluck. Sein Trunk war so bitter, dass sich ihr der Magen zusammenzog. Sie musste gegen den Reflex ankämpfen, alles sofort wieder auszuspucken.

»Weitertrinken!«

Jetzt klang er fast wie Dorchadas. Wenn er sich etwas in den Kopf gesetzt hatte, konnte auch Meliander eine Härte an den Tag legen, die sie ihm anfangs nicht zugetraut hätte.

Sie wollte ihn nicht enttäuschen. Brav leerte sie die Schale und erhob sich dann aus dem Bett. Tief in ihrem Inneren war eine zehrende Kälte, die kein Kräutersud zu vertreiben vermochte. Es ging ihr nicht gut. Aber sie wusste, sie würde Meliander nicht lange etwas vorspielen müssen.

Möglichst anmutig trat sie zum Ostfenster und blickte durch

die sternförmigen Aussparungen in der dünn geschliffenen Marmorplatte zum Horizont, über dem sich ein glutroter Feuerball erhob. Schon jetzt war es unangenehm warm.

Sie wusste, dass Meliander auf dem Bett saß und sie ansah. Er liebte es, wenn sie nackt durch dieses wunderschöne Zimmer ging. Und sie mochte es, wenn er sie dabei beobachtete.

Meliander seufzte. »Ich muss los. Frar wartet gewiss schon. Dieser verdammte Zwerg scheint mit drei Stunden Schlaf in der Nacht auszukommen.«

Mailyn kämpfte gegen die Übelkeit. Ihr Körper wehrte sich gegen diesen Sud. »Versetz ihn doch. Mir scheint fast, er bedeutet dir mehr als ich.« Auch diesen Scherz machte sie jeden Morgen.

Meliander grinste frech. Jetzt sah er seinem Bruder zum Fürchten ähnlich. »Wie hast du nur erraten, dass haarige kleine Männer meine neue Leidenschaft sind?«

»Du riechst nach ihm, wenn du abends wiederkommst.«

Er lachte und begann, sich anzuziehen. Dabei war dies kein Scherz gewesen. Er roch tatsächlich nach dem säuerlichen Schweiß des Zwergs, wenn er spät nachts aus der Bibliothek kam. Sie wusste, dass die beiden die halbe Zeit dicht beieinandersaßen und versuchten, alte Schriften zu deuten.

Meliander roch auch nach dem Leder der alten Folianten, nach Staub und der Galltinte, mit der er sich Notizen machte. Seine gesunde Hand war abends voller getrockneter Tintenflecke, und wenn sie ihm beim Liebesspiel von ihrer letzten Kraft schenkte, hinterließ die Tintenhand schwarze Schlieren auf ihrem schweißbedeckten Leib.

Meliander hatte eine weit fallende Tunika angelegt und schloss die Riemen seiner Sandalen. Dann nahm er sich zwei Äpfel aus der Schale auf dem niedrigen Tischchen mit den Perlmuttintarsien. »Ich bin spät.« Er gab ihr noch einen eiligen Kuss. Dann war er fort.

Sie horchte auf seine sich entfernenden Schritte, erst auf der Terrasse, dann der Treppe, und biss die Zähne zusammen. Bis zu der Schale mit dem Obst waren es nur acht Schritt. Sie presste beide Hände auf ihren rebellierenden Magen, taumelte, ging vor dem Tischchen in die Knie, sackte nach vorn.

Ihr Mund war voller Galle.

Sie biss noch einen Moment die Zähne zusammen, wischte das Obst aus der flachen Schale, und dann übergab sie sich.

Diesmal dauerte es noch länger als sonst. In wilden Stößen rebellierte ihr Magen. Sie kämpfte nicht mehr dagegen an. Sie erbrach den Kräutersud und Reste des Abendessens und danach schwarze Galle. Selbst als ihr Magen längst leer war, krampfte er immer noch.

Völlig erschöpft sank sie zu Boden.

Hörte Hufe. Sah schlanke Fesseln, von glänzendem schwarzem Fell bedeckt.

»Ich verstehe nicht, dass er Euch so allein lässt, meine Dame.«

Mailyn wünschte, auch Almansur würde sie in Frieden lassen. Niemand sollte sie so sehen!

Sie wurde emporgehoben. Wie von Geisterhand getragen, schwebte sie zum Bett. Es tat gut, weich zu liegen. Die Seidendecke mit dem Pfauenbild senkte sich auf sie herab. Der Lamassu hatte keine Arme, aber kraft seiner Zaubermacht vermochte er zu bewegen, was immer er wollte.

Vor drei Tagen hatte er entdeckt, wie schlecht es ihr morgens ging. Seitdem kam er, kaum dass Meliander den Pavillon verlassen hatte.

»Warum trinkt Ihr, was er Euch gibt, wenn Ihr es nicht vertragt?«

Mailyn hatte keine Kraft, ihm zu antworten. Sie wusste auch nicht, wie sie es ihm hätte erklären sollen. Melianders glückliches Gesicht, wenn sie seinen Sud trank, war ihr Lohn genug.

Er brauchte das Gefühl, etwas tun zu können, für sie zu kämpfen. Er könnte nicht einfach an ihrem Lager sitzen, um mit ihr auf das Unvermeidliche zu warten. Es war besser, wenn er den größten Teil des Tages in der Bibliothek verbrachte.

Almansur fächelte ihr mit seinen mächtigen Schwingen Luft zu. Tief in ihrem Innern quälte sie eine verzehrende Kälte, doch zugleich war sie schweißbedeckt.

Plötzlich wurde sie gewahr, dass ein faustgroßer Kristall nur wenige Zoll über ihr schwebte.

»Ihr habt mir gestern vom regenbogenfarbenen Licht erzählt, meine Dame. Gestattet Ihr mir, Euch ein Geschenk zu machen?« Er lächelte auf sie hinab und ließ den Kristall zum Ostfenster hinüberschweben. Leise knirschend verkantete er sich zwischen den Zacken eines Sterns in der dünnen Marmorplatte, ruckte noch ein wenig, dann blitzte er auf, und ein Lichtstreifen in allen Regenbogenfarben erschien auf der gegenüberliegenden Wand.

Eine unsichtbare Kraft war in ihrem Rücken, half ihr, sich aufzurichten, sodass sie besser sehen konnte.

»Euer Lächeln ist das schönste Geschenk, das ich seit Langem bekommen habe.«

Die Seidendecke war ein Stück herabgeglitten. Die Spitzen seiner Schwingen strichen über ihre Brüste, und ihre Brustwarzen richteten sich auf. Ein warmes, wohliges Gefühl durchlief sie, und sie fühlte sich gestärkt. Sogar der üble Geschmack in ihrem Mund war verschwunden.

»Ihr seid wahrlich schön, meine Dame. Ich beneide Meliander darum, dass Ihr ihm Eure Küsse schenkt. Ich könnte mir nichts Süßeres vorstellen, als Eure Lippen auf den meinen zu spüren.«

Es wunderte sie, das zu hören. Sie würde ihm natürlich einen Kuss schenken. Was war schon ein Kuss? Und wenn er wirklich so empfand, würde sie diesen Kuss nicht ihm allein, sondern der ganzen Welt schenken. Wenn sie ihn, einen machtvollen Zauberweber, erfreute, dann würde die Kraft seiner Freude das magische Netz stärken.

»Mir ist natürlich bewusst, dass Ihr keinen solchen Treuebruch an Meliander begehen werdet«, fuhr er traurig fort. »Aber selbst Könige haben Träume. Vielleicht mögt Ihr mich ja auf einen Spaziergang durch meine Gärten begleiten? Ihr würdet mir auch damit eine Freude bereiten.«

Würde Meliander einen verschenkten Kuss als Treuebruch betrachten? Sie hoffte, dass sein Herz nicht so klein war. Dann verdrängte sie den dunklen Gedanken und erfreute sich an der Kraft, die ihr die Berührung der Flügel geschenkt hatte. Eben noch hatte sie kaum den Kopf heben können, doch jetzt fühlte sie sich sogar in der Lage, seinem Wunsch nach einem Spaziergang zu entsprechen. Wenn dies ein Zauber war, den Almansur gewoben hatte, konnte er vielleicht ja auch ihre rätselhafte Krankheit besiegen.

Mailyn setzte sich im Bett auf. Seit sie angekommen waren, hatte sie dieses Zimmer kein einziges Mal verlassen. Sie wollte unter freiem Himmel wandeln, wollte den Wind im Gesicht spüren. »Gern werde ich Euch begleiten, Majestät.« Sie schob die Decke zur Seite und schwang die Beine über die Bettkante. Etwas zögerlich setzte sie die Füße auf den Mosaikboden. Sie traute ihrer wiedergewonnenen Kraft nicht ganz.

Ihr Blick wanderte über die neuen Kleider, die im Raum verteilt lagen. Sie alle waren Geschenke des Königs. Nie zuvor hatte sie solch wunderbare Gewänder besessen. Es war, als würde Almansur ihr auf zurückhaltende Art den Hof machen.

Sie wählte ein leuchtend gelbes, schulterfreies Kleid. Es war noch früh am Morgen. Sie wollte die Sonne auf ihrer Haut spüren. Sie würde sie wärmen, nicht verbrennen. Zart und leicht schmiegte sich der Stoff an ihren Körper.

Almansur hatte sie die ganze Zeit über beobachtet. Sein Blick war weich, verträumt. Er hatte seine Augen schwarz umrandet, und auch seine Lippen waren schwarz, sein Antlitz gepudert und unnatürlich blass. Auf seiner Stirn prangte ein leuchtend roter Punkt, und über seinem Rücken lag eine Decke, auf die in grellen Farben das Bild einer Löwenjagd gestickt war. Eine wundervolle Arbeit.

Doch der Anblick beunruhigte sie. Geschminkt und so prächtig hatte sie ihn noch nie gesehen. Entsprach das seiner Vorstellung von Schönheit? Oder bereitete der König sich so darauf vor, in sein Grab eingemauert zu werden?

Almansur führte sie durch die hohe Tür hinaus. Auf der Schwelle zur Terrasse blieb sie kurz stehen und blickte sich noch einmal um. Hier war sie geborgen gewesen. Das regenbogenfarbene Licht, das der Kristall auf die Wand warf, zitterte leicht. Dieser Raum strahlte Vollkommenheit aus. Sie hatte das Gefühl, am Ende einer langen Reise angelangt zu sein. Hier würde sich ihr Leben erfüllen. Sie würde die Oase nicht mehr verlassen.

Mit diesem Gedanken wandte sie sich vom Pavillon ab.

Vier Dschinnen hatten auf den König gewartet. In respektvollem Abstand schlossen sie sich dem Herrscher an.

Mailyn mochte die Luftgestalten nicht. Ihre langen bärtigen Gesichter hatten etwas Unnahbares. Ihre mächtigen Brustkörbe, nackt oder höchstens mit einer offenen Weste bekleidet, und ihre muskelschwellenden Arme wirkten einschüchternd. Breite Gürtel hielten ihre langen Röcke oder wallenden Pluderhosen, doch darunter waren keine Füße zu sehen. Sie berührten den Boden, über den sie sich bewegten, nicht. Ihnen haftete etwas durch und durch Ungewisses an. Auch sprachen sie kein Wort.

»Beachtet sie nicht, meine Dame«, sagte Almansur mit seiner angenehmen Bassstimme. »Sie mögen beunruhigend erscheinen, doch auch sie sind nur Diener. Ich habe einen Zauber gewoben, mit dem ich sie zwingen konnte, mir ihre wahren Namen zu nennen. Nun müssen sie mir dienen, ob es ihnen gefällt oder nicht.«

Mailyn sah immer wieder aus den Augenwinkeln zu den Dschinnen. Wie Diener sahen sie nicht aus. Aber was wusste sie schon? In ihrem Leben hatte es nie Diener gegeben und schon gar keine Leibwächter. Das Leben im Wald war hart gewesen. Wenn man etwas wollte, musste man es selbst erreichen. Einen Palast wie den des Königs und große Gärten kannte sie nur aus märchenhaften Erzählungen.

»Es ist nur noch ein Abglanz der alten Pracht.« Almansur war an der steinernen Brüstung der Terrasse stehen geblieben und blickte über den weitläufigen Garten, der sich zwischen dem großen Gästepavillon und seinem Palast erstreckte. Seine Stimme klang nun rauer, kälter, und Mailyn hatte das Gefühl, dass die Dschinnen ihn jetzt aufmerksamer beobachteten.

»Kommt!« Er nickte ihr zu und begab sich die breite Treppe hinab. Sein Gebaren wirkte herrischer.

Er führte sie an einem Labyrinth aus hohen Rosenhecken vorbei. Tausende rote und weiße Blüten leuchteten im Morgenlicht, und ihr Duft erfüllte die Luft.

Gackernd flog ein Huhn über den Heckenabschnitt vor ihnen, landete auf dem weißen Kiesweg und sah sie kurz an, bevor es in ein nahes Blumenbeet flüchtete.

»Meine Helden!« Almansur lächelte. »Man hat ihnen die Gabe zu fliegen genommen, aber ich werde sie ihnen wieder zurückgeben. Ein paar Jahre noch, dann werden Schwärme stolzer weißer Hühner über den Himmel Albenmarks ziehen. Sie zu Bodenhockern zu versklaven ...« Er stampfte mit den Hufen und blickte kurz zu den Dschinnen, die ihn ihrerseits nie aus den Augen ließen. »Ihr seid Geschöpfe der Luft. Ihr solltet in der Lage sein zu ermessen, was es heißt, Flügel zu besitzen und nicht mehr fliegen zu können.«

Seine Leibwächter antworteten ihm nicht.

»Es ist in etwa so, wie ein König ohne Arme zu sein.« Er sah zu Mailyn hinab. Zorn funkelte in seinen Augen. »Weißt du, wie es ist, jeden Becher Wein, von dem man kosten möchte, kraft eines Zaubers zu seinen Lippen schweben zu lassen?«

»Nein«, entgegnete sie zaghaft.

»Aber du kannst dir sicher vorstellen, was geschieht, nachdem ich einige Becher Wein genossen habe.« Er schnaubte. »Ich bade meinen Bart und meine Brust in Wein, denn diesen Zauber zu weben erfordert höchste Konzentration. Ich weiß, wie sie hinter meinem Rücken über mich lachen. Und will ich weise sein und lasse mir den Wein reichen und befehle Dienern, mir zu trinken zu geben, dann wird wieder heimlich gelacht, weil ich hilfloser bin als ein Koboldkind. Ich bin eine groteske Spottgestalt. Die Alben haben sich einen schlechten Scherz erlaubt, als sie meine Art erschufen.«

»Aber sie gaben Euch Zauberkräfte, die denen der Götter gleichkommen«, entgegnete Mailyn.

»Dummes Gerede«, grummelte der Lamassu in seinen Bart. »Wirke ich wie ein Gott?«

Er verließ den Kiesweg und führte sie auf eine Wiese, auf der bunte Zelte aufgeschlagen waren. Gleich daneben stand eine Reihe von Katapulten. Die hölzernen Rahmen und Wurfarme waren mit Hühnerkot bedeckt.

Dies schien der Lieblingsplatz der Hühner zu sein, die der König zu Größerem auserkoren hatte. Überall hockten sie auf den Zeltdächern und unter Büschen, pickten im kurz geschnittenen Gras nach Körnern und Würmern, aber Mailyn sah auch ein ertrunkenes Huhn im Teich zwischen Seerosen treiben.

Almansur bemerkte es im selben Augenblick wie sie. Die

Muskeln unter seinem schwarz schimmernden Fell verspannten sich. Er flüsterte düstere Worte, und der Kadaver hob sich triefend aus dem Wasser, als würde er von unsichtbaren Händen getragen.

Das Gackern der Hühner ringsum erstarb.

Die Kobolde, die an Hecken und Beeten gearbeitet hatten, sahen auf und duckten sich sogleich, als wollten sie am liebsten eins mit dem Erdboden werden.

Almansurs Augen wirkten unnatürlich groß. »Pelina!«, sagte er ergriffen. »Warum hat keiner auf dich achtgegeben? Du solltest doch kein Karpfen sein. Du solltest deine Schwingen am Himmel entfalten. Hat dich dein Ruhm tollkühn gemacht, stolzeste meiner Flieger?«

Die Hühner und vereinzelte Hähne scharten sich um Almansur.

Das tote Huhn schwebte nun unmittelbar vor dem Gesicht des Herrschers. Er beugte sich vor und küsste das nasse Gefieder. »Du sollst ein letztes Mal fliegen, meine stolze Pelina.«

Das tropfende Huhn glitt durch die Luft und landete auf dem Löffel eines Wurfarms. »Los! Spannt das Katapult! Macht euch nützlich!«

Die Dschinnen gehorchten stumm, drehten das Speichenrad, und der Wurfarm senkte sich, während sich der hölzerne Bogen des Katapultes leise knirschend spannte.

»Fliege wohl, Pelina!«

Der Dschinn mit dem längsten Bart löste den Sperrriegel des Katapults. Der Wurfarm schnellte in die Höhe, und das tote Huhn wurde in den stahlblauen Himmel geschleudert.

Gackernd stoben die Hühner auseinander, als fürchteten sie, eines von ihnen könnte als Nächstes auf eines der Katapulte gesetzt werden.

Almansur aber begann ein getragenes Lied in einer Sprache

zu singen, die Mailyn noch nie zuvor vernommen hatte. Der König besaß eine schöne, volle Stimme. Sie ging ihr zu Herzen, berührte sie, ohne dass sie die Worte des Liedes verstand.

Die Elfe spürte, wie ihre Kraft verging. Sie wäre jetzt gern wieder im Pavillon gewesen. Sie schwankte. Dann setzte sie sich ins Gras. Sie wagte nicht, das Lied des Königs zu stören. Einer der Kobolde, die das Rosenlabyrinth beschnitten hatten, kam zu ihnen herüber. Ehrfurchtsvoll nahm er seinen breitkrempigen Strohhut ab und hielt ihn vor der Brust. Nur ein rotes Tuch mit weißen Tupfen schützte seinen kahlen Schädel noch. Die Haut seiner langen, spitzen Nase schälte sich. Auch er wartete mit demütig gesenktem Blick, bis Almansur sein Totenlied beendete.

»Was?«, fragte der König, kaum war die letzte Strophe verklungen.

»Mein Allweiser Gebieter, dies hätte nicht geschehen müssen. Bitte hört auf meinen Vorschlag, den ich Euch schon vor Tagen unterbreitet habe. Wir könnten Zelte aus feinmaschigen Netzen errichten und die stolzen Hühner darin unterbringen. Meine Arbeiter und ich könnten wahre Hühnerpaläste erschaffen. Und sie würden nicht länger die kostbaren Blüten Eurer Rosen zerzupfen und auf alles scheißen ...«

»Bist du mein oberster Gärtner, Rufko? Oder hat dich jemand zu meinem obersten Ohrenbläser berufen?« Almansurs Stimme triefte vor Bosheit.

»Ich wollte nur helfen, dieses Problem ...« Der Kobold wich vor dem Stiermann zurück.

»Problem? Sehe ich aus, als wären verdreckte Kieswege und zerrupfte Blüten mein Problem? Der Chamsin kommt. Der Wind des Wahnsinns!«

»Ich wollte doch nur helfen ...« Der Gärtner wich noch weiter vor ihm zurück.

»Helfen? Das kannst du in der Tat.« Er sah zu seinen Leibwächtern. »Dschinnen! Legt ihn auf ein Katapult und dreht es. Schießt ihn gen Süden in die Wüste. Er soll nachsehen, ob die Sandwolken schon am Horizont stehen. Das wäre eine Hilfe.«

»Aber ...«, stammelte der Kobold.

Die Dschinnen zögerten kurz, blickten zu dem mit dem längsten Bart. Er war es, der den aufkreischenden Kobold packte und zur Reihe der Katapulte trug.

»Gebieter?« Mailyn stand mühsam auf. Alle ihre Glieder zitterten vor Schwäche und Furcht. »Nicht gegen die Felswand. Schenkt Rufko das Leben, und ich schenke Euch einen Kuss.«

Sein zornlodernder Blick richtete sich auf sie. »Wer hat dich gefragt? Glaubst du, ein Kuss ist ein Leben wert?«

»Wenn Ihr einen meiner Küsse gekostet habt, werdet Ihr Euer Leben für einen zweiten bieten.«

Er lachte auf. »Du hast Schneid, kleine Elfe!« Dann wandte er sich an die Dschinnen. »Lasst Rufko laufen. Er soll mir nicht so schnell wieder unter die Augen kommen. Und nun wendet euch alle ab. Ich will keine Gaffer!«

Der riesige Stiermann baute sich dicht vor ihr auf. Er überragte sie um mehr als einen Schritt. »Wir haben nicht über einen flüchtigen Kuss auf die Wange gesprochen, nur dass dir das klar ist. Du wirst mich küssen wie mitten in einer wilden Liebesnacht. Ich will mich fühlen, als wäre ich der, nach dem sich dein Herz verzehrt. Und wenn du mich enttäuschst, dann wirst du Rufkos Platz auf dem Katapult einnehmen.«

»Wollt Ihr reden oder küssen?« Sie verachtete ihn in diesem Moment. Aber sie würde Wort halten.

Almansur beugte die Vorderbeine und kniete sich hin. Seine Schwingen umfingen sie. »Ich werde Meliander von diesem Kuss erzählen. Ich glaube, erst dann ist er wirklich ein Leben wert.«

Sie verschloss sich gegen die Bosheit seiner Worte. Seine Lippen waren rau. So wie Melianders Lippen es während des Marsches durch die Wüste gewesen waren. Sie dachte allein an ihn, als sich die große Zunge in ihren Mund schob. Sie war ganz bei Meliander, als sie den Kuss erwiderte und ihre Hände das bärtige Gesicht umschlossen. Sie träumte sich zurück zu ihrer ersten Liebesnacht mit ihm. Spürte den Rausch. Schenkte die Leidenschaft, die sie ihm geschenkt hatte.

Plötzlich zuckte Almansurs großes Haupt zurück. Beschämt sah er sie an und erhob sich. »Das war nicht ich ... Ich ...« Jetzt wich er ihrem Blick aus.

»Ihr wisst, dass Ihr das wart, Majestät. Es ist ein Teil von Euch. Ihr mögt ihn hassen, aber Ihr seid eins mit ihm. Glaubt mir, ich weiß, wovon ich rede.«

Die schwarze Schminke auf seinen Lippen war verschmiert. Das volle Rot darunter war wieder zum Vorschein gekommen.

»Vielleicht mögt Ihr mir einen Wunsch erfüllen, edler Almansur? Es gibt etwas, das nur Ihr mir geben könnt.«

Der letzte Wunsch

»Was wollt Ihr, meine Dame?« Er war nun wieder ganz der edle Herrscher, der sie besucht hatte, um ihr mit dem Kristall eine Freude zu machen.

»Ich weiß, dass mein Licht verlischt. Ganz gleich, was Meliander versucht, er wird es nicht verhindern können. Und ich denke, Ihr wisst das auch, edler Almansur.«

Er nickte. »Diese Dunkelheit in Euch ... kenne ich. Ich bin ihr schon zuvor begegnet.«

Mailyn war überrascht. Kannte er Dorchadas?

»Als ich jung war, flog ich mit dem Goldenen. Dem Zweitgeschlüpften unter den Himmelsschlangen. Die meisten, die ihm begegnen, kennen ihn nur strahlend, in jeder Hinsicht. Man kann nur von ihm hingerissen sein. Die Art, wie er spricht, seine glasklaren Gedanken ... Dort, wo er ist, gibt es keinen Schatten, so scheint es. Aber ich habe ihn besser kennengelernt. Er trägt eine Dunkelheit in sich, die alles Leben erstickt. Wie er es schafft, daran nicht zu vergehen, habe ich nie begriffen. Ich glaube, er stiehlt vom Lebenslicht der anderen. Dieselbe Dunkelheit, meine Dame, sehe ich auch in Euch. Seid Ihr ihm je begegnet? Ich ...« Er räusperte sich verlegen. »Bei dem Kuss, den ich Euch raubte, konnte ich es deutlich spüren.«

Eine plötzliche Windbö fuhr heiß und unangenehm über den Garten, zauste die Dattelpalmen und ließ die Hecken rascheln.

»Ich bin dem Goldenen nie begegnet.«

»Und doch ist er das einzige lebende Geschöpf, das ich kenne, das so ist, wie Ihr es seid, Dame Mailyn. Ihr habt etwas von ihm in Euch, was auch immer der Grund dafür sein mag.«

Während sie die Worte auf sich wirken ließ, wandte sich der König den Kobolden bei den Hecken zu.

»Baut die Zelte ab!«, befahl er harsch, »und bringt die Hühner in den Thronsaal! Alle! Ich möchte keine weiteren Toten unter meinen Helden beklagen.« Es lag ein schriller Unterton in seiner Stimme. Als Mailyn zu ihm aufblickte, sah sie die Angst in seinen Augen. Oder war es der Wahnsinn, der zurückkehrte?

»Wenn Ihr wisst, woher diese Dunkelheit kommt, wisst Ihr dann auch, wie ich mich vor ihr schützen kann? Dann müsste ich Meliander nicht länger vorspielen, dass es mir gut geht.« Eine weitere sengend heiße Bö fegte über den weiten Garten.

»Ihr müsstet es wie der Goldene machen. Er nimmt vom Licht aller, die um ihn sind. Nur sehr wenig. Sie bemerken es gar nicht. Im Gegenteil. Ihn zu erblicken erfüllt jeden mit Glücksgefühlen. Vielleicht könnte ich einen solchen Zauber weben. Ich müsste darüber nachdenken. Es sollte möglich sein, wenn ich …«

»Nein! Ich würde zum Gegenteil all dessen, was ich immer sein wollte. Wenn das der Preis für mein Leben ist, dann bin ich verloren.« Sie hatte das Gefühl, als versickerte ihre letzte Kraft in dem Wüstenboden, dem dieser Garten abgerungen war, und merkte nur noch, wie sie stürzte.

Dann nahm sie Stimmen wahr. Aber was sie hörte, erreichte sie nicht mehr. Ihr Verstand war wie hinter Glas gefangen. Ihr Leben hatte darin bestanden zu geben. Sie konnte sich dieser Bestimmung nicht entziehen, durfte nicht alle und alles um sich herum verraten. Nicht einmal für Meliander. Würde sie sich darauf einlassen, wäre sie nicht mehr die Frau, in die er sich verliebt hatte.

»Mailyn!« Almansurs Gesicht war dicht über ihr, seine dunklen Augen weit vor Schreck.

»Nur ein Schwächeanfall …« Abgehackt und kraftlos kamen die Worte über ihre Lippen.

»Lügt mich nicht an, meine Dame!«

Mailyn lächelte matt. »Gebt mir ein wenig Kraft, dann bin ich stark genug für die Wahrheit.«

Seine Lippen bebten. Seine Augenbrauen zogen sich zusammen, bis sie einander fast berührten. Rang er mit dem Wahnsinn? Hatte sie ihn erzürnt? Almansur war ihr ein Rätsel, und sie wünschte, sie wäre ihm früher begegnet, hätte ihn kennengelernt, als er noch klarer war.

Eine seiner Schwingen berührte sie, und ein Hauch von Wärme erfüllte ihr Inneres. Sie fühlte sich wieder mit der Welt verbunden. Für einen Augenblick war sie erschrocken, doch dann spürte sie, dass es die Kraft Almansurs war, die ihr half, und dass er nicht jenen Zauber gewirkt hatte, der ihr Leben verkehren würde.

»Danke.« Sie fühlte sich beschämt, weil sie schlecht von ihm gedacht und ihm so Übles zugetraut hatte.

»Ihr wisst, dass ich alles für Euch tun würde.«

Sie dachte erneut an Meliander und an ihr bevorstehendes Ende. Sie wollte ihm nicht als kranke Frau in Erinnerung bleiben, die kaum mehr die Kraft hatte, den Kopf von ihrem Lager zu heben.

»Ihr dürft mir auf diesem Wege nicht mehr von Eurer Kraft geben, mein König. Aber es gäbe etwas, was Ihr für mich tun könntet«, begann sie zögerlich. Ihr war bewusst, dass ihre Bitte ihn verletzen würde, weil er sofort verstehen würde, worauf sie abzielte, und dennoch wollte sie ihn fragen. »Könnt Ihr mir helfen? Ich möchte noch einmal so sein wie früher. Stark und strahlend. Nicht schwach und hilfsbedürftig. Nur für eine einzige Nacht will ich die sein, die ich einmal war. Ich will noch einmal hell leuchten, bevor ich vergehe.«

Er presste die Lippen zusammen und schloss kurz die Augen. »Wenn ich Euch diesen Wunsch erfüllte, würde ich Euch damit töten. Ist Euch das bewusst?«

»Mein Tod ist unausweichlich. Meine letzte Freiheit liegt darin zu wählen, wie ich sterbe.«

»Und mich habt Ihr dazu ausersehen, Euer Henker zu sein? Wisst Ihr, was Ihr da von mir verlangt?«

»Ja. Ich bitte um einen Dienst, den einem kein Fremder, sondern nur der beste Freund leisten kann.«

Er scharrte mit den Hufen im Kies. Dann wandte er den Blick ab und sah zum Himmel. »Der Chamsin kommt ...«

Wie um seine Worte zu bestätigen, strich eine weitere glühend heiße Bö über den Garten. Die Kobolde hatten bereits damit begonnen, die Zelte niederzulegen. Einige rannten auch hinter gackernden Hühnern her.

»Morgen früh«, setzte er seinen Gedanken fort, »werden alle Blüten verdorrt, wird alle Schönheit dieses Ortes vergangen sein.«

Verkehrte Welt

»*Licht wird nur sichtbar durch das Dunkel, und deshalb wird das Dunkel niemals vergehen, denn dann würde alles vergehen.*«

Ärgerlich schlug Meliander den schweren Folianten zu. Solcherlei Phrasen hatte er genug gelesen. Von Heilkundigen und Zauberern, die sich in schönen Worten ergingen, statt Hilfe zu bieten. Er wusste, dass ihm die Zeit davonlief. Die Kräutertränke, die er Mailyn brachte, schlugen nicht an und halfen alle nichts, aber er konnte es nicht ertragen, sich untätig in sein Schicksal zu fügen, obgleich er nicht einmal einen Weg sah, den er beschreiten konnte.

Verzweifelt blickte er zu der Bücherwand. Er hatte die Kobolde bedrängt, die Mailyn tagsüber versorgten. Er wusste, dass sie hinfällig war. Dass sie ihre letzten Kräfte aufbot, um ihm etwas vorzuspielen und ihm Hoffnung zu machen. Selbst jetzt noch dachte sie mehr an ihn als an sich.

Hilflos vor Wut ballte er die Fäuste und ließ sie, ohne Rücksicht auf seine verstümmelte Hand, auf das dicke, ledergebundene Buch krachen. Er zuckte vor Schmerz zusammen. Seine abgetrennten Finger begannen bereits wieder nachzuwachsen. Zartrosa Fleischknospen schoben sich aus den Stümpfen. Sie waren voller Nervenenden und besonders empfindlich. »Leere Worte!«, zischte er und wünschte sich, er könnte diesem verfluchten Phrasendrescher an die Gurgel gehen.

»Wieder nichts?«

Frars Stimme ließ seinen Zorn verlöschen. Er sah zu dem Zwerg, der am Lesetisch neben ihm saß und über einer Sammlung von Tontafeln brütete. Die Texte stammten aus einer verlorenen Bibliothek der Apsaras vom Grund der Lotussee. Es hieß, dass diese Wassernymphen nicht nur prophetische Kräfte hatten, sondern auch begabte Heilerinnen waren.

Frar kämpfte genauso verbissen um Mailyns Leben, wie er es tat, und der Zwerg zeigte niemals Verzweiflung. Er sprach nie von den Wegen, die sie vergeblich beschritten hatten, sondern nur von denen, die noch vor ihnen lagen. Von der Hoffnung, die es noch gab.

»Ich habe hier etwas Interessantes gelesen. Die Apsaras können sich mit anderen Albenkindern durch eine Nabelschnur verbinden, so wie eine Mutter mit ihrem Kind verbunden ist. Sie können sie nähren und nehmen sie mit in ihre Träume. Aus dem Text geht nicht eindeutig hervor, ob dies eine heilende Wirkung hat, aber es scheint den Tod hinauszuzögern.«

»Und wie überreden wir eine Apsara, uns einen solchen Gefallen zu tun?«

Frars Antwort wurde von einem metallischen Dröhnen überlagert. Einen Herzschlag lang sahen sie einander an.

»Das Eingangstor!«

Kaum dass er die Worte gesprochen hatte, war Frar auch schon auf den Beinen und lief aus dem Lesesaal. Meliander folgte ihm, überrascht, wie schnell der Zwerg war.

Wieder hämmerten schwere Schläge gegen das Tor.

»Der Chamsin muss begonnen haben«, keuchte Frar, während Meliander im Tunnel vor dem Tor zu ihm aufschloss.

»Schnell ... König ... Unglück ... Sturm ...« Nur einzelne Worte waren durch das dicke Eisen des Tors zu verstehen.

Frar packte einen der Riegel, die die Mannpforte im Tor

sicherten, und Meliander half ihm. Als sich die schmale Tür öffnete, stand ein Kobold in der langen weißen Tunika der Palastdiener vor ihnen. Er hielt noch den Felsbrocken in Händen, mit dem er gegen das Tor geschlagen haben musste, damit sie ihn im Lesesaal hörten.

»Meister Frar! Der König! Kommt schnell. Er ist im Thronsaal. Es ist geschehen. Er scheint völlig verrückt geworden zu sein. Und er tut Dinge. Er wird alle umbringen.«

»Was für Dinge?«, wollte der Zwerg wissen.

»Er lässt alle fliegen! Manche sind schon gestürzt. Es ist alles durcheinander. Kommt schnell! Sonst packen ihn die Dschinnen und sperren ihn in sein Grab.«

»Dann los.«

Meliander fragte sich, was da vor sich gehen mochte. Er wusste nicht, wie es Frar erging, denn er war aus dem Gerede des Kobolds nicht recht schlau geworden.

Sie liefen an der Steilwand vorbei. Aus dem Grabmal, dessen Gewölbe tief in den Felsen getrieben war, drang Licht, als erwartete man dort bereits die Ankunft Almansurs, während der Himmel sich verfinsterte.

Meliander musste sich recken, um über eine Mauer hinweg einen Blick auf den gegenüberliegenden Gästepavillon zu erhaschen. Die Öffnung des Südfensters war nun mit hölzernen Platten zum Schutz vor dem Sturm verschlossen.

Plötzlich ergoss sich ein Schwall wirbelnden Sands über die Kante der Steilklippe. Der Himmel über ihren Köpfen verschwand in ockerfarbenem Getöse, und dann senkte er sich auf sie herab. Glühend heiße Böen fegten durch den Park. Überall war mit einem Mal Sand. Die Sicht reichte kaum noch drei Schritt weit. Meliander kämpfte gegen die in ihm aufkommende Panik an und zog sich den Stoff seiner Tunika vors Gesicht, doch es half kaum. Binnen Augenblicken trocknete der Sand seinen Mund aus und stach glühend in seine Nase. Seine Augen tränten. Sand fuhr schmirgelnd über seine Haut.

Frar rief etwas, doch obwohl der Zwerg kaum zwei Schritte vor ihm lief, riss das Toben des Sturms seine Worte davon. Der Wind zerrte an ihren Kleidern, als wollte er sie ihnen vom Leib reißen, und der Palastdiener, der sie geholt hatte, klammerte sich wimmernd vor Angst an Melianders Bein, bis dieser ihn schließlich auf den Arm nahm, damit der Kobold nicht vom Wind in die Wüste mitgerissen wurde.

Meliander beugte sich gegen den Wind vor und kämpfte sich in Richtung des Palasts durch, in dem er auch Mailyn finden würde. Denn es gab einen Plan für den Chamsin. Vor ein paar Tagen hatte ihm Frar davon erzählt. Der ganze Hofstaat sollte sich dort versammeln, wo es alles Nötige gab, um auch die Gäste und die Dienerschar zu versorgen. Und gemeinsam war es leichter, die Schrecken des Sturms zu überstehen.

Sie stolperten Stufen hinauf. Der Wind peitschte auf sie ein, schob sie vor sich her und heulte wie ein wildes Tier zwischen den schlanken Palasttürmen mit ihren Zwiebeldächern. Irgendwo schlug eine Tür, laut wie eine Kesselpauke.

Endlich erreichten sie das schwere grüne Palasttor. Frar hämmerte mit beiden Fäusten gegen das Holz. Schon sammelte sich vor dem mächtigen Portal der Sand.

Die kleine Mannpforte im Tor öffnete sich einen Spalt, und sofort drückte der Wind sie ganz auf.

Meliander taumelte hinein. Feiner Sand folgte ihm und tanzte in Wirbeln über die schwarzen und weißen Fliesen, mit denen die Eingangshalle ausgelegt war.

»Schließt die Pforte!«, schrie Frar über den heulenden Sturm hinweg.

Meliander setzte den kleinen Palastdiener ab und drehte sich um. Sieben Kobolde stemmten sich gegen das grün lackierte

Holz. Frar half ihnen, und auch Meliander warf sich mit der Schulter gegen die Tür und drückte dagegen, bis schließlich die Pforte geschlossen und die Riegel wieder vorgeschoben waren.

Erst als der wütende Wind ausgesperrt war, hörten sie die Schreie. Die Flüche, das schrille Kreischen und Wimmern.

»Was geht hier vor?«, fuhr Meliander die Wärter der Pforte an, aber sie zeigten nur stumm an dem Brunnen vorbei, der den Empfangssaal beherrschte, zu den Stufen, die zu einem weiteren Tor hinaufführten, dessen Holz rot lackiert war.

»Er hat sie alle verzaubert«, erklärte der Kobold, der sie geholt hatte, mit vom Sand rauer Stimme.

»Ist Mailyn etwa dort drinnen?« Meliander ging vor dem Kobold in die Hocke und musste sich beherrschen, um ihn nicht bei seinen dürren Ärmchen zu packen und zu schütteln.

»Nein. Er war mit ihr im Pavillon, und als er wiederkam, war er ganz von Sinnen.«

»Was heißt von Sinnen?«, mischte sich Frar ein.

»Er lässt sie durch die Luft tanzen. Doch er beherrscht den Zauber nicht wirklich. Einige sind gestürzt. Von der Kuppel des Thronsaals ...« Seine Stimme verebbte in einem Schluchzen.

Meliander wollte zurück zum Ausgang, als Frar ihn bei seinem Gewand packte. »Du wirst mich doch jetzt nicht im Stich lassen. Im Gästepavillon ist Mailyn in Sicherheit. Ich hingegen brauche dich hier. Du bist ein besserer Zauberweber als ich.«

Aber er konnte sich nicht mit Almansur messen, dachte Meliander bedrückt. Der Lamassu hatte ihm gezeigt, wie er allein kraft seiner Gedanken Reliefs in gewachsenen Fels schneiden konnte und einen Regenschauer über seinem Palastgarten niedergehen ließ, obwohl nicht eine einzige Wolke am Himmel stand.

Frar sah Meliander bittend an. Dann erklomm der Zwerg die Stufen zu dem roten Tor.

Mit einem Fluch auf den Lippen folgte Meliander ihm. »Ist das Freundschaft, wenn man andere bei ihren Dummheiten begleitet, statt sie ihnen auszureden?«

»Weiß ich nicht«, brummte der Zwerg. »War immer etwas knapp mit Freunden.«

Eine volltönende Stimme erklang zwischen dem Lärm. Almansur sang. Es war ein trauriges Lied. Ein Lied des Abschieds an einem offenen Grab.

»Sein Tag ist wohl gekommen.« Frar lehnte sich gegen das rote Tor.

Leicht, wie von Geisterhand bewegt, schwang es auf, und eine unsichtbare Hand griff nach Meliander und zerrte ihn in den Saal. Vor Schreck schrie er auf, da wurde er auch schon mit den Füßen voran zu der gewaltigen himmelblauen Kuppel des Thronsaals emporgezogen.

Fassungslos sah der Elf, was hier vor sich ging. Auf dem prächtigen Mosaikboden unter ihm lagen Kobolde in Blutlachen. Hühner flatterten überall umher. Der Damien, der die Palastküche leitete, klammerte sich an das Kapitell einer Säule aus Rosenquarz. Einzelne Kobolde kauerten in hohen Fensternischen. Fast der gesamte übrige Hofstaat aber hing mit den Füßen an der Decke. Und zwischen ihnen segelte Almansur mit weit ausgebreiteten Schwingen durch die Luft. Die Dschinnen stellten ihm nach, doch immer wieder wich er ihnen mit eleganten Flugmanövern aus. Jetzt schmetterte er voller Inbrunst einen Kriegsgesang.

Meliander ruderte mit den Armen.

Neben ihm schwebte Frar. Der Zwerg hatte die Arme vor der Brust verschränkt und die Augen geschlossen. Ob vor Angst oder aus einer überwältigenden inneren Gelassenheit heraus, vermochte Meliander nicht zu beurteilen.

»Ah, meine Freunde!«, hallte der Bass des Königs durch die

Kuppel. »Endlich seid ihr hier. Ich hatte früher mit euch gerechnet. Wie gefällt dir mein Zauber, Elflein?«

Melianders Füße stießen gegen die Decke. Etwa zwanzig Schritt unter ihm lag der Mosaikboden des Thronsaals. Erst von hier oben betrachtet erkannte er das Bild, das sich aus Tausenden und Abertausenden von Steinen zusammensetzte. Es zeigte einen stilisierten goldenen Drachen.

Plötzlich schwebte der König dicht neben ihm. »Manchmal musst du alles auf den Kopf stellen, um die Welt zu sehen, wie sie wirklich ist. Verstehst du? Such den anderen Blick, dann wird alles ganz klar. Begreifst du das?«

»Ich ... Nein.«

»Ist es besser, dem Glück niemals zu begegnen oder es zu finden, um es dann wieder zu verlieren? Ich trage eine große Leere in meinem Herzen, wo deines übervoll ist. Sei dort, wo du gebraucht wirst! Ich habe zu viel Zeit mit Büchern verbracht. Sie haben mir meine Wünsche nicht erfüllen können. Wiederhole meine Fehler nicht, Meliander.«

»Herr?« Frar machte einige unsichere Schritte an der Decke und stieg über ein aufgeregt gackerndes Huhn hinweg. »Herr, können wir diesen gelehrten Disput nicht auch auf dem Fußboden stehend führen? Wir haben verstanden, wie bedeutsam es ist, den Blickwinkel auf die Welt zu ändern.«

»Du bist klug, Frar. Aber unser Elf hier ... Hat er auch verstanden?« Almansur schlug mit den Flügeln nach den Dschinnen, die ihm nahe gekommen waren, jetzt aber keine Anstalten machten, ihren Gebieter einzufangen. »Etwas in meinem Kopf hat sich verändert, Frar. Es war ein Kuss, der alles gelockert hat. Du solltest Mailyn auch einmal küssen. Es war wirklich erstaunlich.«

Melianders Herz setzte einen Schlag aus. Sie hatte den König geküsst.

»Schau nicht so drein, Elflein. Alles, was sie macht, tut sie nur für dich. Hast du das immer noch nicht begriffen?«

»Herr, lasst uns auf den Boden zurückkehren«, drängte Frar. »Dieses Experiment ist geeignet für die Erleuchteten. Die einfacheren Geister ängstigt Ihr zu Tode, wenn Ihr versucht, sie dazu zu zwingen, mit Eurem unermesslichen Verstand Schritt zu halten.«

»Mein Zwerg hat eine Seidenzunge, nicht wahr, Meliander? Seine Worte schmeicheln sich in den Verstand, bis man sie für unverrückbare Wahrheiten hält.«

»Er hat einfach nur recht«, brachte Meliander tonlos hervor, ohne den König anzusehen. Seine Gedanken waren bei Mailyn, und obwohl er sich dem verschließen wollte, sah er in aller Deutlichkeit vor sich, wie sich der Lamassu zu ihr hinabbeugte, um sie zu küssen.

Almansur stieß einen unartikulierten Schrei aus, und Melianders Füße lösten sich von der Decke. Langsam schwebte er dem Boden entgegen, und auch alle Hühner und Diener waren von dem Zauberbann des Königs befreit.

Der Lamassu aber wirkte plötzlich wie ausgetauscht. Wilder Zorn loderte in seinen Augen. »Ich weiß, wer dein Vater ist, Meliander. Mailyn hätte Besseres verdient als dich und deinen Bruder. Ihr seid es, die sie umbringt. Und sie liebt euch, dieses dumme Huhn. Verlasse meinen Palast, du finsterer Wurm! Mir wird übel, wenn ich dich anblicke. Ich mag Schlimmes getan haben, aber du ... du wirst durch Ozeane aus Blut waten. Ich mag aussehen wie ein Ungeheuer, aber du verbirgst hinter deinem hübschen Gesicht ein Grauen, das ich mir nicht einmal vorzustellen vermag. Ich verfluche dich, Meliander! Mögest du am Ende in deinem eigenen Blut ersaufen!«

Frar packte eines der Stierbeine des Lamassu und versuchte, den aufgebrachten König zurückzuhalten. »Bitte, Herr. Mäßigt Euch. Ihr seid nicht recht bei Sinnen.«

Almansur stieß den Zwerg zu Boden. »Von Sinnen? Ich? Der Chamsin hat mich erleuchtet. Ich sehe alles mit entsetzlicher Klarheit. Ich wünschte mir, ich wäre noch verblendet, aber für mich ist die Maske des schönen Scheins gefallen.« Er stieg über einen zerschmetterten Kobold hinweg und stand nun unmittelbar vor Meliander.

»Du denkst, ich sei verrückt? Hast du nicht verstanden? Ich habe für dich die Welt auf den Kopf gestellt, damit du die Wahrheit erkennst. Hast du gesehen, was dir verborgen bleibt, wenn du achtlos durch dein Leben schlurfst?«

»Ich habe begriffen, dass ich hier meine Zeit vergeude«, erwiderte Meliander aufbrausend. »Ich hätte gleich zu Mailyn gehen sollen, wie es meine Absicht war.«

Almansur lachte auf. »Diese Einsicht kommt zu spät, Dummkopf! Komm morgen noch einmal zu mir, und ich versuche es erneut mit dir.« Er wandte sich an seinen Hofstaat und insbesondere an die Dschinnen, die vor dem roten Tor schwebten. »Denkt ihr, ich sei verrückt? Ich wollte unseren Gast belehren. Gute Gastgeber tun so etwas! Und morgen werde ich ihm erklären, warum Haiwanan ein Land von Fliegen und Leimruten ist.« Er stieß einen tiefen, summenden Ton aus wie eine riesige Fliege, erhob sich auf seinen mächtigen Schwingen in die Luft und kreiste unter der Kuppel.

Frar seufzte. »Du hättest ihn früher kennenlernen sollen …«

Ich hätte ihn gar nicht kennenlernen sollen, dachte Meliander bitter. Hierherzukommen hatte nichts gebracht. Mailyn ging es nicht besser. Er hatte kein Heilmittel gefunden, und nun hatte dieser Irre auch noch begonnen, seiner Geliebten nachzustellen!

Ohne weiter auf Frar und den verrückten Herrscher zu achten, wandte er sich ab und eilte dem Ausgang entgegen, da schnitt ihm der bärtige Anführer der Dschinnen den Weg ab.

»Sein Verstand und seine Zaubermacht sind fast erschöpft. Er war viele Stunden im Pavillon, aber er hat sich deiner Geliebten nicht auf unzüchtige Weise genähert. Denke nicht falsch von ihr, Elf. Alles, was sie tut, ist zuvörderst für dich. Dann erst verschenkt sie sich an die Welt.«

Meliander war überrascht, dass der Dschinn überhaupt mit ihm sprach. Er wollte keine Belehrungen mehr hören. Wollte einfach nur mit Mailyn zusammen sein. Und er hoffte, dass das Gift der Worte nicht in ihm nachwirkte. Ihm wäre es lieber gewesen, er hätte niemals erfahren, dass sie Almansur geküsst hatte. Er wusste, wie sie war ... Wie sie sich *verschenkte*, wie der Dschinn es genannt hatte. Aber es zu wissen und es zu erleben waren zwei verschiedene Dinge.

Als er sich nun entschlossen an ihm vorbeidrängen wollte, hielt ihn der Anführer der Dschinnen am Arm zurück. »Komm nicht mehr in den Palast! Es wird nicht mehr lange dauern, bis wir Almansur in sein Grab bringen.« Er deutete auf die toten Kobolde auf dem Mosaikboden und all die Hühner, die durch den Thronsaal flatterten. »Er ist eine Gefahr geworden. Das hier werden nicht die letzten Toten gewesen sein. Sei besser nicht in der Nähe, wenn seine Stunde schlägt. Verstecke dich in eurem Pavillon.« Er beugte sich tief zu Meliander hinab. »Und komm nicht auf die Idee, Almansur zu helfen. Wir würden dich mit ihm zusammen einmauern.«

»Ihm helfen?« Meliander schnaubte verächtlich. »Nachdem er Mailyn einen Kuss geraubt hat? Ich wäre ohnehin nicht länger in dem Palast des Irren geblieben.«

»Er hat den Kuss nicht geraubt!«, stellte der Dschinn klar. »Ich war Zeuge. Sie hat ihn ihm ... Nun, geschenkt war es nicht wirklich. Vielleicht könnte man sagen ... verkauft.«

»Genug!« Meliander wollte davon nichts mehr hören.

»Wir Dschinnen sind der Gerechtigkeit verpflichtet. Auch

wenn ich hier bin, um Almansur in sein Grab zu bringen, werde ich nicht dulden, dass falsches Zeugnis über ihn verbreitet wird. Er hat mit deiner Geliebten nichts getan, dem sie nicht zugestimmt hätte.«

»Ich habe verstanden«, entgegnete Meliander bitter. Als er durch das Portal des Thronsaals trat, standen ihm Tränen in den Augen.

Schenk mir diese Nacht

Der Sturm war abgeflaut. Oder vielleicht tobte auch nur der Sturm in seinem Inneren so heftig, dass ihm der Chamsin keine Furcht mehr einjagte. Meliander hatte seine Tunika bis über Mund und Nase hochgezogen und eilte über die vertrauten Kieswege im Garten. Es war Nacht geworden. Kein Licht leuchtete, aber er wusste, welchen Weg er nehmen musste. Solange er den Kies unter den Sohlen spürte, hatte er eine Orientierung.

Schließlich gelangte er zu den Treppenstufen, die zur Terrasse vor ihrem Pavillon hinaufführten.

Immer wieder drängte sich das Bild in seine Gedanken, wie sie Almansur küsste. Was war zwischen dem König und Mailyn vorgefallen, während er nach einem Heilmittel für sie gesucht hatte? Was hatte der Lamassu viele Stunden lang im Pavillon mit ihr getan?

Meliander erreichte die Tür zu ihrer Zuflucht. Eine Windbö drückte ihn gegen das Holz. Heißer Sand wehte ihm in den Nacken und rieselte an seinem Rücken hinab. Es fühlte sich an, als wollte der Chamsin ihn zu ihr treiben, ihn an ihre sinnlichen Berührungen erinnern. Er öffnete die Tür gerade so weit, dass er hindurchschlüpfen konnte, und schloss sie hastig wieder.

Ihr Zimmer war völlig verändert. Das große Bett aus der Mitte des Raumes an die Rückwand geschoben. Dort, wo es zuvor gestanden hatte, war nun ein Marmorbecken in den Boden eingelassen, dessen Rand mit Lilien und Blütenranken geschmückt war. Weiße Rosenblüten trieben auf dem Wasser. Räucherstäbchen verbreiteten den Wohlgeruch von Weihrauch und Sandelholz. Ihre feinen graublauen Rauchfäden zogen über das Wasser.

In den durchbrochenen Marmorplatten, die in die Bogenfenster eingelassen waren, prangten große Kristalle, durch die das Licht von Barinsteinen in den Raum fiel und vielfarbige Regenbögen auf die weiß getünchten Wände zauberte.

Mailyn saß hinter dem Becken. Sie meditierte, völlig in sich versunken. Es schien, als hätte sie nicht einmal bemerkt, dass er eingetreten war, obwohl ein Windstoß ihn in den Pavillon begleitet hatte.

Sie war nackt. Ihr langes schwarzes Haar fiel über ihre Brüste fast bis zu ihren Schenkeln. Ihre Haut war beinahe so weiß wie die Rosenblüten. Keine Spur vom Sonnenbrand war mehr zu sehen.

Der Anblick ihrer Schönheit ließ ihn alle dunklen Gefühle vergessen. Wenn sie in seinen Armen gelegen hatte, hatte sie ihm manchmal erzählt, wie sie sich den vollkommenen Ort vorstellte, um einander in Liebe zu begegnen. Einen Ort aus Licht, Wasser und berauschenden Düften. Sie hatte Almansur diesen Ort erschaffen lassen. Und Meliander wusste, dass sie es nur für ihn getan hatte.

Er schämte sich für seine kleinliche Eifersucht. Wie hatte er an der Reinheit ihrer Liebe zu ihm zweifeln können?

In ihrer vollkommenen Schönheit schien ihr etwas Strahlendes anzuhaften, gerade so, als leuchtete ihre Aura aus der magischen Welt bis hinein in die für alle sichtbare Welt, und Meliander war wie gebannt. Allein sie so betrachten zu dürfen war ein Geschenk.

Sie musste seinen Blick gespürt haben, denn nun hob sie ein

wenig den Kopf und sah ihn aus ihren leuchtend grünen Augen an. »Schön, dass du da bist. Ich habe dich vermisst.«

Sie erhob sich voller Anmut und stieg in das Becken, das der Lamassu ihnen geschenkt hatte. »Komm!«, sagte sie und streckte Meliander die Hände entgegen.

Wie in Trance trat er auf sie zu, legte weder die Sandalen ab noch seine Tunika. Das Wasser war angenehm warm, und Mailyn umfing ihn mit ihren Armen und küsste ihn sanft, fast zurückhaltend. Es waren Küsse, wie sie jung Verliebte tauschten, unsicher, doch voller Hoffnung. Zart wie Blütenblätter berührten ihre Lippen die seinen.

Seine Hände fuhren über ihren Rücken. Seine Haut war grob und schwielig. So anders als ihr zarter Leib. Es kam ihm vor, als würde die Berührung seiner Hände sie besudeln, und er zog sie zurück, doch Mailyn wollte davon nichts wissen. Sie presste sich an ihn, und ihre Küsse wurden leidenschaftlicher. Ihre Zunge umschmeichelte ihn.

Meliander vergrub seinen Kopf an ihrem Hals. Ihre Haut duftete nach Zitronengras und Vanille. Heiße Tränen rannen ihm über die Wangen. Es war ihm unmöglich, sie zurückzuhalten, so vollkommen war das Glücksgefühl, das ihn erfüllte. Sie war wieder wie in ihrer ersten gemeinsamen Nacht. Nein, noch strahlender, noch vollkommener. Almansur musste sie geheilt haben!

Mailyn zog ihm sein nasses Gewand über den Kopf. Mit einem satten Klatschen landete es auf dem Mosaikboden. Ihre Hände glitten an ihm hinab, umschlossen seine Männlichkeit.

Plötzlich wirkte sie verlegen. »Ich muss dir etwas gestehen, mein Geliebter ...«

»Den Kuss?«

Ihre Augen weiteten sich. »Ich habe gespürt, dass etwas zwischen uns ist. Ich ... Er hatte damit gedroht, es dir zu sagen. Du ...«

»Alles ist gut. Du hättest ihm tausend Küsse geben dürfen für das, was er uns geschenkt hat.«

»Wirklich?« Sie klang so unglaublich erleichtert, dass Meliander sich nur umso mehr für seine Eifersucht schämte.

»Was ist ein Kuss im Vergleich zu deiner Liebe?«

Sie fiel ihm in die Arme. Bedeckte ihn mit Küssen, so stürmisch, dass er auf dem glatten Boden des Beckens ausrutschte und sie beide ins Wasser stürzten.

Lachend und prustend tauchte er zwischen den Rosenblüten auf. Das Bad war so flach, dass sie sitzen konnten.

Mailyn bohrte ihm ihren Zeigefinger in die Brust. »Du solltest deine Sandalen ausziehen, du Barbar. Und wir müssen den Sand loswerden. Er ist überall in deinen Haaren und an Stellen, wo er wirklich nicht hingehört. Wahrscheinlich hast du sogar Sandkörner zwischen den Zähnen.« Ohne eine Antwort von ihm abzuwarten, nahm sie einen grünen Tiegel vom Rand des Beckens, gab ein wenig ölige Flüssigkeit in ihre Hände und massierte sie ihm dann in die Haare ein.

Ein schwerer süßlicher Duft nach einer Frucht, von der er noch nie gekostet hatte, umfing ihn, und er genoss die Berührung ihrer Fingerspitzen auf seiner Kopfhaut, die sanften, kreisenden Bewegungen, das Wohlgefühl, das seinen Rücken hinabrieselte, so wie eben noch der Sand, als er vor der Tür zum Pavillon gestanden hatte.

Mailyn wusch ihn, küsste ihn, wusch ihn weiter, küsste ihn ... überall. Es war ein Gefühl, als würde sie einen langen, glühenden Faden aus seinem Innersten ziehen. Es war Qual und Lust zugleich. Sie gestattete ihm nicht, sich zu verströmen. Neckte ihn, spielte mit seiner Lust.

»Jetzt bist du sauber«, sagte sie schließlich. »Aber du wirkst verspannt. Leg dich aufs Bett. Ich werde deine Muskeln lockern.«

Das war nicht, was er wollte, aber er mochte ihr nicht widersprechen. Sie war die Meisterin. Sie wollte aus dieser Nacht etwas ganz Besonderes machen. Er würde ihre Pläne nicht mit seiner plumpen Lust durchkreuzen.

Notdürftig tupfte er sich mit einem Tuch trocken und ließ sich auf das große Bett fallen.

»Umdrehen!«, befahl sie ihm.

Er wollte sie sehen. Den ganzen Tag über hatte er sie vermisst. Und nun sollte er sein Gesicht in das Seidenlaken pressen?

»Du wirst es nicht bereuen«, versprach sie ihm, und so gehorchte er ihr.

Sie träufelte ihm warmes Öl auf den Rücken. Mit kräftigen Strichen verteilte sie es auf seiner Haut. Er konnte spüren, wie sie sich dabei immer tiefer über ihn beugte, bis ihr Atem seinen Rücken liebkoste.

Kräftig griffen ihre schlanken Hände nach seinen Schultern. Sie massierte ihm die Knoten aus den Muskeln, und zugleich löste sich etwas tief in seinem Inneren. Die Anspannung und die Ängste, die ihn all die Stunden in der Bibliothek begleitet hatten.

Ihre Brustwarzen streiften ihn. Erst wie zufällig, dann erneut, und eine Spannung anderer Art baute sich in ihm auf.

Mailyn legte sich auf ihn. Glitt auf dem dünnen Film aus Öl über seinen Rücken, küsste seinen Nacken, seinen Hals. Ihre Lippen liebkosten sein rechtes Ohr. Ihre Zunge stieß tiefer. Er keuchte auf. Und auch sie stöhnte.

»Dreh dich um«, flüsterte sie. »Schenk mir diese Nacht.«

Der Eine

Ihr Leib erbebte, wieder und wieder, und er hielt sie fest in seinen Armen, bewegte sich nicht mehr, genoss ihre Lust.

Schließlich tat Mailyn einen langen Seufzer und drehte sich unter ihm weg. Entglitt ihm. Ihre Lider waren halb geschlossen. Ihr Atem ging schwer. »Du bist ein guter Liebhaber geworden.«

Sturmböen rüttelten an den Holzverschlägen vor den Fenstern. Die dünnen Marmorplatten, in denen die großen Kristalle steckten, erzitterten, und die Regenbögen tanzten auf den weißen Wänden. Draußen tobte der Wahnsinn, doch hier drinnen waren sie geborgen.

»Wir gehen hier nie wieder fort«, flüsterte er ihr ins Ohr, und sie lächelte melancholisch, erwiderte: »Ja.«

Meliander strich ihr das seidige Haar aus dem Gesicht. Er lag hinter ihr. Spürte die Wärme ihres Leibes. Auf einen Ellenbogen aufgestützt, betrachtete er ihr ebenmäßiges Gesicht. Die fein geschwungenen Brauen. Den winzigen Leberfleck in ihrem Mundwinkel. Ihre sinnlichen Lippen. Sie war ihm so vertraut, als hätte er nie ohne sie gelebt, und doch würde er niemals müde werden, ihr wunderschönes Antlitz zu betrachten.

Ihr Atem ging jetzt gleichmäßig. Ob sie eingeschlafen war?

Sein Atem hatte sich dem ihren angepasst. Sie lagen in vollkommener Harmonie beieinander. Wenn er sich nicht bewegte, würde er sie nicht aufwecken.

»Meliander? Erinnerst du dich noch an das, was ich von meiner Lehrmeisterin erzählt habe?« Ihre Stimme klang, als kostete es sie große Mühe, dem Schlaf ein paar Worte abzutrotzen.

»Ja.« Diese Erinnerung hatte einen bitteren Beigeschmack.

»Sie sagte, für jede Frau gebe es nur *einen* ganz bestimmten Mann in ihrem Leben«, fuhr Mailyn fort, ihre Stimme kaum mehr als ein Hauch. »Du bist dieser Eine für mich.«

Er drückte sie ein wenig fester und kämpfte mit den Tränen. Ihm fehlten die Worte. So sehr hatte er sich gewünscht, dass sie das eines Tages sagen würde.

»Und du bist die Eine für mich«, sagte er schließlich.

Mailyn antwortete ihm nicht mehr. Sie hatte ihn nicht gehört. Ihr Atem ging ganz flach, war kaum wahrnehmbar. Sie schien tief eingeschlafen zu sein.

Er würde es ihr noch einmal sagen. Morgen früh, gleich wenn sie erwachte. Es würden seine ersten Worte sein. Und dann würde er sie küssen. Lange und leidenschaftlich.

Er betrachtete die zitternden Regenbögen an den Wänden. Ihre Liebe würde die Welt reich machen. Sie würden ihr das regenbogenfarbene Licht ihrer Auren schenken.

Er lauschte dem Wüten des Sturms. Längst waren alle Räucherstäbchen herabgebrannt, doch der schwere Duft von Sandelholz hing immer noch im Pavillon. Mailyn liebte ihn. Er würde ihr Leben mit all den Kleinigkeiten füllen, die sie so sehr mochte.

Meliander dachte daran, wie er sie zum ersten Mal gesehen hatte. Auf der Veranda ihrer Hütte im See. So unerreichbar hatte sie gewirkt. Und nun lag sie in seinen Armen an einem Ort, wie sie ihn sich immer gewünscht hatte. Das Leben hatte ihn überreich beschenkt. Seine Träume hatten sich erfüllt. Er war noch nie so glücklich gewesen wie in dieser Nacht.

»Du bist die Eine«, flüsterte er und küsste sanft ihren Nacken. »Die Eine.«

Entzaubert

Ein aufdringliches Klappern weckte Meliander. Noch immer wütete der Sturm über der Oase. Eines der Bretter vor den Fenstern musste sich gelöst haben, und nun hatte der Sand doch noch seinen Weg in ihre Zuflucht gefunden. Es war heiß und stickig im Pavillon.

Melianders Mund war trocken. Seine Augen brannten. Er blinzelte. Hatte Durst. Seine Rechte tastete über das Laken. Er fand Mailyns Rücken. Sanft strich er über ihre seidige Haut. Sie fühlte sich kühl an.

Noch schlaftrunken setzte er sich auf. Er würde ihnen etwas zu trinken holen. Aus den hohen Amphoren, die neben der Kleidertruhe an der Wand lehnten. »Bist du auch durstig?«

Mailyn antwortete nicht. Sie schien noch tief zu schlafen. Er betrachtete sie lange. Sie lächelte, als wäre sie in einem glücklichen Traum gefangen.

Vorsichtig schob er sich aus dem Bett, ging zu den Amphoren, nahm einen der Kelche von der Kleidertruhe, wischte ihn aus und goss sich ein. Das Wasser war angenehm kühl.

Feiner Staub tanzte in der Luft. Meliander schloss die Augen, dachte an die vergangene Nacht. An die Leidenschaft, mit der sie sich geliebt hatten, und an ihre Worte. Jetzt lächelte auch er. Er war der Eine für sie! Das war alles, was er sein wollte.

Er blickte zum Bett. Mailyn hatte sich nicht bewegt. Sie lag genau so wie bei seinem Erwachen. Normalerweise schlief sie unruhiger.

Er füllte den Kelch erneut und setzte sich vorsichtig auf das Bett. Sie musste durstig sein. »Mailyn?«

Sie regte sich nicht.

Sanft legte er ihr seine Linke auf den Rücken. Ihre Haut war ein wenig kühler als seine Hand. Vorsichtig fuhr er ihren Rücken hinauf.

Sie lag immer noch still.

Er stellte den Kelch auf den Boden und beugte sich über sie, um sie in den Nacken zu küssen. »Aufwachen, meine Schöne.«

Sie lag auf dem Bauch, ein Bein leicht angewinkelt, das Gesicht zur Seite gedreht. So schlief sie oft. Doch selten so tief wie heute. Er stutzte. Dort, wo ihre Brust auf der Matratze auflag, zeigte sich eine Verfärbung. Es schimmerte lila durch ihre makellos weiße Haut.

»Mailyn?« Seine Stimme klang nun lauter. »Mailyn?«

Er nahm sie in die Arme, hob sie leicht an.

»Mailyn!« Ihm wurde die Kehle eng. Er drehte sie um.

Überall am Bauch und bis hinauf zu ihren Brüsten hatte sich ihre Haut verfärbt. Auch an den Oberschenkeln zeigten sich die widernatürlichen Flecken.

Er schob die Hand unter ihre linke Brust. Wollte es nicht glauben. Aber da war kein Herzschlag mehr. Sie war tot!

Das konnte nicht sein. Sie war doch eben noch so lebendig gewesen. So von Licht und Freude durchdrungen. Almansur hatte sie doch geheilt …

Tränen rannen ihm über die Wangen, tropften auf ihre bloße Brust.

»Warum?« Warum hatte sie gehen müssen? Ohne sie hatte sein Leben kein Ziel mehr. Sie war ihm in den gemeinsamen Wochen alles geworden. Jeder seiner Gedanken hatte um sie gekreist. Und obwohl ihr drohender Tod so sehr Teil ihres Lebens gewesen war, hatte er nie darüber nachgedacht, was ohne sie sein sollte. – Ja, er hätte solche Gedanken als Kapitulation betrachtet. Wer mit der Niederlage plante, der war schon ein Stück weit besiegt. Das hatte er irgendwo einmal gelesen.

Er konnte den Blick nicht von ihrem Lächeln wenden. Sie war in Frieden gegangen. Und allmählich begriff er, warum sie die letzte Nacht so gewollt hatte. Und dass es ihre Entscheidung gewesen war, auf diese Weise zu gehen.

Er blickte auf die Streifen regenbogenfarbenen Lichts auf den Wänden. Sie hatte sich immer verschenken wollen. Hatte ihr Licht dem Licht der Welt hinzufügen wollen, und sie war gestorben, wie sie gelebt hatte.

Die Tür des Pavillons flog auf. Heißer Wind fegte Sand in den Raum, und Frar stürmte herein, warf sich herum und gegen die Tür. Der Zwerg hatte sich über und über mit Wasserflaschen behängt. »Wir müssen fort!«, rief er, während er noch mit der Tür kämpfte. »Los, packt das Nötigste, und nehmt so viel Wasser mit, wie ihr tragen könnt.«

Krachend schlug die Tür zu.

Meliander konnte nichts sagen. Er konnte ihren Tod immer noch nicht als sein neues Leben begreifen. Er war unfähig, darüber zu sprechen. Unfähig, sich vom Bett zu erheben.

Frar drehte sich zu ihm um. »He! Jetzt ist nicht die Zeit, faul im Bett zu liegen. Der Wahnsinn wetzt die Messer. Wir müssen von hier verschwinden, solange wir noch …« Frar starrte auf Mailyn. Auf die Flecken auf ihrer Haut. Dann senkte er betroffen den Blick. »Ist sie …?«

Es tröstete Meliander, dass auch der Zwerg das Wort nicht über die Lippen brachte. Mailyn war, selbst als sie sich vor Schwäche kaum von ihrem Lager erheben konnte, der Inbegriff des Lebens gewesen. Sie und der Tod, das passte nicht zusammen.

»Es tut mir leid ...«, murmelte Frar. »Aber wir müssen von hier fort.«

»Ich kann nicht.«

»Mir scheint, du verstehst mich nicht recht, Meliander. Die Dschinnen werden Almansur in sein Grab bringen. Es ist nur noch eine Frage von Stunden. Seine Kobolde haben sich bewaffnet und werden ihn verteidigen, und auch er selbst wird sich zur Wehr setzen. Du hast ihn noch nie wirklich wütend erlebt. Er kann schrecklich sein.«

Meliander war all das egal.

Frar trat dicht vor ihn und griff nach seinen Händen. »Glaubst du, sie hätte gewollt, dass du hier stirbst?«

Er zog seine Hände zurück. »Was zählt es, ob ich lebe oder tot bin? Alles, was ich wollte, habe ich verloren.«

»Sie ist noch keinen Tag tot, und schon verrätst du ihre Liebe?«

Meliander packte Frar beim Bart. »Wie kannst du es wagen? Du ...«

»Sieh der Wahrheit ins Gesicht. Hier wird es zu einem blutigen Kampf kommen. Du musst dich für eine Seite entscheiden oder besser, du bist nicht mehr hier. Glaubst du, sie hätte gewollt, dass du dein Leben einfach fortwirfst? Sie hat ihres geopfert. Auch für dich. Wenn du nun nicht auf dein Leben achtest, verspottest du, was ihr in ihrer letzten Stunde am meisten bedeutet hat.«

Er ließ Frar wieder los.

»Verdammt, Meliander. Reiß dich zusammen und komm mit mir! Du hast ihr gegenüber eine Pflicht. Gehe den Weg weiter, den sie dir gezeigt hat. Verschenke dich an die Welt, mache sie reicher durch deine Liebe. Das ist die beste Art, wie du Mailyn ehren kannst.«

»Ich werde sie nicht hierlassen ...«

»Das dort ist nur noch eine leere Hülle!« Frar hob verzweifelt die Hände. »Warum geht das nicht in deinen Kopf, Elf?«

»Du hast gesagt, es wird hier einen Kampf geben. Ich lasse sie nicht zurück. Ich finde einen Platz, an dem keiner ihre letzte Ruhe stört.« Er stand auf, nahm seine Tunika, die noch neben dem Marmorbecken lag, und schlüpfte in seine Sandalen. Er holte sein Schwert, dazu eine Leinentasche und packte das letzte Obst hinein.

»Wasser, verdammt. Das ist es, was wir draußen in der Wüste brauchen werden.«

Meliander suchte nach den Kürbisflaschen, die er für die erste Reise durch die Wüste vorbereitet hatte. Er fand nur noch eine. Die übrigen musste Mailyn fortgeworfen haben. Hier im Palast hatten sie sie nicht mehr gebraucht. Er füllte sie mit Wasser aus der Amphore. Dann sah er sich noch ein letztes Mal im Pavillon um. Das Regenbogenlicht auf den Wänden ließ ihm Tränen in die Augen steigen. Er nahm einen der großen Kristalle aus der sternendurchbrochenen Marmorplatte des Ostfensters und schob ihn in seine Tasche.

»Beeil dich!«, drängte der Zwerg. Frar war an das Fenster getreten, von dem das Klappern ertönte, und spähte durch den Spalt in dem Holzverschlag.

Meliander beachtete ihn nicht weiter. Er suchte nach dem gelben Kleid, das Mailyn so sehr gemocht hatte, und zog es ihr an. Dann nahm er sie behutsam auf die Arme. Ihr Kopf fiel ihm gegen die Brust, als wäre sie nur eingeschlafen.

»Knie dich hin!«, befahl ihm der Zwerg. »Keine Fragen. Tu es einfach.«

Meliander gehorchte, und Frar wickelte ihm ein Tuch um den Kopf und zog es fest. Nur ein schmaler Spalt für die Augen blieb frei. Nachdem er sein Werk zufrieden geprüft hatte, vermummte Frar auch sein eigenes Gesicht. Dann stieß er die Tür auf.

Seite an Seite traten sie hinaus in den Sandsturm, und Meliander sah nicht noch einmal zurück. Denn da gab es nichts mehr. Ohne Mailyn war dieser Ort entzaubert.

Frar ging voran. Er führte sie zur Steilwand und dann immer daran entlang.

Der Chamsin quälte sie. Melianders Augen tränten unablässig vom Wind und Sand, und er hatte keinen Arm und keine Hand frei, um sich zu schützen. Das Tuch um seinen Kopf nutzte ihm wenig. Bald schon war der Sand überall. Und die trockene Hitze brannte ihm die Kraft aus den Gliedern. Er sehnte sich nach dem Tag seiner ersten Ankunft in der Wüste zurück. Als er Mailyn damals getragen hatte, war er noch voller Hoffnung gewesen. Nun würde er alle Hoffnung begraben.

Stumpf setzte er wieder einen Fuß vor den anderen.

Irgendwann zog Frar ihn in eine Felsspalte, die ein wenig Schutz vor dem Chamsin bot, bedeutete ihm, sich niederzulassen, und drückte ihm eine Wasserflasche in die Hand.

Gedankenverloren blickte Meliander auf die Flasche und dann hinab auf Mailyn, die nun in ihrem gelben Kleid vor ihm lag. Ihr Haar war von Sand verklebt. Ihre Augen waren ohne Glanz. Ja, sie hatten sich auf unheimliche Art verändert. Er beugte sich vor und schloss ihre Lider.

»Wir müssen noch etwa drei Meilen schaffen«, erklärte Frar. »Trink, sonst wirst du nicht durchhalten.«

Meliander gehorchte ihm. Er setzte die Flasche an die Lippen. Das Wasser war warm und schmeckte schal. Alles würde von nun an schal sein.

»Wir wollen zu dem im Sand versunkenen Palast, den seinerzeit Almansurs Großvater erbauen ließ. Obschon die magische Kuppel, die einst den prächtigen Palastgarten vor Wüstenwind und -sonne schützte, inzwischen großenteils verschwunden ist, gibt es dort noch vor dem Sand geschützte Zisternen. Wir frischen unsere Wasservorräte auf, und dann müssen wir nach Nordwesten in die Wüste. Etwa vierzig Meilen vom Palast gibt es einen großen Albenstern. Wenn wir viel Glück haben, weht der verfluchte Chamsin nur zwei, drei Tage, statt das Land gleich eine Woche lang unter Sandwolken zu ersticken.« Frar schnippte mit den Fingern dicht vor seinem Gesicht. »Hörst du mir überhaupt zu?«

Meliander sah den Zwerg an. Frars Augen waren rot entzündet vom Sand, sein Bart zerzaust, und er war sichtlich erschöpft. Er brauchte irgendetwas, was ihm Mut machte, aber Meliander hatte keine Worte mehr.

Schweigend lauschten sie dem Wind.

Endlich klatschte Frar in die Hände. »Gehen wir!«

Ihr Marsch führte sie durch eine Welt, die in Ocker ertrunken war. Es gab keine Farben mehr. Der Sandsturm hatte Land und Himmel verschlungen, und hätten sie sich nicht so dicht an der Steilwand gehalten, hätten sie jede Orientierung verloren.

Meliander hielt Mailyn eng an sich gepresst, versuchte, ihr Gesicht vor dem Sand zu schützen.

Frar befestigte eine Schnur an seinem Gürtel und zog ihn hinter sich her wie ein Schäfer ein verirrtes Lamm, das er zur Herde zurückbrachte.

Meliander fühlte nichts. Keine Erschöpfung, keinen Schmerz, nicht einmal mehr Trauer. Er setzte einfach nur stumpf einen Fuß vor den anderen.

Irgendwann färbte sich die Welt vor ihm in der Abenddämmerung glutrot, ehe sie bald darauf tiefschwarz wurde und ihm plötzlich kein Sand mehr entgegenprasselte. Zwar hörte er den Wind noch an der Steilwand entlangheulen, doch vermochte der Chamsin ihn nicht mehr zu berühren. Sie mussten den aufgegebenen Palast erreicht haben.

Vor ihm blieb Frar stehen. Es klang, als suchte er etwas in seinem Gepäck, dann zündete der Zwerg eine Öllampe an.

In ihrem Licht entdeckte Meliander zwischen dem trockenen Geäst, das überall um sie herum aus dem sandigen Grund hervorragte, einen Rosenbusch voller gelber Blüten, anscheinend ein letztes Relikt des einstigen Palastgartens, ganz nah an der Sandsteinwand. Zu ihm schleppte er sich mit schwindenden Kräften hinüber, und zu seinen Füßen bettete er Mailyn in den Sand. Er strich ihr Haar glatt und schmückte es mit Rosenblüten. Dann zupfte er ihr Kleid zurecht. Wer nur flüchtig hinsah, konnte sie für eine schlafende Schöne halten.

»Du wirst sie begraben müssen.« Frar war zu ihm getreten. Er hatte unterdessen ein Feuer im Sand entfacht. Darauf stand ein kleiner Kupferkessel, aus dem ein Holzlöffel lugte. »Dir ist klar, was die Hitze mit ihr machen wird?«

Meliander wusste nur aus Büchern, warum es klüger war, Tote zu beerdigen oder zu verbrennen.

»Ich kann das für dich tun«, bot ihm der Zwerg an.

Meliander begann zu zittern. Die Vorstellung, Mailyns wunderschönes Antlitz unter Sand verschwinden zu lassen, war zu viel für ihn. Neben ihr kniend, ließ er seine Stirn auf ihre Brust sinken und begann, hemmungslos zu weinen.

Frar blieb bei ihm. Der Zwerg legte ihm eine Hand auf die Schulter und schwieg, bis Melianders Schluchzer langsam verebbten.

»Die Rosen haben fast die Farbe ihres Kleides«, sagte Meliander. Es waren seine ersten Worte, seit sie in die Wüste gegangen waren.

Frar nickte, dann zog er ihn auf die Beine und brachte ihn zum Lagerfeuer, das nur noch Asche war. Er drückte ihm einen Holzteller in die Hand und schaufelte dicken, angebrannten Hirsebrei darauf. »Du wirst jetzt essen!«

Meliander gehorchte. Er dachte an die vergangene Nacht. Könnte er doch nur in der Zeit zurückgehen! Lediglich ein einziges Mal. Und nur um einen Tag. Er hätte ihr so vieles noch gern gesagt.

»Es bringt nichts, immerzu zu grübeln.« Frar kratzte letzte Reste des Breis aus dem Kessel. »Glaub mir, ich bin ein Meister des Grübelns und des Sich-Verkriechens. Es hilft nicht. Es hilft auch nicht, auf irgendetwas zu warten. Ich habe viele Jahre auf dich gewartet.«

Meliander sah ihn verständnislos an.

»Du glaubst mir nicht? Ich kannte deine Mutter. Sie hat mich aus Sorge um dich an Almansurs Hof geschickt. Und ich bin gegangen, obwohl ich mich von Nandalee im Streit getrennt habe.«

Er kannte ihren Namen! Meliander ließ den Teller sinken. »Was ist das für eine Geschichte? Was …«

Der Zwerg sah ihn mit seinen rot entzündeten Augen fest an. Dann deutete er auf Mailyn. »Morgen früh werden wir sie gemeinsam begraben. Wenn das getan ist, erzähle ich dir, warum ich hier bin. Ich gebe dir noch diese Nacht, um von ihr Abschied zu nehmen.« Er deutete mit dem Löffel auf Melianders Brust. »Sie lebt in deinem Herzen weiter. Und nur noch dort. Das musst du akzeptieren.«

Seelenverwandt

Emerelle erwachte schweißgebadet. Sie hatte Meliander im Traum ertrinken sehen. Es war so lebendig gewesen. Sie hatte ihm nicht helfen können.

»Es war nur ein Traum!«, sagte sie mit fester Stimme.

Heldenherz antwortete mit einem leisen Piepsen. Er kauerte in einer Nische in der Lehmwand. Eine kleine Öllampe brannte an der Stirnseite des Raums und vertrieb ein wenig von dem Dunkel in der unterirdischen Kammer, die sie bezogen hatte, nachdem Falrach sich zumindest so weit erholt hatte, dass er ohne ihre ständige Hilfe auskam.

Die Misteldrossel flatterte zu ihr herüber und pickte auf dem Boden neben ihrer Schlafmatte, obwohl dort ganz sicher keine Würmer zu finden waren.

»Aber es hat sich so echt angefühlt«, sagte sie zu dem Vogel. Sie hatte Melianders Qualen gespürt, seine Verzweiflung und wie er sich aufgab. Dass er nicht mehr weiterkämpfte, war ihr unerträglich gewesen. In ihrem Traum hatte er aufgehört zu schwimmen und war einfach im dunklen Wasser versunken. Sie hatte ihm helfen wollen, war jedoch eingekerkert gewesen. Alles, was sie hatte tun können, war, durch ein winziges Fenster auf das stürmische Meer zu blicken, in dem Meliander versank.

Heldenherz hatte den Kopf schief gelegt und sah sie mit seinen schwarzen Augen unverwandt an.

Jetzt erst bemerkte Emerelle, dass ihre Hände zitterten. Es war viele Jahrzehnte her, dass sie zum letzten Mal einen solchen Traum gehabt hatte. Während der Zeit der Flucht mit ihrer Mutter war sie von Alpträumen geplagt worden, und Nandalee hatte diese Träume ernst genommen, obgleich sich keiner von ihnen als direkt prophetisch erwiesen hatte. Sie hatten nie die wirkliche Gefahr gezeigt, die auf sie zukam, waren aber stets ein wertvoller Fingerzeig gewesen. Eine Ermahnung, aufmerksamer zu sein, etwas zu ändern, an einen anderen Ort zu fliehen, denn das Verhängnis war ihnen auf den Fersen, wenn sich ein solcher Traum bei ihr einstellte. Es hatte sie fast schon eingeholt.

Emerelle ballte ihre Hände zu Fäusten. Sie starrte die Lehmwände an, die ein wenig näher gerückt zu sein schienen. Sie hatte plötzlich das Gefühl, keine Luft mehr zu bekommen. Die Enge der Kammer, die staubige Luft … all das schnürte ihr die Kehle zu. Sie streifte eine der weiten Hosen über, die in Haiwanan von Männern wie Frauen im Haus getragen wurden, und schlüpfte in ein Hemd, dessen Bambusknöpfe sie in der Eile nur zur Hälfte schloss. Sie legte ihren Gürtel an, packte ihr Schwert und kroch in den Tunnel, der zu ihrer Kammer führte. Aufrecht zu gehen war hier unmöglich.

Die Zeit unter der Erde hatte sie mit dem weitläufigen unterirdischen Reich der Fahrenden Ritter vertraut werden lassen. Sie wich den Eisendrähten aus, fand bald in einen Tunnel, in dem sie aufrecht gehen konnte, und folgte ihm bis zu einem der getarnten Ausstiege, die zum Dschungel hinaufführten.

Heldenherz folgte ihr, mal hüpfend, mal fliegend. Sie wusste, dass auch ihm das Leben unter der Erde zu schaffen machte. Gut gelaunt zwitschernd, ließ er sich auf ihrer Schulter nieder, als sie die Bambussprossen in der Schachtwand hinaufstieg.

Entgegen den Regeln der Ritter stieß sie die Luke einfach auf, statt sie zunächst nur einen Spaltweit zu öffnen und die Umgebung zu beobachten. Sie wusste, was daraufhin geschehen würde. Auch wenn sie oft das Gefühl hatte, in den Tunneln allein zu sein, gab es immer irgendwo einen Beobachter. Bald würde Nodon kommen, um sie wieder einmal zu tadeln.

Es war Nacht. Dunkel zeichneten sich die Baumriesen gegen den Sternenhimmel ab. Sie trat in die Mitte der kleinen Lichtung. Es war bedrückend schwül. Wirklich frei atmen konnte sie auch hier draußen nicht. Aber zumindest war da dieses Stückchen Himmel.

Sie vermisste die Zeit auf dem schwebenden Schiff des Sängers. Die Reisen in luftiger Höhe. Dort war sie den Sternen näher gewesen als hier unten, von wo aus betrachtet das nächtliche Firmament deutlich weniger Strahlkraft besaß.

Wieder wanderten ihre Gedanken zu Meliander. Wo er jetzt wohl war? Welche Gefahr braute sich über ihm zusammen? Sie hatte das Gefühl, dass er in diesem Augenblick fürchterliche Qualen litt. Etwas hatte sein stets so geordnetes Leben durcheinandergebracht, und zwar tiefgreifender, als ihr Sprung vom Blauen Stern es getan hatte. Sie wünschte, er wäre bei ihr geblieben und nun nicht in Schwierigkeiten.

Sie vermisste sogar sein Flötenspiel. So oft hatte sie ihm und Fillipos gelauscht, wenn die beiden nachts auf dem Oberdeck des Blauen Sterns ihre Duette gespielt hatten.

»Aber vorbei ist vorbei«, sagte sie sich leise. Sie sollte nicht in dieselbe Falle wie Nodon tappen und ewig dem Vergangenen nachhängen. Sie brauchte einen Plan für die Zukunft. Eine Zukunft mit Falrach. Wenn man ihn nur richtig zu nehmen wusste, war er ein zuverlässiger Gefährte.

Sie sah einer fallenden Sternschnuppe nach. Ob sie inzwischen gelernt hatte, ihn richtig zu nehmen? Da war sie sich nicht so sicher.

Wenn der Spielmeister nur endlich wieder genesen würde!

Seine Wunden heilten langsamer als erwartet, obwohl er sich schonte und seinen Geist lebendig und beschäftigt hielt. Stunden verbrachte er damit, vor seinem geliebten Spieltisch zu kauern und Figuren auf dem Spielfeld hin und her zu schieben. Angeblich feilte er an Regeln, um das Spiel noch präziser zu machen.

Emerelle legte den Kopf so weit in den Nacken, wie es ihr nur eben möglich war. Das hatte sie oft gemeinsam mit Meliander getan. Sie beide hatten sich vorgestellt, dass es möglich wäre, in den Himmel hinaufzustürzen und wirklich bis zu den Sternen zu gelangen.

Ein Warnruf ihrer Misteldrossel riss sie aus ihren Gedanken.

»Du hast deinen Vogel also zu deinem Wächter abgerichtet.« Ein Schatten löste sich vom Rand der Lichtung.

»Und du hast nicht lange gebraucht, um mich aufzuspüren.«

Nodon trat an ihre Seite. »Ich behalte stets im Blick, was mir wichtig ist.«

Meinte er damit die Gemeinschaft der Fahrenden Ritter oder sie? Seit er ihr von dem Verrat ihrer Mutter an den Fahrenden Rittern erzählt hatte, war sie sich weniger sicher denn je, warum er sie in seiner Nähe behielt.

Er legte den Kopf in den Nacken, so wie sie es eben getan hatte. »Ich vermisse es, auf meinem Pegasus Mondschatten durch den Nachthimmel zu reiten.«

Er sprach nicht oft von seinen Gefühlen. Emerelle schwieg in der Hoffnung, dass er vielleicht noch mehr sagen würde. Über ihre Mutter oder die Geheimnisse des Jadegartens, in dem der Erstgeschlüpfte in seiner Grotte gelebt hatte. Nodon war einst der Wächter jenes Orts gewesen, den der älteste aller Drachen zu seiner Heimat auserkoren hatte. Jener Drache, von dem die meisten Albenkinder glaubten, ihre Mutter Nandalee habe ihn verraten und ermordet.

»Der Himmel hier in Haiwanan ist blasser als anderswo, ist dir das auch schon aufgefallen?«

Emerelle kniff die Augen zusammen. Sie fragte sich, worauf er hinauswollte. »Hast du eine Erklärung dafür?«

»Ich glaube, es liegt am Geisterkönig. Er muss dort hoch oben am Himmel, wo es nicht so leicht zu entdecken ist, etwas grundlegend verändert haben. Etwas, was selbst die Himmelsschlangen davon abhält, hierherzukommen.«

»Wie kommst du darauf?«

»Ich habe mich lange und gründlich in diesem Land umgesehen. Die Alten und Schwachen sterben hier schneller als anderswo, und es liegt häufiger ein totes Kind in einer Wiege, ohne dass man sagen könnte, woran es gestorben ist. Inzwischen bin ich sicher: Etwas zehrt an diesem Land ... stiehlt vom Licht der Geschöpfe, aber so behutsam, dass man es nicht bemerkt, wenn man nicht darauf achtet.« Er presste die Lippen zusammen, sah sie aus den Augenwinkeln an. »Ich denke, die Geistervögel sind Gesandte dieser Macht, wenn nicht gar ihre stoffliche Ausformung.«

»Das mit dem Himmel ist mir auch aufgefallen«, erwiderte Emerelle diplomatisch. Sie wollte ihn nicht vergraulen, auch wenn seine Geschichte sie nicht überzeugte.

»Der Geisterkönig weiß, dass wir ihm auf die Schliche gekommen sind. Ich weiß, wer er ist. Deshalb jagt er uns ...«

»Und weil ihr seinen Palast angegriffen habt«, stellte Emerelle klar, der die Geschichte nun doch etwas zu versponnen wurde.

»Wir sind die Einzigen, die ihn bekämpfen. Komm, ich zeige dir etwas. Bei dir fruchten Worte genauso wenig wie bei deiner Mutter. Dir muss die Wahrheit auf die härteste Art begegnen.«

Er führte sie in den Wald, ein Stück nach Osten, bis sie einen schlammigen Tümpel erreichten. Dort sprach er ein Wort der Macht. Ein blassblaues Licht, fast wie gestohlenes Sternenlicht, erschien über seiner Hand und schwebte ein Stück am Ufer entlang zu einer Stelle, an der faltige, flache Felsen aus dem Morast ragten.

»Komm!«

Zäher roter Schlamm griff schmatzend nach ihren Füßen. Es war wie in der Arena. Jetzt erst fiel ihr auf, dass es um den Tümpel herum unnatürlich still war. Kein Tier regte sich. Selbst der Wind schwieg still.

Die Lichtkugel verharrte bei den Felsen.

»Geh hin. Sieh dir genau an, was da im Schlamm liegt«, sagte Nodon eindringlich.

Emerelle tat wie geheißen und beugte sich über einen der Steine. Er sah merkwürdig aus, ohne dass sie in dem fahlen Licht hätte erkennen können, was genau an dem Anblick störte.

»Fass ihn an!«, befahl Nodon.

Sie tastete über den Stein. Er war weich, gab unter ihrer Berührung nach. Etwas verrutschte in ihm. Dann sah sie ein gebogenes Horn, das einen Schritt entfernt aus dem Schlamm ragte. Und etwas weiter gab es noch zwei Hörner.

»Hier haben sie eine Herde Wasserbüffel gestellt. Es müssen sieben oder acht Geistervögel gewesen sein. Wenn sie dein Lebenslicht ganz trinken, dann bleibt von dir nicht mehr als Haut und Knochen.«

Jetzt sah sie die Maden in einer der leeren Augenhöhlen.

»Begreifst du nun, warum ich nicht möchte, dass du allein hinausgehst?«

»Du hättest es mir auch einfach sagen können.«

Er bedachte sie mit einem spöttischen Blick. »Ach ja? Du wusstest, dass uns die Geistervögel auf der Spur sind, aber hat dich das davon abgehalten, dich hinauszuschleichen?«

»Ich werde noch wahnsinnig, wenn ich immerzu in den Tunneln eingesperrt bin.«

Er deutete auf die toten Wasserbüffel. »Vielleicht ist Wahnsinn ja das kleinere Übel. Sie wagen sich nicht zu uns hinab in unser Labyrinth. Nicht mehr ... Die Eisendrähte töten sie. Aber sie belagern uns.«

Heldenherz landete auf dem Schädel des toten Wasserbüffels und pickte an ihm herum.

»Sein Warnruf hätte dir nicht geholfen, wenn nicht ich, sondern ein Geistervogel auf die Lichtung gekommen wäre.«

Emerelle legte die Hand auf das Messer, das sie rechts am Gürtel trug. »Unreines Eisen. Ich habe dazugelernt. Ich hätte mich zu wehren gewusst.«

»Und wenn zwei oder drei Vögel über dich hergefallen wären?« Er deutete auf den dunklen Dschungel. »Sie können einem hier überall auflauern.«

»Und deine Lösung ist, dich für immer unter der Erde zu verstecken?«, fuhr sie den Schwertmeister an. »Wenn der Geisterkönig sie gerufen hat, dann sollten wir in seinen Palast eindringen, ihm den Kopf abschlagen und diesem Spuk ein Ende bereiten.«

»In etwa das waren die Worte deiner Mutter vor sieben Jahren. So redest du besser nicht vor den anderen, wenn dir dein Leben lieb ist. Deine Mutter hat uns zu viel Blut gekostet.«

Sie hasste es, von ihm immer wieder mit ihrer Mutter verglichen zu werden. Sie hatte Nandalee so viele Jahrzehnte nicht gesehen, dass sie sich kaum noch an deren Gesicht erinnern konnte. Was sollte sie mit ihr gemeinsam haben? Es waren ihre Gefährten auf dem Blauen Stern, die sie erzogen und geformt hatten. Selbst mit dem wortkargen Troll Abrax hatte sie in der Summe mehr gesprochen als mit ihrer Mutter. Und was hatte Nandalee ihr schon beigebracht? Nichts! »Ich werde zum Geisterkönig gehen. Ich werde seinem Unwesen ein Ende setzen. Denn wenn es stimmt, was du gesagt hast, wenn da oben am

Himmel etwas ist, was vom Lebenslicht der Albenkinder nimmt, dann müssen wir etwas dagegen tun.«

»Kann man jemanden beschützen, der sich nicht einmal bedroht fühlt?« Nodon schüttelte resigniert den Kopf. »Die meisten Albenkinder in Haiwanan sind glücklich, nicht unter der Herrschaft der Himmelsschlangen zu stehen. Sie zahlen dem Geisterkönig fast keine Abgaben. Und es herrschen Gesetz und Ordnung im Land.«

»Aber es gibt diese verdammten Vögel, die umherstreifen ... Wie kann man sich damit abfinden?«

Nodon zuckte mit den Achseln. »Vielleicht ist ein Leben in einer festen Ordnung ja diesen Preis wert? Die Vögel greifen nur sehr selten an, und solche Übergriffe leisten sich auch die Drachlinge der Himmelsschlangen.«

»Jetzt reicht es!« Emerelle deutete auf die toten Wasserbüffel. »Wer so mit der Schöpfung der Alben umgeht, der hat es nicht verdient zu herrschen. Ich werde dem ein Ende machen, und Falrach wird mir dabei helfen.« Der Spielmeister würde sie für verrückt erklären und irgendwelche Ausflüchte suchen, wenn sie es ihm sagte. Aber am Ende würde er doch an ihrer Seite stehen. Er mochte ein Weiberheld sein und im Spiel betrügen, aber er wusste tief in seinem Herzen noch sehr genau, was richtig und was falsch war.

»Und du glaubst, ihr zwei würdet siegen, wo zwei Dutzend Fahrende Ritter untergegangen sind?«

»Falrach wird einen guten Plan entwickeln.«

Nodon stieß ein kaltes, freudloses Lachen aus. »Das wirkliche Leben hat nichts mit Spielfiguren auf einem Tisch gemein.«

»Wie kannst du über etwas urteilen, das du nicht kennst? Ich hatte dich für klüger gehalten. Für jemanden, der in allem, was er tut, nach Perfektion strebt.«

»Dazu gehört zunächst einmal, das Unvollkommene zu meiden.« Er wandte sich von ihr ab. »Gehen wir, ehe hier die Vögel des Geisterkönigs auftauchen. Wenn sie im Schwarm angreifen, können sie uns trotz unserer Waffen gefährlich werden. Sie verhalten sich nicht wie normale Tiere. Sie sind klug und lernen.«

Widerspruchslos folgte sie ihm. Nun hatte auch sie das Gefühl, beobachtet zu werden. Sie dachte an die unheimliche Fähigkeit der Vögel, sich unsichtbar zu machen.

Ein einzelner Schweißtropfen rann ihr den Nacken hinab. Sie umfasste das Heft ihres Messers. Es war wirklich leichtfertig gewesen, die Tunnel zu verlassen. Aber Nodon hatte sie durch sein Verbot regelrecht dazu provoziert. Er hätte ihr früher sagen sollen, dass diese Biester das Labyrinth der Fahrenden Ritter belagerten.

»Hast du eigentlich an der Schlacht im Eis teilgenommen?«, fragte sie, während sie sich durch den Wald zurückpirschten.

Er hob nur die Hand und gebot ihr zu schweigen.

Emerelle öffnete ihr Verborgenes Auge. So würde sie die Geistervögel kommen sehen, auch wenn sie unsichtbar waren. Ihre Auren waren nicht so strahlend wie die anderer Geschöpfe, aber wahrnehmbar, wenn man wusste, worauf zu achten war. Die Wurzeln der Baumriesen sah sie so jedoch deutlich schlechter, und sie war froh, als sie die Falltür erreichten und wieder ins Labyrinth hinabstiegen.

»Ich habe bei Wanu gekämpft«, sagte Nodon schließlich, als er von der Sprossenleiter auf festen Boden trat. »Mein Pegasus Mondschatten ist dort gestorben. Ich glaube nicht, dass ich dem etwas abgewinnen könnte, diese Erinnerungen mit ein paar Holzfiguren ins Lächerliche zu ziehen.«

»Es tut mir leid um die Toten. Aber du solltest auch an jene denken, die vielleicht nicht sterben müssen, wenn wir besser vorbereitet in einen Kampf ziehen. Außerdem wirst du so gut wie kein anderer beurteilen können, wie nah Falrachs Spiel der

Wirklichkeit kommt, wenn er für dich einen Kampf nachstellt, an dem du teilgenommen hast.«

»Kannst du niemals ein *Nein* akzeptieren?«, fragte Nodon müde.

Der unglückliche Wächter

Sie kauerten bestimmt schon eine Stunde neben dem offenen Grab, das sie mit bloßen Händen ausgehoben hatten. Weil der Sand immer wieder nachrutschte, war es mehr eine tiefe Mulde als eine wirkliche Grube.

Mailyn sah immer noch wie eine Schlafende aus. Meliander hatte ihr gelbe Rosenblüten in ihr schwarzes Haar geflochten. In ihrem Seidenkleid hätte sie eher auf einen Hofball gehört als in dieses elende Wüstengrab, dachte Frar traurig. Aber es war an der Zeit, Abschied zu nehmen. Sie konnten nicht ewig so verharren.

»Meliander?«

Der junge Elf reagierte nicht.

»Wir sollten das Grab nun schließen …«

Nichts. Er regte sich nicht. Fast schien es, als wäre er mit Mailyn gestorben. Er weinte nicht, starrte einfach nur in das Grab hinab.

Vorsichtig schob Frar ein wenig Sand vom Rand des Grabes. Er sorgte sich, Meliander könnte aufspringen und ihn angreifen. Aber nichts geschah.

Frar schob mehr Sand hinab. Langsam verschwanden die Füße der Elfe, und er fuhr in seinem Tun fort. Behutsam ließ er kleine Lawinen ockerfarbenen Sandes in die Mulde rinnen. Wie in einem Stundenglas floss der Sandstrom. Unerbittlich.

Bald war die Elfe bis über die Hüften im Sand verschwunden, doch Frar hatte Angst, Mailyns Gesicht zu bedecken. Sie hatten das Grab nah bei dem gelben Rosenbusch ausgehoben. Es war der einzige Rosenstrauch, der in dem verlassenen Garten überlebt hatte, und das wohl auch nur, weil seine Wurzeln bis zum Wasserreservoir der Zisterne hinabreichten, das hier unter dem Sand verborgen lag.

Frar kannte den versunkenen Palast gut. Er hatte Almansur mehrfach auf Jagdausflügen hierher begleitet. Der Großvater des Herrschers hatte hier einst gelebt. Seit Jahrhunderten errichteten die Lamassu-Könige ihre Paläste am Fuß des Felsabbruchs. Wann immer ein alter Herrscher in sein Grab gebracht wurde, zog sein Nachfolger ein Stück weiter, um einen neuen Palast zu errichten und zugleich auch mit dem Bau seines Grabes zu beginnen.

Almansur war auf seinen vorgeblichen Jagden meist von Ruine zu Ruine gezogen, um vor den Fassaden der mächtigen Felsgräber zu stehen. Er hatte versucht, sich mit dem Unausweichlichen zu versöhnen.

Wie die Dschinnen ihn wohl behandelt hatten? War er inzwischen in sein Grab eingemauert?

Der Zwerg senkte den Blick. Mailyns Körper war nun fast völlig unter Sand verschwunden. Nur ihr Hals und ihr Gesicht lagen noch frei. »Möge es dort, wo du nun bist, keine Dunkelheit geben«, sagte Frar leise. Dann schob er noch mehr Sand ins Grab. Ihr Hals und ihr Kinn verschwanden, als würde Mailyn im Sandmeer ertrinken.

Frar konnte nicht länger hinabblicken, wollte das Ende nicht sehen. Er schaute zu Meliander. Nach wie vor zeigte der Elf keine Gefühlsregung, sondern starrte nur auf das Grab, als würde er Mailyn immer noch sehen. Es war unheimlich. Ganz so, als wäre er mit ihr gegangen.

Frar füllte die Mulde, bis sich die Stelle nicht mehr von dem übrigen unter Sand begrabenen Garten abhob. Dann stand er auf, brach eine einzelne Rose vom letzten noch lebenden Strauch und legte sie auf das Grab.

»Meliander?« Er schüttelte den Elfen sanft an der Schulter. »Bitte, komm zu mir zurück. Du bist noch nicht tot. Und ich bin mir sicher, dass Mailyn nicht gewollt hätte, dass du ihretwegen dein Leben aufgibst.«

Meliander zeigte keine Reaktion.

Der Wind jaulte außerhalb der magischen Schutzkuppel wild in den Felsen. Er war wieder stärker geworden, der Himmel sandverschleiert, die Sonne nicht mehr als ein kaum zu erahnender, verwaschener Fleck.

Frar ging zu ihrem Lagerplatz und kramte in seinem abgewetzten Lederrucksack. Da war etwas, was den Elfen vielleicht zurückholen würde.

Er zog ein abgewetztes Notizbuch aus den Tiefen des Rucksacks hervor. Hornbori hatte es ihm geschenkt, bevor er den Hof des Hochkönigs verlassen hatte. Er schrieb nicht oft hinein.

Er klappte es auf. Dort, sicher zwischen den Seiten geborgen, lag der Brief, den er seit sieben Jahren bei sich trug. Das rote Siegel darauf war rissig geworden, aber nicht erbrochen. Er betrachtete den etwas ungelenken Schriftzug: *Für Meliander, meinen Sohn.*

Vielleicht würden diese vier Worte seinen Gefährten ja in die Gegenwart und ins Leben zurückholen.

Verwundete Seelen

Anhang I: Das gebrochene Herz. Briefabschrift.

»Wie beginnt eine Mutter einen Brief an einen Sohn, den sie kaum kennt? Damit, dass ich mir wünschte, in dieser Stunde an deiner Seite zu sein? Wird es wie Hohn für dich klingen? Ich schreibe diesen Brief in einer Höhle in den Dschungeln Haiwanans beim Licht einer blakenden Öllampe. Morgen werde ich gegen einen Feind in den Kampf ziehen, den selbst die Himmelsschlangen fürchten.
Warum tue ich das, sind es doch die Himmelsschlangen, die mir den Tod wünschen? Einst, als ich eine Drachenelfe wurde, habe ich geschworen, mein Schwert für jene zu erheben, die sich nicht selbst schützen können. Die Himmelsschlangen haben ihre Elfen verraten, und unsere Götter haben uns vergessen, aber mein Schwur gilt noch immer. Deshalb werde ich morgen kämpfen. Einen Kampf, in dem ich kaum siegen kann ...
Wenn du nun diese Zeilen liest, bin ich nicht zurückgekehrt. Doch ich musste es wagen. Ich hoffe, du kannst das verstehen. Ich wollte wirklich an deiner Seite sein. Meine Reise nach Schurabad war schon vorbereitet. Ich wollte dich am Hof des Almansur erwarten, um dir in deiner schwersten Stunde beizustehen oder zu erreichen, dass diese Stunde niemals kommen würde. Ein närrisches Unterfangen, ich weiß. Wenn ich

eines in meinem Leben gelernt habe, dann, dass Prophezeiungen ein Fluch sind, kein Segen. Wir wissen um einen Schrecken, den die Zukunft bringen wird, und doch können wir ihm meist nicht entrinnen.

Nachdem ich euch in Satas Obhut zurückgelassen hatte, besuchte ich Uthaya, die Königin der Apsaras, und bat sie, mir eure Zukunft zu prophezeien. Sie wusste nicht viel zu sagen. Ein Schleier umgibt euch. Nur einen einzigen Orakelspruch tat sie: Dass dir am Hof des Almansur das Herz gebrochen würde. Glaube mir, mein Sohn, ich wollte dort sein. Ich wollte dich beschützen, so wie eine Mutter es tun sollte. Das Schicksal hat anders entschieden.

Frar zürnt mir, weil ich mich einem Kampf stelle, den ich kaum gewinnen kann. Er hält machtvolle Waffen verborgen. Mir wollte er sie nicht überlassen. Er ist mehr, als er zu sein scheint. Vielleicht ist er fürsorglicher als ich. Ganz gewiss ist er klüger. Ich werde dir seine Geschichte anvertrauen, die ein Stück weit auch meine Geschichte ist. Er war erst ein paar Tage alt, da tötete ich seine Eltern. Das war, als die Himmelsschlangen den Untergang der Tiefen Stadt befohlen hatten. Nach dem Feuer schickten sie ihre Drachenelfen und einige niedere Drachen. Ich bin nicht stolz auf meine Taten an jenem Tag. Ich war eine gehorsame Mörderin.

Doch dieses Kind vermochte ich nicht zu töten. Ich fand drei weitere Überlebende. Hornbori, der später Hochkönig werden sollte, Galar, einen jähzornigen Schmied und Tüftler, und Nyr, einen Richtschützen, den vor allem sein großes Herz auszeichnete. Ich schenkte den dreien ihr Leben, damit sie nach dem Kind sehen konnten. Und so verschieden sie waren, haben sie doch alle auf ihre Art diese Pflicht bis zu ihrem letzten Atemzug erfüllt.

Danach sind viele Jahre vergangen, bis ich Frar wiederbegegnen sollte. Nachdem ich mich von meinem Schwert Todbringer getrennt hatte, damit die Himmelsschlangen mich nicht mehr durch die Zauber, die in die Klinge gewoben waren, finden konnten, drang ich in der Gestalt eines Zwergs in den Palast des Hochkönigs Hornbori ein. Ich glaube, er war zu Tode erschrocken, als ich vor seinen Augen wieder meine wirkliche Gestalt annahm. Obwohl fast drei Jahrzehnte vergangen waren, hat er in mir die Mörderin wiedererkannt, die sein Leben verschonte.

Ich begehrte seine Axt Schädelspalter, weil man mit ihr Himmelsschlangen töten kann. Ich war immer noch besessen von der Idee, den Goldenen zu stellen, denn er muss der Mörder Nachtatems gewesen sein. Hornbori konnte mir die Waffe nicht geben, denn hätte ich sie für einen Mord benutzt, hätte ich den Zorn der Himmelsschlangen auf alle seine Untertanen herabbeschworen.

Der Hochkönig war erstaunlich furchtlos, als ich vor ihm stand. Er sprach von dem geheimen Kampf, den das kleine Volk gegen die Himmelsechsen führte, seit deren Feuer die Tiefe Stadt zerstört hatte. Und dann hat er mir einen Handel vorgeschlagen. Ich sollte auf die Axt verzichten, und er würde mich in die geheime Schmiede bringen lassen, in der jene Waffen erschaffen worden waren, die während des Krieges in Nangog etliche Drachen getötet hatten.

Ich wurde in einem engen Boot, das unter dem Wasser fahren kann, in ein unterirdisches Meer gebracht, das Meer der Schwarzen Schnecken. Dort steht auf einem Felsen ein Turm, der gänzlich im Wasser versinkt, wenn das Meer bei starkem Regen oder während der Schneeschmelze ansteigt. Doch außer dem in die Jahre gekommenen Schmied Galar und dessen jungem Gehilfen lebte niemand in diesem Turm. Ich war hereingelegt worden. Und der Turm war so abgelegen, dass es keine Möglichkeit zur

Flucht gab. Ich hätte wahrscheinlich tagelang schwimmen müssen, um den nächsten Albenstern zu erreichen.
Auch Galar erkannte mich sofort wieder. Er war weniger freundlich als Hornbori. Er stellte mich seinem Gehilfen sogleich als die Mörderin seiner Eltern vor. Frar nahm das überraschend leicht. Er bemerkte lediglich, ich sei zugleich jene Elfe, die sein Leben gerettet und ihm drei neue Väter geschenkt habe. Danach ging er mir allerdings für Tage aus dem Weg.
Und Galar versuchte, mich umzubringen. Er schickte mich durch einen Brunnenschacht tief in die See hinab, wo große smaragdgrüne Spinnen über eine Metallwand inmitten des gewachsenen Felsens wachten. Es war ein Metall, das selbst härtesten Granit mit Leichtigkeit durchdrang.
Galar begann erst, mir zu vertrauen, als er mir glaubte, dass ich den Goldenen töten wollte. Frars Vertrauen war noch schwerer zu gewinnen. Ich bin mir bis heute nicht sicher, ob das an unserer gemeinsamen Vergangenheit lag oder ob es einfach seine Art ist. Er hat die Gabe, Zauber zu weben, was unter Zwergen sehr selten vorkommt. Und er altert viel langsamer, als es in seinem Volk üblich ist.
Galars Respekt gewann ich, weil ich immer wieder in den Brunnen gestiegen bin. Manchmal schaffte ich es bis zur Wand. Und sehr selten vermochte ich sogar einen Metallsplitter mit nach oben zu bringen. Wir brauchten Jahre, um einige Speerspitzen, Pfeilspitzen und einen Dolch mit dreikantiger Klinge, dünner als mein kleiner Finger, zu fertigen.
Ich begann, Frar in der Kunst des Zauberwebens zu unterrichten, und langsam öffnete er sich mir. Der alte Schmied Galar war gebrechlich geworden, und Frars größte Sorge war es, dass Galar in diesem einsamsten aller Türme sterben würde. Die Aale, wie die Zwerge ihre Tauchboote nennen, ankerten nie vor unserer Insel. Sie ließen in geraumer Entfernung Fässer mit Versorgungsgütern

für uns, an farbigen Bojen treibend, zurück. Ich bin überzeugt, Hornbori hatte uns dazu verurteilt, für immer auf der Insel zu bleiben. Aber er hatte eines unterschätzt: Wir teilten alle drei einen unversöhnlichen Hass auf die Himmelsschlangen. Und so begannen wir, aus den Fässern und anderen Metallresten, die wir überall im Turm zusammensuchten, einen eigenen Aal zu bauen. Ich schäme mich, dir zu gestehen, dass ich sechsundzwanzig Jahre mit den beiden Zwergen in Glamirs Turm im Meer der Schwarzen Schnecken verbrachte, ein Vielfaches der Zeit, die mir mit dir und Emerelle vergönnt war. Oft habe ich mir vorzustellen versucht, wie ihr beiden aussieht, kannte ich euch doch nur als Kinder. Auch in diesem Augenblick wird mir mein Herz schwer, wenn ich an euch denke. Würde ich, eure eigene Mutter, euch noch wiedererkennen, wenn ich euch, ohne zu wissen, wer ihr seid, in der Fremde begegnen würde?

Galar war zuletzt so hinfällig, dass wir ihm ein Lager in der Werkstatt bereiten mussten, und trotzdem ließ er es sich nicht nehmen, uns auf der Fahrt zu begleiten. Es wurde eine lange Flucht, und es gab eine Zeit, da hatten wir uns damit abgefunden, dass wir wohl eher verhungern als dem Labyrinth unterirdischer Ströme entkommen würden.

Erst nach fünfundachtzig Tagen der Ungewissheit tauchte unser Aal endlich in einem kristallklaren See in den Mondbergen auf. Einen Tag später starb Galar. Es schien, als hätte er nur darauf gewartet, noch ein letztes Mal den blauen Himmel über den Bergen zu sehen.

Mit Frar begann ich anschließend eine lange Wanderschaft. Wir hielten uns abseits der Städte, lebten in den Wäldern, versuchten, möglichst nicht aufzufallen. Vor anderen Albenkindern zeigten wir uns nie gemeinsam. Zu ungewöhnlich wäre eine Elfe gewesen, die mit einem Zwerg reiste.

Wir suchten nach Drachen, die Übles taten. Drei große brachten

wir zur Strecke, bis die Fahrenden Ritter auf uns aufmerksam wurden. Es tat nach all den Jahren gut, Nodon wiederzubegegnen, der diese verschworene Gemeinschaft anführte. Wir teilten dieselben Ideale und fochten Seit an Seit im Kampf gegen die geflügelten Tyrannen.
Doch die Drachen waren schreckliche Gegner. Uns bekamen sie nicht zu fassen, doch stellten ihre Drachlinge gnadenlos jedem nach, der uns geholfen hatte. Dörfer brannten, weil wir dort übernachtet hatten oder man uns auch nur zu essen gegeben hatte.
Wir zogen uns zurück, versuchten, für die Drachen unsichtbar zu werden. Schließlich hörten wir davon, dass im Reich des Geisterkönigs von Haiwanan kein einziger Drache sein Unwesen trieb, und so beschlossen wir, in das Dschungelreich zu gehen, um dort Kräfte zu sammeln und einen Plan zu ersinnen, wie wir erneut gegen die Drachen ins Feld ziehen könnten.
Doch dann entdeckten wir, welche Ungeheuer der Geisterkönig nach Albenmark geholt hatte, und wir entschieden, dass er der Erste sein sollte, der unter unseren Klingen fallen würde. Nur Frar war dagegen. Er hielt es für zu waghalsig, einen Feind anzugreifen, über den wir fast nichts wussten und den selbst die Drachen fürchteten.
Mein Freund verstand nicht, wie dringend die Fahrenden Ritter, die so lange immer nur geflohen waren, einen Sieg brauchten. Er verweigerte uns die Drachentöterwaffen, die wir beide mit Galar in Glamirs Turm geschmiedet hatten, ja, er versteckte sie vor uns Elfen. Nach seinem Dafürhalten sind sie einzig für den Kampf gegen die Drachen bestimmt.
Doch wir werden uns nicht aufhalten lassen. Es ist an der Zeit, Albenmark zumindest von einem Tyrannen zu befreien. So werde ich mit Nodon und unseren anderen Gefährten im ersten Tageslicht den Palast des Königs angreifen. Wir werden ihn

stellen und seinem gerechten Schicksal überantworten.
Wir werden wieder Drachenelfen sein oder sterben.
Wenn du dies nun liest, werde ich wieder einmal gescheitert sein. Nodon drängt. Schon zeigt sich ein erster Silberstreif hinter den Bergen. Ich hoffe, Frar hatte mehr Erfolg als ich. Er ist sehr gewissenhaft. Doch wenn er dein Herz nicht retten konnte, wisse, ich weiß um deine Gefühle. Als dein Vater Gonvalon starb, hatte ich das Gefühl, mit ihm gestorben zu sein. Ich gab mich auf. Ich wurde wie ein Tier. Lebte allein in den Klippen des Jadegartens.
Ich hoffe, du hast nicht meine Dickköpfigkeit geerbt. Ich habe sehr lange gebraucht, um mich der Wahrheit zu stellen, dass dies die falsche Antwort auf mein Unglück war. Die Welt besteht weiter, so grausam dir das mit einem gebrochenen Herzen auch erscheinen mag. Und du bist ein Teil von ihr, solange du noch atmest. Gib ihr die Gelegenheit, und sie wird dich erneut umarmen, auch wenn du es dir jetzt noch nicht vorstellen kannst.
Nandalee

Zitiert nach dem Originalmanuskript
von Meliander, Fürst von Arkadien

Mordpläne

Meliander ließ den Brief vor sich in den Sand sinken. Es tröstete ihn nicht, dass seine Mutter den Tod ihres Vaters so schlecht verwunden hatte. Und er konnte sich auch nicht vorstellen, dass die Welt ihn umarmen würde. Die einzigen Arme, in denen er liegen wollte, lagen im Wüstensand begraben. Nie wieder würde er Mailyns zarte Berührung spüren, ihren Atem auf seiner Haut. Nie wieder im Grün ihrer Augen versinken und alles andere vergessen.

Was ihn der Brief lehrte, war, wie ungerecht die Welt war. Er hatte längst mit seiner Mutter gebrochen, und doch war er es, der diesen Brief bekam. Nicht Emerelle, die ausgezogen war, um nach Nandalee zu suchen. Seine Schwester wurde kaum erwähnt.

Meliander faltete den Brief sorgfältig zusammen. Er blickte zum ockerfarbenen Himmel. Der Sturm hatte nachgelassen, doch war er immer noch nicht vorüber. Die magische Kuppel, die den Sand fernhielt, schützte nicht vor der Hitze. Melianders Mund war wie ausgedorrt. Es nutzte nichts, an Mailyns Grab zu sitzen. Er musste auf seinen Körper achten. Und er wollte noch etwas ...

Müde erhob er sich aus dem heißen Sand und tat ein paar Schritte bis zu der Steinplatte, die er am Abend zuvor mit Frar angehoben hatte. Dort, wo die Platte geruht hatte, führte eine steile steinerne Treppe in die Tiefe. Schon nach wenigen Schritten hinab wurde es spürbar kühler. Die Luft war feucht, das Atmen wurde angenehmer.

Als er das Ende der Treppe erreichte, leitete ihn das Licht einer einzelnen Öllampe am Rand der Zisterne entlang. Vereinzelt waren knorrige Wurzeln durch das Mauerwerk gedrungen. Weißer Sinter bedeckte, in Schlieren aus den Fugen austretend, das rote Mauerwerk aus gebrannten Ziegeln.

Nicht weit von der Treppe stand eine steinerne Bank. Hier hatte Frar sich niedergelassen. Er saß kerzengerade und sah ihn an wie ein Angeklagter, der seinen Richterspruch erwartete.

»Du weißt, was in dem Brief stand?«

»Nein, ich habe ihn nie gelesen, und es blieb damals nicht die Zeit, dass Nandalee es mir hätte erzählen können. Sie hatte es sehr eilig, sich in ihr Unglück zu stürzen.«

»Du warst kein sonderlich guter Beschützer ...«

Frar tat einen tiefen Seufzer. »Ich weiß. Aber was hätte ich noch tun können? Du kamst mit deiner todkranken Geliebten in die Wüste. Du weißt, dass ich genauso verbissen in der Bibliothek nach Hilfe gesucht habe, wie du es getan hast. Es war ein Kampf, den wir nicht gewinnen konnten. Und ich glaube, Mailyn hat das gewusst.«

Er hatte recht, und doch fiel es Meliander schwer, ihm das zuzubilligen. Niemand anders sollte über Mailyn urteilen!

Lieber wechselte er das Thema. »Wie war meine Mutter?«

Frars Züge entspannten sich. »Stur. Wenn sie etwas wollte, ließ sie sich nicht von ihrem Weg abbringen. Sie war aber dennoch eine gute Gefährtin. Jedenfalls, solange man denselben Weg beschreiten wollte wie sie.«

»Ihr habt in all den Jahren keine Himmelsschlange getötet, nicht wahr?«

Frar erhob sich von der Steinbank. »Sie hat von den Waffen

geschrieben?« Er wirkte zutiefst empört. »Wie konnte sie nur! Wenn mir etwas passiert wäre ... Wenn der Brief in die falschen Hände geraten wäre ...«

»Dann hätte immer noch niemand gewusst, wo du die Waffen versteckt hast.«

Der Zwerg schnaubte. »Darum geht es nicht. Wie viel stand in dem Brief? Hat sie Namen erwähnt? Glamirs Turm und Galar?«

Meliander nickte.

»Du musst diesen Brief verbrennen!«

»Das Einzige, was ich von meiner Mutter habe?«

»Lern ihn auswendig!«, fuhr Frar ihn barsch an. »Was glaubst du, was geschehen wird, wenn die Drachlinge den Brief zu den Himmelsschlangen bringen? Sie werden ein neues Massaker unter uns Zwergen anrichten! Sie werden die Stadt des Hochkönigs zerstören, und keiner in den Höhlen wird überleben. Es wird wie damals in der Tiefen Stadt sein. Wie konnte ich nur die ganze Zeit arglos diesen Brief mit mir herumtragen?«

»Ich sehe hier keine Drachlinge«, entgegnete Meliander trotzig.

»Willst du etwa für immer hierbleiben? Wir wissen auch nicht, ob die Dschinnen kommen ...«

»Warum sollten sie das tun? Wenn sie Almansur in sein Grab gesperrt haben, ist ihre Aufgabe im Namen der Himmelsschlangen doch wohl erledigt.«

»Das hoffe ich ...« Der Zwerg sah ihm nun fest in die Augen. »Ich fürchte, ich habe da einen dummen Fehler gemacht. Ich habe Almansur einen Speer geschenkt. Mit einer Drachentöterspitze ... denn er hatte sich vom Goldenen losgesagt. Aber um den König zu verteidigen, werden sich die Kobolde an Almansurs Waffensammlung in der Palastbibliothek bedient haben, und ich weiß nicht, ob sie auch den Speer genommen haben.

Falls ja, wäre es eine Waffe, die auch den Dschinnen gefährlich werden kann.«

»Aber ich dachte, Almansur kann über die Dschinnen gebieten, weil er ihre wahren Namen kennt.«

Frar schüttelte traurig den Kopf. »Daran glaube ich nicht. Es gibt keinen Zauber, der sie zwingt, ihre wahren Namen preiszugeben. Sechs Dschinnen auf diese Weise zu beherrschen? Das vermag vielleicht eine Himmelsschlange, aber kein Lamassu. Ich bin mir sicher, sie haben ihm lediglich etwas vorgespielt. Ihn getäuscht, wie es so ihre Art ist ... Nur mit einem Aufstand der Kobolde haben sie wohl nicht gerechnet. Aber wenn die Kobolde nun während der Kämpfe in Almansurs Palast einen von ihnen mit dem Speer töten oder gar schon getötet haben, dann werden die Dschinnen, klug wie sie sind, ihre Schlussfolgerungen ziehen und als Nächstes nach mir suchen.«

Meliander dachte an seine Kindheit. Wie er, Emerelle und ihre Mutter von den Drachen gejagt worden waren. Er hatte es gehasst. Er wollte nicht mehr auf der Flucht sein. Und was war sein Leben schon noch wert? Wäre es nicht besser, es nun zu wagen, statt es nur sinnlos zu verlieren?

Er richtete seine Augen auf den Zwerg. »Träumst du immer noch davon, die Tyrannen vom Himmel zu holen?«

Frar stutzte, dann sah er ihn ungläubig an. »Du willst den Kampf deiner Mutter aufnehmen?«

»Ich will, dass der Goldene büßt, der dafür gesorgt hat, dass sie den größten Teil ihres Lebens eine Gejagte war. Denn wenn sie nicht die Mörderin Nachtatems war, dann muss es der Zweitgeschlüpfte gewesen sein. Er hatte den größten Nutzen aus dem Tod des Erstgeschlüpften.«

»Tja ...« Frar wirkte skeptisch. »Vielleicht sollten wir erst einmal von hier fortgehen. Und dann fassen wir einen Plan. Die Ermordung einer Himmelsschlange ist keine Kleinigkeit. Wenn wir es falsch anfangen, werden zu viele Unschuldige mit ihrem Leben dafür bezahlen. Die Tiefe Stadt wurde vernichtet, nur weil dort mit Leichenteilen eines Drachen gehandelt wurde. Wohlbemerkt, keine Himmelsschlange. Die Pegasi wurden ausgerottet, weil sie der angeblichen Mörderin Nachtatems zur Flucht verholfen haben, und das weite Grasland zu einer Wüste verbrannt, in der auch nach mehr als siebzig Jahren kein einziges Pflänzchen wächst. Wenn wir einen solchen Mord planen, müssen wir uns zuallererst Gedanken darüber machen, wie wir verhindern, dass Unschuldige für unsere Taten büßen.«

»Ich finde, wir müssen zuallererst sicherstellen, dass es deine Waffen noch gibt. Sollte dein Versteck gefunden worden sein, müssen wir keine Mordpläne mehr schmieden.«

Der Zwerg nickte. Aber Meliander spürte, dass Frar ihm noch nicht ganz traute.

»Es geht um mehr als um das Erbe meiner Mutter.« Meliander ging in die Hocke, um mit Frar auf Augenhöhe zu sein. »Mailyn wollte aus dieser Welt einen besseren Ort machen. Sie hat ihre Liebe verschenkt, bis es sie zuletzt umgebracht hat. Das war edel. Es war selbstlos. Aber unsere Welt ist nicht so. Mein Bruder, der für ihren Tod verantwortlich ist, lebt unbehelligt weiter. Die Himmelsschlangen, die ganze Landstriche verwüstet haben, sind die Herren dieser Welt. Ich will *Mailyns* Erbe antreten. Ich *werde* diese Welt besser machen. Aber nicht durch Liebe. Ich werde die Tyrannen töten!«

»Ich glaube, deine Mutter wäre ziemlich stolz gewesen, wenn sie diese Worte gehört hätte.«

Meliander richtete sich auf. »Das ist mir egal. Ich weiß, Mailyn wäre sehr enttäuscht gewesen, wenn sie das gehört hätte. Aber auch das ist mir egal. Sie lebt nicht mehr, weil diese Welt für ihre Reinheit noch nicht bereit war. Ihre Seele wird wiedergeboren werden. Darauf werde ich warten. Und ich werde sie finden, wenn sie zurückkehrt. Ich hoffe, dass ich noch einmal ihr Herz erobern kann. Und bis dahin soll Albenmark frei von Tyrannen sein!«

Frar streckte ihm die Hand entgegen. »Ich bin dein Mann, Meliander. Die Wasserflaschen sind gefüllt. Lass uns den nächsten Albenstern suchen und nach Haiwanan ziehen, wo die Drachentöterwaffen versteckt liegen.«

Meliander ergriff Frars Hand. »So soll es sein.« Er drückte sie und wandte sich der Treppe zu. »Lass mich nun an Mailyns Grab meinen Schwur besiegeln.«

Der Schwur

Der Elf kniete vor dem Grab bei dem gelben Rosenbusch. Im Sand lag der große Kristall, den er aus dem Pavillon mitgenommen hatte. Er drehte ihn um eine Winzigkeit, sah wieder zum Himmel empor.

Frar folgte seinem Blick. Es hatte aufgeklart. Die Sonne war eine blendend weiße Scheibe. Er wollte etwas sagen, wagte es aber nicht, Meliander jetzt zu stören.

Wieder veränderte der Elf die Position des Kristalls.

Und plötzlich geschah das Wunder: Ein paar Schritt neben dem Rosenbusch erschien ein Regenbogen auf dem Sandstein des Felsabbruchs.

»Ich werde auf der ganzen Welt nach dir suchen«, sagte Meliander so stockend, dass es Frar die Tränen in die Augen trieb.

Er rang mit sich. Jetzt würde jedes Wort stören. Aber er wollte etwas beitragen, nicht schweigen. »Der Kristall ... Er wird im weichen Sand versinken oder zugeweht werden. Der Regenbogen wird schnell verschwinden.«

»Ich weiß ...«

Frar hatte eisige Worte befürchtet. Stattdessen klang Meliander nur unendlich niedergeschlagen.

»Darf ich helfen?«

Der Elf machte eine unbeholfene Geste, die alles bedeuten mochte. Frar entschied sich, sie als Zustimmung zu werten. Er kniete sich nieder und drückte zu beiden Seiten des Kristalls die Hände in den warmen Sand. Dann schloss er die Augen und raunte ein Wort der Macht. Als nichts geschah, wiederholte er es. Wieder und wieder. Es hatte ihm geschadet, so lange am Hof des Lamassu zu sein. Almansur hatte seine Zauber mit einer solchen Leichtigkeit gewoben. Wenn er Zauber gewirkt hatte, dann schien alles möglich.

Für ihn, Frar, hingegen war es ein mühsames Unterfangen, das allzu oft von stechendem Kopfschmerz begleitet wurde. Als er sein Verborgenes Auge öffnete, war er zunächst nur von Finsternis umfangen. Allmählich erst zeichneten sich feine, in allen Farben glühende Kraftlinien im Dunkel ab. Obwohl die Kuppel aus Hunderten miteinander verknüpften Zaubern schon seit geraumer Zeit dabei war, zu verfallen, war dieser Ort noch immer von machtvoller Magie durchdrungen.

Frar suchte nach der Magie der Natur, um das fragile Konstrukt des Lamassuherrschers nicht weiter zu schwächen. Er spürte das Wasser tief unter sich in der Zisterne, die Auren der wenigen kleinen Geschöpfe, die sich in der unbarmherzigen Wüste behaupteten. Dann entschied er sich, von der Kraft des verebbenden Sturmes zu nehmen. Er zog sie vom Himmel herab, lenkte sie in die Erde. Übte Druck aus. War zugleich behutsam, um nicht die gewölbte Decke der Zisterne zu zerstören.

Er spürte, wie der Sand unter seinen Händen fester wurde. Zugleich begann die Natur, sich gegen ihn zur Wehr zu setzen. Es fing mit einem Prickeln auf den Augenlidern an.

Frar versuchte, es zu ignorieren, wohl wissend, was daraus resultieren würde. Er konzentrierte sich auf den Sand, war in Gedanken bei der veränderten Struktur und Form, die er ihm geben wollte. Er spürte, wie er sich unter seinen Händen regte, emporwuchs, aber auch in der Tiefe Wurzeln fasste.

Aus dem Prickeln auf den Lidern wurde ein stechender

Schmerz, als würden glühende Nadeln durch seine Augen hindurch in sein Hirn gestoßen. Seine Finger krümmten sich, und er musste sich zwingen, sie zu entspannen. Er dachte an Rosenranken, an Blüten, an vollendete Schönheit.

Almansur hatte ihn gelehrt, wie dieser Zauber zu weben war. Der Lamassu hatte dafür nicht einmal Hände benötigt. Allein die schneidende Macht seiner Gedanken hatte genügt, um das Portal seines Grabes zu erschaffen.

Frar versuchte, den Schmerz auszublenden. Ein wenig noch. Gleich wäre es vollendet ...

Eine Berührung unterbrach den Zauberbann. Frar sank taumelnd zurück. Schloss sein Verborgenes Auge.

»Frar ...«

Die Stimme klang, als käme sie aus weiter Ferne. Einen Augenblick lang glaubte er, Almansur würde ihn rufen. Er vermisste den König, der ihm in all den Jahren des Wartens ein Freund geworden war.

»Frar?«

Klarer drang die Stimme nun in sein Hirn. Fand vorbei am Schmerz, der noch lange in seinem Kopf nisten würde.

»Frar!«

Der Zwerg blinzelte. Das Licht war so grell.

»Deine Augen ... Du blutest.«

Benommen tastete er nach seinen Lidern. Sie schienen unverletzt, soweit er es mit seinen halb tauben Fingern spüren konnte.

»Du hast blutige Tränen geweint.«

Frar nickte. Nahm es zur Kenntnis. Das war neu. Vielleicht hatte er zu viel ... Er betrachtete die ockerfarbene Säule, die auf dem Grab aus dem Sand erwachsen war. Sie war vom Boden aus etwa einen Schritt hoch, glatt, von steinernen Rosenranken umwunden, das Kapitell mit fein geschnittenen Blüten geschmückt, und auf ihr lag, gehalten von drei steinernen Rosenblättern, der Kristall, den Meliander in den Sand gelegt hatte.

»Die Säule ist wunderschön geworden«, sagte der Elf ergriffen.

Frar äußerte sich dazu nicht. Er sah nur die Fehler. Sah, wo die Oberfläche porös geblieben war, statt poliert zu wirken, sah die zwei missglückten Blüten und dachte daran, dass Almansur den Sandstein am Ende vermutlich noch in strahlend weißen Marmor verwandelt hätte. »Die Säule reicht, wie verwurzelt, in den Boden hinein. Sie steht so fest wie die Steilklippe. Kein Sturm wird sie umstürzen, und der Sand wird deinen Kristall nicht so schnell verschlingen können«, sagte er und betrachtete den Regenbogen auf dem Felsen. Er war nach oben gewandert, aber ansonsten unverändert geblieben.

»Danke!« Melianders Stimme zitterte.

»Ich habe sie auch gemocht«, erwiderte Frar erschöpft. »Sie war …« Er verstummte. So gut hatte er sie nicht gekannt.

»Mailyn, du warst das Licht meines Lebens«, sagte Meliander feierlich. »Ich werde dich finden, wenn du wiedergeboren wirst. Dies ist nicht das Ende unserer Liebesgeschichte. Es ist der Anfang.«

Schwarze Pfähle

Schwüle Hitze legte sich wie ein feuchtes Tuch um ihn. Einen Herzschlag lang hatte Meliander das Gefühl, in der stickigen Luft nicht atmen zu können. Hinter ihnen schloss sich der Albenstern, aus dem sie beide getreten waren. Drei Tage hatte es gedauert, bis sie in der Wüste einen großen Albenstern gefunden hatten. Die anschließende Reise auf dem Goldenen Pfad durch das Nichts waren nur wenige Schritte gewesen. Eben noch war er der trockenen Hitze Schurabads ausgesetzt gewesen. Der Monotonie der Wüste, in der es außer dem Ocker der Dünen und dem von Sand verschleierten Blau des Himmels keine Farben gab.

Hier war alles anders. Grün verschlang die Hügel, deren Flanken in Terrassen zergliedert waren. Wie ein breites Silberband wand sich ein Fluss durch das Tal. Eine Stadt mit schmutzig gelben oder bräunlichen Dächern lag ihnen zu Füßen. Allerdings waren viele der auf Pfählen erbauten Häuser in den buntesten Farben gestrichen. Ebenso die Fischerboote, die er auf dem Fluss sah. Ein strahlend weißer Tempel erhob sich aus dem Meer einfacher Häuser. Goldene Kuppeln krönten ihn.

Die Albenkinder auf den Straßen waren in bunte Gewänder gekleidet. Sogar die Wasserbüffel, die er sah, hatten farbige Stoffbänder um ihre Hörner geschlungen, und die Abdrücke schlammroter Hände schmückten ihre Flanken.

»Haiwanan«, sagte Frar. Er klang nicht begeistert. Misstrauisch sah der Zwerg auf die große Stadt hinab. »Bei den Alben. Nein!« Er deutete auf eine Stelle, an der sich nur noch rußgeschwärzte Pfähle aus dem Boden erhoben. »Dort hatte ich sie versteckt ...«

»Etwa in einem Haus?«, fragte Meliander.

Frar schien ihn nicht zu hören. Er stierte auf die Stadt hinab. Seine Lippen bewegten sich, doch er sprach so leise, dass Meliander kaum ein Wort verstand.

Er kniete sich vor dem Zwerg hin. »Hast du die Waffen in einem Haus versteckt?«, wiederholte er langsam.

»Natürlich nicht«, erwiderte Frar geistesabwesend. Dann endlich sah er ihm in die Augen. »Unter dem Laden! Der alte Damien hat wunderschöne Knöpfe verkauft. Aus Perlmutt und Horn, aus Holz und Messing. Jeden Knopf, den du dir nur vorstellen konntest. Und Schmuckperlen. Aus Holz und gebranntem Ton und Glas. Neben dem südöstlichen Eckpfahl seines Hauses habe ich die Waffen vergraben. In einer kleinen Kiste, die in ein Öltuch eingeschlagen war. Ich wollte sie aus der Stadt bringen, aber dafür war keine Zeit. Nandalee drängte so sehr. Ich habe die Kiste vergraben, als sie bei der Schneiderin war.«

Meliander lief es eiskalt den Rücken hinab. »Mitten in der Stadt, wo es überall Augen gibt?«

»Mich hat keiner gesehen!«, sagte der Zwerg so entschieden, als hätte er seinen Schatz in einer mondlosen Nacht auf einer einsamen Waldlichtung verscharrt.

Meliander wusste nicht viel über Städte. Aber wenn er die wimmelnden Massen auf den Straßen betrachtete, glaubte er nicht, dass man hier irgendetwas unbemerkt tun konnte.

»Ich werde sie niemals wiederfinden«, jammerte der Zwerg.

Dort, wo das Viertel abgebrannt war, erhoben sich Hunderte von halbverkohlten Pfählen. Es sah aus wie ein verbrannter

Wald. Sich dort zu orientieren würde sicherlich schwierig werden. »Ich nehme an, du hast den Pfahl markiert, neben dem ...«

»Selbstverständlich nicht!«, fuhr Frar ihn an. »Mit einer Markierung hätte ich jeden halb verhungerten Gossenjungen darauf aufmerksam gemacht, dass es dort etwas gibt. Ich habe mir das Haus gemerkt und die Position des Pfahls in Verbindung damit.«

»Wir werden jetzt erst einmal essen«, versuchte Meliander den Zwerg zu beruhigen. »Nichts gegen deinen Hirsebrei ... aber den hatten wir jetzt schon ziemlich oft. Und danach sollten wir über unauffälligere Kleider nachdenken. Unsere Tuniken aus Schurabad passen hier nicht wirklich her.«

Frar zeigte darauf keine Reaktion, aber er folgte ihm zumindest, als sie über einen staubigen Weg den Hang hinab in Richtung Stadt gingen.

Meliander versuchte, sich an alles zu erinnern, was Frar ihm über den Dolch, die Speer- und Pfeilspitzen erzählt hatte. Es war wohl kein Zauber in die Waffen gewoben. Ein Blick durch das Verborgene Auge würde nicht offenbaren, wo sie versteckt waren. Dennoch war er durchaus zuversichtlicher als der Zwerg. Sie würden das Versteck wohl finden, wenn es nicht gleich am ersten Tag schon ausgehoben worden war. Wie Frar unbemerkt seine Schatulle vergraben haben wollte, war Meliander allerdings ein Rätsel.

Sie drängten sich an hoch mit Brennholz beladenen Ochsenkarren vorbei, die auf dem steilen Weg hinab von etlichen Damien mit Halteseilen gesichert wurden, die um die Achsen geschlungen waren. Die Scheibenräder gruben sich tief in den feinen roten Staub, der bei jedem Schritt aufgewirbelt wurde.

Bauern in schwarzen Kitteln trugen an beiden Enden von Bambusrohren, die sie sich über die Schultern gelegt hatten, Gemüse in Netzen, Käfige voller Hühner oder Körbe voller

Obst. Aus der Stadt ertönte der helle Klang von Zimbeln, begleitet von Trommeln und melancholischen Rohrflöten.

Meliander dachte an Mailyn. Sie hätte es genossen, hier zu sein, an diesem Ort voller Leben und Farben. Davon hatten sie beide so oft in ihrem grauen See geträumt.

»Lass uns zum Fluss gehen«, sagte Frar, als sie den Stadtrand erreichten und das Gedränge auf der engen Straße, der sie nun folgten, immer größer wurde. »Am Fluss gibt es Suppenküchen und kleine Garstuben. Man kann sich für ein paar Kupferstücke den Bauch vollschlagen, und was man dort in seine Schüssel bekommt, ist auch fast immer frisch.«

Es war offensichtlich, dass Frar sich hier gut auskannte. Er führte sie durch weniger belebte Seitenstraßen. Manchmal ging er auch einfach unter den auf Pfählen stehenden Häusern hindurch, wobei sich Meliander unangenehm tief bücken musste. Der Zwerg war so in Gedanken, dass ihm das nicht auffiel.

Auf einer schwankenden Bootsbrücke überquerten sie einen toten Flussarm, der weit in die Stadt hineinreichte. Schlingpflanzen trieben auf dem übel stinkenden Wasser. Ab und an leuchtete eine einzelne weiße Blüte in dem treibenden Blätterteppich, ähnlich wie sich der Tempel strahlend von allen anderen Bauten der Stadt abhob. Dort wurden jetzt große Trommeln geschlagen, deren tiefes Wummern die Eingeweide vibrieren ließ.

Nackte Kinder spielten an den schlammigen Ufern. Sie ärgerten hagere Hunde, die in Abfällen nach Essbarem suchten. Der Rauch unzähliger Kochfeuer zog zwischen den Hütten hindurch. Es roch nach gebratenem Gemüse, schmorendem Fleisch und Gewürzen, die Meliander unbekannt waren.

Sie erreichten einen Uferabschnitt, an dem einige mächtige Bäume mit weit ausladender Krone zwischen den Pfahlbauten stehen geblieben waren. Säulentrommeln und große graue Steinblöcke lagen im Flussschlamm und am Ufer.

Hier gab es überall kleine Garküchen. Fische brieten auf eisernen Rosten oder hingen an langen, dünnen Spießen über glühenden Kohlen. Suppen brodelten in Eisenkesseln, frische Nudeln lagen wie Schlangennester auf Holzplatten. Messer fuhren in rasendem Stakkato durch frisches Gemüse. Junge Zwiebeln, Koriander, Möhren und Ingwer landeten in Kesseln. Meliander konnte sich gar nicht sattsehen an all den Köstlichkeiten. Fischer trugen in geflochtenen Körben ihren Fang vom Fluss herauf.

Rings um die Steine kauerten Gäste, die aus flachen Suppenschalen schlürften oder an Fleischspießen knabberten.

»Wonach steht dir der Sinn?«

»Ich …« Meliander wusste es nicht. Es war von allem zu viel. Wieder dachte er an Mailyn. Daran, was für ein Vergnügen es gewesen wäre, mit ihr von Garstelle zu Garstelle zu ziehen und von all den Köstlichkeiten zu probieren.

»Setz dich dahin!«, befahl ihm Frar und deutete auf eine Säulentrommel, die gerade von mehreren kichernden Damienmädchen in schreiend gelben Gewändern verlassen wurde. Sie gingen näher an ihm vorbei, als nötig gewesen wäre. Eine drückte ihm ein Holztäfelchen in die Hand, auf dem in fremder Schrift etwas geschrieben stand. Dabei sah sie ihn kurz auffallend direkt an. Ihre Augen waren von einem schönen Rotbraun mit hellen, fast bernsteinfarbenen Einsprengseln.

Meliander schaute ihr verwundert nach. Sie drehte sich noch zwei Mal nach ihm um und lächelte, bevor sie in der Menge verschwand. Es war ein schmerzlicher Moment. Ihr Anblick ließ Mailyn in seinen Gedanken wieder aufleben. Ihr Lächeln. Die Art, wie sie ihn angesehen hatte …

»He, Tagträumer!« Frar stellte eine Schale mit gebratenem Gemüse vor ihm auf die Säule. Dazu einen Teller mit etwas, das wie goldbraune Teigfinger aussah.

»Was ist das?«

»Gebratener Wasserspinat mit Knoblauch. Und bei den in Fett gebratenen Teigröllchen fragt man besser nicht, was drin ist. Ist immer eine Überraschung.« Er deutete auf zwei kleine Schalen mit klebrig aussehender Soße. »Da hineintunken. Dann sind sie wirklich gut.«

Meliander kostete skeptisch von den fremden Speisen. In den Teigröllchen waren neben verschiedenem Gemüse auch kleine Fleischstückchen. Alle Speisen waren würziger, als er es gewohnt war.

»Was hat das hier zu bedeuten?« Er legte das beschriftete Holztäfelchen vor Frar auf die Säule.

Der Zwerg verschluckte sich fast. »Woher hast du das?«

»Die jungen Mädchen, die vor uns hier gesessen haben ... Eine von ihnen hat es mir gegeben.«

»Nicht gut«, murmelte Frar.

»Warum?«

»Das willst du nicht wissen.«

Meliander nahm mit einem Teigröllchen die letzte Soße aus einer der zwei Schalen auf. »Wie soll ich diese Welt verstehen, wenn du sie mir nicht erklärst?«

»Du hast es so gewollt ...« Der Zwerg wirkte bedrückt, ja traurig. »Ich glaube, wir sind in das Drachenfest hineingeplatzt. Sie feiern es immer noch, obwohl sie der Herrschaft der Himmelsschlangen entronnen sind. Es gibt Spiele, Wettkämpfe. Dichter, Sänger, Artisten und Musiker aus dem ganzen Königreich kommen hierher, um die Gäste zu unterhalten.«

Meliander tippte mit der Fingerspitze auf das Holztäfelchen. »Und das hier? Hat das mit dem Fest zu tun? Ist das eine Einladung?«

Frar schob sich eines der Teigröllchen in den Mund und kaute so bedächtig, dass Meliander das Gefühl hatte, der Zwerg wolle die Zeit bis zur Antwort strecken.

»Du hast die goldenen Kuppeln des Tempels gesehen?«

»Man kann sie kaum übersehen.«

»Das Mädchen hat dich aufgefordert, ein wenig Gold für die Tempelkuppeln zu spenden. Eine dünne Münze. Ein altes Schmuckstück ... Aber es muss aus Gold sein.«

»Warum sollte ich das tun?«

Frar starrte auf sein Gemüse. »Also, genau genommen hat sie dir ein Tauschgeschäft vorgeschlagen.« Er rührte mit seinem Löffel in der Schale. »Es gilt als eine Ehre, wenn junge Mädchen zum Drachenfest ihre Jungfräulichkeit gegen Gold eintauschen, das sie dann dem Tempel schenken. Nahe beim Eingang gibt es besondere Kammern, in die sie sich zu Ehren der Drachen mit ihren Auserwählten zurückziehen.«

Meliander zog die Hand von dem Holztäfelchen zurück. »Woher weißt du das alles?«

Frar räusperte sich. »Ich habe auch schon mal ein Holztäfelchen bekommen. Die Damien glauben, dass alle Zwerge die Taschen voller Gold haben.«

»Lass gut sein. Mehr muss ich nicht wissen.«

Frar schaufelte sich weiteres Gemüse in den Mund. »Hab dir doch gleich gesagt, dass du nicht erfahren willst, was es mit dem Täfelchen auf sich hat.«

Meliander legte den Kopf in den Nacken und blickte in die Baumkrone hinauf, verlor sich sinnend in der Betrachtung des Mosaiks aus Schatten und Licht. Die Mädchen verschenkten sich für den Tempel. Er hatte das Gefühl, Mailyn hätte sie verstanden. Ihm war das sehr fremd.

»Komm, suchen wir uns ein Gasthaus für die Nacht.« Frar stand auf.

Meliander ließ das Holzplättchen auf der Säulentrommel liegen.

Das dunkle Wasser

»Und hier stand ganz sicher das Haus des Knopfmachers?«

Der alte Damien blickte ärgerlich auf Frar herab. »Der Knopfmacher war mein Bruder«, schnarrte er. »Ich werde doch wohl noch wissen, wo das Haus meines Bruders stand.« Er bohrte seinen Krückstock in den mit Holzkohlestücken durchsetzten roten Staub. »Dies war sein Grund und Boden. Hier hat er geliebt und geschissen. Hier ...«

»Wir glauben dir!«, unterbrach Meliander den fluchenden Alten.

Der sah sie beide mit seinen halb blinden Augen an. »Warum wollt ihr das eigentlich wissen?«

»Sein Fürst schickt uns«, behauptete Frar ungewohnt dreist und deutete dabei auf Meliander. »Der Elfenfürst von Arkadien. Er hat uns geschickt, um hier Knöpfe einzukaufen. Der Ruhm deines Bruders hat sich weit verbreitet. Zu dumm, dass er nun nicht mehr hier ist.«

»Ein paar seiner Knöpfe habe ich gerettet.«

Meliander drückte dem Alten zwei Silbermünzen in die Hand. »Wir danken dir, Sulum. Morgen werden wir deine Knöpfe anschauen.«

Der Damien gab ihm das Geld zurück. »Das will ich nicht. Dass der Fürst von Arkadien meinen Bruder kannte ...« Er schüttelte den Kopf. »Das hätte er gern noch gehört. Ist dem

Feuer entkommen, nur um sich dann darüber zu Tode zu grämen, dass er alles verloren hatte. Dabei war er so berühmt!« Sulum reckte seinen langen, faltigen Hals. »Wo liegt dieses Arkadien eigentlich?«

»Auf der anderen Seite des Ozeans.« Es war Meliander unangenehm, den gutgläubigen Alten zu belügen. Sie hatten ihn früh am Morgen aufgespürt, als sie nach dem Knopfmacher gesucht hatten.

»Auf der anderen Seite des Ozeans«, wiederholte Sulum und wackelte so mit dem Kopf, dass es aussah, als würde der ihm gleich vom Hals fallen. »So berühmt war der Kleine. Wer hätte das gedacht! Wenn ihr kommt, dann werdet ihr den Nachbarn erzählen, wer euch geschickt hat. Von der anderen Seite des Ozeans ...« Diesen Satz immer wieder vor sich hinbrabbelnd, ging er davon.

Kinder standen zwischen den rußgeschwärzten Pfählen und sahen ihnen aus einigem Abstand zu. Auch aus den Häusern, die den Brand überstanden hatten, verfolgten sie neugierige Augen.

»Wir sollten uns jetzt schnellstens verdrücken«, flüsterte Frar. »Zu viel Aufmerksamkeit.«

Meliander verbeugte sich vor den Pfählen, als wollte er den Toten Respekt erweisen. Frar tat es ihm nach. Dann gingen sie beide.

»Sulum ist blind wie ein Maulwurf«, murmelte Frar. »Das kann nicht der Ort sein, wo das Haus seines Bruders gestanden hat. Das ist viel zu weit vom Haus der Schneiderin entfernt.«

»Wie willst du das wissen?« Meliander war gereizt. »Erkennst du etwa die Pfähle ihres Hauses irgendwo in diesem Trümmerfeld?«

»Das muss ich nicht.« Der Zwerg deutete auf ein Pfahlhaus am Rande des verkohlten Platzes. »Die Schneiderin hat mehr

Glück gehabt als unser Knopfmacher. Ihr Haus ist stehen geblieben. Ich muss mich nur ungefähr erinnern, wie ich gegangen bin ... Ich finde die Stelle schon noch.«

»Jetzt glaubst du, du findest sie ...«

»Klüger als dieser senile Sulum bin ich auf jeden Fall. Der weiß doch nicht mehr, wo sein linker Fuß steht, wenn er den rechten anhebt.«

»Und dann wirst du hier unter aller Augen anfangen, nach der Schatulle zu graben?«

»Lass das meine Sorge sein!«, fuhr ihn Frar an.

Meliander hatte den Zwerg noch nie so wütend erlebt.

»Ich weiß, was ich tue. Wer rechnet schon damit, dass hier ein ganzes Stadtviertel abbrennt? Wäre das nicht geschehen, hätte ich die Waffen längst. Ich werde heute Nacht allein herkommen und sie ausgraben. Und niemand wird mich dabei sehen. Vertraue mir einfach, statt immer weiter Fragen zu stellen, auf die ich dir keine zufriedenstellende Antwort geben werde. Und jetzt gehen wir! Ich bin hungrig.«

Meliander fragte sich, welches Geheimnis der Zwerg vor ihm verbarg.

Sie schlenderten durch die Straßen der Stadt. Frar erzählte ihm allerlei Belangloses über die Kultur, die Damien, über Läden, die er geliebt hatte, als er vor Jahren hier war. Über Nandalee sprach er nicht. Es war deutlich zu spüren, dass er die Wogen glätten wollte.

Eine Damien mittleren Alters in einem hochgeschlossenen roten Kleid erkannte Frar wieder. Sie besaß einen Laden, in dem sie – sicher in hohlen Bambusrohren verwahrt – alte Schriftrollen verkaufte. Sie zeigte dem Zwerg eine bestimmt zehn Schritt lange Rolle, in der es um die Liebe in all ihren Spielarten ging. Ihre langen, grün lackierten Nägel strichen über die prächtigen Illustrationen im Text. Wie zufällig streiften sie Frars Hand, und der Zwerg genoss das Gespräch sichtlich, schwärmte von der zarten Lyrik von Blütenfeen und schaffte es erneut, Meliander zu überraschen. Dies war noch eine Seite, die er an seinem Gefährten nicht kannte. Nicht kennen wollte. Er trat auf die Veranda vor der Ladentür.

Wieder zogen Zimbelklänge durch die Straßen. Durch eine Gasse, die leicht versetzt vor dem Laden in die Geschäftsstraße mündete, sah er einen kleinen Ausschnitt der parallel verlaufenden Prachtstraße, die, von den Bergen kommend, schnurgerade auf den weißen Tempel zuführte. Dort drängten sich Damien in Erwartung der Festlichkeiten.

Meliander hatte Angst davor, wieder jungen Mädchen zu begegnen, die ihre Unschuld dem Tempel opfern wollten. Zugleich war er aber auch neugierig, die Feierlichkeiten zu sehen.

»Gehe ich recht in der Annahme, dass die Beschäftigung mit Lyrik nicht zu deinen werten Gepflogenheiten gehört?«, erklang die Stimme des Zwergs hinter ihm.

Der Elf war überrascht, wie geschwollen sich Frar ausdrücken konnte.

»Mir steht der Sinn eher nach schlichteren Vergnügungen«, entgegnete er, bemüht, das Spiel des Zwergs mitzuspielen, der vermutlich die Damiendame beeindrucken wollte.

»Dann zieh von dannen und sieh dir das Spektakel für das einfache Volk an, während ich mich mit der Dame Yuen an feineren Genüssen, erdacht für empfindsame Seelen, erfreuen werde.«

Bei den Alben, dachte Meliander. Er erkannte den Zwerg kaum wieder. Machte er dieser Dame etwa den Hof? War sie der Grund dafür, dass er hierher nach Haiwanan zurückgekehrt war? Er wurde aus Frar nicht schlau.

»Ich folge der Gasse dort vorn und werde an ihrem Ende an der Tempelstraße stehen. Du solltest mich leicht finden können.«

»Hebe dich hinfort, Jüngling.« Die Worte des Zwergs wurden vom amüsierten Gelächter der Dame Yuen begleitet.

Meliander stieg die Leiter zur staubigen Straße hinab, drängte sich an einer Kolonne von Trägern vorbei, die Seidenballen auf den Schultern schleppten, zur anderen Seite der Straße und erreichte die Gasse, die zum Prozessionsweg hinabführte. An der Ecke rief ihn ein fliegender Händler an, der wie Meliander ein rotes Tuch um den Kopf gewickelt trug, um das Haar vor dem feinen, allgegenwärtigen Staub der Stadt zu schützen. »Hier ist alles gut!«, rief er dem Elfen lachend zu.

Die Worte trafen Meliander ins Herz. Nie mehr würde alles gut sein. Nicht, bevor er die wiedergeborene Mailyn fand.

Der Händler, ein zierlicher Damien in schlichter schwarzer Kleidung, wie auch Meliander sie seit dem Morgen trug, um nicht weiter aufzufallen, wies auf die kleine Auswahl an Waren auf der Ladefläche seines Handkarrens. Gebratene Bambusratten, die von langen Ruten herabhingen, Bienenwaben mit Maden und eine Auswahl an schillernden Singvögeln in kleinen Käfigen, die zum Verzehr gedacht waren.

Mailyn hätte die Vögel geliebt. Die leuchtenden Farben ihres Gefieders. Sie piepsten kläglich, als wüssten sie um das Schicksal, das sie erwartete. »Was kosten die Vögel?«

»Alle?«

»Ja, alle!«

Der Damien sah ihn abschätzend an. »Drei Silberstücke.«

Das war Wucher, das war Meliander klar, doch es war ihm egal. Frar hatte ihm einen kleinen Beutel voller Münzen gegeben, damit er in der Stadt auch allein zurechtkam. Er drückte dem Händler das Geld in die Hand. Dann nahm er die Käfige, öffnete die Türchen und ließ die Vögel einen nach dem anderen in den Himmel aufsteigen.

Mailyn hätte das auch getan, dachte er, während er ihnen,

ohne zu lächeln, nachsah. Er fühlte nichts, als sie davonflogen. Da war nur Leere in ihm.

»Du hast einen tiefen Schluck vom dunklen Wasser genommen, nicht wahr, Fremder?«

»Wie bitte?«

Der Damien wirkte verändert. Er hatte jetzt etwas Melancholisches. Die Art, wie seine Augen durch Meliander hindurchzusehen schienen. »So sagt man bei uns, wenn das Leben uns nur Bitternis schenkt: Du hast vom dunklen Wasser getrunken. Zurückzublicken wird dir nicht helfen. Und auch nicht, Vögeln die Freiheit zu schenken. Sie werden zu den Tamarinden beim Friedhof fliegen. Drei kleine Jungs lauern dort für mich in den Bäumen. Dort haben sie Leimruten aufgehängt und kleine Käfige mit Lockvögeln. Die Hälfte der Vögel, die du gerade freigelassen hast, wird morgen schon wieder in Käfigen auf meinem Wagen stehen.«

»Aber sie hatten zumindest noch einen Tag in Freiheit.«

Der Damien lächelte und gab ihm eines der Silberstücke zurück. »Du hast ein gutes Herz, Fremder. Gib acht darauf, dass du nicht von ihm verzehrt wirst.«

Etwas an den Worten des Fremden ließ eine dunkle Vorahnung in Meliander aufsteigen. Leimruten. Davon hatte auch Almansur gesprochen. Wieder ganz in Gedanken, nickte er dem Damien zu und trat in die dunkle Gasse.

Von der Prachtstraße her erklangen Zimbeln und helles Gelächter. Auch staunende Ausrufe. Meliander beschleunigte seine Schritte. Er wollte abgelenkt sein. Wollte ein Spektakel geboten bekommen, das ihn ganz im Hier und Jetzt verankern und ihn davor bewahren würde, über seine verlorene Liebe nachzudenken.

Grelles Licht ließ ihn blinzeln, als er aus der Gasse trat. Sofort stand er inmitten von Damien. Er roch Schweiß und Duftwässer, den Geruch von Garküchen, der sich in zu lange nicht gewaschenen Stoffen festgesetzt hatte. Der helle Zimbelklang stach fast schon schmerzhaft in seine Ohren.

Einige Kobolde säumten ebenfalls die Straße. Ein Stück bergan stand ein einzelner Troll, dessen graue Haut über und über mit verschlungenen Mustern aus rotbraunem Bandag bemalt war. Aber dies war ein Fest der Damien, und Meliander nahm mit Erleichterung wahr, dass etwa die Hälfte der Männer, die entlang der Straße standen, gekleidet war wie er, wenngleich kaum jemand ein Schwert umgegürtet trug.

Eine Gruppe von Tänzern zog die Straße entlang. Sie alle waren in flammend rote Gewänder gehüllt. Hand- und Fußgelenke mit silbernen Schellen behängt, überschlugen sie sich in der Luft. Manche schwenkten auch lange Seidenschals an Stöcken, die sie auf so kunstvolle Art um sich herumwirbeln ließen, dass es anmutete, als würden sie von Flammenzungen umspielt.

Weit über hundert Tänzerinnen und Tänzer bildeten einen langen Zug. Ihnen folgten Gestalten auf Stelzen, die, um ihre Arme zu verlängern, Stangen in den Händen hielten, an denen schillernde Satintücher, geschnitten wie Vogelflügel, befestigt waren. Sie schwenkten sie, als wollten sie sich jeden Augenblick auf diesen zarten Schwingen in den Himmel erheben. Ihre Gesichter blieben hinter Halbmasken verborgen, die aus echten, flammend roten Federn gefertigt waren und in kurze, gebogene Schnäbel mündeten.

Weiter oben die Prachtstraße hinauf erklangen Jubel und euphorische Rufe. Eine große Sänfte wurde von Dutzenden schwitzenden Dienern getragen. Sie war nicht geschlossen. Keine Tücher verhüllten den Blick auf den, der da kam. Diese Sänfte war eine Plattform, umgeben von einem hölzernen Geländer. Und der, der sich dort nonchalant auf dem goldenen Handlauf aufstützte, wollte gesehen werden. Eine Lichtgestalt in

Weiß und mit silberner Brustplatte, in der sich das helle Mittagslicht spiegelte.

Mit einer Hand winkte er dem jubelnden Volk zu. Konnte das der Geisterkönig sein? Der Herrscher, der sich niemals zeigte? Meliander hatte ihn sich als düstere, schattenhafte Gestalt vorgestellt.

»Wer kommt da?«, fragte er eine Damien, die mit einem Arm voller Blumen neben ihm stand.

Sie sah ihn verwundert aus tiefen, dunkelbraunen Augen an. »Das ist unser König. In diesem Jahr zeigt er sich zum ersten Mal auf dem Drachenfest. Früher ließ er sich in geschlossener Sänfte in den Tempel tragen, doch nun wünscht er, dass sein Volk ihn sieht.«

Sie lächelte, und Meliander fiel auf, dass sie ihr Gesicht leicht gepudert hatte. Auch waren die Augenbrauen gezupft und leichte Tuscheschatten in den Augenwinkeln.

»Er ist von strahlender Schönheit, unser König. Selbst für einen Elfen. Er hätte sich früher zeigen sollen ...« Sie seufzte und wandte sich von Meliander ab.

Die Sänfte war inzwischen auf zehn Schritt an sie herangekommen. Kriegerinnen in weißen Lederrüstungen mit silberner Brustplatte schirmten in Doppelreihen die Sänfte ab und schoben mit ihren weißen Schilden jene zurück, die, getragen von ihrer Begeisterung, versuchten, dem Herrscher nahe zu kommen, und allzu dicht an die Sänftenträger herandrängten. Hunderte von Blumen wurden von den Schaulustigen geworfen. Sie bedeckten die Sänfte mit einem farbenprächtigen Teppich.

Den König selbst umgab eine Aura des Lichts. Sein fein geschnittenes Gesicht wirkte ernst, obwohl er lächelte. Das rabenschwarze Haar reichte ihm bis zu den Schultern. Ein schmaler silberner Reif hielt es aus seiner hohen Stirn zurück.

Meliander erkannte ihn auf den ersten Blick, obwohl mehr als sieben Jahrzehnte vergangen waren, seit er ihn zum letzten Mal gesehen hatte, und der Herrscher damals noch ein Kind gewesen war.

Es war sein dunkler Bruder.

Der Schlüssel zum Sieg

Er kniete neben Mondschatten, der ihn so viele Jahre lang durch den Himmel Albenmarks getragen hatte. Der Pegasus lag auf dem eisigen Boden, eine Schwinge ragte steil auf, die andere war grotesk verdreht unter seinem Rumpf begraben. Ein Huf war abgetrennt. Nodon wandte den Blick von den bleichen Knochen und verfluchte den Befehl des Dunklen, der ihn hierhergeführt hatte. Und er verfluchte seine Kampfeslust. Hätte er den silbernen Löwen doch nur ziehen lassen! Was hätte diese Kreatur aus Metall mit ihren beiden Reitern schon gegen das Heer der Albenkinder auszurichten vermocht.

»Nodon?«

Langsam nur wollte die Erinnerung an den Tod Mondschattens weichen. Wieder sah er vor sich, wie der metallene Flügel des silbernen Löwen einen Fuß seines Pegasus abtrennte, um dann tief in dessen Brust zu schneiden.

Nodon kniff die Augen zusammen. Als er sie wieder öffnete, war er ganz in die stickige Erdhöhle zurückgekehrt.

»Geht es dir gut?« Emerelle sah ihn besorgt an. Sie stand hinter Falrach, dem sie eine Hand auf die Schulter gelegt hatte, als wollte sie den Spielmeister zurückhalten.

Nodons Hand zitterte, als er die Spielfigur des Pegasus auf das Brett zurückstellte. In Falrachs Augen las er Triumph. Da war kein Hauch von Mitleid.

»Kommt das der Wirklichkeit nahe?«, fragte der Spielmeister.

Nodon nickte. Zum dritten Mal hatten sie den Kampf gegen den silbernen Löwen nachgestellt. Dreimal war der Pegasus gestorben. Einmal war Nodon mit ihm in den Tod gestürzt.

»Ich denke, unter den gegebenen Umständen war kein anderer Ausgang des Kampfes zu erwarten«, dozierte Falrach kühl. »Zwei Unsterbliche in Rüstungen, die von den Göttern der Menschen erschaffen waren, auf einem geflügelten Löwen, der aus lebendem Metall bestand. Und du, Nodon, auf einem Pegasus aus Fleisch und Blut, und bewaffnet warst du nur mit einem Schwert. Du warst gezwungen, nahe an sie heranzukommen, um sie bekämpfen zu können. Das hat dich in eine äußerst ungünstige Lage gebracht. Nur mit sehr viel Glück hätte der Kampf einen anderen Ausgang nehmen können.«

»Ich habe es verstanden, Falrach.« Nodon versuchte, keine Emotionen in seinen Worten mitschwingen zu lassen. »Ich habe den Tod meines Pegasus verursacht. Ich habe ihn in einen Kampf geführt, in dem wir nicht siegen konnten.«

»Da kann ich nur zustimmen.« Falrach lehnte sich hinter seinem Spieltisch an die Wand zurück. »Aber ich danke dir für all das, was du mir über den Feldzug ins Ewige Eis erzählt hast.« Der Spielmeister schüttelte den Kopf. »Dass der Hochkönig Hornbori mich so angelogen hat ... Du bist dir wirklich sicher, dass er nicht bei der Brücke gekämpft hat?«

»Bei den ersten Gefechten war er noch gar nicht bei Wanu. Er hat durch die Schlacht ewigen Ruhm gewonnen. Als er ganz allein, nur mit seinem Feldzeichen in Händen, gegen die Reihen der Menschen stürmte, nichts als den sicheren Tod vor Augen.«

Falrach wirkte immer noch entrüstet. »Warum hat er mich nur angelogen? Sein Leben war so voller Heldentaten. Er hätte die Schlacht am Fluss nicht dazudichten müssen.«

Nodon dachte an die Gerüchte, die es vor langer Zeit um den Hochkönig gegeben hatte. Es hieß, er ginge manchmal etwas zu großzügig mit der Wahrheit um. Nach dem Untergang Nangogs waren diese Gerüchte verstummt. Nachdem der Hochkönig den silbernen Drachen mit seiner Axt Schädelspalter erschlagen hatte, hatte es niemand mehr gewagt, ihn einen Aufschneider zu nennen. Sein Heldenruhm stand außer Zweifel. – Warum also sollte er nun Hornboris Gedenken beschmutzen, indem er von Gerüchten sprach, für die es keine Beweise gab? »Er war schon alt, als er dir das erzählt hat«, sagte er schließlich. »Bei vielen Albenkindern trübt sich im hohen Alter die Erinnerung an ihr Leben.«

»Er wirkte auf mich nicht senil«, stellte Falrach leicht konsterniert klar. »Aber wie dem auch sei, kommen wir zum Wesentlichen: Was sagst du zu dem Spiel? Glaubst du nun, dass es möglich ist, mit seiner Hilfe ganz konkrete Aussagen über den wahrscheinlichen Verlauf eines Kampfes zu machen?«

Nodon war nicht überzeugt. »Wir haben einen einzigen Kampf nachgestellt. Ein Gefecht mit sehr wenigen Beteiligten. Ich kann mir nicht vorstellen, dass es auf Schlachten anzuwenden ist.«

»Wir können gern noch weitere Kämpfe nachstellen«, sagte Falrach, und es klang fast wie eine Herausforderung zu einem Duell. »Du hast an vielen Schlachten teilgenommen, Nodon. Erzähle mir davon. Du kannst mir helfen, das Spiel besser zu machen, und ich verspreche dir, es wird dich überzeugen.«

»An wie vielen Schlachten hast du teilgenommen, Falrach?«

»Was soll das? Stellst du meinen Mut oder meinen Sachverstand in Frage? Oder etwa beides?«

Nodon seufzte müde. »Weder noch. Ich habe gesehen, was du in der Arena getan hast. Vielleicht war es nicht vernünftig, aber es war zweifellos unglaublich mutig. Und nun sag mir bitte, in wie vielen Schlachten du gekämpft hast.«

Falrach presste die Lippen zusammen, als wollte er nicht weiterreden. »In keiner«, stieß er dann doch hervor.

»Das dachte ich mir.« Er sah, wie der Spielmeister zu einer empörten Gegenrede ansetzte, und brachte ihn mit einer harschen Geste zum Schweigen. »Wenn du diesen Wahnsinn aus Blut, Chaos und Gemetzel je hautnah erlebt hättest, dann würde es dieses Spiel nicht geben. Gerade eben war es so, als wäre mein Pegasus ein zweites Mal gestorben. Und dann noch und noch einmal. Ich habe dreimal die Stunde seines Todes erneut durchlebt. Eines Todes, den ich, wie mir nun noch klarer ist als zuvor, selbst verschuldet habe. Ich weiß nicht, mit wie vielen Veteranen von Schlachten du dein Spiel schon gespielt hast, Falrach, aber haben sie es wirklich gemocht, die Erinnerungen an ihre schlimmsten Stunden wiederauferstehen zu lassen?«

»So deutlich hat das noch keiner angesprochen.«

Die Art, wie Falrach das sagte, weckte in Nodon den Verdacht, dass dem Spielmeister sehr wohl bewusst war, wie sehr sein Spiel jene peinigte, die durchlebt hatten, was auf der Spielplatte mit hübschen Figuren nachgestellt wurde.

»Aber erlaube mir eine Frage, Nodon. Hättest du die beiden Unsterblichen auf ihrem geflügelten Löwen angegriffen, wenn du vorher gewusst hättest, dass dein Pegasus diesen Kampf mit höchster Wahrscheinlichkeit nicht überleben würde?«

»Nein.«

»Dann wirst du meinem Spiel wohl zubilligen müssen, dass es hilft, in Schlachten bessere Entscheidungen zu treffen.«

Wie sollte er diesem Theoretiker beibringen, dass eine Schlacht aus einer Unzahl unvorhersehbarer Ereignisse bestand? Er würde es wohl nur begreifen, wenn er selbst einmal mitten im Kampfgetümmel gesteckt hatte.

»Ich würde gern herausfinden, woran es gelegen hat, dass der

Angriff auf den Palast des Geisterkönigs fehlgeschlagen ist. Bitte erzähl mir wenigstens von diesem einen Kampf noch, Nodon.«

Er stand auf. Es genügte ihm für heute.

»Wir werden gehen, ob mit dir oder ohne dich. Du kannst aber dafür sorgen, dass sich unsere Aussichten, lebend zurückzukehren, deutlich verbessern.« Emerelle stand jetzt kerzengerade neben Falrach. Sie sah ihn herausfordernd an. Wieder hatte er das verwirrende Gefühl, vor ihrer Mutter zu stehen.

»Der Angriff scheiterte an Nandalee!« Er hatte das nicht vor anderen sagen wollen, aber wenn Emerelle es so wollte ... »Sie stand vor dem Geisterkönig, das Schwert in der Hand. Ganz sicher hätte sie ihn im Zweikampf besiegt. Aber dann hat sie einfach ihre Waffe niedergelegt.«

»Das ist schwer zu begreifen.« Falrach knetete nachdenklich seine Unterlippe zwischen Daumen und Zeigefinger.

Vielleicht gab es noch einen allerletzten Weg, Emerelle von diesem Wahnsinn abzubringen. »Du hast noch einen zweiten Bruder.«

Ihre Augen wurden schmal. Sie wirkte nicht so überrascht, wie er erwartet hatte. War es möglich, dass sie es wusste?

»Angenommen, das würde stimmen, was hat das mit ...« Plötzlich weiteten sich ihre Augen. »Er ist der Geisterkönig?«

»Ich kann das nicht beweisen.«

Nodon fragte sich, wie viel sie über ihren Bruder wusste. Er selbst würde die *Geburt* niemals vergessen. Wie der Erstgeschlüpfte dieses Ding mit den bösartigen bernsteinfarbenen Augen aus Nandalees Leib geholt hatte. Dieses Ungeheuer, das seine beiden Geschwister schon im Mutterleib angegriffen hatte. Er würde auch niemals begreifen, warum Nachtatem diese Bestie nicht schon in der Stunde ihrer Geburt getötet hatte.

»Dass sie sich unerwartet ihrem Erstgeborenen gegenübergesehen hat, ist die einzige Erklärung, die mir für ihren Verrat einfällt. Ich kannte sie immer nur als bedingungslos loyal. Sie war …« Er brach ab. Sieben Jahre hatte er sich über die Frage den Kopf zerbrochen, was da geschehen war. Er hatte Nandalee bis dahin bewundert, ja geliebt … Auch wenn ihm klar gewesen war, dass sie diese Liebe niemals erwidern würde. Ihr Verrat hatte ihn damals fast zerbrechen lassen.

»Ich weiß, dass ich einen zweiten Bruder habe«, sagte Emerelle gefasst. »Aber ist er wirklich der Geisterkönig? Und was ist mit Nandalee geschehen?«

»Ich weiß es nicht«, gestand Nodon. »Nach dem verlorenen Kampf mussten wir fliehen. Wir hatten keinen Rückzugsort wie heute. Ich fürchte, der Geisterkönig hatte uns erwartet. Wir sind erbarmungslos gejagt worden. Was mit deiner Mutter geschah …« Er zuckte mit den Achseln. »Ich habe später versucht herauszufinden, was mit ihr nach dem Kampf geschehen ist, doch keiner meiner Spitzel hat etwas über sie erfahren können. Nandalee wurde nach dem Tag des Überfalls nie wieder gesehen.« Natürlich ließ das eigentlich nur einen Schluss zu. »Und? Willst du immer noch in den Palast? Könntest du deinen eigenen Bruder töten?«

Zum ersten Mal wich Emerelle seinem Blick aus.

»Ich weiß es nicht«, gestand sie.

Falrach sagte nichts, sondern griff nur nach ihrer Hand und hielt sie, und Emerelle ließ es geschehen.

»Dein Bruder hat bereits im Mutterleib versucht, Meliander zu töten. Er ist schlimmer als ein Raubtier. Ich …«

Nein, dachte er. Er würde ihr nicht sagen, was er gesehen hatte. Es war nicht nötig, dass sie um die Gestalt der Bestie wusste. »Nachtatem hat ihn, bevor die Zeit der Niederkunft kam, aus dem Leib deiner Mutter geholt. Ich war dabei. Er hätte euch alle getötet. Auch Nandalee. Dennoch hat Nachtatem sein

Leben verschont, und er hat ihm die Gestalt eines Elfenknaben gegeben. Äußerlich ist das Ungeheuer verschwunden ... aber der Junge war mir immer unheimlich. Was mit ihm nach Nachtatems Tod geschah, weiß ich nicht. Doch er war auf jeden Fall dafür verantwortlich, dass Meliander mit nur einem Arm und von schrecklichen Narben bedeckt geboren wurde. Du solltest nicht zögern, ihn zu töten, wenn du ihm begegnest, Emerelle. Er wird umgekehrt ganz gewiss keine Skrupel haben. Er ist eine mordende Bestie. Welch besseres Beispiel als die Geistervögel könnte es für seine Grausamkeit geben?«

Er konnte Emerelle ansehen, wie es in ihr arbeitete. Er hatte an etwas gerührt ... Und warum wusste sie von ihrem Bruder? Nandalee war ihm damals bei ihrem Überfall auf den Palast zum ersten Mal begegnet, da war er sich ganz sicher.

»Wir müssen ihn töten«, sagte Emerelle entschieden. »Meliander sucht nach ihm. Nach allem, was ich nun weiß, wird unser dunkler Bruder ihn wohl ermorden. Ich ...«

»Moment«, unterbrach Falrach sie. »Das ist mir alles zu wirr. Wenn ich daraus eine Spielaufstellung entwickeln soll, musst du uns mehr erzählen. Warum kennt ihr diesen Bruder, wenn nicht einmal seine eigene Mutter von ihm wusste?«

»Er hat versucht, uns zu sich zu locken«, gestand Emerelle. »Es war kurz vor der letzten Schlacht um Nangog. Unsere Mutter hatte uns in der Grotte Nachtatems in Sicherheit gebracht. Obwohl er noch ein Kind war, konnte er ein magisches Portal erschaffen und Meliander zu sich in einen Wald locken. Er wollte, dass wir beide kommen ... Danach haben sich die Ereignisse überschlagen. Wir haben ihn nie mehr wiedergesehen, aber Meliander konnte nicht aufhören, an ihn zu denken. Wir wussten nicht, dass er versucht hat, uns im Mutterleib zu töten.«

»Nun, damit hätten wir die eine Hälfte der Geschichte ...«

Nodon bemerkte Falrachs erwartungsvollen Blick. Es widerstrebte ihm jedoch zutiefst, den Spielmeister in diese Geheimnisse einzuweihen. Er hielt ihn für unseriös. Er war niemand, dem man etwas anvertrauen durfte, das nach versiegelten Lippen verlangte. Er lebte davon, auf seinen Reisen Geschichten zu erzählen. Und diese Geschichte würde ganz gewiss viele begeisterte Zuhörer finden. »Das sollte ich vielleicht lieber mit Emerelle allein besprechen.«

»Ich habe nichts vor Falrach zu verbergen!« Emerelle klang aufgebracht, als hätte sie seine Worte als Beleidigung aufgefasst, statt zu erkennen, dass er sie schützen wollte.

»Du weißt nicht …«, hub er an.

»Dann setze mich in Kenntnis! Jetzt. Und vor Falrach. Er wird alles, was er erfährt, gegen meinen dunklen Bruder zu nutzen wissen. Wir müssen um jeden Preis zu ihm in den Palast gelangen, bevor Meliander ihn aufspürt.«

Nodon erwog, sich dem zu verweigern. Aber wenn Meliander in Gefahr war, mussten sie wirklich etwas unternehmen! Meliander hatte schon als Kind auf seinen Knien gesessen. Er konnte den Jungen jetzt nicht einfach seinem Schicksal überlassen.

Er wandte sich an Emerelle. »Nach dem Tod deines Vaters Gonvalon fiel deine Mutter in tiefste Melancholie. Sie zog sich aus dem Leben zurück. Dein Vater starb in den Flammen, welche die Weiße Stadt, Selinunt, in der Welt der Menschen verzehrten. Es war das Feuer der Himmelsschlangen. Ein Feuer, das selbst Stein zum Schmelzen brachte. Nandalee hat Nachtatem niemals verziehen, dass er dieses Unglück nicht nur nicht verhindert hat, sondern dass im Gegenteil auch sein Feuer auf Selinunt niederging. Sie hat sich danach in die Felsen, die den Jadegarten einfassen, zurückgezogen. Dort lebte sie wie ein Tier. Ein gefährliches Tier. Als ich kam, um sie zurückzuholen, hätte sie mich fast getötet.

Nachtatem indes war, seit er Nandalee tätowiert hatte, mit ihr so tief verbunden, dass er das langsam über sie kommende Unheil spürte. Als er und ich ihr schließlich helfen konnten, hatte das Ungeheuer, das in ihr gewachsen war, bereits Meliander verstümmelt. Und es hätte sich von allein einen Weg durch die Bauchdecke deiner Mutter gebahnt, wenn Nachtatem es nicht herausgeholt hätte. Diese Bestie, dein dunkler Bruder, hätte euch alle drei getötet, wenn der Erstgeschlüpfte nicht gewesen wäre. Dein dunkler Bruder ist anders ...« Er zögerte, ob er ihr noch von den Eierschalenresten erzählen sollte, die er später in der Nachgeburt gefunden hatte, damit sie in vollem Umfang begriff, wie anders ihr Bruder war. Dann entschied er sich dagegen. Seine Erzählung hatte auch so schon sichtlich Eindruck hinterlassen.

»Du hast mir nie erzählt, dass Meliander verkrüppelt ist«, warf Falrach ein.

»Nandalee hat alles versucht, um ihren Sohn zu heilen«, nahm Nodon seine Erzählung wieder auf. »Auf Nangog gab es Kristalle, die das Traumeis genannt wurden. Stieß man sich einen solchen Kristall in sein Fleisch, gewann man die Fähigkeit, seinen Körper nach seinen eigenen Wünschen zu verändern. Das ist ein langsamer und schmerzhafter Prozess, aber es ist auf die Weise möglich, verlorene Gliedmaßen nachwachsen zu lassen, Narben verschwinden zu lassen oder gar eine ganz neue, andere Gestalt anzunehmen. Nandalee hat den Sohn der Göttin Nangog erschlagen, um an die Kristalle zu gelangen, und als sie sie bei ihm nicht fand, ist sie schließlich in den Gelben Turm, die Festung der Menschengötter, eingedrungen. Sie hat ihre Kristalle bekommen. Keinen anderen Kampf hat sie so verbissen geführt wie den darum, Meliander am Ende einen gesunden Körper schenken zu können.«

»Und nun sucht Meliander nach dem Ungeheuer, das ihn

bereits im Mutterleib verschlingen wollte«, fasste Falrach zusammen. »Und du willst uns nicht helfen, gegen den Geisterkönig zu kämpfen, Nodon?«

Was ist dein Begehr?

Meliander lauschte dem Atem des Zwergs. Er ging ruhig, nur ab und an von einem röchelnden Laut unterbrochen. Frar war tief in der Nacht zurückgekehrt. Er hatte einen Geruch nach Erde und Holzkohle mit sich gebracht. Auf dem kleinen Tisch in ihrem Zimmer stand ein längliches Kistchen. Er schien Erfolg bei seiner Suche gehabt zu haben.

Behutsam richtete sich Meliander in seinem Bett auf. Die Rosshaarmatratze unter ihm knirschte leise. Er hielt den Atem an und lauschte erneut.

Nichts hatte sich verändert. Der Zwerg schlief tief und fest.

Leise nahm der Elf seine Sandalen und den Schwertgurt. Auf seinem Kleiderstapel lag ein Zettel. Eine Nachricht von Frar? Das war sonst nicht dessen Art. Ahnte er etwas?

Meliander hob die säuberlich gefaltete Kleidung vom Stuhl und drückte sie gegen seine Brust. Dann schlich er zur Tür. Vor dem Schlafengehen hatte er die Angeln gefettet, sodass die Tür lautlos aufschwang. Draußen auf der Galerie, die einen engen Innenhof umschloss, verharrte er erneut und lauschte. Kein Laut drang aus ihrem Zimmer. Meliander war sich sicher, dass Frar es nicht schaffen würde, zur Tür zu schleichen, ohne dass die Bodendielen unter seinen Füßen knarrten. Sein Gefährte schlief offenbar weiter.

Er hatte mit Frar nicht über den Geisterkönig gesprochen. Es wäre sinnlos gewesen. Der Zwerg hätte versucht, ihn von einem Besuch im Palast abzubringen. Aber Meliander musste seinen Bruder sehen. Das seine Jagdbeute roh verschlingende Ungeheuer, dessen Dunkelheit Mailyn vergiftet hatte. Er musste ihn zur Rede stellen.

Hastig schlüpfte er in die schwarze Hose und das weite Hemd mit den schwarz lackierten Bambusknöpfen. Unten im Innenhof hörte er müde, schlurfende Schritte. Jemand stocherte in den Kohlen des großen, gemauerten Ofens dort unten. Der Innenhof und das Erdgeschoss, das aus nichts als hohen, mit rotem Lack angestrichenen Pfählen bestand, dienten als Schenke. Das Häusergeviert darüber war ein großer Gasthof, dessen Zimmer alle auf die Galerien mündeten, die sich auf drei Etagen um den Hof erhoben. Zu dieser frühen Stunde zeigte sich hier kein Gast, obwohl niedrige Tische und Schemel auch auf den Galerien zum Verweilen einluden.

Meliander schnallte sich das Schwert auf den Rücken, gerade so wie die Söldner hier in Haiwanan. Als er sich auch das übliche rote Tuch um den Kopf wickelte, bemerkte er einen Zettel, der vor ihm auf dem Boden lag. Das musste die Nachricht sein, die Frar auf den Kleiderstapel gelegt hatte. Es war zu dunkel, um sie lesen zu können. Er hob sie auf, hielt sie in der Hand und eilte die Treppen zum Innenhof hinab.

Ein alter Diener kniete vor dem offenen Ofen und blies durch ein Bambusrohr in die Glut. Neben ihm stand ein hölzernes Tablett auf einem Hocker. Ein großer Teigklumpen lag darauf, bereit, zu hauchdünnen Fladen verarbeitet zu werden, in die gebratenes Gemüse eingerollt werden würde.

Meliander verließ eilig das Gasthaus. Noch zeigten sich kaum Passanten auf den Straßen. Einige letzte Zecher schwankten ihren Schlafmatten entgegen. Ein von Blumenkörben umgebenes Mädchen wartete bereits auf dem Lotusblütenmarkt. Sie hatte den ersten Platz an der Stelle, wo die Tempelstraße auf den Markt mündete, ergattert und erhoffte sich gewiss ein gutes Geschäft. Eine getigerte Katze strich ihr um die Beine und schubberte sich an ihnen.

Meliander strebte den Bergen im Osten entgegen. Er folgte der Straße, über die der Geisterkönig gestern in die Stadt eingezogen war. Als er den großen Friedhof am Stadtrand erreichte, zeigte sich erstes Morgenlicht.

Entlang der halb verfallenen Mauer sammelten sich Gruppen ausgesprochen sorgsam hergerichteter und gut gekleideter Männer und Frauen. Im Vergleich zu ihnen wirkte er geradezu ärmlich. Sie hielten Abstand zu ihm. Erkannten in ihm das, was er war. Ein Fremder.

Meliander hatte im Gasthaus erfahren, dass sich hier an jedem Morgen Bittsteller versammelten, die von Beamten des königlichen Hofes abgeholt wurden. Einige von ihnen erhielten eine Audienz beim Herrscher, die meisten jedoch durften nur bei den Richtern am Hof vorsprechen.

Lerchen und andere Vögel, deren Stimmen er nicht kannte, begannen ihr Morgenkonzert in den hohen Tamarinden hinter der Friedhofsmauer. Waren jene, die er gestern freigelassen hatte, auch darunter? Würden sie den Leimruten entgehen? Er dachte an die Warnung Almansurs.

Egal! Er musste seinem Bruder begegnen! Dem Mörder Mailyns. Die ganze Nacht über war die kalte Wut in ihm angewachsen. Er würde sich die Überheblichkeit seines Bruders zunutze machen, und nichts würde ihn aufhalten. Sein eigenes Leben war ihm egal. Denn was war sein Leben schon ohne Mailyn? Bis ihre Seele wiedergeboren würde, mochten Jahrhunderte vergehen. Und wie sollte er sie finden? Ja, er wusste nicht einmal, wie er sie erkennen sollte. Alles, was er sich ausgemalt hatte, waren romantische Hirngespinste. Er würde ihr niemals wieder begegnen. Das war die Wirklichkeit! Und sein Leben würde eine endlose Folge sinnleerer Tage werden.

    Er blickte auf das zusammengeknüllte Papier, das er in der Hand hielt. Was Frar ihm wohl geschrieben hatte? Es war nun hell genug, um die Nachricht zu lesen. Er strich den Zettel glatt. Die Handschrift des Zwergs war sehr exakt. Jeder Buchstabe wie gemalt.

Mein lieber Freund,

wusstest du, dass die Blütenfeen von den Alben nur erschaffen wurden, um unsere Welt mit ihrer Poesie zu bereichern?
Mir spenden Gedichte Trost in meinen einsamsten Stunden.
Ich habe das Gespräch mit der Dame Liu sehr genossen.
Was Gedichte angeht, sind wir verwandte Seelen.
Blütenfeen schreiben ihre Gedichte auf Blätter von Bäumen.
Sie suchen nach Blättern, deren dünne Adern mit den zierlichen Buchstaben ihrer Lyrik verschmelzen. Obendrein bildet die Schrift einen Kreis. So ist es schwer zu erkennen, wo der Anfang und das Ende eines Gedichtes sind. Es sind Gedichte wie unser Leben.
Dieses hier hat mir die Dame Liu heute gezeigt, als ich ihr von dir erzählte. Es stammt angeblich von der Blütenfee Silberzunge, die ein Liebling der Alben war.
Ich habe dir drei Lesarten aufgeschrieben. Vielleicht findet deine Seele ja Frieden, wenn du dein Herz diesen Zeilen öffnest:

        Voll süßer Bitterkeit
        Denk ich an dich,
        Die du von mir gingst.
        Unendlich lange.

*Denk ich an dich,
Die du von mir gingst,
Unendlich lange
Voll süßer Bitterkeit.*

*Die du von mir gingst,
Unendlich lange,
Voll süßer Bitterkeit
Denk ich an dich.*

Meliander zerknüllte den Zettel und schob ihn in eine Lücke in den Fugen der Friedhofsmauer. Das war kein Trost! Das war Salz in der Wunde, die nicht heilen wollte.

Er ballte die Finger seiner Linken zur Faust. Sie waren vollständig wieder nachgewachsen. Auch die Narben, die das magische Netz in sein Fleisch gebrannt hatte, als er mit Mailyn aus ihrer Hütte im See geflohen war, waren verschwunden. Das Traumeis, der Kristall, den seine Mutter ihm tief unter die Haut geschoben hatte, würde niemals aufhören zu wirken. Abgetrennte Glieder würden ihm nachwachsen, so er es wollte. Ja, er könnte jede beliebige Gestalt annehmen, wenngleich das ein langwieriger und schmerzhafter Vorgang war.

Sollte er zu einem Damien werden, um sich am Hof seines Bruders einzuschleichen? Er blickte auf den zusammengeknüllten Zettel im Mauerwerk. Nein, er würde als das kommen, was er war. Als der Mann, dessen Liebste ermordet wurde. Der voller widersprüchlicher Gefühle war, unter denen sich eine einzelne Stimme immer deutlicher hervorhob: Der Ruf nach Rache. Er war kein Freund von Gedichten. Er war kein verliebter Jüngling mehr. Vielleicht war er ja ein Mann des Schwertes? Wenn er seinen Gefühlen freien Lauf ließ im Kampf, hatte selbst Emerelle ihn gefürchtet. Er stellte sich vor, wie er seinen Bruder mit dem Schwert durchbohrte und das Letzte, was dieser zu hören bekam, Mailyns Name war.

Die Wartenden gerieten in Bewegung.

Eine Gruppe von weiß gerüsteten Kriegerinnen kam die Straße aus den Bergen herab.

Die Bittsteller bildeten eine Reihe. Keiner stritt dabei um seinen Platz. Alles verlief sehr geordnet. Meliander glaubte, ihre Angst zu spüren.

Er war der Letzte in der Reihe. Der Dreiundzwanzigste.

Wieder wurde ihm bewusst, wie auffällig er mit seinem Schwert auf dem Rücken und der einfachen, abgetragenen Kleidung war. Vielleicht hätte er das hier doch besser planen sollen.

Die Kriegerinnen erreichten die Gruppe. Jetzt sah er, dass auch einige Schreiber die Kolonne begleitet hatten. Sie waren inmitten der Speerträgerinnen mitmarschiert. Auch sie trugen strahlendes Weiß.

Die Bittsteller wurden nach ihrem Begehr gefragt. Alles machte den Eindruck, als wäre es ein lange geübtes Prozedere.

Dann stand eine junge Frau vor ihm. Ihre haselnussfarbenen Augen musterten ihn abschätzend. »Was ist dein Begehr?« Ihr schwarzes Haar war straff zurückgekämmt und zu einem Zopf gebunden.

»Ich möchte Sühne für einen Mord einfordern.« Er hatte sich diese Worte nicht überlegt. Sie waren einfach plötzlich da. Und sie entsprachen der Wahrheit.

Die Augen der Kriegerin verengten sich. »Der König wird für Gerechtigkeit sorgen«, sagte sie emotionslos. Meliander hatte das Gefühl, dass sie das immer antwortete.

Sie sprach leise mit einem Schreiber. Dieser machte Notizen. Dann gab er ihr eine kleine, lackierte Holzscheibe. Sie ähnelte dem Holzplättchen, das ihm das Mädchen unten am Fluss gegeben hatte.

»Du bist die Nummer dreiundzwanzig.« Mit diesen Worten drückte ihm die Kriegerin die Scheibe in die Hand. »Bei Hof läuft alles nach einer strengen Ordnung. Wenn deine Nummer genannt wird, folgst du dem, der sie aufgerufen hat. Noch vor der Mittagsstunde wird in deiner Angelegenheit entschieden sein.«

Meliander war ein wenig ernüchtert. Das war nicht das, was er erwartet hatte. Eine Nummer ...

Der Trupp der Bittsteller setzte sich, eskortiert von den Wachen und Schreibern, in Bewegung.

»Kommst du?«, fragte die Kriegerin, die ihm die Nummer gegeben hatte, ungeduldig.

Eine Lerche hoch in den Tamarinden zwitscherte voller Wehmut und Verzweiflung. Als Meliander zu den Bäumen aufblickte, sah er den kleinen Vogel, der an einem weißen Ast festklebte. Sosehr er auch mit den Flügeln schlug, vermochte er nicht mehr davonzufliegen.

Er glaubte nicht an Omen, entschied Meliander und folgte dem Zug der Bittsteller.

Der dunkle Spiegel

Der Palast seines Bruders hatte nichts mit dessen strahlendem Auftritt auf dem Drachenfest gemein. Es war ein finsteres Bollwerk auf dem Rücken eines langgezogenen Bergkamms. Schwarze Mauern erhoben sich zum Himmel, überragt nur von wenigen, gedrungenen Türmen. Die Festung zog sich fast eine Meile über den Bergkamm. Ihre Botschaft an jeden Betrachter war überdeutlich: Komm als Feind, und du wirst vor diesen Mauern sterben.

Kaum dass sich beim Friedhof die Kolonne der Bittsteller in Bewegung gesetzt hatte, hatten sich zwei Läuferinnen von ihrer Gruppe gelöst. Sie trugen die Anliegen der Gäste voraus, damit im Palast alles zügig seinen Gang gehen konnte.

Meliander war inzwischen mitten unter den Damien, auch wenn sie nach wie vor Abstand zu ihm hielten. Der Weg in die Berge hatte drei Stunden gedauert. Die Sonne stand nun hoch am Himmel. Der Dschungel, der die Berghänge ringsum bedeckte, atmete drückende Schwüle. Melianders Hemd klebte ihm unter dem Schwertgurt am Rücken. Die Pracht, mit der die Bittsteller ihren Weg zum Königshof begonnen hatten, hatte arg gelitten. Die Schminke auf den Gesichtern der Damen war verlaufen, und roter Staub bedeckte ihrer aller Gewänder, als sie über die Zugbrücke in den Tortunnel der Festung marschierten.

Meliander bemerkte die Pechnasen, die aus der Decke des Tunnels ragten. Wer immer auf diesem Wege versuchte, die Festung zu stürmen, würde einen schrecklichen Blutzoll entrichten. Heißes Pech würde von der Decke herab auf die Angreifer niederregnen oder, schlimmer noch, kochendes Öl, das sich leicht in Brand setzen ließ.

Jetzt aber war es nur ein kahler Tunnel aus Granit, in dem es nach Urin stank.

Die Sonne blendete ihn, als er auf einen weiten Hof hinaustrat. Etwa zwei Dutzend in türkisblaue Wickelgewänder gekleidete Beamte standen dort Spalier, während sich etwa vierhundert Schritt entfernt am anderen Ende des Hofes eine weitere Festungsmauer erhob, die den oberen Teil der Palastanlage von diesem Hof trennte.

Niedrige Bauten mit flachen Dächern säumten diesen ersten Hof, mit Türen vom Blau der Beamtengewänder.

»Sechzehn!«, rief jemand mit klarer Stimme.

Eine junge Frau wurde von zwei Beamten aus der Reihe der Bittsteller gebeten. Die beiden betrachteten kurz die kleine lackierte Holzscheibe der Aufgerufenen und führten sie dann zu einem der flachen Gebäude.

»Weitergehen!«, befahl die Kriegerin, die Meliander seine Nummernscheibe gegeben hatte, als die Kolonne ins Stocken geriet. »Weitergehen!«

»Neun!«

»Dreizehn!«

Während sie den Hof überquerten, wurden mehr als die Hälfte der Bittsteller aufgerufen.

Der Weg durch den zweiten Tortunnel war noch länger. Die Mauern standen hier enger beieinander. Die gewölbte Decke erhob sich nur knapp einen Schritt über ihren Häuptern. Der mit Stein gepflasterte Boden war schlüpfrig, als wäre erst vor Kurzem

Wasser darübergegossen worden. Hier stank es nicht, und es war angenehm kühl.

Auf dem nächsten Hof standen sechs Galgen. Zwei Damien und ein Kobold, alle festlich gewandet, waren daran aufgeknüpft worden. Auch hier erhob sich am Ende des Hofs ein weiteres Bollwerk. Ein Graben war der Mauer vorgelagert. Die Zugbrücke, die ihn überspannte, war so schmal, dass keine zwei Mann nebeneinander sie überqueren konnten. Das Tor dahinter erinnerte von den Abmessungen her an eine einfache Tür, nur dass es wesentlich massiver aussah.

Ängstliches Raunen ging durch die Reihen der Bittsteller.

Hier waren weniger Hofbeamte versammelt. Sie trugen scharlachrote Gewänder. Und hinter ihnen standen Krieger in scharlachfarbenen Lederrüstungen. Ein hochgewachsener Elf schien das Kommando über sie zu führen. Jedenfalls war er der Einzige, der goldene Schmuckbeschläge auf der Rüstung trug. Mit strengem Blick musterte er die Bittsteller.

»Neunzehn!«

Dieses Mal waren es nicht Beamte, sondern Bewaffnete, die an die Kolonne der Bittsteller herantraten. Sie zerrten einen Damien im weißen Gewand eines Kaufherrn aus der Reihe der Bittsteller. Er wurde unerbittlich zu einem der freien Galgen gebracht.

»Weitergehen!«, befahl jemand weiter vorn.

»Ich bin unschuldig!«, schrie der Damien. »Das muss ein Irrtum sein.«

»Sieben!«, hallte eine Stimme, schneidend wie ein Fallbeil, über den Hof.

Die Frau vor Meliander stieß einen halb erstickten Schrei aus. Dann knickten die Beine unter ihr weg. Meliander fing sie auf, bevor sie zu Boden stürzte.

Rot gewandete Beamte zogen ihm die Frau aus den Armen.

Sie schwenkten einen schwarzen Flakon unter ihrer Nase, aus dem ein Duft aufstieg, der selbst ihm in Nase und Augen brannte. Mit einem Seufzer erwachte die Frau aus ihrer Ohnmacht. Noch benommen, wurde sie von den Beamten zu einem der Häuser mit scharlachroter Tür gezerrt, die den Platz säumten.

»Es ist nicht klug, mit Halbwahrheiten vor den König und seine ersten Diener zu treten«, erklärte die Kriegerin, die Meliander seit dem Aufbruch vom Friedhof nicht von der Seite gewichen war.

»Werdet ihr sie auch hängen? Ist das eure Gerechtigkeit?«

»Sie wird nicht sterben.« Die Kriegerin lächelte ihn an. Sie hatte ein hübsches, ebenmäßiges Gesicht. Nur ihre kalten Augen wollten nicht dazu passen. »Sie wird zu den Ihren zurückkehren, aber sie wird erleuchtet sein. Sie wird von der Gerechtigkeit des Geisterkönigs künden.«

»Zwölf!«

Ein Stück vor ihm fing ein stattlicher Mann mittleren Alters an, unkontrolliert zu zittern. »Ich ziehe meine Beschwerde zurück«, stammelte er. »Ich habe mich geirrt.«

Er wurde von zwei der Hofbeamten abgeführt.

Aus dem Augenwinkel sah Meliander, wie dem Kaufherrn in Weiß die Schlinge um den Hals gelegt wurde.

»Mögen euch alle die Himmelsschlangen holen!«, schrie der Kaufherr. »Ich verfluche euch. Alle, die ihr ...« Der Boden unter ihm klappte weg. Mit einem Ruck straffte sich das Seil.

Meliander hörte ein trockenes Knacken. Die Beine des Kaufherrn zuckten noch kurz. Dann hing er still.

»Fünf!«

»Weitergehen!«, drängte die Kriegerin an seiner Seite. »Weitergehen!«

Als Meliander die schmale Zugbrücke am Ende des Hofes

erreichte, war er der Letzte aus der Schar der Bittsteller, der übrig geblieben war.

»Der nächste Hof ist nur für dich.« Seine Begleiterin wies auf das kleine Tor in der Mauer.

Meliander ballte die nachgewachsenen Finger erneut zur Faust. Sie waren stark. Alle seine Verletzungen waren verheilt. Er war bereit zum Kampf. Ohne zu zögern, schritt er über die Brücke. Sie besaß kein Geländer. Rechts und links ging es mindestens zehn Schritt hinab. Am Boden des Festungsgrabens erwarteten angespitzte Pfähle jeden, der hier fiel.

Meliander lächelte spöttisch. Er war schon als Kind auf den Rahen des Blauen Sterns balanciert. Das hier machte ihm keine Angst. Er war darauf aus, sich dem zu stellen, der hoffentlich auf dem letzten Hof wartete.

Der Tortunnel war beklemmend eng. Das Licht an seinem Ende schien noch greller als nach den Tunneln zuvor. Meliander dachte daran, wie Mailyns Gesicht langsam unter dem Sand verschwunden war.

Der dritte Hof war ganz und gar weiß. Der Boden mit makellosen Marmorplatten bedeckt, die Festungsmauern mit Marmor verblendet. Am gegenüberliegenden Ende erhob sich ein Haus, das an Mailyns Hütte erinnerte. Es schien ganz aus Marmor gefertigt – die schlanken Pfähle, die es trugen, selbst die herabgelassenen Matten vor den Tür- und Fensteröffnungen. Die Steinmetzarbeiten waren mit größter Meisterschaft ausgeführt. Es wirkte, als wäre Mailyns Hütte versteinert.

Mitten auf dem Platz stand eine Gestalt in einer weiten schwarzen Hose und einem schlichten schwarzen Hemd, die ein rotes Tuch um den Kopf geschlungen hatte und auf dem Rücken ein Schwert trug. Sie erschien Meliander wie ein Spiegelbild seiner selbst. Die Gestalt stand reglos da.

Meliander blickte zu den Wehrgängen hinauf. Dort zeigte

sich niemand. Der Tunnel hinter ihm war dunkel. Das Tor am anderen Ende musste geschlossen worden sein.

Zu sehen war nur die schwarz gekleidete Gestalt, und doch hatte er das Gefühl, dass hier noch etwas war. Etwas belauerte ihn, wie ein Bussard in rüttelndem Flug auf ein junges Kaninchen lauerte, bevor er sich aus dem Himmel auf seine Beute stürzte.

»Da bist du also. Nach all den Jahren, die ich im Wald am Fuß des Albenhaupts auf dich gewartet habe, hast du doch noch zu mir gefunden.«

»Ich habe gesehen, womit du dir während des Wartens die Zeit vertrieben hast.« Meliander trat auf den weißen Platz. Nur zehn Schritt trennten ihn noch von seinem Bruder, da endlich wandte sich die Gestalt vor ihm um.

Der Anblick war ein Schock. Sein fremder Bruder sah aus wie er! Wie ähnlich sie einander waren, hatte er gestern bei dem Festzug gar nicht bemerkt. Oder hatte sein Bruder sich etwa verändert? Sich ihm angepasst?

»Überrascht? Du bist mir gestern auf dem Festzug aufgefallen. Ich spüre die Gefühle aller lebenden Kreaturen auf bis zu fünfzig Schritt. Diese seltsame Gabe ist erst mit den Jahren in mir gewachsen. Sie half mir, im Wald der Maurawan zu überleben. Und sie beschert mir immer neue Genüsse. Ich fühle alles so deutlich, als würde ich es selbst erleben. Du musst also nicht von deinem Hass und deiner Trauer reden. Wir teilen sie bereits. Es waren diese Gefühle, die mich gestern auf dich aufmerksam werden ließen. Die stille Gestalt am Straßenrand, die mich am liebsten mit Blicken getötet hätte. Ich wusste, wir würden einander heute begegnen.«

Die Wahrheit

Meliander hob die Rechte, um nach seinem Schwert zu greifen. Dieses Gesicht ... So hatte sein Bruder gestern nicht ausgesehen! Aber da war noch etwas. Dieses Strahlen. Es schien keinen Schatten zu geben, wo sein Bruder war.

Die Sonne hatte noch lange nicht ihren Zenit erreicht. Verstört blickte Meliander neben sich zu Boden. Er warf einen Schatten. Sein Bruder nicht.

»Wie es scheint, bist du mein dunkles Spiegelbild, Meliander.« Er klang amüsiert. »Und, hast du mir nichts zu sagen? Nimm die Hand wieder herab, oder soll deine Klinge statt deiner Zunge sprechen?«

Meliander zog sein Schwert. »Ich bin gekommen, um dich für all deine Morde sühnen zu lassen.«

»Der Schädelplatz? Ist es das, was dich so aufgebracht hat?« Er lachte. »Wenn du mit mir fertig bist, wirst du dann losziehen, um sämtliche Wölfe und Silberlöwen zu töten? Oder alle Drachen? Du solltest dich dem stellen und anerkennen, was wir sind: Raubtiere! Ich habe lediglich getan, was uns im Blut liegt.«

»Ich bin nicht wie du!«

»Nicht? Ich kann es doch spüren. Schon ein paar Worte von mir werden die Bestie in dir wecken, dich in blinde Raserei verfallen lassen. Du bist nicht anders als ich. Du unterscheidest dich nur darin von mir, dass du dir Zügel angelegt hast,

Meliander. Du stellst dich nicht dem, was du bist. Dem Blut unseres Vaters!«

Meliander machte einen Schritt auf ihn zu. Was für ein Unsinn! »Gonvalon war nichts von all dem, was du bist.«

Nun griff auch sein Bruder nach dem Schwert, zog es aber noch nicht. »Ich rede von unserem Vater! Glaubst du, das Blut eines Elfen hat uns zu dem gemacht, was wir sind? Wir sind die Söhne Nachtatems!«

»Nein.« Was für ein bizarrer Unsinn. »Dass der Erstgeschlüpfte dich in seiner Pyramide versteckt und beschützt hat, macht ihn noch lange nicht zu deinem Vater!«

Aber vielleicht war das der Grund, warum sein Bruder diesen Irrsinn glaubte. Er war die meiste Zeit in seinem Leben allein gewesen, und nun hielt er sich für ein Drachenkind. Für ein Raubtier. Meliander trat noch einen Schritt auf ihn zu und noch einen. Er hob die Klinge, bereit, vorzustoßen oder aber einen Angriff abzublocken.

Nun zog auch sein Bruder das Schwert. »Warum willst du dich mit mir schlagen? Ist die Wahrheit so unerträglich für dich, dass du mich töten musst?«

»Ich töte dich für das, was du Mailyn angetan hast, du Mörder!«

Sein Bruder trat zwei Schritte zurück. »Mailyn? Du kennst sie? Ich habe sie gerettet!«

Das war zu viel! Meliander stieß einen wütenden Schrei aus und stürmte vor. Dicht wie Hagelschlag gingen seine Hiebe nieder. Die Überheblichkeit seines Bruders wich blankem Entsetzen. Kaum vermochte er die Angriffe zu parieren. »Mailyn«, keuchte er, »ist sie wirklich ...«

Meliander durchbrach die Deckung seines Bruders. Er versetzte ihm mit der Linken einen Fausthieb in den Magen. Sie waren einander zu nah, um die Klinge zu nutzen. Also stieß er ihm den Schwertknauf ins Gesicht.

Die fein geschwungenen Lippen platzten auf. Blut spritzte Meliander entgegen, als ihn etwas von hinten packte und zurückriss.

Er wirbelte herum. Sein Schwert fuhr scheinbar durch Luft, aber da war etwas. Ganz kurz sah er die Gestalt eines durchscheinenden, riesigen Laufvogels, dann drang dessen Schnabel in seine Brust. Es war, als würde ihm ein Eiszapfen ins Herz gestoßen, und etwas Helles, Nichtstoffliches, eine Art Licht, wurde aus ihm herausgezerrt.

»Lass ihn! Scher dich fort!«

Der Vogel krächzte widerwillig, doch dann zog er sich zurück.

Meliander spürte seine Beine nicht mehr. Er ging in die Knie. Gierige schwarze Augen starrten auf ihn herab. Nun war der Vogel aus Fleisch und Blut. Sein Schnabel hatte fast die Form einer geschwungenen Axt.

Sein Bruder verscheuchte die Bestie, wie andere ein Huhn verscheucht hätten. Er wedelte nur mit der Hand, stieß ein paar ärgerliche Laute aus, und das Biest machte sich davon.

»Mailyn!«, fuhr sein Bruder ihn an. »Was ist mit ihr?«

Meliander wollte aufstehen, wollte diesen elenden Bastard mit der Klinge durchbohren. »Du hast dein dunkles Gift in sie gepflanzt. Du hast ...« Er keuchte. Heiße Tränen rannen ihm über die Wangen.

»Ich weiß, was ich getan habe. Deshalb habe ich sie verlassen. Meine Liebe hätte sie getötet. Sie, die Einzige, die mich je in Armen gehalten und sich mir geschenkt hat. Ich musste sie aufgeben. Verlassen, was mir im Leben am meisten bedeutete. Ich habe erkannt, dass ich es war, der sie krank gemacht hat. Sie hat etwas von meinem Zorn genommen, von meiner Dunkelheit, mit jedem Kuss, jeder Liebesnacht.«

Meliander schüttelte den Kopf. Er wollte das nicht hören.

Wollte nicht wissen, wie nahe sich die beiden gewesen waren. Er war der Eine, rief er sich in Erinnerung. Ganz gleich, was sein Bruder auch sagte. Sie hatte nur ihn, Meliander, geliebt!

»Als ich ging, habe ich sie in einen tiefen Schlaf versetzt und einen Zauber gewoben. Du musst dich irren, Meliander.«

»Du hast sie in einen Zauberbann geschlagen. Sie eingesperrt in dieser einsamen Hütte mitten im See!«

»Um sie vor sich selbst zu schützen. Sie ist von flatterhaftem Wesen. Hätte ich ihr nur gesagt, sie dürfe die Hütte nicht verlassen, sie hätte nicht auf mich gehört. Sie musste aber in der Hütte bleiben, um zu genesen. Der Zauber war so gewoben, dass sie den Bannkreis hätte durchbrechen können, sobald alles Dunkel von ihr gewichen war.«

Eine Angst, kälter als der Schnabelhieb des Geistervogels, ergriff Meliander, setzte sich in seinem tiefsten Innern fest. »Du hast versucht, sie von deinem Gift zu heilen? Wie das?«

»Die Seerosen. Jede einzelne habe ich durch Magie erschaffen und mit Mailyn verbunden. Drei Tage und drei Nächte habe ich an dem Zauber gewoben. Nichts, keine Jagd und kein Kampf, hat mich je so erschöpft. Es wurde ein zartes, fast unsichtbares Gespinst. Ich wollte nicht, dass sie es entdeckt und vielleicht falsch deutet, wenn sie durch ihr Verborgenes Auge blickt. Jede Seerose hat vom Licht des Himmels getrunken und es an sie weitergegeben. Es war, als hätte ich beschlossen, einen ausgetrockneten See, so groß wie ihren, Tropfen um Tropfen zu füllen, und es wird viele Jahre dauern, bis der Zauber das Dunkel ganz aus ihr vertrieben hat. Und wenn der Himmel finster ist oder der Winter kommt, wird sie sich schwächer fühlen, weil die Blumen dann nicht genug Licht aufnehmen können. Aber mit der Zeit wird sie ganz genesen.«

Meliander sank auf die kalten Marmorplatten. Er hatte das feine Gespinst entdeckt, das Mailyn mit den Seerosen verband.

Und er hatte es falsch gedeutet. Das Schwert entglitt seiner Hand. Er schloss die Augen. In Gedanken sah er Mailyn, wie sie krank auf ihrem Lager in der Hütte im See gelegen hatte. Wie sie Blut hustete und ihn zu beschwichtigen versuchte, ihm beteuerte, dass es ihr wieder besser gehen würde.

Eine Ohrfeige ließ die Erinnerungen zerstieben.

»Sieh mich an, Meliander!« Sein Bruder kauerte über ihm. Immer noch troff Blut von seinen aufgeplatzten Lippen. »Du warst bei ihr, nicht wahr? Du hast es geschafft, durch den Bannkreis zu treten.«

»Sie hat mich geholt«, entgegnete er matt und sah zu seinem Bruder auf. »Ich wäre ertrunken. Die Maurawan ... Sie hatten mich am Ufer überrascht. Ich konnte ihren Pfeilen nicht mehr entgehen. Sie hatten mich verletzt. Mailyn hat mich sterbend aus dem See gezogen, mich in ihre Hütte mitgenommen und mich gepflegt.«

»Du ...« Blankes Entsetzen lag im Blick seines Bruders. »Du ...« Er stand auf und deutete mit seinem Schwert auf Melianders Brust. »Du hast das Lager mit ihr geteilt. Ich habe von ihr gelassen, obwohl ich niemanden je mehr geliebt habe als Mailyn. Und dann bist du gekommen und hast sie dir genommen? Du hast sie getötet! Deine Dunkelheit war es!«

Meliander begriff, dass es die Wahrheit war.

»Du!« Das Entsetzen im Blick seines Bruders war blankem Hass gewichen. Das Schwert zitterte in seiner Hand. »Du Mörder!«

Das Schwert stieß herab.

Meliander sah es kommen und wich nicht aus. Er wollte den Stahl in seinem Herzen spüren.

Wie aus Diamant geschaffen

Das Schwert drang in seine Brust ein. Meliander spürte, wie die Spitze auf eine Rippe traf und die Klinge abglitt, obwohl der Knochen brach. Blut durchtränkte sein schwarzes Hemd, warm und klebrig, und dann drang der Stahl nicht mehr tiefer, obwohl sein dunkler Bruder alle Kraft in den Schwertstoß gelegt hatte.

»Glaubst du es jetzt?«, schrie sein Bruder ihn an. »Brauchst du noch andere Beweise?«

Meliander verstand nicht. Er spürte auch keinen Schmerz. Er war wie betäubt von der Erkenntnis, dass er es gewesen war, der Mailyn getötet hatte. Sein Wunsch, alles gut werden zu lassen, hatte alles zerstört. Er hätte gehen sollen, so wie sein Bruder es getan hatte. Hätte auf seine Liebe verzichten sollen, um ihr das Leben zu schenken. Aber er war selbstsüchtig gewesen. Er hatte sich nicht mehr vorstellen können, ohne sie zu sein. Und wie überheblich war er gewesen, hatte er doch wirklich geglaubt, es stünde in seiner Macht, sie zu retten.

Sein Bruder zog das Schwert aus seiner Brust. Es war nicht tiefer als vielleicht zwei Fingerbreit eingedrungen.

»Hast du jemals gesehen, was die Pfeile der Maurawan anrichten? Sie haben dich am Ufer beschossen, sagst du? Wahrscheinlich vom Waldrand aus. Also auf weniger als zwanzig Schritt Entfernung. Die Pfeile hätten deinen Körper durchschlagen, wärst du das, was du zu sein glaubst. Ein einziger hätte genügt, um dich zu töten oder zumindest so schwer zu verletzen, dass Mailyn dich nicht mehr hätte retten können. Glaub mir, ich weiß, wovon ich spreche. Auch mich wollten sie umbringen. Mit den Pfeilen war es wie mit dem Schwert gerade eben. Sie konnten nicht tief genug in deinen Leib eindringen, um dich schwer zu verletzen. Vielleicht wärest du verblutet, wenn zufällig eine der großen Adern zerfetzt worden wäre. Aber niemand wird jemals dein Herz durchbohren.«

Die Worte klangen wie Hohn in Melianders Ohren. Das Schwert mochte ihn nicht getötet haben, aber sein Herz war dennoch durchbohrt. Von der Wahrheit.

»Eigentlich sollten wir wie unser Vater sein.« Sein Bruder wischte die Schwertklinge an seinem Hemd sauber und schob die Waffe in die Scheide auf seinem Rücken. »Unsere wirkliche Gestalt wäre die zweier großer schwarzer Drachen. Aber Zauber zwingen uns in diesen Elfenleib. Sie quetschen uns in einen viel zu kleinen Körper. Wenn du Kohle fest genug zusammenpresst, dann wird sie zu Diamant. So ist es auch mit uns. In unserem Innersten sind wir unzerstörbar, wie aus Diamant geschaffen.«

Meliander wollte das nicht wissen. Er konnte nur an eines denken: Er hatte Mailyn getötet. Alles war anders gewesen, als er angenommen hatte. Sein Bruder wäre ihr Retter gewesen. Er wünschte sich, der Stahl hätte seine Brust durchbohrt.

»Warum hast du sie weggebracht?«

Meliander presste sich die Hand auf die Brust. Blut quoll zwischen seinen Fingern hervor. »Ich hatte Angst um sie ... Ich ...«

Sein Bruder kniete sich neben ihn, packte ihn beim Hemd und zog ihn hoch. »Du hättest nur aufhören müssen, sie zu besteigen, du verfluchter geiler Bock. Ich hätte nicht übel Lust, dich zwischen den Schenkeln ein wenig kürzer zu machen. Hast du es denn nicht begriffen?« Sein Bruder schüttelte ihn. »Hast du es nicht gemerkt? Du trägst dieselbe Dunkelheit in dir wie ich. Mailyn hat das sicher gewusst. Bestimmt hat sie es dir gesagt. Das Dunkel, das ich aus ihr vertreiben wollte, hast du wieder in ihr vermehrt. Jedes Mal, wenn du ihr beigewohnt oder sie auch nur geküsst hast.«

Meliander konnte nichts erwidern. Was sein Bruder ihm vorwarf, war die Wahrheit.

»Warum hast du sie weggebracht?«

»Der Winter kam ... Sie hatte Angst vor der Dunkelheit. Es ging ihr immer schlechter. Nur an Tagen, an denen die Sonne schien, erholte sie sich. Nichts tat ihr so gut wie das Licht. Ich dachte, ein Land voller Licht würde sie retten. Ich habe sie nach Schurabad gebracht. An den Hof König Almansurs.«

Sein Bruder stieß ihn zurück, und Meliander schlug mit dem Hinterkopf hart auf einer der Marmorplatten auf. »In die Wüste ... Zu einem Irren ... Was für eine glorreiche Idee!«

»Ihr Zustand wurde dort nicht besser«, gab Meliander zu, »aber Almansur hatte eine große Bibliothek, wirklich außergewöhnlich. Ich habe nach einem Heilmittel für Mailyn gesucht. Nach irgendeinem Rat, was zu tun sei ...«

Sein Bruder schnaubte verächtlich. »Natürlich hast du nichts gefunden. Diese Krankheit, das sind wir. Nur wer sich uns schenkt, kann sich an unserer Dunkelheit vergiften. Du wirst nirgendwo in Albenmark eine Zeile dazu finden. Und was geschah weiter? Sie wurde schwächer und schwächer, nicht wahr?«

»Ja. Sie versuchte, es vor mir zu verbergen ...« Jeder Atemzug versetzte ihm einen Stich in die Brust. »Und dann kam die Nacht, in der sich alles verkehrte ...« Es war gerade einmal eine Woche seither vergangen, dachte er bitter. Es kam ihm schon vor wie viele Monde, so sehr vermisste er sie. »Der Chamsin war gekommen. Ein schrecklicher Sandsturm. Almansur wurde wahnsinnig. Doch als ich zu Mailyn kam, war sie völlig verändert. Sie strahlte. Fast wie du gestern bei dem Festzug zum Tempel. Sie war voller Kraft, als wäre sie nie krank gewesen. Der Pavillon, in dem wir wohnten, war verändert. Es gab ein prächtiges marmornes Wasserbecken. Regenbogenlicht lag auf den Wänden ... Sie hat den Anschein erweckt, Almansur hätte sie geheilt. Ich habe nicht gefragt. Wollte es einfach glauben ... Ich ...« Er sah, dass seinem Bruder, den er für ein Ungeheuer gehalten hatte, Tränen in den Augen standen.

»Von dem Regenbogenlicht ... hat sie mir oft erzählt. Zuletzt hat sie es also bekommen.« Sein dunkler Bruder lächelte gequält. »Du musst nichts mehr sagen. Ich kann mir vorstellen, was geschehen ist.« Er stand auf, ging ein paar Schritt, dann drehte er sich wieder um. »Ich möchte ihr Grab sehen.«

Meliander nickte. Schon die leichte Bewegung versetzte ihm einen schmerzhaften Stich in die Brust.

»Ich helfe dir.« Sein Bruder kam zurück und kniete sich neben ihn. Er legte die Hand auf seine Wunde und sprach ein Wort der Macht.

Meliander spürte, wie Wärme seine Brust durchströmte. Der Schmerz ebbte ab. Auch das Atmen fiel ihm wieder leichter. »Danke«, brachte er heraus. Noch einmal zum Grab ... Davor graute ihm, und doch hatte er kein Recht, seinem Bruder diesen Wunsch zu verwehren. »Uns steht ein langer Weg durch die Wüste bevor. Es gibt in unmittelbarer Nähe der Lamassu-Paläste keinen Albenstern.«

Sein Bruder erhob sich wieder. Rastlos ging er auf und ab, schien mit einer Entscheidung zu ringen. »Ich werde heute Mittag noch einmal auf das Drachenfest müssen«, sagte er schließlich. »Ruh du dich aus. Am frühen Abend brechen wir auf. Ich werde dafür sorgen, dass Wasser und Proviant für einige Tage bereitstehen.« Ohne sich weiter nach ihm umzusehen, ging er zu dem Tor, das zum zweiten Hof führte, und verschwand in dem dunklen Tunnel.

Meliander brauchte eine Weile, um die Kraft zu finden, sich aufzusetzen. Die Marmorplatten um ihn herum waren rot von seinem Blut. Er fühlte sich schwach, aber der Schmerz in seiner Brust war verflogen. Konnte es stimmen, was sein Bruder gesagt hatte? War sein Vater ein Drache? Hatten die Himmelsschlangen deshalb Nandalee nachgestellt? Forderten sie ihre Brut zurück? Und was war mit seiner Schwester? Galt das auch für sie? Oder war sie das einzige Kind Gonvalons?

Er kämpfte sich hoch, schwankte leicht. Dann ging er zu dem Haus aus Marmor. Das Einzige, was im Aussehen von Mailyns Hütte abwich, war die kleine Treppe, die zur umlaufenden Veranda hinaufführte. Er strich über den Handlauf des Geländers, in den die feine Maserung des hölzernen Vorbilds hineingeschnitten war. Dunkle Schlieren blieben auf dem Marmor zurück. Erschrocken zog er seine Hand zurück. Sie war noch ganz mit halb getrocknetem Blut verschmiert.

Ein Geräusch auf dem Hof ließ ihn herumfahren. Das Klicken von Krallen auf Stein. Der unheimliche Vogel! Er war immer noch da, belauerte ihn. Was für ein Geschöpf das wohl war? Meliander konnte sich nicht erinnern, je von solchen Kreaturen gehört zu haben. Nannte man seinen Bruder wegen dieser Vögel den Geisterkönig?

Er schob sich an der Marmorimitation der Matte vor der Türöffnung vorbei, die gerade so weit zurückgezogen war, dass Meliander ins Innere der Hütte gelangen konnte. Drinnen gab es keinen Marmor mehr.

Meliander war wie unter Schock. Alles sah ganz genau so aus wie in Mailyns Hütte. Die Feuerstelle in der Mitte, die Schlafmatten, die kleinen Tiegel in den Regalen. Das Kochgeschirr neben der Feuerstelle, die Kräuterbündel, die zum Trocknen von der Decke hingen. Sogar der Geruch war gleich.

Das Marmorhaus war von innen mit Holz ausgekleidet. Sah es von außen aus wie ein Traumgebilde, war es hier wie ein Schritt zurück durch die Zeit. Es war hier leicht, sich vorzustellen, dass Mailyn jeden Augenblick von der Veranda hereintreten würde. Auf die Innenseiten der Marmormatten vor den Fensteröffnungen war gemalt, was man sah, wenn man in der wirklichen Hütte aus den Fenstern blickte. Der See, die Bäume am Ufer und dahinter, blassblau in der Ferne, die Berge.

Meliander sah sich weiter um. Auf einer Holzplatte bei der Feuerstelle lag das große Messer, mit dem Mailyn Gemüse geschnitten hatte. Das Holz roch nach Zwiebeln. Ein paar kleine Gemüsereste waren neben die Platte gefallen, als wäre hier eben erst ein Essen zubereitet worden.

War das Liebe oder Wahnsinn? Meliander ließ sich auf der Matte am Boden nieder, die Mailyn in der wirklichen Hütte als Schlaflager gedient hatte. Sie duftete nach Zitronengras.

Sein Bruder hatte Mailyn hier einen Altar errichtet. Er verehrte sie, das war sicher. Meliander glaubte ihm, dass er gegangen war, um ihr Leben zu retten. Es war unübersehbar, wo sein Bruder hätte sein wollen, hätte er die Wahl gehabt.

Bleierne Müdigkeit überkam Meliander. Er schloss die Augen und ließ sich auf die Schlafmatte sinken. Es war leicht zu glauben, sie sei hier. Dass er wieder in ihre Hütte inmitten des Sees zurückgekehrt war, wo sie auf ihn wartete, denn die Reise nach Schurabad war nichts als ein dunkler Traum gewesen.

Nur zwei Brüder

Meliander erwachte von Stimmen auf dem Hof. Sein Bruder sprach mit jemandem.

Als er die Augen aufschlug, wünschte er sich, es herrschte jene Stille, wie sie nachts über dem See gelegen hatte. Wo das ferne Wispern des Windes in den Baumwipfeln und der leise Klang von sanften Wellen, die sich an den Pfählen der Hütte brachen, die einzigen Geräusche gewesen waren. Und der gleichmäßige Atem Mailyns. Geräusche, welche die Stille betonten, statt sie zu stören.

Sein Blick schweifte durch die Hütte. Wie vollkommen seinem Bruder die Illusion gelungen war! Aber wie konnte er hier leben? Wie konnte der Schmerz, Mailyn verlassen zu haben, um sie zu retten, je heilen, wenn er all dies immerzu um sich sah? Oder wollte er den Schmerz pflegen? Die Wunde für immer offen halten?

Meliander setzte sich auf. Diesen Weg würde er nicht gehen!

Als er aufstand, war ihm wieder kurz schwindelig. Er tastete über seine Brust. Das schwarze Hemd war steif vom eingetrockneten Blut. Die Wunde unter dem zerschnittenen Stoff konnte er nicht mehr spüren. Es gab keinen Schorf, keine Narbe, nichts. Als hätte das Schwert seines Bruders nie den Weg zu seinem Herzen gesucht.

Langsam ging er zum Eingang. Auf dem Hof war eine ganze Gruppe von scharlachrot gewandeten Kriegern um seinen Bruder versammelt, der jetzt eine der langen Tuniken trug, in denen sich die Hitze der Wüste besser ertragen ließ. Er hatte sein Schwert nun um die Hüfte gegürtet. Eines der roten Kopftücher, die so typisch für Haiwanan waren, lag wie ein Schal locker um seinen Hals. Der Elf in der Rüstung mit den Goldbeschlägen, der Meliander schon auf dem zweiten Hof aufgefallen war, redete aufgebracht auf seinen König ein. Nah bei dem Tor schrubbten Diener das Blut von den Marmorplatten.

Als Meliander die kurze Treppe hinabstieg, verstummten die Gespräche, und er wünschte, er hätte einen Stock gehabt. Etwas, worauf er sich hätte stützen können. Er vermochte zu gehen, aber er traute seinen Kräften nicht mehr.

»Du siehst nicht gut aus, Bruder«, wurde er vom König begrüßt.

Der Elf, der die scharlachrote Garde befehligte, musterte ihn abfällig. Sein Gesicht war ungewöhnlich blass, sein weißblondes Haar zu einem Zopf zurückgebunden. Es lag eine Kraft und zugleich eine solche Grausamkeit im Gebaren des Hauptmanns, dass Meliander erschrak.

»Redet meinem König den Unsinn aus, den Ihr ihm in den Kopf gesetzt habt!«, begrüßte er Meliander harsch. »Schurabad hat keinen guten Ruf. Die Lamassu dort sind alle verrückt. Jetzt, da ihr König eingemauert wurde, herrscht gewiss völlige Anarchie, bis sie einen neuen Herrscher gewählt haben, denn Almansur hat keinen Erben hinterlassen.«

»Ich fühle mich nicht in der Position, Eurem König Ratschläge zu geben«, entgegnete Meliander kühl.

Sein Bruder lachte auf. »Komm schon, Dargyl, du weißt, ich bin nicht so leicht umzubringen«, suchte er den Hauptmann zu beschwichtigen.

»Wenn Ihr denn reisen müsst, dann nehmt zumindest mich und einige ausgewählte Krieger mit«, insistierte der Elf.

»Nein!« Das eine Wort ließ alle erschrocken zum Herrscher blicken, mit solcher Schärfe war es gesprochen. »Mein Bruder, Meliander, wird mir als Begleitung genügen.«

»Erlaubt mir, darauf hinzuweisen, dass Euer Bruder den Eindruck macht, als könnte er sich kaum auf den Beinen halten, mein Herrscher.«

»Wirst du reisen können?«, fragte ihn sein Bruder, ohne den Blick von seinem Hauptmann abzuwenden.

»Wenn ich … einen Speer bekomme, auf den ich mich stützen kann, wird es gehen.«

Sein Bruder schnippte mit den Fingern. »Ihr habt gehört. Einen Speer!«

Eine Elfe aus den Reihen der scharlachroten Wachen übergab Meliander ihren Speer.

Er fühlte sich besser, als seine Finger den polierten Schaft der Waffe umschlossen.

»Bereit?«, fragte ihn sein Bruder.

Meliander nickte, blickte aber zweifelnd auf die beiden Rucksäcke und das Dutzend Wasserflaschen, die, ordentlich aufgereiht, vor ihm standen.

»Ich werde deine Last tragen«, entschied sein Bruder. »Zumindest am ersten Tag.«

»Wie lange werdet Ihr fortbleiben, mein König?«, erkundigte sich Dargyl.

Der Herrscher zuckte mit den Achseln. »Ich weiß es nicht. Wir kommen wieder, wenn unsere Angelegenheiten geklärt sind.«

Da schwang ein Unterton in den Worten seines Bruders mit, der Meliander besorgt aufhorchen ließ.

Der König nahm die beiden Rucksäcke auf und schlang sich die langen Lederriemen der Wasserflaschen über die Schultern. »Neben dem Marmorhaus liegt ein Albenstern, wie dir sicherlich nicht entgangen ist, Bruder. Ein paar Schritte nur, und wir sind noch vor der Abenddämmerung in Schurabad.«

Meliander hatte nicht bemerkt, dass es hier einen Albenstern gab. Zu viel war geschehen. Er war zu aufgewühlt gewesen. Und auch jetzt waren seine Gedanken anderswo, als sein Bruder das magische Portal öffnete. Die unheilverkündenden Worte des Königs klangen in ihm nach. *Wir kommen wieder, wenn unsere Angelegenheiten geklärt sind.*

Die vollkommene Welt

Sein Bruder lag im Sand, die Arme weit ausgestreckt, als wollte er die tote Mailyn in ihrem Grab umarmen. Meliander missfiel seine Art, sich der Toten zu nähern. Er fand sie unpassend, ja obszön. Er sah seinem Bruder zu. Sah, wie sich dessen Finger wie vor Schmerz in den Sand krallten.

Sand klebte unter den Augen seines Bruders, als dieser sich erhob. Er hatte geweint. Still, ohne ein Zeichen. Er ging zu dem gelben Rosenbusch, berührte sanft eine Blüte. Seine Lippen bewegten sich. Er flüsterte etwas, woraus sich für Meliander keine Worte ergeben wollten.

Der Rosenbusch veränderte sich. Die braunen Stellen auf seinen Blättern und am Rand der älteren Blüten verschwanden. Alle Blüten wirkten voller, und ihre Farbe hatte an Leuchtkraft gewonnen.

»Was hast du getan?«

»Ihn geheilt.« Sein Bruder lehnte sich gegen den ockerfarbenen Fels, dicht unter dem Regenbogen. Er wirkte auf jede nur erdenkliche Art erschöpft. Körperlich und seelisch. »Ich habe ihm geholfen, seine vollkommenste Form zu erreichen. Und er wird so bleiben bis ans Ende aller Tage, wenn niemand kommt und ihn zerstört.«

»Du kannst Pflanzen heilen?« Meliander war überrascht. Dass es eine solche Spielart des Zauberwebens geben könnte, hatte er bislang nicht einmal in Erwägung gezogen.

Sein Bruder sah ihn ärgerlich an. »Glaubst du, du wärest der Einzige, der versucht hätte, Mailyn zu retten? Glaubst du, nicht auch ich hätte nach einer Möglichkeit gesucht, sie zu heilen? Und zwar nicht wie du nur ein paar Wochen lang. Viele Jahre war sie der Mittelpunkt all meiner Gedanken, all meines Strebens. Du vermagst nicht einmal annähernd zu ermessen, was ich in der Hoffnung, sie wieder gesund zu machen, getan habe. Die Geistervögel entstammen meinen Versuchen, anderen ihr Lebenslicht zu stehlen, um es zu übertragen. Erst sehr spät ist mir klar geworden, dass Mailyn lieber sterben würde, als auf diese Art geheilt zu werden. Jeden nur erdenklichen Zweig der Heilkunde habe ich erforscht. Aus einem Rosenstrauch eine makellose Pflanze werden zu lassen, die auf ewig gedeihen und wachsen wird, ist nur eine Fingerübung. Wenngleich eine Fingerübung, die viel Kraft kostet.«

Es folgte ein unbehagliches Schweigen. Meliander betrachtete den Rosenbusch. Wer hierhergekommen war, hatte Mailyn zum Abschied ein Geschenk gemacht. Sein Bruder hatte aus dem Rosenbusch ein von Magie durchdrungenes Wunder werden lassen. Frar hatte die schöne Säule erschaffen. Nur er ... er hatte ihr lediglich einen Kristall gebracht. Und der war obendrein noch ein Geschenk Almansurs an Mailyn gewesen. Er selbst hatte nichts getan, als den Kristall hierherzutragen. Wieder einmal hatte er es nicht vermocht, sie so zu beschenken, wie er es eigentlich gewollt hätte.

»Weißt du, was dein Problem ist, kleiner Bruder?«

Die Worte seines Bruders klangen nicht abfällig, sondern müde, und dennoch verletzten sie Meliander.

»Du hältst dich für den Mittelpunkt der Welt. Diese Vorstellung musst du überwinden, um frei sein zu können. Als du zu Mailyn kamst, war sie schon krank. Du wusstest es nicht. Und du wusstest auch nicht, dass du sie noch kränker machen würdest. Du hast falsche Entscheidungen getroffen, aber wenigstens hast du das in bester Absicht getan. Es lag zu keinem Zeitpunkt in deiner Macht, das Unheil, zu dem du den Anstoß gegeben hast, noch aufzuhalten. Vergiss deine Schuldgefühle! Mailyn wollte aus dieser Welt einen besseren Ort machen.« Er deutete zu dem Rosenbusch. »Einen Ort, an dem am Ende alles so sein sollte wie diese Rose: makellos! Die Himmelsschlangen haben das nicht zu erreichen vermocht. Vielleicht ist die Zeit gekommen, dass wir ihnen ihre Macht entreißen. In Haiwanan ist es mir schon gelungen.«

»Ein Hof voller Galgen wäre sicher nicht Mailyns Vorstellung von Vollkommenheit gewesen.« Seine Worte entsprachen zwar der Wahrheit, aber Meliander war sich auch bewusst, dass er dies vor allem sagte, weil er sich neben seinem Bruder dumm und unbedeutend fühlte.

»Es ist nur ein Schritt auf dem Weg zur Vollkommenheit. So, wie ich die welken Blüten an diesem Rosenstrauch verschwinden ließ, wird auch alles verschwinden, was ein Makel in Albenmark ist. Der Weg mag voll Bitternis sein, und gelegentlich werde ich vielleicht auch ungerecht sein, aber alles, was zählt, ist das Ziel.«

Meliander beneidete seinen Bruder darum, eine Vision zu haben. Er selbst hatte seit Mailyns Tod einfach nur überlebt. Und er hatte Rachefantasien gehegt. Hatte seinen Bruder tot sehen wollen und anschließend die Himmelsschlangen. Aber für das, was danach hätte folgen sollen, hatte er keine Pläne gehabt. Ihm war es selbstsüchtig darum gegangen, andere zu vernichten und sich an ihrem Untergang zu weiden. Ein weiteres Mal beschämte ihn sein Bruder. Wie sehr er sich doch in ihm getäuscht hatte! Er war der Bessere von ihnen beiden.

»Du hast mir nie deinen Namen genannt«, sagte er, um die Stille zu füllen, die sich erneut zwischen sie gelegt hatte.

Sein Bruder lächelte bitter. »Ich habe keinen Namen. Meine Mutter hat mir nie einen gegeben. Und mein Vater Nachtatem schenkte mir zwar seine Zuneigung, jedoch keinen Namen. Draußen in der Welt habe ich viele Namen: Der Dunkle, der Geisterkönig, der Schädelsammler oder einfach nur Seelentrinker. Was dich angeht, genügt es, wenn du mich Bruder nennst.«

Seelentrinker, dachte Meliander. Was sein Bruder wohl alles getan haben mochte. Wie es schien, würde die neue Welt, die er sich vorstellte, aus Dunkelheit geboren werden.

»Lass uns die Wasserflaschen auffüllen und dann zum Palast Almansurs gehen. Ich möchte jenen Ort sehen, den Mailyn ganz nach ihren Wünschen gestaltet hat. Den Ort, den ich ihr so nie geben konnte.«

Es widerstrebte Meliander, seinen Bruder zu dem Pavillon zu bringen. Es war der Ort, den er mit Mailyn ganz für sich gehabt hatte. – Aber es gab einen guten Grund, in den Palast zurückzukehren. Könnte er doch dort womöglich etwas finden, das ihm vielleicht das Leben retten würde, wenn sie beide endgültig *ihre Angelegenheiten klärten.*

Die Schätze Almansurs

Sein Bruder vergrub das Gesicht in der Satindecke auf dem Bett, und Meliander musste an sich halten, um ihn nicht von dort fortzuzerren. Es widerte ihn an, was er sah!

»Ihr Geruch ist noch hier.« Sein Bruder tat einen langen Seufzer, sah kurz zu ihm auf und vergrub erneut sein Gesicht in dem Stoff.

Über eine Stunde waren sie nun schon im Pavillon. Sein Bruder konnte gar nicht genug davon bekommen, sich auch die kleinste Kleinigkeit anzuschauen. Vielleicht wollte er ja noch ein zweites Marmorhaus in dem weißen Hof errichten.

»Bist du fertig?«

Sein Bruder schüttelte den Kopf. »Du bist noch nicht so lange von ihr getrennt wie ich. Du kannst das nicht verstehen.«

Meliander riss ihm die Decke aus den Händen. »Diesen Ort habe ich mit ihr geteilt. Hier habe ich mit ihr gelegen. Halt dich zurück!«

»Hast du dich in der Hütte zurückgehalten, die ich für Mailyn über dem See errichtet hatte? Hast du Abstand gehalten von dem Lager, das ich dort mit ihr teilte? Du bist der Letzte, der sich anmaßen sollte, mich hier in die Schranken zu weisen.«

»Das war etwas anderes ...«

»Stimmt! Du hast sie auf der Matte, die einst mir gehörte,

bestiegen. Zu einem derartigen Akt wird es hier umgekehrt nicht mehr kommen!«

Meliander hasste es, dass er so vulgär wurde. Er mochte recht haben mit dem, was er sagte, aber das rechtfertigte noch lange nicht die Art, wie er es sagte.

»Habe ich deine zartesten Gefühle verletzt?« Sein Bruder ging zu dem Marmorbecken in der Mitte des Raumes und fischte eine der welken Blüten heraus. »Vergiss nicht, ich spüre alle deine Gefühle. Nimm dich in Acht vor mir, wenn du Dunkles über mich denkst. Nichts bedeutet mir mehr als Loyalität.«

»Dann tritt die Gefühle derer, von denen du dir Loyalität wünschst, nicht mit Füßen.«

Sein Bruder ließ die Blüte zurück ins Wasser fallen. »Du musst besser zuhören, Meliander. Ich wünsche mir Loyalität nicht, ich erwarte sie. Das ist ein Unterschied. Merk dir das! Und nun gehen wir in die Bibliothek. Ich bin neugierig, ob sie wirklich so eindrucksvoll ist, wie du sie geschildert hast. Ich liebe kostbare alte Schriften.«

»Dann sollten wir zuerst in den Palast gehen. Die besten Stücke hat Almansur dort verwahrt. In einem eigenen Lesesaal ...«

Sein Bruder sah zur Tür. Plötzlich lag auf seinem Gesicht eine Glückseligkeit, die Meliander ihm gar nicht zugetraut hätte. »So viele Bücher. Es wird schwer werden, sie alle zu holen.« Entschlossen verließ er den Pavillon.

Meliander nahm die Satindecke, unter der er seine letzte Nacht mit Mailyn verbracht hatte. Er schüttelte sie aus, als könnte er damit auch ihn abschütteln, der sein Gesicht darin vergraben hatte. Dann faltete er die Decke sorgfältig und legte sie wieder auf das Bett.

»Kommst du?«, erklang es von draußen.

Melianders Blick schweifte durch den Raum. Was auch immer im Palast geschehen sein mochte nach seiner Flucht mit Frar, der Pavillon war unberührt geblieben.

»Du musst damit aufhören, immerzu Abschied zu nehmen«, belehrte ihn sein Bruder.

Meliander schluckte eine gallige Bemerkung hinunter und trat hinaus ins Mittagslicht, sah von der Terrasse über den Garten. Es gab keine Blüten mehr. Die Hecken waren zerzaust, die Rosenbüsche niedergedrückt. Er führte seinen Bruder die Treppe hinab. Die Gartenwege waren unter Sand verschwunden, ebenso der Rasen, auf dem vor einer Woche noch prächtige Zelte gestanden hatten.

»Mit wem hat er Krieg geführt?« Sein Bruder deutete auf die Reihe der Katapulte.

»Mit Hühnern«, erwiderte Meliander kurz angebunden. Er stützte sich immer noch auf den Speer, den er aus dem Palast seines Bruders mitgenommen hatte. Das Schwächegefühl hatte er überwunden. Aber das grelle Sonnenlicht machte ihm mehr zu schaffen als zuvor.

Nicht weit von der Treppe, die zum Palasttor führte, fanden sie die ersten toten Kobolde. Sie waren im Inneren einer Hecke aufgespießt, wo die Äste stark und unnachgiebig waren. Ein Akt ungezügelter Grausamkeit.

Sein Bruder zog das Schwert.

Auch Meliander umfasste den Speer fester, als er die Stufen erklomm. Das Palasttor war nur angelehnt. Mit dem Ende des Speers drückte er das Tor auf. Leises Plätschern begrüßte sie. Der Springbrunnen lief noch immer. Ansonsten war es totenstill. Flugsand knirschte leise unter ihren Schritten. Im Wasserbecken des Brunnens trieb ein ertränkter Kobold. Auf den Stufen hinauf zum Thronsaal lag ein Kentaur, dem die Pferdebeine abgehackt worden waren.

»Erstaunlich, wozu sich Dschinnen hinreißen lassen, wenn

man sie erzürnt«, bemerkte sein Bruder und umrundete den Kadaver. »Du gehst vor!« Er deutete auf das rot lackierte Tor am Ende der Treppe.

Dieses Mal musste er einige Kraft aufwenden, um das Tor auch nur einen Spaltweit aufzudrücken. Mit dem Speer sichernd, trat er in den Saal. Hinter dem Eingang lagen mehrere tote Kobolde, die das Tor blockiert hatten, und überall lagen die Leichen der Palastdiener, die sich schützend vor ihren wahnsinnigen König gestellt hatten. Selbst die Hühner waren hingemetzelt. Nur ein einziges beobachtete sie still aus der Deckung einer Säule heraus.

Meliander deutete auf eine hohe Tür an der Rückwand des Thronsaals. Er war nie dort gewesen, kannte den Lesesaal des Palasts nur aus Frars Erzählungen.

Während er über das Drachenmosaik schritt, versuchte er, nicht die Toten anzusehen. Er wollte niemanden wiedererkennen, der ihm Wein in seinen Pokal nachgeschenkt oder Blumen für Mailyn mitgegeben hatte. Dass die Dienerschaft trotz aller Exzesse Almansurs am Ende treu zu ihm gestanden hatte, überraschte den Elfen.

Fliegen stiegen von den Toten auf, wenn sie vorbeigingen. Bedrückender, süßlicher Verwesungsgestank hing in der Luft. Meliander hielt den Atem an und beschleunigte seine Schritte.

»Du hast vorher wohl noch nicht viele Tote gesehen, oder?«

Eine zu viel, dachte Meliander niedergeschlagen.

»Ich spüre deine Gefühle. Du musst sie loslassen. Mailyn würde das auch wollen.«

Diese Eigenart seines Bruders hatte er völlig vergessen. Sie war zu unauffällig. Er sollte sich vor ihr hüten, was immer auch geschah. Es war besser, nicht in jedem Augenblick ein offenes Buch für ihn zu sein.

Entschlossen betrat er den Lesesaal. Es war ein langer, schmaler Raum mit Buntglasfenstern dicht unter der Decke an beiden Längsseiten. Farbiges Licht fiel in schrägen Bahnen auf Bücherregale und Stehpulte. Auf Gestellen, hoch oben auf den Regalen, und an den wenigen freien Stellen der Wände waren exotische Waffen ausgestellt. Speere mit einem Stichblatt an beiden Enden des Schaftes; Morgensterne mit mehreren Kugeln; wie Raubvogelschnäbel gebogene Kriegshämmer; ein Helm, der wie ein Löwenkopf geformt war. An der gegenüberliegenden schmalen Wand hing ein großer Flügel aus silbern glänzendem Metall.

»Was für eine Schatzkammer!« Sein Bruder eilte an ihm vorbei, überflog die Bücherregale und deutete dann auf den Flügel. »Weißt du, was das ist?«

Meliander zuckte mit den Achseln.

»Das muss ein Flügel aus lebendem Metall sein. Von den geflügelten Löwen und Wölfen, auf denen die Könige der Menschenkinder in die Schlacht geritten sind. Unglaublich!« Er ließ seine Hand über die ledernen Buchrücken gleiten. Dann stieß er einen verzückten Laut aus und zog ein Buch mit blauem Einband und Goldschnitt aus dem Regal. »Das ist Celaynes *Almanach wohltuender Kräuter*. Das Buch gilt seit mehr als hundert Jahren als verschollen.« Er legte es auf eines der Stehpulte und schlug es vorsichtig auf. »Sieh dir nur die wunderbaren Illustrationen an! Celayne selbst hat sie gemalt. Sie hat nur drei Ausgaben dieses Buches erschaffen, bevor sie auf einer Reise nach Carandamon von Trollen getötet wurde.«

Während sein Bruder begeistert das Buch durchblätterte, sah Meliander sich um. Es gab nur eines, was ihn hier interessierte. Er schlenderte an den Regalen entlang, und dann sah er ihn, den Speer, den Frar Almansur geschenkt hatte. Er hing zwischen anderen Speeren, die wie ein großer Fächer an einer Wand aufgehängt waren.

Möglichst unauffällig blickte Meliander zu seinem Bruder. Dann ermahnte er sich, an nichts Besonderes zu denken. Er nahm die Waffe von der Wand. Der Schaft schien aus Knochen gefertigt zu sein. Er war von einem leicht gelblichen Weiß und über und über mit Schnitzereien bedeckt, die kämpfende Zwerge zeigten. Es mussten Geschichten aus dem großen Krieg auf Nangog sein, denn die Zwerge fochten Seite an Seite mit Trollen und Kobolden. Merkwürdige Geschöpfe segelten über den Himmel, die ein wenig an riesige Quallen erinnerten.

Meliander drehte die Waffe langsam in den Händen, betrachtete jeden Zoll des Schnitzwerks. Jemand musste viele Monde an dieser Waffe gearbeitet haben. War das wirklich der Speer, den Frar gefertigt hatte? Er hatte ihn nicht näher beschrieben. Aber hätte er das nicht getan, wenn es eine so aufwendige Arbeit gewesen wäre?

Aus den Augenwinkeln spähte Meliander zu seinem Bruder. Er schritt an einem Regal entlang und studierte die Buchtitel auf den Rücken.

Vorsichtig setzte Meliander die Spitze des Speers auf die Wand und drückte. Das, was einfacher Stahl zu sein schien, glitt so leicht in das Mauerwerk wie ein heißes Messer durch Butter. Erschrocken und zugleich fasziniert zog er die Waffe zurück. Dieser Speer könnte eine Himmelsschlange töten! Er musste seinen Bruder nicht mehr fürchten.

»Was hast du da?« Sein Bruder kam mit Büchern unter beiden Armen auf ihn zu.

Meliander zwang sich zur Ruhe. »Schau nur die wunderbaren Knochenschnitzereien. Ich glaube, sie zeigen Schlachtenszenen aus dem Krieg um Nangog.«

Sein Bruder bedachte den Speer nur mit einem flüchtigen Blick. »Du interessierst dich für Waffen?«

»Wenn sie so schön sind.«

»Hübscher als der Speer, mit dem du gekommen bist, auf jeden Fall«, räumte der Geisterkönig ein. »Aber du wirst dir Schwielen an den Händen holen. Ein glatter Schaft hält sich angenehmer.«

Meliander lächelte. »Darauf lasse ich es ankommen.« Er nickte in Richtung seines alten Speers, der vor ihm an der Wand lehnte. »Wirst du mir böse sein, wenn er hierbleibt?«

»Ja«, antwortete sein Bruder entschieden.

Meliander war überrascht, dann erschrocken. Hatte er sich durch irgendeine Kleinigkeit verraten?

Der Geisterkönig lachte auf. »Du kannst mich gnädig stimmen, indem du mir hilfst, Bücher zu tragen. Das sind die wahren Schätze, die Almansur uns hinterlassen hat. So nett der andere Plunder hier auch sein mag. Die Bücher dürfen nicht zurückbleiben und zum Fraß der Mäuse werden.«

»Du denkst auch an die Wasserflaschen?«, erinnerte ihn Meliander. »Wir werden tagelang durch die Wüste wandern.«

»Ja, dieses Mal noch«, erwiderte sein Bruder zerknirscht. »Aber dann werde ich einen Drachenpfad erschaffen. So wie jenen, über den du als Kind von der Pyramide unseres Vaters zu mir in den Wald gelangt bist.«

Meliander graute bei der Vorstellung. Für Drachen mochten diese magischen Wege komfortabel sein, für Elfen waren sie es nicht. Vom Zweck her, den sie erfüllten, ähnelten sie den Albenpfaden. Man vermochte über sie schnell einen weiten Weg zurückzulegen. Aber das war auch schon die einzige Gemeinsamkeit. Betrat man sie, lieferte man sich dem Spiel unsichtbarer Kräfte aus. Man wurde herumgewirbelt, bis man nicht mehr wusste, wo oben und unten war. Zugleich hatte man das Gefühl, in einen bodenlosen Abgrund zu stürzen.

»Du willst noch einmal hierher zurückkommen?« Meliander war ernsthaft überrascht.

»Ich werde diese Bücher retten. Jedes einzelne. Und auch die Schriftrollen und Tontafeln, von denen du mir erzählt hast. Celayne hat Jahre dafür aufgewendet, eine einzige Ausgabe ihres Almanachs anzufertigen. Im Vergleich dazu ist der Speerschaft, an dem du dich so begeisterst, ein Nichts. Du wirst so viele Bücher für mich schleppen, wie du nur tragen kannst. Das ist der Preis für den Speer, der zurückbleibt.« Er lachte. »Willst du es dir noch anders überlegen?«

Meliander fragte sich, ob sein Bruder genauso verrückt war wie der Lamassukönig. »Gut, ich nehme dein Angebot an«, sagte er, um einen Tonfall bemüht, dem seine wahren Gedanken nicht anzuhören waren.

»Sehr brav, kleiner Bruder. Dafür werde ich dich in mein größtes Geheimnis einweihen.«

»Was soll das sein?«

»Alles zu seiner Zeit, Meliander. Wenn du ein guter Bücherträger bist, wirst du es erfahren. Und nun lass uns auswählen, was als Erstes gerettet werden muss.«

Der geheime Ort

Meliander war am Ende seiner Kräfte. Er legte Frars Speer neben sich in den Sand und nahm den Rucksack ab. Die Riemen hatten ihm tief ins Fleisch geschnitten, ein pochender Schmerz sich in seinem Kopf eingenistet. Zu lange war er unter der gnadenlosen Sonne Schurabads gewandert.

Seinem Bruder schien all dies nichts auszumachen. Die halbe Zeit hatte er auf dem Rückweg ein aufgeschlagenes Buch in Händen gehalten und gelesen. Dabei war er nicht müde geworden, die feinsinnigen Metaphern des Dichters zu loben, dessen Werk er gerettet hatte.

Meliander sagte das Wortgetöse, dem zu lauschen er gezwungen war, nichts. Vielleicht rührten seine Kopfschmerzen auch daher, mit zu vielen Gedichten gequält worden zu sein. Er würde anfangen zu schreien, wenn er noch einmal von Zähnen hörte, die sich wie Perlen aneinanderreihten, oder von Schultern, weiß wie Stutenmilch.

Sein Bruder hatte sich niedergekniet, wo, nur sichtbar für das Verborgene Auge, sieben Albenpfade einen Stern bildeten. Er öffnete ein Tor. Wie Schlangen erhoben sich zwei Kraftlinien aus dem Sand. Gegen den klaren Wüstenhimmel waren sie nur undeutlich zu erkennen, doch als sich ihre beiden Häupter einander zuneigten, sich berührten und einen Torbogen bildeten, da füllte sich der Raum unter ihnen mit einem undurchdringlichen Schwarz. Wie ein Tintenfleck vor dem Himmel klaffte das Nichts vor ihnen. Deutlich war ein goldener Pfad in der Finsternis zu erkennen.

»Komm, nun wirst du mein Geheimnis erfahren.« Sein Bruder stand auf, nahm seinen Rucksack und klemmte sich den Gedichtband, in dem er gelesen hatte, unter den Arm.

Meliander empfand wesentlich weniger Enthusiasmus. Er wollte in den Palast in Haiwanan, wollte an einem kühlen Ort ruhen und seine Gedanken ordnen. Er wusste nicht, was er nun tun sollte, hatte sein Ziel verloren. Er war der Mörder Mailyns. Alles, was sein Bruder diesbezüglich gesagt hatte, passte zu dem, was er erlebt hatte. Wie konnte er also seinen Bruder für etwas töten, das dieser nicht getan hatte? Und die Himmelsschlangen … waren so unerreichbar fern, dass er nicht einmal wusste, wie er in ihre Nähe gelangen könnte, um seinen neuen Speer seiner Bestimmung zuzuführen.

»Komm«, rief sein Bruder erneut. »Du wirst dich begeistern an dem, was ich dir zeigen werde. All deine Müdigkeit wird vergessen sein, wenn du es siehst. Gemeinsam werden wir Großes vollbringen.«

Müde kämpfte sich Meliander auf die Beine und trat durch das Portal. Er hatte das Gefühl, voller Hass beobachtet zu werden. Wenn *er* das schon spürte, wie beklemmend musste es dann erst für seinen Bruder sein. Er spähte ins Dunkel, konnte aber nichts erkennen.

»Spürst du das auch?«, flüsterte er.

»Natürlich. Es sind die Grünen Geister von Nangog. Die Kinder der Riesin, deren Welt wir zerstört haben. Sie sind körperlos, haben aber ein Bewusstsein. Und ob nun Geister oder ruhelose Seelen – sie beneiden uns um unsere Körper und um unsere Welt. Sie würden sie an sich reißen, wenn sie könnten. Einigen von ihnen habe ich Zugang zu Albenmark gewährt. Als

Sühne für die Taten der Himmelsschlangen. Sie zehren von unserem Lebenslicht. Von den Alten und Schwachen. Gesunden Erwachsenen vermögen sie nichts anzutun. Verschmelze ich eine starke Seele, vielleicht die eines Mörders oder eines Wucher treibenden Handelsherren, mit diesen Seelen, entsteht ein Geistervogel. Wobei ich das Aussehen der Kreatur ein Stück weit lenken kann. Sie passt zu der Umgebung, in der sie erschaffen wird. Hier sind es die großen Laufvögel, in der Snaiwamark würde ich wohl Wölfe wählen und in der Lotussee Haie.«

Bei dem Gedanken, dass die Bestien der Suche nach Heilung für Mailyn entsprungen waren, überlief es Meliander eiskalt.

Sein Bruder ging ungerührt weiter auf dem Pfad aus goldenem Licht. »Ich habe viele Spielarten der Magie erprobt, um einen Heilzauber für Mailyn zu finden, der ihr rascher und wirkungsvoller geholfen hätte. Auch Blutmagie … Ich bin nicht stolz darauf. Aber ich hatte mich entschlossen, keine Möglichkeit, ihr zu helfen, außer Acht zu lassen. Manche mögen das unmoralisch finden. Für mich war es die letzte Konsequenz meiner Liebe zu ihr. Ich würde es jederzeit wieder tun.« Sie hatten das Portal am anderen Ende des Weges erreicht. Es erwartete sie eine karge Landschaft. Sie standen zwischen sanften Dünen aus gelblich weißem Sand.

Als Meliander durch den Albenstern trat, spürte er augenblicklich, dass etwas nicht stimmte. Das Licht war anders, aber es war auch hier sengend heiß. Dazu lag ein Geruch in der Luft, der ihm völlig fremd war. Im Westen erhob sich ein breiter Schilfstreifen. Möwen schaukelten über ihnen in einer leichten Brise.

»Hast du es gemerkt?« Sein Bruder lächelte verschwörerisch. »Wir sind nicht mehr in Albenmark. Der Ort, an den ich dich bringen werde, ist nur über einen Albenstern in der Welt der Menschen zu erreichen.«

Beklommen sah Meliander sich um. Die Menschenkinder

waren allesamt blutdürstige Barbaren. Und sie tauchten immer in Massen auf.

»Hier ist niemand«, versuchte sein Bruder, ihn zu beruhigen. »Wir gehen nach Norden in Richtung Meer. Dort liegt der nächste Albenstern.«

»Warum tun wir das?« Meliander traute den Worten seines Bruders nicht. Unablässig sah er über seine Schulter zurück, ob sie nicht von irgendwem verfolgt wurden.

»Die Himmelsschlangen werden hierher nicht kommen. Sie werden nicht in die Welt der Menschen eindringen. Und der nächste Albenstern führt uns zu einem Pfad, den man nur von der Welt der Menschen aus betreten kann.«

Der Weg war länger, als Meliander erwartet hatte. Meile um Meile gingen sie nach Norden. Sein Bruder verriet ihm, dass sich hinter dem Wall aus Schilfgras ein großer Fluss verbarg. Er war sich sicher, dass die Menschen eines Tages an der Küste eine Stadt errichten würden. Der Platz war ideal für eine Handelsmetropole. Aber der Krieg um Nangog hatte die großen Reiche der Menschen zerschlagen. Sein Bruder glaubte fest, dass sie noch lange brauchen würden, um sich davon wieder zu erholen.

Endlich erreichten sie einen einsamen Monolithen. Einen Stein, der sich so deutlich von der Umgebung unterschied, dass Meliander den Verdacht hatte, sein Bruder sei für dessen Existenz verantwortlich.

Zwischen Dünen hindurch war nun das Meer zu sehen. Eine angenehm frische Brise wehte von dort in die Wüste und trug den Geschmack von Salz mit sich.

Ohne sich mit Erklärungen aufzuhalten, öffnete sein Bruder den Albenstern, über dem sich der Monolith erhob. Wieder traten sie in das Dunkel des Nichts. Diesmal waren es nur wenige Schritte, bis sie das andere Tor erreichten. Es führte sie in eine Höhle, die in weiches Bernsteinlicht getaucht war.

Ein hagerer Damien in der Lederschürze eines Handwerkers kam ihnen eilig entgegen. Er wirkte zutiefst bestürzt. »Mein König … Wir wussten nicht, dass Ihr …« Er hielt inne, sah vom Geisterkönig zu Meliander und wieder zurück. »Ich …«

»Das ist mein Bruder, Tung. Mach dir keine Sorgen. Alles ist gut.« Sein Bruder hob das Buch, das er den ganzen Tag abwechselnd in der Hand oder unter dem Arm getragen hatte, in die Höhe. »Ich habe neue Schätze gefunden, die ein sicheres Zuhause benötigen.«

Der Handwerker lächelte. »Hier werden wir noch sehr viele Schätze unterbringen können.«

Jetzt grinste auch sein Bruder breit. »Ich werde dich beim Wort nehmen, Tung. Ich fürchte, ich habe in der Tat sehr viele Schätze gefunden.«

Meliander sah sich verwundert um. Von der Höhle führten mehrere Tunnelöffnungen ins Dunkel. Neben einem der Gänge türmten sich Balken und Bretter. Ein Stück entfernt lagerten Essensvorräte und große Amphoren.

»Hier gibt es nichts außer nacktem Fels und Sicherheit«, erklärte sein Bruder aufgeräumt. »Wir müssen alles hierherbringen, was benötigt wird. Das ist keine Kleinigkeit. In einer der äußeren Höhlen haben wir eine ganze Herde Packesel untergebracht. Jeden Apfel, jedes Brett und jedes Heubündel müssen wir durch die Wüste schleppen. Das Trinkwasser ergänzen wir aus dem großen Fluss in der Menschenwelt. Tung und seine Gefährten fischen dort auch manchmal. Aber nur, wenn ich über sie wachen kann.«

»Und was soll das alles hier werden?« Meliander betrachtete die kahlen Felswände. Der Ort erinnerte ihn an die Zwergenstadt, in der er einen Teil seiner Jugend verbracht hatte. Es waren nicht die glücklichsten Erinnerungen.

»Wir werden hier eine Bibliothek errichten. Das hier ist der sicherste denkbare Ort. Ich möchte, dass alle bedeutsamen

Schriften ihren Weg hierher finden. Nie wieder soll Wissen für immer verloren gehen, weil Banausen einen Palast samt seinen Büchern und Schriftrollen niederbrennen. Oder wie gerade in Schurabad. Denk an Almansurs Schätze. Sie sind der Wüste überlassen, wenn wir sie nicht retten. Und die Bibliothek in der Steilklippe. Wer weiß noch von ihr? Sie würde völlig in Vergessenheit geraten. Wobei wir noch froh sein können, dass Dschinnen, und nicht Trolle, in Schurabad gewütet haben; die hätten die unersetzlichen Schriften vermutlich benutzt, um sich die Ärsche damit abzuwischen.«

Aus den Augenwinkeln sah Meliander Tung schmunzeln. Dem Damien waren solcherlei Reden offensichtlich bestens vertraut.

»Was macht dich so sicher, dass diese Bibliothek hier, wenn es denn einmal eine ist, nicht eines Tages dasselbe Schicksal ereilen wird?«

»Das zeige ich dir besser. Ein Blick nach draußen sagt in diesem Fall mehr als tausend Worte. Komm!«

Er eilte davon. Seine Begeisterung verlieh seinen Schritten Flügel. Meliander hatte Mühe, mit ihm mitzuhalten. Zwei Mal bogen sie innerhalb des Tunnels, der neben den Bauholzstapeln begann, ab, dann standen sie vor einem klaffenden Loch im Fels, hinter dem absolute Finsternis lag.

Meliander begriff. »Das Nichts. Deine Bibliothek liegt zwischen den Welten!«

»Besser noch.« Sein Bruder rief ein Wort der Macht ins Dunkel. Ein Blitz flammte auf. Einen Lidschlag lang sah Meliander Hunderte von treibenden Felsbrocken. Manche groß wie Berge, andere kaum vom Umfang eines Koboldkopfes.

»Was du hier siehst, kleiner Bruder, ist die Zerbrochene Welt. Ihre treibenden Trümmer erstrecken sich in jede Richtung über viele hundert Meilen. Selbst wer weiß, dass wir hier sind, kann ewig nach der Bibliothek suchen. Ich werde natürlich darauf achten, dass man unserem treibenden Berg nicht ansieht, was sich in seinem Inneren verbirgt. Ich habe auch schon einen Namen für diesen Ort. Iskendria! Gefällt er dir?«

Meliander nickte nur. Er war überwältigt von dem, was ihm der kurze Lichtblitz gezeigt hatte. In der Ferne hatte er sogar etwas treiben sehen, das an ein Schiffswrack erinnerte. Bislang war die Zerbrochene Welt für ihn nur ein Name gewesen. Sie zu sehen sprengte all seine Erwartungen.

»Kannst du noch mal einen Blitz rufen?«

»Ungern. Ich weiß nicht, was dort draußen noch alles ist. Manche Wesen sterben langsam ... Ich möchte sie nicht darauf aufmerksam machen, dass es hier im Felsen Albenkinder gibt.«

»Andere Wesen?«

»Ich glaube nicht, dass Nangog tot ist. Nicht ganz ... Und dann sind da noch diese Geister. Sie nennen sich selbst Yingiz. Wer von den Albenpfaden abkommt, ist ihnen ausgeliefert. Aber ich habe einen Pakt mit ihnen geschlossen. Sie werden die Bibliothek dulden und niemanden angreifen, der diesen Splitter ihrer Welt besucht.«

Meliander starrte in das Dunkel. Er hatte nie damit gerechnet, je seine Welt zu verlassen. Es gab so viel mehr zu entdecken, als er sich je vorgestellt hatte. Und sein Bruder schien entschlossen, jedes Abenteuer zu wagen. Er hatte ein klares Bild davon, wie die Zukunft sein sollte. Was wichtig war. Aus ihm würde den Himmelsschlangen ein mächtiger Feind erwachsen. Schon jetzt hatte er nicht nur diesen geheimen Ort für sich beansprucht, sondern ihnen auch in Albenmark ein eigenes Königreich abgerungen, in dem sie keine Macht mehr hatten. Wenn ihm das gelungen war, könnte er ihnen vielleicht irgendwann sogar ganz Albenmark abnehmen und die Herrschaft der Drachen für immer beenden.

»Wenn wir hier sitzen bleiben, gewöhnen sich die Augen nach einer Weile an das Dunkel.« Sein Bruder ließ sich am Rand des im Fels klaffenden Lochs nieder. Seine Beine baumelten über dem Nichts.

Meliander lehnte seinen Speer an die Wand und setzte sich neben ihn. Zum ersten Mal, seit Mailyn gestorben war, empfand er Frieden.

Alles ist klar!

Nach einer Zeit begannen sich die Umrisse der schwebenden Felsen im Dunkel abzuzeichnen.

»Sie sind immer noch nicht ganz zur Ruhe gekommen«, erklärte ihm sein Bruder. »Manchmal stoßen sie gegeneinander. Man spürt die Erschütterungen dann bis in die tiefsten Höhlen, obwohl dieses Trümmerstück hier groß wie ein Berg ist.«

»Wie konnte eine ganze Welt zerbrechen?«, wunderte sich Meliander.

»Ich glaube, es war ein Unfall. Die Himmelsschlangen wollten die Devanthar, die Götter der Menschen, töten. Die Devanthar hatten sich in der Goldenen Stadt versammelt. Es gab eine große Schlacht am Himmel über der Stadt. Drachen und Wolkensammler kämpften gegeneinander, Menschen auf geflügelten Löwen aus lebendem Erz und ein riesiges Himmelsschiff aus Stein. Als die Himmelsschlangen die Götter entdeckten, bündelten sie ihren Flammenatem zu einem einzigen, alles vernichtenden Feuerstrahl. Sie hatten das schon einmal getan, bei der Stadt Selinunt auf der Welt der Menschen. Damals entgingen die Devanthar durch eine glückliche Wendung dem Feuer, doch der Geliebte unserer Mutter, Gonvalon, starb in dem Inferno.«

Teile der Geschichte kannte Meliander aus Büchern auf dem Blauen Stern. Die Diener des Sängers hatten über den Untergang Nangogs nie reden wollen. »Ich dachte, es seien die Alben gewesen, die Nangog zerstörten und die Menschengötter töteten.«

Sein Bruder lachte. »Ja, so erzählt man sich das jetzt. Deshalb ist es so wichtig, dass wir diese Bibliothek gründen und gut mit Büchern bestücken. Ich glaube, es waren die Himmelsschlangen, die dieses Gerücht verbreitet haben und bis zum heutigen Tag weiter verbreiten lassen. Die Wahrheit ist es nicht. Ich habe mit Überlebenden gesprochen, die mit eigenen Augen gesehen hatten, was an jenem Tag geschah. Sie haben eine andere Geschichte erzählt. Aber es wird nicht mehr lange dauern, bis die letzten Zeugen gestorben sind. Die Schlacht am Himmel wurde vor mehr als achtzig Jahren geschlagen. Wenn sie tot sind, wird sich die Version der Himmelsschlangen als einzig gültige Wahrheit durchsetzen.«

Das verstand Meliander nicht. »Warum sollten die Himmelsschlangen denn ihren Sieg verleugnen?«

»Es gibt Siege, die sind so schrecklich, dass ihnen kein Ruhm anhaftet. Auch wenn ich es nicht beweisen kann, bin ich überzeugt, dass die Zerstörung der Welt keine Absicht war. Tausende von Albenkindern waren dort, als Nangog zerbrach. Kaum jemand von ihnen hat es zurück in unsere Welt geschafft.« Er deutete auf die schwebenden Felsen. »Dort draußen gibt es immer noch Wolken von Leichen. Nichts verfault hier. Die Dinge trocknen aus. Wer nicht das Glück hatte, von den Trümmern der berstenden Welt erschlagen worden zu sein, der ist dort draußen verdurstet, vor Angst gestorben oder hat sich das Leben genommen. Oder die Yingiz haben sein Lebenslicht gestohlen.« Sein Bruder seufzte. »Der Krieg um Nangog war ein schrecklicher Fehler. Die Himmelsschlangen haben das längst begriffen. Deshalb stellen sie es so dar, als hätten sie einzig auf Befehl der Alben gehandelt und als wären es unsere Götter gewesen, welche die Devanthar getötet und die Welt Nangog zerschmettert haben. Weißt du, die Legende besagt, dass die Riesin Nangog die Welten der Albenkinder und der Menschen erschuf und dabei so viel Fels, Erde und Wasser stahl, dass sie sich auch eine eigene Welt bauen konnte. Diese blieb allerdings hohl, weil sie nicht genug Diebesgut zusammentragen konnte. Die Schale dieser Welt war im Vergleich zu ihrem Umfang dünner als die Schale eines Hühnereis. In ihrem Innersten gab es ein Geflecht aus grünem Kristall. Als Alben und Devanthar die Riesin Nangog bestraften, sie in eine tiefe Apathie versetzten und im Innersten ihrer Welt einsperrten, da ließ die Riesin das Gespinst aus Kristall wachsen. Diese Kristalle drangen durch Erde und Fels. Du musst sie dir wie Dornen vorstellen, die hinab bis zum Mittelpunkt der Hohlen Welt reichten. Durch die Kristalle konnte die Riesin Nangog sehen, was auf ihrer Welt vor sich ging, auch wenn sie nicht eingreifen konnte. Es scheint so, als wäre dieses Gespinst aus Kristall durch den gebündelten Drachenatem in Brand geraten. So wurde das Stützgerüst der Welt zerstört, als das Feuer ins Innere der Hohlwelt schlug, woraufhin alles in sich zusammenbrach. Was blieb, ist eine riesige Wolke treibender Felsen. Der ideale Ort, um unsere Bibliothek zu verstecken.«

Es gefiel Meliander, dass er *unsere Bibliothek* gesagt hatte, so als wäre es ihr gemeinsamer Plan gewesen. »Wie viele Albenkinder helfen dir? Die Bücher zu sammeln und hierherzuschaffen wird sehr viel Aufwand erfordern.«

»Im Augenblick habe ich nur zwanzig Helfer. Tung ist der zuverlässigste von ihnen. Es ist nicht leicht, gute Männer oder Frauen zu finden, die für diesen Traum brennen. Unsere Bibliothek wird auch deshalb bestehen, weil ihre Existenz geheim ist. Für die meisten Helfer, die einmal hierhergekommen sind, kann es keinen Weg zurück nach Albenmark geben. Sie dürfen einfach nicht darüber reden, was sie hier gesehen und getan haben oder auf welchem Weg sie hierhergelangt sind. Wir sind so etwas wie eine verschworene Gemeinschaft. Priesterinnen und Priester, die sich dem Kult der Bücher und des Wissens verschrieben haben. Wer also kommt, muss sich sicher sein, dass er keine Familie braucht; hier kann er Teil von etwas viel Größerem werden. Doch leider sind die meisten Albenkinder zu sehr den Banalitäten des Lebens verhaftet, um von Nutzen zu sein. Wir werden die Bibliothek nur langsam aufbauen können.«

Mit einer solchen Antwort hatte Meliander nicht gerechnet. »Werde auch ich hierbleiben müssen?«

Sein Bruder wirkte überrascht. »Nein. Ich glaube, du bist wie ich. Wir sind beide von unserer Liebe zu Mailyn gezeichnet. Es wird für uns keine andere Frau mehr geben. Also müssen wir etwas finden, um unser Leben mit Sinn zu füllen. Ich habe mich für die Bibliothek entschieden und dafür, gegen die Himmelsschlangen zu kämpfen.«

»Und König bist du nebenbei auch noch«, bemerkte Meliander.

Sein Bruder machte eine wegwerfende Geste. »Das ist nur Mittel zum Zweck. Als König habe ich die Macht zu tun, was notwendig ist, um meine eigentlichen Ziele zu erreichen. Mir ist nicht viel daran gelegen zu herrschen.« Jetzt sah er Meliander auf eine eigenartige Weise an. »Wir könnten uns unsere Ähnlichkeit zunutze machen. Du könntest mir einige unangenehme Pflichten abnehmen. Audienzen für Bittsteller. Gerichtsurteile oder auch Festumzüge.«

Meliander hob abwehrend die Hände. »Ich kann doch kein Recht sprechen. Ich bin kein König. Und ich kenne die Gesetze Haiwanans nicht.«

»Kleinigkeiten! Du machst einfach ein ernstes Gesicht, prüfst die Fakten, die dir vorgetragen werden, und dann bemühst du dich, ein gerechtes Urteil abzugeben. Um Gesetze musst du dich nicht allzu sehr scheren. Du bist der König. Dein Wort ist Gesetz, ganz gleich, was in irgendwelchen Büchern oder Schriftrollen steht.«

Meliander winkte ab. »Da bin ich lieber weiterhin der Bücherträger, der Band für Band Almansurs Bibliothek hierherschleppt.«

»So einfach wird die Welt für dich nicht mehr sein, Meliander. Wenn wir die Herrscher Albenmarks von ihren Thronen stoßen wollen, dann müssen wir bereit sein, nach ihnen diese Throne zu besteigen. Das Volk braucht Herrscher, um sich sicher zu fühlen. Du wirst damit beginnen, Richter zu sein und dann ...«

Ein heftiger Schlag ließ den Felsen erzittern.

Meliander blickte erschrocken auf.

»Nur eine Felskollision ...«, setzte sein Bruder an, da verrutschte der Schaft des Speers, den Meliander an die Wand gelehnt hatte. Die Waffe glitt zur Seite und stürzte.

Sein Bruder drehte sich, ebenso wie er, nach dem Geräusch um.

Das Stichblatt des Speers fuhr, ohne auf Widerstand zu treffen, durch die gegenüberliegende Tunnelwand, statt an ihr entlangzuschrammen.

Meliander sprang auf, doch sein Bruder war schneller. Er packte die Waffe. »Also hast du mir alles nur vorgespielt.« Er zog die Waffe aus der Wand. »Das hier, das ist die Wahrheit.«

»Es ist nicht, wie es scheint«, stammelte Meliander. »Es ist ...«

»Spar dir deine Worte. Alles ist klar! Du musst nichts mehr erklären.« Er riss das stumpfe Ende des Speers hoch und schmetterte ihm den Schaft mit mörderischer Wucht unters Kinn.

Stimmen im Dunkel

Frar erwachte aus einem Alptraum. Etwas hatte sich in sein Zimmer geschlichen. Noch ganz benommen setzte sich der Zwerg im Bett auf. Es war so dunkel, dass er das Ende des Bettes nicht sehen konnte. Seine Kammer ein See der Finsternis. »Nur ein Traum«, sagte er leise.

Seit Meliander sich davongeschlichen hatte, schlief er schlecht. Nicht einmal seine Gedichte vermochten ihm seine Seelenruhe zurückzugeben. Er hätte Haiwanan verlassen sollen. Sein Elfenfreund war wahrscheinlich längst tot.

Frar hatte herausgefunden, dass sich der Dummkopf den Bittstellern angeschlossen hatte, die zur Burg des Geisterkönigs gegangen waren. Vier der Bittsteller waren nicht wieder zurückgekehrt. Es gab Geschichten über Galgen in der Festung und über ein Labyrinth aus Kerkerzellen, das tief in den Felsen gegraben war.

Meliander würde nicht mehr zurückkommen, sagte ihm sein Verstand, und es wäre klug, die Stadt zu verlassen, bevor der Ärger, den Nandalees Sohn gewiss angezettelt hatte, auch noch ihn erreichte. Er war einst geflohen, als Nandalee von der Festung des Geisterkönigs verschlungen worden war. Damals hatte er nicht gezögert. Er hatte sich einfach davongemacht. Er war gut darin, spurlos zu verschwinden.

Er tastete nach dem Rucksack neben seinem Bett. Seine Hand griff ins Leere.

»Ich fürchte, es war doch nicht nur ein Traum«, sagte eine Stimme am anderen Ende des Zimmers, von der er gehofft hatte, dass er sie in seinem Leben niemals wieder hören würde.

Ein blassblaues magisches Licht flammte auf. Es reichte gerade aus, um ein schmales, bleiches Gesicht in der Dunkelheit sichtbar werden zu lassen. Ein Gesicht ohne Gnade, beherrscht von zwei ganz und gar schwarzen Augen.

»Ich sehe, du erinnerst dich noch an mich, Frar.«

»Wer dir einmal begegnet, vergisst dich nicht mehr, Nodon, Schwertmeister des Erstgeschlüpften.«

Das blaue Licht wanderte zu Frars Rucksack. Er stand geöffnet zwischen Nodons Füßen. Der Zwerg ließ alle Hoffnung fahren.

»Jetzt verstehe ich, wie du damals einfach aus der Stadt verschwinden konntest.« Nodon nahm etwas aus dem Rucksack, wie es schien. Es sah aus, als griffen seine Hände ins Leere, und doch taten sie es nicht.

»Ein Tarnumhang«, sagte der Elf anerkennend. »Bisher hatte ich gedacht, dass es so etwas nur in Märchen gibt. Du kannst dich also buchstäblich unsichtbar machen. Das hättest du Nandalee sagen sollen.« Nodons Stimme klang nun eisig. »Der Angriff auf den Geisterkönig wäre anders verlaufen, wenn wir den gehabt hätten.«

Das Licht wanderte zu dem Kistchen, das auf dem Tisch stand. »Und die Waffen, die du uns damals vorenthalten hast, stehen nun offenbar auch bereit. Ich frage mich, was dich nach all den Jahren nach Haiwanan zurückgelockt hat. Du bist eine sehr auffällige Gestalt, Frar. Hast du wirklich geglaubt, ich würde von deiner Rückkehr nicht erfahren? Hast du gedacht, ich hätte vergessen, wie du uns im Stich gelassen hast?«

»Ich war immer gegen den Angriff. Ihr wolltet nicht auf mich hören. Ihr habt die Vernunft im Stich gelassen, nicht ich euch.«

»Hätte ich in jener Nacht den Tarnumhang getragen, wäre der Geisterkönig seit sieben Jahren tot. Dieses Mal wirst du uns mit deinen Waffen und dem Umhang begleiten.«

»Nein!« Der Zwerg schwang die Beine aus dem Bett. »Weder der Umhang noch das, was sich in dem Kästchen befindet, wurde geschaffen, um am Ende nur den Geisterkönig zu bekämpfen. Findet eure eigenen Waffen für diese Schlacht. Ich werde nicht dulden, dass ihr das Werk anderer, die ein ganzes Leben für die Drachentöterpfeile gegeben haben, in dieser Fehde verschleudert.«

»Wir sind nicht hier, um mit dir zu diskutieren«, erklang eine zweite vertraute Stimme, und Frar gefror das Blut in den Adern. Dort hinter Nodon, verborgen im Dunkel, stand Nandalee. Ihr konnte er nicht widersprechen. Sie gehörte zu jenen, die diese Waffen erschaffen hatten. Er hatte sie ihr einmal verwehrt und es bereut. Ein zweites Mal würde er es nicht tun.

Kein Vogel

Heldenherz drehte eine weite Schleife über den Galgen auf dem zweiten Palasthof. Emerelle spürte, wie sehr er in Versuchung war, dort zu landen und sich nach Fressbarem umzuschauen. Nach irgendwelchen Würmern oder Maden. Fliegenschwärme umschwirrten die Leichen.

Emerelle erfüllte der Anblick mit Ekel, und zugleich spürte sie überdeutlich, wie anders die Misteldrossel empfand, deren Interesse an möglicher Nahrung nie nachzulassen schien.

Emerelle hatte ihren Geist mit dem des Vogels verbunden. Ihr Körper ruhte auf dem Bienenberg östlich des Palastes. Falrach war an ihrer Seite gewesen, als ihr Geist sich von ihrem Körper gelöst hatte. Der Spielmeister war gegen dieses Wagnis, aber sie mussten wissen, was sie erwartete, wenn sie die Festung angriffen. Und niemand von ihnen wäre unbemerkt so nah herangekommen wie die Misteldrossel.

Emerelle versuchte erst gar nicht, den Vogel so sehr zu beherrschen, dass sie den Flügelschlag oder andere Flugmanöver ausführte. Sie ging subtiler vor und weckte in ihrem kleinen Gefährten nur den Wunsch, sich jeweils in eine bestimmte Richtung zu wenden.

So beobachtete sie eine Zeit lang den Befehlshaber der Roten Garde, einen Elfen in goldbeschlagener Lederrüstung. Sie erkundete, wo die Quartiere der Krieger lagen und wo Wachen aufgestellt waren.

Zwei Mal ließ sie Heldenherz ins Innere von Gebäuden fliegen, um sich einen Überblick zu verschaffen. Beim zweiten Mal wären sie beide beinahe Opfer einer getigerten Katze geworden, die, im Halbdunkel verborgen, auf einem Stützbalken gedöst hatte.

Das Biest sprang sie völlig unerwartet an. Heldenherz reagierte schnell, konnte aber nicht verhindern, dass er einige Schwungfedern einbüßte.

Die enttäuscht fauchende Katze erweckte die Aufmerksamkeit des Elfenhauptmanns. Er sah ihnen nach, als sie aus dem Fenster hinausflogen. Ahnte er etwas? Soweit Emerelle wusste, gab es keine Misteldrosseln in Haiwanan. Heldenherz flog steil an der Festungsmauer empor, da hörte sie einen schrillen Schrei. Ein Falke!

Heldenherz kippte nach links, legte die Flügel an und ließ sich fallen. Im letzten Augenblick! Nur wenige Zoll von ihnen entfernt stieß der Falke ins Leere. Emerelle spürte die panische Angst der Misteldrossel, fühlte, wie wild das kleine Herz des Vogels pochte.

Verzweifelt mit den Flügeln schlagend, versuchte Heldenherz, wieder an Höhe zu gewinnen, bevor der größere und wendigere Falke ihn einhole. Er huschte zwischen zwei Zinnen der Mauer zum dritten Hof hindurch, flog tief über dem Wehrgang und zwischen die Beine eines überraschten Wachpostens.

Ein Falkenschrei ließ Heldenherz bis ins Mark erschrecken.

Emerelle hörte den Wachposten fluchen. Am Rande ihres Blickfelds sah sie, wie der Greifvogel ausweichen musste. Seine Spannweite war zu groß, er konnte nicht zwischen den Beinen hindurch. Ansonsten hätte er sie wohl erwischt.

Der Falke flog eine steile Kurve und gewann an Höhe. Emerelle erinnerte sich an Geschichten über die Kämpfe am Himmel von Nangog, die sie in der Bibliothek des Blauen Sterns gelesen hatte. Derjenige, der höher flog, war immer im Vorteil.

Heldenherz flog zwischen den Zinnen zum weißen Hof. Er hielt sich nah an der mit Marmor verkleideten Innenmauer. Würde es dem Falken so schwererfallen, an sie heranzukommen? Verwundert betrachtete Emerelle durch die Augen des kleinen Vogels die weiße Pfahlhütte. Vielleicht könnten sie sich unter dem ausladenden Dach der Veranda in Sicherheit bringen?

Heldenherz flog eine Abwärtskurve, die ihn dicht über die Steinplatten des Hofes hinwegführte. In dem Moment öffnete sich eine wohlverborgene Tür in der mit Marmor verkleideten Mauer, und Meliander trat heraus! Meliander! Er war mehr als zwanzig Schritt entfernt, und die seitlich liegenden Augen der Misteldrossel verzerrten das Bild auf für sie ungewohnte Weise, aber Emerelle war sich ganz sicher, ihren Bruder erkannt zu haben.

Er sah zu ihnen hinüber.

Heldenherz änderte erneut die Flugrichtung.

Einen Herzschlag zu spät. Messerscharfe Fänge trafen sie in den Rücken. Federn stoben davon. Sie schlugen hart auf einer der Marmorplatten auf. Entkamen jedoch den Fängen des Falken, der so wie sie eine harte Landung hingelegt hatte.

Heldenherz wich einem Schnabelhieb aus. Er war mutig, aber eine Misteldrossel war kein Raubvogel. Wie dieser ungleiche Kampf enden musste, stand fest.

Emerelle erwog, trotz Nodons eindringlicher Warnung den Leib des kleinen Vogels gleich hier und jetzt zu verlassen. Sie war dafür eigentlich zu weit entfernt. Heldenherz sollte auf ihrer Schulter sitzen, wenn sie in ihren eigenen Körper zurückkehren wollte. Jetzt war sie von ihrem Körper mehr als drei Meilen entfernt. Leicht könnte ihr Bewusstsein auf diesem weiten Weg verloren gehen, sodass ihr Leib nichts mehr wäre als eine leere Hülle. Andererseits würde sie ganz sicher mit Heldenherz sterben, wenn sie blieb, denn den Kampf gegen den Falken konnte ihr kleiner Freund, gestrandet mitten auf dem endlos weiten Marmorhof, ganz gewiss nicht gewinnen.

Heldenherz streckte seine Flügel. Er war verletzt, wenngleich nicht so schwer, dass er nicht mehr hätte fliegen können. Doch statt sich in die Luft zu schwingen, musste er dem zustoßenden Schnabel des Falken ausweichen.

Das Keckern einer Elster lenkte den Falken ab. Der große, schwarz-weiß gefiederte Räuber landete neben dem Falken und griff ihn sofort mit wütenden Schnabelhieben an. Die Elster sah zum Fürchten aus. Eine Hälfte ihres Kopfes war kahl und völlig von Narben entstellt.

Heldenherz ergriff die Gelegenheit zur Flucht, während die beiden Räuber sich noch um ihre Beute stritten. Heftig mit den Flügeln schlagend, strebte er dem Bienenberg mit seinen steilen Hängen entgegen.

Emerelle war unendlich erleichtert, als die Misteldrossel auf ihrer Schulter landete. Sie löste sich von dem zarten Vogel, fand sich in ihrem Körper wieder und schlug die Augen auf.

Falrach kniete immer noch an ihrer Seite. »Gut, dass du wieder da bist. Das solltest du nicht noch einmal versuchen. Ich dachte schon, wir hätten dich für immer verloren.«

Nodon nickte dazu. Nur Frar reagierte nicht. Der Zwerg saß ein wenig abseits auf einem Felsen und blickte finster auf den Palast des Geisterkönigs, der aus der Entfernung gar nicht so bedrohlich wirkte.

Sie vier, das waren alle, die sie aufbieten konnten, um die riesige Palastanlage anzugreifen. Die Fahrenden Ritter hatten ihr nicht vertraut. Zu schwer wog der Verrat, den ihre Mutter an den Rebellen begangen hatte.

Emerelle nahm Heldenherz von ihrer Schulter und strich sein zerzaustes Gefieder glatt. Die Wunden in seinem Rücken waren nicht tief, aber ihr kleiner Freund wirkte zu Tode erschöpft. Sie streichelte ihn sanft, flüsterte ein Wort der Macht und konzentrierte sich ganz darauf, seine Wunden zu schließen.

»Du hast dir deinen Namen mehr als verdient. Ich wünschte, ich hätte einen großen Grashüpfer für dich, um dich zu belohnen ...«, sagte sie, als sie fertig war, und entließ ihn.

»Warst du in dem Marmorhaus?«, erkundigte sich Falrach. »Hast du den Geisterkönig gesehen?«

»Nein«, gestand sie. Eigentlich war geplant gewesen, dass sie durch dieses seltsame Haus flogen. Nach allem, was sie in Erfahrung gebracht hatten, hielt sich der Geisterkönig dort oft auf. Aber Heldenherz war so in Panik gewesen, dass er auf dem schnellsten Weg zum Bienenberg zurückgekehrt war. Und auch sie hatte nach dem Falkenangriff ganz vergessen, dass ihre Mission nicht erfüllt war. »Ich ... Wir fliegen später noch mal.«

»Du warst also nicht dort?«, fragte Nodon.

»Nein, ein Falke hat uns nach dem Leben getrachtet«, entgegnete sie gereizt. »Ich glaube nicht, dass du dir vorstellen kannst, wie das ist.«

»Stimmt«, sagte er nüchtern. »Ich habe üble Erfahrungen mit Drachen und dem Sohn der Göttin Nangog gemacht. Mit Falken kenne ich mich nicht aus.«

Es war diese trockene Art, die Emerelle zur Weißglut brachte. Dabei wusste sie nie sicher einzuschätzen, ob er es einfach nur wörtlich meinte oder herablassend.

»Du wirst nirgendwo mehr hinfliegen«, mischte sich Falrach ein. »Dieses eine Mal genügt für immer.«

»Du bist doch derjenige, der stets sagt, dass wir alle Informationen brauchen, damit wir so gut wie möglich planen können. Ohne diese Information gibt es gar keinen Plan!«

»Wenn du dein Leben wegwirfst, wird es auch keinen Angriff geben«, entgegnete er ruhig.

Emerelle wollte ihm die passende Antwort geben, als mit weit gespreizten Flügeln die hässliche Elster vom Palasthof dicht hinter Falrach landete.

»Du verdammtes Mistvieh!« Emerelle war mit einem Satz auf den Beinen.

Sie bückte sich nach einem Stein, als Nodon ihr den Weg vertrat. »Lass das!«

»Ich werde dieses verdammte Biest …«

Die Elster plusterte sich auf, ja, sie quoll förmlich auseinander. Die Federn schrumpften und änderten die Farbe. Aus Schwarz und Weiß wurde Fuchsrot. Der Kopf blähte sich auf. Aus dem Schnabel wurde eine grässlich entstellte Schnauze. Die Metamorphose vollzog sich quälend langsam. Die Kreatur ächzte, dann heulte sie vor Schmerz. Schließlich kauerte ein Lutin mit abstoßendem Gesicht im verdorrten Gras. Franja Knochenfratze!

»Immer wieder gern zu Diensten«, begrüßte er sie höhnisch, »selbst Elfendamen, die mich steinigen wollen.«

»Du?« Emerelle traute ihren Augen nicht.

»Ja, ich«, entgegnete er mit vor Schmerzen gepresster Stimme. »Das ist das Gute an meinem Gesicht. Den *schönen Franja* vergisst man nicht mehr, wenn man ihm einmal begegnet ist.«

»Danke … Ich … Du hast mich gerettet.«

»Das habe ich nicht für dich getan. Du kannst dich bei Nodon bedanken. Und lass dir einen Rat geben: Wenn du dich das nächste Mal in einen Vogel versetzt, um mit ihm zu reisen, dann suche dir einen Bussard oder wenigstens einen fetten Raben aus. Irgendein Federvieh, das sich auch wehren kann. Ohne mich wärest du jetzt nur noch eine seelenlose Fleischpuppe, die unter einem Baum sitzt.«

Es gefiel Emerelle nicht, ihm etwas schuldig zu sein. »Ich werde mich erkenntlich zeigen …«

Er grinste sie frech an. »Du weißt ja, ich bin ein Mann mit einem einfachen Geschmack. Ich liebe alles, was aus Gold und edlen Steinen ist.« Franja wandte sich an Nodon und Falrach. »Ich habe schlechte Nachrichten.« Leicht hinkend ging er hinüber zum Spieltisch, auf dem Falrach mit roten Stäbchen die Umrisse der Festung angedeutet hatte. »In diesem weißen Haus ist der Geisterkönig nicht. Niemand ist dort.«

»Also warten wir, bis er erscheint«, sagte Nodon ruhig.

»Du erwartest aber hoffentlich nicht, dass ich alle paar Stunden eine Runde als Elster mache«, schnarrte Franja. »Weißt du, wie es ist, sich in solch einen Vogelleib zu zwängen? Mir tut jeder einzelne Knochen weh.«

»Meliander war dort drinnen.« Emerelle deutete auf ein Stäbchen, das die Festungsmauer darstellte, aus der ihr Bruder herausgetreten war. »Da gibt es eine geheime Tür. Ich habe ihn gesehen. Er hat mich angeschaut. Wie es aussieht, kann er sich frei in der Festung bewegen.«

Diese Neuigkeit schien auch Frar zu interessieren. Der Zwerg hatte sich ihnen nur mit größtem Widerwillen angeschlossen. Sie wusste, dass er sie im ersten Augenblick in seinem Zimmer im Gasthaus für ihre Mutter gehalten hatte. Deshalb hatte er sich gefügt und war überhaupt mitgekommen. Ihre Stimme musste wohl inzwischen genauso klingen wie Nandalees. Worin sie sich wohl noch ähnelten?

Zum persönlichen Feind hatte sie ihn sich gemacht, als Nodon ihn zwang, ihr eine seiner Drachentöterwaffen zu überlassen, und er zusehen musste, was sie daraus machte.

Zum ersten Mal trat er nun an den Spieltisch und betrachtete den Grundriss der Festung.

»Was ist bei eurem letzten Angriff eigentlich so schrecklich schiefgelaufen?«, fragte er.

Nodon deutete auf den weißen Hof. »Den bewachen die

Geistervögel. Wir hatten geplant, einfach durch den Albenstern einzudringen. Wir waren so siegessicher! Einen Albenstern in einer Festung zu haben bedeutet, ein zusätzliches Tor verteidigen zu müssen. Ein Tor, bei dem man die Angreifer zudem erst sieht, wenn sie hindurchschreiten. Und wir hatten keine Wachen entdecken können. Es gab zwar auch schon vor sieben Jahren Geschichten über unheimliche Todesfälle, aber wir wussten nicht, dass diese den Vögeln zuzuschreiben waren. Wir sind hindurchgestürmt und wurden sofort von drei Geistervögeln angegriffen. Wir konnten sie durch unser Verborgenes Auge zwar schemenhaft sehen, aber wir hatten keine Waffen, mit denen wir sie hätten töten können. Die einzige Möglichkeit war, sie abzudrängen. Um den Preis von Leben.«

Er hielt einen Moment inne, und Emerelle hatte das Gefühl, dass ihm das Bild nun förmlich vor Augen stand, während er auf den Spieltisch starrte.

»Der Geisterkönig stand auf der Veranda des weißen Hauses. Er hat sich von dort aus das Gemetzel angesehen. Nandalee gelang es, zu ihm durchzubrechen. Und dann hat deine Mutter ihr Schwert vor ihm niedergelegt und sich ergeben.« Er presste vor Wut die Lippen zusammen. »Zu dem Zeitpunkt wurden bereits die Mauern rings um den weißen Hof bemannt, und die Rote Garde drängte durch das kleine Tor auf den Hof. Wir standen auf verlorenem Posten. Es war unmöglich, nun noch bis zum Geisterkönig vorzustoßen. Ein Hagel von Pfeilen ging auf uns nieder. Mit jedem Atemzug, den ich zögerte, setzten die Geistervögel denen, die noch lebten, schlimmer zu. Mir blieb keine andere Wahl, als den Rückzug durch den Albenstern zu befehlen.«

Emerelle konnte nicht begreifen, wie ihre Mutter etwas Derartiges hatte tun können. Selbst wenn der Geisterkönig ihr Sohn war, wie Nodon vermutete, rechtfertigte das noch lange nicht einen solchen Verrat.

»Und jetzt wollt ihr auf dieselbe Art angreifen, die vor sieben Jahren schon einmal katastrophal in die Hose gegangen ist?«, fragte Franja spitz. »Welches Feldherrengenie hat sich das noch gleich ausgedacht?«

»Wir greifen mit mehr Informationen an!«, stellte Falrach klar. »Das ist nicht dasselbe.«

»Stimmt«, kam es abfällig von dem Lutin zurück. »Dafür seid ihr ja auch eine stolze Streitmacht von …« Er blickte in die Runde. »Vier? Nur so am Rande: Ich habe mein Verborgenes Auge geöffnet, als ich über den weißen Hof geflogen bin, wie du es dir gewünscht hast, größter aller Feldherren. Dort warten neun Geistervögel. Neun! Wie war das noch gleich? Beim letzten Mal haben schon drei genügt, um eine ganze Streitmacht aus kampferprobten Fahrenden Rittern zu erledigen.«

»Sie werden uns nicht mehr überraschen, und wir haben Waffen, mit denen wir sie töten können.« Nodon stützte sich auf den Tisch, während Falrach neun Figuren als Geistervögel auf das Spielfeld stellte. »Außerdem bringen wir unseren eigenen Unsichtbaren mit, der diesmal sie überraschen wird.« Er sah zu Frar. »Nur hilft uns das alles nicht, wenn wir nicht sicher wissen, dass der Geisterkönig in seinem Palast ist. Bevor wir ihn nicht gesehen haben, können wir nicht angreifen.«

»Greift ihr nicht ohnehin blind an? Das hier ist kein Plan, das ist ein einziges Chaos!« Frar schlug so heftig mit der Faust auf den Spieltisch, dass die Figuren hochhüpften und Emerelle unwillkürlich zusammenzuckte.

»Also, ich gehe auf die Geistervögel los und hoffe, dass mein Tarnumhang mich so lange schützt, dass ich wenigstens zwei oder drei von ihnen umbringe, bevor sie mich erledigen. Was aber geschieht davor?«, fuhr Frar fort. »Ich erinnere mich noch gut an die Planung des letzten Angriffs. Wir müssen eine halbe Tagesreise nach Westen machen, um den nächsten großen

Albenstern zu erreichen und von dort aus zu dem Portal im weißen Hof vorzudringen. Alles Wissen, das wir besitzen, wird also auf jeden Fall um einen halben Tag veraltet sein, wenn wir angreifen. Dieser Angriff ist viel zu waghalsig. Deshalb war ich früher dagegen und bin es heute immer noch.«

»Wir lernen durchaus dazu!«, fuhr ihn Falrach scharf an. »Das hier ist kein Spiel!« Er richtete die Holzstäbchen wieder aus, die durch den Fausthieb des Zwergs verrutscht waren.

»Wie willst du diesen Mangel beheben, *Spiel*meister? Kannst du Albensterne verschieben?«

»Das muss er nicht können. Er hat Freunde!«, mischte sich nun Franja ein.

»Ach ja? Über den Wert gekaufter Freunde reden wir später.« Der Zwerg stampfte mit dem Fuß auf den Boden. »Fast genau unter uns verläuft ein Albenpfad, der zum Palast führt. Willst du uns gleich hier auf diesen Pfad bringen? Angeblich seid ihr Lutin ja solche Meister darin, das Goldene Netz zu bereisen. Dann öffne uns mal ein Tor.«

»Und ihr Zwerge seid doch solche Meister im Tunnelgraben. Grab uns doch einen Tunnel, Schafkopf! Nur ein Idiot würde versuchen, inmitten eines Albenpfades das Goldene Netz zu betreten. Es würde sich wehren und denjenigen in Stücke schneiden, der solchen Unsinn wagt. Aber eines hast du richtig erkannt: Vor dir steht der Meister der Meister. Ich werde euch dort unten hinbringen. Ein paar hundert Schritt von hier gibt es einen minderen Albenstern, in dem sich drei Pfade treffen. Ein kleiner Fehler, und man schreitet um ein paar Jahrhunderte in die Zukunft ... aber ich bringe euch dort fehlerfrei hinein. Und sei es nur, um dann höchstpersönlich zuzusehen, wie du dich mit den Geistervögeln herumschlägst, Zwerg.«

»Das genügt«, schritt Nodon ein. »Unsere Schlacht schlagen wir im Palast, nicht hier! Und niemand wird tatenlos zuschauen, wenn einer von uns in Gefahr gerät. Solange wir allerdings nicht wissen, dass der Geisterkönig ganz sicher in seinem Palast ist, werden wir nichts unternehmen können.«

»Aber Meliander ...« Der Gedanke, dass ihr Bruder bei all diesen Ungeheuern war, peinigte Emerelle. Er war zu feinsinnig. Ganz sicher litt er schrecklich. »Wir können ihn doch nicht einfach dort lassen.«

»Er ist dort nun schon seit mehr als einer Woche und kann sich, wie du sagtest, frei im Palast bewegen. Ihm wird nichts geschehen. Wir haben ganz andere Sorgen. Mit jedem Tag, den wir warten, wächst die Wahrscheinlichkeit, dass wir entdeckt werden. Und das ist noch nicht unser größtes Problem.« Falrach wartete, bis alle Blicke auf ihm ruhten. Er mochte solche Auftritte. Das gehörte zu den Eigenarten, die Emerelle ganz und gar nicht an ihm schätzte.

»Nun lass dir mal nicht die Würmer aus der Nase ziehen, Elflein«, knurrte ihn Franja an.

»Die Frage ist nicht, wo der Geisterkönig steckt, sondern was wir dieses Mal übersehen.« Falrach war ganz in die Betrachtung des Spielbretts versunken. »Etwas stimmt hier nicht. Es muss etwas geben, was wir übersehen. Der Palast ist gut verteidigt. Aber nicht gut genug, um die Himmelsschlangen von einem Angriff abzuhalten. Sie haben Nangog zerstört, eine ganze Welt. Ihre Macht ist schier unermesslich. Was ist da unten, was sie davon abhält, den Palast des Geisterkönigs in Schutt und Asche zu legen?«

Sie alle blickten vom Bienenberg auf die riesige befestigte Palastanlage. Auf Falrachs Frage wusste keiner von ihnen eine Antwort.

Die Abenddämmerung war nicht mehr fern. Schon regten sich in den Bäumen hinter ihnen die Fischreiher, die an jedem Abend über die Festung hinweg zum Gelben Fluss flogen, um im Uferschlick nach Fröschen und jungen Wasserschlangen zu jagen.

Emerelle sank das Herz. Sie konnte spüren, dass Meliander in Gefahr war. Aber sie wusste, Ahnungen waren nichts, womit sie Nodon und Falrach davon überzeugen konnte zu handeln.

Sie prüfte ihr hochgestecktes Haar. Es war erstaunlich, wie eine einzige lange Nadel reichte, um alles an seinem Platz zu halten und sie fast wie eine Damien aussehen zu lassen, wären da nicht ihre Ohren.

Ihre Hände zitterten, als sie diese wieder herabnahm. Meliander ging es nicht gut, das spürte sie noch deutlicher als in der Nacht, in der sie den Alptraum gehabt hatte, dass er ertrinken würde. Sie mussten in die Festung eindringen. Noch heute Nacht!

Sie sah sich zu Franja um.

Die geheimen Augen des Königs

Valynwyn schlug die Augen auf.

»Und was planen sie?«, bedrängte Hauptmann Dargyl sie sogleich.

Die junge Elfe war noch benommen. Der Fischreiher an ihrer Seite wirkte ängstlich. Sie hatte all ihre Willenskraft aufbieten müssen, um ihn dazu zu zwingen, durch den offenen Giebel in das Quartier der Roten Garde zurückzukehren.

Noch drei weitere Elfen saßen hier, scheinbar in Meditation versunken. So wie sie bis gerade eben waren die drei auch jetzt noch mit irgendwelchen Tieren verbunden, um deren Sinne dazu zu nutzen, die Feinde des Geisterkönigs zu bespitzeln.

Valynwyn berichtete dem Hauptmann, was sie auf dem Bienenberg gehört und gesehen hatte. »Sie werden noch nicht angreifen, da sie unseren König nirgends entdeckt haben.« Sie überlegte kurz, ob sie darauf hinweisen sollte, dass es möglich sein müsste, diese kleine Schar von Meuchlern in der Nacht auf dem Bienenberg zu umstellen und zu überwältigen, doch dann entschied sie, dass es wohl anmaßend wäre, dem Hauptmann Ratschläge zu erteilen. Ihn umgab eine Aura der Macht, die jeden in seiner Umgebung mit tiefster Zuversicht erfüllte.

Als er vor Jahren zu ihr gekommen war, um sie wegen ihrer besonderen magischen Fähigkeiten für die Rote Garde anzuwerben, hatte sie keinen Augenblick gezögert zuzustimmen.

Seitdem hatte sie immer wieder Geistreisen mit Tieren unternommen, um für ihn die Feinde des Königs zu beobachten. Sie hatte Schmuggler für ihn gestellt und Verschwörer, hatte einen Plan, den Geisterkönig zu vergiften, aufgedeckt, aber auch geholfen, Mörder und Diebe zu überführen. Regelmäßig hatte sie bei den Richtern des roten Hofes über die Geheimnisse von Bittstellern berichtet. Gerechtigkeit war unter der Herrschaft des Geisterkönigs mehr als nur ein schönes Wort. Valynwyn war stolz darauf, ihm dienen zu dürfen. Und jetzt auch die schändlichen Pläne der Meuchler aufgedeckt zu haben.

»Was kann ich als Nächstes für meinen König tun? Wie kann ich helfen, seine Feinde in den Staub zu treten?«, fragte sie dienstbeflissen.

Hauptmann Dargyl wirkte höchst zufrieden. »Ich weiß nun, wie ich die Feinde des Königs ins Verderben locken kann. Du hast Großes vollbracht, Valynwyn, und selbst der König wird sich vor deinen Taten verbeugen. Nun aber bist du von deinen Pflichten entbunden. Schlaf einige Stunden. Vor dem Morgengrauen erwarte ich dich wieder hier.«

Sie verneigte sich vor dem Hauptmann und zog sich zurück. Seine Wünsche waren ihr Befehle. Nie zuvor hatte er sie so sehr für ihre Taten gelobt. Nie hatte sie ein solches Glücksgefühl empfunden wie in diesem Augenblick, da die Zerschlagung des Widerstands der Fahrenden Ritter in greifbare Nähe gerückt war. Wenn das Schicksal es so wollte, würde sie an Dargyls Seite sein, wenn er den Rebellen entgegentrat.

Das Festmahl

Meliander war sich nicht sicher, ob es ein Traum war oder Wirklichkeit. Sein Bruder hatte etwas mit ihm getan. Seine Sinne waren benebelt. Alles blieb auf Distanz. Wie im Traum eben.

Er saß in einem Zimmer, in dem alles weiß war, selbst das lange Kleid der Elfe am anderen Ende des Tisches. Ihr Gesicht ... schien ihm vertraut. Forschend sah er ins Antlitz der Fremden. Betrachtete das blonde Haar, das sich in sanften Wellen über ihre Schultern ergoss. Sie sah ihn mit traurigen Augen an, die Pupillen so groß, dass die Farbe ihrer Iris nicht zu erkennen war. Ihr Gesicht war fast so weiß wie die Marmorkammer, in der sie einander gegenübersaßen.

Eine Festtafel trennte sie. Darauf standen drei Pokale voll rotem Wein. Auch die Trinkgefäße schienen aus Marmor geschnitten zu sein.

Auf der Schulter der Fremden saß ein seltsames Ding aus silbernem Metall. Es erinnerte an einen Skorpion, hatte aber zu viele Beine. Sein aufgerichteter Stachel verschwand im goldenen Haar der Elfe.

Und dann erkannte er sie ... Lag es an den veränderten Augen? An all den dahingegangenen Jahrzehnten? Daran, dass er sie nie so apathisch gesehen hatte? Dort saß seine Mutter! Nandalee, die Drachentöterin.

»Mutter!« Er wollte aufspringen, wollte zu ihr eilen, doch breite Riemen aus weißem Leder fesselten ihn an seinen Stuhl.

Sie reagierte nicht. Kein Muskel zuckte. Nicht einmal ihre Augen weiteten sich. Doch eine einzelne Träne rann silbern über ihre linke Wange.

»Sie hört dich, das genügt.« Eine warme Hand legte sich auf Melianders Schulter. Sein Bruder stand an seiner Seite. Er trug ein langes weißes Gewand. Er hatte auch sein Gesicht weiß geschminkt.

Einen Herzschlag lang dachte Meliander an seine letzte Begegnung mit Almansur. Auch der Lamassu war geschminkt gewesen. Doch in den Augen seines Bruders lag kein Wahnsinn. Er wirkte ganz ruhig. Ein wenig melancholisch vielleicht.

»Ich fürchte, ich habe das unversöhnliche Temperament unserer Mutter geerbt. Du hast mich tief enttäuscht, kleiner Bruder. In der Bibliothek hatte ich wirklich gedacht, wir könnten unseren Weg gemeinsam gehen. Gemeinsam diese Welt nach unseren Vorstellungen formen … Doch du bist wie alle anderen auch, willst mich wegsperren oder töten. Es ist an der Zeit, dass ich zu Ende bringe, was ich bereits im Leib unserer Mutter begonnen habe. Und sie soll dabei zusehen. Wir beide müssen eins werden, Meliander. So hätte es immer sein sollen.«

»Ich wollte deinen Traum mit dir teilen.« Meliander kämpfte gegen die Lederriemen an, musste aber einsehen, dass es aussichtslos war, sich aus dieser Fesselung befreien zu wollen. Er versuchte, nach der Magie zu greifen. Nach den Kraftlinien der Welt. Doch da war nichts.

»Ich sehe dir an, dass du es schon wieder versucht hast, kleiner Bruder.« Der Geisterkönig lachte. »Dachtest du, ich sei nicht darauf vorbereitet, dass du einen Schadenszauber gegen mich wirken würdest? Nur aus Neugier: Was wolltest du tun?

Mich blenden? Mich von einem Blitz durchbohren lassen? Oder mich zu einer lebenden Fackel entfachen?«

»Ich wollte meine Fesseln abstreifen.«

Sein Bruder zog seine Hand von Melianders Schulter zurück. »Du musst mir nichts erzählen, kleiner Bruder. Du vergisst schon wieder, dass ich in deinen Gefühlen lesen kann. So voller Gefühle bist du! Sorge um unsere Mutter, Angst und wilder Zorn.« Er legte die Spitze von Frars Speer vor ihm auf den Tisch. Nur etwa eine Handbreit des Schafts war noch geblieben, den Rest hatte sein Bruder abgebrochen. »Du weißt, was ich gleich tun werde?«

»Mich vor den Augen unserer Mutter töten?« Meliander sank innerlich in sich zusammen. Er schloss die Augen und öffnete sein Verborgenes Auge. Alles wurde dunkel. Nur drei Auren waren zu sehen. Seine, durchdrungen von Angst, die seines Bruders, blendend hell, und die seiner Mutter, ein blasses goldenes Flackern.

»Du versuchst es schon wieder. Als ich unsere Mutter davon überzeugen konnte, mein Gast zu sein, hatte ich mich vorbereitet. Dieses kleine Esszimmer liegt tief im Berg. Und es ist ganz und gar von Blei umgeben, genauso wie die Zelle, in der unsere Mutter die letzten Jahre verbracht hat, damit sie das Gefühl kennenlernt, wie es ist, vor der Welt verborgen und fortgesperrt zu werden. Das Blei trennt uns von den Kraftlinien. Hier können wir ganz wir selbst sein, ohne irgendwelchen zauberischen Schnickschnack.«

»Ich hatte Angst vor dir, das gestehe ich. Immerhin hattest du versucht, mir das Herz zu durchbohren. Deshalb habe ich den Speer an mich genommen.«

»Nein, Meliander, das lasse ich nicht gelten. Ich habe dir gezeigt, dass ich dein Herz nicht durchbohren kann. Und – erinnerst du dich? – es war dein Wunsch, dass ich das tue. Als du dann begriffen hast, dass wir beide nicht so leicht sterben, da hast du mir von der Palastbibliothek Almansurs erzählt. Doch dir ging es nicht um die Bücher. Du wolltest an diesen Speer gelangen.« Sein Bruder griff nach einem der Marmorpokale, trank einen Schluck Wein und stieß einen angeekelten Laut aus. »Haiwanan ist wirklich kein Weinland!« Er ging hinüber zu Nandalee, setzte ihr den Becher an die Lippen und ließ sie trinken. Ein Teil des Weins troff von ihrem Kinn und besudelte ihr schneeweißes Kleid.

»Übel, nicht wahr?« Er wandte sich wieder Meliander zu. »Keine Sorge, ich werde dir diese Brühe nicht zumuten.« Er schüttete den Wein auf den Boden. »Weißt du, was ich mich frage, seit ich mich dazu entschlossen habe zu tun, was gleich beginnen wird? Sollte ich dich ganz und gar verschlingen, dein Blut, dein Fleisch, deine gemahlenen Knochen ... werde ich dann auch die besonderen Eigenarten übernehmen, die dir das Traumeis verleiht? Ich habe das noch nie getan, jemanden ganz und gar verspeist. Ich hielt es da bisher eher mit den Trollen. Ich esse das, was ich an jemandem bewundere. Bei einem mutigen Mann das Herz, bei einem Klugen das Hirn ... Aber bei dir habe ich wohl keine Wahl. Ich bewundere dich nicht. Ich beneide dich allerdings um deine Fähigkeit zu sein, was du willst. Das mit den nachwachsenden Gliedmaßen ist ja nur ein Aspekt. Du hast nicht viel aus deinen Möglichkeiten gemacht. Ich hingegen würde gern den Drachen wecken, von dem ich weiß, dass er in mir schlummert.«

»Ich habe nur eine Bitte«, sagte Meliander gefasst. »Tue es nicht vor den Augen unserer Mutter.«

»Oh, der Mörder Mailyns gibt sich ritterlich. Natürlich werde ich dieser Bitte nicht nachgeben! Und glaube nicht, unserer Mutter sei gleichgültig zu sehen, was hier geschieht. Dieses kleine Biest auf ihrer Schulter habe ich im Nichts treibend gefunden. Ich glaube, es ist eine Kreatur, die von den Devanthar erschaffen wurde. Und weißt du, was es tut? Es hat einen Stachel, und der drückt auf einen Nervenpunkt dicht über dem Nacken. Nandalee kann keinen einzigen Muskel ihres Leibes rühren, solange dieser Stachel den Druck aufrechterhält. Sie sieht, was hier geschieht. Sie wird aufgewühlt sein. Aber sie kann keinem ihrer Gefühle Ausdruck verleihen. Und sie kann sich nicht wegdrehen, um nicht mit ansehen zu müssen, was ich mit dir mache. Sie vermag nicht einmal ihre Augen zu schließen.«

»Warum tust du das?« Meliander begriff so viel Grausamkeit nicht.

»Sie hat nie nach mir gesucht. Du und Emerelle, ihr habt alles von ihr bekommen. Für dich, mein Brüderchen, hat sie den Sohn einer Göttin erschlagen und sich in die Festung der Devanthar gewagt. Ich hingegen wurde in einem finsteren Loch versteckt. Und dann wurde ich in einen düsteren Wald abgeschoben, und nie wieder kam jemand, um nach mir zu sehen. Es war allen ganz gleich, ob ich von wilden Tieren gefressen wurde oder ob ich in den eisigen Wintern fror. Oder ob mich die Maurawan umbrachten. Ich bin das, was Nandalee und der Dunkle aus mir gemacht haben. Ihn kann ich nicht mehr bestrafen. Aber sie!«

»Und was ist mit deinem Streben nach Gerechtigkeit? Gilt das jetzt nicht mehr?«

Sein Bruder nahm die Speerspitze und fuhr mit ihr über Melianders Oberarm. Dann hielt er den leeren Weinpokal unter die Wunde, um das hervorquellende Blut aufzufangen. »Ich richte einen Mörder hin, Meliander. Das wird immer Teil meiner Gerechtigkeit für die Welt sein.« Er hob den Pokal an die Lippen und nahm einen tiefen Schluck. »Nicht viel besser als der Wein«, bemerkte er. »Ich trinke es eigentlich nur, damit mir nichts von dem Traumeis verloren geht. Ich weiß schließlich nicht, ob es in deinem Blut, deinem Fleisch oder in deinen Knochen ist.«

Meliander schwor sich stumm, dass er nicht schreien würde. Er machte sich keine Illusionen, dass er entkommen könnte. Vielleicht lag ja wirklich so etwas wie Gerechtigkeit in dem, was ihm widerfuhr.

Sein Bruder führte einen zweiten Schnitt aus, tiefer nun, dann noch einen und trennte einen Streifen Muskelfleisch aus seinem Oberarm.

Meliander wand sich in den Fesseln. Er biss die Zähne zusammen, bis er glaubte, dass sie jeden Augenblick zersplittern würden. Er konnte nicht verhindern, dass ihm Tränen über die Wangen rannen.

Und er sah auch, wie seine Mutter weinte. So oft hatte er sie verflucht, sie dafür gehasst, dass sie ihn aufgegeben hatte und nie zurückgekehrt war. Jetzt bereute er es. Was ihr Bruder ihm antat, sollte niemand mit ansehen müssen.

Als das Stichblatt des Speers seinen Mittelfinger abtrennte, brach Meliander seinen Schwur, und seine Schreie hallten in der weißen Kammer wider.

*A*SKALEL

»Nein!« Emerelles Ruf hallte über den weißen Marmorhof.
Doch Heldenherz gehorchte ihr nicht. Er schien den Geistervogel wahrnehmen zu können. Tollkühn stürzte er sich auf ihn.

Emerelle sah nur Auren und Kraftlinien, doch auch so war überdeutlich zu erkennen, wie sich die Bestie umwandte und nach der kleinen, fliegenden Aura schnappte.

Die Elfe schrie ein Wort der Macht, und die Zeit dehnte sich. Alles um sie herum wurde langsamer. Sie lief schneller und schneller. Ihr Messer aus unreinem Eisen fuhr durch den Leib eines Geistervogels, zwischen dessen Beinen sie hindurchstürmte. Dann erreichte sie den Vogel, dessen weit aufgerissener Schnabel gleich Heldenherz verschlingen würde. Ihr Messer fuhr durch die fremdartige Aura. Ein Schauer gelber Flocken löste sich aus dem wabernden Licht. Die Kreatur strauchelte. Ihre Aura verblasste schnell. Es schien, als würden die Reste des Lichts in den Himmel hinaufgesogen.

Emerelle blinzelte und sah die Welt wieder mit ihren wirklichen Augen. Heldenherz kreiste über ihr in der Luft und trällerte so triumphierend, als hätte er den Geistervogel zur Strecke gebracht.

»Damit sind sie alle tot.« Falrach deutete auf die gegenüberliegende Mauer. »Und Frar hat deine Geheimtür gefunden. Dieses Mal werden wir es schaffen.«

Emerelle nickte. Sie war es gewesen, die Franja dazu überredet hatte, noch einmal in Gestalt einer Elster zum Palast zu fliegen. Und tatsächlich hatte er den König gesehen. Der Herrscher Haiwanans hatte den Hof durch das Tor betreten und war zu der geheimen Tür in der Mauer gegangen. Nur ein paar Augenblicke hatte er sich gezeigt. Das Schicksal war ihnen gnädig gewesen.

Ein leises Krachen erklang von der Geheimtür her. Frar hatte sie mit einem Brecheisen aufgestemmt. Jetzt schlang sich der Zwerg wieder seinen Tarnumhang um die Schultern und verschwand vor ihren Augen.

Emerelle wollte zur Tür, doch Falrach hielt sie zurück. »Lass Nodon zuerst gehen. Er tut es mit kaltem Herzen, und er ist der erfahrenste Krieger von uns.«

Bevor Emerelle etwas erwidern konnte, war der Schwertmeister bereits durch die Geheimtür getreten. Heldenherz folgte ihm, ohne zu zögern.

»Jetzt wir.« Falrach, der nach langem Zögern seinen Spieltisch auf dem Bienenberg zurückgelassen hatte, um das Gelingen ihres Vorhabens durch diese Last nicht zu gefährden, wich nicht von ihrer Seite, während sie über den Hof rannten. Der leuchtende Torbogen und der goldene Pfad des Albensterns waren die einzigen Lichter auf dem Hof. Noch hatte keine Wache Alarm gegeben. Offenbar war man daran gewöhnt, dass sich der Albenstern zu jeder Tages- und Nachtzeit überraschend öffnen konnte. Der Kampf gegen die Geistervögel hatte nur wenige Herzschläge gedauert. Ausgerüstet mit Schwertern aus minderwertigem Eisen, hatten sie die Bestien schnell besiegt.

Geschwindigkeit, hatte Falrach ihnen eingeschärft, war der Schlüssel zum Erfolg. Deshalb blieb Franja nun zurück und hielt den Albenstern offen. So würde keine Zeit verloren gehen, falls sie zu einer schnellen Flucht gezwungen wären.

Emerelle erreichte die Tür vor Falrach. Dahinter lag eine schmale Treppe, die steil in die Tiefe führte. Selbst im Inneren der Mauern war alles in Weiß gehalten. Wände, Stufen ... Sie konnte keine Lichtquelle entdecken, und doch war es hell, als würde der Marmor aus sich heraus leuchten. Nodon, der ganz in Rot gewandet in den Kampf zog, bog am Ende der Treppe nach rechts ab.

Emerelle hastete in fliegender Eile die Stufen hinab.

»Aufhören!«, hörte sie Nodon schreien. Da war etwas in seiner Stimme, das sie die Schritte noch weiter beschleunigen ließ.

Als sie am Fuß der Treppe abbog, lag vor ihr ein weißes Zimmer, das von Blut besudelt war. Eine gefesselte Gestalt saß mit dem Rücken zu ihr zusammengesackt vor einem marmornen Tisch auf einem Stuhl. Daneben stand Meliander, ein blutiges Häutermesser in der Hand. Nodon hielt ihm die Schwertspitze an die Kehle und drängte ihn von dem Stuhl fort.

Emerelle konnte nicht glauben, was sie sah. Meliander ein Folterer? Was war in den vergangenen Monden mit ihm geschehen? Wie hatte er sich so sehr ändern können?

Hilfesuchend sah sie zu der anderen Gestalt am Tisch, einer Elfe mit langem blondem Haar. »Mutter?«, entfuhr es ihr. »Mutter!« Sie hatte nicht mehr geglaubt, ihrer Mutter je wieder zu begegnen.

»Du kannst das Schwert wegnehmen, Nodon«, sagte Meliander ruhig. »Ich habe den Geisterkönig gefangen gesetzt und befragt.«

»Schweig!«, fuhr ihn der Schwertmeister an.

Emerelle stürzte zu ihrer Mutter. Doch Nandalee blieb teilnahmslos. Sie starrte einfach nur auf den Gefolterten. Emerelle sah die Bahnen frischer Tränen auf den Wangen ihrer Mutter. Und sie sah dieses Ding auf ihrer Schulter. Einen Metallskorpion. In ihrem Kleid war an der Schulter eine Stelle ausgespart, als wäre er immer dort.

Emerelle schob das seidige Haar ihrer Mutter zur Seite. Es roch gut. Sie war gepflegt, doch unnatürlich blass. Von früher erinnerte sie sich daran, dass Nandalees Haut immer einen leichten Goldton gehabt hatte. Ständig war sie unterwegs gewesen. Sie war nicht dafür geschaffen, in irgendwelchen Kammern zu vegetieren. Selbst während der Zeit in der Alten Veste im Jadegarten hatte sie jeden Tag so viele Stunden wie möglich auf dem Hof der Festung verbracht.

»Sieh dir das an!«, rief Falrach. Er hatte den Kopf des Geisterkönigs, der auf dessen Brust gesackt war, angehoben.

Emerelle erstarrte. Es war Meliander! Ungläubig sah sie zu dem Folterer hinüber. Zweimal Meliander. Wie konnte das sein? Sie deutete auf den mit der Speerspitze. »Er muss der Geisterkönig sein. Mein Bruder hätte so etwas niemals getan.«

Nodon wirkte verunsichert.

»Wir müssen von hier fort!«, drängte Falrach. »Uns läuft die Zeit davon. Nehmen wir beide mit! Wir finden später heraus, welchen wir hinrichten.«

»Und sie nehmen wir auch mit!« Emerelle musterte den Skorpion auf der Schulter ihrer Mutter. Ein leises metallisches Scharren erklang aus dem Innern seines Körpers. Seine Beine bewegten sich in Nandalees Fleisch, das rot vernarbt war. Es sah aus, als würde dieses Biest schon sehr lange dort kauern. Verwachsen mit ihrer Mutter.

»Vorsicht!«, ermahnte Nodon sie. »Nandalee hat mir von diesen Biestern erzählt. Es sind Geschöpfe der Devanthar. Sie sind voller Bosheit! Berühre es nicht.«

»Ihr solltet mich auch nicht berühren!«, sagte der Meliander, dem Nodon immer noch die Schwertspitze an die Kehle hielt. »Ein Fingerschnippen von mir, und der Stachel des Skorpions bohrt sich tief in den Schädel unserer Mutter. Hört auf mich, und wir alle werden diese Nacht überleben.«

»Du ...« Emerelle zischte ein Wort der Macht, doch nichts geschah. Auch Heldenherz, der auf dem Marmortisch gelandet war, reagierte auf den König mit einem aufgebrachten Warnruf.

»Noch ehe du mit den Fingern schnippst, wird deine Hand auf dem Boden liegen.« Nodon sagte das ohne drohenden Unterton, ganz sachlich, was seine Worte umso grausamer machte, sodass es Emerelle kalt überlief.

»Das wird sie auch nicht retten«, entgegnete der Geisterkönig.

»Wie kommst du darauf, dass ich sie retten will?« Nodon klang immer noch tödlich ruhig. »Sie hat mich verraten und den Tod meiner Gefährten verschuldet. Würde sie so sterben, nähme mir das die Arbeit ab. Sie hat ihr Leben verwirkt. Deshalb bin ich mitgekommen. Ich hatte darauf gehofft, dass wir Nandalee finden würden.«

Nandalees Haar über der linken Schulter hob sich, wie von einem plötzlichen Luftzug ergriffen. Gleichzeitig erklang ein metallisches Kreischen. Etwas schepperte über den Boden. Emerelle sah einen großen, gekrümmten Stachel auf den Marmorplatten liegen.

»Genug Gefasel von Morden«, war Frars Stimme zu vernehmen, ohne dass er zu sehen gewesen wäre. »Gehen wir jetzt und halten unser Scharfgericht irgendwo im Dschungel ab.«

Nandalee streckte sich in den Fesseln auf ihrem Stuhl. Das Metallding auf ihrer Schulter regte sich. Ruckend lösten sich die stählernen Beine aus dem vernarbten Fleisch. Blut rann über das schneeweiße Kleid. Der Skorpion besaß keine Scheren. Ohne Stachel konnte er keinen Schaden mehr anrichten. Er glitt Nandalees Arm hinab, stürzte klirrend zu Boden und suchte eilig unter dem Marmortisch Deckung.

Emerelle beeilte sich, die Lederbänder zu lösen, mit denen ihre Mutter an den Stuhl gefesselt war, während Falrach den bewusstlosen Meliander befreite.

Nandalee ergriff ihre Hand. »Ich wollte kommen …« Ihre Augen waren nur Pupillen. Sie klang schwach. »Bitte verzeih mir. Ich hatte euch in Sicherheit gebracht …« Sie stand auf. Ihre Beine zitterten. Emerelle wollte sie stützen, doch sie hob abwehrend eine Hand. »Es geht schon. Einen Moment noch. Es dauert ein wenig, bis die Nachwirkungen aufhören.«

»Wir gehen!«, kam es frostig von Nodon.

»Gib mir einen Tag mit meinen Kindern«, bat Nandalee.

Nodon antwortete nicht. Er war am Fuß der Treppe stehen geblieben. Plötzlich war ein leises Poltern auf den Stufen zu hören.

Der Schwertmeister machte einen Satz zurück. Etwas Rötlich-Pelziges kugelte in das Marmorzimmer. Schreckensweite Augen starrten über eine entstellte Schnauze hinweg Emerelle an. Vor ihren Füßen lag Franjas Kopf.

»Nimm ihn!« Nodon schob den Geisterkönig zu Falrach hinüber und atmete aus. Das Schwert gen Boden gerichtet, stellte er sich in Fechterpose drei Schritt vor die Treppe.

Emerelle zog ihre Klinge und trat an Nodons Seite.

Schwere Schritte waren zu vernehmen. Erst auf dem untersten Absatz der Treppe kam der Mörder in ihr Blickfeld. Er trug eine mit Gold beschlagene rote Lederrüstung. Doch er hatte das Gesicht Melianders.

»Was …«, setzte Falrach an.

»Entschuldigt dieses Maskenspiel«, sagte der Krieger mit warmer, freundlicher Stimme.

Sein Lächeln ließ Emerelle das Herz aufgehen. Er hatte etwas an sich, das in ihr den Wunsch weckte, ihm zu gefallen. Ihr Bruder war das nicht! Daran konnte es keinen Zweifel geben. Jede seiner Gesten zeugte von seiner Macht und Überlegenheit. Er hatte das Auftreten eines Kriegers, der noch nie in seinem Leben besiegt worden war.

Obwohl sie und Nodon ihn mit gezogenen Schwertern empfingen, griff er nicht nach seiner Waffe. »Ich freue mich, euch nun endlich alle beieinanderzuhaben und ...«

Eine Axt krachte auf seinen Oberschenkelpanzer und spaltete das zähe Leder, drang aber nur ein kleines Stück in sein Fleisch, obwohl es keinen Zweifel daran geben konnte, dass der Schlag mit großer Wucht geführt worden war.

Die Linke des Kriegers schnellte vor, griff ins Leere, wie es schien. Doch dann war da plötzlich Frar zu sehen.

»Ich hätte nie erwartet, dass Hornbori seinen Tarnumhang jemals verschenken würde«, sagte der Krieger amüsiert und warf, was er in Händen hielt, hinter sich auf die Treppe. »Ich habe dich kommen sehen, kleiner Mann. Was ich erschaffen habe, vermag mich nicht zu blenden. Dieser eine Angriff war euch vergönnt. Ich wollte, dass ihr seht, was geschieht, wenn ihr es versucht.« Die Wunde unter dem aufgeschlitzten Beinschutz hatte bereits aufgehört zu bluten. »Einige der Klingen der Drachenelfen könnten mir gefährlich werden.« Er nickte Nandalee zu. »Allen voran dein Schwert Todbringer, das du freundlicherweise in die Weiße Halle gebracht hast.«

Emerelle und Nodon hoben fast gleichzeitig ihre Klingen, doch der Schwertmeister war um eine Winzigkeit schneller. Er stieß vor.

Der Krieger in der roten Rüstung unternahm nicht einmal den Versuch zu parieren. Stattdessen streckte er seine Klinge vor, und Nodon, so gewandt er auch war, vermochte nicht mehr auszuweichen. Sein Schwert durchbohrte die Brustplatte des Fremden, blieb dann jedoch stecken. Die Klinge des Hauptmanns aber fand in Nodons Brust.

Keuchend zuckte der Schwertmeister zurück, sah fassungslos auf seinen Gegner. Und dann stand Erkennen in den schwarzen Augen. »Du bist der Goldene!«

Emerelle stützte den Drachenelfen, als er zu Boden sank.

»Greif ihn nicht an«, flüsterte Nodon. »Tu es nicht!«

»Es ist doch immer eine Freude, erkannt zu werden.« Die Gesichtszüge des Kriegers zerflossen wie heißes Wachs. Sein Antlitz wurde weicher, seine Lippen und Brauen bekamen einen edleren Schwung. Er war ein Elf von atemberaubender Schönheit. »Verzeiht, wenn ich mich als Geisterkönig ausgab, aber ich musste mich auf dem Hof blicken lassen, als der Lutin in Elsterngestalt zum zweiten Mal seine Runde drehte. Ihr wäret nicht gekommen, hätte ich das nicht getan. Unser wunderbares Zusammentreffen hätte nicht stattgefunden. Meine Spitzel hatten mir berichtet, dass ihr zögertet. Dass ihr unsicher wart. Also musste ich euch helfen, zu der mir genehmen Entscheidung zu finden.«

Nandalee trat an Emerelles Seite. »Bitte verzeih mir«, sagte sie, an Nodon gewandt. »Als ich erkannte, dass er mein Sohn war, konnte ich ihn nicht töten. Er sagte es, als ich vor ihm stand. Ich ... Ich hatte nicht einmal von ihm gewusst. Du hattest mir nie verraten, dass es ihn gab.«

»Nachtatem hatte es so gewollt«, hauchte er. »Ich folgte seinem Wunsch. Es war ...« Seine Stimme brach.

»Was für eine Tragödie!«, triumphierte der Goldene. »Die Zusammenkunft ist ja noch viel ergreifender, als ich sie mir vorgestellt hatte. Ich hoffe, es weilen nicht noch mehr Narren unter uns, die glauben, sie könnten mich besiegen. Ich bin der Erste unter meinen Brüdern. Ich bin der Herr dieser Welt, aus der sich die Alben zurückgezogen haben. Und ich habe all dies hier ersonnen. So viele Jahre habe ich auf euch gewartet. Die Drachenbrut Nandalees, vollständig versammelt. Was für ein Fest!«

Emerelle sah zu ihrer Mutter. Sie verstand nicht, was der Goldene meinte.

»Hat sie es euch nicht erzählt? Sie hat sich mit meinem Bruder Nachtatem gepaart, als er sie tätowierte. Und auch ich habe ihr einmal in Gestalt Gonvalons beigewohnt!«

»Nein!«, schrie Nandalee auf. »Das ist unmöglich!«

»Glaubst du, ich müsste lügen? Ich, der Herr der Welt? Ich habe dich vor den Trollen im Königsstein gerettet und den Immerwinterwurm erschlagen. Ich bin sicher, du wirst dich an jene Nacht erinnern. Wahrscheinlich war es die vollkommenste Liebesnacht, die du je erlebt hast.«

Emerelle sah den Zweifel in ihrer Mutter wachsen. Sah, wie etwas in ihr, was alle Gefahren und selbst die Gefangenschaft im Palast des Geisterkönigs überstanden hatte, zerbrach.

»Du weißt, dass ich nicht lüge!«, setzte der Goldene genüsslich nach.

Emerelle hasste ihn. Sie wollte ihn mit dem Schwert töten, und doch war etwas an ihm, was es ihr unmöglich machte. Seine strahlende Art. Sein überwältigendes Selbstbewusstsein. Sie konnte es nicht.

Nodons Hand griff nach ihr, als spürte der Schwertmeister ihren Zwiespalt und als wollte er sie zurückhalten.

»Es könnte also sein, dass ihr meine Kinder seid. Oder zumindest einer von euch. So lange warte ich schon darauf, euch zu begegnen. Der Blaue Stern ist der einzige Ort, über den ich keine Macht habe. Also musste ich warten, bis ihr ihn verlassen habt. Und ich musste euch dazu bringen, dass ihr an einen Ort kamt, an dem ich die Bedingungen unseres Zusammentreffens bestimmen konnte. Nur aus diesem Grund haben meine Nestbrüder und ich diesen blutrünstigen Irren gewähren lassen, als er sich zum Geisterkönig machte. Wir wussten, seine Taten würden die Fahrenden Ritter anziehen, wie Honig Fliegen anlockt. Damit er nicht vor der Zeit besiegt wurde, bin ich als einfacher Krieger in seine Dienste getreten und schnell zum Hauptmann seiner Leibwache aufgestiegen. Dennoch hätte Nandalee es fast geschafft, alle meine Pläne zunichtezumachen. Hätte nicht im letzten Augenblick ihre Mutterliebe über ihren Blutdurst gesiegt, wir hätten uns vielleicht niemals getroffen.« Er deutete eine spöttische Verbeugung in Nandalees Richtung an. »Vielleicht wirst du ja noch dein Herz für mich entdecken, wenn wir gleich feststellen, ob eines deiner Kinder auch mein Blut in sich trägt.«

Aus den Augenwinkeln sah Emerelle, dass Falrach inzwischen dicht bei dem Marmortisch stand. Zoll um Zoll hatte er sich dorthin vorgearbeitet, wobei er es vermied, zu der Speerspitze zu blicken, die den Goldenen töten könnte.

Sie versuchte, ihn mit einem flehenden Blick davon abzuhalten, nach der Waffe zu greifen. Er wäre nicht schnell genug. Er würde enden wie Nodon, dessen Atem immer flacher ging. Eine große Blutpfütze hatte sich unter seinem Körper ausgebreitet. In diesem unheimlichen Zimmer wirkte eine Kraft, die ihn seiner Fähigkeit beraubte, sich selbst zu heilen.

»Ich wusste, die Alben würden Emerelle und Meliander den Kopf mit seltsamen Ideen vollstopfen. Idealen von Freiheit und Ritterlichkeit.«

»Die Alben haben sich einen Dreck um uns geschert«, erklang schwach Melianders Stimme. Er war aus seiner Ohnmacht erwacht. »Nur ihre Diener haben sich um uns gekümmert.«

Der Goldene betrachtete ihn amüsiert. »Du glaubst, ihr wäret ihnen nie begegnet? Ich sage dir, sie waren jeden Tag um euch. Mit euch haben sie mehr Zeit verbracht als mit irgendeiner Kreatur ihrer Schöpfung. Denkst du, sie hätten der Versuchung widerstehen können, euch zu formen? Haltet ihr es für Zufall, dass euch beide euer Weg hierhergeführt hat? Ich wusste, ihr würdet entweder nach eurem dunklen Bruder suchen oder aber der Versuchung erliegen, Albenmark von dem Tyrannen zu befreien, den selbst die Himmelsschlangen fürchteten. Ganz gleich, wie ihr euch entschieden hättet, euer Weg musste hier enden.«

»Das heißt, nur deshalb hatte mein Königreich Bestand?« Ihr dunkler Bruder klang so erbärmlich, dass er Emerelle fast leidtat. »Ich habe Haiwanan niemals vor den Himmelsschlangen beschützt? Ich war nur eine Figur in eurem Spiel?«

»Nimm es nicht so schwer. Ich räume ein, es hat mich oft gut unterhalten, dich zu beobachten. Du gehst ungewöhnliche Wege, hast dir nicht die Fesseln der Moral auferlegt, und du hast immer ein klares Ziel vor Augen. Du warst kein schlechter König. Nur nicht der König, der du zu sein glaubtest.« Er wandte sich zu Nandalee um. »Was für eine erstaunliche Brut das geworden ist. Dein Erstgeschlüpfter hat versucht, deinen anderen Sohn mit Haut und Haaren zu verschlingen, und deine Tochter hat sich ganz und gar einer Mörderbande verschrieben, die nichts anderes im Sinn hat, als deinen Erstgeschlüpften zu meucheln. Und dabei hat sie sich wie eine Damien verkleidet. In Hosen und ihr schönes Haar hochgesteckt, statt es offen zu tragen wie du. Was für eine wunderbare Familie. Vielleicht kommen wir uns ja alle noch einmal näher ... Allerdings möchte ich keine Kinder haben, die das Blut Nachtatems in sich tragen. Die würde ich entfernen. Finden wir es nun heraus.« Er bewegte sich so schnell, dass Emerelle völlig überrumpelt war, als er plötzlich nach ihr griff und ihr mit einem seiner krallenartigen Fingernägel durchs Gesicht fuhr.

Heldenherz stieß einen erschrockenen Ruf aus und flog auf, als der Goldene sich das Blut von der Kralle leckte und Emerelle ansah. »Du ...«

Die Misteldrossel griff ihn an. Sie pickte nach seinen Augen. Der Drache in Elfengestalt blinzelte. Ein Tropfen Blut rann ihm über die Wange. Dann ließ er sein Schwert fallen, und seine Rechte schoss hoch.

Emerelle hörte die Knochen des kleinen Vogels splittern, als sich die Hand des Zweitgeschlüpften zur Faust schloss. »Kleines Mistvieh«, sagte er abfällig, als Falrach nach der Speerspitze auf dem Tisch griff und sich gemeinsam mit dem Geisterkönig auf ihn warf.

Der Goldene reagierte ebenso schnell wie heftig. Er sprang ihnen entgegen. Beide traf er mit seinen Fäusten. Beide gingen gleichzeitig zu Boden.

Emerelle zog die Nadel aus ihrem hochgesteckten Haar.

Der Goldene drehte sich blitzartig um. Er musste gespürt haben, dass sie ihn angreifen wollte. Er schnaubte geringschätzig und machte keine Anstalten, sich zu verteidigen. »Eine Haarnadel?«

Emerelle stieß ihm die Nadel in die Stirn.

Die Augen des uralten Drachen weiteten sich ungläubig und voller Schrecken.

Blut rann ihm über das Gesicht.

Dann stürzte er. Ohne einen Laut.

Emerelle öffnete die Faust des Goldenen, die nach Heldenherz gegriffen hatte. Er hatte den kleinen Vogel zerquetscht. Nur der Kopf und die Krallenfüße waren unversehrt. Von Leib und Flügeln war lediglich blutdurchtränktes Gefieder geblieben.

»Raus!«, stöhnte Nodon.

»Euch droht keine Gefahr mehr von mir«, sagte der Geisterkönig entschieden, als er sich aufrappelte. »Es ist vorüber ...«

»Er meint die Himmelsschlangen.« Nandalee half Meliander, sich von dem Stuhl zu erheben. »Seine Nestbrüder werden spüren, dass er gestorben ist. Sie werden herkommen, und zwar schnell.«

»Dann stellen wir uns ihnen entgegen!«

»Sei kein Narr!«, fuhr Falrach ihn an. »Hast du immer noch nicht verstanden? Sie haben keine Angst vor dir. Dein Königreich konnte bestehen, weil es ihnen so gefiel. All das hier war eine Falle, um uns anzulocken. Wenn wir hierbleiben, werden wir in ihrem Feuer verbrennen. Der Palast wird brennen, so wie Selinunt verbrannte und die Goldene Stadt auf Nangog. Der Einzige, der sie davon abgehalten hat, das zu tun, ist nun tot. Also fliehen wir besser.«

Frar hatte die Speerspitze an sich genommen. Jetzt zog er die lange Haarnadel aus der Stirn des Goldenen. »Ich verzeihe dir, wie du meinen Drachentöterdolch verschandelt hast, Emerelle. Es war eine gute Entscheidung.«

Sie nickte. Starrte auf die tote Misteldrossel und das Antlitz des Goldenen, in dem sich immer noch der namenlose Schrecken eines vermeintlich Unsterblichen spiegelte, dem der Tod begegnet war.

»Komm!« Nandalee packte sie unter den Armen und richtete sie auf. »Du hast das Richtige getan. Und glaube keinen Atemzug lang, dass er dein Vater war. Euer Vater war Gonvalon und niemand sonst!«

Bei diesen Worten ihrer Mutter brach ein Damm in Emerelle. Sie schluchzte nicht, aber sie konnte nicht verhindern, dass ihr die Tränen nur so über die Wangen liefen. Endlich hatte sie ihre Mutter gefunden! So lange hatte Nandalee sie nicht mehr in den Armen gehalten. So sehr hatte sie sich danach gesehnt. Und sich gewünscht, endlich zu verstehen, warum ihre Mutter sie verlassen hatte.

Nandalee führte sie die Treppen hinauf auf den weißen Hof. Ihr dunkler Bruder stützte Nodon und winkte mit einem

Arm den Wachen auf den Wehrgängen. »Räumt den Palast!«, schrie er ihnen entgegen. »Sofort! Lasst niemanden zurück! Auch nicht in den Kerkern.«

Als sie den Albenstern erreichten, versuchte sich Falrach bereits daran, ihn zu öffnen.

Ihre Mutter ließ sie los. »Lass mich das machen. Ich habe es mehr als tausend Mal getan.«

Nandalee kniete neben dem enthaupteten Körper Franjas nieder. Ein Wort der Macht genügte ihr. Emerelle erinnerte sich, wie sie ihre Mutter schon als Kind dafür bewundert hatte, mit welcher Leichtigkeit sie die Tore ins Goldene Netz öffnen konnte. Es fühlte sich so gut an, endlich wieder neben ihr zu sein. Zuzusehen, wie sie das tat. Es war genauso wie während der langen Flucht in ihrer frühen Kindheit. Damals hatte sie nicht gewusst, dass sie flohen. Sie hatte sich bei ihrer Mutter immer sicher gefühlt. Und endlich war dieses lange vermisste Gefühl wieder da, die Himmelsschlangen würden sie niemals einholen, solange Nandalee sich zwischen die alten Drachen und ihre Kinder stellte.

»Komm!« Falrach nahm ihre Hand und zog sie hinter den anderen her durch das Tor ins Dunkel.

Nandalee blieb auf dem weißen Hof zurück.

»Mutter?«

»Geh! Ich kann nicht mit euch kommen. Wenn die Himmelsschlangen hier nur den getöteten Goldenen finden, dann brennen sie erst den Palast und dann vielleicht noch die Stadt Haiwanan nieder. Du weißt, wie grausam sie sind. Ich kann nicht zulassen, dass Tausende Unschuldige sterben!«

Emerelle wollte zurück, doch Falrach hielt sie fest in seinen Armen.

Nandalee sah so schrecklich allein aus. Sie besaß nicht einmal eine Waffe, mit der sie gegen die alten Drachen kämpfen konnte.

»Keine Sorge, Emerelle. Ich werde mich nicht opfern. Ich sorge dafür, dass sie mich sehen, und flüchte dann auch ins Goldene Netz. In ihrem Zorn werden sie mir folgen und nicht euch.«

»Aber ...«

»Du weißt, im Weglaufen bin ich immer schon gut gewesen. Falls wir uns nicht wiedersehen, musst du mir etwas versprechen.«

Emerelle kämpfte gegen Falrachs überraschend kräftige Arme an. Tränen ließen ihr das Bild ihrer Mutter vor Augen verschwimmen.

»Du musst mein Vermächtnis antreten. Sorge dafür, dass Meliander eurem Bruder nichts antut, und vertreibt euren dunklen Bruder nicht. Ich wünsche mir, dass ihr euren Weg gemeinsam geht. Albenmark wird euch alle drei brauchen, wenn ihr die Herrschaft der Drachen beenden wollt. Ihr drei verkörpert, worin die Macht der Elfen gründen wird. Du bist das tapfere Herz, Emerelle. Du wirst niemals aufgeben, genau wie ich. Euer Bruder ist die Dunkelheit, die man manchmal in sich tragen muss, wenn Grausamkeit dazugehört, den Sieg zu erringen. Und Meliander ist der Träumer, auch wenn sein Herz gebrochen ist. Er wird der Grausamkeit Zügel anlegen und das Gegengewicht zu eurem Bruder sein. Er hat einen freien Geist. Er akzeptiert nicht, dass etwas festgeschrieben ist, auch wenn er Bücher liebt. Er wird die Zukunft immer neu erfinden, und so muss es sein, denn nichts währt ewig.« Nandalee hob die Hand zum Abschied. »Eine letzte Bitte noch: Sag deinem dunklen Bruder, dass ich auch für ihn einen Namen habe. Er soll Askalel heißen.«

»Hoffnung?« Emerelle konnte sich keinen unpassenderen Namen für ihn vorstellen.

»Ja! Ich habe die Hoffnung in ihn niemals aufgegeben. Bitte tu du es auch nicht.«

Nandalee sprach ein Wort der Macht, und das Portal schloss sich.

Finsternis umgab Emerelle. Nur der goldene Pfad spendete Licht.

Falrach drückte sie sanft. »Gehen wir.«

Epilog

Drei Wochen hatte Emerelle die Gefährten von Albenstern zu Albenstern geführt. Nie waren sie länger als einen Tag an einem Ort geblieben. Zu groß war die Furcht, dass die Himmelsschlangen oder ihre Drachlinge auf sie aufmerksam wurden. Schließlich hatte Emerelle sie auf eine Insel in der Lotussee geführt, nah an der Steilküste, an der Uthaya, die Königin der Apsaras, auf dem Meeresgrund ihren neuen Palast erbauen ließ. Uthaya war die berühmteste Orakelstimme Albenmarks, und die junge Elfe erhoffte sich, von der Königin Antworten zu erhalten.

In Gedanken versunken stieg Emerelle durch die Kalksteinhöhle, blind für die Schönheit der Tropfsteine und die blassen Lichter, die Zauberweber erschaffen hatten. Tief in der Höhle, vor neugierigen Blicken verborgen, lagerten sie. Nur Nodon fehlte. Er hatte sich wieder einmal abgesondert.

Sie fand ihn nahe des Eingangs. Er saß auf einem Stein und blickte nach Westen, zur fernen Steilküste des Festlands. Er musste ihre Schritte gehört haben. Doch er strafte sie mit Missachtung.

Der Schwertmeister hatte sich erstaunlich gut erholt. Vor zwei Wochen noch hatte Emerelle befürchtet, dass er die schwere Verwundung nicht überleben würde. Doch seine legendären Selbstheilungskräfte hatten schließlich obsiegt. Nur war der ohnehin schon wortkarge Elf noch schweigsamer geworden.

»Du erwartest hier Antworten?«, sprach er nach einer Weile unvermittelt, ohne sich zu ihr umzuwenden.

»Ich hoffe in der Tat, dass die Königin ...«

»Orakel«, fiel er ihr mit schneidender Stimme ins Wort. »Sie sind wie Nebel, der an einem kühlen Sommermorgen aus den Wiesen steigt. Du erhoffst dir Klarheit? Sie werden den Blick auf deine Zukunft verschleiern. Der Dunkle hat sich mit Orakeln umgeben, und was hat es ihm genutzt? Er wurde ermordet.« Jetzt endlich drehte sich Nodon zu ihr um, und Emerelle musste sich zwingen, dem Blick der zornigen schwarzen Augen standzuhalten.

»Welche Antwort suchst du?«

Emerelle zögerte. Ja, sie erwog sogar kurz zu gehen, doch sie war sich bewusst, dass sie dieser Frage nicht davonlaufen konnte. »Meine Mutter«, sagte sie schließlich leise.

Er sah sie einfach nur an, antwortete nichts.

»In all den Jahren auf dem Blauen Stern habe ich sie gespürt. Ich weiß nicht, wie ich es in Worte fassen soll ... Ich habe immer ganz sicher gewusst, dass sie irgendwo dort draußen ist.« Sie machte eine fahrige Bewegung in Richtung der fernen Küste. »Aber jetzt ... Ich spüre sie nicht mehr. Und ihr letzter Blick. Sie war sich sicher, dass sie mich nicht mehr wiedersehen würde. Ich ...« Ihre Stimme brach. Sie vermochte nicht auszusprechen, was sie befürchtete.

»Sie wollte die Himmelsschlangen auf ihre Fährte locken, um sie von uns abzulenken.« Nodon klang immer noch distanziert, doch war seine Stimme nicht mehr schneidend.

»Sie hat keine Drachentöterwaffe ... Sie ...« Die Worte steckten ihr im Halse fest. Nandalee war immer übermächtig und unbesiegbar für sie gewesen.

»Manche glauben, sie war die bedeutendste aller Drachenelfen. Nun hat sie den größten aller Kämpfe gewählt. Sie allein gegen alle Himmelsschlangen. Sie kann nicht gewinnen. Ihr Sieg ist unser Entkommen.«

All das war Emerelle klar, und doch konnte sie nicht akzeptieren, dass ihre Mutter tot war. Sie hatte so verbissen nach ihr gesucht. Sie hätte noch so viele Fragen an Nandalee gehabt.

»Nandalee war immer für eine Überraschung gut. Sie hat nie getan, was man von ihr erwartet hat.« Nodons Stimme war weich geworden. »Ich könnte mir gut vorstellen, dass sie in dem Augenblick, als die Himmelsschlangen sie gestellt haben, ins Mondlicht gegangen ist, weil sich ihr Schicksal erfüllt hat.«

Dieser Gedanke war Emerelle bisher nicht gekommen. Doch auch er schenkte ihr keinen Frieden. »Ich möchte es einfach wissen… Sie…« Und wieder brachte sie es nicht über sich, vom Tod ihrer Mutter zu sprechen.

»Manche Antworten müssen wir für uns alleine finden. Und Ungewissheit schenkt uns die Freiheit, die Antwort zu wählen, mit der wir am besten leben können.« Nodon wandte sich von ihr ab und sah wieder hinaus aufs Meer.

Nun blieb ihr nur noch die Hoffnung auf das Orakel, dachte Emerelle bitter. Uthaya selbst würde zu ihnen sprechen. Ganz gewiss würden ihre Worte mehr sein als nur Nebel an einem kühlen Sommermorgen.

***

Selbst das leiseste Geräusch hallte in der hohen Grotte wider. Diffuses blaues Licht sickerte aus den Wänden. Beklommen dachte Emerelle, dass sie sich tief unter der Meeresoberfläche der Lotussee befanden. In der Grotte der Träume, verborgen in der Nähe des Palasts der Königin der Apsaras.

Schwefliger Dunst stieg aus der Felsspalte am Boden rings um die Königin auf. Uthaya saß vor ihnen, auf einem niedrigen

Stein. Ihre Augen waren in den Höhlen so nach hinten verdreht, dass nur noch das Weiß zu sehen war.

Regungslos verharrte die Herrscherin, vollkommen entrückt. Ihr silberweißes Haar fiel ihr bis über die Hüften. Die bleiche Haut war über und über mit unheimlichen rotbraunen Hieroglyphen bedeckt.

Der Geruch stach Emerelle in die Nase. Sie verspürte eine leichte Übelkeit.

Falrachs Fingerknöchel streiften ihren Handrücken. Eine flüchtige Geste nur, und doch gab ihr seine Berührung Kraft. Auf der Flucht hatte er sich von einer neuen Seite gezeigt. Er konnte erstaunlich aufmerksam sein.

Frar beobachtete die Königin der Apsaras, während Askalels Blick durch die weite Grotte schweifte. Er wirkte immer auf der Hut. Und dazu hatte er auch allen Grund. Meliander hatte ihm nichts verziehen. Emerelle war froh, dass sich Nodon bereits wieder erholt hatte und durch seine bloße Anwesenheit dafür sorgte, dass sich ihre Brüder nicht an die Gurgel gingen.

Ein plötzlicher kalter Luftzug fuhr durch die Grotte. Dunkel und volltönend sprach eine fremde Stimme aus Uthaya:

> *Wann immer es wert,*
> *ziehet euer Schwert.*
> *Doch ganz gleich, was ihr tut,*
> *herrschen wird Drachenblut.*

Die Königin keuchte auf, blinzelte benommen und sah sie dann mit ihren großen türkisblauen Augen an. Sie war nicht sie selbst, wenn sie ihre Prophezeiungen sprach. Sie konnte sich an die Worte nicht erinnern. Emerelle sah es an ihrem Blick. Die Herrscherin der Apsaras wollte wissen, ob ihre Weissagung hilfreich gewesen war.

Nodon verbeugte sich formvollendet. »Wir danken Euch für Eure Worte, Herrscherin. Sie scheinen von erschreckender Tragweite. Erlaubt Ihr uns, dass wir uns zurückziehen, um uns zu beraten?« Ein Hauch von Ironie schwang in seiner Stimme. Es war gekommen, wie er es vorhergesagt hatte.

Uthaya musterte sie und entließ sie dann mit königlicher Geste. Sie wirkte beherrscht, aber erschöpft.

Schweigend verneigten sie sich vor ihr und wandten sich der langen Wendeltreppe zu, die durch den bleichen Muschelkalk hinaufführte.

Mehr als dreißig Schritt erhob sich der Felsen, aus dessen Innerstem sie schließlich traten, über die See. Emerelle blickte auf das Meer. Es hatte dieselbe Türkisfarbe wie die Augen der Königin. Ringsum ragten weitere weiße Felssäulen aus der Lotussee, eine jede gekrönt von einem tiefgrünen Zedernhain.

»Ich werde meinen Kampf gegen die Himmelsschlangen nicht aufgeben«, wetterte Frar, schwer atmend, kaum dass er von der Treppe ins Freie getreten war. »Und wenn ich dabei draufgehe. Nicht umsonst habe ich meine Waffen gerettet.«

Emerelle seufzte. Sie hätte sich gewünscht, einfach nur hier zu stehen, den Wind, das Meer und die Schönheit zu genießen.

»Keine schlechte Idee, kleiner Mann.« Askalel hatte nach den Enthüllungen des Goldenen längst wieder zu seinem Selbstbewusstsein zurückgefunden. »Sobald ich oder Meliander herrschen, herrscht Drachenblut.«

»Nein«, begehrte Meliander auf. »Dir hat der Goldene mit seinen Einflüsterungen den Verstand vergiftet. Wir sind Elfen und keine Ungeheuer!«

Askalel bedachte seinen Bruder mit einem spöttischen Lächeln. »Wenn du das glaubst ...«

»Es genügt«, fuhr Emerelle sie an. »Ich werde nicht aufgeben. Schließlich hat Uthaya auch gesagt: *Wann immer es wert, ziehet euer Schwert*. Wenn einer von euch das nicht kann, dann sollten sich hier unsere Wege trennen.« Sie sah Nodon auffordernd an, der sich zurückgehalten hatte. »Was ist mit dir?«

»Ich wäre nicht der, der ich bin, wenn ich einen Kampf aufgeben würde, weil die Gefahr besteht, ihn zu verlieren. Es sind schon mehr als ein paar Worte nötig, um mich auf meinem Weg aufzuhalten.« Er sagte das ohne Pathos und mit der Ruhe, die typisch für ihn war. Emerelle wusste, auf ihn würde sie sich immer verlassen können.

»Und was glaubst du, Spielmeister?« Askalel hatte wieder einen provozierenden Tonfall.

Emerelle verfluchte stumm den Wunsch ihrer Mutter. Mit diesem Bruder auskommen zu müssen war eine Qual.

»Vom Glauben und von Orakeln halte ich nicht viel. Was wir brauchen, ist ein Plan.«

»Und hast du einen Plan?«, fragte Frar voller Hoffnung.

»Natürlich.«

Emerelle kannte das Lächeln, das Falrach aufgesetzt hatte, nur zu gut.

»Was sollen wir tun?«, bedrängte ihn Frar, und auch die anderen sahen ihn erwartungsvoll an. Selbst Askalel hatte in diesem Augenblick seine überhebliche Art abgelegt.

Falrach hob einen Finger an die Lippen. »Das besprechen wir nicht hier, wo der Wald Ohren haben könnte. Gehen wir zum Festmahl, das die Apsaras für uns vorbereitet haben. Seien wir höflich und genießen den Tag in Gesellschaft der schönen Nymphen. Pläne besprechen wir, wenn wir an meinem Spieltisch stehen. Wir sind eine Macht, vor der sich die Himmelsschlangen fürchten werden.«

»Keine Schlacht wurde je mit leerem Magen gewonnen«, sagte Frar und drehte sich um.

Sie folgten einem schmalen Weg unter Zedern, der auf die

Südseite des Felsturms führte, wo Uthayas Palast in die Felswand gebaut war.

Emerelle wurde langsamer. Ließ sich hinter die anderen zurückfallen. Nur Falrach blieb an ihrer Seite. Sie dachte an Nodons Worte. War ihre Mutter wirklich ins Mondlicht gegangen? Oder hatten die Himmelsschlangen sie getötet? Wie auch immer, sie musste aufhören, auf sie zu hoffen. Nun lag es bei ihr, Entscheidungen zu treffen und Nandalees Kampf fortzusetzen.

»Hast du wirklich einen Plan?«, fragte sie leise. »Mir macht diese Prophezeiung Angst.«

Er blieb stehen und sah sie fest an. Da war keine Maske mehr. Jetzt war er der Mann, der in schmutzigen Kleidern in einem Dorf am Ende der Welt vor ihr gestanden hatte und unverrückbar daran glaubte, dass er wieder Ehrengast an den Festtafeln der Fürsten Albenmarks sein würde.

»Es sind nur Worte, Emerelle. Wir sind, was wir zu sein beschließen. Nichts ist uns vorherbestimmt!«

Danksagung

Dreizehn Jahre haben mich die Elfen durch mein Leben begleitet, und ich möchte mich bei all denen bedanken, die diesen Weg mit mir gegangen sind. Danke für die vielen Mails, Briefe, Posts und freundlichen Kritiken, die ich in dieser langen Zeit erhalten habe. Auch wenn ich nur selten antworte, lese ich doch fast alles, was mir über meine Homepage www.bernhard-hennen.de oder meine Facebook-Seite www.facebook.com/bernhard.hennen geschickt wird. An den grauen Tagen sind diese kleinen Nachrichten, Geständnisse und Geschichten aus eurem Alltag meine Sonnenstrahlen. Sie lassen mich schmunzeln oder berühren mich. Dass ich diese Briefe – insbesondere die unerledigten – selten vergesse, wissen alle, die mich bei Lesungen darauf ansprechen. Probiert es aus.

Entschuldigen muss ich mich bei meiner Familie, bei Xinyi, Melike und Pascal, die meine Arbeit in diesem Jahr wieder einmal den geplanten Sommerurlaub gekostet hat und die doch nicht müde wurden, mir täglich zu beweisen, dass auch unsere Welt ein magischer Ort sein kann.

Als treue Gefährten im literarischen Getümmel erwiesen sich: Karl-Heinz, der stets die Kleinigkeiten im Blick behielt, die ich manchmal außer Acht lasse, wenn der Schreibfluss mich vorantreibt, und Elke, die allzu oft ihre Nächte opferte, um meinen Fehlern nachzuspüren.

Träume, die Musik geworden sind, schenkte mir auch dieses Mal Maite Itoiz, die mich in langen Schreibnächten zuweilen mit exklusiven Hörproben neuer Lieder versorgte und die mir hoffentlich verzeiht, dass mein Finale mich meinen lange verabredeten Konzertbesuch gekostet hat.

Neu an meiner Seite war Uta Dahnke, meine Lektorin, die mich mit ihrer leidenschaftlichen Textarbeit überrascht hat und die wesentlich dazu beigetragen hat, aus einem Rohdiamanten etwas zu erschaffen, was im Licht funkeln wird. Danke auch an Martina Vogl, die dieses Mal in die zweite Reihe getreten ist, aber im Hintergrund da war und über alles gewacht hat. Großartig war Julia Bauer, mit ihren Nerven aus Stahl, als – wie zu oft bei mir – am Ende wieder alles ziemlich eng wurde.

Mein besonderer Dank aber gilt all jenen Buchhändlerinnen und Buchhändlern, die den Elfen so lange schon die Treue halten. Jenen, mit denen ich in den vergangenen Jahren so viele gute und manchmal auch schwere Gespräche geführt habe und denen ihr Beruf auch in diesen unruhigen Zeiten Berufung geblieben ist. Wir wissen: Bücher sind mehr als ein Geschäft, sie sind eine Leidenschaft.

BERNHARD HENNEN
Februar 2017

DRAMATIS PERSONAE – *ELFENMACHT*

Die Alben und andere Göttergleiche

ALBEN Die Schöpfer der Welt Albenmark. Ihre Beweggründe sind ihren Geschöpfen unergründlich. Sie ziehen sich immer weiter aus ihrer Welt zurück und verzichten auf einen Großteil ihrer Macht, wie es scheint.

Der SÄNGER Ein Albe, Erbauer des Blauen Sterns und jener unter den Weltenschöpfern, der Albenmark am engsten verbunden ist. Wenn er sein wahres Antlitz verbergen will, nimmt er die Gestalt der Koboldin Sata an.

ABRAX Ein Albe, der die Gestalt eines Trolls angenommen hat, während er mit Meliander und Emerelle auf dem Blauen Stern reiste. Wortkarg und mit tiefer Seele, ertränkt er seinen Weltenschmerz in Strömen von Met.

ANDUR Ein Albe, der die Gestalt eines Kentauren angenommen hat, während er mit Meliander und Emerelle auf dem Blauen Stern reiste. Auf seinem Rücken lernten die Elfen reiten, auch lehrte er sie das Bogenschießen.

FILLIPOS Ein Albe, der die Gestalt eines Fauns angenommen hat, während er mit Meliander und Emerelle auf dem Blauen Stern reiste. Er versuchte, den jungen Elfen seinen Blick auf eine Welt zu vermitteln, in der es nie nur Schwarz und Weiß gibt.

GYLLA Eine Albe, die die Gestalt einer Dryade angenommen hat, während sie mit *Meliander* und *Emerelle* auf dem Blauen Stern reiste. Sie gilt als Schöpferin der nördlichen Wälder und lehrte die jungen Elfen die tausend Spielarten des Zauberwebens.

SATA Ein Albe, der die Gestalt einer Koboldin angenommen hat, während er mit *Meliander* und *Emerelle* auf dem Blauen Stern reiste. Eigentlich ist er der Schöpfer des Blauen Sterns und auch als *der Sänger* bekannt. Er führt das Luftschiff und gewährt dort seinen letzten Brüdern und Schwestern Asyl.

DEVANTHAR Weltenschöpfer, ähnlich den *Alben*. Von den Alben und den meisten ihrer Kinder als Verkörperung des Bösen betrachtet. Sie beherrschen Daia, die Welt der Menschen, und lenken die Geschicke der dort lebenden Völker. Sie lieben den Wandel und stehen damit im Gegensatz zu den Alben, die nach Vollkommenheit streben, um diesen Zustand dann für immer zu erhalten.

HIMMELSSCHLANGEN oder auch Regenbogenschlangen nennen die Albenkinder jene mächtigen, erstgeschlüpften Drachen, die als Statthalter der Alben auftreten. Der zweite Name spielt darauf an, dass sie alle verschiedene Farben haben. Glaubt man den Drachen, dann sind die Regenbogenschlangen die ältesten unter ihnen. Sie nennen sich auch die Erstgeschlüpften und beanspruchen für sich, dass sie die ersten Geschöpfe waren, die von den *Alben* erschaffen wurden, nachdem *Nangog* ihr Werk vollendet hatte.

NANGOG Im Schöpfungsmythos der *Zwerge Albenmarks* eine Riesin, die von den *Devanthar* und den *Alben* gemeinsam erschaffen wurde. Sie formte die Welten der Menschen, der Albenkinder und eine dritte Welt für sich selbst und ihre Kinder. Wurde vor der Vollendung ihres Werkes von *Alben* und *Devanthar* mit einem mächtigen Bannzauber belegt und ihres Herzens beraubt. Auch *Die gefesselte Göttin* genannt.

Die Drachen

Der DUNKLE Synonym für *Nachtatem*. Der Dunkle, ein *Elf* mit Augen vom Blau des Winterhimmels, war eine der Gestalten, die der älteste *Drache*, Nachtatem, annahm, wenn er sich unter Elfen mischte.

ABENDSTERN Ein Drache aus der Gattung der Sonnendrachen von Ischemon, der auf Befehl des *Goldenen* die Kämpfe bei der Stadt Wanu beobachten soll. Er macht den Fehler, sich mit dem falschen einbeinigen Zwerg anzulegen.

Der FLAMMENDE *Himmelsschlange* mit gelb-karmesinrot changierender Schuppenfarbe; gilt als aufbrausend, sehr nachtragend und wankelmütig. Kann seine Überzeugung binnen Augenblicken ändern und vertritt jeden neuen Standpunkt mit hitziger Vehemenz.

Der FRÜHLINGSBRINGER *Himmelsschlange* (Letztgeborener unter ihnen). Seine Schuppen leuchten im hellen Grün des Frühlings; gilt als ruhig und pragmatisch.

Der GOLDENE *Himmelsschlange*. Verkörpert Macht und Schönheit in vollkommener Harmonie. Seine Schuppen erstrahlten ursprünglich in warmen Gelbtönen, wurden von ihm jedoch mit goldenem Glanz verfeinert, um seinen Ansprüchen von Ästhetik zu genügen. Seine Eifersucht auf den *Erstgeschlüpften* ist ebenso grenzenlos wie sein Ehrgeiz.

Der HIMMLISCHE *Himmelsschlange* mit strahlend hellblauer

Schuppenfarbe; gilt als der Weiseste der neun. Der Himmlische starb beim Angriff der *Devanthar* auf die Blaue Halle.

NACHTATEM *Himmelsschlange*, ältester Drache Albenmarks. Manche nannten ihn auch ihren König. Residierte im *Jadegarten* und nahm nur selten an den Zusammenkünften der anderen Himmelsschlangen teil.

Der NACHTBLAUE *Himmelsschlange*. Liebt es, sich wie ein Raubtier zu gebärden, was so weit geht, dass er besiegte Gegner frisst. Gilt als der Kriegerischste der neun.

NACHTWIND Ein Drache aus der Gattung der Sonnendrachen von Ischemon, der im Auftrag des *Goldenen* die *Drachlinge* des Elfenfürsten *Alvelyn* beaufsichtigt.

Der PURPURNE *Himmelsschlange*. Im Goldenen Netz begegnete er der Devanthar Anatu. Die Liebe zu ihr kostete ihn das Leben.

Der ROTE *Himmelsschlange*. Liebt es, sein Leben mit allen Sinnen zu genießen, nimmt gelegentlich Elfengestalt an und versucht sich als Verführer, womit er bei seinen Nestbrüdern auf blankes Unverständnis stößt. Manchmal neigt er zu überraschender Grausamkeit.

Der SMARAGDFARBENE *Himmelsschlange*. Er strebt Harmonie und Ausgleich zwischen den Himmelsschlangen an. Oft ist er derjenige, der den Kompromiss findet, dem sich letztlich alle anschließen.

Die Elfen

AILYN *Drachenelfe* und Meisterin der *Weißen Halle*, unerreicht im waffenlosen Kampf, die ein sehr ambivalentes Verhältnis zu *Nandalee* hatte.

ALVELYN   Fürst des Herzlandes und Anführer der *Drachlinge*, die dort den Tribut für den *Goldenen* eintreiben.

ASKALEL   Name, den *Nandalee* ihrem lange verlorenen Kind gibt. Der Name bedeutet auf Elfisch: Hoffnung.

BIDAYN DRACHENKLINGE   Schülerin der Weißen Halle. Kennt *Nandalee* seit ihrer gemeinsamen Zeit bei dem Schwebenden Meister. Begabte Zauberweberin, die anfangs wenig Talent für den Kampf zeigte. Seit ihrer ersten Mission als angehende Drachenelfe von entstellenden Narben überzogen. Als Drachenelfe wuchs ihr Selbstbewusstsein, und sie entwickelte einen Zauber, der ihre mangelnden Fähigkeiten im Schwertkampf mehr als ausglich. Seither ist sie die gefürchtete Scharfrichterin des *Goldenen*.

BRYNELL   Elfenfürst von Tanthalia, der unangenehme Erfahrungen mit dem anfangs von ihm hochverehrten *Falrach* macht.

CELAYNE   Elfe aus Arkadien, die berühmt ist für ihre Bücher über Heilkräuter.

CULLAYN   *Maurawani*. Lebende Legende. Gilt als der beste Jäger und Fährtensucher unter den Elfen seines Volkes. Verletzungen, die er im Kampf gegen einen Troll davontrug, haben ihn grausam entstellt. Sucht die Einsamkeit; *Tylwyth* ist sein einziger Gefährte und Freund.

DARGYL   Hauptmann der Roten Garde in der Burg des Geisterkönigs. Ein Elf, der mehr ist, als er zu sein scheint.

DORCHADAS   Das Wort bedeutet im Dialekt der *Maurawan* Dunkelheit. Es ist der Name, den sie dem unheimlichen Bruder von *Emerelle* und *Meliander* gaben.

ELEBORN   Schüler der Weißen Halle. Gilt als versponnen und erschafft Kunstwerke aus Wasser und Licht. Später einmal wird er einer der bedeutenden Herrscher Albenmarks sein.

EMERELLE   Tochter der *Nandalee*, die sich auf die Suche nach ihrer verlorenen Mutter macht, um schließlich sich selbst zu finden.

FALRACH Ein Glücksspieler und Lebemann, der immer wieder auf die Beine kommt, ganz gleich, welche Schicksalsschläge er sich erarbeitet.

GLYKERA Elfenfürstin von Tanthalia, die dem Charme *Falrachs* erliegt.

GONVALON *Drachenelf* und lange Zeit Meister der Weißen Halle. Ein exzellenter Schwertkämpfer mit einem Hang zu Affären, bis er *Nandalee* begegnete. Sein Name bedeutet wörtlich übersetzt Winterkind. Hatte sich ursprünglich dem *Goldenen* verschrieben.

LYVIANNE Drachenelfe und Meisterin der Weißen Halle. Lehrerin von *Bidayn*. Verfolgte sehr radikale Ideen bezüglich der Vervollkommnung des Volkes der *Elfen*. Hatte sich dem *Goldenen* verschrieben und erlernte heimlich von dem beseelten Holunder Matha Naht die dunkle Kunst der Blutmagie.

MAILYN Elfe aus dem Volk der *Maurawan*, die von den Ihren dazu auserwählt wurde, Unheil von ihrer Heimat abzuwenden. Sie wird die große Liebe *Melianders*, trotz der unheilvollen Prophezeiung seines Bruders.

MARLYN Anführer einer Gruppe von Kopfjägern, die überzeugt sind, dass *Emerelle* sie reich machen wird und dabei leichte Beute ist.

MELIANDER Sohn der *Nandalee*, der seiner Mutter nie verziehen hat, dass sie ihn verlassen hat. Er begibt sich auf die Suche nach seinem dunklen Bruder und findet die Liebe seines Lebens.

NANDALEE Drachenelfe, entstammt der Sippe der *Windgänger* aus dem Elfenvolk der Normirga in Carandamon, erst Schülerin und später Geliebte *Gonvalons*, Freundin *Bidayns*.

Tötete den Sohn des Trollkönigs Bromgar und wurde zur Sippenlosen. Hat ein ausgeprägtes magisches Talent, sieht sich selbst aber vor allem in der Rolle der Jägerin. Gewann das Vertrauen von *Nachtatem*, dem ältesten unter den Drachen. Laut einem vom *Goldenen* verbreiteten Gerücht soll sie es gewesen sein, die *Nachtatem* getötet hat.

NODON Drachenelf und Erster unter den Elfen des Jadegartens. Berühmt für seine Heilkunst. Gilt als Schwertmeister *Gonvalon* als ebenbürtig. Eine Jahrhunderte andauernde Rivalität der beiden Krieger führte dazu, dass die *Drachen* Sorge trugen, dass sich die beiden nie am selben Ort aufhielten. Hatte sich *Nachtatem* verschrieben.

SCHNELLER TOD Der Arenaname eines berüchtigten Schwertkämpfers, an dessen Stelle zuletzt *Nodon* tritt.

TANZENDE SCHNEEFLOCKE Der Name, unter dem *Emerelle* in den Arenen von Haiwanan auftritt.

TYLWYTH *Maurawani*. Berühmt für seine Schönheit und engster Vertrauter *Cullayns*.

VALYNWYN Elfe, die zur Roten Garde in der Burg des Geisterkönigs gehört und ein besonderes Talent darin hat, ungewöhnliche Spitzeldienste zu leisten.

Die Zwerge

ZWERGE In alten Märchen auch Twerge oder Getwerg genannt, sind die Zwerge eines der ältesten Völker Albenmarks. Sie sind Meister des Bergbaus und leben unter der Erde oder im Fels. Dort fühlen sie sich sicherer vor den *Drachen*, mit denen sie seit langer Zeit in Fehde liegen. Seit die Drachen die Tiefe Stadt vernichtet haben, planen einige Zwerge die Vernichtung der geflügelten Tyrannen. Die Elfen werden von den Zwergen verachtet, denn sie sehen in ihnen willfährige Diener der *Drachen*.

Der ALTE IN DER TIEFE Häufig genutzter Titel von Zwergenfürsten. Manchmal, wie in der Tiefen Stadt, benutzt kein Zwerg mehr den wirklichen Namen des Herrschers, sondern man spricht nur noch durch Nennung des Titels über ihn.

AMALASWINTHA Eine ebenso begüterte wie einflussreiche Zwergin aus der Tiefen Stadt. Sie ging eine Verbindung mit dem Hochkönig *Hornbori* ein und wurde zur einflussreichsten Zwergin Albenmarks. Sie war die Ziehmutter des Findelkindes *Frar*.

FRAR Findelkind aus der Tiefen Stadt, wurde von *Nyr*, *Hornbori* und *Galar* aufgezogen und Frar Drachentod genannt. Lebte später unter der Vormundschaft *Amalaswinthas* in den Ehernen Hallen, dann beim Schmied *Galar* und wurde zum Hüter der Drachentöterwaffen. Zeichnet sich als einer von wenigen Zwergen durch eine magische Begabung aus.

GALAR Von unbändiger Neugierde getriebener Forscher, Schmied und Alchemist aus der Tiefen Stadt, der auch schon mal zur Axt greift, wenn die Umstände es erfordern. Wurde gemeinsam mit *Hornbori*, *Nyr*, *Frar* und *Amalaswintha* in Glamirs Turm verbannt. Danach auf dem Feldzug im ewigen Eis von Nangog dabei, kämpfte noch in vielen weiteren Schlachten und kehrte schließlich in Glamirs Turm zurück.

GLAMIR Schmied aus den Ehernen Hallen. Hat im Meer der Schwarzen Schnecken einen Turm errichtet, in dem er seinen eigenwilligen Forschungen nachgeht. Er verlor im Kampf gegen die *Smaragdspinnen* sein rechtes Bein, seinen rechten Arm und sein rechtes Auge.

HORNBORI Glückskind aus der Tiefen Stadt. Optisch der Traum jedes Zwergen-Heldenepos, leider aber nur bedingt mutig und nicht der Hellste. Wurde ungerechtfertigt einer der großen Helden des Feldzugs im ewigen Eis von Nangog. Schließlich stieg er zum Hochkönig, dem Herrscher über alle Zwerge, auf und besiedelte die verlassene Tiefe Stadt erneut.

NYR Ehemaliger Geschützmeister aus der Tiefen Stadt. Gemeinsam mit *Galar, Hornbori, Nyr, Frar* und *Amalaswintha* in Glamirs Turm verbannt. Danach auf dem Feldzug im ewigen Eis von Nangog dabei, kämpfte noch in vielen weiteren Schlachten.

Albenkinder

ALBENKINDER Sammelbegriff für alle Völker, die durch Alben erschaffen wurden (Elfen, Trolle, Kobolde, Kentauren etc.).

ALMANSUR *Lamassu* und König von Schurabad, der mit dem Wahnsinn ringt.

ARUN Aus dem Volk der *Damien* stammender Besitzer der Arena Blutgrund in Haiwanan, in der *Emerelle* ihren letzten Auftritt als Kämpferin hat. Gilt als übler Geselle und Freund des *Geisterkönigs*.

ASPIX Kobold, der *Emerelle* als Erster bei seinem Volk willkommen heißt. Sohn des *Bullbox*.

ASTERION Minotaur, ehemals Arenakämpfer, dann Ausrufer und rechte Hand des Arenabetreibers *Jubal*.

BORROS Minotaur, der sich als Kopfjäger im Gefolge des Elfen *Marlyn* verdingt und auch gelegentlich den Drachlingen seine Dienste anbietet.

BULLBOX *Kobold* und Vorsteher des kleinen Dorfes, das im Wald verborgen nahe der Weißen Halle liegt. Vater des *Aspix*.

CLODINE *Damien*, die als Dienerin im Palast des Elfenfürsten *Brynell* das Pech hat, *Emerelle* beim Baden behilflich sein zu müssen.

DAMIEN Elfenähnliches Volk, aber friedliebender und weniger magiebegabt. Leben in Haiwanan und anderen östlichen Königreichen.

DLARAH HERDENHÜTER *Lutin*, Sohn des *Franja*, der einmal der Anführer der Karawane der Hornschildechsen sein wird.

FAHRENDE RITTER Rebellengruppe, die verzweifelt Widerstand gegen die Schreckensherrschaft der *Himmelsschlangen* leistet.

FAUNE Ursprünglich aus Dailos stammende Albenkinder, haben Bocksbeine und einen Oberkörper, der eher Menschen als *Elfen* ähnelt. Obwohl sie als aufsässig und dem Trunk ergeben gelten, wurde es Mode, an den Fürstenhöfen Arkadiens Faune als Stallburschen zu beschäftigen.

FRANJA KNOCHENFRATZE *Kobold* aus dem Volk der *Lutin*, der nicht nur ein guter Geschäftsmann und gefürchteter Wolfskämpfer ist, sondern in aller Heimlichkeit ein Herz für Rebellen hat und die *Fahrenden Ritter* unterstützt.

GAZALA Seherinnen, die auf Wunsch des *Erstgeschlüpften*, des Drachen *Nachtatem*, erschaffen wurden. Sie sehen mögliche Zukünfte, gelten aber als launisch, was auch daran liegen mag, dass sie die große Pyramide im Jadegarten so gut wie nie verlassen dürfen.

GEISTERKÖNIG Titel, unter dem jener namenlose *Elf* in aller Munde ist, der sich zum Herrscher Haiwanans aufgeschwungen hat.

GRÜNE GEISTER Geschöpfe der Riesin *Nangog*. Es sind die Seelen der Kreaturen, die sie noch erschaffen wollte, bevor sie von den *Devanthar* und *Alben* verzaubert wurde. Es heißt, sie waren kaum mehr als einen Herzschlag von ihrer Fleischwerdung entfernt. Sie waren die körperlosen Schutzgeister der Welt Nangog. Nachdem ihre Welt zerbrach, streifen sie durch das Nichts. Unter *Albenkindern* sind sie als Yingiz berüchtigt.

HELDENHERZ Eine Misteldrossel, die weit über sich hinauswächst.

JUBAL Aus dem Volk der *Damien* stammender Besitzer der Arena von Saisom, in der *Emerelle* ihren ersten Auftritt als Kämpferin hat.

KOBOLDE Eine Sammelbezeichnung für eine ganze Gruppe verschiedener Völker oder Stämme wie etwa die *Lutin* oder die Holden. Die Kobolde sind, nach den Maßstäben eines Menschen geschätzt, etwa knie- bis hüfthoch. Viele Kobolde sind magiebegabt. Die meisten gelten als hervorragende Handwerker. Andere Albenkinder bedienen sich der Kobolde gern als Diener oder Sklaven. Man sagt ihnen einen eigenwilligen Sinn für Humor und eine ausgeprägte Neigung nach, anderen Streiche zu spielen.

LAMASSU Geflügelte Stiere mit einem Männerhaupt. Ein sehr kleines Volk von mächtigen Zauberwebern, die über kurz oder lang dem Wahnsinn anheimfallen.

LIU Eine *Damien*, die in der Hauptstadt *Haiwanan* eine exklusive Schneiderei betreibt.

LUTIN Fuchsköpfiges Koboldvolk, das nicht sesshaft ist und mit seinen Herden von Hornschildechsen ganz Albenmark bereist. Sie gelten als Meister darin, das Goldene Netz zu durchqueren, und dienen allen großen Handelshäusern, wenn es darum geht, Waren möglichst schnell von einem Ort zum anderen zu bringen. Bösartige Zungen behaupten auch, sie seien in allerlei Schmuggelgeschäfte verwickelt.

MONDSCHATTEN *Pegasus* des *Nodon*.

PEGASUS Geflügeltes Pferd. Pegasi lebten in der Steppe Bainne Tyr. Einen Pegasus zu fangen und als sein Reittier zu gewinnen gehörte zu den abschließenden Prüfungen für Schüler der Weißen Halle, die zu *Drachenelfen* aufsteigen wollten. Bestand einmal ein Band zwischen einem Pegasus und einem *Elfen*, hielt es für den Rest ihres Lebens.

RUFKO Kobold und oberster Gärtner im Palast des *Almansur*, der nur knapp dem Schicksal der Palasthühner entgeht.

SILENE Siehe *Faune*.

SILVY Kobolddame, die kurz vor der Hochzeit mit *Aspix* steht.

SOLON *Faun*, der einen großen Gasthof im Herzland führt. Ein Geschäftemacher, aber kein Verräter.

SULUM *Damien* und Bruder eines Knopfhändlers, der sich zu Tode grämte.

TROLLE Das kriegerischste Volk *Albenmarks*. Mehr als drei Schritt groß und von gedrungener Statur, weisen sie eine graue Haut auf, die in ihrer Farbe Steinen ähnelt. Trolle scheuen vor der Berührung von Metall zurück.

UNG *Damien*. Ein Bauer, der gelegentlich Glück im Spiel hat.

UTHAYA Königin der Apsaras. Eine Wassernymphe, die *Nandalee* das Schicksal ihres Sohnes *Meliander* prophezeit.

DIE WEISSE FRAU Eines der ältesten Geschöpfe der *Alben*. Sie lebt versteckt in einem Wald der Slanga-Berge und gilt, gelinde gesagt, als eigentümlich. Sie ist eine der machtvollsten Zauberweberinnen Albenmarks.

YUEN Eine *Damien*, die in der Hauptstadt Haiwanan einen Laden für seltene Handschriften betreibt und mit *Frar* eine Vorliebe für die Gedichte von Blütenfeen teilt.

ZORNBAL BLUTSÄUFER Ein *Troll* und Arenakämpfer, der das Pech hat, einer schlecht gelaunten *Emerelle* zu begegnen.

GLOSSAR

AAL Bezeichnung der *Zwerge* für die primitiven Tauchboote, mit denen sie unterirdische Flüsse und Seen befahren. Das Boot gewinnt Fahrt mithilfe einer Kurbel, die längs durch den Rumpf läuft und von allen Besatzungsmitgliedern, mit Ausnahme des Steuermanns, durch Muskelkraft angetrieben wird.

ALBENKINDER Sammelbegriff für alle Völker, die durch die *Alben* erschaffen wurden (*Elfen, Trolle, Kobolde, Faune* etc.).

ALBENPFADE Ein Netzwerk magischer Pfade, das von den *Alben* erschaffen wurde, so besagt es die Überlieferung. Es verbindet Albenmark, Nangog und Daia miteinander.

ALBENSTERN Schnittpunkt von zwei bis sieben *Albenpfaden*. An Albensternen kann man die Albenpfade betreten und auf ihnen sogar in andere Welten gelangen.

BARINSTEIN Meist honigfarbene Steine, die ein warmes, nie verlöschendes Licht spenden.

DER BLAUE STERN Ein Wolkenschiff, in dem ein Alb, von den Albenkindern der *Sänger* genannt, über den Himmel zieht.

DRACHENPFAD Von *Drachen* geschaffene Wege zwischen den Welten, ähnlich den *Albenpfaden*, aber viel gefährlicher und nur von *Drachen* und wenigen ausgewählten Geschöpfen zu öffnen.

DRACHLINGE Allgemeine Bezeichnung für *Albenkinder*, die in Diensten der *Drachen* stehen.

MAURAWAN Elfenvolk, das hoch im Norden Albenmarks lebt. Berühmt für seine Bogenschützen. Die Maurawan gelten als unberechenbar, verschlagen und eigenbrötlerisch. Selbst Trolle zögern, die Wälder dieses streitbaren Elfenvolks zu betreten. Zwei bekannte Maurawan sind *Tylwyth* und *Cullayn*.

SMARAGDSPINNEN Eine Seespinnenart, deren Leib so groß wie der eines Grubenpferds werden kann. Man trifft sie nur im Meer der Schwarzen Schnecken in der Nähe von Glamirs Turm an. Sie stehen in Verbindung mit dem Geheimnis, dem die Zwerge der Ehernen Hallen dort nachspüren.

TRAUMEIS Kristalle, die angeblich die gefrorenen Träume der Göttin *Nangog* sind. Sie können nur in einem Krater, ähnlich dem Weltenmund, im äußersten Norden der Welt Nangog gefunden werden. Ein Splitter dieser Kristalle verleiht Lebewesen die Möglichkeit, ihren Körper zu verändern.

VERBORGENES AUGE Alle Geschöpfe Albenmarks besitzen das Verborgene Auge, doch nur wenige erlangen die Fähigkeit, es zu nutzen. Wer sein Verborgenes Auge öffnet, vermag die magische Beschaffenheit der Welt zu sehen, jene leuchtenden Kraftlinien, die alles und alle durchdringen.

WINDGÄNGER Name der Elfensippe aus dem Volk der Normirga, der unter anderem *Nandalee* entstammt.

BERNHARD HENNEN
DRACHENELFEN

In seinem Epos *Drachenelfen* entführt Bestsellerautor Bernhard Hennen die Leser in das atemberaubende Universum der Elfen und lüftet das lange gehütete Geheimnis der sagenumwobenen Drachenelfen.

Jeweils erhältlich auch als E-Book und Hörbuch
Lese- und Hörproben unter heyne.de

HEYNE